Carol Shields

Mary Swann

Roman

Übersetzt aus dem kanadischen Englisch
von Margarete Längsfeld

PIPER

Von
Holdeijels
6. Jan. 2025
TP
abgebrochen
Manfred
abgebrochen

Mehr über unsere Autoren und Bücher:
www.piper.de

ISBN 978-3-492-55021-5

Die Originalausgabe erschien 1987 unter dem Titel
»Swann. A Mystery« bei Stodart Publishing, Toronto

Covergestaltung: zero-media.net, München
Covermotiv: FinePic®, München
Printed in Germany

Carol Shields
Mary Swann

Für Sara Ellisyn Shields

Die Flüsse dieses Landes
schrumpfen, knistern, töten
und die Wasser meines Körpers
werden unsichtbar.

Mary Swann

Sarah Maloney

I

Vor zwei Jahren, mit sechsundzwanzig, lief ich noch in ausgefransten Jeans und Sweatshirts mit Aufschrift auf der Vorderseite herum. Das ist vorbei. Heute besitze ich sechs Paar elegante Schuhe. Diejenigen, die ich nicht trage, bewahre ich in Seidenpapier eingehüllt im Originalkarton auf. Kein Paar hat weniger als hundert Dollar gekostet.

In meinem Schrank hängen drei Kleider (nur chemisch reinigen), zwei teure Kostüme und acht Seidenblusen in Farben wie Hyazinthe und Cognac. Vielleicht keine umfangreiche, aber eine durchaus befriedigende Garderobe. Zwar habe ich Thoreau gelesen und weiß, daß der wahre Reichtum im Bereich des Geistes liegt, dennoch kann mich mitten in einer Depression das Reiben eines Kaschmirschals zwischen den Fingern in Erregung versetzen.

Mein Name ist Sarah Maloney, und ich lebe allein. Von Beruf – danach fragen die Leute heutzutage – bin ich feministische Schriftstellerin und Dozentin, die sich ernsthafte Gedanken über die Richtung des feministischen Schreibens in Amerika macht. Fünfundzwanzig Jahre haben wir gerufen: *Mein Leben gehört mir!* Ein bewegender Ruf, ein nachhallender Ruf, aber was *bedeutet* er? (Früher habe ich genau gewußt, was Freiheit bedeutet, heute habe ich keine Ahnung. Dieser Wissensverlust ärgert mich natürlich.)

Gestern abend hat Brownie, der wie meistens am Dienstagabend mein Bett mit mir teilte, mir vorgeworfen, ich sei total ausgebrannt – ein klassischer Fall. Diesen Vorwurf weise ich zurück. O ja, ich kann rastlos und schwierig sein! An manchen Tagen ist Virginia Woolf die einzige Person im Universum, mit der ich reden möchte; freilich ist sie tot, und sie würde mich ohnehin nicht mögen. Zu schnodderig. Und Mary Swann. Auch tot. Mausetot.

Stimmungen kommen und gehen. Meistens ist Ms. Maloney gut gelaunt, ja wirklich! Und sehr beschäftigt. Um sieben Uhr aufstehen, ein Dreikilometerlauf im Washington Park – seht sie nur in rhythmischen Schritten joggen – dann nach Hause zum Frühstück: Weizentoast und unverdünnter Orangensaft. Anschließend duschen, und dann zieht sie ihre schönen, beschämenden Kleider an.

Ich betrachte mich im Spiegel: *Hallo, du da,* winke mit langen, sauberen, unlackierten Fingernägeln. Schminken muß ich mich nie. Zumindest die nächsten zehn Jahre noch nicht. Ich nehme meine kombinierte Hand- und Aktentasche, italienisch, dreihundert Dollar, und ziehe los. *Ziehe los,* die Phrase füllt meinen Mund wie eine Schaumblase. Ich habe ein Ohr für solche Phrasen. Ich brauche sie sozusagen.

Ich habe kein Auto. Ich mache mich zu Fuß auf den Weg, hinaus in den dicken, goldenen Oktobernebel, auf der Zweiundsechzigsten Straße bis zur Cottage Grove, die Cottage Grove entlang: Ich schwinge meine Tasche über die Schulter, um mir Mut zu machen. Raubüberfälle am hellichten Tag sind in meinem Viertel gang und gäbe, und ich habe mir angewöhnt, nur fünf Dollar, eine imitierte Uhr und ein falsches Schlüsselbund bei mir zu tragen. Beim Gehen habe ich meinen Walkman voll aufgedreht. Kein Mozart jetzt, bloß ein kleines Soft-Rock-Polster, das hilft, den Tag hoffnungsvoll zu beginnen und mich vielleicht vor dem Übel zu bewahren. Ich habe einen sagenhaften breitkrempigen Hut auf. Der seidige Saum meines kostspieligen englischen Regenmantels knistert genau auf Knielänge. Ich trage wunderbare Strümpfe, und ich habe gelernt, immer die richtigen zu meiner Kleidung zu wählen.

»Guten Morgen, Dr. Maloney«, ruft die Fachbereichssekretärin, als ich in der Uni ankomme. »Guten Morgen, Ms. Lundigan«, töne ich zurück. Diese förmliche Begrüßung ist ein bloßes Ritual. Die übrige Zeit nenne ich sie Lois oder Lo, und sie nennt mich Sarah oder Sare. Sie ist so alt wie meine Mutter, hat blutrot lackierte Fingernägel, und ihre Haare sind so straff eingedreht, daß sie aussehen wie aus der Perückenfabrik. Sie tippt einfach erstklassig. Sauber, gestochen scharf, gleichmäßig, mit Rändern, die *Schmiß* haben. Sie reicht mir die Post und eine Kopie meiner überarbeiteten Vorlesungsnotizen.

Heute, in zehn Minuten, Gott helfe mir, werde ich vor hundert Studierenden, neunzig davon Frauen, über das Thema »Amy Lowell: Ein amerikanisches Rätsel« sprechen. Um zwei Uhr, nach einem schnellen Imbiß – Käse auf Pitabrot – werde ich mein wöchentliches Seminar über »Frauen in der Literatur des Mittelwestens« abhalten. Ich werde von sieben klugen Gesichtern höherer Semester umringt sein. Jedes einzelne von ihnen versprüht kilowattweise funkelnden weiblichen Verstand, so daß der ganze Raum spannungsgeladen und spritzig von Intelligenz ist.

Meistens geht unsere Clique hinterher ein Bier trinken. In der Kneipe auf der Zweiundsechzigsten Straße bilden wir eine malerische Szene, ein Ölgemälde – im Kreis sitzende Frauen, über die Stuhllehnen geworfene dunkle Mäntel, baumelnde Ohrringe. Arme und Schultern bringen Leben in die Komposition, Gläser werden nachdenklich an nachdenkliche Lippen geführt, verdrehte Augen, Unflätigkeit, Gelehrsamkeit.

Sie vergessen die Zeit. Sie vergessen den Ort, vergessen, daß sie an einem Herbsttag im zwanzigsten Jahrhundert in einer Kneipe in der Zweiundsechzigsten Straße in Chicago sitzen. Sie sind so sehr damit beschäftigt zu reden, zu denken, Begriffe zu definieren, Geschichte zu revidieren, ihre Semesteraufsätze, ihre Thesen und ihr Leben zu planen, daß sie, einerlei was geschieht, unbeirrt die klare gepunktete Linie entlangrasen, die nach ihrem Beschluß in die Zukunft führen muß.

2

Mein guter Freund Brownie – eigentlich Sam Brown –, dreißig Jahre alt, der seinen Unterhalt durch den Handel mit seltenen Büchern bestreitet und in einer Stadtwohnung lebt, die im imitierten Missionsstil eingerichtet ist, Sohn eines Farmarbeiters aus dem Bundesstaat Maine, schaute gestern abend herein, um über das Thema Kastration in Frauenbüchern zu plaudern. Während ich leichte Bedenken dagegen vorbrachte, wie er zu seinen kritischen Urteilen gelangte – wie eine laute Teppichkehrmaschine, die unter dunkle Stühle und Tische flitzt –, ließ er den kostbaren Namen Mary Swann fallen. »Deine Mary«, verkündete er, »ist ein treffendes Beispiel für einen weiblichen Kastrator.«

Das überraschte mich, obwohl ich wußte, daß Brownie Mary Swanns Buch gelesen hatte; schließlich hatte ich ihm mein einziges Exemplar geliehen. Nun verlangte ich einen Beweis für seine Schlußfolgerung. Er war darauf vorbereitet – er kennt mich gut, zu gut, nach all den Monaten – und zog ein zusammengefaltetes Blatt Papier aus seiner Jackentasche. Er räusperte sich, legte den Kopf schief und las:

Ein Baum so schlicht
die Wahrheit spricht
doch erst wenn er.
von der Wurzel getrennt.

Das bittre Blatt
es fraß den Stamm
darauf es satt
im Taumel schwamm.

»Lächerlich«, sagte ich. »Sie spricht von Gesellschafts- und Familienbindungen, und du denkst an rohe Anatomie. Wurzeln! Stämme!«

Er lächelte, faltete das Papier wieder zusammen und schlug mir einen Spaziergang im Park vor. Wir traten in die Kälte, ich in meinen Wintersachen – Strickschal, Wollmütze –, den Kragen bis zu den Ohren hochgestellt. Ich hakte Brownie unter. Innig. Liebevoll.

Ich habe ihn gern, *zu* gern, entschieden zu gern, und es ist gut möglich, daß er mich liebt, aber mit einer Inbrunst, die unter einer Wehe von Unbestimmtheit versunken ist, als spielte er in seinem knittrigen Kopf die Szenen früherer Unterhaltungen und Begegnungen nach. Er ist zu träge, zu voreingenommen, zu sehr Tändler und Träumer und geneigt, diese sorglose kleine Melodie vor sich hinzusummen, die ausdrückt, daß es auf nichts wirklich ankommt. Das freilich ist es, was mich zu ihm hinzieht, denn ich sehe darin ein Gegenmittel zu meinen leidenschaftlichen Anwandlungen. Die Kastrationstheorie von heute wird für Brownie morgen nur noch eine Seifenblase sein. Sein Verstand, beweglich wie ein Weberschiffchen, denkt sich zu seinem eigenen Amüsement ständig neue Theorien aus. Amüsement ist sein höchstes Ziel. Und reich werden. Der gute Brownie.

Wir spazierten ein paar Minuten schweigend, immer auf der Hut vor Straßenräubern, und traten in die Stöße von gefallenen Blättern. Es war sehr kalt für Anfang Oktober. Brownie nahm mich flüchtig in die Arme und sagte mit seinem nachgemachten Cockney-Akzent: »Ich hab' gedacht, du bist vor Freude aus 'm Häuschen, weil ich deiner Freundin 'n neuen Kick verpaßt hab'.«

Bin ich ja, *bin ich ja,* habe ich ihm gesagt. Zwei Jahre lang hatte ich ihn bedrängt, Mary Swann zu lesen, nämlich seit ich in sein Geschäft, das *Brown Study,* an der Madison Street schlenderte und nicht mehr als ein halbes Regal mit Gedichten fand. Belanglose Gedichte. Schon an jenem ersten Tag haben wir uns gestritten. Richtig Geld, sagte er, das ganz große Geld liege in kompletten Jahrgängen von Comic-Heften. Er baue auf seine *Plastic Man*-Sammlung: Die werde ihn im Alter ernähren. Von

Gedichten bekomme er Magenkrämpfe, ökonomisch gesprochen, und er führe nur Größen vom Schlage Carl Sandburg, Robert Frost und so weiter. Gedichtbände verkauften sich nicht, brächten keinen Umsatz. Eine Erstausgabe von *The Sun Also Rises* dagegen … Und Updike. Und neuerdings Ivy Compton-Burnett. Es macht mir Spaß, mit Brownie über diese Themen zu streiten. Er schreit. Ich schreie zurück. Es umhüllt uns mit einer besonderen Pikanterie, wie ein Hitzeschild. Trotzdem ist auf Brownie kein Verlaß.

Ich denke gerne, daß ich eine unvoreingenommene Meinung von ihm habe. Dieser Mann ist ernsthaft beschränkt, sage ich mir. Ich sollte über die zynische Sucht nach Comic-Heften hinwegsehen. Ich sollte nicht auf dieses Lächeln hereinfallen, das allzu bereitwillig, allzu vorbehaltlos aufblitzt. Welchen Wert hat eigentlich dieses Lächeln?

Dennoch hat er etwas Ungehobeltes, eine ansprechende, splittrige Intelligenz, die wie die Löcher in seinen Pullovern verbirgt, wie fest er das Geschäft der Realität im Griff hat. Ja, aber er ist oberflächlich, auch wenn er es bestreitet; für ihn ist ein Buch eine Handelsware. Ja, ein oberflächlicher Mensch kann bisweilen eine angenehme Gesellschaft sein, zumal wenn diese Oberflächlichkeit so energisch kultiviert wird und so offensichtlich der Abwehr dient. Oder nicht? Sein stoßweiser Atem und sein abruptes Lachen pulsieren von Energie. Doch kann man ihm trauen, einem Mann, dessen Verstand hüpft und jongliert und sich auf Markt-Trends und wunderliche 24-Stunden-Theorien stürzt? Nein. Ja. Möglicherweise.

Ich halte meine Objektivität auf Brownie bezogen blank geputzt und schußbereit, doch immer wieder ergibt sie sich in seiner Gesellschaft wildem, unwägbarem Glück. Ja, aber er ist träge. Ah, aber hinter der Trägheit steckt Ehrgeiz. Mag sein, aber es ist ein intriganter Ehrgeiz. Bedenke, was er einmal gesagt hat: Er würde seine eigene Großmutter betrügen, um ein paar Kröten zu verdienen. Ihm ist alles egal. Warum auch nicht? Ich verstehe ihn nicht vollkommen, aber was bedeutet schon Verständnis zwischen

Menschen – lediglich, daß sie sich mögen oder nicht mögen. Ich habe Brownie sehr, sehr gern. Aber mit Vorbehalt. Gestern abend war ich nahe daran, ihn zu lieben, obwohl er meine Mary Swann mit Sigmund Freud in eine Schublade geworfen hat. Allerdings hat er kein Wort davon ernst gemeint, darauf könnte ich fast wetten.

3

Ich hatte mehrere Jahre aus mehreren Gründen eine Menge Freunde, die ich nicht besonders mochte. Einer von ihnen war ein Kommilitone, ein flaumwangiger, jungenhafter Mann namens Olaf Thorkelson, der mir unentwegt in den Ohren lag, ich sollte ihn heiraten. Er war jung, klug, eigenwillig, gutmütig, aber schwach im Kern. Ich wollte einen Mann aus Eichenholz. Meine Mutter hatte so einen, meine Großmutter hatte so einen, aber ich hatte damals nur Olaf.

Ich sagte ihm, ich hätte Angst vor der Ehe. Sie könne nur zu einem Haus in Oak Park, zu Tennisclub und Doppelbett und allmählicher Dumpfheit führen. Er sagte, er könne meinen Standpunkt verstehen, aber wir könnten wenigstens als Liebespaar leben. Nein, sagte ich, das wäre ihm gegenüber nicht fair. Er sagte, Fairneß sei ihm scheißegal. Ich sagte, Fairneß sei die Regel, nach der ich mein Leben richte. (Ein flüchtiges Gewissen ist besser als gar kein Gewissen.) Dies alles geschah während eines Frühlings, und danach war ich so erledigt, daß ich mich im Juni eine Woche ins Bett legen mußte. O ja, die unschlagbare Sarah, erschlagen von Unschlüssigkeit.

Der Anblick, wie ich matt im Bett lag, rührte wenigstens Olafs schlechtes Gewissen, und er überredete mich, eine Weile fortzugehen und »die Dinge zu überdenken.« Eine Freundin seiner Schwester habe ein Häuschen an einem See in Wisconsin, das den Sommer über leerstehe. Er werde mir den Schlüssel besorgen und mich in einen Greyhound-Bus verfrachten.

Zwei Tage später war ich dort. Ich schlenderte über einen schmalen Kiesstrand und bewunderte die Reinheit der Zirruswolken und der lauen Luft. Das Häuschen war eine zugige, aber friedliche Hütte mit schiefen, knarrenden Fußböden und einem Kamin, der an kühlen Abenden dermaßen qualmte und stank, daß ich lieber den Kochherd anheizte, um mich zu wärmen.

Diesen Kochherd liebte ich besonders. Er stand so einnehmend vor der Wand, ein bauchiges, schwarzglänzendes Ungetüm. Meine Zunge formte das wunderliche Wort *Negritude,* als ich seine Tür öffnete, Zeitungspapier und Feuerholz hineinstopfte und ein Streichholz anzündete. Voll aufgeheizt schauderte und zischte er wie ein menschliches Wesen, und ich dachte, welch ein Glück es für mich sei, in diesem Abschnitt meines Lebens so einen gutmütigen, urtümlichen, unkritischen Gefährten zu haben. Den ganzen Monat erfreute ich mich daran, süße Soufflés zu machen – mit Rum, Aprikosen und Zitronen –, die in diesem schwarzen Ofenloch wunderbar aufgingen.

Wenn ich nicht gerade Soufflés machte, stürzte ich mich in die einzigartigen Wonnen der Hausarbeit. Es ist ein lohnendes Unterfangen zu putzen – das sollten alle wissen –, Zimmerecken, Kommodenschubladen und dergleichen. Ich konstruierte einen primitiven Reisigbesen und rückte Spinnennetzen und Flusenbällchen fröhlich zu Leibe. Eine Wäscheleine, die ich zwischen zwei Bäume gespannt vorfand, schien mir zu sagen: *Ist das Leben nicht einfach, wenn es auf reine Funktion beschränkt ist?* In der Hütte gab es auf einem offenen Bord einen Schneebesen, einen Holzlöffel, eine eiserne Bratpfanne, vier Schüsseln, vier Tassen, eine Plastikschüssel zum Geschirrspülen, die ich vor der Tür auf einem Unkrautbeet ausleerte. Wusch, weg war's.

Die Hütte hatte eine umfriedete Veranda, auf die ich mich in der größten Nachmittagshitze zurückzog. Meine Aufmerksamkeit galt dem gefilterten Licht und der unsicheren Verankerung meines Lebensplans. Heiterkeit umfing mich, als die Tage vergingen. Ich sog die sonnengesprenkelte Welt ringsum in mich ein. Mit Olaf konnte ich fertig werden. Seine geschmeidigen, lustvollen Körpermassen verblaßten und machten einer schlichten Checkliste Platz. Auch die Überarbeitung meiner Dissertation konnte ich meistern, ebenso die nächsten zwei Jahre meines Lebens: über eine längere Zeitspanne mochte ich nicht nachdenken. In der Ferne war der brodelnde See, so weit, daß das andere Ufer nicht auszumachen war. Die langen Nachmittage wogten und schimmerten. Fliegen stießen stupide an die Umfriedung der Veranda. »Hallo, Mitwesen«, sagte ich. Vermutlich wurde ich dösig im Kopf, aber es war ein angenehmes Gefühl.

Wenn ich in einem Korbsessel auf der Veranda saß, schien ich ein früheres Vor-Uni-Ich, Vor-Olaf-Ich in mir zu haben. Meine Dissertation, *Das weibliche Prisma,* und das Kapitel, das neu geschrieben werden mußte, waren vergessen, versickert wie das Spülwasser. Dafür gab es alte Schundillustrierte zu lesen, die haufenweise in einem schimmeligen Weidenkorb lagen, und ein Regal voll Kitschromane mit grünlichen, fliegenfleckigen Seiten. Ich las mich durch die meisten, fühlte mich köstlich trivial, und als der Monat zu Ende, als das Regal zu Ende war, stieß ich auf ein merkwürdiges Gedichtbändchen von einer Frau namens Mary Swann. Der Titel des Buches lautete *Swann's Songs.*

4

Mary Swann war damals schon seit über fünfzehn Jahren tot. Ihr einziges Buch war diese geheftete Broschüre, erschienen in Kingston, Ontario, 1966.

Das Buch hat exakt hundert Seiten und diese Seiten enthalten hundertfünfundzwanzig Gedichte. Die Einbandgestaltung zeigt eine einzelne Musiknote auf ziemlich billigem grauen Papier. Von der ursprünglichen Auflage von zweihundertfünfzig Stück sind, soweit bekannt ist, nur an die zwanzig Exemplare erhalten – ein betrüblicher Kommentar zum Wert der Literatur, sagt Brownie, aber im Fall einer unbekannten Dichterin nicht verwunderlich. Wie Mary Swanns Buch den Weg von Kanada in eine Hütte an einem einsamen See in Wisconsin fand, war, ist ein Geheimnis.

Selbst heute sind Swanns Werke nur einer Handvoll von Gelehrten bekannt, von denen einige sie als eine *poète naïve* abtun. Ihre Versmaße sind unbeholfen. Plumpe Reime, auch ihre Halbreime, verbinden ihre Zeilen zu Allgemeinplätzen, und ihre Wassergedichte, die als ihre besten Arbeiten gelten, sind von einer stechenden Rauhheit, die das Gewöhnliche der Frau dahinter offenbart, einer Frau, von der die Leute behaupten, sie habe Schwierigkeiten mit dem Sprechen gehabt. Sie war die Frau eines Bauern, ohne jede Bildung. In der Gegend von Nadeau in Ontario erzählt man sich, sie habe stockend, scheu und nur über Belanglosigkeiten wie das Wetter, Legehennen und Rezepte für Marmelade und Gelee gesprochen. Sie hat auch Zierdeckchen gehäkelt. Ich könnte weinen, wenn ich an die Hunderte vergilbender runder Deckchen denke, die Mary Swann im Laufe der Jahre gehäkelt hat, an die traurige Sanftmut, die sie verkörpern, und die Verzweiflung, auf die sie hindeuten.

Ihr Milieu – Willard Lang bevorzugt das Wort Kontext – war ländlich beschränkt. Ein paar Gedichte von ihr wurden tatsächlich auf den hinteren Seiten von Lokalblättern veröffentlicht: »Eine Zeile am Tag«, »Reime für unsere Zeit« und so weiter. Erst nach ihrer Ermordung hat jemand, ein kauziger Zeitungsredakteur namens Frederic Cruzzi, ihr Büchlein *Swann's Songs* zusammengestellt und herausgegeben.

Arme Mary Swann. So nenne ich sie in Gedanken, *arme* Mary Swann, mit ihrem Gehör für die Melodie der Worte, ums Leben betrogen, um Anerkennung betrogen. Obwohl ein wachsendes Interesse für ihre Arbeiten besteht – für das Symposium im Januar liegen schon dreißig Anmeldungen vor –, ist sie noch relativ unbekannt.

Willard Lang, das Schwein, glaubt felsenfest, daß Swann nie als große Dichterin eingestuft werden wird. Dies äußerte er letztes Frühjahr auf der Versammlung der Gesellschaft für moderne Sprachen. Er sagte es mit leicht bekümmerter Miene und zupfte sich dabei am Ohr. Bäuerische Einfachheit, behauptete er, mache eine Dichterin minderwertig, und bedauerlicherweise scheine es keine Ausnahmen dieser Regel zu geben; Burns sei aus anderem Holz geschnitzt. Die unirdischen Einsichten und seltene Musikalität meiner Mary erscheinen gewissen schweinischen Kritikern (Willard ist nicht der einzige) zufällig und daher allenfalls kurios. Und kein moderner Akademiker weiß etwas mit ihren fürchterlichen Reimen anzufangen, wie Huhn/tun/stemmen/dämmen. Das macht ihnen Kopfschmerzen und veranlaßt sie, verächtlich zu schnauben. Was soll man nur tun, sagen sie, mit diesem bäuerlichen Milchmädchen in seinem viktorianischen Samt!

Ich werde jedesmal fuchsteufelswild, wenn von diesen verfluchten Reimen die Rede ist. Von den schlimmsten Schnitzern (Geber/Leber) abgesehen, wirken sie auf mich nicht störender als ein Fuß, der zur Musik tappt, oder eine in der Ferne klingende Glocke. Zudem traben die Zeilen zu geschwind voran, als daß ihren Endungen Gewicht beigemessen oder ein Verschnaufen gestattet werden dürfte. Sie lassen Geschäftigkeit erstehen. »Eine Swannsche Dringlichkeit« habe ich es in meinem ersten Artikel über Mary genannt.

Pompöse Phrase! Ich könnte mich in den Hintern treten, wenn ich daran denke.

5

Ich bewohne die schrullige Schöpfung eines Fremden, ein Hexenhäuschen auf einem sechs Meter breiten Grundstück im Süden von Chicago. Kleine Flügelfenster, eine Tür wie aus einem Märchen, ein niedlicher runder Schornstein und auf dem Dach Zedernspäne, die Stroh vortäuschen sollen. Es ist ein herrliches Dach, ein Dach, das das Auge beglückt, spitz und steil, und es senkt sich mit falscher altmodischer Anne Hathaway-Putzigkeit in sanften Wellen über die Fenster. Das Haus wurde 1930 von einem exzentrischen Professor für elisabethanische Literatur erbaut, einem Junggesellen, der an schwerer Wirbelsäulenverkrümmung und einem Klumpfuß litt. Nach seinem Tod diente es kurze Zeit als Restaurant und dann den Demokraten als Bezirksbüro. Jetzt ist es wieder ein Wohnhaus. Auf der Rückseite hat es einen eisernen Balkon (er hat sich gelockert, aber ich beabsichtige, ihn reparieren zu lassen), wo ich an schönen Tagen stehe und auf einen kleinen Hof voll Alteisen und einen großen Wohnblock voll zankender Familien und kaputter Scheiben blicke.

Ich habe mein ausgefallenes Haus gekauft, als die ersten Tantiemen für *Das weibliche Prisma* hereinkamen. Irgendwo mußte ich wohnen, und meine Anwältin, eine wirklich brillante Frau namens Virginia Goodchild, meinte, das passiere einem nur einmal, daß eine Dissertation zum Bestseller wird, und ich solle mein Geld schleunigst in Grundbesitz anlegen. Sie wisse genau das Richtige für mich, das putzigste Haus in ganz Chicago.

Das Haus war mir lieb und teuer, und zum Dank habe ich es keusch gehalten, das heißt, ich habe es nicht mit munterer Lustbarkeit gestraft: keine Poster oder Gebetsteppiche, keine Art déco-Gläser, keine mit indonesischen Baumwollstoffen drapierten humanoiden Statuen. Ich habe Tische, ich habe einen mehr als edlen Orientteppich, ich habe Lampen. (Herr, laß mich spartanisch werden, aber jetzt noch nicht.) In meinen Küchenschränken habe ich Teller und Tassen, die *zusammenpassen*. Im Eßzimmer, das, zugegeben, nur drei mal drei Meter mißt, habe ich – das ist nun vielleicht ein *bißchen* extravagant – ein Klavier, das früher in der Bar des Drake Hotels stand, und wenn ich meinen Vortrag für das Swann-Symposium im Januar fertig habe, möchte ich Klavierstunden nehmen. Brownie sagt, Klavierspielen sei so beruhigend wie Meditation und weniger schädlich für die Gehirnzellen.

Das will ich hoffen, denn ich habe nie einen Sinn darin erkennen können, den Geist von Gedanken zu leeren. Unsere Gedanken sind alles, was wir haben. Ich liebe meine Gedanken, auch wenn sie mich über übel riechende Nebenstraßen führen, wohin ich mich lieber nicht wagen würde. Was immer in meinem Kopf aufblitzt, gehört mir, und ich will es haben, die ganzen blinkenden Impulse und purpurroten Flammen, die aus dem Nichts strömen und verkünden, daß du an einen geheimnisvollen Kreuzweg oder Wendepunkt gelangt bist und gut daran tust, dich vorzusehen.

Zu meinem Glück gab es öfter solche unauslöschlichen Momente; Momente, die die komische Erzählung stark geprägt haben, die ich gerne als meine Lebensgeschichte bezeichne. Zum Beispiel: Mit acht Jahren las ich *The Wind and the Willows*. Dann der Abschied von meinem untadeligen Vater (Knochenkrebs). Mit vierzehn las ich Charlotte Brontë – Charlotte, nicht Emily. Dann der Abschied, aber nur versuchsweise, wie sich herausstellte, von meiner Mutter, einer Frau namens Gladys Shockley Maloney. Als nächstes las ich Germaine Greer. Dann der Abschied von meiner Jungfräulichkeit. (Abschied, Abschied, Abschied.) Danach las ich Mary Swann und entdeckte, wie ein Menschenleben stillschweigend ausgelöscht werden kann. Danach der Abschied von Olaf und Oak Park und drei Monaten Ehe, und dann kaufte ich mein komisches Spielzeughaus in der Innenstadt, das ich zu verkaufen beabsichtigte, wenn der Marktwert steigen würde. Aber dann stellte sich unversehens einer von diesen glanzvollen purpurroten Wendepunkten ein.

Es geschah wegen meines Ruhmes. Meine Mutter hat den Ruhm nie begriffen, der über mich hereinbrach, als ich Anfang Zwanzig war. Sie hat nie geglaubt, daß das wirklich ich war, dieser quasselnde Mund auf dem Buchumschlag. Ich übrigens auch nicht. Es war wie bei einer Masernepidemie, nur daß ich die einzige war, die krank wurde.

Sechs Monate, nachdem *Das weibliche Prisma* in den Buchhandlungen erschien, kam jemand auf die Idee, ich müsse eine Lesereise unternehmen – als ob das Buch, das auf Platz sechs der Sachbuch-Bestsellerliste stand, eine weitere Verkaufsförderung nötig gehabt hätte. Ich begann in Boston, dann ging es nach New York, Philadelphia, Pittsburgh und Cleveland, dann flugs nach Louisville, Denver und Houston, und an einem bewölkten Nachmittag landete ich in einer Fernseh-Talkshow in Los Angeles. Die Frau, die mich interviewte, war hager und bedrohlich, trug eine Pelzweste, und ihr Gesicht war eingerahmt von langen, gelackten Haaren. Um sie zu bezwingen, erzählte ich ihr vom Surrealismus der Gelehrsamkeit. Den Vortäuschungen. Den falschen Systemen. Der Geheimsprache. Der Macho-Überlegenheit. Der Garnisonsmentalität. Der angeborenen Arroganz.

Sie beugte sich zu mir, tätschelte mein Knie und sagte: »Sie kommen nicht aus Arroganz, Süße; Sie kommen aus nackter Not.«

Peng! In meinem Hirn zitterte es purpurrot. Ich war bloßgestellt, enthüllt, und so bald wie möglich schlich ich zurück nach Chicago, zurück in mein Pfefferkuchenhaus im Süden, und faßte einen Vorsatz: So lange ich lebte, wollte ich in diesem Haus bleiben. (Zumindest für die nächsten fünf Jahre.) Ich hätte am liebsten die Wände geküßt und meine Arme um den schlichten Geländerpfosten gelegt und das Gesicht in der vulvaartigen Schnitzerei vergraben. Dies war mein Zuhause. Und ich war anscheinend ein Mensch, der ein Zuhause brauchte. Ich konnte in mein Häuschen gehen, ich mit meiner schrecklichen Not, konnte die Türen schließen und die Vorhänge zuziehen und mein ewiges Durcheinander anstarren und ganz *still* sein. Wie die Theoretiker, die mich gegenwärtig zur Raserei bringen, habe ich eine Entdeckung gemacht: Mein Leben gehörte mir, aber ich brauchte einen Ort, wo ich ihm entkommen konnte.

6

Gott ist tot, der Frieden ist tot, die sechziger Jahre sind tot. John Lennon und Simone de Beauvoir sind tot, die Frauenbewegung dämmert vor sich hin – machen wir also Inventur: Was bleibt übrig? Übrig bleibt das Alltägliche. Mary Swann hat das begriffen, wenn auch sonst nichts.

Der Morgen, der Nachmittag und
die Nacht mit Knochenmund
teilen und machen mich ganz
flicken täglich meiner Seele Kranz.

Sie hat es erkannt. Die mythischen Verwerfungen des Universums, so rätselhaft, so unbegreiflich; doch zu verdaulichen Tagesrationen gepreßt, werden sie verschwommen transparent. Alltäglichkeit. Die Tageseinheit, wolkenlos und löslich. Kein Wunder, daß die ersten Menschen auf Erden himmlische Gestalten anbeteten; zwischen Sonnenaufgang und Sonnenuntergang entsproß ihrem kleinen Leben eine Vielfalt von Schatten und Möglichkeiten. Wenn ich jemanden kennenlerne, sage ich nie: »Erzählen Sie mir von Ihrem Glaubensgefüge.« Ich sage: »Erzählen Sie mir von Ihrem Durchschnittstag.«

Alltäglichkeit hat ganz sicher ihre harten Ablagerungen von Langeweile, aber sie ist auch erlösend, wie Mary Swann zu verstehen gibt. Ich beschäftige meinen Geist mit Beispielen.

Mein Vater zum Beispiel zog an jedem Tag seines kurzen Lebens ein Paar Baumwollsocken an, und beinahe jeden Tag sagte er zu meiner Mutter: »Baumwolle läßt die Haut atmen.« Er machte auch täglich Bemerkungen über Gefrierfleisch: »Zerstört die Zellenstruktur«, sagte er gerne. »Vernichtet die Nährstoffe.« Ebenso hatte er etwas gegen Butter, Weißbrot, Zucker – »Greift die Blutzellen an« –, Knoblauch (aus demselben Grund) und alles, was grünen Paprika enthielt.

Ansonsten war er ein sanfter Mensch, Mathematiklehrer an einer High-School. Die hellroten Haare, die ihm über die kleinen Ohren fielen, sein sommersprossiger Hals und die grünlichen Anzüge, die er in der Schule trug – all dies ließ ihn bescheiden wirken.

Seine ständigen Urteile über Knoblauch und grünen Paprika waren, wie ich es heute sehe, eine Art Eitelkeit, ein Appetit, der gestillt werden mußte, vor allem aber ein harmloses Mittel, durch das er sich in der Größe der Zeit verwurzeln konnte. Du mußt beim Zeitunglesen immer mit dem Leitartikel beginnen, sagte er. Traue keinem Mann, der Sandalen oder Diamantschmuck trägt. Diese spitzen Bemerkungen über Kleinigkeiten hielten ihn beschäftigt und verankert, während der Krebs sich langsam in sein Skelett hineinfraß.

Auch meine Mutter, die seufzend über ihrem Morgenkaffee sitzt und sich eine Zigarette ansteckt, verbeißt sich einfach in das Nächstliegende. Ebenso meine Schwester Lena mit ihren Eisentabletten und ihrer Cola und ihrer allabendlichen Dosis Brahms, und Olaf mit seinem Rasierritual, und Brownie mit seiner täglichen Einnahme von Schmeicheleien und Bargeld. Wer kann, wer will ihnen einen Vorwurf machen? Gewohnheit ist das Schwungrad der Gesellschaft, sie konserviert und serviert hübsche, konsumierbare Scheibchen des Kosmos. Und eine regelmäßige Ernährung hat viel für sich. Glauben Sie mir, diese Zeitungsratgeber, die Ihnen zureden, etwas Essig in Ihr Leben zu geben, spielen mit Ihrer geistigen Gesundheit.

Ich esse zum Beispiel jeden Mittag Käse auf Pitabrot, danach einen Apfel. Ich sehe keinen Grund, mich für diese Gewohnheit zu rechtfertigen. Nachmittags gegen halb drei trinken Lois Lundigan und ich zusammen eine Kanne Tee, abwechselnd Prince of Wales, Queen Mary und Earl Grey. Sie schenkt ein, ich spüle die Tassen. Schwesternschaft. Zwischen drei und fünf – ausgenommen an meinem Seminartag – sitze ich in meinem Büro am Schreibtisch, arbeite an Aufsätzen oder bereite meine Vorlesungen vor. Um halb sechs strecke ich mich, packe meine schöne Aktenmappe, sage Lois gute Nacht und mache mich auf die Socken. Die Sonne steht noch hoch, heiß und gelb. Jeden Tag gehe ich denselben Weg, vorbei an schmierigem Gestrüpp, heruntergekommenen Läden und Wohnblocks und Bäumen, die belaubter werden, wenn ich mich der Siebenundfünfzigsten Straße nähere. Um diese Zeit macht sich ein kleines, aber merkliches Summen in meinem Hirn bemerkbar, das meine Beine zu doppeltem Tempo antreibt. Da bin ich, ein entschlossenes Stück Menschenmaterial, aber ich treibe auf einer belebten Straße, die plötzlich eine Rohrleitung geworden ist, eine Pipeline, die die Macht der Saugfähigkeit besitzt. Eine Kraft, die mehr ist als Müdigkeit, zieht mich nach Hause.

Dies hat nichts Geheimnisvolles; ich weiß genau, was mich vorwärts zieht. Nicht Essen oder Sex oder Ausruhen oder Beistand, sondern der Gedanke an den Stapel Post, der gleich hinter der Haustür auf mich wartet.

Bei meinen Bekannten gelte ich als Korrespondenzkönigin. Ich pflege in unserer Zeit der langen Ferngespräche und des noch längeren Schweigens einen umfangreichen Briefwechsel. Das ist meine persönliche Marotte. Meine Häkelarbeit. Mein Apfelkompott. Die Post kommt hereingeströmt, aus dem In- und Ausland, Postkarten und Luftpostbriefe und haufenweise seltsame Briefmarken auf prallen Couverts. Briefe von alten Schulfreundinnen erwarten mich oder Briefe von Schwestern in der Bewegung. Vielleicht ein paar gekritzelte Zeilen von meinem sechsjährigen Neffen Franklin und meiner leiblichen Schwester Lena aus London. Mein Verleger in New York überschüttet mich dauernd mit witzigen, flehenden Briefen. Virginia Goodchild, meine frühere Anwältin, schreibt oft aus New Orleans, wo sie jetzt ihre Kanzlei hat. Olaf in Tübingen hält mit mir Verbindung. Ebenso die Vorjahrstruppe von Studienabgängerinnen und die aus dem Jahr davor, ein wellenförmiger Zug aus Gesichtern und Worten. Immer, immer warten Briefe auf mich. Eine Fülle wie im 19. Jahrhundert. Ich reiße sie auf, mir wird heiß und kalt, ich verschlinge sie mit barbarischer Freude, lächle beim Lesen, tappe mit dem Fuß und überlege, was ich zurückschreiben, welche Epen aus meinem laufenden Leben ich auswählen, ausschmücken und der internationalen Post anvertrauen werde.

Die postlosen Wochenenden sind die Hölle, aber die Überfülle am Montag gleicht das ein bißchen aus. Jeden Abend schreibe ich einen Brief, manchmal zwei, während der Rest der Welt *Scrabble* spielt oder fernsieht oder Nägel feilt oder was der Rest der Welt sonst noch tun mag. Ich schreibe Briefe, gefällige und reizende, viel gefälliger und reizender, als ich bei Begegnungen von Angesicht zu Angesicht bin. Meine Anteilnahme, mein gezielter Witz, meine verborgene Güte drängen ans Licht und offenbaren die geschminkte, faltige, russisch anmutende Person, als die ich mein wahres Ich gerne sehe. (Nimm einen Stift zur Hand, und ein zweites Ich schält sich aus dir heraus.) Die Behauptung meiner Persönlichkeit und das ständige Erhalten und Versenden von Briefen verleihen meinem Alltagsdasein die notwendige Zugkraft, versetzen mir einen Tritt, einen Antrieb, einen Schubs, einen Stoß, einen Hochdruck, verhelfen mir zu einem System, mittels dessen sich die Zeit ergreifen und in Ordnung halten läßt.

Heute ist ein dicker Brief von Morton Jimroy aus Kalifornien gekommen. Vierseitig, darauf gehe ich jede Wette ein. Ich kann ihn nicht schnell genug öffnen. Da stehe ich und lese ihn, noch in Mantel und Hut; meine schöne Aktenmappe habe ich mit dem aufgerissenen Briefumschlag auf den Boden geworfen.

Ich lese ihn einmal, zweimal, dann lege ich ihn beiseite. Beim Abendessen – entbeinte Hühnerbrust, in Grapefruitsaft gedünstet, dazu Broccoli *al dente* – lese ich ihn ein drittes Mal. Ich korrespondiere seit fast einem Jahr mit Morton Jimroy und finde, er ist ein aufreizender Briefpartner.

Der heutige Brief ist besonders problematisch, da er einen von

Jimroys hinterhältigen Vorschlägen enthält. Ich werde genau eine Woche warten, bevor ich antworte, und dann – ich esse jetzt den Nachtisch, ein Stück Haselnußtorte aus der Bäckerei – schicke ich ihm einen von meinen zweifach konzipierten Spezialentwürfen.

Es ist ein schuldhaftes Geheimnis von mir, daß ich zwei Sorten Briefe schreibe, Einfachentwürfe und Zweifachentwürfe. Für alte Bekannte haue ich übersprudelnde maschinengeschriebene Briefe in einzeiligem Abstand herunter, in denen die Grammatik lokker mit Gedankenstrichen, Ausrufezeichen und unbekümmerten Übergängen kollidiert. Natürlich vertraue ich darauf, daß meine Bekannten meine Briefe nachsichtig lesen, die grauenvolle mädchenhafte Atemlosigkeit übersehen und sich sagen: »Sarah führt so ein geschäftiges Leben, wir können froh sein, daß wir *überhaupt* einen Brief von ihr bekommen.«

Aber in meinen zweifach entworfenen Briefen achte ich auf Manieren, manchmal verzichte ich sogar zugunsten des Stiftes auf meinen Computer. Erst gestern habe ich Syd Buswell in Ottawa einen Zweifachentwurf geschickt. »Lieber Herr Professor Buswell«, habe ich geschrieben, »im Namen des Vorbereitungsausschusses des Swann-Symposiums darf ich unser tiefes Bedauern darüber zum Ausdruck bringen, daß Sie im Januar Ihren Vortrag nicht halten werden. Dennoch hoffen wir, daß Sie anwesend sein und an den Diskussionen teilnehmen werden.« Ich gebe mich bescheiden, achte auf Übergänge und bemühe mich um einen Hauch von Charme.

Für Morton Jimroy, *den* Morton Jimroy, Biograph von Ezra Pound, John Starman und jetzt Mary Swann, hole ich mein bestes Briefpapier hervor und verweile über meiner Handschrift, meinen hübschen, schwungvollen Ls und Es, die auf unsichtbaren blauen Drähten gleiten. Und ich fertige stets einen zweiten Entwurf.

Noch einmal – ich bin jetzt beim Kaffee, die Füße auf dem Couchtisch – lese ich Jimroys Brief. Er ist in Winnipeg, Kanada, zu Hause, doch dieser Brief kommt aus Kalifornien, wo er ein Jahr verbringt, um seine Aufzeichnungen über Mary Swann zusammenzustellen. Der heutige Brief ist wie die übrigen mit einem flehenden Ton durchtränkt, aber wozu? Wer weiß? Aus seinen

Briefen ist die Stimme geschwunden, einer mühsamen Konzentration gewichen; jeder beiläufige Satz ist mit Rhetorik gepolstert und so angeordnet, als würde er Offenheit signalisieren – aber eine Offenheit, die von der Anstrengung ausgeklügelten Plazierens unterhöhlt ist. Ein Ablenkungsmanöver. Wie soll ich dies alles interpretieren? Peinlich sorgfältige Briefe sind aus Pein geboren; ich muß großzügig sein, ich muß die offenkundige Strategie übersehen, muß aufhören, nach einer versteckten Planung zu schnüffeln. Aber es hat etwas Beunruhigendes, wie er mir jedesmal eine Antwort entringt. Ich werde herbeizitiert, werde abkommandiert, Kommentare, Trost und Schmeicheleinheiten zu liefern.

Er verfügt über eine seltene Eigenschaft, die vermutlich echt ist: einen Drang zum Bekennen oder zumindest zur Vertraulichkeit. Wir sind uns nie begegnet und haben keine gegenseitigen Ansprüche, und es gibt eigentlich keinen Grund für ihn, mir von seiner Depression zu berichten, unter der er litt, nachdem sein Buch über Starman erschienen war, einer anhaltenden, schmerzlichen Depression, die – dies alles schrieb er mir in einem früheren Brief – sich weder durch Medikamente noch durch Psychoanalyse heilen ließ.

Meine liebe Sarah!
Ich bin jemand, der verstehen kann, wie Flaubert sich gefühlt haben muß, als er von Zweifeln über die Wahrhaftigkeit der Kunst befallen wurde, seiner erschreckenden – Gott sei Dank falschen – Beobachtung, die Kunst sei nichts als eine alberne, kindische Spielerei. Dies war vor einigen Jahren genau meine Geistesverfassung, als Oxford Press mir ein Vorausexemplar der Starman-Biographie schickte. Es kam, erinnere ich mich, zur Frühstückszeit – verzeihen Sie, falls ich dies schon einmal geschrieben habe – in einem gefütterten Couvert. Ich öffnete es umgehend, betrachtete den glänzenden Schutzumschlag und spürte – nichts. Die Cornflakes und die Milch in meiner Schüssel waren wirklicher als diese anderthalb Pfund Text mit seinen Anhängen, abscheulichen, weitschweifigen Erläuterungen und, das Schlimmste von allem, Fußnoten. In die-

sem Moment wurde mir klar: Diese Fußnoten waren Fußnoten über Starmans Fußnoten. Und ich konnte mir vorstellen, was sich in Zukunft ereignen würde, so sicher, wie der Tag der Nacht folgen muß: Ein Student würde eines Tages Fußnoten zu meinen Fußnoten über Starmans Fußnoten erstellen. Der Gedanke erzeugte ein körperliches Schamgefühl. Ich spürte nicht nur Selbstekel, sondern eine grimmige Traurigkeit über ein vergeudetes Leben, die Überzeugung, daß ich nichts getan hatte, als mit den Tändeleien anderer Menschen zu tändeln. Eine derartige Depression – vielleicht kennen Sie sie, wenngleich ich es nicht hoffe – kann jäh eintreten und einen überwältigen. In diesem Moment schien es mir, daß kein Mensch auf Erden jemals die Wahrheit gesagt hatte. Wir alle, jeder einzelne von uns, waren Lügner und Blender.

Ja, aber an demselben Morgen kam mit derselben Post die neueste Ausgabe von PMLA (übrigens eine Zeitschrift, die, wie ich oft finde, die Magenverstimmung des Literaturbetriebes fördert). An diesem besagten Morgen schlug ich das Heft bei Ihrem Artikel über Swann auf. Wer ist Mary Swann? fragte ich mich. Und wer ist diese Sarah Maloney? Ich las geschwind Ihre Einleitung über unsere Dichterin durch. Und kam dann zu den acht zitierten Zeilen aus »Märzmorgen«. (Zufällig war es ein Märzmorgen, ein trüber, düsterer Winnipeg-Morgen.) Beim Lesen fühlte ich mich eins mit Mary Swann. (Ich nenne sie in Gedanken nie allein beim Vornamen, und Sie?) Ich fühlte diese »Blechblume meiner Hand/ Betrogen von Fangeis und/Erde und Sand«. (Ich habe wenig Nachsicht mit denen, die Swann für primitiv halten, weil sie keine viersilbigen Worte verwendete. Sie war – ist – eine Dichterin von großer geistiger Subtilität.) Doch es war die Kraft der Zeilen, die mir als erstes auffiel, wie sie sich gegeneinander verschoben und zusammenwirkten, verleimt wie Holzfurniere. (Sie sehen, wie sie mich mit ihren umgangssprachlichen Bildern ansteckt.) Meine einzige Enttäuschung war die Entdeckung, daß sie so wenig geschrieben hatte, dennoch ist man dankbar für das, was da ist, und dann sollen ja noch die Liebesgedichte kommen – wenn sie kommen, ich habe Lang nie getraut – und natürlich das Notizbuch.

Apropos Swanns Notizbuch, ich frage mich wieder einmal, ob ich Sie wohl überreden kann, es sich anders zu überlegen und seinen Inhalt doch bekannt zu geben, zumindest teilweise. Meine Forschungen hier kommen gut voran, aber es zermürbt mich, fast ausschließlich auf Sekundär- und Tertiärquellen angewiesen zu sein. (Swanns Tochter, die ich interviewt habe, ist eine Frau mit unklarem Gedächtnis und merkwürdiger Unempfindsamkeit – sie hat zum Beispiel die oberflächlichsten Notizen ihrer Mutter aufgehoben, nicht aber die vertraulichen Briefe, die es, dessen bin ich sicher, gegeben haben muß.) Mir scheint, daß ein, zwei Seiten aus dem Notizbuch – ich würde die Fotokopien und dergleichen natürlich bezahlen – unsere liebe Swann aus dem Dschungel der Mutmaßungen herausführen würden und hinein, wie sie selbst sagen würde,

In die ausgelegte Lichtung
in das Vorhanglicht
hinter der Sonne Grellung
fort von Himmels Hartgesicht.

Lassen Sie mich wissen, Sarah, ob Sie diese Bitte eines Kollegen unverschämt finden. Ich habe das Gefühl, und ich bin sicher, daß Sie mir zustimmen werden, daß Mary Swann uns allen gehört, das heißt, der ganzen Welt – ihre Gedichte, ihre Fragmente und verschlüsselten Botschaften, ihre armseligen Relikte.
Wie es jetzt aussieht, werde ich doch zu dem Symposium kommen können, und es wird mich freuen, ein paar Anmerkungen zum Fortgang des Lebens beizusteuern, wie Sie vorschlagen. Ich höre mit Bedauern, daß Buswell abgesagt hat, allerdings scheint es mir etwas paranoid von ihm zu glauben, seine Notizen seien gestohlen worden. Verlegt vielleicht, aber – gestohlen!
Ich freue mich so auf die persönliche Begegnung mit Ihnen, wenngleich ich Sie bereits als liebe Freundin kenne. Derart sind die Kraft und die Wärme Ihrer Briefe.
Mit herzlichen Grüßen Morton Jimroy

Er ist aufrichtig, dieser Morton Jimroy. Aber beunruhigt. Wie jeder Satz sich um eine winzige Grimasse formt – ich spüre das ganze Gewicht. (Wenn ich das Briefpapier ans Gesicht halte, inhaliere ich einen schwachen Zigarettengeruch.) Ich werde ihm einen behutsamen Brief schreiben müssen. (Jetzt habe ich das alte Sweatshirt an, das ich im Bett trage, Teil meines Dunkelrituals. Ich habe Brownie schon angerufen, um ihm gute Nacht zu flüstern, und es mir im Bett gemütlich gemacht; die Leselampe scheint mir über die Schulter.) Ich werde dem guten, beharrlichen Morton Jimroy mitteilen müssen, wie es mich gefreut hat, von ihm zu hören, wie mich seine nochmalige Erklärung erwärmt hat, daß ich es war, die ihn mit der Arbeit Mary Swanns bekanntmachte. Dies alles ist wahr. Es wird mir mühelos aus der Feder fließen.

Aber was das Notizbuch betrifft, werde ich ihm *Nein* sagen müssen. Höflich. Korrekt. Aber nichts zugestehen. *Nein,* Morton. Ich kann nicht. Es tut mir leid, Morton. Bedaure. Ich wünschte. Ich verstehe Ihren Standpunkt. Aber nein, nein, nein, nein, nein. Ich bin noch nicht bereit, den Inhalt von Mary Swanns Notizbuch bekannt zu geben.

Lieber Morton. (Ich gleite in den Schlaf, während ich zwischen Bewußtseinsschichten treibe.) Lieber Morton. Bald wird das *prima facie* Beweisstück in den Bereich der Öffentlichkeit gelangen, für alle verfügbar, et cetera, et cetera, aber vorerst, noch ein paar Monate, bis Januar, gehört Mary Swanns Notizbuch mir, bitte (Gähnen) verzeihen Sie.

7

Glück ist nicht mein größtes Bedürfnis. Mein größtes Bedürfnis ist es zu fühlen, daß jeder Teil von mir voll in Gebrauch ist, oder *engagé*, wie man noch vor zehn Jahren zu sagen pflegte, und daß mein gesamter Sinnesapparat so erregt wie möglich zwischen Spannungszustand und Sprungbereitschaft ausgestreckt ist. Ich will, daß mein Gehirn nichts als Sehnen und Trommeln ist, Glokkenspiel und Lichtgaden, Ducken und Angriff.

Was mehr oder weniger meinen Zustand am Samstag beschreibt, einem goldenen Oktobernachmittag, als ich eine neue Ausstellung mit Buntstiftzeichnungen meiner außergewöhnlichen Freundin und zeitweisen Ratgeberin Peggy O'Reggis besuche.

Ich hatte einen frivolen Vormittag mit Virginia Woolf im Bett verbracht, mittags Hering in saurer Sahne gegessen und dann den Bus zur Dearborn Galerie genommen. Als ich dort ankam, war der Raum angefüllt mit einer reizvollen Mischung aus Freunden und Fremden, die meisten zwischen zwanzig und vierzig Jahre alt. Alle plauderten, nickten, umarmten sich, tranken Wein und blinzelten auf Peggys winzige, dichte Zeichnungen, die mich immer an Schnappschüsse von den vorausspürenden Vibrationen des Gehirns erinnern. Zu ihren bevorzugten Farben gehören ein Dauerlutscherrosa und ein saftiges öliges Grün, und was sie zeichnet, sind Ideen. Mit resoluten winkligen Windungen verdoppelt jeder Buntstiftstrich das Lancieren und Verwandeln des Nachdenkens über den geschätzten Nutzen. Hier ein kalkulierter Scheinvorstoß, dort eine mikroskopische Vernunftexplosion, hier eine intellektuelle Gleichung aus großer Zärtlichkeit, und daneben übt eine flehende Leere ihre luftige Anziehungskraft aus.

Wie in ihren früheren Ausstellungen waren die Zeichnungen alle betitelt, wofür ich, die ich ein Teil des Wortes Kultur bin, Gott dankte. Bilder können sprechen, ja, aber einige von uns müssen zur Eingangspforte geführt werden. Doch Peggys Titel haben nie etwas Autoritäres, nur ein hilfreiches Anstupsen, »Ungestörte Nacht« oder »Offenes Herz« oder das, was mir gestern am besten gefiel: »Aufgefangene Vision.«

Als ich mit meinem Rotweinglas in der Hand vor »Aufgefangene Vision« stand, erlebte ich diese scharfe elektrische Zündung, wie sie einen manchmal überfällt, wenn Kunst frontal auf den Verstand trifft. Neben mir nahmen eine gelbhaarige Frau in einer Wildlederjacke und mein alter Freund Stephen Stanhope, der Jongleur, an meinem kurzen transzendentalen Flug teil. Wir sprachen nicht, nicht einmal, um uns zu begrüßen, sondern blickten unentwegt auf die Zeichnung. Der Moment zog und zog sich hin, ein Phänomen, das so selten auftritt, daß das Erlebnis schweigend gehütet werden muß, um so lange anzuhalten wie nur möglich.

Und so gab ich mich auf der Heimfahrt im Bus mit geschlossenen Augen der hellen Durchdringung hin und versuchte, mir das Bild von Peggy O'Reggis kreisenden, kollidierenden Linien und Farben zurückzurufen. Ein Muster oder vielleicht eine sinnliche Vibration begann über meine Netzhaut zu tanzen und nach einer Form zu greifen. Ich zitierte sie herbei, ließ sie auftauchen, ließ sie großzügig gewähren. Doch etwas verdarb meine Zufriedenheit, ein nörgelnder Gedanke oder beunruhigender Fleck an der Peripherie der Vision. Ich öffnete die Augen. Die Sonne strömte zu den schmutzigen Fenstern herein und wärmte meinen Arm. Eine Frau mit einem in eine Decke gewickelten Baby auf dem Schoß saß mir gegenüber, eine schlanke, langhalsige schwarze Frau mit Bernsteinaugen, sichtlich betört von der Schönheit ihres Kindes. Mit der freien Hand strich sie über seine gestrickte Decke. Das Baby gab schmatzende Laute von sich wie ein kleiner Fisch und blickte träumerisch auf eine Reklame für Männerunterhosen. Auf der Anzeige sprang ein Mann mit prallem Schritt über ein großes Feuer, einen verzückten Ausdruck in seinem blöden Gesicht. Er, das kleine Baby, die Mutter des Babys und ich schienen mit einem Mal eine dieser willkürlichen, hastig versammelten Familien zu bilden, die sich in den kleinen Räumen großer Städte entwickeln und sich obenan in einem Kompendium der kleinen Freuden wiederfinden. Doch die heutigen Freuden, so prickelnd sie waren, machten mich weniger bereit als sonst, mich meiner früheren Wahrnehmung zu überlassen.

Was war es, das mir in die Quere kam? Ich stocherte ein wenig in meinem Unterbewußtsein, stellte mir dabei einen Bleistift in meiner Hand vor. Da war meine übliche Schamliste. Verschwendete Zeit? Unsorgfältige Arbeit? Hatte ich vergessen, meine Mutter anzurufen? Nein. Waren Einkäufe zu erledigen? Jemandes Gefühle verletzt?

Schuldgefühle haben die Macht, einem gnadenlose Opfer abzuringen, aber es war kein Schuldgefühl, das mein Bemühen störte, den Sinnestaumel, der mich in der Dearborn Galerie kurzzeitig umfing, zurückzuholen. Es war etwas Kleineres, weniger Ausgeprägtes, ein Vernachlässigen oder ein Versäumnis, das wie ein Insekt über mein Bewußtsein huschte und woran ich mich wegen des Weines oder des flirrenden Sonnenscheins nicht erinnern konnte.

Später fiel es mir ein. Es war um Mitternacht desselben Tages. Ich war bereit, zu Bett zu gehen, verschloß jedoch zuvor die Türen, sah nach den Fenstern, knipste die Lampen aus, lauschte auf die Stille und Dunkelheit, die durch das Haus wehten. Meine Gedanken waren bei Mary Swann, die ebenfalls abendliche Rituale gepflegt haben mußte, wenn auch nicht dieselben wie ich. Ich versuchte mir vorzustellen, was dies für Rituale gewesen sein mochten. Hat sie vielleicht aus dem Küchenfenster in die windige Sternennacht hinausgesehen und versucht, das Wetter des nächsten Tages zu erraten? Hat sie eine Fliegentür eingehängt oder vielleicht einen Kessel Suppe oder Hafer auf die hintere Platte des Holzofens gesetzt? Vielleicht war eine Katze oder ein Hund herauszulassen, wenngleich sie in ihren Gedichten oder ihrem Notizbuch nie eine Katze oder einen Hund erwähnt hat.

Und dann fiel mir ein – Herrgott! –, was den ganzen Tag um Erinnerung gefleht hatte. Es war Mary Swanns Notizbuch, das ich auf einem Bücherbord über meinem Bett verwahre. Ich hatte es seit Tagen nicht gesehen.

8

Ich habe Mary Swann gewissermaßen erfunden und bin für sie verantwortlich.

Nein, das ist zu hochgegriffen. Sagen wir lieber einfach, ich habe Mary Swann entdeckt. Sogar Willard Lang gibt zu (auch öffentlich), daß ich mehr oder weniger – er drückt sich immer unbestimmt aus, in bester Gelehrtentradition – *mehr oder weniger* die Entdeckerin der Werke Mary Swanns bin. Er hat sich sogar herabgelassen, dies in einer knappen Fußnote auf Seite sechs seines 1983 erschienenen Aufsatzes »Swanns Synthese« anzumerken, wo er mich, Sarah Maloney aus Chicago, als diejenige bezeichnet, der es »in erster Linie zuzuschreiben ist, die Öffentlichkeit auf die Dichterin Mary Swann aufmerksam gemacht zu haben.« Diese Erwähnung durch Willard ist nichts weiter als akademische Höflichkeit.

Ah, aber Willards Höflichkeit läuft auf ein routiniertes Abhängen hinaus: eine Scheidemünze, bei der Bank eingezahlt, um weitere Abhebungen zu ermöglichen. Willard Langs Nicken in meine Richtung – »S. Maloney ist als diejenige zu zitieren, die« – ist die simple Bestimmung einer Grenze zwischen Kapazität und Entdeckung, wobei Willard die Kapazität ist, während S. Maloney (mir) die kleinere, nicht ganz so elitäre Rolle der Entdeckerin zuerkannt wird.

In Wahrheit entdeckt niemand wirklich jemanden; es ist die widerwärtigste Anmaßung, in solchen Begriffen auch nur zu denken. Mary Swann hat sich selbst entdeckt, und darin schwebt, aufgehängt an Gespinsten aus Unwahrscheinlichkeit wie eine Hängematte ohne Schnüre, das Hauptgeheimnis: Wie hat sie das gemacht? Wo hat sie auf den öden Äckern Ontarios, auf dem ärmlichen Bauernhof die Funken gefunden, die emblematische Materie in fließende Dichtung verwandelten? Hühner, Nebengebäude, Waschtag, Holzstöße, Veranda, Ehemann, Arbeitsstiefel, Kittelschürzen, Bettgestell, Schmutz. Das ist das Material, mit dem diese Frau arbeiten mußte.

Andererseits ist der Glaube, daß Dichter ihre Kunst aus Materialien formen, die geheimnisvoll und unzugänglich sind, ein Vermächtnis des Patriarchats, eine Begleiterscheinung der Unterwerfung. Frauen haben jahrhundertelang Strümpfe gestrickt, und vermutlich haben sie in ihren Köpfen poetische Zeilen ersonnen, die nie aufgeschrieben wurden. Mary Swann besaß zufällig einen Füllfederhalter, einen Parker 51, genauer gesagt, sowie einen Blick für die Oberfläche der Dinge. Dazu jene herzzerreißende Beharrlichkeit, die sie antrieb, sich am Ende eines mühseligen Tages hinzusetzen und ihre Gedanken in seltsame Päckchen aus gereimten Versen zu packen.

Dies war für eine Frau in ihren Umständen ein unglaubliches Unterfangen, und angesichts so vieler Unwahrscheinlichkeiten sage ich mir manchmal die schlichte Liste auf, die Mary Swann umfaßt und ausmacht. Mädchenzeit in Belleville, Ontario, minimaler Schulunterricht, über Mutter und Vater nichts bekannt, ein Jahr Arbeit in einer Bäckerei am Ort, Heirat mit einem Bauern und Umzug in den Bezirk Nadeau, wo sie eine Tochter zur Welt brachte, Gedichte schrieb und im Alter von fünfzig Jahren ermordet wurde. Das ist alles. Wie Jimroy dieses spärliche Material zu einem Buch aufblasen will, ist mir ein Rätsel.

Meine Verantwortung für Mary Swann, wie ich sie sehe, hat vormundschaftlichen Charakter. Wenn Olaf Thorkelson mich nicht fast zum Zusammenbruch gehetzt und in die Zuflucht im Norden Wisconsins getrieben hätte, wo mir Mary Swanns vergessener Gedichtband wie ein Blumenstrauß in die Hände fiel, wäre ich nie Swanns Hüterin geworden, die Verwalterin ihres literarischen Erbes, ihre Verteidigerin und liebende Fürsorgerin. Denn das bin ich, ob es mir paßt oder nicht. Sollen andere sie fördern und ihre verdienstvollen gesellschaftlichen und psychoanalytischen Werke an ihr verrichten, aber entdeckt irgend jemand – das heißt, außer mir – das feine Lächeln, das zuweilen um ihre Kummerfalten hervorbricht? Willard Lang, das Schwein in Menschengestalt, ist imstande, sie um seines Vorteils wegen zu vergewaltigen, ebenso der geistesabwesende, paranoide, kraftlose Buswell in Ottawa. Morton Jimroy meint es gut, der arme Trottel, aber er wird versuchen, sie zu entlarven oder zur Gottesbotin oder zu Emily Dickinsons Dienerin umzumodeln; oder aber er steckt sie in eine Dreieckskonstellation, zusammen mit dem armen, impotenten Pound und dem schwafelnden, schlappschwänzigen Starman. Jemand muß sich um sie kümmern. Denn ihr Tag wird kommen. Egal, was Willard Lang denkt. Mary Swann wird groß sein, groß, groß, groß. Sie ist nämlich die richtige Person zur richtigen Zeit: eine Frau, eine Überlebende, selbsterschaffen. Ein Mann wie Morton Jimroy würde sich nicht mit ihr befassen, wenn er nicht glaubte, daß sie aufsteigen wird. Willard würde seine Zeit nicht mit der Organisation eines Symposiums verschwenden, wenn er nicht glaubte, daß ihr Ruhm zum Greifen nahe ist. Diese Kerle sind gierig. Sie würden sie auffressen, Stück für Stück. Aasfresser. Untiere. Die Welt ist schlecht, und die Unschuldigen brauchen Schutz.

Und deswegen kann ich mir unmöglich verzeihen, daß ich ihr Notizbuch verloren habe.

9

Es ist seit einigen Tagen verschwunden. Seit Montag vermutlich, vielleicht Dienstag.

Ich bin noch nicht bereit einzugestehen, daß es *unwiederbringlich* verloren ist; ich habe es nur – was? – verlegt. Jeden Tag, vielleicht morgen, werde ich es unter einem Stapel Briefe in meiner Schreibtischschublade finden. Es könnte hinter ein Bücherbord gerutscht sein, es ist so klein, eines von diesen kleinen Spiralheften von der Farbe billiger Schokolade. Es wartet bloß hämisch, um mich eines Tages, wenn ich es am wenigsten erwarte, zu überraschen. Es könnte unter einer Teppichecke liegen. Oder irgendwo ganz auffällig, meine Augen sind nur zu hektisch, um sich auf die Stelle zu konzentrieren.

Ich bin nicht von Natur aus unachtsam, obwohl ich mir ein dutzendmal am Tag, gewissermaßen zur Beschönigung, in Erinnerung bringe, daß es nicht das erste ist, was ich verloren habe. Als ich mit Olaf verheiratet war, habe ich einmal meinen Trauring verloren. Ich war untröstlich, fast krank, und außerstande, es Olaf zu sagen, weil ich wußte, daß er es als Vorzeichen ansehen würde; und zwei Wochen später war der Ring wieder da, in einer kleinen Keramikschale, wo ich meine Büroklammern aufbewahre. Ein andermal verlor ich meine Erstausgabe von *Das zweite Geschlecht,* die ich in der guten alten Zeit für zehn Dollar bei Stanton gekauft hatte. Monatelang schlich ich wie eine Verrückte herum, riß Kissen von Sesseln und jammerte die Wände an: »Bücher stehen nicht einfach auf und gehen weg.« Im Frühling fand ein guter Freund, Lorenzo Drouin, der Mittelalter-Forscher, es in meinem Wohnzimmer, hinter einem Heizkörper eingeklemmt.

Wegen des verlorenen Notizbuches ist meine Mutter mitfühlend, aber unbestimmt. Sie fragt, ob ich in den Taschen meines Regenmantels nachgesehen oder es einer Freundin geliehen oder mit den Zeitungen weggeworfen habe – absurde Fragen, die ihre fundamentale Hilflosigkeit bezeugen und beweisen, wie wenig sie mein Leben versteht. »Es wird schon auftauchen«, murmelt sie wieder und wieder, mein tröstlicher feister Spaniel von einer Mutter. Aber hilflos, hilflos.

Ich besuche meine Mutter jeden Sonntag. Die anderen Leute in Chicago wachen Sonntag morgens auf und denken: Wie verbringe ich diesen Tag? Welche Überraschungen hält er für mich bereit? Sonntag ist ein Tag mit einem gewissen Glanz, einem gewissen Summen. Die ungeplanten Stunden locken oder drohen, je nach Umständen, Geld, Freunden, Gesundheit oder Wetter; aber ich bin überzeugt, immer ist ein erwartungsvolles Rascheln da, ein Vorhang, der sich vor Möglichkeiten öffnet.

Aber nicht bei mir. Man könnte sagen, ich bin von Beruf Tochter, oder es ist wenigstens ein ernstgenommenes Hobby. Sonntags steige ich in die Linie L und besuche meine Mutter, die im Westen der Stadt in einer Wohnung im dritten Stock lebt. Sie erwartet mich um ein Uhr mittags, plus/minus fünf Minuten. Sie sieht mich am Fenster die baumgesäumte Straße entlang schlendern, schiebt die Messingkette am Schloß zurück, schließt mich in ihre heißen, flügelgleichen Arme und sagt: »Hallo, Herzchen.«

Sofort setzen wir uns in die Eßecke, um eine komplette Mahlzeit zu verzehren, Brathuhn oder Schinken mit Kartoffelpüree, tiefgekühlten Erbsen oder grünen Bohnen, und zum Nachtisch Eis in einer Cornflakesschüssel. Meine Mutter und ich reden und reden, und wenn ich jetzt einhalte, um an die verstreuten anderen Leute draußen in den Straßen oder Parks von Chicago zu denken, die frei über den Tag verfügen, tue ich es mit spöttischem Mitgefühl. Die lockenden Sonntagsschauplätze werden in ihrer ganzen Schmuddeligkeit enthüllt. Die Möglichkeiten, die sich am Morgen blinzelnd und schnatternd angepriesen haben, sind um diese Zeit verstummt, und ich sitze hier, die glücklichste aller

Frauen, bis oben angefüllt mit Hausmacherkost und der steten, unkonzentrierten Liebe meiner Mutter.

Trotzdem bin ich heute sprunghaft und fahrig.

»Etwas beunruhigt dich«, ahnt sie.

»Dieses dämliche Notizbuch«, wüte ich. »Ich hab' das verdammte Ding noch immer nicht gefunden.«

»Ach du liebe Zeit.« Der mildeste Fluch bringt sie aus der Fassung. »Hier, trink noch einen Kaffee. Der beruhigt.«

Meine Mutter ist die einzige Person, die ich kenne, die glaubt, daß Kaffee beruhigende Eigenschaften besitzt. Sie nimmt die Kaffeekanne, hält den Deckel fest und schenkt ein. Licht sickert durch die Jalousie. Auf einem kleinen Bord über ihrem Kopf sind ihre Hummel-Figuren und Delfter Teller aufgereiht. Auf einer Seite eingequetscht steht auch eine kleine Muttergottesstatue, die sie als junges Mädchen geschenkt bekam. (Ich wäre ein besserer Mensch, wenn ich solche Dinge nicht bemerkte.) Meine Mutter hat heute einen Hosenanzug an, ihren neuen korallenroten aus doppelt gewirktem Jersey, großzügig geschnitten und bequem um die Hüften. Sie trug nie Hosen, bis sie Ende Fünfzig war; dann verloren ihre schönen Beine die Form, wurden über Nacht gerade und dick wie Wasserrohre. Ihre grauen Haare sind immer zu einer Rolle am Hinterkopf gekämmt und gesteckt; nur einen halben Zentimeter höher, wäre die Haarrolle modisch statt matronenhaft. Trotzdem, sie gibt sich Mühe mit ihrem Aussehen. Sogar wenn sie allein in ihrer Wohnung ist, legt sie Lippenstift auf, ein leuchtendes Rosa, und einen Hauch blauen Lidschatten. Sie trägt auch große knopfförmige Ohrringe; sie liebt Silber, natürlich kein echtes Silber – sie hat nie einen Sinn darin gesehen, teuren Schmuck zu kaufen. Sie besitzt ungefähr zwanzig Paar von diesen großen runden Ohrringen, die sie auf einem Ohrringständer aus durchsichtigem Plastik auf ihrer Kommode verwahrt.

Alles, was meine Mutter und mich trennt, sind belanglose Vorlieben für Ernährung, Lektüre und Dekor. Ich besitze keinen Ohrringständer wie den auf ihrer Kommode, und sie hat nie von Muriel Rukeyser gehört. Und was noch? Nicht viel. Ein Stipendium, ein paar Examen, ein paar Buchstaben hinter meinem Namen statt davor. *(Mrs.* – sie hätte gern, daß ich eine Mrs. wäre, eine verheiratete Frau.)

»Was machen deine Seitenschmerzen?« frage ich, um das Thema zu wechseln. »Was hatte LeBlanc dazu zu sagen?«

»Doktor LeBlanc?« Ihre listige Höflichkeit. »Er sagte nur, wir müssen das beobachten.« Sie schüttelt den Kopf, gibt sich alle Mühe, heiter dreinzusehen. »Aber weißt du, ich glaube, es geht von selber weg.«

»Gut.«

»Ja, ich habe so ein Gefühl ...«

»Dann halten die Schmerzen dich nicht wach?«

»Himmel nein, du kennst mich doch, ich schlafe wie ein Murmeltier.«

»Vorigen Sonntag hast du gesagt ...«

»Meinem Schlaf fehlt nichts. Ich habe immer gut geschlafen.«

»Hmmmm«, sage ich. Ich kenne die Gewohnheiten meiner Mutter, ich weiß, daß sie bis zwei Uhr morgens aufbleibt und sich Talkshows im Fernsehen ansieht und dann bis halb sieben hellwach ist. Sie sitzt am Tisch, die schweren Schultern gestrafft, vor sich eine Schüssel Kleie, eine Tasse Kaffee, und wartet auf die Sieben-Uhr-Nachrichten im Küchenradio, bereit, nach ihrer ersten Zigarette des Tages zu greifen.

Meine Mutter hat das Leben leidlich gemeistert, in Gang gehalten, wie meine Schwester und ich glauben, von ihrem natürlichen Hang zur Traurigkeit, was sie zu einer Art Novizin macht, die sich ihren Weg durch kleine, unbedeutende Akte der Zerknirschung bahnt. Sie scheint immer frisch dem Tal der Tränen entstiegen, obgleich ich sie nicht mehr weinen sah, seit Olaf und ich unsere Scheidung verkündeten. Die Scheidung machte sie niedergeschlagen, vielleicht weil sie ein uneingestandenes Motiv erspürte. Die Scheidung meiner Schwester rief ähnliche Bestürzung und Verwirrung hervor, doch scheint es ihrer Traurigkeit, abgesehen vom Tod meines Vaters und den zwei Scheidungen, an spezifischen Umständen zu fehlen. Wie eine Spinne, die ihr Männchen frißt, hat sie die Traurigkeit der Welt ihren schweren Knochen und ihrem Kreislauf einverleibt. Einem leichten Fieber ähnelnd, ist sie immer gegenwärtig.

Ich bin erstaunt, wie sie trotzdem zurechtkommt. Sie liest Zeitung, geht zur Messe, spielt Canasta. Heute stützt sie sich auf den Tisch und spricht ruhig über den Preis für Jungrindsleber. Danach erzählt sie mir von einem Artikel im Hobbyteil der Zeitung: Wie man Gladiolenzwiebeln von Blasenfüßen befreit.

Ich weiß, woran sie leidet: Sie leidet an »ihr«. Der namenlosen Krankheit. Einer Herbstzeitstimmung. Konstitutionsbedingte Melancholie. *Ennui*. *Angst* würde ich sagen, wäre es nicht so eine billige Scheuerbürste von einem Wort. Einmal habe ich versucht, meiner Mutter *Angst* zu erklären. Sie meinte, die Vorstellung sei ihr unbegreiflich. Aber tatsächlich leidet sie unter Existenzangst, ein schlimmer Fall, ein Verdacht – sie würde es nie zugeben – von Leere im Kern des Lebens.

Ich stelle mir vor, daß mein Vater das Gespenst dieser großen, ständig trauernden Frau mit Verwunderung betrachtete. Meine mit Koks vollgepumpte Schwester Lena wurde von diesem Gespenst zur Maßlosigkeit getrieben. Neue Städte, neue Liebhaber und eine Reihe absonderliche Jobs. Und ich wurde zu unbekümmertem Überschäumen gezwungen; die Malaise meiner Mutter, oder was immer es ist, hat bewirkt, daß die Bereiche der Verzweiflung mir immer verschlossen bleiben und daß die alte Sarah Maloney, an die selbst ich mich verschwommen erinnere, weit zurückgefallen ist – jene sanfte, Thomas Hardy lesende katholische Tochter mit schulterlangen Haaren und weiten Faltenröcken. Eine andere Sarah hat sie abgelöst, achtundzwanzig, leichtblütig, erwartungsvoll, unbeschwert, die sich und anderen ständig etwas vormacht. Ihre schrecklich muntere, unbezähmbare Persönlichkeit stößt mich ab. Wie kommt es, daß dieses flatterhafte Mädchen und die unbeugsame Forscherin in demselben kleinen, schnittigen Körper wohnen? Eine gute Frage. Eine Frage, die es in sich hat. Unmöglich zu beantworten.

Ich gebe meiner Mutter zum Abschied einen kräftigen Kuß,

lobe ihre Kochkunst, sage ihr, sie soll auf sich aufpassen, erinnere sie an ihren Arzttermin und gehe dann beschwingt die Straße entlang. Das Licht, am frühen Tag so grell und verheißend, ist jetzt matt, und die Bäume sehen unförmig aus, als seien sie aus totem Gestrüpp recycelt. Herbst. Dies ist eine Tageszeit, die ich besonders liebe, mit der ich mich im Einklang fühle. Ein schmaler Durchgang, eigens für mich verbreitert. Das Wort *nächtig* schießt mir durch den Kopf, löst sich dann auf, ein zu majestätisches Wort für einen fleckigen Abend wie diesen. Und hier kommt ein Windstoß, fegt die Blätter von den Bäumen und führt mich in die Wirklichkeit zurück.

Ah, aber was ist Wirklichkeit? Während ich an Brownie denke, stelle ich mir in einem Anfall von Selbstverspottung diese Frage, und eine Antwort kommt mir auf die Lippen getänzelt. Wirklichkeit ist nichts als ein Wort, das mit *W* anfängt und mit *t* aufhört.

Genau. Herrgott!

10

Die meisten Männer, die ich kenne, sind unzulänglich. Die meisten sind eitel. Meine gute Freundin und Ratgeberin Peggy O'Reggis lebt in einer Welt, in der Männer nur am Rande sichtbar sind. Ebenso meine Anwältin, Virginia Goodchild, eine eingefleischte Lesbos-Bewohnerin. Mindestens die Hälfte meiner Examensstudentinnen sind entschlossen, ihre Zeltpflöcke selbst zu tragen, zum Teufel mit der männlichen Machtstruktur, zum Teufel mit der Penetration als Ausdruck der Geschlechtlichkeit. Sie sind ausgestiegen. Alle diese Frauen lassen mir Aufforderungen zukommen, ausdrückliche und unbewußte, aber etwas in mir sträubt sich.

Die Gene vermutlich, oder vielleicht die Verhältnisse. Seit meiner Scheidung fragt meine Mutter wenigstens einmal im Monat schüchtern stotternd, während sie ihr St.-Agatha-Medaillon befingert, ob ich »jemand gefunden« habe. Einen Mann, meint sie. Sie sieht mich von der Seite an, ihre großen runden Ohrringe in Bereitschaft. Ob ich noch mit diesem netten Mann ausgehe … Stephen Stanhope? Nur gelegentlich, sage ich ihr, und mir fehlt der Mut zu erklären, daß Stephen und ich unsere Liebesbeziehung vor Monaten beendet haben. Ich weiß nicht genau, was passiert ist. Vielleicht nichts weiter, als daß seine Identität bedroht war, weil ich nicht bei ihm einziehen wollte – als ob irgendeine Frau, die ihre fünf Sinne beisammen hat, ein einmaliges Märchenhaus im Süden der Stadt für eine Doppelhaushälfte aus Ziegelsteinen draußen in Maywood aufgeben würde. Er warf mir auch leise vor, ich würde mich seines Berufes schämen – er ist Jongleur –, ein Vorwurf, der nicht ein Fünkchen Wahrheit enthält. Habe ich nicht (kurz) mit einem Baumchirurgen zusammengelebt? Habe ich nicht mit einem Mann, der Klaviere reparierte, eine Tour in die Everglades unternommen?

Ich wecke nicht gern die Hoffnungen meiner Mutter, deswegen habe ich ihr erst letzte Woche eröffnet, daß ich mit einem Mann namens Brownie »gehe.«

In dem Moment, als ich bei gebratener Truthahnbrust und Püree aus weißen Rüben diese Erklärung abgab, wirkte alles lächerlich unwahr, wie eine Geschichte, die ich erfand, um ihr eine Freude zu machen.

Das befällt mich ziemlich oft, dieses Gefühl, eine Gefangene der Fiktion zu sein, eine einfältige Darstellerin in meinem eigenen Schlüsselroman. Mein Zwergenhaus ist der Schauplatz. Die geballten Ereignisse des Tages bilden die Handlung, Brownie und ich sind die Hauptakteure, zuweilen überlebensgroß, aber ebensooft kleiner. Heute abend, Dienstag, sind wir geschrumpft und theatralisch, zwei gereizte Silhouetten, die sich vor meinem Kamin auf dem Sofa rekeln.

Als ich diesen Kamin zum ersten Mal sah, fand ich ihn scheußlich, eine wellige Öffnung in der Wand, eingefaßt von glänzenden, ingwerfarbenen Kacheln, die bei Tageslicht immer leicht verstaubt wirken. Er hat sich als äußerst tauglich erwiesen, er ist tief und zieht gut. Einmal angezündet, brennt das Feuer sauber, ein breiter Busch aus ruhigen, strahlenden, in der Mitte gelben Flammen, die rundum von den Kacheln reflektiert und in etwas Kaltes, marmorn Getöntes verwandelt werden. Ich verbrenne gute, trockene, süß duftende Holzscheite, die mich genau einen Dollar das Stück kosten, aber ich spare am Anmachholz und begnüge mich mit den alten Semesteraufsätzen und Examensbroschüren meiner Studentinnen.

»Versuch, ruhig zu bleiben«, sagt Brownie, soeben aus Kalifornien zurück, zum Thema Mary Swanns verlorenes Notizbuch. »Du reagierst übertrieben. Du ...«

»Wenn du andeuten willst, daß ich meinen Eisprung kriege, kannst du auf der Stelle zum Teufel gehen.« Ich sage es freundlich.

»Wann hast du es zuletzt gesehen, das Notizbuch? Versuch, es zu rekonstruieren.«

Das ist das Problem. Ich weiß es nicht. Vor einer Woche, vielleicht vor zwei Wochen. Es war in meinem Bücherregal. Es war nun schon seit ein paar Jahren in meinem Bücherregal, lag als Teil der Einrichtung auf V.S. Pritchetts Autobiographie, nachlässig, als sei es wertlos, unterschätzt – und jetzt, wo es verloren gegangen ist, vibriert es mit einem Mal von Einmaligkeit und Bedeutung. Ich hätte es in einem Tresorfach verwahren sollen – wie Brownie seine *Plastic Man*-Sammlung – oder wenigstens in einer verschlossenen Schreibtischschublade.

»Und in deinem Büro?« mutmaßt Brownie. (An der Art, wie er die Zunge an die Zähne legt, merke ich, daß ihn das Thema langweilt.) »Oder in deiner Aktenmappe?«

»Ich nehme es nie mit ins Büro.«

»Vielleicht wolltest du es jemand zeigen.« Die Konturen seines Gesichts sind unergründlich und geben mir das Gefühl, ein Kind zu sein, das sich gefälligst zu benehmen hat.

»Nein, glaub' ich nicht.« Ich schwanke jetzt.

»Bei deiner Mutter? Am Sonntag?«

»Natürlich nicht«, fauche ich. So kommen wir nicht weiter.

»Es wird schon auftauchen«, säuselt Brownie.

Sein rosiges Gesicht verwandelt sich, wird entschlossener. Er hat den Arm um mich gelegt, seine Finger tanzen auf meinem bloßen Arm, und aus irgendeinem Grund beunruhigt mich seine Formulierung, *es wird schon auftauchen.* Vielleicht, weil es dieselbe Formulierung ist, die meine Mutter gebraucht hat. Ein Plazebo, eine seelenlose Optimismustablette, *es wird schon auftauchen.* Dachten sie, es würde aus den Mauern heraushüpfen?

Brownie massiert mir den Rücken und erzählt mir, wie er als Zwölfjähriger einen Umschlag mit Briefmarken verlor, die ihm ein Onkel aus Mexiko geschickt hatte. Der Verlust war so schmerzlich für ihn – nicht weil er Briefmarken sammelte oder überhaupt etwas für Briefmarken übrig hatte, sondern weil er sich dumm und unachtsam und unwürdig vorkam –, daß er wahrhaftig geweint hatte, heimlich natürlich, ins Kopfkissen. Später fanden sich die Briefmarken in seinem Schulwörterbuch, wo er sie zur sicheren Aufbewahrung hineingetan haben mußte. (Ah, Brownie; ich stelle mir einen mageren Jungen vor, mit braunen, wolligen Haaren, kurz geschnitten über sonnenverbrannten Ohren, der allein in einem kleinen Zimmer sitzt, ein in blaues Leinen gebundenes Buch aufschlägt und ein kleines Pergaminpäckchen zwischen den Seiten hervorholt.)

»Es muß auftauchen«, sagt er wieder. »Und außerdem« – seine Worte erzeugen ein leises elektrisches Summen in meinem Nacken – »außerdem existiert eine Fotokopie.«

Ja, natürlich, ich gebe es zu; der *Inhalt* ist fotokopiert, aber *es* ist verloren gegangen.

»Du kannst nicht sagen, daß es wirklich verloren gegangen ist«, sagt Brownie, und er schenkt mir ein feines, ironisches Lächeln, »wenn eine Kopie im Archiv ist.«

»Eine Kopie ist nicht dasselbe. Das müßtest du doch wissen.« Und ich gähne, um ihm zu zeigen, daß ich schläfrig bin und bereit, ins Bett zu steigen, bereit, dieses ganze Theater in den Falten seines Körpers zu begraben. Ein Muskel in mir entkrampft sich.

»Du bist müde«, sagt Brownie. »Ist wohl besser, ich bleib' nicht über Nacht.« Und er schnappt sich seinen Mantel. Rasch.

Es ist ihm nicht auszureden zu gehen, nicht ohne Betteln. Also lege ich mich allein ins Bett und wälze mich stundenlang herum. Mein Trick, im Takt zu einer Zeile jambischer Pentameter zu atmen, funktioniert nicht, ebensowenig mein anderer Trick, die Zutaten für Kalbsragout aufzuzählen, eine große Zwiebel, eine geviertelte Karotte, zwei Stangen Sellerie. Zwei Uhr kommt und geht, dann drei Uhr. Ich unterhalte mich mit Miniatur-Horrorgeschichten. Könnte das Notizbuch in den Stapel Zeitungen geraten sein, in die gebündelten Zeitungen, mit denen ich vorige Woche Feuer im Kamin gemacht habe, an dem Abend, als Frost angesagt war und Brownie mit einem Strahlenkranz aus Kälte um sein Haar durch die Tür kam und – oder vielleicht habe ich es mit dem Sonderdruck über Sara Teasdale zusammengepackt und ins Büro mitgenommen, und Lois Lundigan dachte, es wäre Abfallpapier und – nein, lächerlich. Aber nicht unmöglich. Vier Uhr, halb fünf. Ich gehe alle Möglichkeiten wieder und wieder durch, bis sie in meinem Kopf eine verstimmte Melodie klimpern, eines dieser alten, halb gelispelten Lieder aus den sechziger Jahren, die nur Refrain und drei Viertel Unsinn sind. Verloren, verloren, verloren, futsch.

II

Es ist möglich, brillant zu sein, ohne tiefgründig zu sein – oder, in Mary Swanns Fall, tiefgründig zu sein, ohne brillant zu sein.

Man denke sich Brillanz als Sonnenlicht, das auf salzigen kleinen Wellen funkelt, als Glas- oder Leuchtpartikel, die das Auge reizen. Dann denke man an die Unterwasserkraft eines großen Ozeans oder an die Maschinerie sich verschiebender Erdplatten.

Als ich Mary Swanns Gedichte zum ersten Mal las (Wisconsin, die umfriedete Veranda, summende Fliegen), sah ich mich plötzlich von einem elementaren Anfall ersten Grades erfaßt. Ich war augenblicklich wachsam, gefesselt, fuhr mit den Fingern unter den Worten entlang, schrieb wie wild Randbemerkungen (und erkannte gleichzeitig die halb melancholische Wahrheit, daß ich dies immer und überall tun würde). Ich las *Swann's Songs* in einem Rutsch. Dann saß ich ein paar Minuten vollkommen still, und danach las ich es noch einmal. Eine Notiz auf der Rückseite des Buches besagte lediglich, daß Mary Swann, 1915–1965, in Nadeau, Ontario, gelebt hatte.

Eine Woche später war ich wieder in Chicago und packte meine Koffer. Ich nahm einen Mietwagen und fuhr durch Michigan, dann über die kleinen, buckligen Hügel im Westen von Ontario. Nach vierundzwanzig Stunden stand ich vor dem Rathaus von Nadeau, Bevölkerung 1750, einer kleinen Gemeinde mit einer Käserei, einer Strickerei und etwa einem Dutzend stiller grüner Straßen, beschattet von Ahornbäumen, Pappeln und Ulmen.

Der erste Mensch, den ich sah – es war sehr früh an einem Sonntagmorgen im August –, war ein schütterer Alter in einem zerknitterten Baumwollanzug, Mr. Homer Hart (wie ich später erfuhr), pensionierter Schulrektor, der sich soeben (was ich damals allerdings nicht wußte) von einem Nervenzusammenbruch erholte, seinem dritten. Er führte einen großen Apportierhund spazieren, einen Golden Retriever, und er und der Hund, Spanish Jim, waren unter einer halb abgestorbenen Ulme stehengeblieben, der Hund, um das Bein zu heben, und Mr. Hart, um bekümmert in das Geflecht hängender Zweige emporzuschauen. Wir erstarrten, wir drei, als hätten wir unsere zugewiesenen Plätze auf einer kleinen, grasbedeckten Bühne eingenommen. Rings um uns konnte ich Vogelgezwitscher hören und die kalte, bewegte Morgenluft fühlen. Dann machte Spanish Jim die Schnauze auf, kläffte aufgeregt, tänzelte zu mir herüber und begann meine Jeans zu beschnüffeln, indem er seine fleischige Lefze fletschte und fest schnaufte, so daß ich seinen Atem durch den Stoff spürte.

»Er tut Ihnen nichts«, rief Mr. Hart mit belegter Stimme, während seine Hände sich fahrig in den Taschen bewegten. »Das ist seine Art, Ihnen guten Morgen zu sagen.«

Ich erklärte – wobei Mr. Hart immerzu nickte –, wer ich bin und warum ich den ganzen Weg von Chicago nach Nadeau, Ontario, gefahren war. »Eigentlich«, sagte ich, »möchte ich jemanden sprechen, der Mary Swann tatsächlich gekannt hat.«

»Die Person, die Sie sprechen wollen«, sagte Homer Hart, der sich langsam faßte, »ist die unvergleichliche Rose Hindmarch.«

»Rose Hindmarch?« Ich entblößte meine Zähne, eine Art Lächeln, aber nicht zu beflissen, hoffte ich. Spanish Jim hatte aufgehört, meine Schuhe zu belecken, und jagte Eichhörnchen über den weiten Rasen. »Ist Rose Hindmarch eine Verwandte?«

»Ach du liebe Güte, nein, Verwandte gibt es keine, leider. Mary Swanns Familie kam ja aus Belleville. O doch, eine Tochter, aber die ist in Kalifornien, an der Küste, verheiratet, sie kommt nie hierher, seit ihre Mutter tot ist.«

»Rose Hindmarch, sagten Sie?« Wo war mein Tonbandgerät, wenn ich es brauchte?

»Ja«, sagte er, »Rose Hindmarch war eine Freundin von Mary Swann, könnte man sagen. Rose ist nämlich unsere Bibliothekarin, und unsere Gemeindesekretärin obendrein, und sie hat Mary Swann einigermaßen gut gekannt. Lassen Sie mich diese letzte Feststellung ein wenig einschränken. Sagen wir, Rose kannte sie so gut wie alle anderen. Mrs. Swann war nicht gerade kontaktfreudig. Sie blieb mehr oder weniger für sich, eine Bäuerin. Sie kam bloß alle paar Wochen ins Dorf.«

»Alle paar Wochen?« quietschte ich und fragte mich, ob ich mir das alles merken konnte, um es später aufzuschreiben.

»Sie erledigte ihre Einkäufe und ging dann in die Bücherei, um sich ein paar Bücher zum Lesen auszuleihen. Mrs. Swann hat viel gelesen, eine richtige Leseratte war sie, und jetzt ist sie eine berühmte Dichterin. Hatte was los mit Wörtern. Sie konnte über jedes Thema, das man ihr nannte, ein Gedicht runterspulen. Schneestürme, der See, wenn das Eis schmolz. Ein richtig schönes hat sie über einen Apfelbaum gemacht, glaube ich. Ich wollte, ich könnte mich genau erinnern, wie es ging. ›Didum, didum, der Apfelbaum.‹ So ähnlich. Wenn man das Gedicht liest, sieht man ganz plötzlich den Baum vor sich, wie er Blüten treibt, ein Bild aus Worten. Unwahrscheinlich, was die Frau zustandebrachte, fast ohne jede Schulbildung. Also wie gesagt, Rose Hindmarch ist unsere Bibliothekarin. Wir haben eine erstklassige Bücherei für so eine kleine Gemeinde, und wenn jemand Ihnen was über Mrs. Swann erzählen kann, dann ist es Rose.«

Rose Hindmarch erwies sich als eine kleine schildkrötenhafte Frau mit einem Haar am Kinn wie eine Hieroglyphe, unverkennbar jungfräulich, Mitte Vierzig, Blinzelblick, unterwürfig, leicht erregbar. Wir verbrachten den ganzen Sonntagnachmittag zusammen, saßen in dem schwülen Wohnzimmer ihrer Wohnung – die sie ihre Suite nannte –, in der zweiten Etage eines alten Holzhauses. Ich war erstaunt, daß Mary Swanns einzige Freundin eine Bibliothekarin mit einem kleinen Echsengesicht und einem nervösen Lachen war. Ich sah auf Anhieb, daß ich sie erschreckte.

Ich erschrecke oft Leute. Ich erschrecke mich sogar selbst. Muß wohl an meiner unbeugsamen Energie liegen. Ich tat, was ich konnte, um Rose ihre Befangenheit zu nehmen, ich bewunderte die Farne an ihrem Fenster, die Lampe auf ihrem Farbfernseher, den Afghan auf ihrem Sofa, den gehäkelten Läufer auf ihrem Eichentisch, ihre Methode, Tee aufzubrühen, ihre Begeisterung für Spionagegeschichten und Heimatkunde und besonders – ich näherte mich behutsam dem Thema – ihr Interesse für die Dichterin Mary Swann.

Binnen einer Stunde hatte ich sie erobert, dermaßen schnell erobert, daß ich vor Scham zusammenzuckte. Rose schien unlösbar verbunden mit dem Geruch von Gesichtspuder und Atemfrisch-Pfefferminz, und auf dem gepuderten, atemfrischen Gesicht lag der stille Schein verhinderter Erfahrung. Aber sie war, und es gibt kein anderes Wort dafür, ein guter Mensch. Aufrichtige Bescheidenheit, wie ich sie mir selbst gerne bescheinigen würde, machte sie offen und ehrlich. Ich wußte, daß ich ihr trauen konnte. Während sie sprach, machte ich mir Notizen; ich kam mir vor wie eine Diebin, ließ mir aber kein Wort entgehen.

Anfangs floß es langsam heraus. Ja, sie hatte Mary Swann gekannt. Ihre beiderseitige Liebe zu Büchern hatte sie zusammengeführt; sie verwendete tatsächlich diese gesichtspudrige Phrase und sah mir dabei geradewegs in die Augen: *unsere beiderseitige Liebe zu Büchern.* Ich bat sie dringlich um Einzelheiten. Wie gut sie sie gekannt habe? Oh, meinte sie, besser als die meisten. Die meisten Leute hatten Mary Swann nur von ferne gesehen, eine Bäuerin, die Lebensmittel einkaufte, einen alten Männermantel und grauenhafte Segeltuchschuhe trug. Aber wenn sie konnte, verweilte Mary Swann gerne am Pult in der Bücherei und sprach über ihre Lieblingsschriftstellerin, Bess Streeter Aldrich. Oh, und Edna Ferber, sie war eine getreue Anhängerin von Edna Ferber.

Am späteren Nachmittag kredenzte mir Rose ein Getränk aus Roggenwhisky mit Gingerale in einem Saftglas. Sie wurde ganz flatternde Gastgeberin, tischte eine Schale Kartoffelchips auf und eine Schale saure Sahne zum Stippen. Ihre Zunge löste sich, und sie erzählte mir von Mary Swanns Mann, der ein bettelarmer Bauer war, ein beschränkter Kerl, der zu Wutausbrüchen neigte. Er verübelte seiner Frau die Besuche in der Gemeindebücherei, soviel war klar. Er erzählte jedem, der es hören wollte, daß Frauen was Besseres zu tun hätten, als die Zeit mit dem Lesen von Romanen zu verplempern. Er wartete draußen in seinem Lieferwagen auf sie, gab ihr nur ein paar Minuten, um ihre Bücher zu holen, drückte auf die Hupe, wenn er ungeduldig wurde, und erlaubte ihr nur zwei Bücher auf einmal zu entleihen. Das war sein Limit. Er hatte ein spitzes rotes Gesicht und Knopfaugen. Keiner konnte begreifen, warum sie bei ihm blieb. Er hatte nicht einen einzigen Freund. Die Leute hatten Scheu vor ihm. Ihre Tochter jedoch, ein kluges Mädchen, war gut in der Schule – wahrscheinlich der Einfluß ihrer Mutter – und bekam ein Stipendium. Sie konnte fort, aber Mary mußte bleiben. Manche Leute im Bezirk sagten, Angus Swann hätte seine Frau regelmäßig verprügelt. Einmal erschien sie mit einem blauen Auge und einem verstauchten Arm im Dorf. Es hieß auch, er hätte einige ihrer Gedichte im Herd verbrannt, und seither habe sie sie in der Küche unter dem Linoleumboden versteckt. Ein regelrechter Schuft, ein Ungeheuer. »Und Sie wissen natürlich, wie es endete«, sagte Rose Hindmarch.

»Wie?« fragte ich.

»Wollen Sie etwa sagen, Sie wissen es nicht?«

»Nein.«

Roses Augen glitzerten. Dann sagte sie: »Der Kerl hat ihr eine Kugel durch den Kopf geschossen und sie in kleine Stücke zerhackt.«

12

Ich blieb zwei Tage, nahm im Hotel Nadeau ein Zimmer, das sich über dem Bierausschank befand. Rose Hindmarch, Homer Hart und seine Frau Daisy begleiteten mich zum Friedhof, um mir zu zeigen, wo Mary Swann begraben lag. Das Grab war ein kleiner Hügel mit einem schönen Stein, einem schlichten Granitblock, mit der Inschrift »Mary Swann, 1915–1965, geliebte Mutter von Frances«. (Angus Swann war verbrannt worden, und niemand hatte seine Asche haben wollen, wie mir Daisy Hart selbstgerecht mitteilte.)

Plaudernd wie alte Bekannte an einem Feiertag, fuhren wir vier als nächstes zu dem verlassenen Hof der Swanns. Ein verwittertes Schild »Zu verkaufen« stand vor dem Haus. Das Schild stehe schon fast zehn Jahre da, sagte mir Rose Hindmarch. So wie es aussehe, würde das Anwesen nie verkauft werden. Wir wateten durch wucherndes Gras. Haus und Scheune waren aus ungestrichenem grauem Holz, die Dächer eingesackt. Die Veranden vor und hinter dem Haus waren baufällig, und die Fenster waren mit Brettern vernagelt. Über den trostlosen Nebengebäuden erhob sich turmhoch der Silo, wo Angus Swann den zerstückelten Leichnam seiner Frau hineingeworfen hatte – Kopf, Rumpf und abgetrennte Beine –, bevor er sich an den Küchentisch setzte und in den Mund schoß.

Niemand weiß genau, was sich zwischen den beiden abgespielt hatte. Es gab keine Erklärung, keinen Brief oder Hinweis, aber eines von ihren letzten Gedichten läßt Mary Swanns zunehmendes Gefühl von Klaustrophobie und Hilflosigkeit erkennen. Die letzte Strophe lautet:

Die Tränen sind in Minuten versteckt
die Tage weinen in das Kleid.
Die Jahre haben das Schluchzen erstickt
und Schweigen bringt die Ewigkeit.

Rose Hindmarch – unterdessen meine getreue Führerin – erbot sich, den Schlüssel beim Grundstücksmakler zu besorgen, damit ich das Haus von innen sehen könne, doch ausnahmsweise zögerte ich. Das verwunderte mich, denn Zögern ist nicht meine übliche Haltung, beileibe nicht. Doch als ich auf der vorderen Veranda stand und dem Wind zusah, der durch den überwucherten Hof fegte, hatte ich das unangenehme Gefühl, ein Eindringling zu sein. Daß in einer solchen Ödnis Kunst entstehen konnte, war unsagbar verstörend. Und welches Recht hatte ich, Vergrabenes – Scham, verstohlenes Ringen – auszugraben? Außerdem hatte ich genug gesehen; später jedoch, als ich von den Gedichten hörte, die Willard Lang unter dem Linoleumboden entdeckt hatte, packte mich die Reue.

Was immer Mary Swann in ihren letzten Tagen heimgesucht hatte – Ersticken, Erschöpfung –, überströmte mich nun, und ich glaube, die anderen spürten es auch. Homer Hart stützte sich keuchend, mit bleichem Gesicht auf das brüchige Geländer, und Roses Hand fuhr über ihr Kinn, wie sie es bei unserer ersten Begegnung getan hatte. Sogar die überschwengliche Daisy Hart, eine forsche, großbusige Frau Mitte Fünfzig in einem gut sitzenden Kostüm aus grobem Leinen – sie würde es als Zweiteiler bezeichnet haben –, brachte nur noch ein respektvolles, wiederholtes Gemurmel zustande – *die Ärmste, sogar der Kopf abgetrennt.* Wir stiegen wieder in den Mietwagen und fuhren schweigend nach Nadeau zurück. Plötzlich sehnte ich mich nach Chicago und beschloß, auf das Treffen mit Mary Swanns Verleger Frederic Cruzzi in Kingston zu verzichten. Ich wollte losfahren, sobald ich meine Sachen beisammen hatte.

Zum Abschied schenkte ich Rose, um mich zu bedanken, ein kleines Flakon französisches Parfüm. (Es war ungeöffnet, noch in der Schachtel, ein Geschenk von Olaf, das ich zum Glück in meinem Koffer mitgebracht hatte.) Sie streckte die Hand aus, zögerte dann. Ihre Augen wurden feucht von rührseligen Tränen. Es sei zuviel, sagte sie. Sie könne sich nicht vorstellen, ein so extravagantes Parfüm zu benutzen. Sie habe die Anzeigen in *Womans Day* gesehen. Aber wenn ich darauf bestehe … Ich bestand darauf. Ich war beharrlich. Ich drückte es ihr in die Hand. Nun gut, sie werde es in Ehren halten, für besondere Gelegenheiten aufbewahren, für ihre Bridge-Abende oder ihre Fahrten nach Kingston. Sie schüttelte den Kopf, versprach mir, jedes Mal, wenn sie sich ein wenig davon hinter die Ohren tupfte, an mich zu denken und sich an meinen Besuch zu erinnern.

Überschwenglichkeit macht mich verlegen, vor allem, wenn sie ehrlich ist. Das Parfümgeschenk war ein bescheidener Dank für die Hilfe und die Einsichten, die Rose mir hatte gewähren können, aber es war schwer, sie davon zu überzeugen. Ihr Mund zuckte, das Härchen an ihrem Kinn vibrierte im Wind. Wir standen neben dem Mietwagen, den ich vor ihrem Haus geparkt hatte, und ich fragte mich, ob wir uns gleich die Hand geben oder umarmen würden. Ein guter Mensch. Eine couragierte Frau.

»Warten Sie einen Moment«, sagte sie plötzlich. »Ich bin gleich wieder da.« Sie flitzte ins Haus, kam kurz darauf mit zwei Gegenständen zurück und bestand darauf, daß ich sie mitnehme. Beide hatten Mary Swann gehört und waren Rose zusammen mit den überfälligen entliehenen Büchern von dem für den Swann-Hof zuständigen Grundstücksmakler übergeben worden.

Der erste war ein kleines Spiralnotizbuch. Ich schlug es auf und sah die linierten Seiten bedeckt mit datierten Uberschriften und Eintragungen in blauer Tinte. »Ein Tagebuch!« hauchte ich und konnte mein Glück nicht fassen.

»Bloß Notizen«, sagte Rose Hindmarch. »Alles mögliche. Ich konnte daraus nicht schlau werden, es ist so ein Durcheinander. Aber *dies* hier wird Sie wirklich interessieren.«

Sie hielt mir ein billiges Taschenbuch hin, ein Reimlexikon. Wenn ich mich recht erinnere, hieß es *Spratts neues, verbessertes*

Reimlexikon für praktizierende Dichter. Als sie es mir überreichte, glühte Roses Gesicht vor Erregung über ihre eigene Großzügigkeit. »Hier. Bei mir ist es zu nichts nütze. Was versteht jemand wie ich von wahrer Dichtung?«

Ich glaube, ich habe ihr gedankt. Ich *hoffe,* ich habe ihr gedankt. Wir hatten eine steife Kollision, erinnere ich mich, eine zaudernde, selbstschützerische Umarmung. Die Spitze ihres Kopfes stieß hart gegen die Seite meines Kiefers. Meine Umhängetasche knallte gegen ihre Hüfte. Danach stieg ich ins Auto und fuhr langsam davon. Ich fuhr unter einem kühlen Blättergeflecht aus dem Dorf, das Lexikon und das Notizbuch neben mir auf dem Sitz. Bald war ich auf der Fernstraße nach Westen.

Ein See flitzte vorbei, mit ein paar Motorbooten auf der stillen Oberfläche. Dann kamen umzäunte Weiden, Scheunen und lang gestreckte, abfallende Birkenhaine. Ich dachte an Sylvia Plath; jemand hatte mir erzählt, sie habe ein Thesaurus-Wörterbuch zu Hilfe genommen, wenn sie ihre Gedichte schrieb. Ich war überrascht, daß ich mich noch daran erinnerte. Und betrübt, weil ich an einem so schönen Tag an Sylvia Plaths Thesaurus dachte.

Mary Swanns Reimlexikon und Notizbuch lagen auf dem Sitz. Ich konnte sie beim Fahren berühren. Meine Gedanken waren auf das Notizbuch gerichtet und darauf, was sein Inhalt mir demnächst enthüllen würde, aber das Lexikon zog ständig meinen Blick auf sich und lenkte mich mit seinem übertrieben heiteren Einband ab. Nach ein paar Kilometern erschien es mir unheimlich; es war, als würde es dem Notizbuch daneben etwas Unwirkliches verleihen.

Ich hielt beim ersten Abfalleimer am Straßenrand an und warf es hinein. Dann fuhr ich geradewegs zur Grenze.

13

In einem rumpelnden U-Bahnwagen, an eine Plastikschlinge geklammert, steht, jung, liebenswert und kräftig, Stephen Stanhope, mein einstiger Geliebter. Seine Schultertasche hat er mit indischen Keulen, Gummiringen, Lacrossebällen und anderen Utensilien des professionellen Jongleurs vollgepackt. Er ist unterwegs zu einem Auftritt, erzählt er mir, einer Lions-Wohltätigkeitsveranstaltung in Evanston. »Magst du nicht mitkommen und mir Gesellschaft leisten?« fragt er, und ich sage: »Warum nicht?«

Es ist Samstag. Ich bin nach einem auf dem Markt verbrachten Vormittag auf dem Nachhauseweg, meine Einkaufstasche ist prallvoll mit sinnlichen Kürbissen. Die alte Rastlosigkeit ist wieder da, mein geistiges Ekzem, wie Brownie sie nennt. (Brownie ist wie meistens am Wochenende nicht in der Stadt; er grast das Umland nach *Plastic Man*-Comics und Erstausgaben – oder auch Zweit- oder Drittausgaben – von Hemingway oder Fitzgerald ab, die von Mal zu Mal schwerer aufzutreiben sind.)

Auf der Lions-Wohltätigkeitsveranstaltung sitze ich am Rand und beobachte Stephens Vorführung. Der über zwei Meter große Mann trägt lose sitzende Baumwollkleidung und weiße Turnschuhe. Lautlos, mit wunderbarer Geschmeidigkeit, bewegt er sich auf großen Füßen, elegant und clownesk. Er besitzt die Gabe der Unterhaltung, mein Stephen, die Fähigkeit, die Kinder zu verzaubern, von denen einige in Rollstühlen sitzen, und den verlegenen, gluckenden Eltern ihre Befangenheit zu nehmen. Er bringt sie behutsam zum Lachen. »Wenn ihr ganz genau achtgebt«, erzählt er dem Publikum mit gesenkter Stimme, »könnt ihr vielleicht sehen, wie ich diese Keule auf meinen Zeh fallenlasse.« Eine Sekunde später läßt er absichtlich eine fallen und hüpft in sprachloser Pein auf und ab, während die Kinder brüllen und klatschen. Dann mimt er eine rasche Genesung und führt seine Nummer mit dem Rad aus fünf Bällen vor, gefolgt von seiner Rückwärtskaskade, und zum Schluß die berühmte Feuernummer mit drei Fackeln. Ich habe sie alle früher schon gesehen, aber heute tritt er mit besonderer Geschicklichkeit auf. Er ist ein Meister seines komischen Gewerbes, dieser fünfunddreißig Jahre alte Sohn eines millionenschweren Getreideinvestors.

Tüchtige Männer erschaffen sich selbst, aber tüchtige Frauen, scheint mir, werden von ihren Müttern erschaffen. Frauen können der kosmischen Anziehungskraft ihrer Mütter nie ganz entkommen, weder ihren schmallippigen Erwartungen noch ihrer schadhaften Liebe. Wir wollen unseren Müttern gefallen, ihnen nacheifern, ihnen Schande machen, ihnen gehorchen, sie erzürnen und uns in den Mysterien und Tröstungen ihrer Gegenwart vergraben. Wenn meine Mutter und ich in ein und demselben Zimmer sind, wirken wir Wunder aneinander: Ich werde unsäglich heiter und mache mich neu ersonnener Naivität und anderer nachsichtiger Mätzchen schuldig, und das traurige, hilflose Zittern meiner Mutter wird ein Hilferuf. Binnen Minuten rattern wir zwei drauflos, eine genetische Nähmaschine, angetrieben von grenzenloser Liebe. Ich vertrete den Glauben, daß zwischen Müttern und Töchtern eine Art Blut-Bindestrich besteht, der letztlich untilgbar ist. (Dies alles ist freilich im dritten Kapitel meines Buches *Das weibliche Prisma* erforscht, mit zahlreichen Beispielen aus der Literatur des 19. und 20. Jahrhunderts.)

Die Erfahrung von Männern ist anders. Betrachte ich Stephen und Brownie und all die anderen Männer, die ich kenne, dann bewundere ich, wie es ihnen gelingt, zwischen sich und ihren Vätern eine Distanz zu schaffen. Stephens Vater, dem ich nur ein einziges Mal begegnet bin, führt den Vorsitz in einem Sitzungssaal so hoch oben in der Getreidebörse, daß er sich auf einem Berggipfel befinden könnte, während Stephen, sein einziger Sohn, dieser große, leichtfüßige Junge, munter Holzkeulen aus der

Luft pflückt, U-Bahn fährt und in einer gemieteten Bruchbude in Maywood wohnt, anscheinend nicht gewillt, den materiellen Reichtum zu genießen, mit dem er überschüttet wird. Und Brownie, mit seinem wunderbaren kleinen finsteren Runzeln, dem finster gerunzelten Blick und der finster gerunzelten Konzentration – ich bin sicher, dies sind seine eigenen Erfindungen und kein Erbe von seinem armen, aber fidelen Vater (wie ich ihn mir vorstelle) – trampelt dort auf den lehmigen Feldern herum. Brownies Leben scheint wie Stephens dazu bestimmt, dem Schicksal seines Vaters zu entgehen, während meins mit demselben breiten Stift gezeichnet ist wie das meiner Mutter.

Stephen fragt mich, wie meine Mutter ist. Er tut es später, bei getoasteten Sandwiches und Bier in einer Bar in der Stadt. Ich erzähle von dem Knoten in ihrer Seite, der sie manchmal nachts nicht schlafen läßt, aber wenigstens scheint er nicht zu wachsen, und daß sie nächste Woche für ein paar Tage zur Untersuchung ins Krankenhaus geht. Es besteht die Möglichkeit zu operieren, aber mit aller Wahrscheinlichkeit ist der Knoten gutartig.

»Ich habe dich vermißt«, sagt Stephen und ringt dabei unentwegt die Hände. »Ich habe unsere tolle gemeinsame Zeit vermißt.«

»Ich auch«, sage ich leicht erstaunt, und dann lade ich ihn spontan ein, die Nacht mit mir zu verbringen.

Was ich vermißt habe, ist sein Gesicht, diese Gelassenheit darin, die einmalige Unnahbarkeit, die Tatsache, daß dies ein Gesicht ist, das unverwechselbar scheint und unter dem sich nichts verbirgt. Es ist auch ein Gesicht, dem das Schwinden der Jugend gut getan hat. »Ein offenes Gesicht«, sagte meine Mutter, als sie ihm zum ersten Mal begegnet war. »Ein Gesicht, das mit der Zeit immer besser wird.«

Ich erinnere mich genau, wie sie dies gesagt hat. Gewöhnlich erinnere ich mich an alles, was sie sagt. Die Verbindungsschnur zwischen uns ist gespannt von Details. Ich habe alle ihre kleinen Urteile in einer Datei abgelegt. Es gibt tatsächlich kaum einen Gedanken in meinem Kopf, der nicht mit einer Bemerkung meiner Mutter verstärkt oder unterlegt ist. Dies bekräftigt eine meiner Lebenstheorien: daß Frauen das volle Gewicht der Worte ihrer Mütter mit sich schleppen. Das ist der Teil in uns, der nie ausgelöscht oder revidiert werden kann.

14

Eine Studentin namens Betsy Gore-Heppel aus meinem Seminar über Frauen in Romanen des Mittelwestens hat heute ein Baby bekommen, eine sieben Pfund schwere Tochter. Wir haben alle zusammengelegt, um ihr ein Gebilde aus Riemen und Schlingen zu kaufen, das sich *Ma-Terna-Pak* nennt, damit sie nach ein, zwei Wochen mit ihrem vor die Brust geschnallten Säugling ins Seminar kommen kann. Wegen der Beratung über das Geschenk, des Unterschreibens der Karte und des anschließenden Umtrunks zur Feier des Tages mit den Seminarteilnehmerinnen kam ich zwei Stunden später als sonst nach Hause. Zum Abendessen gab es deswegen eine Tasse Tomatensuppe, die ich schlürfte, während ich den neuesten Brief von Morton Jimroy las.

Wie in seinen anderen Briefen ist er ganz Umsicht und Aussöhnung. Er »verstehe vollkommen«, schreibt er, daß es mir widerstrebt, ihn am Inhalt von Swanns Notizbuch »teilhaben« zu lassen. Er bittet mich abermals, ihm zu verzeihen, wenn mir seine Bitte »unverschämt« erschienen sein sollte, und hofft, ich möge verstehen, daß sein Wunsch, »nur einen kurzen Blick« hineinzuwerfen, seinem Drang entsprang, *zu belegen, belegen, belegen!*

So fährt er fort in diesem Stil, seinem einzigen Stil, vermute ich, und endet mit einem recht ansprechenden professionellen Absatz: »Der Sauerstoff des Biographen ist nicht, wie man meinen sollte, Spekulation; es sind die kleinen, sorgfältigen Beweise, die er spezifiziert und erhärtet.«

Ich frage mich: Ist diese Äußerung eine offene Entschuldigung oder ein verkappter Vorwurf? Ich habe ihm einen der »kleinen, sorgfältigen Beweise« verweigert, die er benötigt, wenn seine Biographie Substanz haben soll. Soll ich deswegen das Gefühl haben, daß ich den methodischen Verlauf der Forschung gestört habe, indem ich Jimroy bat, noch ein paar Monate zu warten, bevor er das Notizbuch zu sehen bekommt? Ja. Nein. Na schön, vielleicht. Selbst wenn ich bereit wäre, meine eigenen Interessen zurückzustellen, ist schwer einzusehen, was es ausmachen würde. Er wird Marys Notizbuch am Ende zu sehen bekommen, zumindest eine Fotokopie davon, und wenn er sich die Seiten ansieht, wird er ganz sicher eine tiefe Enttäuschung erleben.

Eine tiefe Enttäuschung erlebte ich, als ich das Notizbuch zum ersten Mal aufschlug. Was ich mir versprach, waren Aufschlüsse, Anmut, ein Einblick in die Frau Mary Swann, wie sie in ihre Gedichte hinein und wieder hinausschwebte. Was ich bekam, war »Wasserstand heute tief« oder »grüne Bohnen hoch« oder »Geld fast alle« oder »Wind nimmt zu«. Dieses »Tagebuch« war nichts weiter als die Bestandsaufnahme des Auf und Ab einer Bäuerin, einer *beliebigen* Bäuerin, und das Ganze in einer grauenhaften Klaue. Ich rätselte tagelang über einem gekritzelten Abschnitt, in der Hoffnung auf einen Lichtblitz, und entschied schließlich, daß das Gekrakel »Türklinke abgebrochen« heißen mußte.

Mary Swanns Notizbuch – Gott weiß, wozu es gut war – umfaßte einen Zeitraum von drei Monaten, den Sommer 1950, und was es dokumentiert, ist eine Folge von belanglosen Vorfällen (»Hand an Pumpe geschnitten«) oder reparaturbedürftigen Gegenständen (ein Kessel, ein Schuh) oder zuweilen nur kleine Aufzählungen von Worten (Dosenöffner, Wachspapier, Zucker), die, wie ich nach einigem Nachdenken entschied, nur Einkaufslisten sein konnten. Selbst Marys gelegentliche Naturbeobachtungen sind, gelinde ausgedrückt, primitiv: »Äste unten«, »Rettich spärlich«, »Sonne sengt«.

Und dies von der Frau, deren ganze Ästhetik auf Gram beruhte! Der Frau, die für mich ein Musterbeispiel an Duldsamkeit und Überleben geworden ist. Ich fühlte mich im Stich gelassen, ja betrogen, zögerte jedoch, es mir einzugestehen. In den Wochen, nachdem ich das Notizbuch von Rose Hindmarch entgegengenommen hatte, blätterte ich die Seiten wieder und wieder durch. Ich stellte mir vor, daß sie eines Tages einen Schlüssel liefern würden, der die nichtssagenden kleinen Eintragungen in lichte Botschaften verwandelte. Vielleicht erhoffte ich mir dieselben idiomatischen Verrenkungen, wie sie häufig in den Gedichten vorkommen, einen schiefen Bezug, der in Wirklichkeit eine gelungene Irreführung derjenigen ist, die sie lesen. So zum Beispiel ihr Apfelbaumgedicht, das tatsächlich ein klarer Ausdruck weiblicher Sinnlichkeit ist, und ihre Wassergedichte, die, auch wenn einige Forscher widersprechen, die deutlichen Konturen von Geburt und Regeneration nachzeichnen. Sie ist die Meisterin des umgekehrten Bildes. Nehmen wir »Flieder«, ihr erstes veröffentlichtes Gedicht. Es gibt sich als müßige, passive Beschreibung eines blühenden Baumes, doch in Wirklichkeit ist es die eindringliche Aussage einer Frau, die von ihren Wurzeln abgetrennt ist, eine der anrührendsten, die ich je gelesen habe.

Natürlich habe ich ihr Notizbuch in der Hoffnung auf ebensolche unterströmigen Texte aufgeschlagen, und der Grund, weswegen ich mich weigerte, Morton Jimroy oder sonst jemanden ohne Weiteres daran teilhaben zu lassen, ist der, daß ich immer noch, vielleicht dummerweise, hoffe, aus diesen beschränkten Wetterberichten und Einkaufslisten einen bedeutungsvollen Kern herauszupressen.

Ich habe mich noch nicht entschieden, wie ich die Aufzeichnungen auf dem Symposium präsentieren werde, ob ich sie als schlichtes ländliches Tagebuch zitiere (»Swann steht mit einem Fuß fest in der Alltagswelt und mit dem anderen …«) oder als ein Kryptogramm darstelle, niedergeschrieben von einer Frau, die die Erkenntnis erschreckte, daß sie eine Künstlerin war. Nichts in ihrem Leben hatte sie auf die visionäre Klarheit vorbereitet, die sie in den mittleren Jahren überkam, oder darauf, was für *Dinge* sie mithilfe eines Parker 51 und eines Reimlexikons zustande bringen würde. (Ich werde das Lexikon selbstverständlich nicht erwähnen, das längst zu Staub geworden und, hoffentlich, vergessen ist.)

Doch einerlei, wie ich das Notizbuch präsentiere, die Reaktionen werden Enttäuschung sein, insbesondere seitens Morton Jimroy mit seiner heiligen Einstellung zu Ursprungsmaterial. Er wird enttäuscht sein – ich stelle mir sein eingefallenes Gesicht vor, den geschürzten Mund und die eingesunkenen Augen – enttäuscht von dem Notizbuch selbst, enttäuscht von Mary Swann und auch, da besteht für mich kein Zweifel, von mir.

Aber bin ich nicht andererseits auch von ihm und seinen biographischen Ausgrabungen enttäuscht? Bislang hat er noch nicht die kleinste Kleinigkeit über Marys Mutter beigebracht, nicht einmal ihren Mädchennamen, und er zeigt nicht das geringste Interesse, ihrer Spur nachzugehen. Versteht er denn nichts von Müttern? »Die Kindheit«, schrieb er mir in seinem vorletzten Brief, »wurde in der Vergangenheit von Biographen maßlos überschätzt, ebenso wie familiäre Einflüsse.«

Es ist schwer auszumachen, ob dies eine entschlossene neue Biographenstrategie ist oder ob Jimroy Materialarmut kaschiert. Aber eines ist für mich sicher: Marys Gedichte sind angefüllt mit versteckten Bezügen auf ihre Mutter und die Stärke und Gewalt von Familienbindungen. Besonders ein Gedicht dreht sich um die unausweichliche Beständigkeit von Blutbanden, vornehmlich jenen zwischen Müttern und Töchtern. Es ist ein Gedicht, das mir überallhin folgt, das laut in meinem Kopf singt und mitten auf mein Herz trommelt.

Meinen Namen spricht das Blut
sengt den Tag mit Schamesglut
verzehrt das bißchen was ich hab
raubt Stunden, schabt den Knochen ab.

15

Ich brauche ein Bild, um mein Leben zu organisieren. Eine Blume wäre hübsch, eine Schwertlilie, ein zarter, hängender Blütenblätterkopf und ein Stengel wie ein langer grüner Fluß. Ich könnte sie, ein Sinnbild meiner selbst, schwanken sehen im leisesten Wind und ihren unnahbar purpurnen Blick bewundern. Der gekräuselte Mund, keinen Millimeter tiefer herabhängend als eben noch zulässig – er würde meine gegenwärtige Verzagtheit beschämen.

Warum bin ich traurig heute abend? Ich richte diese Frage an das marokkanische Kissen in meiner Sofaecke, ein Dreieck aus weichem weißen Leder. (Komm schon, Sarah, stell dich nicht so an, was hast du überhaupt für einen Anlaß, traurig zu sein?)

Weil es heute den ganzen Tag geregnet hat, weil ich neidisch bin auf Betsy Gore-Heppel, weil ich mich um die Gesundheit meiner Mutter sorge, weil ich Mary Swanns Notizbuch noch nicht gefunden habe, weil ich heute morgen mit dem guten alten Professor Gliden eine »ernste Auseinandersetzung« über die intertextualen Strukturen in Edith Whartons Romanen hatte, weil meine einzige Post heute eine Ölrechnung war, weil Stephen Stanhope mir Blumen geschickt hat, wegen Nicaragua, weil der Papst im Fernsehen eine Rede hielt, die mich an meinen verlorenen Glauben erinnerte, weil ich meine schönen Kleider satt habe (die Schulterpolster, die Gänge zur Reinigung), weil es regnet und regnet – wegen alledem bin ich heute abend schwach geworden und habe Brownie angerufen, der mich seit zwei Wochen nicht angerufen hat.

Er hatte unglaublich viel zu tun, erklärt er. (Alle meine Sinne schalten auf Achtung.) Er mußte drei neue Verkäuferinnen und einen Ganztags-Buchhalter einstellen. Er hat sich gerade zwei

Tage in Peoria in einer Damen-und-Herren-Bibliothek (seine Worte) umgesehen, die zur Versteigerung anstand. Danach war er auf einen Sprung in St. Louis, um *Wonder Woman-Comics* zu begutachten, die in einem miserablen Zustand waren; aber er hat immerhin eine hervorragende, signierte Erstausgabe von Disraelis *Sybil* ausfindig gemacht, für die er bereits einen Käufer hat. Nächste Woche hat er eine Verabredung in Montreal, um sich ein paar flammende Liebesbriefe anzusehen, die vor mehr als hundertfünfzig Jahren geschrieben wurden.

Die Aufspürerei hält ihn in Trab. Er hat zu tun, *zuviel* zu tun, sagt er. Er ist fix und fertig. Erledigt. Ein Wrack.

Warum unterläuft dann so ein exaltierter Schauder seine Klagen? Diese geschäftige Melodie der Betriebsamkeit oder Gerissenheit, in jedem Wort kann ich sie hören, sogar in den kurzen Pausen zwischen den Worten. »Willst du nicht herkommen?« schlage ich vor. »Ich mache Feuer im Kamin. Wir können uns unterhalten.«

Das Flehen in meiner Stimme bestürzt mich. Herrgott, warum liebe ich Brownie?

Eine gute Frage. Seine krausen Haare, die in schlangenartigen Ringellöckchen enden. Seine krause Art, gleichzeitig zu reden und zu denken. Seine Handgelenke. Seine Armbanduhr, und wie er nach der Uhrzeit sieht, als vergleiche er sie mit jener anderen Uhr in seinem Gehirn, die in einem versetzten, womöglich bedrohlichen Rhythmus tickt. Sein kühler, unvoreingenommener Blick. Seine schmalen, einsteinartig hochgezogenen Schultern. Seine Pullover mit den durchgescheuerten Ellenbogen. Seine hilflose Geldnot und sein Glaube, daß er nie genug für sein Alter zurücklegen kann – allerdings zweifelt er, daß er alt wird. Seine Fingerspitzen auf meiner Schulter, die verschlüsselte Botschaften tippen. Die Kraft seiner kurzen Beine, so kurz, daß seine Füße, wenn wir zusammen durch den Park spazieren, hastig über den Kies stürmen. Seine Kostümsammlung, viktorianische Capes, Militärjacken und dergleichen. Die Gewieftheit, wie er mit seinen zerlesenen alten Büchern umgeht, seine Bereitschaft, sie zehn, zwanzig Jahre zurückzulegen, bis ihr Wert sich vervielfacht und in die

Höhe schnellt. *Kostbarkeit, Kostbarkeit,* scheint seine gefurchte Stirn zu sagen, wobei er mit Kostbarkeit etwas ganz anderes meint, als ich darunter verstehen würde. Die Art, wie sein Mund einen Kreis formt, bereit, die Möglichkeit der Liebe zuzugeben, doch nie zu verheißen. Das bringt mich fast um, seine Blindheit für die Liebe.

»Nächste Woche bestimmt«, verspricht er.

Kaum aus Montreal zurück, muß er wieder nach Kalifornien, um sich die Stromberg-Sammlung von *Plastic Man*-Comics anzusehen, die einzige ihm bekannte, die mit seiner eigenen konkurriert. Es geht das Gerücht, daß Stromberg bereit sei zu verhandeln. »Ich besorge mir für alle Fälle einen Packen Scheine«, erklärt Brownie mir. »Aber wenn das vorbei ist, werde ich endgültig kürzertreten.«

Brownie hat mir einmal von einem Volkswirtschaftler erzählt, der den Weltmarkt für mexikanische Springbohnen aufkaufte. Das hat ihm imponiert. Jetzt ist *er* darauf aus, *Plastic Man* in seinen Besitz zu bringen, jedes einzelne Exemplar, aber danach will er ausspannen, sagt er. Er nimmt sich vor, sich zu erholen, vielleicht ein paar von den Büchern in seinem Laden zu lesen. Er hat seit zehn Jahren kein Buch mehr gelesen, erzählt er mir. Ein Grund mehr für mich, ihn zu lieben.

Ich muß etwas Perverses an mir haben. *Du bist pervers,* sage ich mir und fülle meinen Kopf mit Brownie, wie er blinzelt, wenn er ein Geschäft abschließt, sich die Lippen leckt, die Augen verdreht wie ein Betrüger, herumalbert.

Der Gedanke heitert mich auf, und mit neuem Elan mache ich mir eine Tasse Ingwertee und gehe ins Bett. Wie es aussieht, wird es die ganze Nacht weiterregnen. Ich liege auf dem Rücken und stelle mir vor, wie ich energische Küsse auf Brownies warmen Mund drücke. Der Regen hält an, liebliche, liebliche Musik auf meinem Dach.

16

Genug gezaudert, es wird Zeit, daß ich meinen Vortrag für das Swann-Symposium konzipiere und auf die Post bringe. Willard Lang in Toronto macht mir die Hölle heiß; ein Brief letzte Woche, ein Anruf gestern nachmittag; in seinem schrecklich höflichen, rasselnden Quiekton erinnerte er mich an etwas, das ich längst wußte, nämlich daß er den Abgabetermin zweimal verschoben hat (und nur, weil ich dem Vorbereitungsausschuß angehöre) und daß der 15. November der absolut letzte Termin ist, wenn ich meinen Vortrag in den gedruckten Unterlagen haben will.

Der Titel, für den ich mich entschieden habe, lautet »Mary Swann und die Schablone der Imagination«, nicht das flammende feministische Banner, das ich beabsichtigt hatte, sondern eine unbestimmte postmoderne Huldigung, die demonstriert, daß ich mit den Besten unter ihnen postmodern parlieren kann. Anfangen! Anfangen! Ich hole tief Luft, dann hämmere ich meinen Titel in den Computer.

Ich habe diesen Computer einem Freund abgekauft, Larry Fine, dem Verhaltensforscher, der sich einen besseren kaufte. Er hatte einen Kosenamen für ihn – Gertrude. Ich bezahlte meine fünfzehnhundert Dollar, bar, immer bar, ist sauberer so, und habe ihn prompt enttauft, da ich nicht zu denen gehöre, die leblosen Gegenständen komische Namen aufdrücken. Larry kam eines Abends zu mir und half mir, ihn in einer Ecke in der Küche zu installieren, dem Raum, wo ich am besten arbeiten kann – ein düsteres, pikantes Eingeständnis – aber da steht er nun.

So! Alles bereit. Es ist Samstag, draußen ist es eisig. Der gelbe Wasserkessel, ein Geschenk von Schwester Lena, schimmert auf dem Herd. Nur eine Schwester schenkt einem einen Kessel. Nur eine ältere Schwester. Nun mach schon, befehle ich mir, du bist so ein As als Forscherin, worauf wartest du?

Es wäre eine große Hilfe, wenn ich mein Exemplar von *Swann's Songs* neben mir auf dem Tisch hätte, aber Brownie hat es mir noch nicht zurückgegeben. Er sagt, daß er es »sehr genießt«. *Genießt!* Vermutlich hat er es mit auf die Reise genommen. Herrgott, daß er es bloß nicht in einem Hotelzimmer oder im Flugzeug liegenläßt – aber das tut er nicht, ein Buch läßt er nicht liegen. Bücher sind ihm heilig. Wenn nur ...

Egal, ich brauche das Buch nicht. Ich kann die Augen schließen und jedes Gedicht vor mir sehen. Habe ich nicht in den letzten Jahren hauptsächlich im Innern dieser Gedichte gelebt? Ihre holprigen Rhythmen eingesogen und ihre Formen übernommen? Sie sind sozusagen meine Spielsachen, kleine, an einer Schnur aufgereihte Holzperlen, die ich verschieben kann.

Unwürdig. Beruhige dich. Genug. Schreib!

Ich habe mich bereits entschieden, das Thema Swanns Notizbuch am Rande zu erwähnen. Mir schwebt eine schrittweise Entwertung vor. Vielleicht werde ich einfach bemerken – »gestatten Sie mir nebenbei zu bemerken« –, daß Swanns Tagebuchführung ihre Gedichte nur insofern vorwegnahm, als sie Gegenstand mit Wort, Erlebtes mit Sprache verband. Ein bißchen unzusammenhängend das Ganze, aber ich kann darauf zurückkommen. Einen Absatz über »rauhe Lehrjahre« oder etwas Gefälliges dieser Art einfügen. Ich trommle auf den Tisch. Kiefer. Es ist vielleicht eine gute Idee, das komische kleine Gedicht über Rettich als Beispiel anzuführen, nicht ihr bestes Gedicht, keines, das gewöhnlich zitiert wird, entschieden unbedeutend, zwölf Zeilen komprimierte Einsicht von der Art, die Forschende oft übersehen. Ich werde anhand einer eingehenden Textanalyse zeigen, wie es Mary unter Verwendung der alltäglichen Verrichtung des Lichtens einer Reihe Rettich – die zermürbendste Plackerei, die ich mir vorstellen kann – gelang, die zwei großartigen und so sehr vernachlässigten Schlußzeilen herauszuarbeiten, die beinahe ein Credo für ihr

Dasein als Überlebende wurden. »Ihr Credo«, hämmere ich in den Computer, »fand seine Form in den ...«

Schon Mittag. Ich muß in vier Stunden zu einer Anti-Apartheid-Kundgebung. Beeil dich.

Ich versuche es noch einmal. (Oh, das erstaunliche kleine grüne Lichtwerkzeug!) »Rettich verziehen war für Swann ein Sinnbild für ...«

Moment mal, halt. Da ist eine Kluft, die einer Erklärung bedarf, eine zu rasch angenommene Synapse. Wieso rase ich überhaupt so? Von Rettich zur letzten Wahrheit? Das ist der Sprung einer kultivierten Ästhetin. Woher wußte Mary Swann, die ungebildete Landfrau, so eine düstere metaphorische Verbindung herzustellen? Wer hat sie gelehrt, was möglich war?

»Mary Swann war stark beeinflußt von ...«

Da sind wir wieder bei dem alten Problem: Mary Swann hatte keine modernen Gedichte gelesen. Es *gab* keinerlei Einflüsse.

Der Gedanke an Mary Swann führt zu dieser Art doppelstöckiger Erinnerung, die aus Familienannalen kommt, und läßt mich an meinen Großvater denken, den Vater meines Vaters, Maschinenschlosser von Beruf, ein Handwerker, schon lange tot, als ich geboren wurde. Er war den Erzählungen zufolge ein sehr nachdenklicher Mensch, der sein kleines Geschäft in einem Schuppen hinter seinem Haus in einer Gegend betrieb, wo heute der Evergreen Park ist. Im Laufe der Jahre bemerkte er beim Zuschneiden und Formen von Metallplatten, daß die verschiedenen Seiten von Dreiecken in eigenartigen, aber konstanten Beziehungen zueinander standen. Er führte Buch über diese seltsamen Erkenntnisse, und nach einer Weile war er imstande, meßbare Schemata zu erkennen. Er behielt die Entdeckung für sich und arbeitete mehrere Jahre an einer ausgeklügelten Tabelle von Zahlenzusammenhängen, die im wesentlichen eine normale Logarithmentafel war. Er hatte die Trigonometrie neu erfunden, wie mein Vater zu sagen pflegte, und als er nach Jahren erfuhr, daß es sie bereits gab, lachte er einfach und warf seine Tabellen fort. Ein erstaunlicher Mann. Ein Genie.

Ich stelle mir vor, daß Mary Swann auf ungefähr dieselbe Art die moderne Dichtung erfunden hat. Ihre Äußerungen sind in ihrer Form aus ihrer eigenen Logik gesponnen. Ohne die Gedichte von Pound oder Eliot zu kennen, ohne auch nur ihre Namen zu kennen, machte sie sich ans Werk. Ihre Zeilen haben die eigentümliche rauhe Stoßkraft und die neu geschaffenen syntaktischen Verschleifungen, die das Kennzeichen des Urtyps sind. Man kann ihre Gedichte nicht lesen, ohne zu gewahren, daß eine Form im Entstehen begriffen ist.

»Dichtung im Feuer der Esse«, hämmere ich in den Computer, und dann lege ich los, flatternd vor Konzentration, und tippe auf rosiger Straße der Synthese entgegen.

17

Die ersten Worte meiner Mutter, als sie aus der Narkose erwacht, lauten: »Dein Gesicht ist schmutzig, Kind.«

Meine Hand fährt an meine Wange.

Es ist in Wahrheit eine Prellung, die Folge eines Gerangeis auf der Kundgebung, ein kurzes, wirres Gerangel und, wenn ich jetzt darüber nachdenke, meinem hitzigen Überschwang zuzuschreiben, als ich im falschen Augenblick den Kopf wendete und mit einem Ellbogen kollidierte, der für jemand anders bestimmt war. Nur, hiervon braucht meine Mutter nichts zu wissen. Sie gleitet ohnehin jetzt wieder in den Schlaf, ihre große, weiche Schmerzenshand in meiner. Mit meiner freien Hand angle ich in meiner Tasche nach der Schokolade, die ich ihr auf dem Nachttisch zurücklassen will.

Sie liegt mit vier anderen Patientinnen in einem Zimmer, aber resolut weise ich die Vorstellung von mir, daß sie etwas mit dieser stöhnenden Gruppe von Kranken zu tun hat. Ich habe schon mit Dr. LeBlanc und mit dem Chirurgen gesprochen. Sie haben gelächelt, alle beide, an eine Krankenhauswand gelehnt, frisch rasiert, wie Ärzte immer aussehen, die Daumen in die Taschen ihrer grünen Kittel gehakt. Was sie mir mitteilten, war eine gute, insgesamt positive Nachricht: Der Knoten, der heute morgen aus der Seite meiner Mutter entfernt wurde, war nicht, wie befürchtet, eine schwammige Krebsgeschwulst, sondern ein verdichteter kleiner Klumpen aus Knochen und Haaren, ein fossilierter Fötus, wie man mir sagte, ein Zwilling meiner Mutter, der irgendwie in den Monaten vor ihrer eigenen Geburt von ihrem Körper absorbiert wurde. Ein echtes medizinisches Kuriosum, einer der teuflischen

Streiche, die sich der menschliche Körper von Zeit zu Zeit selbst spielt.

Sie trug ihren Knoten all die Jahre mit sich, ohne es zu wissen, Bruder oder Schwester, auf Walnußgröße zusammengeschrumpft, still, reglos. Jetzt ist er entfernt und die Haut meiner Mutter wieder ordentlich zusammengenäht, so daß sie nichts verrät. Ein Pathologe wird einige Tests durchführen, in einer Woche werden die Ergebnisse vorliegen, aber es gibt eigentlich keinen Zweifel, was es ist.

Es scheint unmöglich. Ich sagte es mindestens dreimal. Dr. LeBlanc versicherte mir jedoch, daß es ein zwar ungewöhnliches, aber durchaus nicht seltenes Phänomen ist.

Ich kann es immer noch nicht glauben: Meine Mutter, ausgestreckt auf ihrem Klinikbett, still und weiß wie eine Wolke, meine eigene Mutter unwissentlich die Wirtin eines versteinerten Äffchens aus menschlicher Materie, ihres lebenslangen Gefährten. Dieses fleischige Mysterium vertreibt alle anderen Gedanken aus meinem Kopf.

Nelson Mandela ist vergessen, die singenden Demonstranten mit ihren hochgehaltenen Fahnen und ein fremder Ellenbogen, der mich unterm Auge erwischte – es tut übrigens nicht mehr weh. Vergessen auch mein fertiger Vortrag über Mary Swann, jetzt auf dem Luftweg nach Toronto, betrüblicherweise verspätet und weniger definitiv, als ich es gewünscht hätte. Schablone der Imagination! – überspannt, überspannt. Und Marys verloren gegangenes Notizbuch, nach wie vor hartnäckig verloren, grämt mich nicht mehr – ja, der Gram hat entschieden nachgelassen –, auch berührt mich Brownies Schweigen nicht, obwohl ich sicher bin, daß er unterdessen wieder in Chicago ist.

All diese jüngsten Ereignisse, diese *Dinge,* scheinen mit einem Mal belanglos und unausgegoren im Lichte dessen, was geschehen ist: die seltsame Entbindung meiner Mutter.

Bald wird sie wieder aufwachen. Ihre Lippen bewegen sich im Schlaf, formen lautlos eine flüchtige Botschaft. Ich beobachte ihre Augenlider, wie sie flattern, darunter muß ein Strudel von Träumen wogen, Träumen, vom Betäubungsmittel erzeugt, und mitten in diesem Strudel muß schon das Wissen von Trennung und Verlust verankert sein. Oder nicht?

Es läßt sich nicht sagen, wie meine Mutter reagieren wird.

Ich betrachte ihren großen, stämmigen, schlafenden Körper und denke, wie wenig ich ihn kenne, wie unmöglich es ist, ihre Reaktion zu schätzen, wenn sie über ihren »Knoten« aufgeklärt wird.

Sie erschauert vielleicht vor Abscheu, kneift die Augen zu und schüttelt den Kopf, *nicht ich, nicht ich.* Sie ist immer heikel gewesen, konnte sich nicht mit den diversen Säften und Kräften des Körpers anfreunden. Ich kann mir vorstellen, wie sie sich räuspert, beschämt und entschuldigend.

Oder vielleicht überrascht sie mich mit Gelächter. Ich erinnere mich, daß sie manchmal Anzeichen von unvorhersagbarem Humor bewies – bezeugt durch gelungene Wiedergaben von Familiengeschichten oder die Karikaturen, die sie gelegentlich aus der Zeitung ausschneidet und in der Küche anpinnt. Vielleicht gibt sie ihrem kleinen Klumpen einen Kosenamen, Bertie oder Süße, und macht eine abgerundete Geschichte daraus, ihr ureigenes medizinisches Erlebnis, geeignet für die Ohren ihrer Canasta-Runde, interessanter, *dramatischer* als eine Gallenblase oder Schilddrüsenbeschwerden und viel lustiger, seit es nun draußen ist und in einem Glas mit Formalin ruht. Ob sie nach so einem Glas fragt? Und es auf das Bord neben ihre Hummel-Figuren stellt? Da sitzt mein kleiner Bertie. Oder meine Süße. Und lacht.

Oder sie trauert vielleicht. Gott, *ich* würde trauern. Ich trauere. Der bloße Gedanke an dieses farblose Klümpchen aus menschlicher Materie, dem meine Mutter all die Jahre Blut und Wärme spendete, treibt mir einen Tränenkloß in die Kehle. Meine Mutter war das einzige Kind ältlicher Eltern. Sie war ein linkisches Mädchen, heiratete, brachte zwei Kinder zur Welt, wurde Witwe, wurde korpulent, wurde alt, und die ganze Zeit beherbergte sie diese menschliche Hülse unter ihren Hautfalten. Nicht mein Vater, nicht meine Schwester oder ich, nein, dies verdichtete kleine *Ding* war es, das ihr bei ihren geheimsten Ritualen folgte, gefesselt an ihre sprunghaften Stimmungen und kurzen Ruhepausen, ein getreues *Anderes,* das überallhin unentgeltlich mitgenommen und nun vertrieben wurde.

Unter dem Krankenhauslaken sieht ihr Körper schon leichter aus, so daß der meine, als ich mich über sie beuge, ihr das Kissen zurechtrücke, die intravenöse Nadel in ihrem Arm prüfe, entsprechend schwer wirkt.

Ich bin versucht, unter meinen Rockbund zu fassen, mein Fleisch zu greifen und zu sehen, was mich niederdrückt – ob es Mary Swann ist, die sich dort eingenistet hat, oder das kalte Gespenst der Einsamkeit, die sich vor mir erstreckt. Denn das tut sie, *das tut sie.*

Meine Mutter schläft immer noch, sie atmet ungleichmäßig, schnappt mädchenhaft kleine, leichte Luftwölkchen. Zum ersten Mal in meinem Leben beneide ich sie, ich wünsche mir eine Portion ihrer neuen Leichtigkeit. Vermutlich wird sie noch eine Stunde so schlafen. Langsam überkommt mich Erleichterung. Die Prellung auf meiner Wange fängt wieder schwach zu klopfen an. Wenn meine Mutter aufwacht, werden wir uns ein wenig unterhalten, danach werde ich mich zum Telefon schleichen, um Stephen wie versprochen anzurufen.

18

Briefe. Ich bin mit Briefeschreiben im Rückstand, trotzdem treffen sie haufenweise an der Tür ein.

Willard Lang hat mir ein forsches, erfreuliches Briefchen geschrieben. Mein Vortrag ist eingetroffen, vom Programmkomitee geprüft und für sehr, sehr geeignet befunden worden. Mir wurde ein Platz auf der Tagesordnung zugewiesen, eine Stunde für meinen Vortrag und zwanzig Minuten für eventuelle Fragen aus dem Saal. (Er ermahnt mich, die Zeit nicht zu überschreiten, da für 12.30 Uhr ein Mittagsbuffet geplant ist, anschließend sind diverse Seminare angesetzt.) Ich soll auf der Eröffnungssitzung sprechen, gleich nach der Kaffeepause, die auf Dr. Morton Jimroys Einführungsrede folgt. Versteht sich, daß dies eine Ehre für mich ist.

Morton Jimroy hat einen langen, unzusammenhängenden, etwas konfusen Brief aus Palo Alto geschrieben. Er mißtraue Lang, und ihm graue vor der Bekanntgabe der vier Liebesgedichte, da er fürchte, daß ihnen absurde Theorien entsprießen werden. Seine eigene Arbeit gehe gut voran, obwohl Mary Swanns Tochter Frances sich unerklärlicherweise feindselig verhalte. Er habe die Hoffnung aufgegeben, noch etwas von ihr zu erfahren. Zudem sei der kalifornische Sonnenschein bedrückend, und rings um sein gemietetes Haus blühten Rosen, schreibt er, zu viele Rosen, was den Eindruck von vulgärer Überfülle und Unzeitgemäßheit entstehen lasse. Am liebsten würde er sie mit einer großen Schere köpfen, fürchte jedoch, daß dies nicht mit dem Mietvertrag zu vereinbaren sei. Dreimal versichert er mir, er freue sich darauf, mich kennenzulernen: im ersten Absatz, noch einmal im mittleren Absatz und schließlich im letzten Absatz. »Wir werden uns so viel zu sagen haben«, vermutet, erklärt, verheißt er.

Frederic Cruzzi sagt zögernd zu, am Symposium teilzunehmen. Ein gestelzter, etwas arroganter Brief, doch er lobt meine Handschrift.

Rose Hindmarch aus Nadeau, Ontario, hat mir auf der Rückseite einer Weihnachtskarte geschrieben, obwohl wir erst die erste Dezemberwoche haben, die Heilige Familie, in Strahlen blauen Lichts getaucht. »Wenn es mein Gesundheitszustand erlaubt«, schreibt sie, »komme ich im Januar zu dem Symposium. Ich hoffe, Sie sind da, damit wir einen ausgiebigen Plausch halten können.« Dieser Brief rührt separate kleine Emotionswellen in mir auf: Freude, weil man sie eingeladen hat, Schuldbewußtsein (von der freischwebenden Art) bei der Erwähnung ihrer angegriffenen Gesundheit, Besorgnis, falls sie sich an Mary Swanns Reimlexikon erinnert und es irgendwem gegenüber erwähnt, und Vorfreude bei der herzlichen Erwähnung von einem »Plausch«, da mein bedürftiges Ich alle möglichen Bekundungen von Schwesternschaft begierig aufnimmt.

Eine Frau (Unterschrift unleserlich) schreibt aus Amsterdam, sie habe soeben die holländische Ausgabe von Das weibliche Prisma gelesen, und es habe ihr Leben verändert. (Unmittelbar nach Erscheinen meines Buches erhielt ich an die zweihundert solcher Briefe, überwiegend von Frauen, aber auch drei von Männern, die es mir zu verdanken meinten, ihr Leben verändert, sie von ihren biologischen Klammern befreit zu haben und so weiter. Heute sehe ich mein Buch manchmal in Antiquariaten angeboten, und es überrascht mich jedesmal, wie wenig mich das schmerzt.)

Ein Brief ist von Larry Fine, der in den Westen gereist ist, um Zeugen des Ausbruches des Mount St. Helena zu interviewen. »Vorübergehende Gefahr erzeugt dauernde Ängste«, berichtet er mir, »aber erstaunlich wenige Menschen können sich an das genaue Datum der Katastrophe erinnern.«

Meine Schwester Lena schreibt aus London – am Ende des Briefes ist eine Kette Bleistiftküsse von meinem geliebten kleinen

Franklin, sechs Jahre alt – und bittet mich, gut auf unsere postoperative Mutter achtzugeben, was sie selbst tun würde, wenn sie nicht so weit weg wäre und soeben wieder den Job gewechselt hätte. Sie hat das Gewerbe der handgearbeiteten Vogelkäfige zugunsten des mehr auf Menschen orientierten Gebietes der Therapie-Massage aufgegeben, überwiegend walkt und klatscht sie vierzigjährige, ihren Internatsschulen nachtrauernde Engländer, daß ihnen Hören und Sehen vergeht.

Olaf berichtet von seinem Glück-Unglück-Quotienten, er beschreibt einen entschiedenen Hang zur Schwermut und umreißt drei positive Schritte, die er zu ihrer Behebung plant; als erstes hat er sich wieder einen Bart wachsen lassen. »Und wie geht's Dir so?« fragt er in einer Nachschrift.

»Wie geht's Dir?« fragt Stephen Stanhope auf einer Postkarte aus San Diego (Windsurfer auf blauem Meer), wo er auf einer Gartenbautagung auftritt. Kein »Schade, daß Du nicht hier bist«. Keine Scherze. Nur: »Hoffe, Dich Donnerstagabend zu sehen.«

»Eine kleine Aufmerksamkeit«, heißt es in einem Briefchen von Brownie, das in einem hübschen alten Buch mit Essays von Anna Jameson steckt. Es kommt in einem wattierten Umschlag. Eine Zweitausgabe, 1880. Einband: ein weicher Braunton mit goldenen Schnörkeln an den Ecken. Titel: Charakteristische Merkmale von Frauen. »Tut mir leid, daß ich's letzte Woche nicht geschafft habe«, schreibt Brownie in seiner kunstvollen Druckschrift. »Stecke bis zum Hals in der Buchmesse.«

»Tausend Dank«, heißt es in einem Brief von Betsy Gore-Heppel. »Emma liebt ihren Tragegurt. Sie gewöhnt sich jetzt langsam an das Leben außerhalb des Mutterleibs. Wenn meine geistige Klarheit anhält, komme ich nach Weihnachten wieder ins Seminar.«

Ein vervielfältigter Brief, gefaltet und geheftet: »Die nächste Versammlung des Nelson Mandela-Befreiungskomitees findet um 18.30 Uhr bei Arnie im Hinterzimmer statt. WIR brauchen DICH.«

»Du Miststück«, schreibt meine Freundin und zeitweise Ratgeberin Peggy O'Reggis, die nach Mexico City gegangen ist, um

Graphik zu unterrichten, »Du hast versprochen zu schreiben und...«

»Bloß ein paar Zeilen, um zu fragen, ob Sie sich das Handgelenk gebrochen haben«, schreibt Lorenzo Drouin, der Mittelalterforscher, der ein Ferienjahr in der Provence verbringt.

»Habe endlich das Zitat aufgespürt«, heißt es in einem Brief des guten alten Professors Gliden, »was vielleicht das Argument erhellt, das ich vorzubringen gedachte ...«

Noch eine Postkarte aus San Diego (Seehunde, die sich in smaragdgrünem Wasser tummeln). »Hat sich eingeregnet in Kalif. Komme Mittw. statt Donnerst, nach Hause.«

»Liebe Dr. Maloney«, heißt es in einem maschinengeschriebenen Brief von Dora Movius vom Uni-Archiv. »Es bereitet uns einige Schwierigkeiten, das von Ihnen erbetene Material zu finden. Bitte rufen Sie mich unter obiger Nummer an, in der Zeit zwischen ...«

»Ich habe seit einiger Zeit nichts von Ihnen gehört«, schreibt Morton Jimroy charmant, der zweite Brief in zehn Tagen. »Ich nehme an, ich habe Sie mit meiner allzu großen Vertraulichkeit beleidigt. Ich war schon immer ein schrecklicher Trottel.«

Schließlich: »Schreibe diesen Brief bitte dreimal ab und schicke ihn an die oben genannten Adressen. Binnen einer Woche wirst Du sechs (6) einzelne Ohrringe von guter Qualität erhalten. Diese Kette unterbrechen heißt Unheil herausfordern.«

19

Dora Movius, zuständig für die literarischen Dokumente im dritten Stockwerk des Archivs, ist eine ungeheuer mißmutige Frau mit dicken Fettpolstern unter den Augen. Ihr feister Unterkiefer springt vor, als bewache er einen Mundvoll bitterer Mineralien. Ich habe im Laufe der Jahre öfter mit ihr zu tun gehabt, besonders während der Zeit, als ich an meiner Dissertation arbeitete, und ich habe nie begriffen, womit ich sie so abgrundtief beleidigt habe. Eine Schwester im Kampf, sage ich mir, die blinzelnd verneint.

Menschen, die in Bibliotheken arbeiten, sollten wie Menschen in Bäckereien mit ihrer Umgebung zufrieden und im Einklang sein, aber das sind sie fast nie. Heute sieht Mrs. Movius in einer schwarzen Gabardinejacke geistesabwesend und unnahbar aus, ein harter Stoff scheuert gegen den anderen. Weil sie schlechte Nachrichten für mich hat – ich spüre es schon –, bringt sie einen winzigen Hauch von einem Lächeln zustande, zumindest bewegen sich die Muskeln um ihren Mund auswärts.

»Ich habe überall nach der Kopie gesucht, nach der Sie gefragt haben«, sagt sie. (Eine parfümierte, stark vibrierende hohe Stimme.) »Wir haben überall gesucht«, fügt sie hinzu, wie um die Schuld abzuschwächen.

Ein Anflug von Würde hindert mich daran, sofort zu antworten. Dann sage ich ihr in meinem vernünftigsten Ton: »Aber ich bin sicher, daß sie hier ist, Mrs. Movius. Ich habe sie selbst zur Aufbewahrung hierhergebracht. Erinnern Sie sich, sie sollte nicht ausgeliehen werden, sondern ...«

»Leider waren wir nicht in der Lage, sie ausfindig zu machen.

Wir haben fast einen ganzen Nachmittag gesucht, meine Assistentin und ich ...« Das Parfüm schwindet aus der Luft.

»Könnte ich mich vielleicht mal umsehen?«

»Bedaure, das ist nicht möglich. Sie werden sicher verstehen, Dr. Maloney, wir können nicht zulassen, daß Leute einfach von der Straße kommen und ...«

»Aber die Kopie muß irgendwo sein«, beharre ich.

»Zweifellos.« Verschränkte Arme vor einer harten Vorderfront. Allzeit zu Vorhaltungen bereit.

Schieben und drücken, drücken und schieben. Ich versuche es noch einmal. »Ich möchte nicht melodramatisch erscheinen, Mrs. Movius, aber ich brauche die Kopie für einen Vortrag, den ich nächsten Monat halte. Ich meine, man rechnet mit mir. In Toronto findet das Swann-Symposium statt, wie Sie vielleicht wissen, und ich bin eingeplant ...«

Sie winkt mit der Hand, um mich zum Schweigen zu bringen.

»Ich kann Ihnen nur empfehlen, auf Ihr Original zurückzugreifen. Wir können es notfalls noch einmal für Sie kopieren, aber wir können nicht ...«

»Aber sehen Sie«, ich nehme einen Mundvoll Luft, gedemütigt, wieder eine Vierzehnjährige, die vor Schuldgefühlen wimmert, meine Schwertlilie in der Glasvase ist nirgends zu sehen. »Das Problem ist, das Original ist verloren gegangen.«

»Verloren gegangen?«

»Verloren gegangen.«

»Sie meinen doch nicht etwa, Sie haben ...?«

»Doch.«

Hierauf macht sie eine Pause, tödliche zehn Sekunden lang, und dann verwandelt Rechtschaffenheit ihr hartes, massiges Gesicht. »Nun« – achselzuckend – »das ist ein Risiko, das wir immer eingehen.«

»Ich weiß, aber ...«

»Wie Sie wissen, Dr. Maloney, empfehlen wir ausdrücklich, die Originale bei uns zu hinterlegen und die Kopien mitzunehmen ...«

»Ich weiß, ich weiß. Aber sie ist doch bestimmt bei… ist sie nicht mit dem übrigen Swann-Material abgelegt?«

»Das ist das Problem, fürchte ich.« In Mrs. Movius' oberer Gesichtshälfte erscheint ein kleines nachdenkliches Zucken, dann wird ihre Miene sanft. Einen Moment denke ich, sie wird mir auf die Schulter klopfen. »Wir haben keine Ahnung, wie es passiert ist, aber anscheinend ist das gesamte Swann-Material verschwunden. Es ist einfach …« sie senkt ärgerlich die Stimme; es sieht aus, als wollte sie mich schlagen, »es ist einfach verloren gegangen.«

20

Es gibt Zeiten, da versagt die stattliche Schwertlilie, und dann müssen die willkürlichen Angebote des Lebens mit einer heißen Brennschere bearbeitet werden. Oder du schaltest deine Hirnwellen ab und entweichst, wie es Mary Swann in ihrem ersten Wassergedicht empfiehlt.

Die Flüsse dieses Landes
schrumpfen, knistern, töten
und die Wasser meines Körpers
werden unsichtbar.

Heute, am Heiligabend, einem Abend mit Naßschnee und gefährlichen Straßen, haben Stephen Stanhope und ich geheiratet. Die Trauung fand um halb sechs in meinem Wohnzimmer statt. Wir hatten ein prasselndes Feuer, und es wurde so heiß, daß Stephen, sein Vater und Gifford (»Whistling Giff«) Gerrard, der Richter, der die Trauung vornahm, unmittelbar nach der Zeremonie ihre Jacken ausziehen mußten.

Die neue Frau von Stephens Vater, die genauso alt ist wie ich, trug einen eleganten Overall aus rosa Seide, darunter eine hellgraue Bluse. Meine Mutter, die müde und abgespannt aussah, trug ihr bestes blaues Crepekleid und ungeachtet der Hitze eine cremefarbene Stola um die Schultern. Lois Lundigan trug etwas Paisley-Gemustertes, und Virginia Goodchild, die, erst vor drei Tagen benachrichtigt, eigens den ganzen Weg von New Orleans gekommen war, trug eine Art Smokingjacke aus Wildleder, mit einer geflochtenen Schärpe gegürtet. Ich trug ein weißes Kleid aus leichtem, weich fließendem Wollstoff und kostbare weiße Spitzenstrümpfe.

Stephens Vater kam in einem sitzungssaalblauen Anzug, »Whistling Giff« in Gerichtssaalschwarz und Stephen in einem geliehenen Blazer, dessen Farbe mir entfallen ist. Professor Gliden (in grauer Strickweste und kastanienbrauner Krawatte) brachte den Trinkspruch auf die Braut (»unser aller unbeugsame Sarah«) aus und las den Stapel Telegramme vor: von Lena, die mir Glück wünschte, und von Olaf, der mir Zufriedenheit wünschte, und von den Frauen meines Mittwochsseminars, die mir Erfolg wünschten. Wir haben eine ganze Menge gegessen und getrunken, und Stephen und ich saßen mitten auf dem Fußboden und packten Geschenke aus. Das größte war ein Plexiglastisch zum Selberzusammenbauen von Lois Lundigan, und das ausgefallenste eine Sektflasche von Larry Fine, gefüllt mit Asche vom Mount St. Helena. Brownie hat uns eine Holzschale mit eigenartigen birnenförmigen Mulden geschickt, wunderschön, mit einer gedruckten Karte, auf der »Glück und Gedeihen« stand. Meine Mutter schenkte uns eine Garnitur Fieldcrest-Bettwäsche, und Stephens Vater, der eine Art Stammestanz aufführte, schenkte uns ein Aktienzertifikat im siebenfachen Wert meines Jahresgehalts.

Um Mitternacht fuhren alle nach vielen Umarmungen im Taxi nach Hause, und Stephen und ich zogen uns aus und sanken ins Bett. »So«, sagte Stephen. Seine tragende, weiche Stimme.

»So«, sagte ich.

So, so, hier liegen wir Seite an Seite, zwei erschöpfte Primaten des 20. Jahrhunderts, nackte Haut an nackter Haut. Was in Gottes Namen haben wir getan?

Für einen Sekundenbruchteil starrt Zweifel, der bummelnde Spieler in meinem Leben, von der Decke, ein aufflackerndes Drohen. Ich zwinkere ihm komplizenhaft zu, dann frage ich mich, ob es derselbe Schatten ist, der sich über Mary Swann gesenkt hat. Aber nein, das gleichmäßige, durchaus nicht beunruhigende Atmen neben mir überzeugt mich, daß es nicht so ist. Eigenartig, wie der ganze Körper dieses Mannes zu atmen scheint, als sei er mit Kiemen versehen. Reprise, Reprise, das hübsche Wort vermischt sich mit den Schatten. Eine Reihe Gedanken nähert sich mir mit vollen Segeln, eine Armada der Nacht, gebläht von Glück.

Vor einer Woche schrieb Morton Jimroy in einem Brief: »Wir leben in einem Zeitalter des Bekennens.«

Aber er irrt sich. Es ist ein Zeitalter der Heimlichtuerei. Unsere Geheimnisse sind unsere Waffen. Man denke an Südafrika, die heimlichen Versammlungen. Man denke an die Verschwiegenheit von Familien. Man denke an die Liebe. Wie sonst können wir Meuterei offenbaren, wenn nicht durch das Begraben unserer unausgesprochenen Gedanken. »Ich liebe dich«, sagt Stephen mit seinem komplikationslosen Atem. »Ich liebe dich auch«, sage ich; ich beiße in die Stille wie in ein Stückchen Kugelfisch und lege heimlich den Mittelfinger über den Zeigefinger.

»Wenn du es wirklich willst«, sagte Brownie höflich, als ich ihn anrief, um ihm mitzuteilen, daß ich Stephen Stanhope heiraten würde. »Ich muß ein paar Dinge in meinem Leben geregelt haben«, erklärte ich ihm, nicht gewillt, in den Tonfall einer Büßerin zu verfallen. »Und vielleicht ein Baby bekommen.«

In jüngster Zeit, an diesen regnerischen dunklen Herbsttagen, fürchte ich mich ein wenig vor der »unbeugsamen Sarah«. Ihre furchtbare Energie scheint zu viel von mir zu fordern, und ich frage mich: Wo ist ihr Kern? Hat sie überhaupt einen Kern?

Ich möchte eine Zeit lang ohne Ironie leben, ohne Rhetorik, in einer kühlen, klaren Metapher. Eine Schneckenmuschel wäre hübsch. Oder ein dunkelrosa Granitgesims. Ich habe es mit Fleiß versucht, habe getan, was ich konnte; ich habe mich eingesetzt, und jetzt will ich meine Süße wiederhaben, den Zucker meiner Mädchenzeit. Nicht für immer, aber für eine Weile. Ich würde mein blinzelndes Auge gern auf eine geschäftige Großstadtstraße richten und den Menschenstrom in mich aufnehmen, der vorüberzieht, hypnotisch und tapfer, tapfer und hypnotisch …

Endlich, endlich spüre ich, wie meine Gliedmaßen sich langsam entspannen. Die Welt ist ebenso reizvoll wie riskant. Ich brauche nichts weiter zu tun, als meinen Atem an Stephens anzugleichen. Wie mühelos er schläft. Zweifellos spulen sich in seinem Hirn lange Traumsequenzen ab, mit gemurmelten Beschwörungen von indischen Keulen und Tennisbällen. Er wird ganz sicher nicht von Alpträumen heimgesucht. Ein wahres Wunder, daß er diesem Dach voll vertraut. Es gibt eigentlich keinen Grund dafür. Trautes Heim. Komischer Spruch. Wo der wohl herstammt? Bestimmt aus alter Zeit. Morgen schlage ich es nach. Morgen.

Ich drehe mich auf meine Seite, berauscht jetzt von dem zunehmenden Gewicht meines Körpers, der die alte, beunruhigende Welt fortstößt; mein Atem fügt seine Substanz zu der Schwere und Trautheit des Heims. Bald da, sagen mir meine Lungen; eine Toröffnung taucht kurz auf, ein Traum, der auf kleiner Flamme köchelt.

Und dann höre ich durch die dünnen Lehmmauern eines Traums das Telefon neben dem Bett klingeln. Einmal, zweimal. Beim dritten Klingeln packe ich den Hörer und halte ihn ans Ohr.

»Hallo«, sage ich. Ich versteife mich, weiß, daß mich eine unerträgliche Nachricht treffen wird. Meine Mutter. Die vereisten Straßen. Brownie. »Hallo«, sage ich wieder.

Aber im Telefon ist kein Geräusch, nur meine eigene flache Stimme schlägt an die gestrichenen Wände. »Wer ist dran?« frage ich. »Wer ist da, bitte?«

Es ist eiskalt im Schlafzimmer. Ich sitze auf der Bettkante, die Kälte hat von meinem Rücken und meinen Schultern Besitz ergriffen und läßt meine Hand zittern. »Hallo«, sage ich in die Stille, und dann höre ich deutlich am anderen Ende ein leises Knacken.

»Hallo, hallo, hallo« singe ich in das wimmernde Freizeichen. Zuerst erfaßt mich ein Gefühl des Davongekommenseins, das im nächsten Augenblick von Panik abgelöst wird. Ich zittere am ganzen Leib, die Augen weit offen.

Morton Jimroy

Jimroy fühlte sich einsam in seinem ersten Monat in Kalifornien, und eines Abends beschloß er, im Studententheater eine Aufführung von Der eingebildete Kranke zu besuchen. Warum er dies tat, war rätselhaft: Er hatte Molières Stücke immer für Zeitverschwendung gehalten. Aber seine Stimmung war plötzlich auf dem Tiefpunkt, und sein Verstand sagte ihm, es würde ihm guttun, abends mal auszugehen.

Es war ihm nicht ungewohnt, auf diese Weise Vergnügungen einzunehmen wie Medikamente. Die trockene Gelehrsamkeit grenzte ihn ein, zumindest hatte seine Ex-Ehefrau dies beklagt. »Du siehst aus wie ein elender Mönch«, hatte sie ihm eines Tages vorgeworfen, als sie ihren langen, rötlichen Hals zur Tür seines Arbeitszimmers hereinsteckte – anklopfen hatte sie nie gelernt. »Du solltest ab und zu ausgehen«, schalt sie. »Geh ein bißchen unter die Leute. Vergnüge dich. Das wird kurieren, was dich quält.«

Die gute alte Aud. Wohlmeinend, vernünftig, doch die intuitiven Vorstöße dieser Frau hatten Jimroy unweigerlich an Metallregale erinnert, die an eine Wand geschraubt wurden. Es war typisch für sie, daß sie stets zu wissen meinte, was ihn quälte. Bei diesem Gedanken mußte er lächeln. Audrey mit ihren krausen roten Haaren, den schmalen Schultern und der flachen Brust. Und die Ellenbogen, die im Winter schuppig wurden, so daß sie sie vor dem Zubettgehen einölen mußte, seine liebe, fettige Aud. Er dachte oft an sie, besonders frühabends, besonders im Herbst, wenn das Jahr zur Neige ging, und er gönnte sich diese Gedanken, ein Schwelgen, durchsetzt mit kleinen Schmerzpfeilen. Aber ja, er gab es zu. Er vermißte die Tasse starken Tee, die sie ihm nach dem Abendessen brachte, vermißte sogar die Art, wie sie sie – heftig – auf seinen Schreibtisch stellte.

Die Zeit schwächte kleinliche Verstimmungen ab. Die Zeit hatte ihm sogar zu einer abartigen, rosig verklärten Wertschätzung jener Tätigkeiten Audreys verholfen, die er als äußerst störend empfunden hatte, so daß er sich nun mit herbstlicher Wehmut – gewiß nicht Liebe – an ihre Stimme erinnerte, die laut war und heiser vom vielen Rauchen, und an die weiße Teetasse in ihrer aufgesprungenen Hand.

Es gab keinen Herbst in Kalifornien, was Jimroy verstörend fand. Es war die dritte Septemberwoche und ringsum bewahrten Bäume und Sträucher ihr grelles Grün. Zahlreiche Eukalyptusbäume verliehen der Luft eine blaue Rundung, die durchschnitten war von den allgegenwärtigen Highways mit ihren beängstigenden Schleifen und schrägen Auffahrten. Stanford blühte. Überall an den Mauern und Bürgersteigen des Universitätsgeländes wogte es von Blumen, und was für Blumen! Wie offene Münder mit kleinen herausgestreckten Zungen. Bedrückend, dachte Jimroy, hütete sich aber, es laut zu sagen.

Er besann sich, daß er keinen Winter ertragen mußte; er würde ihn nicht vermissen, nicht eine Minute. Zu Hause in Manitoba bekam er alle Jahre wieder Kopfschmerzen, wenn er hörte, wie seine Bekannten sich für die Schönheit der Bäume in ihrem Winterkleid oder die Melodie des knirschenden Schnees unter ihren Schuhen begeisterten. Dieses Jahr war er alledem entflohen, mitsamt den kitschigen Ergüssen, die es auszulösen schien. Ein schneeloses Jahr. Sein annus mirabilis. Er würde das ganze Jahr bei weit offenen Fenstern schlafen können. Er gratulierte sich zu diesem Coup und dachte fröhlich an seinen schweren, flauschigen Mantel, die Handschuhe und Überschuhe, die in Winnipeg im Schlafzimmerschrank geblieben waren, weggeschlossen vor dem jungen Mann, der sein Haus gemietet hatte. Sollte der frieren.

In diesem Jahr, seinem einundfünfzigsten, würden ihm die Schneewehen um seine Fenster und das verwirrende Ritual mit dem Frostschutzmittel, mit dem er sich nie anfreunden konnte, erspart bleiben. Die kalifornische Bevölkerung war vom Glück verwöhnt, und dieses grüne Land war sicherlich ein Paradies, und doch, und doch ... Wenn er sich unter den Leuten umsah, die er in den letzten Wochen kennengelernt hatte, konnte er sich nicht vorstellen, wie sie ihr Leben in den Griff bekamen oder was sie in Stimmung hielt.

Das Molièrestück im Stanforder Studententheater begann um neun Uhr. Das wäre in Winnipeg nicht denkbar gewesen, wo alles um halb neun in Gang kam. Und es gab weitere Unterschiede. Hier kamen die Leute, eine erstaunliche Anzahl solo, in lässiger Kleidung hereingeschlendert, mit schläfrigem Blick und verträumt, als seien sie eben aus dem Bett gestiegen. Die junge Frau, die ihn an seinen Platz geführt hatte, trug alte, verschossene Jeans und eine marineblaue Strickjacke mit unegalen Knöpfen. Dies wirkte auf Jimroy ebenso übertrieben wie ihre süßliche Singsang-Stimme. »Da«, säuselte sie zu Jimroy, als sei er ein Mensch ohne Bedeutung, »da, ganz am Ende.«

Er bekam ein Programm ausgehändigt, das offenbar auf einem Bogen Zeitungspapier gedruckt war, ein riesiges schlaffes Blatt, zu groß, um es auf dem Schoß zu halten. Die Druckerschwärze färbte seine Finger, und als das Licht im Zuschauerraum ausging, ließ er es auf den Boden gleiten.

Molière hatte kein Herz. Wie man Jimroy gesagt hatte, gaben selbst die Franzosen zu, daß Shakespeare Molière an Herzensgröße übertraf. Es gab auch keine nennenswerte Philosophie und keine wahre Intelligenz. Oberflächlichkeit und närrische Possen, Zufall und Albernheiten, sich in Schränken verstecken oder unter Betten herumkriechen, darauf lief alles hinaus. Dennoch ertappte er sich am Ende des ersten Aktes ein-, zweimal bei einem Lächeln. Er begrüßte sein eigenes Lächeln mit einem Gefühl, als sei ihm eine Gnade gewährt worden, und dachte mit Audreys abgeschmackten Worten, daß es am Ende doch gut sei gegen das, was ihn quälte.

In der Pause blieb Jimroy auf seinem Platz sitzen und betrachtete aus dem Augenwinkel einen Mann, der zu spät gekommen war und links neben ihm saß. Der Mann war Ende Zwanzig, vielleicht etwas älter, mit lockigen, aus der bleichen Stirn gebürsteten braunen Haaren. Um die Augen lag ein verkniffener, abweisender

Ausdruck – vermutlich hatte er getrunken. Die Nase war spitz, nein, das ganze Gesicht war spitz. Am Kinn hatte er ein braunes Muttermal, das ein wenig hervorstand, allerdings nicht so groß war, daß es entstellend gewirkt hätte. Doch das Erstaunliche an diesem Mann war sein Schottenrock, ein richtiger Kilt. Jimroys Blick erfaßte die sanften Rot- und Grüntöne des Schottenmusters. Der Stoff sah alt und echt aus, und am Gürtel hing eines dieser kleinen Ledertäschchen. (Es gab einen Namen dafür. Wie hießen sie doch gleich?)

Jimroy sann über die Bedeutung dieser schottischen Kostümierung nach. Vermutlich hatte sie gar nichts zu bedeuten. Halb Palo Alto schien als Theaterfiguren verkleidet herumzulaufen. Gestern war ihm auf dem Universitätsgelände ein Junge mit nacktem Oberkörper in einer Trainingshose aus Satin auf einem Einrad entgegengekommen, der einen Armvoll Bücher balancierte und das nervös gespannte Lächeln eines Schauspielers präsentierte. Die Imbißstube The Creative Sandwich Shop, wo er heute mittag gegessen hatte, war von lauter Mädchen in langen Röcken bevölkert gewesen, und eine von ihnen, kaum der Pubertät entwachsen, hatte ihre Hüften mit einem Streifen Teppichstoff umgürtet. Ein Mädchen hinter der Theke, das Avocadofleisch ausschabte und auf Brotscheiben klatschte, hatte eine mit winzigen Blümchen bestickte blaue Latzhose an, und auf eine Brust war die Aufforderung »Koste mich« gestickt. (Jimroy hatte unverfroren auf diese Aufforderung gestarrt; er wollte demonstrieren, daß er sie nicht im mindesten schockierend fand – was durchaus der Wahrheit entsprach.)

»Verzeihen Sie.« Es war der Mann im Kilt.

»Meinen Sie mich?« Jimroy vernahm seine eigene affektierte Stimme mit diesen kanadisch modulierten Vokalen.

»Ihr Programm ist runtergefallen.« Dann: »Ich glaube zumindest, daß es Ihres ist.«

»Danke, sehr liebenswürdig.« Sein schnaubendes Lachen, nie beabsichtigt, doch stets bereit, ihn zu verraten.

»Interessante Inszenierung, finden Sie nicht?« Der Mann im

Kilt sprach mit einem hellen, liturgischen, verwundert klingenden Ton. Jimroy fiel der gedämpfte, vielleicht sogar imitierte schottische Akzent auf. »Ganz gut«, sagte Jimroy, von der Uneindeutigkeit des Akzents freundlich gestimmt. »Besonders der Notar.«

»Ah, ja, der Notar. Großartig. Eine reife Leistung. Und das Dienstmädchen, wie finden Sie das Dienstmädchen, die kleine Toinette? Also das ist eine hinreißende Rolle.«

»Sehr anspruchsvoll, o ja«, sagte Jimroy. Sein Blick ruhte auf den Knien des Schotten, die eng aneinandergepreßt waren. Nervöser Typ. Vielleicht war der Kilt bequemer für seine Beine, und er trug ihn deswegen.

Jimroy betrachtete seine eigene Kleidung, die hellgrüne Baumwollhose und das karierte Hemd, beileibe nicht das, was er in Manitoba ins Theater angezogen hätte. Es waren Behelfssachen, vor drei Wochen erstanden, als die Fluggesellschaft endlich eingestand, daß seine zwei Koffer vorübergehend abhandengekommen schienen. (Vorübergehend – so ein Witz.) Sie waren irgendwo zwischen Manitoba und Kalifornien auf Abwege geraten. Niemand konnte sich das erklären. Er rief täglich oder alle zwei Tage bei der Fluggesellschaft an, aber es war noch nichts aufgetaucht, und mittlerweile trug er abwechselnd zwei Garnituren Kleidung, die er in der Einkaufspassage von Stanford in einem Herrenbekleidungsgeschäft erstanden hatte. Es waren billige Sachen, aber die Farben gefielen ihm, diese mintgrüne Hose und eine zweite in Lachs. Er hatte sich auch einen minimalen Bestand an Unterwäsche gekauft, weiße Socken – wann hatte er zuletzt weiße Socken getragen? – und einen Schlafanzug made in Taiwan.

Mit dieser beschränkten Garderobe war er ganz gut ausgekommen, und tatsächlich behagte ihm das Gefühl, einen so spärlich gefüllten Kleiderschrank zu besitzen. Doch bald würde er einen Anzug und ein, zwei elegante Hemden benötigen. Alarmierend war jedoch der Verlust einiger Unterlagen, die er für seine Arbeit brauchte, und natürlich der Fotografie von Mary Swann. Er wollte der Fluggesellschaft noch eine Woche geben und dann härtere Saiten aufziehen. Gepäck löste sich nicht in Luft auf. Es mußte irgendwo sein. Jetzt wurde ihm klar, daß er von Anfang an hätte Krach schlagen sollen.

Nach der Aufführung, als der Beifall abflaute, fragte der Mann im Kilt Jimroy unvermittelt: »Ob ich Sie wohl überreden kann, irgendwo mit mir was zu trinken?«

Jimroy zögerte eine Sekunde, überrascht, verwirrt von dem schottischen Akzent, der nicht mehr ganz so schottisch klang wie zuvor, und der Mann ergänzte rasch: »Vielleicht eine Tasse Kaffee? In einem Lokal nicht weit von hier machen sie einen sehr guten Espresso.«

Er hatte so etwas befürchtet. Von dem Augenblick an, als sein Nachbar die Worte »kleine Toinette« aussprach, war er wachsam gewesen. Gewisse Leute fanden ihn unweigerlich attraktiv; er besaß einen sehnigen Körper, gut gebaute Schultern, ungewöhnlich schmale Hüften; es war unter diesen Umständen vielleicht keine gute Idee gewesen, sich eine grüne Hose zuzulegen. »Es tut mir schrecklich leid ...«

»Ich dachte bloß. Da Sie anscheinend allein sind.«

»Sehr liebenswürdig von Ihnen.« Jimroy stand hastig auf, murmelte zugleich eine kurze Entschuldigung, die höflich, respektvoll und, wie er annahm, überzeugend klang: die späte Stunde, ein Termin am frühen Morgen und eine zarte Andeutung, daß er irgendwo erwartet wurde, daß jemand auf ihn wartete.

Niemand wartete auf ihn. Er lebte allein in einem Haus, das er von einem berühmten Physiker gemietet hatte, einem Nobelpreisträger, der vor ein paar Monaten für ein Jahr nach Stuttgart gegangen war. Es war ein kleines Haus, nur zwei Schlafzimmer, ein einstöckiges Haus im typisch kalifornischen Stil mit weißer Holzverschalung und mit Rotholz abgesetzt. Die Miete war durchaus angemessen, wenn man bedachte, wie nahe es bei der Universität lag, so nahe, daß er auf ein Auto verzichten konnte. Die Frau des berühmten Physikers, Marjorie Flanner, wollte ihrem Mann nach Deutschland folgen und war froh, einen reifen und verantwortungsvollen Mieter wie Jimroy zu finden.

Sie zeigte ihm das große gekachelte Badezimmer und die Stapel gefalteter Bettwäsche im Wäscheschrank. Im Schlafzimmer drückte sie mit dem Handballen die Matratze herunter, um ihre Festigkeit zu demonstrieren, und sie sagte ihm, wo er anrufen müsse, sollte es Probleme mit der Klimaanlage geben. Das einzige, worum sie sich wirklich sorge, sei der Garten. Da müsse dies und jenes gestutzt werden. Gelegentlich, je nach Wetter, seien bestimmte Pflanzen zu gießen oder gegen Spinnen zu besprühen. Das hintere Gartentor müsse verriegelt bleiben, damit die Nachbarskinder sich von den Rosen fernhielten. »Ich hoffe, Sie mögen Rosen.« Sie lächelte Jimroy an. Ihr mittelalteriges Gesicht war sanft und voll, ganz so, als sei es selbst eine Rose.

Er verstand nichts von Rosen. Er kannte von keiner einzigen Blume im Garten den Namen, schon gar nicht den des krummen Bäumchens, das allein im Schutz einer niedrigen Mauer aus rosa Ziegelsteinen stand. Sein und Audreys Gärtchen in Winnipeg hatte nur aus einem Rasen, ein paar Fliedersträuchern und Audreys Gemüsebeet bestanden, ihren Zwiebeln, Radieschen und Stangenbohnen. Mrs. Flanner wandte ihm ihr rosiges Gesicht zu. Da es ihm widerstrebte, ihre so offenkundige Hoffnung zunichte zu machen, rief er mit seinem gräßlichen Akzent: »Ich liebe Rosen« und hörte sich fortfahren: »Rosen sind zufällig meine Lieblingsblumen.«

Schon malte er sich aus, wie er seinen Morgenkaffee mitsamt seinen Büchern und Unterlagen in den Garten der Flanners trug. In dem gepflasterten Innenhof waren mehrere Gartenstühle aufgestellt. Und die niedrige Ziegelmauer ließ sich gut als Schreibtisch nutzen. Er war überzeugt, daß die Sonne – ein ganzes Jahr Sonne – ihm guttun würde. Was die Rosen der Flanners anging, wollte er irgendwo einen Anschlag machen, vielleicht eine Anzeige ins Lokalblatt setzen. In diesem Teil der Welt mußte es Gärtner zu Tausenden geben.

Marjorie Flanner behandelte ihn nicht, als sei er ein Mensch ohne Bedeutung. Sie mixte ihm einen Gin Tonic, den sie sorgsam umrührte und mit einer ringsum eingeschnittenen Zitronenscheibe dekorierte. Sie saßen eine Stunde auf den schmiedeeisernen Gartenstühlen und besprachen Einzelheiten wegen des Hauses. Die Nachbarn seien »fabelhaft«, sagte sie, allesamt von der Universität, man werde ihn mit Essenseinladungen überschütten. Hmmmmm, machte Jimroy, der die Nachbarn zu ignorieren gedachte. Was die Miete anbelange, meinte sie, ob es ihm etwas ausmachen würde, ihr vorausdatierte Schecks zu geben? Keineswegs, sagte Jimroy. Er zückte sogleich sein Scheckbuch und fragte in höflichem, leicht theatralischem Ton, ob sie eine Bankreferenz wolle.

Hierauf hätte sie beinahe gekichert. »Um Himmels willen, nein. Ich meine, gewissermaßen kenne ich Sie. Das heißt«, sie schlug ihre hübschen Beine übereinander, »das heißt, meine Diskussionsgruppe hat eben erst Ihr Buch über Starman beendet. Jemand in der Gruppe, ich glaube, es war vor gut einem Jahr, schlug vor, daß wir uns ein Buch von Morton Jimroy vornehmen.«

Er richtete seinen Blick auf die Ziegelmauer und bemühte sich, seine Freude nicht zu zeigen.

»Somit sind Sie kaum ein Fremder, Professor Jimroy. Aber leider habe ich Ihr anderes Buch nicht gelesen, das über Pound.«

»Bitte, Sie brauchen sich nicht zu entschuldigen ...« begann Jimroy. Er spürte, wie sich eine kleine rosa Wunde in der Nähe seines Herzens öffnete, ein Phänomen, das jedesmal auftrat, wenn solche unbekümmerten Bekenntnisse vorgebracht wurden. Irrational. Paranoid.

»Aber ...« Marjorie Flanner ließ ein leises Lachen hören, »ich habe auch Ezra Pound nicht gelesen. Ich meine, nicht richtig.«

»Pound kann schwierig sein«, sagte er liebenswürdig. Und setzte noch liebenswürdiger hinzu: »Und er kann auch ein gräßlicher Langweiler sein.«

Darauf lachten sie beide. Er stellte sich vor, wie ihr Gelächter, vermischt mit dem Klingen ihrer Eiswürfel, durch den Lattenzaun zu den Ohren der freundlichen Nachbarn schwebte, denjenigen, die ihn bald mit Essenseinladungen bestürmen würden. Er wagte noch einen Blick auf Marjorie Flanners braune Beine und fragte sich, ob er ihr vorschlagen sollte, irgendwo essen zu gehen. Nein.

Sie kam auf das Thema Rosen zurück. Vor fünf Jahren hatten sie und Josh eine Ladung Spezialerde herangeschafft. Rosen liebten sandigen Lehmboden mit dem genau richtig bemessenen Anteil Mineralien. Jedesmal, wenn Josh von einer Reise zurückkam, brachte er einen Rosenableger mit. Die Einfuhr von Rosenablegern war natürlich verboten, und so war er ein Experte im Schmuggeln geworden. In seinem Koffer hatte sich ein Stück vom Futter gelöst, und unter diesem Stoffetzen versteckte er seine Schmuggelware.

Josh, der Nobelpreisträger, ein Schmuggler von Rosenablegern. Jimroy fand es unglaublich, aber menschlich. (Später, als er eingezogen war, schlenderte er durch das kleine Haus und dachte: Ein Nobelpreisträger hat in diesem Sessel gesessen, auf jenem Kissen gelegen, diesen Toilettensitz besetzt, diesen Brausekopf reguliert.)

Mrs. Flanner schenkte ihm mit gerötetem Gesicht – sie war ihren Drinks offenbar sehr zugetan – einen zweiten Gin Tonic ein und fragte ihn, was ihn bewogen habe, für ein Jahr nach Kalifornien zu kommen. »Arbeiten Sie an einer neuen Biographie?«

»Leider«, sagte er. Die Augen niedergeschlagen, die Miene bescheiden. Ganz der Besessene, der Leichenräuber.

»Und ist es wieder ein Dichter?« Sie fragte dies mit munterer Stimme.

»Leider«, sagte er wieder.

»Ich nehme an, ich sollte wohl nicht fragen, wer …«

»Ich bezweifle sehr, daß Sie von ihr gehört haben«, begann er.

»Ah!« sagte sie und klatschte in die Hände. Braune Hände mit ziemlich kurzen Fingern und einem altmodischen Trauring in Rotgold. »Eine Sie! Eine Frau! Wundervoll. Ich meine, meine Gruppe wird begeistert sein, daß …«

»Wie gesagt, sie ist nicht sehr bekannt. Kaum in derselben Kategorie wie Starman oder Pound. Dennoch war sie auf ihre Art eine bemerkenswerte Dichterin …« Er wollte so gerne offen erscheinen, aufrichtig, aber es kam wieder nur ein listiges Ausweichen heraus.

»Ich bin neugierig, ob ich sie vielleicht kenne«, sagte Marjorie Flanner. »Als ich jünger war, habe ich eine Menge Gedichte gelesen. Josh und ich …«

»Mary Swann.«

»Wie bitte?«

»Ihr Name. Mary Swann. Die Dichterin, über die ich zur Zeit arbeite.«

»Aahhh!« Ein gelinde verständnisloser Blick. Sie trank einen ziemlich großen Schluck Gin, dann fragte sie höflich: »Und hatte sie ein faszinierendes Leben?«

»Leider nein«, sagte Jimroy, und er spürte eine körperliche Erregung. »Man muß wohl sagen, sie hatte eines der glanzlosesten Leben, die je gelebt wurden.«

Sie sah ihn mit neuem Interesse an. »Und doch war sie eine bemerkenswerte Dichterin.«

»Das ist ja das Paradoxe«, sagte er und gab ein Lachen von sich, das als Bellen herauskam. »Das war vermutlich der Umstand, dem ich nicht widerstehen konnte.«

»Ich kann es mir vorstellen«, sagte Marjorie Flanner. Sie lächelte. Ihre Zähne blitzten, und Jimroy hörte förmlich das Knirschen einer alten Begierde. »Das ist wohl eine ziemliche Herausforderung, Professor Jimroy.«

Eine ziemliche Herausforderung. Jimroy fragte sich beiläufig, ob Marjorie Flanner die Worte Das ist wohl eine ziemliche Herausforderung jemals zu Joshua Flanner gesagt hatte, wenn er Betrachtungen über die Mysterien von Masse und Energie anstellte, die das Universum zusammenhielten. Vermutlich. Und vermutlich hatte Joshua Flanner, Humanist und Schmuggler von Rosenablegern, gegen die Phrase nichts einzuwenden gehabt. Warum sollte er? Wer außer einem beschränkten Misanthrop würde eine so nichtige Bemerkung beanstanden?

Später, in dem Motel, wo er vorübergehend abgestiegen war, kurz vor dem Einschlafen, in seinem zugeknöpften Schlafanzug made in Taiwan, erinnerte sich Jimroy, wie Mrs. Flanners Gesicht ganz kurz erstrahlte, als sie ihm die Hausschlüssel übergab. Es hatte künstlich beleuchtet gewirkt, nichts weiter als eine Gesellschaftsmiene, als gelte es eine geringe Enttäuschung über ihn zu verbergen. Vielleicht hatte sie tatsächlich erwartet, daß er sie zum Essen einladen oder gar über Nacht bleiben würde. Es war Jimroys Fehler, nie zu wissen, was andere erwarteten.

Wie so mancher introvertierte Mensch mißtraut Jimroy der heiklen inneren Welt der Psyche, besitzt jedoch einen ungeheuren Glauben an die Mechanismen der äußeren Welt der Regierungen, Maschinen, Architektur und Wissenschaft – diese sieht er allesamt von anonymen, aber autorisierten Obrigkeiten beherrscht, die verläßlich und ausdauernd und, das ist das Wichtigste, von guten Absichten geleitet sind. Er ist zum Beispiel imstande, sich der Bedrohung durch sauren Regen zu entziehen – jeder Trottel in Kanada quasselt über sauren Regen –, in dem sicheren Wissen, daß die Ökologen jeden Tag zu einer umfassenden Lösung kommen werden. Er traut ihnen zu, daß sie eine Lösung finden; sie werden sie hauptsächlich deswegen finden, weil die Last ihrer Sorge es erfordert. Auch AIDS wird besiegt werden, daran besteht für Jimroy kein Zweifel, mithilfe der Unsummen von Forschungsgeldern und all der ernsten, bereitwilligen Gesichter, die sich miteinander beraten.

Und dort, wo es mehr um sein Eigeninteresse geht, ist er der Meinung, daß dieser oder jener sich finden wird, der bereit ist, seine bürgerlichen Freiheiten zu verteidigen, und jemand anders dafür sorgen wird, daß er auf den Schnellstraßen und sogar beim Fliegen in der Luft relativ sicher ist. Eine Gruppe von (ihm) unbegreiflichen Männern und Frauen hat die Verantwortung für seine Sicherheit übernommen, hat bereitwillig Regeln aufgestellt, Normen bestimmt und ein vollständiges System von Prüfungen und Gegenprüfungen ins Leben gerufen. Wenn er den Mikrowellenherd der Flanners einschaltet, um sich Tortillas zum Abendessen heißzumachen, ist es für ihn selbstverständlich, daß die wellenförmigen Strahlen das Essen durchdringen werden und nicht ihn, und daß die Tortillas, wenngleich geschmacklos, frei von bakterieller Lebensmittelvergiftung sind. Daher ist er beim Gedanken an sein Gepäck nur peripher besorgt.

Seine zwei großen Kunststoffkoffer, ein schwarzer, ein brauner, sind schließlich keine metaphysischen Gebilde, sondern physische Objekte, die einen bestimmten Raum einnehmen. Die Anzahl Orte, wo diese Koffer sein könnten, ist begrenzt. Es ist nur eine Frage der Zeit, bis sie entdeckt, identifiziert und zu ihm nach Palo Alto verfrachtet werden, begleitet von offiziellen Entschuldigungen und einer plausiblen Erklärung, die er selbstverständlich glauben und mit Anstand entgegennehmen wird; diese Welt ist nicht vollkommen – wie gut er das weiß –, aber es ist immerhin eine Welt, die die allgemeine Richtung zum Besseren eingeschlagen hat. Zudem weiß er inzwischen, daß seine Kleidung aus Manitoba hier nicht angebracht wäre. Seine Anzüge, die schweren Schnürschuhe; es wäre geradezu brutal, mit solchen dunklen Farben und dicken Stoffen in das köstlich durchbrochene Licht von Kalifornien zu treten. Er trägt jetzt Hemden mit offenem Kragen, vorzugsweise reine Baumwolle, und stellt fest, daß er wunderbar ohne Krawatte auskommt, sogar, wenn er zum Essen in ein Restaurant eingeladen ist. Die Sandalen, die er für 4,95 Dollar gekauft hat, fallen nach einem Monat auseinander – sie sind anscheinend geheftet statt genäht, aber er ist bereit, ein Paar neue zu kaufen und wieder eins, sie sind so bequem, vor allem wenn er sie über dicken Baumwollsocken trägt.

Sicher, der Verlust einiger Unterlagen war unangenehm, aber er konnte ohne Weiteres Mrs. Lynch in Winnipeg anrufen und sich von ihr Fotokopien schicken lassen. Seine Originale sind zum Glück sicher in einer verschlossenen Schreibtischschublade zu Hause in seinem Arbeitszimmer verwahrt. Dennoch sorgt er sich gelegentlich um die Fotografie von Mary Swann. Es war keine gute Idee gewesen, sie mitzunehmen. Sie ist unersetzlich, eine von lediglich zwei Fotografien, die, soweit bekannt, von ihr existieren. (Die andere, von weit geringerem Wert, befindet sich noch im Museum in Nadeau, ein verschwommener Schnappschuß von Mrs. Swann, die vor ihrem Haus steht, die Augen zugekniffen wegen des Sonnenlichts.) Der Verlust der Fotografie wäre schwerwiegend, ja tragisch, sofern sie wirklich verloren gegangen ist, doch selbst nachdem Tage und Wochen verstrichen sind, glaubt Jimroy beharrlich, daß sein Gepäck jeden Augenblick wieder auftauchen wird.

Diese gelegentliche, nagende Sorge wegen der Fotografie wird allerdings abgeschwächt durch seine Erleichterung, daß er wenigstens Sarah Maloneys Briefe sicher in seinem Besitz hat. Was für ein Segen! Er kann sich nur darüber wundern, welch glücklicher Zufall ihn beim Packen seiner Sachen in Winnipeg in letzter Minute bewog, Sarahs Briefe in seine Aktenmappe statt mit seinen anderen Papieren in den Koffer zu packen. Wenn er darüber nachdenkt, schüttelt er selig den Kopf.

Jetzt, da er entwurzelt ist, braucht er die Briefe mehr denn je; sie stabilisieren ihn, halten die schwebende Traurigkeit fern, die ihn spät abends überfällt, um elf, halb zwölf, wenn die Dichte der Erde zu entweichen scheint. Dann liebt er es, ihre Briefe aufs neue zu lesen, pulsierende, verheißende Briefe, die seinen Hals beim Gedanken an Sex schwellen lassen. An das Kopfbrett des Riesenbettes der Flanners gelehnt, sauber geduscht, die Zehennägel geschnitten, einen Becher heiße Milch neben sich. (Der halbe Magen wurde ihm in dem Winter, als Audrey fortging, entfernt, und er erklärt jedem, der so liebenswürdig ist, sich zu erkundigen, daß die Milch und das zeitige Zubettgehen jetzt nötig sind; zudem gefällt es ihm, in seinen heimeligen Gewohnheiten eine Vorsorge gegen Selbstüberhebung zu sehen.)

»Lieber Morton Jimroy«, lautet ihr erster Brief, den sie ihm vor über einem Jahr nach Winnipeg schickte. »Gestatten Sie, daß ich mich vorstelle? Mein Name ist Sarah Maloney. Ein gemeinsamer Freund, Willard Lang, hat mir erzählt, daß Sie sich für Mary Swanns Werke interessieren. Ich schreibe Ihnen, um Sie zu bitten ...«

»Lieber Mr. Jimroy«, heißt es im zweiten Brief – Jimroy verwahrt die Briefe in chronologischer Reihenfolge, jeden in seinem Originalumschlag mit der U.S.-Briefmarke und dem Poststempel von Chicago. »Ich bin erstaunt und erfreut, so schnell einen Brief von Ihnen zu erhalten, ja tatsächlich erstaunt, daß Sie meine unverschämte Aufdringlichkeit überhaupt einer Antwort für würdig hielten ...«

»Lieber Morton«, lautet Brief Nummer drei. »Ihr heiterer Brief kam an einem Tag, als ich einen heiteren Brief besonders nötig hatte ...«

Er ist froh, daß sie einen schicklichen Abstand einhält, bevor sie auf seine Briefe antwortet. Ihr Schweigen quält ihn, verleiht ihr jedoch Substanz.

Ah, Sarah, Sarah. Er singt ihren Namen laut, ein so runder Klang – singt ihn den Wänden vor, der Decke, dem offenen Fenster. Blumenduft weht vom Garten herein, er fragt sich, ob es um diese Jahreszeit womöglich Jasmin sein könnte. (Die Nachbarn haben Jasmin erwähnt; er selbst würde eine Jasminblüte nicht erkennen, wenn sie direkt vor seinen Augen wäre, wieder ein Eingeständnis. Die Nachbarn haben ihn auch gewarnt, die Fenster weit offen zu lassen. Ob er denn nie von Einbrechern gehört habe?)

Wie von ungefähr kommt der übermächtige Wunsch, die süßduftende Luft mit Sarah Maloney aus Chicago zu teilen. Er atmet tief ein – die Stille nicht mitgeteilter Verzückung! –, entläßt die Luft in einem langen Stöhnen wie einer, der die Fülle seiner Sehnsüchte ausstößt, und nimmt dann Sarahs Briefe wieder zur Hand. Sie bringen ihm – was? – Trost. Und Verbindung mit der Welt, einer Welt, schwer von intimen Freuden, Anblick, Klang, Berührung, vor allem Berührung. Seine Zunge prüft die Schärfe seiner Zähne. Er stellt sich Sarah Maloneys weiche Lippen vor, wie sie kleine, weiße, vollkommene Zähne umschließen, sich öffnen und sprechen, ihre neckende Stimme. Zieh das alberne Hemd aus, sagt sie, und hilft ihm mit den Knöpfen. Beeil dich, befiehlt sie, jetzt die lächerliche grüne Hose, laß mich den Reißverschluß aufmachen. So. So ist es besser. Ah, wie weich. Wie wunderhübsch. Wie ein Vögelchen, so flattrig. Laß mich meinen Mund einen Moment dahintun. Bitte. Siehst du, ich sagte dir ja, ich werde sanft sein.

Jimroy weiß, das ist nicht ganz normal, diese Bilder, dieses

Liebkosen der Worte einer fremden Frau, doch die Wärme in ihnen ist eine notwendige Illusion geworden, wie er sie offenbar braucht, wenn er sein Leben fortsetzen will.

Im Oktober wurde Jimroy gebeten, vor einer Gruppe Examensstudenten und Dozenten zu sprechen.

Er wußte, daß er als Distinguished Visitor – als Ehrenprofessor sozusagen –, wie sein offizieller Titel für dieses Jahr lautet, von Zeit zu Zeit aufgefordert werden würde, seine Erfahrungen als Verfasser von Schriftstellerbiographien zu »teilen«. Teilen ist nichtsdestoweniger ein Reizwort, denn was würden diese etwa hundert nackten Gesichter im Publikum mit ihm teilen? Ihre gaffende Ungläubigkeit? Ihr Verlangen nach »Rat«? Oder was?

In Winnipeg hatte er um ein Jahr Urlaub ersucht, in der Hoffnung, sein Leben möge noch eine Überraschung bereithalten. Der Urlaub war ohne Murren gewährt worden, eine der Segnungen des Ruhms, und Stanford hatte ihm, ebenfalls ohne Murren, den Titel Distinguished Visitor verliehen und ihm einen Büroraum – sofern man die kleine Betonzelle mit gesprungenen Bodenfliesen als Büro bezeichnen konnte – nebst den Diensten einer Schreibkraft zur Verfügung gestellt, als ob er seine persönliche Korrespondenz auch nur eine Minute von jemand anders als Mrs. Lynch erledigen ließe. Man hieß ihn darüber hinaus »Willkommen in der Gelehrtengemeinde von Stanford«, wie Rektor Evans es in seiner Einführung zu Jimroys Nachmittagsvorlesung ausdrückte.

Willkommen? Ein nebulöses Wort. Ein schmeichlerisches Wort. Eine schmierige, geschwärzte Münze. Gelehrtengemeinde? Ebenso wohlfeil, und auch lächerlich, da sie alle miteinander wie vor ihm aufgereihte Tennisspieler aussahen. Ein Gewoge von Gesichtern, Augenschlitzen und gekämmten dunklen Haaren, eine Collage aus halsfreien T-Shirts, muskulösen Unterarmen, kräftigen, Bizepse umgreifenden Händen und dem trainierten Eifer von Spürhunden. Dummköpfe, Idioten.

Halt, zischte Jimroy in sich hinein, in Gottes Namen, hör auf.

Er sehnte sich nach Sarah in Chicago, die heiter war und aufgeschlossen und das Richtige sagte, das einzig Richtige; er sehnte sich nach dem Herbst, nach der schwelgerischen Traurigkeit, die der Herbst mit sich bringt. Er sehnte sich nach Manitoba und seinen stümperhaften, sich von Pappfraß ernährenden Studentinnen und Studenten, die Literatur als komischen Snack begriffen, den man zwischen den richtigen Mahlzeiten kaute, Shakespeares Richard, ein nussiger O'Henry-Riegel für einen freien Samstagnachmittag. Und warum nicht?

Begriffen diese betuchten Stanforder Intelligenzbestien nicht, daß Literatur nur eine Möglichkeit für Hilflose ist, um zurande zu kommen? Geht zurück auf eure Tennisplätze, würde er am liebsten schreien. Raus in den Sonnenschein. Lebt! Universitäten sind nichts als surrende Mythenfabriken. Lieber Gott. Wie wir es lieben, zu systematisieren und zu klassifizieren, was im Leben reich und ziellos ist. Wie es uns in den Fingern juckt, die verhedderten Fäden von Thema und Gegenthema zu trennen, von moralischer Sicht und moralischer Blindheit, Gott und Gottlosigkeit, Freude und Verzweiflung, als säße jegliche Kreativität wie ein Kohlkopf auf einem hölzernen Hackklotz, bereit, sich zerhacken zu lassen, zuerst die Blätter, dann das heiße, weiße Herz. Gelehrsamkeit war Blödsinn – wenn, ach wenn sie das nur wüßten. Es war nur eine Frage der Zeit, bis die Theoretiker sich Mary Swann vornehmen und Stück für Stück zerpflücken würden, eine groteske Parodie ihres leiblichen Todes. Aber daran konnte er jetzt nicht denken; jetzt war nicht die Zeit dafür.

Sein Vortrag, betitelt »Die Kurve des Lebens: Poesie und Prinzip«, kam gut an. Der Beifall war anhaltend und heftig, sogar in den hinteren Reihen des Hörsaales, wo eine Anzahl Leute die ganze Stunde stehen mußte. Rektor Evans bat um Fragen aus dem Publikum, und Jimroy war geschmeichelt, als er so viele erhobene Hände sah. So kräftige braune Arme, die flehend in der Luft fuchtelten. Irgendwie rührend.

»Sind Sie der Meinung, daß Biographen gegenüber ihrem Gegenstand eine moralische Verpflichtung haben?« Diese Frage stellte eine überschlanke junge Frau, reizend, reizend, diese zierlichen Schultern. Zerquetschbar. Und was für Haare. Eine Stimme, klar wie Bouillon. Nur zu, meine Schöne.

»An welche Art moralische Verpflichtung denken Sie?« fragte Jimroy sie auf seine sanfteste zweifelnde Art.

Sie zögerte, hob die reizenden Schultern einen halben Zentimeter. »Ich meine bloß, wenn Sie sich das Leben eines Menschen ansehen, und Sie fühlen, da ist etwas, na ja, etwas Privates, würden Sie …«

»Es respektieren«, ergänzte Jimroy. Gewandt. Ein schmallippiges Lächeln, aber unverbindlich. Er gefiel sich in der Vorstellung, daß seine Augen Ironie ausdrückten.

»Genau. Ja. So ungefähr, ja.«

»Ich meine, das kommt darauf an, ob die betreffende Person noch lebt. Die Lebenden muß man gewiß respektieren, das versteht sich von selbst. Und vielleicht erklärt dies, weshalb meine Arbeit sich, jedenfalls bislang, auf verstorbene Dichter konzentriert hat.«

Gelächter. Wie aufs Stichwort. Abstoßend.

»Aber was«, rief ein junger Mann und sprang aufgeregt vom Stuhl, »wenn der Gegenstand der Arbeit noch am Leben ist? Fühlen Sie nicht, daß die Arbeit die dichtende Person ist? Nehmen Sie Sylvia Plath …«

»Rexroth sagt…« kam die Stimme eines Rotschopfs aus der ersten Reihe.

»Ich glaube«, sagte Jimroy, die ungelegene Störung abwürgend, »Sie spielen auf das zentrale Mysterium der Kunst an. Und dies …« Er hielt inne und ließ einen langen, visionären Blick über die Köpfe der Zuhörenden schweifen, »und dieses besteht darin, daß sich aus gewöhnlichem Lehm geniale Werke entfalten. Das heißt, das Werk besitzt oft ein größeres Maß an Würde als die Hand, die es schuf.«

»Aber ist denn nicht …?«

Jimroy schnitt ihm das Wort ab. Banause! Quatschkopf! »Natürlich muß der Biograph eines Schriftstellers dessen Werk ebensoviel Aufmerksamkeit widmen wie seinem Leben. Aber das

Leben ist mehr als Klatsch und Enthüllung. Von ihm nährt sich das Werk. Von der eigenen Erfahrung, ehe sie mit Kunst befleckt ist.«

»Befleckt?« Eine Herausforderung wie Gewehrschüsse.

Er wurde angezweifelt; dieselbe schreiende Stimme. »Ja, gewissermaßen.« (Gib es dem Kerl, und zwar feste.) »Die stärksten Werke, die originellsten Werke entstehen, glaube ich, aus einem unschuldigen, unwissenden Im-dunkeln-Tappen.«

Der junge Herausforderer stand aufgerichtet, schlug aber jetzt einen versöhnlichen Ton an. »Würden Sie sagen, Sir, daß Pound einen Sinn für Unschuld hatte?«

Sir? Das war schon besser. Aber Jimroy zögerte, stets in Abwehrhaltung, wenn es um Pound ging, stets empfindsam für die Sünde der Abtrünnigkeit. »Anfangs, ja. Später, ganz entschieden nein.« Die alte Zweideutigkeit, der alte Ja-und-nein-Trick. Lieber Himmel, der Gedanke beschämte ihn, daß er damit noch immer davonkommen konnte.

»Aber Dr. Jimroy ...«

»Schlicht und einfach Mister, leider ...« Er schenkte den Zuhörenden seinen allumfassenden Blick, die Hände an den Seiten, Handflächen nach oben, die Finger gespreizt, wie an unsichtbaren Drähten gehalten.

»Schön, Mr. Jimroy. In Ihrem Buch über Starman sagten Sie etwas über seine Fähigkeit, das Elegische zu erhalten, indem ...«

»Bis zu einem gewissen Grade.«

Der Nachmittag war ein Erfolg, ja, ganz entschieden. Jimroy sprach ein paar Minuten über das Mystische der Elegie und hinterließ für die ganz Schlauen eine Wolke aus Anspielungen zum Entschlüsseln, und zum Abschluß ein glanzvolles Aperçu, das seine Wirkung nie verfehlte, ein Pralinée zum Dessert, geschmeidig formuliert, das sie auf der Zunge behalten sollten, während ihre Hände applaudierten. Rektor Evans erwähnte in seiner Schlußbemerkung (»Unser Redner ist viel zu bescheiden«) liebenswürdigerweise Jimroys drei Ehrendoktorwürden, eine davon von Princeton.

Es wurde Kaffee gereicht, dazu Schokoladenkrapfen – komische Zusammenstellung, fand Jimroy –, die begeistert verzehrt wurden. Kalifornier! Die junge Frau – Sinnlichkeit – mit den messerscharfen Schultern kam zu ihm, ergriff seine Hand und sagte: »Sie müssen sich Pound und Starman so nahe fühlen. So, wie Sie über sie schreiben. Sie müssen sich wirklich mit ihnen in Einklang fühlen. Als richtige Menschen, meine ich.«

Jimroy verachtet den weitverbreiteten Irrtum, daß Biographen sich in ihre Personen verlieben. So etwas Inniges; der bloße Reiz, der darin liegt, macht ihm diese Annahme verhaßt. So schlicht und einfach, diese Romanze zwischen dem Biographen und seinem Gegenstand, so heiter, so lieb, so eine Annehmlichkeit, so eine Aufforderung zur Sentimentalität. Und in gewissem Sinne verwandt mit der anderen irrigen Auffassung, die die Menschen vom Bücherschreiben haben: daß ein Buch ab einem bestimmten Punkt ein Eigenleben annimmt und, wie man gerne sagt, sich von selbst schreibt.

Warum in Gottes Namen, fragt sich Jimroy, trachtet die Welt so begierig danach, dem Schriftsteller seine Bürde zu erleichtern, indem sie vorgibt, daß Schreiben das Ergebnis einer großen Leidenschaft, daß es der Ausfluß von Liebe und Wohlbehagen ist? Daß es Spaß macht?

Das Schreiben von Biographien ist, wie Jimroy sehr wohl weiß, die härteste Arbeit der Welt, und es kann, muß aber nicht, durchaus ein Akt der Verachtung sein. Man denke daran, was Sartre über Flaubert geschrieben hat. Ach Gott. Und – geographisch näher – wer könnte Ezra Pound lieben? Er bestimmt nicht, Morton Jimroy, der verhinderte Moralist.

Je länger er mit den Pound-Unterlagen eingeschlossen war – und für sein Buch über Pound brauchte er gut fünf Jahre (o Verschwendung) –, desto stärker wurde sein Wunsch, den Mann lächerlich zu machen. In den langen Monaten, die er an dem Eichentisch in seinem Arbeitszimmer im Süden von Winnipeg saß, fast bis zum Ersticken von Büchern überhäuft, hatte er das

Gefühl gehabt, von Poundschen Schrecken langsam totgedrückt zu werden. Und als die Schrecken sich häuften, war er überzeugt, daß den Liebhabern von Pounds Dichtung die Wahrheit über ihren Dichter nicht erspart werden dürfte. Weit davon entfernt, Pounds häßliche Rassentheorien zu beschönigen, verwandte Jimroy besondere Mühe darauf, sie bloßzustellen. Das war nicht weiter schwierig; er brauchte nur haufenweise inkriminierende Zitate anzuführen, ohne sich im mindesten darum zu kümmern, daß sie aus dem Kontext gelöst waren. Wozu war ein Kontext überhaupt nütze? War Pound nicht selbst, war der schwülstige, schwammige Ezra Pound nicht selbst immer fatal aus dem Kontext gewesen? Ja, o ja! Und die arme Dorothy, hatte irgendwer jemals einen Gedanken für Dorothy erübrigt?

Von Zeit zu Zeit hielt Jimroy inne, erschöpft und von einer neuen Enthüllung abgestoßen, und fragte sich, was ihn überhaupt zu dem Entschluß bewogen hatte, über Pound zu schreiben. Vergötterung? Niemals! Es mußte anfangs einen prickelnden Reiz gegeben haben – aber was für einen? Er konnte sich nicht erinnern. Aber er wußte genau, daß er nie den Wunsch hatte, Pounds Verteidiger zu sein. Akribisch, geduldig und mit einem Minimum an Erläuterungen stellte er Pounds weitschweifige Gesellschaftsrezepturen so heraus, daß sie, frisch gedruckt, in ihrer ganzen abscheulichen Naivität von aller Welt gesehen werden konnten. Wenn eine Gedichtzeile von Pound sich der Analyse entzog, beließ er sie als das, was sie war, ein aufgeblasenes Stück Schwulst. Pound sollte sein eigener Henker sein, beschloß Jimroy beizeiten, und die Korrespondenz allein genügte, ihn zu hängen – die Kleinlichkeit, die alberne Selbstbeweihräucherung, die abscheulichen Einblicke in einen Geist, der geschwollen war von gräßlichem Ehrgeiz und felsenfest daran glaubte, ein Genie zu sein. Ja, Pound schrieb einem Freund, er werde so lange in Italien bleiben, bis die Vereinigten Staaten von Amerika eine Behörde der Schönen Künste einrichteten und ihn »heimriefen«, um ihn zu deren Leiter zu machen. Guter Gott. Ego-Elefantiasis, entsetzlich.

Wie soll ein Biograph auf Verblendungen dieses Ausmaßes

eingehen, auf diesen Pfau, der darauf bestand, an der wackligen, dümmlichen Kante der Überheblichkeit radzuschlagen? »Mach es neu«, ermahnte der alte Bock junge Dichter, und verleitete sie zu dämlichem Tun. Warum soll man von einem Biographen erwarten, daß er erklärt, rechtfertigt, interpretiert oder gar urteilt? Diese Akte vollzieht man aus Liebe; das hat Jimroy jedenfalls immer geglaubt.

Dennoch, die Bereitwilligkeit, die Schadenfreude, mit denen er Pound der Lächerlichkeit preisgab, erschreckten ihn ein wenig und zwangen ihn, seinen Abscheu in einen milden, verdrießlichen Widerwillen abzuändern. (Mrs. Lynch, seine Schreibkraft, die sich gewöhnlich zurückhielt, regte diese Abänderungen an.)

Mit nur leichtem Entsetzen beobachtete Jimroy den Abscheu, den er empfand, und tatsächlich erkannte er in sich eine moralische Unbeholfenheit, die in einem beinahe Poundschen Rhythmus pulsierte. Er vermutete, daß seine ursprüngliche Zuneigung zu dem alten Furzknoten an diesem perversen brüderlichen Erkennen liegen mußte. Wie Menschen, die im geheimen den faulen Geruch ihres Körpers schnuppern, war er gebannt gewesen von Pounds purer Gräßlichkeit, seiner eigenen puren Gräßlichkeit.

Er hatte die Struktur des Buches neu überdenken müssen. Bestimmte lebhafte Anekdoten mußten entfernt oder in kleinen unauffälligen Typen wiedergegeben oder in knapp formulierte Fußnoten eingearbeitet werden, wo sie weniger schrill um Beachtung flehen würden. Das Neuschreiben des Buches – die Neutralisierung des Buches nannte er es in Gedanken – erforderte noch einmal sechs Monate, aber das Ergebnis war eine Biographie, die damals wie heute als ausgeglichen, sachlich, gelehrt, human galt. Der Kritiker der New York Times, der sie als Ellmanesque bezeichnete, lobte die »innige Verbindung von Anstand und Abstand« – eine köstliche Formulierung. Jimroy singt sie gerne in schlaflosen Nächten vor sich hin, eine Art Mantra. Anstand und Abstand, Anstand und Abstand.

Nach einem dreimonatigen Urlaub (während dem er mit Audrey Birmingham einen Besuch abstattete; also das war eine

Katastrophe), fing er sein Buch über Starman an, der ihm zu Beginn weniger verabscheuenswert erschienen war. Seine Dichtung zumindest, mit ihren Verschlingungen und ihrer gewagten Wortakrobatik, sprach ihn an, wie es Pounds nie getan hatte; aber dem begierigen Streben des Mannes nach Ruhm oder der Überfülle seiner schleifenden Gedanken war nicht auszuweichen. Sogar sein Abschiedsbrief verkündete im Kommandoton: Ich bin wunderbar, ich bin schön. Auch war es unmöglich, Starmans kindische Frauenfeindlichkeit zu übersehen (arme Barbara), da der alte Trottel darauf bestand, sie so offen zu tragen wie eine Arbeitshose. Diese Zeile in seinem Liebespoem über die Verwahrung seiner Genitalien in einem Gefäß, damit die ganze Welt sie ansehe und bewundere! Lieber Gott. Und schließlich enthielt Starmans Kern nichts als oberflächliche und verletzte Gefühle, eine klaffende Egozentrik, die mit der von Pound wetteiferte. Obgleich Jimroy die gerühmten Akte der Großzügigkeit und die langen Listen der Liebenswürdigkeit gegenüber Freunden und Dichterkollegen gewissenhaft verzeichnete, tönten die Hohlheiten laut. Und sie tönten für Jimroy mit einem doppelten Widerhall, kündeten nicht nur von Leblosigkeit im Zentrum des Lebens, sondern von Illusionslosigkeit an der Oberfläche. Die Entdeckung der Leere wirkte auf ihn wie der Beginn einer langen Krankheit. Wieder einmal schien er in einen Spiegel zu blicken. (Während dieser Zeit verlor Audrey endgültig die Geduld mit ihm.)

Drei lange Jahre. Das Starman-Buch erhielt großes Lob – manche sagten, es reiche fast an das über Pound heran –, doch Jimroy schien es, daß das Schreiben ihm zuviel Energie entzogen habe. Drei Jahre mit dem rasend machenden, unglücklichen, unbeirrbar eigennützigen John Starman; tausend Tage jeden Morgen über seinen Eichentisch gebeugt, stundenlanges Umstellen von Notizen, schleppend, verzweifelnd; er fühlte sich krank, fühlte das Nagen eines beginnenden Magengeschwürs, nahm ab, obwohl er es sich nicht leisten konnte, Gewicht zu verlieren, und sinnierte, daß er mit diesem Menschen nicht eine einzige Stunde hätte verbringen mögen.

Er sagte sich, daß er vielleicht nur die Dichter satt habe, Dichter aus armseligen Nordstaaten, Minnesota, Idaho. Bei der Arbeit an den Starman-Korrekturfahnen (während die Situation mit Audrey sich weiter verschlechterte), fragte er sich, ob es die Dichtung selbst sei, die er unterdessen verachtete. Auf alle Fälle mißtraute er ihr, ihrer Knappheit und verkürzenden Form. Ein Gedicht konnte so mühelos betrügerisch sein, denn was war wirklich der Unterschied zwischen einer Ellipse und einem Vakuum? Ja, was? Selbst wenn die Worte eines Gedichtes zu derben, rumpelnden, köstlichen Rhythmen zusammenpurzelten, war vielleicht nichts darunter, das von Denken und Fühlen sprach. Aus diesem Grunde hatte er flammenden Zeilen stets mißtraut und Feuerwerke wie etwa den »hohlen Stengel der abgestorbenen Narzisse« kühl im Auge behalten. Sprich zu mir, wollte er zu den Dichtern sagen. Zur Dichtung.

Es war ihm immer wie ein Wunder erschienen, daß die Dichtung gelegentlich tatsächlich sprach. Und selbst wenn sie es nicht tat, empfand er Ehrfurcht vor der kuriosen Größe der dichterischen Absicht. Wenn er an den Umlauf der Planeten dachte, die Entstehung der Menschheit, die Balance der Mathematik, konnte er in alledem nichts Erstaunlicheres erblicken als den anmaßenden Wunsch des Menschen, aus dem Ozean der gewöhnlichen Sprache zu schöpfen und die reichen, dunklen, schönen Worte herauszuziehen, die sich so arrangieren ließen, daß das Unsagbare sagbar wurde. Die Dichtung war das Prisma, das alles Leben brach. Jimroy glaubte, daß die besten und die schlechtesten menschlichen Erfahrungen im Innern dieser wundersamen kleinen Spielsachen namens Gedichte erstarrt waren. Er hatte sie sein Leben lang geliebt, und wenn er, was selten geschah, auf seine Kindheit zurückblickte, sah er, daß seine frühen Jahre, diejenigen, die der Entdeckung der Dichtung vorausgingen, ohne Sinn dahingetrieben waren.

Sogar mißlungene Gedichte beeindrucken ihn als rührend heldenhaft. Das ist es, ehrlich gesagt, was ihn reizt, die naive Courage des Dichters. Als Keats die primitive Hütte besichtigte, die

Robert Burns bewohnt hatte, weinte er bei der Vorstellung, daß ein Mensch an so einem Ort gelebt und versucht hatte, ein Dichter zu sein. (Wenn Jimroy seinen Studenten diese Geschichte von Keats erzählt, muß er beinahe selbst weinen.) Und deswegen ist er trotz allem jedesmal gerührt, wenn seine Gedanken bei der rätselhaften Natur seiner zwei großen, unvollkommenen Männer verweilen, Pound und Starman, dickfingrig, von Provinzialismus verkrüppelt, moralisch unbeholfen – aber am Ende durch ihre außerordentliche Tragweite anmutig gemacht.

Und so war es natürlich (unvermeidlich, sagte er sich), daß er, als er sich daranmachte, eine dritte Biographie zu schreiben, sich wiederum eine Dichterpersönlichkeit zum Gegenstand wählte; keinen sturen Modernisten mit linken Ambitionen diesmal, sondern eine Frau namens Mary Swann, eine Frau, die alle ihre mageren, kalten und unbelohnten Jahre im ländlichen Ontario zubrachte, an einem Ort, so unwirtlich und abgelegen, als läge er in Alaska. Den Entschluß, über Mary Swann zu schreiben, hatte er in seinem Arbeitszimmer in Winnipeg gefaßt. (Audrey hatte ihn verlassen.) Er war vorübergehend in Hochstimmung gewesen, ein nun schon vertrautes Gefühl. Ein neuer Anfang. Wiedergeburt. Das Ei, die Gene, das Ausgreifen.

Wunderbare Swann, paradoxe Swann. Er wollte für sie Rache nehmen. Wollte bewirken, daß die Welt sich erhob und applaudierte. So würde es kommen.

Jimroys Nase kitzelt von Tränen, wenn er an Mary Swanns Hände denkt, wie sie einen Bleistiftstummel greifen und die erste außergewöhnliche Strophe von »Flieder« zu Papier bringen. (Aber er phantasiert; man glaubt, daß schon ihre frühen Gedichte mit einem Füllfederhalter geschrieben wurden – und wie kommt er zu der Annahme, daß ihre Hände gerötet waren?)

Die Entdeckung ihrer Gedichte vor ein paar Jahren hatte ihn vor dem emotionalen Ruin gerettet, und anfangs hatte er Mary Swann wirklich geliebt. Hier war Mutter Seele. Hier war Intelligenz, maskiert mit umgangssprachlicher Rauhheit. Ihre Bescheidenheit war ausnehmend gewinnend und nach den zwei Monomanen eine Erleichterung. Er schätzt zum Beispiel das Briefchen, das sie 1955 an die News in Nadeau schrieb. »Werter Herr Redakteur«, begann sie mit ihrer winzigen, unverwechselbaren Handschrift, »ich habe soeben Ihren Brief geöffnet, den Sie mir wegen des Abdrucks meines Gedichts geschickt haben, und ich traue meinen Augen nicht. Wie aufregend, daß etwas von mir gedruckt wird. Die Dollarnote werde ich einrahmen und aufhängen, zur Inspiration.«

Naiv, rührselig, servil, aber entschieden ernst. Jimroy hat keinen Grund, die Ernsthaftigkeit des Briefes zu bezweifeln. Mary Swann war vierzig, als »Flieder« veröffentlicht wurde. Vermutlich dachte sie, das Leben hätte sie übergangen, wenngleich ihre Verzweiflung eher bitter als tief war und sie seltsamerweise immer ein kleines Lächeln zurückzuhalten schien. Sie könnte in den Wechseljahren gewesen sein. Noch vor vierzig Jahren kamen die Frauen früher in die Wechseljahre, so hat es Jimroy zumindest gelesen, besonders Landfrauen. Es hing mit der Ernährung zusammen. Vermutlich wird er in seinem Buch auf die biologischen Zusammenhänge eingehen müssen, doch der Gedanke ist ermüdend und bewirkt, daß sein Magengeschwür sich wieder meldet. Und er wird auch auf die merkwürdige Gewöhnlichkeit der Briefe Mary Swanns und selbst des Inhalts dieser Briefe eingehen müssen. Ein flehender Brief an das Versandhaus Eaton's, Unterwäsche zurückzunehmen. Briefe an ihre Tochter Frances in Kalifornien, Briefe voll bitterer Klagen über den endlosen Winter in Ontario – und das von einer Frau, die »Septemberabend« und »Apfelbaum nach dem Schnee« schrieb. Was kann man mit einer solchen Unausgeglichenheit anfangen? Nichts. (Gleichwohl hat Jimroy beschlossen, den Unterwäsche-Brief nicht in sein Buch aufzunehmen, und einen anderen, der sich auf eine »Niggerfamilie« bezieht, die die erstaunte Mary Swann eines Sommers in Elgin sah, hat er »verlegt«.)

Tatsache ist – und warum leugnen? –, daß Jimroy Mary Swann neuerdings ein wenig mißtraut. In den vergangenen Wochen hat er die Verwandlung seines Mißtrauens in Abneigung gespürt. Hier hatte man es mit einer undurchdringlichen Ichbezogenheit zu tun. Man bemühte sich immer, Swanns Ton zu erfassen. Darüber hinaus war sie unzuverlässig, was Daten betraf, widersprüchlich, was Ereignisse betraf, gelegentlich unaufrichtig. Eine Falschheit à la Pound schlich sich in ihr Leben, ertränkte sie, löschte sie aus. Eine Verblendung à la Starman nahm sie in Besitz, du lieber Gott. Sie war im Begriff, endlich berühmt zu werden, eine Frau, die sich vor wenigen Jahren mit einem Fingerhutvoll Lob über Wasser hielt. Und als sie im Winter 1965 ermordet wurde, gab es kaum einen Menschen auf der Welt, der sie als die Rarität erkannte, die sie war.

Jimroys Tage sind in einen erfreulichen Rhythmus verfallen. Dem Wesen nach chaotisch, doch aus freien Stücken ordentlich, verbringt er die Vormittage im Garten der Flanners, wie er es sich von vornherein erhofft hatte. Rund um ihn wuchern Blumen, die Farben so leuchtend rosa, leuchtend blau und gelb, so feucht und seidig, daß sie ihm etwas zu sagen scheinen. Er hält einen Bleistift in der einen Hand, eine brennende Zigarette in der anderen. Es tut so wohl, wieder zu arbeiten, seine Gedanken auf dem Meer der Forschung treiben zu lassen. Wie kümmerlich sie sind, diese Gedanken, aber so kostbar; sie spritzen wie kleine Schaumflecken, seine kleinen Lieben, seine kleinen aufgedeckten Wahrheiten.

Die Sonne, die ihm auf Hände und Arme scheint, überzeugt ihn, daß er in eine Periode des gesundheitlichen Wohlbefindens eintritt, wenngleich er statt der erhofften Kastanienbräune einen fettigen Glanz im Gesicht und trockene Sommersprossenkolonien auf dem Unterarm bekommen hat. Früher hatte er nie Sommersprossen. Nun, er ist einundfünfzig, hält er sich vor, da ist mit Veränderungen der Hautpigmentation zu rechnen. C'est la vie. Et cetera.

Von Zeit zu Zeit fragt er sich besorgt, wie es ihm in den Fünfzigern und Sechzigern ergehen wird, da er zugegebenermaßen kein Talent zu Onkelhaftigkeit besitzt und ihm die Rolle des verhutzelten Philosophen oder großzügigen Mentors nicht zusagt. Ein erschöpfter, derber Zyniker? Hoffentlich nicht. Liebe ist das

Wort, das er seinem lauschenden Ich zuflüstert, Liebe. Er, vermutlich er allein auf der ganzen Welt, ist sich der Membran aus Süße bewußt, die sein Herz umschließt. Nun ja, Süße ist vielleicht ein zu starkes Wort. Aber bestimmt ist da ein Stückchen psychisches Gewebe, das er beobachtet und von dem er weiß, daß es hoffnungslos verformbar ist. Audrey hat einige Male mit ihren unachtsamen Fingern in diesem weichen Etwas gestochert, die gute alte Aud. Hätte er sich mehr bemüht, sie zu halten, wäre sie jetzt vielleicht hier; sie würde in der schmucken kleinen kalifornischen Küche hantieren, mit der Gartenschere in der Hand zur Hintertür herauskommen, begierig, die Blumen und Hecken zu stutzen, und vielleicht am Lattenzaun eine Reihe Radieschen setzen. Undenkbar, er aber denkt es.

Jimroy kann es kaum fassen, wie schnell der Garten außer Rand und Band geraten ist. Die Suche nach einem Gärtner hat er aufgegeben. Nicht eine einzige Antwort kam auf die Anzeige, die er ins Lokalblättchen gesetzt hat. Die Nachbarn erklären ihm mit verwunderter Freundlichkeit und einem Anflug von Belustigung, daß die Leute, die früher gegärtnert haben, heute Computerfirmen zum Blühen bringen. Wir leben hier in Silicon Valley. Wer will schon in einem fremden unkrautüberwucherten Garten herumwerkeln? Dieselben Nachbarn behaupten mit einem Chauvinismus, den Jimroy aufreizend, aber auch charmant findet, daß die Gärten der Westküste sich mehr oder weniger selbst versorgen.

Kann sein. Aber die Hecke ist ungeheuer aus der Form geraten, sie greift mit grünen stachligen Sprossen über den Zaun. In den Ritzen zwischen den Steinpatten im Innenhof sprießt Unkraut. Jimroy stupst es mit der Spitze seiner neuen Plastiksandalen an und erkennt, daß es sich fest eingenistet hat. Marjorie Flanners Rosen blühen prächtig; er beobachtet die sich öffnenden Knospen. Die Blumen halten ein paar Tage, dann werden sie dunkel. Ein Fingerschnippen, und die Blütenblätter fliegen auf die Erde. Er mag ihren Duft, ansonsten aber beachtet er sie nicht. Er hofft, daß die Nachbarn den Flanners in Deutschland nicht schreiben, daß ihr Garten ruiniert ist.

Gewöhnlich arbeitet er jeden Vormittag von neun bis eins an seinem improvisierten Schreibtisch im Garten, dann spaziert er vier Häuserblocks weit zu Lester's Steakhaus. Das schweifende anheimelnde Grün der Straße weicht jählings dem Verkehr und einem geschäftigen Einkaufszentrum, wo sich das Steakhaus befindet. Jeden Tag verzehrt er dort einen Hamburger und trinkt ein Glas kaltes Bier. Auf einem Schild an der Tür des Restaurants steht: »Zutritt nur für Mitglieder und Nichtmitglieder«. Auf einem weiteren Schild drinnen steht: »Weniger als drei Millionen Hamburger verkauft«. Jimroy denkt sich, wie typisch diese Schilder – offen, respektlos, sinnig – für den kalifornischen Humor sind. Wie er so am Tisch sitzt, die Hand um das kalte Glas, fühlt er sich nach Manitoba zurückversetzt. Er sonnt sich in seinem Heimweh, stets froh, etwas in sich zu finden, das ihm gefällt. (Er hat vergessen, ob er in Rapallo unter Heimweh litt.) Hier bei Lester gibt es keine Avocados oder Sesamkörner. Die Wände sind feucht, schmierig, Astkiefer, nachgedunkelt und riechen wie ein Spielzimmer in einem Keller. Wenn eine Tür nach draußen geöffnet wird, blinkt das Sonnenlicht hell wie ein Messer auf dem Fußboden.

Jeden Mittwoch geht er nach dem Lunch zu dem Haus, wo Mary Swanns Tochter wohnt. Es sind anderthalb Kilometer bis dorthin, und er stolpert blindlings los, nicht wegen des Bieres, sondern wegen des plötzlichen strahlenden Sonnenlichts, nachdem er drinnen eine Stunde im Dunkel verbrachte. Er ist gezwungen, am Rand einer stark befahrenen Hauptverkehrsstraße zu gehen, weil Bürgersteige in Kalifornien aus irgendeinem Grunde Mangelware sind, wohl aus Widerwillen, denen entgegenzukommen, die zu Fuß gehen müssen. Jimroy fühlt sich abgewiesen von den vorüberfahrenden Autos, die ihm gefährlich nahekommen, während sie erstickende Wolken aus Staub und Kohlenmonoxid hochschleudern. Beim Gehen denkt er, wie stolz die kalifornische Bevölkerung ihre Barbarei zur Schau stellt; jeden Tag sieht er eine kleine Kapelle, sogar tagsüber beleuchtet, mit einem Schild auf dem Dach, auf dem The God Shop steht, »Gottesladen«. Und beinahe jeden Tag überholt ihn eine Horde schwitzender Läufer, junge Männer, nackt bis zur Taille und mit Schweißbändern um den Kopf. (Es hat mehrere Wochen gedauert, bis er merkte, daß es jeden Tag dieselbe Gruppe ist.) Sie überholen ihn von beiden Seiten, ohne je im Tempo nachzulassen, und rufen sich zwischen Atemstößen gegenseitig zu (»... Theorie der angewandten Mechanik« ... »die verdammten Testergebnisse angezeigt ...«). Nach und nach erkennt er die einzelnen Gesichter, während sie keuchend an ihm vorbeiziehen, und jetzt nickt er ihnen freundlich zu und atmet den Geruch von Menschenschweiß ein, der kurzzeitig die Autoschwaden durchdringt.

Mary Swanns Tochter wohnt in einer Straße namens Largo Lane in einem Haus, das zu den schönsten gehört, die Jimroy je gesehen hat. Na und, fragt er sich grob, was hatte er erwartet?

Er hatte eine Scheußlichkeit erwartet. Ein trostloses Wohnzimmer mit durchgesessenen Möbeln. Billige Holzverschalung an den Außenwänden, von der Sonne beschädigt. Einen Picknicktisch im Vorgarten. Unkraut. Er hatte starrköpfige Hilflosigkeit erwartet und eine Beengtheit, die der Beengtheit in dem Bauernhaus außerhalb von Nadeau, Ontario, entsprach, wo Frances Swann Moore (1935 –) aufgewachsen war. Er hatte nicht mit sozialem Aufstieg gerechnet, dem Wunder des Aufschwungs innerhalb einer Generation.

Dies hatte er nicht erwartet, dieses hübsche Haus, dieses sattgrüne Gelände. Wo war der laute Verkehrsfluß geblieben, wo waren die Auspuffdämpfe und die schwitzenden Jogger? Selbst der Kies in der Zufahrt der Moores sah frisch gewaschen aus. Hohe Palmen umrahmten die breite Haustür, eine dunkle, schimmernde Holzplatte ohne irgendwelche Verzierungen; Jimroy hatte bei seinem ersten Besuch Schwierigkeiten gehabt, die Klingel zu finden. Aber ah, da war sie, listig in der Bronzeleiste verborgen.

Als er Mrs. Moore (»bitte sagen Sie Frances zu mir«) nach dem Stil des Hauses fragte, erklärte sie ihm, es sei eine Mischung aus japanisch und Westküste. »Der Architekt war ...«, und sie nannte einen Namen, der Jimroy nichts sagte, der aber offenbar in internationalem Ansehen stand. Niedrige Preßholzplatten, auf rohem

Stein aufgebracht, stützten ungemein kühles farbiges Glas. Und drinnen, diese Ruhe, die gebohnerten Eichenböden, darauf wie Inseln Navajoteppiche oder die edlen Orientbrücken, die Frances Moore und ihr Mann sammelten. Ist es, fragte sich Jimroy, wahre Kennerschaft, ein Kennerblick, der sich an Formgestaltung und ausgeklügelten Schatten ergötzt? Oder ist es nur kalifornische Gewinnsucht in gesittetem Gewand? Die Moores sammeln auch alte Autos – drei Stück stehen in der Garage –, peruanische Körbe, die an der Eßzimmerwand aufgestellt sind, und ägyptische Keramiken, die an einem Ende der weitläufigen Diele in Regalen arrangiert sind. Die Keramiken sind das erste, was Jimroy sieht, wenn Frances ihm Mittwoch nachmittags die Tür öffnet.

Er begreift nicht, daß sie stets verfügbar, warum sie immer zu Hause ist, stets in heiterer Bereitschaft, wenn er ankommt, makellos in ihren gebügelten Blusen und gut sitzenden Golfröcken. Eine attraktive, glattgesichtige Frau, noch schlank. Ihre dunkle Haarrolle ist stark mit Grau durchsetzt, und Jimroy erinnert sich, daß Mary Swann grau gewesen sein soll, bevor sie das vierzigste Lebensjahr erreichte – hatte Rose Hindmarch ihm das erzählt? Ja, vermutlich; wer sonst hätte es gewußt? Frances, Mary Swanns Tochter, ist Anfang Fünfzig. Ihre Fingernägel sind rosa, poliert und kurz geschnitten. In ihren Augen ist das Blau nordischer Sommer, wenngleich Jimroy für solche Augen unempfänglich ist und ebenso für solche Metaphern. Wenn sie lächelt, springen ihr Falten ins Gesicht. Seine Fragen brauchen lange, um zu ihr zu dringen. Sie überlegt, faßt sich mit den rosigen Fingern an die Ohrläppchen und spricht langsam.

Sie ist immer allein. Ihr einziger Sohn ist in Princeton; ihr Ehemann, Volkswirtschaftler in Stanford, ist viel auf Reisen, um Vorträge zu halten und die Regierung zu beraten. (»Sie müssen ihn kennenlernen«, hat Frances Moore gesagt, doch dieses Kennenlernen hat noch nicht stattgefunden, und Jimroy hat das Gefühl, daß es nie dazu kommen wird.)

Sie führt ihn zu einem niedrigen, mit grobem Stoff bezogenen Sofa. Sie läßt sich neben ihm nieder, schlägt die Beine übereinander, ein behender, eleganter Bewegungsablauf. Sie sitzen am Couchtisch, darauf befinden sich ein Stapel Zeitschriften (The Smithsonian zuoberst, The Atlantic lugt darunter hervor), eine kleine gemeißelte Steinfigur (Tibet, erklärt ihm Frances), ein hübscher Keramikaschenbecher aus hiesiger Produktion (Jimroy hat nicht gewagt, ihn zu benutzen, ja nicht einmal, sich eine Zigarette anzuzünden) und eine Kanne frisch gebrühter grüner Tee.

»Also«, sagt sie mit ihrer melodischen Stimme, in der nur ein schwaches Echo des ländlichen Ontario nachhallt, »also, wo war ich letzte Woche stehengeblieben? Ach ja, ich weiß. Sie haben nach Mas Verhältnis zu den Nachbarn gefragt. Ich habe versucht, mich zu erinnern. Wir hatten natürlich kein Telefon, und erst 1949 bekamen wir ein Auto. Einen Lieferwagen, genauer gesagt. Aber das wissen Sie ja schon. Somit war es mit nachbarschaftlichen Beziehungen nicht weit her. Wir waren zwanzig Kilometer von Elgin entfernt, gut drei Kilometer von Nadeau und sechzehn von Westport, das bloß ein Knick in der Straße ist, wie Sie wissen. Meine Mutter hat sich die wenigste Zeit mit den Nachbarn abgegeben. Ich glaube, einmal ging sie zu einem Polterabend. Sie ist in Belleville aufgewachsen – das haben Sie ja alles schon –, und das war damals, als käme man vom Mond. Sie sind in Belleville gewesen, Mr. Jimroy? Dann wissen Sie Bescheid. Möchten Sie Tee?«

Benommen reicht er ihr seine Tasse und fragt sich, warum er sich vor einer so charmanten Frau fürchtet. Frances Moores Stimme, rhythmisch, weich moduliert, hat einen Tonfall, der ihm den Wunsch eingibt, die Augen zu schließen, aber er traut sich nicht aus Angst, entlassen zu werden. Nur das fremdartige, abgehackte Wort Ma, verbindet diese überaus entspannte Frau mit Mary Swann; nicht Mutter, nicht Mama, sondern Ma, ein Wort, das sich von ihren Lippen reißt wie ein Schrei in einem Scheunenhof. Jimroy stürzt seinen Tee hinunter und sagt »Nachbarn?«, um ihr nachzuhelfen.

»Da waren natürlich die Hannas. Ich glaube, Ma hatte Mrs. Hanna ganz gern, obwohl sie nicht sehr helle war. Ich glaube nicht, daß sie schreiben oder lesen konnte. Ich erinnere mich, daß

Mrs. Hanna einmal in unserer Küche saß, als ich aus der Schule kam, und Ma las ihr aus einem Buch aus der Bücherei vor. Ich glaube, ich habe Ihnen erzählt, Mr. Jimroy, daß es in Nadeau eine Bücherei gab.«

»O ja, ich bin auch dort …«

»Damals war es natürlich die alte Bücherei. Nur ungefähr zweihundert Bücher, mehr nicht. In einem Regal im Postamt. Ma hat sich die Bücher geholt, wenn sie im Dorf war, immer nur zwei auf einmal. Man durfte mehr mitnehmen, aber sie nahm nur zwei.«

»Warum wohl?« Jimroy hat das Bedürfnis, sie minutiös auszufragen, sie festzunageln, und sei es nur, um sich zu vergewissern, daß er wirklich in diesem Zimmer sitzt. Er fühlt sich nicht wohl als Gesprächspartner; er erinnert sich unwillig an seine Schwierigkeiten mit Starmans Witwe. Zudem weiß er mit Frauen wie Frances Moore wenig anzufangen.

»Das weiß allein der Himmel. Mrs. Hanna ist nun tot. Ich weiß nicht, welches Buch Ma ihr vorgelesen hat. Vielleicht Vom Winde verweht. Oder Edna Ferber. Sie hat Edna Ferber gemocht.«

Jimroy macht ein Geräusch, das Bedauern ausdrückt, und schreibt diese Information in sein Notizbuch. Natürlich ist er enttäuscht. Hatte er törichterweise gehofft, es wäre Jane Austen? Ja, obwohl er es besser weiß. »Und Sie erinnern sich nicht, daß sie je Gedichte las?« Er hat diese Frage schon früher gestellt.

»Nicht daß ich wüßte. Es sei denn, Sie nennen ›Mother Goose‹ ein Gedicht. Die Kinderreime hat sie bestimmt alle gekannt. Ihr Lieblingsvers war ›A Man in the moon/Came down too soon/And asked his way to Norwich.‹ Erinnern Sie sich? ›He went by the south/And burnt his mouth/From eating‹ – was war es doch gleich? – ›cold pease porridge.‹«

»Ich erinnere mich«, sagt Jimroy und macht sich wieder Notizen.

»Mir hat sie hin und wieder auch vorgelesen. Abends.«

»Ah.« Sein Bleistift ist in Habachtstellung, seine Stimme täuscht Unbekümmertheit vor. »Können Sie sich vielleicht an einige Titel der Bücher erinnern, die sie Ihnen vorgelesen hat?«

»Five Little Peppers. Das habe ich geliebt. Und die Bücher von den Bobbsey Zwillingen. Von Winnie the Pooh und Wind in the Willow hatte ich nie gehört, bis ich selbst ein Kind hatte. Aber da saßen wir abends, auf dem Sofa in der Küche, wir zwei. Das Wohnzimmer, oder das Vorderzimmer, wie wir es nannten, haben wir im Winter nie benutzt, es war einfach zu kalt. In der Küche war der Holzofen, den wir die ganze Zeit in Gang hielten. Ich vermute, es hört sich ganz idyllisch an, die kleine Familie, behaglich in der Küche versammelt. Draußen heulte der Wind. Wir hatten ein paar Gaslampen. Ma war ganz hingerissen von einigen Abenteuern der Bobbsey Zwillinge. Sie legte einen wilden Ausdruck in ihre Stimme. Sehr theatralisch. Klein-Flossie verirrte sich immerzu im Wald. Ich glaube, Ma genoß es ebenso wie ich.«

»Und Ihr Vater?«

»Ich glaube, wir haben sämtliche Bände durchgelesen. Schreckliches Zeug, ich weiß nicht, warum die Bücherei das da hatte ...«

»War Ihr Vater auch dabei? In der Küche, meine ich?«

»Wenn es Ihnen nichts ausmacht, Mr. Jimroy ...«

»Es tut mir schrecklich leid. Ich war bloß ...«

»Ich denke ... ich bin sicher, als Sie mir zum ersten Mal wegen dieser Interviews schrieben, habe ich Ihnen klar und deutlich zu verstehen gegeben, daß ich keine Diskussion über ...«

»Bitte verzeihen Sie mir. Die Szene war so lebendig, und ich ... leider vergaß ich ...« Ein beschämtes Stammeln.

»Unter keinen Umständen.«

»Ich verstehe. Ich verstehe vollkommen.« Er preßte die Lippen zusammen.

»Noch Tee?«

»Ja, gerne. Bitte. Ich werde schon ganz süchtig nach grünem Tee. Ich hatte nie ...« Er vernimmt seine Stimme, dümmlich und leidenschaftlich, sein albernes Lachen.

»Die Nachbarn. Mal sehen. Mrs. Hanna hatten wir schon. Da war noch eine Familie, die Enrights. Sie hatten einen größeren Hof, nicht weit von uns. Eine moderne Scheune.«

Jimroy, Verehrer von Bildern aus einer aus den Fugen geratenen Welt, schreibt so schnell er kann: »Die Enrights. Großer Hof, moderne Scheune.«

Anfangs fand er die Abende schwierig; was sollte er mit diesen langen, geruhsamen Abenden anfangen?

Im Mikrowellenherd der Flanners wärmte er sich seine Mahlzeiten. Beim Essen schaltete er die Nachrichten ein; die kalifornische Bevölkerung schien in ihren eigenen Krisen gefangen, den Landrutschen und Erdbeben, der Stadtpolitik und den großen Kunstdiebstählen. Nach Einbruch der Dunkelheit unternahm er lange Spaziergänge und fühlte, wie seine Lungen sich in der feuchten Abendluft dehnten, reiner Sauerstoff, garniert mit Petroleumgeruch. Die freundliche Seite der Umweltverschmutzung. Der aufgehende Mond schien mit Vaseline umrandet. Kalifornien war ein Rätsel, selbst Palo Alto. Es war nicht leicht zu verstehen. Doch fühlte er sich beruhigt von den Lichtern, die in den Nachbarhäusern angingen. Die Häuslichkeit der anderen machte ihn manchmal neidisch, doch während er den Reißverschluß seines neuen leichten Anoraks zuzog, sagte er sich, daß er sich neuerdings in seiner Einsamkeit wohlfühlte. Er glaubte es wahrhaftig halb, und der Gedanke hielt Audrey in Schach.

Nach wenigen Wochen wurde er nebenan zu einem Abendbuffet eingeladen. Dort stellten ihn die Lees den Krauses vor, seinen Nachbarn auf der anderen Seite. »Darf ich euch Morton Jimroy vorstellen, er wohnt im Haus der Flanners.« Er wurde mindestens einem Dutzend weiterer Leute vorgestellt. »So, Sie wohnen also im Haus der Flanners, wir waren schon neugierig. Sie sind also der Biograph. Na, wie bekommt Ihnen die Küste?«

Es waren gastfreundliche Leute, und bald war er auch in ihren Häusern willkommen. Er war dankbar für diese unaufdringlichen geselligen Abende, obwohl er spürte, daß man ihn nie eingeladen hätte, wenn er sich nicht wenigstens eines geringen Bekanntheitsgrades rühmen könnte. Diese Leute waren an Erfolg gewöhnt. Dr. Lee nebenan (Ian) wurde andauernd von seiner Frau Elizabeth (eine energische, kämpferische Frau mit einem großen, beweglichen Mund, aber sehr nett) zum Flughafen chauffiert, damit er um die halbe Welt fliegen und Vorträge über verborgene Bereiche der Mathematik halten konnte. Und Dr. Krause war ein Weltklasse-Philologe (mit dem Ausdruck Weltklasse war die Stanford-Gemeinde bestreut wie mit Cayennepfeffer). Krauses massiger Leib schien Jimroy kaum imstande, sich unter dem Gewicht seines Wissens fortzubewegen. Seine Frau Monique, eine Psychologin, war Expertin für Käsekuchen und Wanderwege durch die Nationalparks. Diese freundlichen Menschen akzeptierten Jimroy, luden ihn zu Roastbeef- und Schinkenplatten ein, entlockten ihm Ansichten und Anekdoten und baten ihn um Erläuterungen zur Methodik der Biographie. Ian Lee wollte unbedingt von ihm wissen, wie ein Biograph merkte, wann er endlich zum Wesen der Persönlichkeit vorgedrungen war. »Geht dann ein Licht an oder was?« fragte er Jimroy und schnippte mit den Fingern. August Krause fragte ihn über die Kluft zwischen der privaten und der öffentlichen Person aus. »Ah, aber was ist eine öffentliche Person?« rief Monique Krause, während sie in ihre kleinen Hände klatschte. »Nur ein nackter Leib, der etwas bessere Kleider trägt.«

Es waren lauter gute Menschen: im mittleren Alter, kultiviert, tolerant, weit gereist, sonnengebräunt und sich alle einig in ihrer Verachtung für Ronald Reagan. Sie boten Jimroy ohne einen Gedanken an eine Gegeneinladung ihr köstliches Essen, ihren guten bis hervorragenden Wein, ihre konservierte Musik und ihre Unterhaltung und schickten ihn weit vor Mitternacht nach Hause.

Jimroy konnte nur dankbar denken: Gott sei gedankt für ihre Fleischstücke und das perlende Lachen, das ihren Mündern entsprang, als er seine »ersten Eindrücke« von Kalifornien zum Besten gab. Er war weniger einsam als in Winnipeg, wenngleich er dort ähnliche Ehepaare kannte, die Swensens, die Zieglers, die Mullocks. Er bewunderte die Beständigkeit der Liebe, die zwischen diesen Eheleuten zu fließen schien. Die meisten von ihnen waren über fünfundzwanzig Jahre verheiratet und immer noch höflich und liebevoll zueinander. Er versuchte sie sich als Liebende im Bett vorzustellen – Ians praller Penis zwischen Elizabeths Beinen – und konnte es nicht; aber darauf schien es kaum anzukommen. Auf die Liebe kam es an, diese duldsame, geheimnisvolle Zuflucht. Wenn er allein nach Hause und in das lustleere Bett der Flanners zurückkehrte, nahm er etwas von der umfangenden Wärme dieser Leute mit.

An einem solchen Abend überlegt er, daß etliche Wochen vergangen sind, seit er seiner häßlichen Schwäche nachgab, nämlich Audrey in Florida mit anonymen Anrufen zu traktieren. Vielleicht ist er über das Bedürfnis hinweg, ihre aus dem Schlaf gerissene krächzende Stimme zu hören. »Hallo?« plärrt sie ins Telefon wie jemand, der die Tiefe einer Höhle prüft. Er schließt die Augen und versucht sich den Wohnwagen vorzustellen, in dem sie lebt, wie ihr Bett ist, ob sie in diesem lächerlichen Klima eine Decke braucht, wie sie aussieht, wenn sie mit dem Hörer in der Hand auf der Bettkante sitzt.

»Hallo, hab' ich gesagt. Wer ist da?«

Er antwortet nie, hält nur lauschend den Hörer.

»Wer ist denn da?« knurrt sie grob.

Wieder Stille. Er hütet sich, zu atmen. Er würde sich nie herablassen, wie einer von diesen Keuchern zu werden. Und er will sie auch nicht ängstigen. Die gute alte Aud.

»Wer ist da, um Gottes willen?«

Eine lange Pause. Jimroy wartet auf die Stimme, die gewiß kommen und die Pause füllen wird. Statt dessen knallt sie oft den Hörer auf.

Einmal hat sie geschrien: »Du kannst mich nicht täuschen. Ich weiß, wer dran ist, du Scheißkerl!«

Seine Hand hatte gezittert, aber es gelang ihm, den Hörer festzuhalten. Seine Lippen streiften die Sprechmuschel, Angst und Liebe umschlangen sich. Er dachte an ihren großen Mund, keine attraktive Frau, beileibe nicht.

Etliche Wochen sind vergangen, seit er Audrey mitten in der Nacht anrief. Ein gutes Zeichen. Er sollte feiern, wie ein Alkoholiker nach einem trockenen Monat.

Könnte er es nur auslöschen – ah, aber er kann es nicht. Er

gelobt sich, ein feierliches Gelübde, nicht mehr in Sarasota anzurufen. Seine Arbeit über Mary Swann geht voran; jede Woche schickt er Mrs. Lynch mit der Post ein Bündel Papiere zum Tippen. Wohlduftende Luft weht durchs offene Fenster herein. Er schläft gut. Er ist soeben von einem reizenden Abend bei heiteren, intelligenten Freunden zurückgekehrt. Er weiß, daß sie ihn als einen Trabanten aus dem Norden betrachten, eine Rolle, die ihm gefällt. Und schließlich liebt er Audrey nicht mehr. Damit war es vor Jahren vorbei.

Aber, das gibt er zu, er ist heftigst verliebt. Er ist berauscht von Liebe, verrückt vor Liebe. Und die Frau, die er liebt, ist Sarah Maloney aus Chicago, der er nie begegnet ist.

24. Oktober
Lieber Morton,
ich wußte, daß Sie sich erweichen lassen würden! So! Endlich werden wir uns kennenlernen – ich bin entzückt. Sie dürften Ihr vorläufiges Programm in wenigen Tagen erhalten, frisch aus der Presse. Wie unsere Mary wohl über das alles gedacht hätte? Doch wenn ich mir vorzustellen versuche, wie sie im Publikum sitzt und jemandem zuhört, der sich über ihren Gebrauch der Zäsur verbreitet, erscheint alles mit einemmal lachhaft. Sie stimmen mir vielleicht nicht zu. Oder doch? Nein?
Toronto im Januar – das klingt ausgesprochen miserabel. Ich stimme Ihnen zu, ja, daß es passender gewesen wäre, die Veranstaltung in Nadeau abzuhalten, und der Vorbereitungsausschuß hat sich dort umgesehen. Das Problem in Nadeau waren Hotelunterkünfte – es gibt keine, höchstens die sechs Zimmer über dem Bierausschank. Und ja, Elgin war eine Möglichkeit, obwohl das Hotel eines von diesen zugigen alten Kästen ist, was Ihnen bekannt sein dürfte. Und die Schnellstraße von hier nach Toronto ist im Januar manchmal wegen Stürmen gesperrt. Man kam überein, daß wir uns mit Toronto begnügen müssen, wenn wir Leute anlocken wollen. Und wie es aussieht, werden wir erstaunlicherweise sechzig Personen sein, vielleicht noch mehr. Wer hätte das gedacht? Herb

Block kommt aus Harvard. Als ich das hörte, erklangen silberne Glöckchen in meinem Kopf. Herb Block! Sie wissen vermutlich, daß wir Frances Moore eingeladen haben. »Nicht ganz auf ihrer Linie«, hat sie geantwortet. Kühl bis dorthinaus.
Und jetzt, Morton, möchte ich Ihnen mitteilen, daß ich zutiefst berührt war, als Sie in Ihrem letzten Brief schrieben, wie wichtig es für Sie sei, persönliche Post zu bekommen. Ja, ich weiß, was Sie mit der »Einsamkeit des Halbberühmten« meinen – übrigens nicht die Kategorie, in die ich Sie einordnen würde. Ich denke viel über Einsamkeit nach, gewiß die meistverbreitete der modernen Krankheiten – als ob ich das nicht wüßte! Tatsächlich war es das Gespenst der Einsamkeit, das mich anfangs zu Mary Swanns Werken hinzog, da sie und ich beide dieselbe schlimme Kälte spürten. Von allen ihren Gedichten ist »Allein im Haus« dasjenige, das mir mitten ins Herz spricht.
Vor allem diese Zeilen:

Bedauert mein gestocktes Blut
und meinen verstummten Mund
und meine Stunde ohne Schlag
und meine unbewachte Nacht.

Nicht ihre beste Strophe, aber wenn man sich die Qual dahinter vorstellt! Wie sehr hat die arme Frau jemanden gebraucht, sie zu »bewachen«. Wir alle brauchen so jemanden! Ich glaube übrigens nicht, daß sie sich hier selbst bemitleidet, wie Professor Croft in ihrem Aufsatz in PMLA vermutet. (Übrigens, Croft kommt zum Symposium, ein sicheres Zeichen, daß unsere Mary es geschafft hat.)
Ich bin so froh, daß Sie nicht verstimmt waren über meine Weigerung, das Swann-Notizbuch jetzt schon freizugeben. Wenn ich der Meinung wäre, daß es Material enthält, das Sie für Ihr Buch verwenden könnten, würde ich Ihnen selbstverständlich eine Kopie schicken. Aber es sind größtenteils nur Notizen, Ideen für Gedichte, eine Menge Gekritzel – über all das werde ich in meinem Vortrag

reden. Ich komme mir bei alledem verdammt schäbig vor. Aber Sie kennen ja den Egoismus der Forschenden. Was sind wir nur für ein mieser Haufen.
Mit besten Wünschen
Sarah

Die meisten Briefe, die Jimroy erhält, sind Geschäftspost von seinen Verlegern in New York oder seinen Kollegen in Manitoba. Diese getippte Korrespondenz, so willkommen sie ist, tut seinen Augen weh. Zu lässig, das Getippte, zu mühelos vollbracht. Das Klappern mechanischer Tasten scheint die meisten Menschen zu überzeugen, sie seien geistreich, wenn sie tatsächlich nur wortreich sind. Das Resultat, findet Jimroy, sind aufreizende Weitschweifigkeit und ein Übermaß von Pünktchen zwischen den Sätzen, oder auch diese nervöse bescheuerte Geschwätzigkeit, wie sie Ezra Pounds maschinengeschriebene Briefe an seine Freunde kennzeichnete – Jimroy stellt sich immer vor, daß Pound diese Briefe, selbst die muntersten, mit fest zusammengepreßten Zähnen schrieb. Sarah Maloneys Couverts tragen unbekümmert schief geklebte Briefmarken und sind, wie Jimroy zu hoffen wagt, liebevoll beleckt. Die Briefe sind handgeschrieben. Sarahs knisterndes – aber nicht zu arg knisterndes – gebrochen weißes Papier läßt auf Harmonie und Robustheit schließen. Die Tinte ist dunkelblau und fließt aus einer mittelbreiten Feder, die sich Jimroy mit einer Nylonspitze versehen vorstellt. Er liebt die Gelassenheit, mit der Sarah Maloney honor und center schreibt – diese Worte, auf schlichte amerikanische Art buchstabiert, bekommen etwas Abgerundetes, Brillantes. Sarahs weit offene As und Os bezaubern ihn. Ihre großen Ws sind unschuldige, gutgefütterte junge Vögel, bereit, ihre Flügel auszuprobieren. Sie ist achtundzwanzig Jahre alt, das weiß er, weil ihr Geburtsdatum in den biographischen Angaben stand, die ihrem ersten veröffentlichten Aufsatz angefügt waren, aber er hätte auch so aufgrund ihrer Handschrift erraten, daß sie noch in den Zwanzigern ist, dem glücklichen Alter, dem emanzipierten Alter. Man braucht sich nur Mary Swanns verkrampfte Schrift oder seine eigenen gequetschten Schleifen anzusehen. Sarahs Ton ist murmelnd, weiblich.

Er mißtraut dem Foto auf ihrem Buchumschlag, lange Haare, die in ein langes Gesicht fallen. Ein hübsches kleines Kinn jedoch versöhnt mit ihr. Sie könnte, denkt er, zu jenen Frauen gehören, die wehmütig Prismen oder farbige Glasscherben in ihre Fenster hängen. Er stellt sich vor, daß sie karmesinroten Nagellack meidet. Eine gewisse körperliche Untersetztheit? Nur das nicht, hofft er inständig. (Audrey war wenigstens nicht untersetzt gewesen.) Er weiß, daß Virginia Woolf Sarahs Lieblingsromanschriftstellerin – in der Regel mißtraut er einer Vorliebe für Woolf bei Frauen – und V.S. Pritchett ihr Lieblingsessayist ist. Die Bücher dieser beiden, stellt er sich vor, stehen nebeneinander auf einem kleinen lackierten Bord in der Nähe des Schreibtisches, wo sie arbeitet, des Platzes, wo sie sitzt (von der Sonne beschienen?) und ihre herrlichen handgeschriebenen Briefe verfaßt, mit ihrer weichen Zunge, honigsüß, die gummierten Couverts und Briefmarken beleckt – ah, Sarah. Die weiche Zunge, rosig, fährt über seinen Körper. Um Himmels willen, zieh deinen Schlafanzug aus, flüstert Sarah, die blöden Knöpfe, mach schnell. Oh, wie süß, laß mich lecken, lecken, lecken. Siehst du, ist es das, was du gebraucht hast? Was du gewünscht hast? Ja, natürlich ist es das.

Er ist überzeugt, daß sie seit der Veröffentlichung ihres dicken, heftigen, zornigen Buches Das weibliche Prisma sanfter geworden ist, ja sich völlig verändert hat. Ihre Briefe sind voll weicher Kanten und knisternder Ecken. Zum Beispiel ihre Weigerung, sich von Mary Swanns Notizbuch zu trennen, war zart formuliert, so daß er den Stich der Ablehnung kaum spürte. Nur ein Zucken. Und nur für einen kurzen Augenblick.

Ihr jüngster Brief ist der zehnte, den sie ihm geschrieben hat. Jimroy legt ihn zuunterst zu dem Stapel mit den anderen und läßt das Gummiband froh zurückschnellen. Da der gesellige Abend bei den Lees heute noch früher zu Ende war als sonst, wird er zu Bett gehen, die leichte Baumwolldecke hochziehen und sich an dem Gesamtwerk ergötzen.

Er gibt zu, daß ihr Stil zu wünschen übrig läßt; nur gelegentlich neigt er jener Form der Persiflage zu, die er bewundert. Er wünschte, sie würde die Phrase zutiefst berührt nicht verwenden; er stellt sich gerötete Nasenlöcher vor, Feuchte, abstoßende Aufrichtigkeit. Das Wort mies kränkt ihn ein wenig. Sie scheint unfähig, die langen, vielfach verschachtelten Sätze zu konstruieren, die er am meisten bewundert, aber er bringt es nicht über sich, an etwas herumzunörgeln, wofür sie nichts kann. Und ihre Formulierungen besitzen einen gewissen Wohlklang, eine Hartnäckigkeit, ein ureigenes Ungestüm. Mehr noch, die Worte schienen für ihn geformt und nur für ihn allein. Er stellt sich vor, daß die Briefe, die sie an andere schreibt – Herb Block, diesen kümmerlichen Hochstapler – spärlicher sind und es an Lebhaftigkeit fehlen lassen.

Wenn er an Sarah Maloney schreibt, hütet er sich zu rauchen. Er will nicht, daß sie seine Umschläge aufmacht und Schalheit riecht. Noch etwas: Er läßt es sich angelegen sein, eine, und nur eine, persönliche Botschaft einzustreuen, von der er weiß, daß sie eine persönliche Antwort auslösen wird. Er versucht es mit einer sachten Selbstanklage, dem Eingeständnis eines geringfügigen Versagens oder Mißgeschicks, denn er weiß, er ist am liebenswertesten, wenn er mittelmäßig ist. Er rationiert sich, ängstlich darauf bedacht, daß dieser Beziehung nichts Rührseliges anhaftet. Er wünscht sich Härte, Schärfe, netto, nur gelegentlich eine weiche Stelle, geschwind bloßgelegt und ebenso geschwind geschlossen. Neulich erzählte er ihr in einem Brief von dem Schuldgefühl (eine gelinde Übertreibung, aber sei's drum), unter dem er wegen der Rosen der Flanners leidet, wie er unter ihnen sitzt, aber ihre Schönheit übersieht, wie sie ohne seine Anerkennung blühen.

»Sie brauchen keine Anerkennung«, schrieb Sarah zurück und erteilte ihm somit Absolution, und weiter schrieb sie: »Naturanbeter werden als Menschen gewaltig überschätzt, zumal in ihrer eigenen Beurteilung.«

Das wollte er hören, das hatte er gebraucht. Süßes Ungestraftsein. Alles, was Sarah (Sarah! Sarah!) schreibt, ist das, was er braucht.

Natürlich weiß er, daß sich dies als eine List der Liebe erklären läßt, daß jedes von einem geliebten Menschen geäußerte Wort eine strahlende Relevanz erhält und mit Gold überzogen wird.

Sporran.

Jimroy wird mitten in der Nacht von diesem Wort geweckt, das ihm plötzlich Buchstabe für Buchstabe im Traum erscheint.

Der Rest des Traumes verblaßt rasch – er war nie imstande, sich seine Träume zu merken –, übrig bleibt nur dieses eine Wort: Sporran. Die Buchstaben tanzen mit grellblauem Schein hinter seinen geschlossenen Lidern. Ein dumpfgrauer Hintergrund ist da, und das Empfinden einer hinter den Kulissen gespielten schrillen Musik.

Das Bild ist erstaunlich nachhaltig, und um es verschwinden zu lassen, ist Jimroy gezwungen, die Nachttischlampe anzuknipsen. Der Wecker auf dem Tisch zeigt drei Uhr morgens.

Sporran. Natürlich. Es ist das Wort, an das er sich zu erinnern suchte, der Name des Täschchens, das die Schotten über ihren Kilts tragen. Vor Kurzem hatte er eins bei dem komischen jungen Kauz von einem Schotten gesehen, der im Studententheater neben ihm saß.

Ähnliches ist ihm ziemlich oft passiert. Etwas – ein Wort, ein Satz oder eine Bagatelle – verschwindet vollkommen aus seinem Gedächtnis und erscheint erst wieder, wenn es nicht mehr benötigt wird. Verlegte Gegenstände, eine übersehene Verabredung. Das passiert natürlich jedem, wie er weiß, und wird mit dem Alter schlimmer. Von Zeit zu Zeit, vor allem mitten in einer Vorlesung, hat es Jimroy in wirre Verlegenheit gebracht. Das Phänomen hat mit dem Zusammenbruch der Sauerstoffversorgung der Gehirnzellen zu tun. Irgendwo hat er einen Artikel darüber gelesen. War es in Scientific American? Nein, muß in Harpers gewesen sein. Oder er hat eine Fernsehsendung darüber gesehen. Er hofft, daß er nicht so ein tatteriger alter Trottel wird, der vergißt, den Reißverschluß seiner Hose zuzuziehen, oder dem man seine Telefonnummer mit einer Sicherheitsnadel innen ins Hemd stecken muß.

Vermutlich ist es ein gutes Zeichen, daß das Vergessene – Wort oder Satz – sich irgendwann wieder bei ihm einfindet, gewöhnlich, wenn er entspannt ist, oder sogar, wie heute nacht, mitten im Schlaf. Das Gehirn ist wirklich ein merkwürdiges Ding, mit seinen verschlungenen Windungen und Querfurchen, alles eingebettet in feuchte, unscheinbare Gewebestückchen. Manchmal denkt sich Jimroy sein Gehirn als ein ziemlich dickes Kind, eigensinnig, mutwillig und unberechenbar, das er auf einem ungelenken Körper tragen muß. Aber heute nacht ist er dankbar für den Erinnerungsblitz.

Hellwach jetzt, versucht er sich auf etwas zu besinnen, das im Laufe des Tages geschehen war und diese plötzliche Offenbarung hervorgerufen hatte, dieses leuchtende Wort Sporran. Da ist nichts. Und seine Begegnung mit dem Schotten ist vor Wochen gewesen; es war vor Wochen, daß er sich fragte, wie die Bezeichnung für den kleinen Beutel war, den der Mann um seine Mitte trug. Natürlich ist es nicht gerade ein gebräuchliches Wort. Man konnte Jahre verbringen, ohne es zu hören. Aber er hätte es trotzdem nicht vergessen sollen.

Es ist nicht so, daß dies ein Wort war, das er zu verdrängen suchte, nicht wie damals, als er die Scheidungsunterlagen ausfüllte und sich urplötzlich nicht auf Audreys zweiten Vornamen besinnen konnte. In so einem Fall gab er bereitwillig zu, daß eine unbewußte Sperre im Spiel sein mochte.

Audrey Joan Beamish Jimroy. Der Name Joan fiel ihm ein, einen Tag, nachdem er die Unterlagen per Post an den Anwalt geschickt hatte, als er gerade im heißen Wasser in der Badewanne saß. Er stieg sofort aus, trocknete sich ab und rief den Anwalt an, um ihm zu sagen, er habe »möglicherweise versäumt, den zweiten Vornamen meiner getrennt lebenden Ehefrau einzutragen«.

Dann setzte er sich wieder in die Wanne und sagte sich, die Sache bagatellisierend, er sei dankbar, daß seine Eltern beschlossen hatten, ihm keinen zweiten Vornamen zu geben, sonst hätte er diesen höchstwahrscheinlich auch vergessen. Nach dem Bad setzte er sich in einen Sessel am Fenster und rezitierte einige Cantos; nur bei einer einzigen Zeile, allerdings einer Zeile, die er einst besonders liebte, blieb er stecken. Er würde sich beobachten müssen. In seinem Metier war ein gutes Gedächtnis unentbehrlich. Vitamin E würde helfen, glaubten manche Leute. Er mußte die Sache verfolgen. Wenn einer den zweiten Vornamen seiner Frau vergaß …

Sporran, Sporran. Er knipst das Licht aus und versucht wieder einzuschlafen, aber das Wort piept in seinem Kopf. Er fragt sich, wo es seinen Ursprung hat. Im Irischen vermutlich. Es klingt danach. Hat bestimmt nichts mit Sporen zu tun, wenngleich die Stelle, an der es am Körper baumelt, einen sichtlichen Bezug zu Fortpflanzung hat.

Audrey Joan Beamish. Er erinnert sich deutlich an das erste Mal, als er ihren Namen sah, eine Unterschrift unter einem Bewerbungsschreiben. Das ganze Frühjahr hatte er eine Forschungsassistentin gesucht, und Audrey, die von Forschung keine Ahnung hatte, hatte sich beworben. Typisch Aud, zu denken, sie könnte alles bewältigen, was sie sich in den Kopf setzte. Wenigstens konnte sie ein bißchen Maschineschreiben, immerhin. Und ihr Birmingham-Akzent hatte eine anregende Wirkung auf ihn. Ihre Grobknochigkeit, ihre Rauhheit – sie hatte eine gerötete Nase, die sie dauernd in ein geknülltes feuchtes Tuch preßte – forderte seine Zärtlichkeit heraus. Er wollte sie vor sich selbst beschützen. Arme Audrey.

Oft sieht er, sogar hier in Kalifornien, der Heimat langbeiniger amerikanischer Schönheiten, außerordentlich unattraktive Frauen – bläßlich oder gebeugt, übergewichtig oder irgendwie entstellt – im Bus fahren oder durch Kaufhäuser schlurfen. Ihre Einkaufstaschen und die Kinder, die sie mit sich zerren, weisen diese Frauen eindeutig als verheiratet aus. Wer heiratet solche Frauen? hat Jimroy sich gefragt. Dann fällt ihm ein: Er hat Audrey geheiratet. Er fühlte sich sogar wegen ihres langen Pferdegesichts zu ihr hingezogen, ihrer knubbeligen Handgelenksknochen, die wie eingelegte Zwiebeln glänzten.

Sogar ihre Unwissenheit bereitete ihm in den frühen Tagen Vergnügen, bewies sie ihm doch, daß er mit seinen Irrtümern nicht allein war. Es hatte ihm Spaß gemacht, ihr Albernheiten zuzumurmeln: Ist dies nicht das himmlischste Firmament, die urbanste Stadt, hat Sowieso nicht mit seiner Achillesferse in den Fettnapf getreten, wirft Der-und-der nicht immer einen retrospektiven Blick zurück. Er beobachtete in listiger Freude ihr Gesicht, wenn diese Bemerkungen von ihr abprallten wie Gummikugeln. Sie runzelte die Stirn, verdrehte nachdenklich die Augen oder nickte ihr seitliches Nicken, wobei sie eine Schulter in die Höhe zog. Ja, ja, sagte sie dann, rücksichtslos hinweggehend über sein jeu d'esprit, seine Stichelei, taub dafür, achtlos, wie nur Audrey sein konnte.

Wofür er sie liebte, sofern Liebe in ihrer unzulänglichen Form noch Liebe genannt werden kann, war ihr beharrlicher, wenn auch unausgesprochener Glaube, daß eine Ordnung des Universums existierte und daß sie ein Teil des Menschenheeres war, das diese Ordnung stützte. Unermüdlicher Kampf war die Phrase, von der Audrey lebte, unermüdlich, blindlings, tapfer die Tausende Dinge verrichtend, die sie für verrichtenswert befand. Mit wild fuchtelnden Armen, mit einem unerschöpflichen, lautstarken Energiestrom hatte sie die Diele des häßlichen alten Hauses tapeziert, das Jimroy in Winnipeg besaß, Farbe vom Balkenwerk gekratzt, ihr Gemüsebeet im kümmerlichen Garten hinter dem Haus angelegt. Er gab zu, daß sie einfältig war – aber es lag eine solche Güte in der Art, wie sie ihn mißverstand. Für sie war er kein verkrüppelter Zyniker mit einem Hang zur Misanthrophie; für Aud war er nichts als ein armer Pinsel, den es aufzuheitern galt. Eine grobschlächtige, unbeholfene Frau, aber etwas in ihrem Wesen war ansprechend, selbst ihr Gefühl für Rechtschaffenheit. Einmal benutzte er im Gespräch das Wort Polacker für Dreimaster, und sie stellte ihn wegen Herabsetzung des polnischen Volkes zur Rede.

Als er Audrey Beamish heiratete, war er auf Mitleid seitens seiner Bekannten gefaßt gewesen. Er wappnete sich für ihre fragenden Gesichter. Warum hatte er sich in seinem vierzigsten Lebensjahr mit einer Frau belastet, noch dazu einer wie Audrey?

Statt Mitleid gab es Jubel. Sie sei genau, was er brauchte, sagten die Leute, dieser lärmende gute Kumpel von einer Frau mit einem

Herzen von der Größe einer Wassermelone. (Irgend jemand hatte exakt diese Worte benutzt.)

Momente des Jammers. Die hat jeder, nimmt Jimroy an. Ihn überkommen sie spätabends. Meine Wunde ist, daß ich keine habe. Dies ist nur eines der Dinge, die Jimroy vor sich hin singt, ohne sicher zu sein, wie passend es ist – Introspektion verbiegt auch den schärfsten Verstand –, und äußerst ungewiß, woher es stammt. (Die Formulierung, ihr Rhythmus, klingt verdächtig nach jemand anderem, einem, der total bekennerisch und melodramatisch war – Rupert Brooke, jemand von dieser Sorte.) Dennoch fährt Jimroy fort: Meine Wunde ist, daß …

Seine Wunde, vielmehr seine Wundlosigkeit, ist ein kleiner Organismus, ein Etwas, zusammengerollt in seinem Innern, geduldig, fügsam wie ein schlafender Spaniel, ein Zwergspaniel. Es weigert sich, sich zu erkennen zu geben, und Jimroy weiß nur von seiner Existenz, weil er ihm manchmal, wenn auch selten, woanders begegnet, zusammengerollt im Körper eines anderen Menschen, wo es zu seiner Verwunderung sogleich sichtbar wird. Der Student, den er einmal an der Uni hatte, Ely Salterton, frisch von einer Weizenfarm; von Ely Salterton hatte er sich ferngehalten. Und neulich der komische Kerl im Schottenrock – also der war kein klarer Fall. Aber Audrey, in Audrey hatte er es sofort gesehen, nur, statt davon abgestoßen zu sein, hatte er die Hand danach ausgestreckt, ein Mann, der mit Vierzig Gefahr lief zu ertrinken.

»Mach dir nichts draus, Liebster«, hatte Audrey nach seinem ersten (und letzten) Sex-Versuch gesagt. »Es spielt nicht die geringste Rolle, Liebster.«

Erstaunlicherweise hatte es wirklich keine Rolle gespielt.

Ein Wunder. Es war ihm freigestanden, seine Hand von Audreys feuchten, drahtigen Schamlocken zu nehmen, von den Altmännerfalten ihrer Schamlippen – zumindest vermutete er, daß dieses schwammige Gewebe Schamlippen waren.

Die Erleichterung war ungeheuer. Noch ungeheurer war seine Überzeugung, daß Audrey dieselbe erhebende Erleichterung verspürte. Das Mißlingen zwischen ihnen war sogleich erkannt und ergeben hingenommen worden. Hernach lagen sie still im Dunkeln, die Arme umeinander gelegt; es war die glücklichste Stunde, die Jimroy je erlebt hatte. Vollkommenheit. Eine satte Erfüllung, satter, als er es sich beim Lesen von Liebesgedichten je vorgestellt hatte. Und woher kam sie? Von Audrey. Der dummen Audrey mit der kratzenden Stimme. Audrey, die Shakespeare »überkandidelt« fand und nie von dem Dichter John Starman gehört hatte, Audrey, die Camus wie Cammuss aussprach; in jenem Augenblick, versteckt in einem dunklen Schlafzimmer, fanden sie sich. Ihr gemeinsames Schweigen ließ sich auf den Haaren seiner freigegebenen Hand und auf Audreys traurig lächelndem Mund nieder. Lieber Gott, welche Glückseligkeit.

Nach der Scheidung schlug sich eine erstaunliche Anzahl ihrer Freunde auf Audreys Seite. (Es gab welche unter ihnen, die grausam scherzten, sie sei die erste in ihrer Bekanntschaft, die sich wegen Sarkasmus scheiden ließ.) Natürlich fühlte sie sich zurückgewiesen, sagten die Leute, sagten es mit leicht geschürzten Lippen und aufwärts gerichtetem Blick. Sie konnten genau verstehen, wie es aus Audreys Sicht gewesen sein mußte. Jimroy weiß, daß diese alten Freunde noch heute von Zeit zu Zeit Postkarten aus Sarasota erhalten. Die gute Audrey erstattet Bericht.

Und was bekommt er? Nichts.

Die Fluggesellschaft Eastern Airlines war außerstande, Jimroys verlorenes Gepäck aufzuspüren. Man bedaure. Sie ließen ihn eine Reihe neue Formulare ausfüllen und sagten ihm, er solle die Hoffnung nicht ganz aufgeben. Man kenne Hunderte verrückter Geschichten von Gepäck, das an den abwegigsten Orten auftauchte. Selbstverständlich werde er einen Scheck als Ersatz für den Inhalt sowie für die zwei Gepäckstücke selbst erhalten. Ob Jimroy absolut sicher sei, daß das Gepäck am Flughafen von Winnipeg abgefertigt worden war? (Hierauf mußte er mit Nein antworten, da ihm einfiel, daß Mrs. Lynch sich um das Gepäck gekümmert hatte.) War er bei der Ankunft am Flughafen von

San Francisco direkt zur Gepäckausgabe gegangen, oder hatte er irgendwo angehalten, vielleicht auf der Toilette oder an einem Kaffeeautomaten? (Das konnte Jimroy nach der langen Zeit nicht mehr genau sagen.) Gepäck, erklärte man ihm, werde selten gestohlen, aber gelegentlich … nun ja … es sei nicht ganz von der Hand zu weisen. Mrs. Myrtle, die Schadenssachverständige, bedauerte den Verlust der Papiere, die, wie sie erfuhr, ungemein wertvoll sowie unersetzlich waren, aber mit etwas Glück könnten sie immer noch auftauchen. Erst letztes Jahr habe eine Frau auf dem Flug von Santa Barbara nach Los Angeles ihren Kosmetikkoffer verloren, und sechs Monate später sei ihr der Koffer nach einem unerklärlichen Umweg über Hong Kong zurückgegeben worden. Alles sei möglich. Das Gepäck könne jeden Augenblick auftauchen.

Und am 10. November – es regnete, was Jimroy daran hinderte, im Freien zu arbeiten – tauchte es wahrhaftig auf, wenngleich niemand genau sagen konnte, wie es passiert war. Mrs. Myrtle von der Fluggesellschaft rief Jimroy an und teilte ihm mit jubelnd vibrierender Altstimme mit, daß sein Gepäck anscheinend aufgefunden worden sei. Ob er zum Flughafen kommen wolle, um es zu identifizieren?

Eine Stunde später war er zur Stelle und inspizierte seine Koffer: seine Kleidung, die zusammengelegten Anzüge und Hemden, seine Schuhe, noch locker in das Zeitungspapier gepackt, mit dem er sie vor zwei Monaten umwickelt hatte. Er warf einen Blick in seinen Kulturbeutel und sah, daß seine Zahnbürste mit grünem Schimmel überzogen war, aber sonst war alles in Ordnung. Seine Krawatten waren noch säuberlich um seine schwarzen Nylonsocken gerollt. Sein Batterierasierer war da – ein Geschenk von Audrey, eine ihrer guten Ideen – und die gestreifte Badehose, die er in letzter Minute eingepackt hatte. Eine Garnitur Handtücher und Waschlappen, eine Strickweste für kühle Tage. Er langte mit einer Hand unter die Weste, fühlte nach seinen Unterlagen und der Fotografie von Mary Swann. Seine Finger berührten Glas, dann den harten Metallrahmen. »Alles da«, sagte er zu Mrs. Myrtle, einer korpulenten schwarzen Frau mit großen baumelnden Ohrringen. »Auch die Fotografie.«

»Fotografie?«

»Von einer Frau.« Wie seidenweich er klang, als er das sagte: Von einer Frau. »Die leider nicht mehr lebt.« Die blauschwarze Stirn legte sich in waschbrettartige Falten. »So?«

»Eine wunderbare Frau.« Sein Glück machte ihn übermütig.

»Darf ich mal sehen?«

Er hielt das Bild in die Höhe, damit sie es betrachten konnte. »Die Liebe meines Lebens«, sagte er kühn.

Er beobachtete, wie sie die Augen etwas zurückrollen ließ und leise durch die Zähne pfiff. »Super«, sagte sie, ein Ausdruck, der Jimroy wegen des Anflugs von Zweifel kränkte.

»Es ist eine äußerst seltene Fotografie.« Er hörte seine flehende Stimme schwach werden. »Das einzige Exemplar.«

»He.« Sie klang sanft, rauchig. Er hätte schwören können, daß sie ihn auslachte. »Hab' ich Ihnen nicht gesagt, daß wir Ihre Sachen finden, Mr. Jimroy?«

Als er nach Hause kam, packte er seinen Koffer aus und hängte seine Sachen sorgsam in den Kleiderschrank. Er stellte die Fotografie auf die Kommode und setzte sich dann aufs Bett; seine Hände waren trotz der Hitze eiskalt. Ein Stöhnen gurgelte durch seine geschlossenen Lippen. Sie hatte sich verändert. Ihr Gesicht war hart, verständnislos, verschlossen und rief eine fieberhafte Scham in ihm hervor. Ich bin ein relativ berühmter Mann, sagte er sich, um sich zu trösten. Mein Name ist wohlbekannt, und ich habe keinen Grund, mich zu schämen.

Das Schamgefühl war erstaunlich bitter, und der Umstand, daß es echt war, versetzte Jimroy einen pervers-freudigen Stich und hängte ihm ein eigenartiges Mäntelchen aus Glaubwürdigkeit um. Aber die Furcht, die sich durch diese Scham bohrte, konnte er nicht übergehen, denn ihm kam der Gedanke, daß die Fotografie sich verändert hatte und Mary Swann auf unerklärliche Weise seine Feindin geworden war.

Dieser Gedanke, irrational und paranoid – er gestand sich die

Paranoia endlich ein –, ängstigte ihn. Er wurde schreckhaft, er verschüttete Kaffee auf der Untertasse und auf seiner Hose, er vermied es möglichst, daran zu denken. Er versuchte, statt dessen an Südafrika zu denken, an Nicaragua, den Mittleren Osten. Seine kleine verdrehte Welt der Wörter, worauf lief sie hinaus?

Trotzdem, die Angst blieb. Nach einer Woche beschloß er, die Fotografie wegzuschließen, an einen sicheren Ort, und dann vergrub er sich in Arbeit, wie er es immer tat, wenn sein Leben einen schlechten Verlauf nahm.

In den letzten zwei Jahren hatte Jimroy ausführliche Interviews mit folgenden Personen geführt:

Willard Lang, Professor und Kritiker (Toronto). Jimroy verachtet Lang, der eine unbedarfte Auffassung von art naïf besitzt und sich bislang geweigert hat, die vier Gedichte zu veröffentlichen, Liebesgedichte, die er unter Mary Swanns Küchenfußboden gefunden haben will. Ein schwerfälliger Mensch. Ein Mensch, dessen Gedankenwellen in uneingerückten Absätzen daherkommen. Und eitel. Möchte gerne als quicklebendig gelten. Wird er aber nie.

Frederic Cruzzi, ehemaliger Herausgeber vom Kingston Banner (Kleinstadtgazette) und Inhaber des Verlags Peregrine Press. Aufgeblasener alter Knabe, in den Klang seiner eigenen Stimme verliebt. Quelle der Weisheit etc.

George Hanna, Neffe von Elizabeth Hanna, Nachbarin von Mary Swann (Nadeau). Kretin.

William und Alma Lardner, Nachbarn von Mary Swann (Nadeau). Unzuverlässig. Möglicherweise geistig beschränkt.

Rose Helen Hindmarch, Bibliothekarin (Nadeau). Weinerliche Frau, beim Abschied Tränen in den Augen. Freilich hilfreich, hilfreicher als alle anderen, aber drei Tage diese winselnde Stimme. Eine unhübsche Frau. Entschlossen, ihm ihre lahmen Betrachtungen und verquasten Erinnerungen mitzuteilen. Kleiner Mund, nach Luft schnappend. Gierig. Nein, zu hart. Bedürftig. Schrecklich, wenn eine Frau bedürftig ist.

Hochwürden W.A. Polson, pensioniert (Nadeau). Ohne Ergebnis.

Homer Hart, Schulrektor, pensioniert (Nadeau). Verwirrt. Unzuverlässig.

Grace Saltman, pensionierte Lehrerin (Belleville, jetzt Victoria, Britisch-Kolumbien). Knollennase.

Richard Eckhardt, städtischer Verwaltungsbeamter (Belleville). Erinnerung kommt schwer in Gang.

Susan Hansen Kurtz, Nichte von Mary Swann (Belleville). Wirkte zurückgeblieben. Oder senil.

Rupert »Torchy« Torchinski, Bäcker, zur Ruhe gesetzt (Belleville). Hoffnungslos.

Frances Swann Moore, Tochter der Dichterin (Palo Heights, Kalifornien).

Zusätzlich zu diesen Interviews, allesamt von der getreuen Mrs. Lynch geduldig getippt wie Theaterdialoge, verbrachte er in Toronto lange, leidlich ergiebige Tage mit dem Sammeln von Hintergrundmaterial in den öffentlichen Archiven. Er verbrachte zudem etliche unendlich einsame, vergeudete Tage in den Staatlichen Archiven in Ottawa, die ihm nichts einbrachten als heftige Kopfschmerzen und eine Darminfektion. Am Ende verzichtete er auf Hintergrundforschung – sie schien wenig mit Mary Swann zu tun zu haben. Das Problem bestand nicht darin, Swann mit ihrer Herkunft zu versöhnen, sondern sie von ihr zu trennen, wie es die Dichtung getan hatte.

Er zwingt sich, nicht an Swanns Notizbuch zu denken, das seine geliebte Sarah in Verwahrung hat. Nicht, daß er sich viel davon verspräche. Er hat schon andere Tagebücher gesehen und weiß, wie wenig sie zur Aufklärung beitragen, dennoch könnte es das eine oder andere verborgene Detail enthalten, das ein Licht wirft auf... aber warum jetzt daran denken? Er kann das bohrende Stechen des alten Magengeschwürs fühlen.

Er hatte ihren einzigen Gedichtband gelesen, Swann's Songs, 1966 bei Peregrine Press erschienen, hatte ihn wieder und wieder gelesen. (Idiotischer Titel.) Er kennt diese Gedichte so gut, daß er die meisten, würde man ihn dazu auffordern, auswendig aufsagen könnte. Ein paar Zeilen von Mary Swann kommen ihm spontan in den Sinn, wenn er sich morgens das Kinn rasiert oder auf der kiesgesäumten Fahrbahn zu Frances Moores prachtvollem Haus stapft.

Aus blauem Himmel fällt ein grünes Licht
und wartet wintergleich in seinem Krug aus Glas
erzählt eine Lüge mit faulem Gesicht
und Geschichten die Zerstörung fraß.

Jimroy sprach diese Zeilen eines Nachmittags murmelnd zu Frances Moore, die ihn verständnislos ansah und rasch ihre Teetasse an die Lippen hob.

Tatsache ist, daß die Gedichte und das Leben der Mary Swann sich nicht vermischen, und als er eines Morgens im Garten arbeitet, breitet Jimroy seine handschriftlichen Notizen in der Dezembersonne aus und wird von Verzweiflung gepackt. Der Himmel ist heute mit Streifen von mattem Blau gesäumt. Er ist kein solcher Dummkopf, sagt Jimroy sich, zu glauben, daß Dichter, Maler und Musiker eine größere Integrität des Geistes besitzen als andere Menschen. Nein, natürlich hat er nie etwas von diesem Unsinn gehalten. Wie absurd ist zum Beispiel der bei Kritikern beliebte Ausdruck Einheit der Vision – als ob irgend jemand auf dieser Welt etwas Derartiges besäße oder besitzen wollte.

Und doch – er kramt in seinen Papieren, die an diesem kühlen, windigen Morgen von kleinen, aus der Blumenrabatte ausgegrabenen Kieselsteinen festgehalten werden –, wie soll er Mary Swanns biographisches Grau mit der vollendeten Brillanz von Swanns Songs verbinden? Er ist die chronologischen Ereignisse ihres Lebens immer wieder durchgegangen. Er hat sogar eine detaillierte Tabelle gezeichnet, in der Hoffnung, daß die geschwärzten Kästen, Pfeile und gepunkteten Linien die eine wichtige Erkenntnis zutage fördern würden, den Moment, in welchem sie den Durchbruch ins Leben schaffte. Er glaubt natürlich nicht wirklich an die Soziologie der Kindheit, und dies, das weiß er, ist eine etwas gewagte Umkehrung der vorherrschenden Theorie der Biographie. Freudianer! Aber was genau ist der Wert der Kindheit? fragt er sich. Sie ist ein Rätsel, das zu lösen nicht lohnt, eine primitive Zeit, die der Bildung vorausgeht, eine dumpfe Periode, von ebenso dumpfen Eltern beherrscht. Gleichwohl blättert er noch einmal seine Karteikarten durch.

Geburt von Mary Moffat Swann: zu Hause, bei Belleville, auf einem Hundert-Morgen-Hof. Eltern nicht erwähnenswert. (Das hatte er gewußt; Genie ist Eltern nichts schuldig, man braucht sich nur sein eigenes trauriges Elternpaar anzusehen, dessen Andenken weniger unterdrückt als schlicht nicht in seinen Gedanken ist, und das Fehlen exzentrischer Tanten und kauziger Onkel. Eine Wüste.)

Kindheit: beengt, arm, ereignislos; zumindest nichts Gegenteiliges verzeichnet.

Schulbildung: minimal, dürftiger Unterricht in einer Ein-Raum-Schule; ein einziges erhaltenes Zeugnis, aus dem hervorgeht, daß Mary Moffat sich nicht einmal in dieser beschränkten Umgebung hervorgetan hat.

Arbeit: ein Jahr als Brotverkäuferin in der Belleviller Golden Sheaf Bäckerei; seit 1943 nicht mehr existent.

Heirat: mit einem Bauern, Angus Swann, eine Samstagnachmittagstrauung in der Einigkeitskirche von Belleville, Fotografien existieren keine, aber eine Augenzeugin (die beschränkte Nichte) erinnert sich, daß die Braut ein blaues, im Rücken geknöpftes Gabardinekleid trug. (Wie hatte sie diesen Bauern kennengelernt? Niemand weiß es, aber das Notizbuch enthüllt es vielleicht – wenn Sarah sich herabläßt, es freizugeben.)

Späteres Leben: zog auf einen unrentablen Hof bei Nadeau, Ontario; brachte ein Kind zur Welt, Frances. Wagte sich nie weiter fort als bis Kingston, und auch das nur gelegentlich.

Gestorben: gewaltsam, mit fünfzig Jahren. Ein Zyniker mag ihren Tod als die einzige dramatische Episode in einem Leben bezeichnen, das eine lange Fügung in den strengen Ablauf der Jahreszeiten darstellte.

Begraben: außerhalb von Nadeau. Auf dem protestantischen Friedhof.

Selbst mit Hintergrundmaterial und kritischen Anmerkungen wird es ein dünnes Buch. Eine Niederlage. Jimroy denkt jetzt eher an einen längeren Aufsatz.

Verzweifelt will er an einem kühlen Tag Mary Swanns Fotografie hervorkramen, er hofft, daß sie den kleinen Erkenntnisschub vermittelt, den er benötigt. Er sucht zuerst im Kleiderschrankfach, dann in den Kommodenschubladen, dann, leicht panisch, im Wäscheschrank unter den gestapelten Laken und Decken der Flanners.

Er erinnert sich, sie an einen sicheren Ort gelegt zu haben, eine besondere Stelle, eine Stelle, wo es unwahrscheinlich war, daß er unvermutet auf ihre listig verhaltenen Augen stoßen würde. Aber wo? Sie mußte irgendwo sein. Dies ist ein kleines Haus mit glatten Flächen und ohne Geheimnisse. Er verbringt einen ganzen Nachmittag mit Suchen bis zur Erschöpfung, verschwendet seine kostbare Zeit.

Er wirft sich vor, senil zu sein. Er wirft sich vor, selbstüberheblich Swanns körniges Abbild vergraben zu haben, sie außer Sicht verbannt und verschlossen, einen Miniaturmord begangen zu haben.

Und jetzt, da er sie wieder braucht, ist sie auf Bestrafung versessen. Sie ist listig, verschlagen. Weiber, Weiber. Unendlich schwer zu fassen und auf Sieg bedacht.

Er gibt es zu: Zumindest für den Augenblick hat Mary Swann ihn besiegt.

Die Jahreszeiten sind es, beschließt Jimroy am Ende, ihre Großartigkeit und Extreme, die Swanns persönliche Geschichte blokkieren. Jedes Jahr ihres Lebens scheint ein neuer Höhepunkt an Anonymität, denn obwohl Jimroy ein behutsamer Interviewer ist, haben sein Stochern und Bohren nicht viel erbracht, das bezeichnend für sie ist. Die Erinnerungen derer, die sie kannten – ausgenommen Rose Hindmarch, Gott sei gedankt für die rührselige, abstoßende Rose –, sind aufreizend allgemein und stets mit dem Jahreszyklus verknüpft, den Jahreszeiten. »Im Frühjahr hat Mary Swann immer …« oder »Im Spätherbst hat sich Ma gewöhnlich mit …« oder »Im Sommer mußte der Garten umgegraben und gejätet werden, dann kam das Einmachen …« Die Macht der wiederkehrenden Jahreszeiten erdrückt die Geschäftigkeit dieser unergründlichen Bauersfrau Mary Swann, und was bleibt, ist ein Bericht über Dumpfheit und Plackerei. Und ein herzzerreißender Mangel an Rühmlichkeit, ein Leben, das, wie man sagt, für eine Biographie nichts hergibt.

Natürlich kann er bestimmte Dinge vermuten, Einflüsse zum Beispiel. Er ist fast sicher, daß sie mit den Werken von Emily Dickinson in Berührung kam, ungeachtet dessen, was Frances Moore sagt. Er beabsichtigt, den Einfluß Dickinsons zu erwähnen, ja ausführlich zu kommentieren, und sieht eigentlich keinen Sinn darin, auf den Einfluß von Edna Ferber einzugehen; das ist zu lächerlich.

Von Zeit zu Zeit verlangt es ihn schmerzlich nach dem Notizbuch; an guten Tagen stellt er es sich mit Gedankenflügen gefüllt vor. Er ist es müde, vorzugeben, daß seine parteiische Sicht eine höhere, intuitive Wahrheit enthält. Und es schmerzt ihn auch, an die verlorenen Liebesgedichte in den Händen des unbedeutenden, anmaßenden Willard Lang zu denken, der auf ihn den Eindruck eines von Ehrgeiz schwitzenden Mannes macht. Der Scheffel Pfirsiche, oder war es ein halber Scheffel (er hat es vergessen, und außerdem verachtet er Involutionen), aber es waren Pfirsiche, womit Lang den Grundstücksmakler für die Überlassung wichtiger Unterlagen bestochen hat, die von Rechts wegen dem Biographen zustehen. Ihm, Morton Jimroy.

Doch mehr noch als das Notizbuch und die Liebesgedichte ersehnt sich Jimroy, von dem einen zentralen, auslösenden Ereignis in Mary Swanns Leben zu hören. Es muß existieren. Es ist das, was eine gute Biographie erfordert, was ein Menschenleben erfordert. Aber jetzt, im Dezember, ist ihm sein alter unbeirrbarer

Glaube, daß die Vergangenheit wiederherstellbar ist, abhanden gekommen. Er würde viel um ein einziges direktes Zitat von Mary Swann geben, doch selbst Rose Hindmarch, die einzige richtige Freundin, die sie je hatte, zögert, wenn es um direkte Zitate geht, und Frances, Marys eigene Tochter, ist außerstande, sich genau an etwas zu erinnern, das ihre Mutter gesagt hat. »Oh, sie hat mich wegen Dreck an den Stiefeln gescholten und gesagt, ich soll meine Hausaufgaben machen, aber wissen Sie, Ma hat nie viele Worte gemacht.«

Jimroy verflucht Mary Swanns Schweigen und gesteht sich schließlich ein, daß er von ihr enttäuscht ist. Einen Teil dieser Enttäuschung schiebt er auf ihre Tochter Frances; immerhin ist er in der Hoffnung nach Kalifornien gekommen, daß ihre Gespräche eine Enthüllung aus dem Unterbewußtsein katapultieren, etwas, das den Schlüssel zu Swanns Genie freilegt. Das ist nicht geschehen, er kann es ebensogut zugeben. Obwohl Frances überzeugend die Stirn in Falten legt und sich vor lauter Konzentration auf die Unterlippe beißt, sind ihre Enthüllungen zu unzusammenhängend für eine Offenbarung. Ihre Erinnerungen sind verschwommen und undetailliert, und Jimroy weiß nicht, was er davon halten soll: Ist es persönliches Unvermögen, dieser Hang zur Unsichtbarkeit, oder eine töchterliche Spiegelung der größeren Verschwommenheit, die Mary Swanns Leben war? Sie weigert sich, über den Tod ihrer Mutter zu sprechen, und Jimroy weiß, daß es unmöglich sein wird, Zugang zu diesem Leben zu finden, ohne seinen letzten Moment zu begreifen. Verzweigte Details braucht er, und die werden ihm systematisch verwehrt. Ein einziger Einblick, und die Gedichte würden sich klar entfalten.

Andererseits empfindet er eine perverse Bewunderung für Frances, insbesondere für die Distanz, die sie zwischen den rauhen, beengten Schauplatz ihrer Kindheit und ihr sonnenbestrahltes kalifornisches Wohnzimmer gesetzt hat. Sie hat eine Begabung, Distanz zu schaffen. Sie bleibt auch distanziert von Jimroy, ist nach all den Monaten immer noch kühl, noch höflich, läßt nie, nicht einen Moment, Freundschaft aufscheinen, verschließt sich auf diese aristokratische Art, die Audrey nie aufbringen konnte. Die Hand, die sie ausstreckt, ist, obwohl in ihrer Trockenheit seltsam vertraut, so erlesen dargereicht wie zu einem königlichen Händedruck.

Und dann eines Nachmittags, eine Woche vor Weihnachten, als sie im flimmernden Licht auf dem Sofa saß, hat sie diese Distanz unvermittelt zum ersten Mal gebrochen, indem sie sagte: »Wissen Sie, Mr. Jimroy, es erstaunt mich ein wenig, daß Sie sich eine Frau zum Thema gewählt haben.«

»Wieso das?« fragte er sie. »Wir leben im Zeitalter der Frauen.«

»Hm, es ist nur ...« Sie verstummte, machte eine unbeholfene, ruckartige Handbewegung.

»Nur?« Er sah ihr fest in die Augen, wartete auf Antwort, machte sich auf eine Kränkung gefaßt.

»Nur, weil Sie mir ein Mann zu sein scheinen, der nicht, na ja ...«

»Ja?« Er hielt den Atem an.

»Nun ja, ein Mann, der nicht ... übermäßig viel von Frauen hält.«

Jimroys Blick schnellte zu den kleinen gebogenen Fingern einer Terrakottafigur auf dem Couchtisch. Er sagte nichts und Frances Moore auch nicht, und die Stille wurde so schwer, daß sie sich ihm in Wasser zu verwandeln schien. Er hatte das Gefühl, als würde er ertrinken. Seine Nase, Kehle und Lungen füllten sich mit Wasser. Er fürchtete, den Mund zu öffnen, aus Angst, daß es herausspritzen würde.

»Ich glaube ...«, begann er.

»Verzeihen Sie, ich habe einen Fauxpas begangen«, sagte Frances Moore rasch. »Das ist eine schlechte Gewohnheit von mir, Unsinn zu verzapfen ...«

»Ich habe bei Ihnen den Eindruck erweckt ...«Er mühte sich um Balance. »Wenn ich etwas gesagt habe, das Sie auf den Gedanken brachte, daß ...«

»Nein, natürlich nicht. Es ist nichts, was Sie gesagt haben. Oder getan. Es ist gar nichts. Ich bin nur – hm ja, ich war übermütig. Bitte verzeihen Sie mir.«

»Da gibt es nichts zu verzeihen. Es ist bloß, daß ...« und zu seinem Entsetzen stieß er ein schniefendes Lachen aus.

»Soll ich noch mal Tee aufbrühen, Mr. Jimroy? Er ist eiskalt geworden.«

»Ich ...«

»Sie möchten sicher noch etwas. Ich auch. Es dauert nur eine halbe Minute, bis das Wasser kocht.«

»Nun gut.« Er hustete gräßlich. Etwas schien ihm in den Hals gedrungen zu sein und sich dort festgesetzt zu haben, etwas wie ein Avocadokern, ölig und fest. Entrüstung erfaßte ihn, aber über wen? Über diese anmutige, glatthaarige kalifornische Matrone, die sich jetzt erhob und eine hübsche Teekanne vom Tisch nahm? Oder über sich selbst, sein schrecklich verklemmtes Herz, seine flatternden Hände?

Nach wenigen Minuten kam sie mit der Teekanne zurück, und sie hatte noch etwas in der anderen Hand, ein kleines, schmales, mit blauem Samt überzogenes Schmuckkästchen. »Ich dachte, das möchten Sie vielleicht gerne sehen«, sagte sie.

Sie öffnete das Kästchen. »Es ist Mas Parker 51.«

Jimroy gab einen angemessenen Laut von sich und fragte, ob er ihn sich anschauen dürfe.

»Man hat ihn mir nach ihrem Tod geschickt. Ich weiß nicht, warum, aber der Hausmakler dachte, ich würde ihn vielleicht haben wollen. Als Ma diesen Füller geschenkt bekam, war das schon etwas Besonderes. Ich meine, in unserer Gegend war es außergewöhnlich, einen solchen Füller zu besitzen. Es war ein Geschenk, ein Geburtstagsgeschenk, gleich nach dem Krieg, glaube ich. Damals waren Füllhalter etwas fürs Leben, müssen Sie wissen, und wenn Ma ihn nicht benutzte, verwahrte sie ihn immer in diesem Kästchen.«

»War er von ...?« Er hielt rechtzeitig inne. Die schamlose, ölige Gier des Biographen.

»Sie hat ihre Gedichte mit Bleistift aufgesetzt und sie dann mit Tinte abgeschrieben. Danach hat sie die Bleistiftentwürfe im Ofen verbrannt.«

»Welch ein Verlust!« Jimroy hatte die Geschichte von den verbrannten Gedichten schon gehört, dennoch murmelte er unwillkürlich: »Sie wären heute für die Forschung von größtem Interesse …«

»Sicher, aber …«

»Erstentwürfe werden hochgeschätzt, beinahe …«

»Tja, nun …«

Er fuhr schonungslos fort: »Wie schön wäre es, wenn das eine oder andere erhalten geblieben wäre.«

»Sind sie aber nicht.« Sie sagte dies bestimmt, und damit war der Fall für sie abgeschlossen. »Ich glaube, der Tee hat lange genug gezogen. Möchten Sie eine Tasse?«

»Bitte.«

»Ich hole Ihnen nur eine saubere Tasse …«

»Bitte, keine Umstände.«

»Es macht keine Umstände«, sagte sie und ging hinaus.

Was er dann tat, geschah wie von selbst. Schon lag seine Hand auf der gewölbten Oberseite des Kästchens. Er öffnete den Deckel und wunderte sich, wie stramm die Feder war. Daß es nach all den Jahren so schwer aufging! Da schimmerte er auf dem Satinfutter, ein dunkelblauer Füllfederhalter mit einem fein marmorierten Muster. Dann war er in seiner Hand, dann in der Innentasche seines neuen Denim-Sportsakkos. Er schloß das Kästchen und legte es zwischen die Blumenvase und den Stapel Illustrierte auf den Tisch.

Dieb. Räuber. Er wußte, er ging ein furchtbares Risiko ein. Frances Moore würde ihn sogleich verdächtigen. Auch wenn mehrere Wochen vergingen, bevor sie das Kästchen wieder öffnete, würde sie sich erinnern, daß er der letzte war, der es gesehen hatte.

Aber sie würde ihn nie des gemeinen Diebstahls für fähig halten, nicht Morton Jimroy, Biograph, Distinguished Visitor. Sie hatte ihm gastliche Stunden gewidmet, Stunden mitgeteilter Erinnerungen. Sie hatte ihm vertraut, und warum nicht? Einem Mann von seiner Reputation. Er würde es nie fertigbringen, ein solches Vertrauen zu mißbrauchen.

Sie würde den Füllhalter unter den gewebten Sofakissen suchen, mit den Händen über den gemusterten Teppich fahren. Sie würde sich fragen, ob eine Zeitung auf dem Tisch gelegen und sie den Füllhalter vielleicht auf die Zeitung gelegt und später beim Aufräumen mit fortgeworfen hatte? Am Ende würde sie zu dem Schluß kommen, daß es so gewesen sein müsse. Die einzige Erklärung.

Sie würde sich Vorwürfe machen wegen ihrer Unachtsamkeit, sich schelten – ein Gedanke, der Jimroy vor perversem Vergnügen ein wenig schaudern ließ. Sie würde sich erinnern, daß sie verwirrt gewesen war; und jetzt war Jimroy dankbar für die peinliche Szene zwischen ihnen. Dennoch könnte sie beschließen, ihn direkt zu fragen. Er mußte darauf vorbereitet sein. Ob er sich an den Nachmittag erinnere, als sie ihm den Parker 51 gezeigt hatte? Ja? Erinnerte er sich, daß sie den Füllfederhalter anschließend ins Kästchen gelegt hatte? Er scheine verloren gegangen zu sein, würde sie betrübt sagen, und er würde ausrufen: »Wie schade!« Vielleicht, als sie den Tisch aufräumte …

Er lehnte sich entspannt in die weichen Kissen und wartete auf seine Tasse Tee. Ein scharfer Seufzer, fast ein Pfeifen, entschlüpfte seinen Lippen, und seine Hand langte in seine Jacke und berührte den Füllfederhalter. Den Füllhalter von Mary Swann. Den Füllhalter, der geschrieben hatte:

Eis ist als letzter Dieb bekannt
mit tiefer Wehmut eng verwandt.

Er würde Frances Moore wahrscheinlich nie wiedersehen. Es gab nichts mehr, was sie ihm erzählen konnte, und in den kommenden Tagen würde sie von Weihnachtsvorbereitungen in Anspruch genommen sein, von der Rückkehr ihres Sohnes aus Princeton, der Rückkehr ihres Mannes von einer längeren Vortragsreise. Und er selbst würde bald zum Swann-Symposium nach Toronto aufbrechen.

An der Tür gaben sie sich ernst die Hand. Der getönte Spiegel an der Dielenwand reflektierte ein Bild der Herzlichkeit.

»Frohe Weihnachten, Mr. Jimroy«, sagte Frances, ihre Haltung gefaßt, die kräftige, fein geäderte Hand ausgestreckt.

»Frohe Weihnachten«, erwiderte er, nun wieder der äußerst liebenswürdige Morton Jimroy, und er eilte, rannte beinahe, die blumengesäumte Zufahrt entlang. Er stellte sich vor, wie der Wind ihm die Haare raufte und rosa Stellen freilegte, die weiche Kopfhaut eines Babys. Eukalyptusgeruch lag in der Luft. Grün, grün; wohin er sah, war es grün. Er machte einen komischen kleinen Luftsprung, als er von dannen eilte.

Wie außerordentlich liebenswürdig von seinen Nachbarn, Ian Lee und seiner Frau Elizabeth, ihn an ihrer Heiligabendfeier teilhaben zu lassen. Eine Einladung in letzter Minute, ganz sicher, aber er hoffte, daß seine ungebügelte Hose von einer glaubwürdigen Selbstvergessenheit kündete, von geselliger Ungezwungenheit. Wie schön, Sie bei uns zu haben, sagte Elizabeth und gab ihm einen Feiertagskuß auf die Wange. Ob es ihm etwas ausmache, beim Mixen des Punsches zur Hand zu gehen? Ob er wohl das Tablett mit dem Käse herumreichen könne? Ist der Baum nicht ein Traum! Besucher aus anderen Teilen des Landes sind immer erstaunt, daß die Kalifornier Weihnachtsbäume haben, nicht wahr? Sie kosten allerdings ein Vermögen. Ob er die Gordens schon kenne, die Kapletters? Ja, das sei echte Stechpalme, keine Imitation. Ob er wirklich nichts mehr essen wolle, noch einen Tellervoll? Sicherlich noch ein Glas Wein, Ians Spezialität, der Wein, den er nur zu Weihnachten hervorholt; der geht herunter wie Samt. Sie sei erschüttert über die Nachrichten aus Afrika. Dies sei eine gewalttätige Welt. Es komme ihr vor, als sei es erst gestern gewesen, daß sie und Ian eine Weihnachtskerze für Polen anzündeten, obwohl sie es beide für eine Reagansche Geste hielten, hohl und theatralisch; aber schön, warum nicht? Weihnachten sei die Zeit, an andere zu denken, die es nicht so gut hatten, die Zeit der Versöhnung. Niemand sollte Heiligabend allein sein, ob er das nicht auch finde? Ah, ja, das fand er auch, ganz entschieden. (Die Ironie stach, aber nicht tief.) Ja, ja – seine treu ergebene Stimme, triefend wie Honig.

Und dann war er wieder zu Hause. Es war Mitternacht, und er wärmte sich Milch, hoffte, er würde schlafen können. Schweigen lastete in dem kleinen Haus, kühle Stille. Er hatte seine alte Strickweste über seinen Schlafanzug gezogen (Mrs. Lynch sei gedankt) und dann zufällig einen Blick von sich selbst im Spiegel erhascht. Wie erschreckend alt er heute nacht aussah. Er war weißgesichtig und dünn, der kriecherische, verschnupfte, rotäugige alte Kerl seiner Alpträume, hängender Mund, billiger Schlafanzug, am Kragen zerknittert und nicht sehr sauber. Er war erst einundfünfzig, besann er sich. Fast zweiundfünfzig, um genau zu sein. Er sah wieder in den Spiegel. Es mußte ein Streich der Stunde oder vielleicht der Jahreszeit sein. »Alt«, sagte er laut. »Alt, alt.« Er hatte die Weihnachtskarten, die er bekommen hatte, an den Spiegelrahmen gesteckt, sechs an der Zahl. Eine war von der dösigen, mondgesichtigen Rose Hindmarch aus Nadeau, Ontario. Eine Schneelandschaft, Berge, eine Scheune und ein kleiner Junge, der einen Schlitten zieht.

Alt, alt. Er hatte zuviel von Ians und Elizabeths Wein getrunken. Und warum auch nicht, schließlich war Weihnachten – wie Elizabeth mit ihrer gleichförmigen Gastgeberinnenstimme mindestens dreimal gesagt hatte. (Da kam es wieder an die Oberfläche, sein bissiges Ich, die bittere Boshaftigkeit, die sich sogar an diesem Abend aufbäumte. Ja, aber es war eine *regulierte* Boshaftigkeit; er übte sich in Enthaltung, hielt sich zurück, war er sich doch, auch wenn es sonst niemand wahrnahm, des Aufgebots an unentwickelter Gutheit in den Tiefen seines Seins bewußt. Und die Dichtung, den Göttern sei Dank für die Dichtung, was für ein Ungeheuer wäre ohne Dichtung aus ihm geworden?)

Hinab, seine Kehle hinab rann die warme Milch. Ah, besser, viel besser. Was hatte Dr. Johnson doch gleich über die Wirksamkeit erwärmter Flüssigkeit gesagt? Er fühlte Stärke aufwallen, die Großmut gleichkam. Frohe Weihnachten, fröhliche Weihnachten, schöne Feiertage, die Zeit, wenn niemand allein sein sollte. Er hatte die Hand schon am Telefon, drückte schon die magischen Tasten, die ihn mit Audreys Wohnmobil *(quel euphémisme!)* in

Sarasota verbanden. Erstaunlich, daß er ihre Nummer auswendig wußte. Im Hinterkopf beglückwünschte er sich. Nicht schlecht, Jimroy, für einen Mann in deinem Alter. Du magst wertvolle Besitztümer verlieren und Namen vergessen, aber der Saft, auf den es ankommt, der fließt noch.

Audreys Telefon läutete und läutete. Er sah auf die Uhr und berechnete den Zeitunterschied. Vermutlich schlief sie so fest, daß sie das Klingeln des Telefons nicht hörte, obwohl er sich erinnerte, daß sie immer einen leichten Schlaf hatte. Selbst das Ticken der Heizdecke hatte ihren Schlaf gestört. Audrey, Audrey, Audrey, liebe Audrey. Wenn er ein bißchen geduldiger gewesen wäre, wenn seine Natur geneigt gewesen wäre, zu … was?… statt immer herabzusetzen, zu tadeln, zu predigen, diese bombastischen Verben der Unverträglichkeit. Wenn er gewartet hätte, liebenswürdiger gewesen wäre. Audrey wäre jetzt vielleicht hier.

Er wählte ihre Nummer noch einmal, und wieder läutete und läutete das Telefon. Er fühlte die alte Wut zurückkehren, verdammte Audrey, aber dann dachte er an ihren wuscheligen Haarkranz, ihre großen, lieben Hände. Es war ihm jetzt unmöglich zu schlafen. Er würde die ganze Nacht wachbleiben, schaudernd und in den Spiegel starrend und dem Geräusch seines eigenen Atems lauschend.

Und dann kam wie von ungefähr der Gedanke an die in Chicago schlafende Sarah Maloney. Er könnte ihre Nummer beim Fernamt erfragen. Warum nicht? Es schien ihm plötzlich das Wichtigste auf der Welt, zu wissen, wie Sarah Maloneys Stimme sich anhörte. Er liebte sie, er liebte sie. Er hatte jedes Recht auf den Klang ihrer Stimme. Er war ein Liebender, ein einundfünfzigjähriger Mann, leicht betrunken, mit einem leicht trunkenen Herzen, das, wenn auch nicht durch seine Schuld, auf einen bebenden Liebesgruß reduziert war. Sarah – Liebste, Geliebte.

Nein, es war verabscheuungswürdig, so etwas zu tun, zumal zu dieser Stunde. Es war schlimmer als das: Es war pervers. Er ging wieder zum Spiegel, sah sich an und sagte ohne Erbarmen: »Es ist unsäglich.« Er bemerkte interessiert, daß sein Gesicht wieder

Farbe bekommen hatte. Ein Ekelgefühl erfrischt den Geist, ein Umstand, der in Jimroy stets Schauder des Unbehagens wachruft. Das Zittern seiner Hand, war das Lüsternheit, oder war er nur nervös? Die Nerven, entschied er, und wieder beglückwünschte er sich. Wie beschwerlich, aber unentbehrlich der Körper doch ist.

Bei seinem ersten Versuch waren die Leitungen nach Chicago belegt. Natürlich, es war Weihnachten; natürlich waren die Leitungen in dieser Nacht besetzt. Familien und Freunde riefen sich aus allen Teilen des Landes an; Liebende, Ehegatten, Ehefrauen, Kinder, selbst die ungeratensten streckten die Hände nach Zuneigung aus. Er konnte sie sich vorstellen, Millionen von ihnen, wie sie in schattigen Dielen standen und ins Dunkel hinein wählten, mit gefaßten, hoffnungsvollen Gesichtern. Es war ein Wunder, dieses Band, das die Menschen vereinigte. Ein Akt des Glaubens, wahrlich, ein Sieg des Glaubens über die Vernunft. Über körperliche Materie.

Als er das zweite Mal wählte, kam er sofort durch. Beim dritten Klingeln hörte er, daß der Hörer abgenommen wurde. Eine Frauenstimme – sie hätte aus dem Zimmer nebenan kommen können – sagte: »Hallo? Hallo? Wer ist da bitte? Hallo.«

Genug. Leise, glücklich, legt er den Hörer auf.

Unsäglich. Unverzeihlich.

Und doch, im frischen Morgensonnenschein kommt es Jimroy ganz harmlos vor. Was hat er denn schon angerichtet, und wem hat er geschadet? Er hat die Wissenschaft der Kasuistik nie verstanden, mit ihren grimmigen Anstrengungen und albernen Schlußfolgerungen.

Da sitzt er im Garten der Flanners, fühlt sich robust und gesund. Er ist früh aufgestanden, ein gelinder Akt der Sühne, hat dann eine Schale Fertighaferbrei gegessen und einen Becher heißen Kaffee getrunken, und nun arbeitet er, eine seiner Strickjacken aus Winnipeg bis zum Kinn zugeknöpft und ein paar warme Socken in seinen Sandalen, im stillen Garten an seinem Buch. Weihnachtsmorgen. *In dulce jubilo* … Er atmet tief durch, schickt ein ernstes Gebet zum blauen Himmel. Erstaunlich, dieses Blau. Die Blumen und das Unkraut ringsum haben sich durch Zuwachs verdichtet, und die Bäume haben ein frischgrünes Aussehen – so etwas Absurdes, so etwas Köstliches, daß das Wachstum sich selbst im Monat Dezember fortsetzt.

Er geht einige Notizen durch, die Swanns mittlere Periode abdecken (1940–1955) und schreibt mit einem gespitzten Bleistift einige Ergänzungen und Anmerkungen. *Es ist sehr wahrscheinlich, daß Mary Swann in dieser Zeit Jane Austen gelesen hat, weil …*

Die Sonne steigt langsam höher und wärmt seine Schultern. Gegen Mittag kann er seine Strickjacke aufknöpfen und über die Stuhllehne hängen.

Er hört ein lautes Klopfen und sieht hoch. Es ist Elizabeth Lee nebenan, die ihm aus einem Fenster im oberen Stockwerk zuwinkt. Kurz darauf taucht Ians massige Gestalt hinter ihr auf, und beide winken. Es scheint Jimroy, daß sie ihm lautlos etwas sagen. Fröhliche Weihnachten? Ja.

Er weiß, was sie denken. Da sitzt Jimroy. Allein. Er arbeitet, und das an Weihnachten. Arbeitet wirklich und wahrhaftig. Traurig. Bedauernswert. Daß es im Leben so weit kommen muß. Später werden sie sich umarmen – schon ist Ians Hand auf Elizabeths Brust, jedenfalls sieht es aus dieser Entfernung so aus. Sie haben einander, haben ihren erotischen Taumel, aber der arme Jimroy liebt niemanden und muß ohne den Trost weihnachtlicher Sexualität und Häuslichkeit auskommen – armer trauriger Jimroy.

Ah, aber sie irren sich. Wie gerne würde er ihnen von seinem Glück erzählen. Doch der Zustand macht ihn verlegen; er würde nie imstande sein, ihn zu beschreiben. Selbst wenn er es könnte, würden sie ihm nicht glauben, sondern denken: Jimroy gibt sich tapfer, da hast du einen dieser hart gesottenen kanadischen Stoiker.

Dies ist das Glück, möchte er ihnen sagen, diese gekritzelten Notizen, diese köstlich verworrenen Fußnoten, die mit noch ein wenig Arbeit, noch ein paar Wochen, sich zu numerierten Gedichten aus Logik, Ordnung und Erleuchtung entfalten werden. Die unzusammenhängenden Absätze, die er schreibt, streben der epischen Ganzheit zu, die das menschliche Leben ausmacht, Gold in Gold gefaßt. Sicher, es wird nie vollkommen sein. Es sind Lücken vorhanden, wie in jedem Leben, unglückliches Schweigen und mißliche Mißinterpretationen und das übertriebene Geschnörkel der Künstlichkeit, aber auch eine verlockende Zufälligkeit, die von Wahrheit kündet. Und Mysteriöses natürlich. Etwas undurchdringlich, unbeschreibbar Mysteriöses.

Jimroy glaubt oder beginnt zu glauben, daß die mysteriösen Einschübe für den langen, mühevollen Weg zwischen Geburt und Tod entschädigen, daß sie frühe Entbehrungen ins Gleichgewicht bringen und die Dumpfheit lang gezogener Tage und Nächte mildern. Glaubwürdigkeit wird immer durch das Unerklärliche bestätigt. Er denkt dankbar an den Fremden im Kilt mit seinem – wie hieß es doch? – seinem *Sporran,* der neben ihm saß und, wenn auch lahm, um seine Freundschaft ersuchte. Er denkt jetzt mit Wärme an die Rückgabe seines Gepäcks durch die Fluggesellschaft. An die verlegte Fotografie, auf die er mit Sicherheit morgen oder übermorgen stoßen wird. An diese duftenden Westküstenrosen, die knospen, blühen, sich klaglos erneuern. An die heilsame Verblüffung und Wesenheit von Sarah Maloneys Stimme. An den kleinen, kompakten Füllfederhalter, den Mary Swann, die außergewöhnliche Dichterin, einst in ihrer Hand hielt, und der jetzt, einzigartig, unter seinen Baumwollsocken in einer Kommodenschublade im Staat Kalifornien liegt, erstaunlich, erstaunlich; er ist außer sich vor Freude.

Die Lees, seine Nachbarn, diese netten Leute, seine großzügigen Freunde, winken ihm über die Rosensträucher und das hohe Unkraut zu, und er würde ihnen am liebsten zurufen, daß er vom Glück umfangen ist. Der Beweis dafür fließt aus dem Graphit seines Bleistifts, aus der Bewegung seiner Hand.

Sie würden es nicht glauben, sie mit ihrer spröden Zufriedenheit. Unmöglich. Dennoch hebt er einen Arm zum Gruß, ruft mit seiner munteren gebrochenen Tenorstimme »frohe Weihnachten« und lächelt zugleich übers ganze Gesicht, um ihnen zu zeigen, daß das Leben töricht sein mag, daß es fehlgeleitet und seltsam und in seinen Sehnsüchten abwegig sein mag, daß es jedoch alles ist, was er hat und wahrscheinlich bekommen wird.

Rose Hindmarch

Roses Posten

Rose Helen Hindmarch bekleidet eine Reihe Posten. »Ich habe zu viele Posten, das kann mir nur guttun«, hat man sie sagen hören.

Wenn Sie sich beispielsweise über Vermessungseinzelheiten eines Stücks Ackerlands in der Gemeinde Nadeau informieren wollen, oder wenn Sie wissen wollen, wann Ihre nächste Steuerzahlung fällig ist, brauchen Sie nur an einem beliebigen Werktag zwischen zehn und zwölf Uhr in das Gemeindebüro im ersten Stockwerk des alten Schulhauses zu gehen, und Rose Hindmarch, die Gemeindesekretärin, wird gerne bereit sein, ihre Maschinenschreiberei oder Buchführung oder was auch immer zu unterbrechen, um Ihnen behilflich zu sein. Posten Nummer eins.

Nachmittags geht sie durch die Halle in die Bücherei. Sie nimmt ein Lunchpaket zur Arbeit mit, ein belegtes Brot mit Thunfisch oder Eiersalat, das sie am Pult in der Bibliothek verzehrt, anschließend brüht sie sich eine Kanne Tee. Das Wasser kocht sie auf der kleinen Kochplatte hinten im Lagerraum. (Man könnte sagen, daß es nahezu die Bestimmung von Frauen in Roses Alter und Beruf ist, sich in schlecht belüfteten Lagerräumen an Kochplatten zu schaffen zu machen.) An manchen Wintertagen ist es so still in der Bücherei, daß sie den ganzen Nachmittag Tee trinken muß, um sich wach zu halten. Das Sonnenlicht, das durch die Fenster fällt, die trockene Luft, der stechende schweflige Geruch von den gedruckten Lesekarten, die per Post aus Ottawa geschickt werden – dies alles ist geeignet, Schläfrigkeit zu erzeugen, doch glücklicherweise belebt sich das Geschäft nach zwei Uhr, wenn die jüngeren verheirateten Frauen, dick aussehend in ihren Parkas und Stretchjeans, mit ihren Kleinkindern im Schlepptau eintrudeln. Eine ganze Menge von ihnen – Cathy Frondice zum Beispiel, schwabbelig fett, aber mit einem reinen, rosigen Gesicht – sind süchtig nach leichter romantischer Kost. Cathy bleibt stets am Pult stehen und fragt Rose Hindmarch, was sie empfiehlt, und es kommt selten vor, daß Rose nicht einen Vorschlag parat hat.

Am späteren Nachmittag, zwischen vier und fünf Uhr, kommen zahlreiche Schulkinder vorbei, und Rose hilft ihnen, in der *Encyclopaedia Britannica* etwas nachzuschlagen, und bemüht sich, in ihrem berühmten Flugschriftenordner Flugblätter für sie zu finden.

Um diese Tageszeit kann es hektisch zugehen. Sie muß die Kinder im Auge behalten, vor allem die Jungen, damit sie nicht mit ihren nassen Stiefeln in die Bücherei trampeln und Schmutz und nasse gelbe Blätter hereintragen; und sie muß höllisch aufpassen, daß sie nicht mit Büchern hinausgehen, ohne sie zuvor registrieren zu lassen; und dies alles muß in der bestimmten, freundlich gelassenen Art geschehen, die man von ihr erwartet.

Dann fällt ihr die Rolle als Direktorin des historischen Heimatmuseums von Nadeau zu. Das Museum hat keine festen Öffnungszeiten; wenn Besucher kommen, verläßt Rose einfach ihren Schreibtisch im Gemeindebüro oder ihren Posten in der Bücherei und begleitet sie nach oben in den zweiten Stock, nachdem sie sie zuvor gebeten hat, sich in das Gästebuch in der Halle einzutragen. Sie ist auch für die Einordnung der Spenden an das Museum zuständig – Dinge wie alte Petroleumlampen, ungewöhnliche Teller und Glasstöpsel – sowie für den Abschluß von Versicherungen und die Verwendung des bescheidenen Instandhaltungszuschusses der Bundesregierung. Als vor fünf Jahren plötzlich das Interesse für Mary Swann erwachte, war es Rose Hindmarch, die auf den Gedanken kam, einen Mary Swann Gedächtnisraum einzurichten, und es war Rose, die ihre freie Zeit darauf verwendete, die dort ausgestellten Gegenstände zu beschaffen. Ein weiterer Posten.

Und als wäre es damit nicht genug, muß sie jeden Mittwochabend um Punkt acht Uhr in Gestalt der Kirchenältesten im Sonntagsschulzimmer der Einigkeitskirche in Nadeau erscheinen.

Sie und Mrs. Homer Hart (Daisy) sind die einzigen Frauen im Vorstand, und Rose nimmt ihre Aufgabe ernst. Was die Plazierung der Abendmahlsteller oder das Wechseln der Altartücher betrifft, so hört man auf sie wie auf wenige andere, dabei muß sie sich vorsehen, um nur ja nicht zu verraten, daß sie schon lange nicht mehr an das Sakrament des Abendmahls und erst recht nicht an die Existenz einer himmlischen Heerschar glaubt. Es ist einige Jahre her, seit Roses Konvertierung zum Atheismus vollzogen wurde. Eines Abends hatte sie, eine noch relativ junge Frau, zu Hause gesessen und sich eine philosophische Debatte im Radio angehört, als sie plötzlich einen der Diskussionsteilnehmer sagen hörte: »Wer kann wirklich glauben, daß es da oben einen Gott gibt, der in einer gigantischen Telefonzentrale sitzt und sich die Gebete aller Menschen anhört?« Rose hatte laut darüber gelacht, und in diesem Moment vollzog sich der Verlust ihres Glaubens, ohne auch nur ein Quentchen Schmerz oder mehr als eine Spur Wehmut zu verursachen. Nur die Unannehmlichkeit, darauf zu achten, daß sie es für sich behielt.

Noch verwirrender wird ihr Postenwechsel am vierten Montag jeden Monats, wenn sie nach einem leichten, aus Suppe und Toast bestehenden Abendessen in das Büro der Gemeindeverwaltung zurückkehrt, um ihren Platz als Ratsmitglied einzunehmen. Sie ist eines von sieben Ratsmitgliedern und bekleidet dieses Amt seit fünfzehn Jahren. Es ist ein komplizierter Posten, denn sie muß gewissermaßen sich selbst Bericht erstatten; zuerst kommt der Büchereibericht, dann der Bericht der Gemeindesekretärin, dann der Museumsbericht. In den letzten zwölf Jahren hat sie außerdem dem Rat als Protokollführerin gedient, und das versetzt sie in die absurde Lage, Sitzungen zu protokollieren, an denen sie selbst aktiv teilnimmt. Sie schreibt: »Die Protokolle wurden von Rose Hindmarch verlesen, und dann stellte Rose Hindmarch den Zwischenbericht der Bücherei vor«, gerade so, als sei Rose Hindmarch eine andere Person mit einem anderen Gesicht und anderen Empfindungen. Die Rose, über die sie schreibt, ist tapferer, als sie sich selbst kennt. »Beherzt« findet sie sie, eine aktive Frau in der Mitte des Lebens. (Soviel ist wahr; mit fünfzig *ist* Rose in der Mitte ihres Lebens; ihre Großmutter wurde hundert und ihre Mutter fünfundachtzig. Dies sind weitere Posten von ihr, könnte man sagen, Tochter, Enkelin, wenngleich sie nicht zu ihrer Bekleidung verpflichtet ist.)

Nach ihrem Schulabschluß arbeitete Rose kurze Zeit bei der hiesigen Telefonvermittlung. Da saß sie in genau so einer Zentrale, wie sie der in Ontario nichtexistierende Gott nach Meinung der Gutgläubigen beherrscht. Zu ihrer Verwunderung stellte sie fest, daß die Arbeit bei der Telefongesellschaft anstrengend war und sie nicht, entgegen der landläufigen Meinung, in peinliche Klatschkreisläufe eingeweiht wurde. Meistens hörte sie nichts als Bauern, die Maschinenteile bestellten, und Hausfrauen, die Rezepte für Aspiksalate austauschten. Noch keine Dreißig, begann sie zu altern, während sie auf dem ungepolsterten Hocker in ihrer Telefonzentrale saß, Stöpsel zog und wieder einsteckte. In dieser Zeit wurde ihr allmählich klar, daß sie unentwegt einsam war.

Der Posten der Gemeindesekretärin wurde frei, und sie bewarb sich. Er verleiht ihr Ansehen. Sogar die Männer von Nadeau respektieren ihre Zahlenkolonnen und ihren Umgang mit Gemeindeverordnungen. Ihr Posten als Bibliothekarin hat ihr etwas anderes verschafft: den unverdienten Ruf, gelehrt zu sein, denn die Leute von Nadeau nehmen an, daß Rose die Bücher lesen muß, die in ihren Büchereiregalen stehen, so leicht fällt es ihr, diese Bücher für andere Leute ausfindig zu machen, so gewandt blättert sie im Inhaltsverzeichnis, so zuversichtlich sagt sie, die Stirn in Falten gelegt: »Hier, das ist genau, was Sie suchen.«

Aber wenn Sie Rose fragen würden, welcher Posten ihr am meisten bedeutet, dann würde sie sagen, die Rolle als Museumsdirektorin. Das hat sie tatsächlich von der unerklärlichen nächtlichen Verzweiflung errettet, unter der sie einst litt. Dies gilt insbesondere für die letzten Jahre, seit sie sich für das Leben von Mary Swann zu interessieren begann. Seltsamerweise hat dieses neue historische Interesse Rose weniger die Vergangenheit geöffnet als vielmehr die Zukunft. Ihr Leben hat sich verändert. Sie hat jetzt Verbindungen zur Außenwelt, zur akademischen Welt. Eine ganze Anzahl Gelehrte und Historiker ist nach Nadeau gekommen, um sie aufzusuchen.

Jammerschade, daß sie nicht geheiratet hat: Das sagen die Leute in Nadeau gelegentlich, aber Rose hat nie tiefes Mitleid erregt. Ihre taktvolle Art, eine gewisse Ausstrahlung und Sensibilität, die Art, wie sie mit der Hand über eine aufgeschlagene Seite fährt oder bestimmte Worte ausspricht – wobei sie einatmet wie jemand, die bei etwas überrascht wird –, erwecken den Anschein, daß sie *freiwillig* unverheiratet blieb.

Eine Frau mit zahlreichen Posten also, über die sie glücklich ist und die sie stolz, beinahe hochmütig bekleidet, wenngleich es Augenblicke gibt, da sie ein erschreckendes Gefühl der Leere befällt, der quälende Verdacht, daß die Posten zu nichts anderem nütze sind, als einen kalten Raum zu verhüllen oder die kleinen Kratzgeräusche eines Menschen zu bedecken, der lediglich anderen gefallen will.

Wenn sie von der Arbeit nach Hause geht, die Broadway Avenue entlang bis zur Second Street, die Second entlang bis Ecke Euclid, legt sie eine zielstrebige, liebenswürdige Miene an den Tag und schreitet durch die trockenen Blätter wie eine Frau, die es gewöhnt ist, Entscheidungen zu treffen. Heute blitzt etwas zu ihren Füßen: eine Pennymünze, ein Glückspfennig. Sie bückt sich, um ihn aufzuheben, setzt dann ihren Weg fort. Ihr zimtbrauner Wildledermantel und die schicken neuen Stiefel (letztes Jahr in Toronto gekauft) lassen auf eine innere Extravaganz schließen, aber keine, die Neid oder Mitleid hervorruft. Andere Frauen von Nadeau, die sie am Fenster vorübergehen sehen, denken liebevoll: »Da geht Rose. Es muß halb sechs sein, Zeit, die Kartoffeln aufzusetzen.«

Ein paar Worte zur Orientierung

Die Leute sind oft überrascht, wenn sie feststellen, daß die geographische Mitte des nordamerikanischen Kontinents nicht in Kansas oder Minnesota oder Indiana liegt, wie sie immer dachten, sondern weiter nördlich – tatsächlich jenseits des 49. Breitengrads, ein gutes Stück hinter der kanadischen Grenze.

Wenn Sie Ihren Finger auf die Karte von Kanada legen würden, dorthin, wo sich diese geographische Mitte befindet, und dann einige Zentimeter nach rechts (und einen halben Zentimeter nach unten) fahren, dann würden Sie den Punkt berühren, der die kleine Gemeinde in Ontario darstellt, die als Nadeau bekannt ist (naa-doo ausgesprochen, beide Silben gleichstark betont).

Nadeau mit 1750 Einwohnerinnen und Einwohnern hat nur zwei Hauptstraßen, will sagen, Straßen, die das Geschäftsviertel umschließen. Die Broadway Avenue führt an dem Käsegeschäft der Co-op-Genossenschaft vorbei und ins Zentrum zur Kellog Street (auf welcher sich das Futtermittelwerk und die Strickwarenfabrik befinden), benannt nach der Familie Kellog, die die ersten Siedler in der Gegend waren, nicht die Familie Nadeau, wie oft angenommen wird. (In dieser Gemeinde geraten Gesellschaftsschichten in Unordnung, aber eine Unordnung, die sozusagen durch Toleranz, Gewohnheiten, eine gewisse Unschuld ausgeglichen wird.)

An der Kreuzung Broadway/Kellog finden Sie an der nordöstlichen Ecke die Esso-Tankstelle, die vor einem Jahr geschlossen wurde, aber demnächst als Burger King-Filiale wiedereröffnet wird, und an der zweiten Ecke den hübschen, schlanken, aus grauweißem Stein errichteten Turm der Einigkeitskirche. Im Augenblick steht das Unkraut im Vorgarten kniehoch, eine Schande, aber das wird in Bälde in Ordnung gebracht werden. An der dritten (der südwestlichen) Ecke ist der *Red and White*-Supermarkt, wo es Lebensmittel und sämtliche Haushaltswaren zu kaufen gibt, ferner Arbeitskleidung für Männer, Mützen und so weiter. Und an der vierten Ecke steht, mit der Front zur Broadway Avenue, aber etwas zurückgesetzt auf einer großen Rasenfläche, das alte zweistöckige rote Ziegelhaus, das der Gemeinde viele Jahre als Schule diente. Das war, bevor am Highway 17 die neue Gemeinschaftsschule gebaut wurde.

Die alte Schule in Nadeau – und es gibt noch Leute im Ort, die sie als die alte Schule bezeichnen – stammt aus dem Jahre 1885 und ist in einem Stil erbaut, der zuweilen als Pseudogotik oder viktorianisches Dorffachwerk bezeichnet wird. Zu den Charaktermerkmalen gehören ein verkleidetes Kalksteinfundament, das bis zu den Fenstern im Erdgeschoß reicht und sich an der Front des Gebäudes mit einer anmutigen Außentreppe verbindet, die zum Haupteingang führt.

Das Eingangsportal verdient besondere Aufmerksamkeit. Es hat einen Rahmen aus massiver Eiche und hohe eingelassene facettierte Glasscheiben, ziseliert mit hübschen ovalen Ornamenten, die verschlungene Hartriegel- und Liliengewächse darstellen. Die Angeln des linken Türflügels haben sich festgefressen – schon vor Jahren –, aber der rechte Türflügel läßt sich mühelos öffnen, wie Sie feststellen werden, wenn Sie den Türknauf drehen.

Beachten Sie, daß das Erdgeschoß der alten Schule in zwei Abschnitte gegliedert ist; der eine (auf der linken Seite) ist dem Büro der Gemeindeverwaltung vorbehalten und der andere (rechts von Ihnen) der Gemeindebücherei. Die Bücherei – geöffnet montags bis freitags von 13 bis 17 Uhr – ist erstaunlich umfassend für ein Dorf, aber nicht die Bücherei hat Sie hierhergeführt, und ganz sicher nicht das Büro der Gemeindeverwaltung.

Wenden Sie sich nach rechts und steigen Sie die breite Holztreppe hinauf, die in den ersten Stock führt. Sie werden feststellen, daß die Stufen ein wenig nachgeben, was Sie gewiß von einer alten Schultreppe erwarten, wenn Sie an die vielen jungen Füße denken, die diese Bretter glattgetrampelt haben. Die Stufen sehen bei aller Eleganz leicht verstaubt aus, aber das sind sie nicht; es ist nur der Staub*geruch*, der in dem alten, hohl klingenden Treppenhaus hängt. Bleiben Sie unbedingt am Treppenabsatz stehen und lesen Sie die Tafel, die verzeichnet, daß die Schule von Nadeau (in diesem Gebäude) im Jahre 1967 zu existieren aufhörte. Dieselbe Tafel informiert Sie über die gleichzeitige Gründung des historischen Heimatmuseums von Nadeau. Dieses Museum, das das gesamte erste Stockwerk der alten Schule einnimmt, ist nach normalen Vorstellungen klein, obgleich es jährlich mehr als fünfhundert Besucherinnen und Besucher anlockt. Die zwei Räume zur Rechten sind mit Ausstellungsvitrinen gesäumt, die Sie einladen, einige der erstaunlichen alten Pfeilspitzen, Fossilien und Münzen zu bewundern, die in dieser Gegend ausgegraben wurden. Sie können auch Kuriositäten wie ein Spinnrad betrachten, einen Satz Kardätschen zum Wollekämmen und eine Ansammlung von Steingutgegenständen, einige hier im Ort gefertigt (Ende des vorigen Jahrhunderts). Schauen Sie sich unbedingt die interessante alte Waschmaschine an, circa 1913, und die verschiedenen Kleidungsstücke, darunter ein Taufkleid aus den »Neunzigern« und ein graues Damenkostüm zum Wandern, rot paspeliert (1902). Sie werden mindestens eine halbe Stunde verbringen wollen, um diese interessanten Exponate zu betrachten, ebenso die gerahmten Landkarten und Landzertifikate in der Halle, ganz zu schweigen von einer Reihe hervorragender alter Fotografien, eine mit dem Titel »Sonntagsschulpicknick, 1914«, auf der der bescheidene Zeitvertreib vergangener Tage dargestellt ist.

Links von der Halle befinden sich die zwei übrigen Räume (die ehemaligen Klassenzimmer der 11. und 12. Klasse). Über der Türöffnung (die Tür selbst wurde ausgehängt und fortgeschafft) eines dieser Räume ist ein kleines Schild angebracht, auf dem steht: Mary Swann Gedächtnisraum.

Wer um alles in der Welt, fragen die Leute, ist Mary Swann?

Die Antwort auf ihre Frage ist auf einem sauber getippten

Blatt Papier zu finden, das an den Türrahmen geheftet ist. Die verstorbene Mary Swann, 1915–1965, war eine hiesige Dichterin, die die größte Zeit ihres Lebens, zumindest ihres Ehelebens, in einem Landstrich drei Kilometer von Nadeau verbrachte. In dieser Gegend für ihre Verse bekannt, von denen einige erstmals in dem inzwischen eingestellten Blatt *Nadeau News* abgedruckt wurden, ist sie in jüngster Zeit als hervorragende, wenn auch nur mit einem schmalen Werk vertretene Bereicherung der kanadischen Literatur anerkannt, und einige Leute gehen so weit, sie als Emily Dickinson von Kanada zu bezeichnen. Der Mary Swann Gedächtnisraum, erst vor ungefähr zwei Jahren eingerichtet, enthält eine Anzahl Erinnerungen an Mary Swanns Leben – einen Küchentisch mit Stühlen, eine Anrichte aus heller Eiche, ein eisernes Bettgestell, handgearbeitete Steppdecken und zahlreiche Haushaltsgegenstände (beachten Sie besonders den abgenutzten hölzernen Rübenstampfer). Daneben sind einige ihrer Handarbeiten zu sehen (hauptsächlich gehäkelt) und eine Fotografie (leider unscharf) von der Dichterin, die mit verschränkten Armen auf ihrer Veranda steht und in die Sonne blickt. Wenn Sie noch Zeit haben, möchten Sie vielleicht verweilen und ein paar von Mary Swanns Gedichten lesen, die gerahmt an der Wand hängen. Besonders zu empfehlen ist das prophetische Gedicht mit dem Titel »Der Silo«, das erstmals im *Athens Record* vom 4. Juni 1958 abgedruckt wurde, sieben Jahre vor dem vorzeitigen Ableben der Dichterin.

Neben dem Mary Swann Gedächtnisraum liegt der Raum, der sich der größten Beliebtheit beim Publikum erfreut. Die Besucherinnen und Besucher können sich in die durch ein Seil abgesperrte Türöffnung stellen und die Nachbildung eines Ontario-Schlafzimmers der Jahrhundertwende bewundern. Interessant ist die Blümchentapete, die exakte Kopie einer echten kanadischen Tapete aus jener Zeit. Unter der Zimmerdecke verläuft ein Ofenrohr, das Wärme von dem Holzofen transportiert, den man sich in einem angrenzenden Zimmer vorstellen mag. Der Waschtisch aus Kiefernholz in der Ecke ist typisch für die damalige Zeit (beachten Sie den Handtuchständer deneben), ebenso wie der hölzerne

Deckenkasten am Fußende des Bettes. Das Bett selbst ist ungewöhnlich, ein gedrechseltes Bett aus Ontario, anscheinend handgearbeitet, aus einem Holz, das höchstwahrscheinlich Nußbaum ist. Selbstverständlich lugt der unvermeidliche Nachttopf darunter hervor. Die Matratze auf dem Bett wird wohl mit Gänsefedern gefüllt gewesen sein – das besagt zumindest ein Vermerk an der Wand – oder vielleicht mit Stroh.

Die ungewöhnlich schöne Steppdecke auf dem Bett wurde 1967 von den Frauen der Einigkeitskirche von Nadeau zur Hundertjahrfeier fertiggestellt. Sie besteht aus Quadraten, wie Sie sehen, und jedes Quadrat wurde von jeweils einer Frau der Gemeinde wunderschön bestickt und signiert. Von der Türschwelle aus können Sie die individuell gestickten Muster bewundern (überwiegend Blumen und Vögel), und Sie werden einige Signaturen erkennen, die in einfachem Kettenstich ausgeführt sind. Mrs. Henry Cleary, Mrs. Al Lindquist, Mrs. Percy Flemming, Mrs. Clarence Andrews, Mrs. Thomas Clyde, Mrs. R. Jack Rittenhouse, Mrs. Floyd Sears, Mrs. Frank Sears, Mrs. Homer Hart, Mrs. Joseph H. Fletcher und so weiter. Wenn Sie diese Namen lesen, lächeln Sie vielleicht vor sich hin, was freilich von Ihrem Alter und Ihrem Stand abhängt. Sie denken vielleicht: Hatten diese Frauen keine eigenen Vornamen? War die Frauenbewegung im Jahre 1967 noch nicht bis in diese kleine Gemeinde in Ontario vorgedrungen? Sie machen sich vielleicht sogar im Geiste ein Bild, wie diese Frauen ausgesehen haben müssen: pummelig, schwerfällig, in der Ehe geborgen, fix mit der Nadel, die ebenso spitz war wie ihre Zunge, doch ohne eigene Gesichter und ihrer Vornamen beraubt. Traurig, mögen Sie befinden, ja tragisch.

Doch warten Sie. Ein Quadrat ist da, gerade zwei Zentimeter rechts von der Mitte – ja dort! –, das einen einzelnen, mit blauem Garn gestickten Schmetterling darstellt. Und darunter die gestickte Signatur: Rose Hindmarch.

Und hier kommt Rose

Und hier kommt Rose, eine recht kleine Frau mit runden Schultern und einem kleinen rundlichen Schmerbauch, dem sie diesen Herbst zu Leibe zu rücken gedenkt.

Ungeachtet des Ledermantels, der Stiefel und Handschuhe hat Roses Erscheinung etwas Pergamentenes, Sommerliches, und sie sagt die Worte »guten Abend« beinahe singend. Während Sie plaudernd an der Ecke stehen, sehen Sie hinter ihrem sanft dauergewellten Kopf einen schönen herbstlichen Sonnenuntergang, der in Minutenschnelle von dunkelblauen Wolkensäulen verdeckt wird. »Ein sagenhaftes Wetter!« ruft sie, indem sie einen Arm hochstreckt und Sie nötigt, ihr beizupflichten.

Sie erkundigt sich nach Ihrer Bronchitis und ob Sie in letzter Zeit in Kingston waren, um sich das neue Einkaufszentrum anzusehen; sie bemerkt, wie reizend Ihr Haus jetzt aussieht, nachdem die Veranda und die Verschalung in diesem hübschen sanften Grauton gestrichen wurden, wie lärmend die Gänse letzte Woche über das Städtchen geflogen sind, daß der Wasserstand des Sees höher ist als in den vergangenen Jahren, daß es im *Red and White* wieder Rinderviertel im Sonderangebot gibt – nicht, daß sie ein Rinderviertel bräuchte, um Himmels willen, sie doch nicht, sie ist gerade Vegetarierin geworden!

Allgemeinplätze und Artigkeiten, die kleinen Selbstherabsetzungen und Halbentschuldigungen und Ablenkungen, die sich so gut in die verschlungenen Konturen von Roses Lebensmitte fügen. Sie erzählt Ihnen nichts über sich, nicht, wie sie den heutigen Abend – ein Freitagabend – verbringen wird, oder über das Ausbleiben ihrer Periode oder den Glückspfennig in ihrer Tasche oder den beigefarbenen Umschlag, den sie in ihrer Handtasche nach Hause trägt, einen Umschlag, der, wenn Sie nur wüßten, eine Einladung zu einem Symposium (ja, ein Symposium) über die Werke von Mary Swann enthält, das in der ersten Woche des neuen Jahres in Toronto stattfindet.

Und warum vertraut Rose Ihnen nichts davon an? Sie kennen Sie seit Jahren, ja, Ihr Leben lang.

Vielleicht entdeckt Sie einen Mangel an Interesse Ihrerseits, vielleicht merkt sie, daß Sie dieses beiläufige Geschwätz schon leid sind, daß Sie Ihr Gewicht von einem Fuß auf den anderen verlagern, erpicht, weiterzugehen, nach Hause, wo eine vertraute Unordnung Sie erwartet und Ihnen Sicherheit gibt, wo Sie mit Ihrer Tüte Lebensmittel auf einen Küchenstuhl sinken und sagen können: »Ach du lieber Himmel, Rose Hindmarch quasselt und quasselt, aber nie *sagt* sie was.«

Oder hütet Rose, die so offen ist, so hilfsbereit, stets zum Lächeln aufgelegt, hütet sie ihre Geheimnisse wie eine listige Nonne? Denn in gewissem Sinne sind ihre Freitagabende tatsächlich so etwas wie ein Geheimnis, wenngleich ein harmloses, und man kann sagen, daß ihre Menopause, von den Kopfschmerzen abgesehen, ihr ein Hochgefühl beschert hat, eine heimliche Freude, eine verdiente, aber schamhafte Heiterkeit, beinahe eine Befreiung; endlich kann sie ungehemmt in dem geschlechtslosen Zwielicht leben, das ihr am meisten schmeichelt. Was die gedruckte Einladung im seidigen Innenfutter von Roses Handtasche anbelangt, die glüht wie heiße Kohle, kostbar, und nur sie weiß – bis jetzt – davon.

Erst vor einer Viertelstunde, auf dem Heimweg von der Bücherei, hat sie ihre Post im Postamt abgeholt. Heute waren es drei Sendungen – nichts Ungewöhnliches, keineswegs. Ihre Telefonrechnung, eine nahezu unleserliche Postkarte von ihrer Freundin Daisy Hart, die bei ihrer Schwester an der Golfküste von Florida zu Besuch ist, und der rätselhafte große beigefarbene Umschlag (Qualitätspapier), schlicht adressiert an Rose Hindmarch, Nadeau, Ontario. Keine Postfachnummer, aber das macht nichts. Nicht

Miss oder Mrs., einfach nur Rose Hindmarch, die stämmige listige Rose, die energische Leiterin der monatlichen Gemeindesitzungen.

Sie öffnete ihn auf der Stelle – egal, was Johnny Sears dachte –, achtete jedoch darauf, den schönen glatten Umschlag nicht zu beschädigen. Ein Symposium? Über Mary Swann. Im Januar. In Toronto. Sie war eingeladen, an einem viertägigen Symposium teilzunehmen. (Das mußte eine Versammlung oder eine Tagung sein, etwas in dieser Art, sie wird es im Lexikon nachschlagen, wenn sie nach Hause kommt.) Ein kleiner, zierlicher Rückumschlag war beigelegt, von der Art, wie sie mit Hochzeitseinladungen verschickt werden, schon frankiert, eine rücksichtsvolle Geste, wenn man die augenblicklichen Postgebühren bedachte.

Rose rechnete schnell. September bis Januar, vier Monate bis dahin. Eine lange Zeit. Allerheiligen, Erntedank, Weihnachten, eine sehr lange Zeit. Ihre Aufregung wich Dumpfheit, und sie spürte einen Druck wie von aufwallenden Tränen hinter den Augen. Aber nein, wenn sie es recht bedachte, vier Monate würden ihr Zeit lassen, zehn Pfund abzunehmen – sie hatte ja nur auf einen guten Vorwand gewartet. Fünf Pfund an jeder Hüfte und etwas am Bauch. Und sie hatte Zeit, nach Kingston zum Einkaufen zu fahren, um etwas Geeignetes zum Anziehen zu finden, ein Kostüm vielleicht, etwas in diesem Burgunderrot, auf das heutzutage alle so scharf sind, obwohl Rose nicht versteht, warum. Türkis, ihre alte Lieblingsfarbe, ist kaum zu finden.

Hotel Harbourview. Toronto. Januar. Die nette Sarah Maloney würde vielleicht aus Chicago kommen. Ihr würde die Fahrt keine Umstände machen, sie ist ja ständig unterwegs. Und Professor Lang. Er wird bestimmt dort sein, ohne Zweifel. Und vielleicht, aber man soll den Tag nicht … und so weiter, aber vielleicht würde Mr. Jimroy dort sein. Morton; er hatte sie gleich, als sie sich zum ersten Mal sahen, gebeten, ihn Morton zu nennen. »Alle meine guten Freunde nennen mich Morton«, hatte er gesagt.

Seine guten Freunde. Das ist Rose Hindmarch: eine gute Freundin von Jimroy.

Wo Rose wohnt

Gleich sind wir da, jetzt kommen wir dorthin, wo Rose wohnt. Dies ist ihr Apartment, ihre Wohnung, Euclid Avenue 16 ½. Vermutlich nicht gerade die Art Behausung, die einem bei dem Wort *Apartment* in den Sinn kommt; will sagen, hier gibt es keine Betonsilos oder Fahrstühle oder Tiefgaragen. Dies ist eine Zweizimmerwohnung (Wohnzimmer, Schlafzimmer, Küche) in der ersten Etage eines achtzig Jahre alten Holzhauses Ecke Euclid Avenue, das einem jungen Ehepaar gehört, Howie und Jean Elton (ursprünglich aus Cornwall), die beide an der neuen Gemeindeschule am Highway 17 unterrichten. (Howard unterrichtet Naturwissenschaften, Jean Leibeserziehung.) Irgendwann wollen die Eltons einen separaten Eingang für Rose bauen, aber vorerst geht sie durch ihre dunkle, enge Diele. »'n Abend, Rose«, ruft Jean aus der Küche, wo sie meistens etwas zum Abendessen zusammenwürfelt, so drückt sie sich aus, *etwas zusammenwürfeln.* »Wie geht's, Rose?« brüllt Howie. Entweder hilft er Jean in der Küche Hamburger zubereiten, oder er sitzt mit einem Bier im Wohnzimmer und sieht sich eine Sendung im Fernsehen an. »Hallo«, sagt Rose mit ihrer munteren Stimme und eilt die Treppe hinauf.

Sie ist froh, daß oben an der Treppe eine richtige Tür ist, auch wenn sie kein Schloß hat. Sie mag Howie ganz gern, und sie liebt Jean, aber es ist wichtig, für sich sein zu können. Sie spürt, daß sie genauso empfinden.

Und was jetzt? Sie hängt ihren Mantel auf seinen Holzbügel, prüft die Ellenbogen auf Anzeichen von Abnutzung. Der Besitz eines Wildledermantels bedeutet Verantwortung. Dann setzt sie in einer langen, fließenden Bewegung Teewasser auf und dreht das kleine Küchenradio an, gerade rechtzeitig, um die Sechs-Uhr-Nachrichten zu erwischen. Einmal die Woche, meistens am Freitag – und heute *ist* Freitag – gönnt Rose sich ein kleines Glas Roggenwhisky mit Gingerale und trinkt es, während sie ein Omelett zusammenrührt; zwei Eier, eine gehackte junge Zwiebel, ein Schuß Milch. Und nur eine Scheibe Toast heute abend. Wenn sie bis Januar zehn Pfund abnehmen will, muß sie es ernsthaft angehen. Aber ein bißchen Butter kann nicht schaden. Ein Teelöffel Butter hat nur fünfundzwanzig Kalorien, weniger als man denkt. An der Küchenwand hängt ein kleiner Spiegel, vor den sich Rose manchmal stellt und fragt: Wird mein Gesicht teigig wie Mutters? Omas ist auch teigig gewesen.

In den Nachrichten geht es heutzutage immer um Libyen oder Südafrika. Wenn Rose an Südafrika denkt, stellt sie sich ein ausgefranstes Gebilde ganz unten auf der Landkarte vor. Die Holländer waren zuerst dort, erinnert sie sich vage, oder waren es die Engländer? In Südafrika hindern schlampige Polizisten in Hemdsärmeln andauernd Menschen, schwarze Menschen, an Beerdigungen teilzunehmen oder Gewerkschaften zu gründen. Das ist doch nicht zuviel verlangt, denkt Rose, wenngleich sie froh ist, daß sie persönlich nichts mit Gewerkschaften zu tun hat. Howie und Jean sind in der Lehrergewerkschaft, aber Howie sagt, das ist hauptsächlich Bockmist; zwei, drei Unruhestifter, die versuchen, alle anderen aufzuwiegeln. In Südafrika haben sie einen jungen Mann namens Nelson Mandela, einen Familienvater, ins Gefängnis gesteckt. Rose hat im Fernsehen Bilder von ihm gesehen und auch Bilder von seiner Ehefrau, einer gut aussehenden Frau mit einem um den Kopf drapierten Tuch.

Sie ißt aus Gewohnheit langsam, genüßlich. Dann holt sie sich zum Nachtisch eine Kugel Schokoladeneis aus dem Kühlschrank. Morgen vormittag will sie zum *Red and White* gehen und einen Karton Joghurt kaufen. Jean und Howie haben ihr Joghurt empfohlen, und Jean hat sich sogar erboten, ihr ihren elektrischen Joghurtbereiter zu leihen. Aber Rose liebt Schokoladeneis. Ihre Mutter hat an Sommerabenden draußen auf dem Rasen Eis gemacht – damals, als sie noch das Haus drüben an der Second Street hatten, wo heute die Harts wohnen. Rose erinnert sich, wie sie, als sie zwölf Jahre alt war, die Kurbel drehte und wartete, daß das Eis fest wurde. Ein wenig grobkörniges Salz, ein bißchen schweißtreibendes Rühren, und das Wunder geschah. Eines der wenigen Wunder, die sie persönlich mitangesehen hatte.

Rose ist eine glückliche Frau; ihre gleichmäßigen alltäglichen Verrichtungen machen sie glücklich. Wenn sie am frühen Morgen die Laken und Decken auf ihrem Bett glatt zieht und das Kopfkissen aufschüttelt, blickt sie hoffnungsfroh dem kommenden Tag entgegen. Eine Parade kleinerer Freuden – wie der Glückspfennig heute – stimmt sie zuversichtlich, zeigt ihr, daß sie ein Teil der Welt ist. Und Freitag abends zieht sie schon früh ihren Schlafanzug an und kriecht ins Bett, um zu lesen. Es ist erst halb acht und noch ziemlich hell draußen. Sie reinigt ihr Gesicht mit Cold Cream, putzt sich die Zähne und schlüpft unter die Bettdecke. Sie streckt zufrieden die nackten Füße. Sie liest bis Mitternacht oder noch länger. Morgen ist Samstag; sie kann schlafen, solange sie will.

Dies ist das Bett, in dem ihre Eltern geschlafen haben. Allerdings kann Rose sich nicht an ihren Vater erinnern, der Soldat war – seine Mutter war eine Nadeau, eine Nachfahrin von Martin Nadeau – und bei Dieppe fiel. Es ist ein bequemes Doppelbett mit einem Kopfbrett aus Walnußfurnier und hat eine gute, feste Matratze, die Rose nach der letzten Krankheit und dem Tod ihrer Mutter gekauft hatte, und strammsitzende Laken, ein Baumwollmischgewebe mit fröhlichem Karomuster. Wenn Rose im Bett liest, setzt sie sich in die Mitte, so daß die Kissen sie auf beiden Seiten einhüllen und wärmen.

Nur einmal hat sie dieses Bett mit einem anderen Menschen geteilt. Das war vor zwei Jahren, in einer Freitagnacht wie heute. Sie las wie gewöhnlich. Es muß elf Uhr oder später gewesen sein, als sie es leise an ihre Tür klopfen oder kratzen hörte. Dann ein heiseres Flüstern. »Rose? Ich bin's, Jean. Kann ich reinkommen?«

Die große, knochige Jean mit ihren muskulösen Schultern; die Arme ragten lächerlich aus den Spitzenärmeln eines blaßblauen Nylonnachthemdes hervor. Ihre großen Füße waren nackt, ihre Haare wie immer hinten von einer dicken Holzspange zusammengefaßt. In dieser Nacht schimmerte ihr breiter Mund im trüben Licht der Diele, ein schmerzverzerrtes Rechteck. »Ach Rose. Ach Rose«, wimmerte sie.

Sie saß hilflos weinend in Roses Küche und schlug beim Weinen leise und rhythmisch mit der Faust auf den Küchentisch.

Rose gab ihr einen Roggenwhisky zu trinken, zwei Finger hoch, unverdünnt, in einem Saftglas.

»Ich hasse ihn, ich hasse ihn!« Jean gab ein Wimmern von sich und legte den Kopf auf den Tisch. Rose saß neben ihr und streichelte Jeans dichtes Haar, anfangs unbeholfen, zaghaft, dann stand sie auf und kochte Tee.

»Ach, er ist ein widerliches Miststück, o Rose, er ist ein Miststück, ein Miststück erster Güte, wenn du wüßtest, wie er wirklich ist. Du weißt gar nicht, wie gut du's hast. O mein Gott, o mein Gott.«

Rose selbst trank Tee, aber Jean schenkte sie noch einen Fingerhoch Whisky ein. Sie hätte gerne gefragt: »Willst du mir erzählen, was passiert ist?« oder »Möchtest du darüber reden?« So etwas sagte man in solchen Situationen. Aber ein steinerner Klumpen hatte sich in ihrer Brust eingeklemmt und hinderte sie am Sprechen. Der Schmerz war entsetzlich. Gott, war sie unbeholfen.

Jeans Nase glühte puterrot, und in ihrem Gesicht bildeten sich große pantoffeltierförmige Flecken. Rose nahm an – hoffte –, daß sie vom Weinen und vom Whisky herrührten und nicht von der Gewalt von Howie Eltons Faust. Mit beiden Händen reichte sie Jean eine Schachtel Papiertaschentücher. »Hier«, sagte sie.

Jean putzte sich die Nase. Das Licht der Leuchtstofflampe verlieh ihren fuchsartigen Wangen und Lippen scharfe Konturen. Sie richtete sich auf und sagte: »Was soll ich nur tun?« Dann: »Er weiß nicht, daß ich hier oben bin. Er denkt, ich bin aus der Hintertür gerannt.«

»Du kannst hierbleiben«, sagte Rose, »so lange du willst.« In diesem Moment fühlte sie sich heroisch.

»O Rose, darf ich? Macht es dir wirklich nichts aus?« Jean fing wieder an zu schluchzen. Die Schluchzer hörten sich an wie Wasser, das aus einem tiefen See emporblubbert, und Rose legte die Arme um sie. Ihr war, als ob Jean ihre Tochter oder Schwester sei.

Keine von beiden erwähnte Roses Wohnzimmercouch. Sie schliefen zusammen – es schien ganz selbstverständlich – in dem großen Doppelbett; vielmehr Jean schlief, ihre fülligen krausen Haare, wirr und duftend, aus der Spange gelöst und auf dem Kissen ausgebreitet. Rose lag die meiste Nacht wach. Sie starrte die dunklen abgerundeten Ecken der Zimmerdecke an, benommen vor Glück. Ihre Nase zuckte von Tränen. Sie hatte nicht den Wunsch, den schweren, schnaufenden, schlafenden Körper neben sich zu berühren. Eine schmale, wohlproportionierte Rinne trennte sie, die Rose wie ein atmender Organismus erschien. Wenn Jean sich umdrehte, drehte Rose sich um. Wenn Jean im tiefen Traum etwas murmelte, hörte auch Rose sich murmeln, ein wortloses, vergnügtes Schnarren. Ein Wunder. Eine verwirrende Überraschung. So ein Gefühl war das also, einem anderen Menschen so nahe zu sein. Wenige Zentimeter entfernt, so nahe, daß sie die winzigen Vibrationen von Jeans Ein- und Ausatmen spüren konnte. Lieber Gott. Mit fast fünfzig Jahren erkannte sie endlich, daß ein Körper mehr war als eine gelenkige Apparatur, um sich zu bewegen, Nahrung aufzunehmen und zu verarbeiten, widerwärtigen zyklischen Angriffen standzuhalten. Derselbe Körper, der gewaschen, gehegt und gepflegt werden und zuweilen mit Hilfe eines feuchten Fingers eilig in den Schlaf geschickt werden mußte, sehnte sich auch nach der Nähe eines anderen. Wie konnte ihr ein so simples Wissen entgangen sein? Da gab es nichts, wovor sie sich hüten mußte, das hatte nichts Gefährliches, hier mit Jean Elton an ihrer Seite im Bett zu liegen.

Am Morgen war Jean fort. Auf einem Zettel auf dem Küchentisch stand: »Danke.«

Es wurde nie darüber gesprochen. Howie und Jean verschwanden übers Wochenende nach Cornwall und kamen Sonntagnacht spät nach Hause; Rose hörte sie unten in der Küche Kaffee machen. Jeans vertraute volle Stimme, stets kurz davor, zu wiehernden Gelächter anzuschwellen.

Was war geschehen? Was hatte Howie getan? Rose wußte es nicht, oder, genauer gesagt, sie *wußte* es, ahnte es zumindest. Frauen, andere Frauen, öffneten vertrauensvoll ihre Leiber. Howie mußte etwas Unaussprechliches getan haben, etwas, das Jean entsetzte, etwas Lasterhaftes, Sexuelles, etwas nicht mehr Menschliches; er mußte sie bestiegen und ihr etwas Finsteres, Animalisches zugemutet haben. Welcher Art das Schandbare gewesen sein mochte, wußte Rose nicht, brauchte sie nicht zu wissen. Danach betrachtete sie Howie mit einer gewissen Ehrfurcht. Jean liebte sie.

Es geschah nicht wieder, aber noch jetzt, zwei Jahre später, verbringt Rose die Freitagabende mit Lesen und Warten. Sie blättert die Seiten ihres Buches langsam um, ein Ohr gespitzt, um Jean Eltons Kratzen an der Tür zu vernehmen. Für sie ist es wichtig, da zu sein, wenn Jean sie braucht.

Oh, sie liebt ihre Freitagabende. Während der Woche ist sie zu müde zum Lesen, dann kann sie nur fernsehen. Aber Freitag abends: eine Kanne Tee am Bett, die Satineinfassung ihrer Decke am Kinn, die sauberen Baumwollmischgewebe-Laken über den Beinen, ihr Buch vor sich aufgestützt. Inmitten dieser Behaglichkeit spricht sie barsch mit sich selbst: »Hör mal, Rose, Kindchen, du wirst eine richtige alte Jungfer, kapselst dich hier Freitag für Freitag ab wie eine Einsiedlerin. Du solltest ausgehen, hin und wieder nach Elgin ins Kino, auch zum Bingo. Und wie wär's mit dem kleinen Theater in Kingston, früher hast du dir mit den Harts alle Aufführungen angesehen. Du wirst richtiggehend ungesellig. Festgefahrene Gewohnheiten, das ist ein schlechtes Zeichen.«

Rose ist der Gedanke gekommen, daß jemand eine Übersicht aufstellen sollte, was Bibliothekarinnen kleiner Gemeinden in ihrer Freizeit lesen. Bibliothekarinnen sind es schließlich, die neue Bücher bestellen, sie sind es, die anderen stets dies und jenes empfehlen. »Das wird Ihnen gefallen«, rufen sie aus, bemüht, sich zu merken, wer Reißer liebt, wer für Kriegsgeschichten schwärmt und wer schwerere Kost wählt – obwohl einzig Homer Hart in Nadeau Bücher liest, die als schwer bezeichnet werden könnten.

Man kann nicht sagen, daß Rose Hindmarch eine beschränkte Leserin ist. Wann immer sie in der Bücherei eine Minute Zeit hat, steckt sie die Nase in dies und das, ein bißchen Heimatkunde, eine Hollywood-Biographie, die neuen Krimis, die neuen Liebesromane, die neuesten Bestseller, fünf Zentimeter dick – obwohl diese so teuer geworden sind, daß Rose nur einen, höchstens zwei im Monat bestellt – und gelegentlich sogar einen Band mit modernen Gedichten.

Die Poesie stellt jedoch ein Problem für Rose dar. Mit Ausnahme von Mary Swanns Buch hat sie Mühe zu verstehen, worum es geht, und auch bei Mrs. Swann ist sie nicht immer sicher. »Die Räume in meinem Kopf sind bar/Donner bürstet mir das Haar.« Was will sie mit diesem Gedicht sagen? Natürlich, Räume sind ein Symbol für etwas, aber Donner? »Der Spiegel in der andern Ecke/ verrät den Ort wo ich mich verstecke.« Wer kann sich einen Reim darauf machen? Mr. Jimroy vielleicht. Morton.

Gedichte, Biographien, Liebesromane, Reiseberichte – Rose liest alles. Aber das, wonach es sie gelüstet, das, was sie sich für ihre freitagabendlichen Leseorgien aufspart, das sind Spionagegeschichten.

Sie sagt sich, sie sollte sich eines Tages hinsetzen und eine Liste aller Spionagegeschichten aufstellen, die sie gelesen hat. Es müssen mindestens fünfhundert sein. Intrigen, Flucht, Nebelhörner im Hafen, Pflichterfüllung und Vaterlandsliebe. Sie verschlingt rund einen Roman pro Woche, das hängt von der Seitenzahl ab. Ian Fleming – aber den verachtet sie jetzt, den mit seinen billigen Tricks –, Ken Follet, John le Carré, Robert Ludlum, das sind ihre Lieblinge. Die herrlichen Buchrücken, in Mitternachtsblau gehalten, und die Helden mit ihren sich über den Ohren ringelnden Haaren, ihren ausgeklügelten Verkleidungen und ihrer Gewieftheit, die Chiffreure, die nachts im Hinterzimmer eines Elektrogeschäfts arbeiten, die dickliche Münchner Prostituierte, die sich den Radioempfänger um den Oberschenkel geschnallt hat.

Was Rose Hindmarch an den meisten Spionagegeschichten schätzt, ist das Fehlen jeglicher mildernder Umstände – sie kleidet es allerdings nicht in diese Worte – und die Art und Weise, wie das Universum so glatt in zwei gleiche Teile zerfällt, das Gute auf der einen Seite, das Böse auf der anderen. In der Welt der Spionage ist nichts willkürlich. Das Böse ist kein zufälliger Ausbruch wie im wirklichen Leben, bewahre. Das Böse, ja, das Böse ist Teil eines zügig ausgeführten Komplotts, das jene Namenlosen angestiftet haben, denen eine finstere Macht eigen ist. Und der Tod? Der Tod wird niemals, nicht eine Minute lang, den Händen kapriziöser Götter überlassen (der verdrießliche, leicht beleidigte Gott in Ontario eingeschlossen). Der Tod ist eine saubere Verrichtung, die von einem angeheuerten Killer erledigt wird. Ein schlanker Mann betritt einen hell erleuchteten Raum, sein breiter Samtkragen versprüht Charme, doch seine rechte Hand bewegt sich bedeutungsvoll auf eine Innentasche zu.

Und Rose ist auch fasziniert von der finsteren Konfusion, die hinter dem Eisernen Vorhang pulsiert – die heiklen, gut bewachten Grenzen, die tiefe Donau, die in polnischen Füllfederhaltern und Lippenstifthülsen versteckten Zyanidkügelchen, die Verabredungen in schäbigen Warschauer Bars oder unter flackernden slawischen Straßenlaternen. Die Schnellzüge, die Deutschland und Ungarn durchqueren, immer nachts, nehmen auch sie mit, ihr tuckerndes Herz, ihre trockenen Hände, sie transportieren eine Wągenladung ideologische Passionen, für die Rose absolut nichts übrig hat, und die Besessenheit, zum Kern des Bösen zu gelangen, Befehle auszuführen, alles zu riskieren. Mr. X (grünliche Haut unter einem grünlichen Anzug), ein Mann ohne festen Beruf, dennoch von vermummten Leibwächtern und Schäferhunden mit lechzenden Schnauzen beschützt. Warum? Rose liest weiter. Weil er Teil eines gigantischen Komplotts ist, die Macht über die westliche Welt zu übernehmen, darum. Die Verkettungen schimmern wie Juwelen unter einer spiegelnden Oberfläche. Lösungen ergeben sich in den letzten Kapiteln, läuternd wie Jod; allerdings hat Rose unterdessen so viele Spionagegeschichten gelesen, daß sie, wenn sie das Buch halb durch hat, sieht, wie es ihrem Spezialagenten ergehen wird. Was sie nicht am Weiterlesen hindert.

Ein weiteres Kapitel, ein weiterer vergifteter Gin Rickey (»Sie hatte erst einen Schluck getrunken, als sie merkte …«), eine weitere nicht ausgerichtete Botschaft – und eine Stunde ist von Roses Leben abgezogen. Ihre Augen fangen an zu leuchten. Es gibt jetzt kein Zurück. »Mein Name ist Smith«, liest sie. »Man hat mich geschickt, um Sie zu warnen.«

Die Uhr auf Roses Nachttisch zeigt zwei Uhr morgens. Die Stunde und die graue Kälte im Zimmer verschärfen das stickige Gefühl, das ihr die Kehle zuschnürt. Nur noch ein Kapitel, gelobt sie sich, aber sie kann nicht aufhören. Durch eine Ritze in den Vorhängen kann sie den zu einem Schnipsel beschnittenen Mond sehen. Der Tee in ihrer Tasse ist seit Stunden kalt, aber sie trinkt trotzdem ein bißchen, um ihren entsetzlichen Durst zu stillen. »Sie sind nicht der richtige Smith, mein Freund. Zufällig weiß ich, daß Sie in Wirklichkeit …« Rose schiebt den Gang zur Toilette hinaus, obwohl ihre Blase brennt. »Hier ist ein Couvert. Darin finden Sie Flugtickets und eine kleine Landkarte …«

Dann die letzte Seite. Es ist vier Uhr morgens. Jacob Smith ist in Wirklichkeit Graf Ramouski, wie Rose die ganze Zeit geahnt hat, und seine Betätigung als Doppelagent hat ihn auf die Seite des Guten gestellt, wie Rose gehofft hatte. Er bekommt im Rahmen einer kleinen Feier eine Belobigung, und seine Nächte sind nur wenig beeinträchtigt von der Anzahl Ermordungen, die der Fall erforderte. Aber seine Tarnung ist zum Teil enthüllt. Ein neuer Deckname wird ihm zugewiesen. Das nimmt er achselzuckend hin. *C'est la vie.* Rose knipst das Licht aus, erwartet, daß sie sofort einschläft.

Aber aus irgendeinem Grunde schläft sie nicht ein, nicht heute nacht. Etwas nagt an ihr, macht sie unruhig. Dann fällt es ihr ein: die Einladung zu dem Symposium. Der Gedanke springt in ihrem Kopf an wie die Flamme eines Feuerzeugs. (Für Rose, die

Raucherin war, bevor sie voriges Jahr dem Nichtraucherverein von Elgin beitrat, ist dies ein passender Vergleich.) Klick, klick, die gehorsame Flamme springt an.

Sie brennt ein kleines leuchtend orangerotes Loch in die Zukunft. *Symposium. Symposium.* Dieses eine Wort versetzt ihr blindes, abgeschottetes Schlafzimmer in einen fließenden Schwebezustand, und ihre lange Nacht endet mit einem Freudenschwall.

Ein Samstagabend in Nadeau

Es gibt in Nadeau, Ontario, genau wie in anderen Städten und Gemeinden auf dem nordamerikanischen Kontinent, ja auf der ganzen Welt, eine Gesellschaftsstruktur, die mehr oder weniger bestimmt, wie die Menschen ihre Freizeit verbringen. Ein Sozialhistoriker könnte diesen Mußefaktor in einem Diagramm darstellen. Bestimmte Betätigungen sind anscheinend auf bestimmte Leute zugeschnitten, während andere unziemlich, ja undenkbar scheinen. Rose Hindmarch zum Beispiel würde sich, wenn sie im *Nadeau Legion* etwas tränke, fast so unwohl fühlen wie Sie, wenn Sie zum ersten Mal in die Stadt kämen und dort zur Entspannung auf ein paar Bier einkehrten. (Aber man würde Sie nicht abweisen. Sie könnten sich in dem dumpfen, biergeschwängerten kalten Raum einen Platz suchen, und Susan Marland Jones, neunzehn Jahre alt und Bettgefährtin des jungen Dick Strayer aus Elgin, würde Ihnen etwas zu trinken bringen und Sie mit ihrem unbestimmten, etwas einfältigen Lächeln verwöhnen.) Aber anders als Rose Hindmarch, werden Sie bei einem einzigen Besuch nicht imstande sein, im *Nadeau Legion* einen *Sinn* zu erfassen. Die Gesichter, die vor Ihnen verschwimmen, die Gesprächsfetzen, die Sie aufschnappen, werden aus jedem vernünftigen Zusammenhang gelöst sein, ganz so, als schauten Sie einer einzigen, willkürlich herausgegriffenen Szene eines äußerst langen, vielschichtigen Theaterstückes zu. Denn auf jedes winzige Detail des Erkennens würde Verständnislosigkeit folgen; ein Blick auf das »Leben in Nadeau an einem Samstagabend« verbirgt mehr, als er enthüllt. Obwohl Sie aufmerksam hinhören (und sich vielleicht Notizen machen), rundet sich die Szene vor Ihren Augen nie zu einer vollständigen Bedeutung ab. Die Sprechenden setzen zu viel voraus – Hy Crombie, Sel Ross, die Switzer Zwillinge und ihre großen, lächelnden Ehefrauen –, und die hingeworfenen Anspielungen sind zusammenhanglos und flüchtig und in eine lange gemeinsame Geschichte eingebettet. Zwar achten sie im *Legion* nicht auf Fremde und sind betrunken von Bier, aber von Unfreundlichkeit ist nichts zu merken, und niemand hat den Wunsch, Mitteilungen zurückzuhalten. Genau so würde es Ihnen ergehen, wenn Sie in die Buffalo Bingo-Halle im Souterrain des Hotel Nadeau hineinsähen oder in eines der hübschen alten Häuser auf der Second Street, wo die Menschen (zwei, drei oder vier, die Anzahl variiert) sich zusammengefunden haben, um den Samstagabend gemeinsam zu verbringen.

Der dicke, zartgesichtige Homer Hart zum Beispiel sitzt in seinem Wohnzimmer, mischt Karten und hört Rose Hindmarch zu, die unentwegt über das Symposium in Toronto plappert. Dann sagt er: »Ich habe einmal an einem Symposium teilgenommen. In Lake Placid. Ich fand es sehr interessant, wenn ich mich recht erinnere.«

»Ich kann mir einfach nicht vorstellen, weshalb sie Wert darauf legten, mich einzuladen«, sagt Rose und sieht in die Bridgerunde. Sie und ihre Mutter haben in diesem Haus gewohnt, bevor die Harts es kauften, aber das scheint eine Ewigkeit her.

»Du hebst ab, Rose«, drängt Belle Waterman seufzend, mißbilligend. Sie ist heute abend eingeladen, um Daisy zu vertreten, die noch in Florida ist. Wie jedes Jahr um diese Zeit.

»Du lieber Himmel, warum sollten sie dich nicht einladen?« meint Homer Hart. »Du bist die Expertin, Rose. Wenn jemand über Mary Swann Bescheid weiß, dann du. Du bist die einzige, die sie wirklich gekannt hat.«

»Tja«, räumt Rose ein, »vielleicht. Aber wenn ich daran denke, wer alles dort sein wird! Da schüttelt's mich richtig. Lauter Gelehrte und so.«

»Gelehrte, wie?«

»Allesamt. Kapazitäten auf ihrem Gebiet. Morton Jimroy, er

schreibt Bücher, Biographien, Lebensgeschichten von berühmten Leuten. Und Professor Lang. Er ist einmal hier in Nadeau gewesen. Nein, zweimal. Und Sarah Maloney kommt vermutlich auch.«

»Ah, Sarah!« tönt es von Homer, der Sarah Maloney begegnete, als sie vor fünf Jahren in Nadeau war.

»Eigentlich ist sie Dr. Maloney«, erklärt Rose den anderen. »Das habe ich herausgefunden, nachdem sie hier war. Doktor der Geisteswissenschaften. Aber das merkt man ihr nicht an.«

»Was sagst du an?« sagt Floyd Sears. Er kommt regelmäßig samstags abends zum Bridge, ein Mann mit einem roten, papiernen Gesicht. Seine Frau Bea geht zum Bingo.

»Zwei Kreuz.«

»Ach. Sind wir wieder bei Kreuz, ja?«

»Heute abend hab' ich kein Glück. Nie ein gutes Blatt.«

»Also ich finde es absolut phantastisch, Rose. Und du hast es verdient. Eingeladen zu werden, meine ich. Bedenk doch, die viele Arbeit, die du gemacht hast. Ein ganzes Zimmer im Museum eingerichtet.«

»Hört sich richtig hochtrabend an.«

»Es gab mal Piatons Symposium«, sagte Homer. »Ich erinnere mich …«

»Okay, ich geh auf vier Kreuz.«

»Passe.«

»Solange sie von mir keinen Diskussionsbeitrag erwarten«, sagt Rose. »Ich würde mich nicht trauen, den Mund aufzumachen.«

»Das kann ich dir nicht verdenken.«

»Rose, so kenne ich dich ja gar nicht. Ich habe dich nie schüchtern oder zurückhaltend erlebt.«

»Also …«

»Also wenn du mich fragst«, sagt Belle, »du bist eine größere Expertin als die alle zusammen. Sicher, die schreiben vielleicht Bücher und was weiß ich, aber du bist diejenige, die Mrs. Swann wirklich gekannt hat. Hat auch nur ein einziger von denen sie je getroffen? Von Angesicht zu Angesicht, meine ich? Nein.«

»Hm«, erwidert Rose langsam und blickt in die Runde. »Nein, ich glaube nicht.«

»Siehst du! Du bist doch die einzige, die wirklich Bescheid weiß, aus erster Hand. Du bist ihnen allen über, diesen Professoren und Bücherschreibern. Du hast Mary Swann gekannt. Höchstpersönlich.«

»Das ist wahr, Rose«, sagte Homer. Sein Tonfall ist liebevoll. Sein Gesicht ebenfalls.

»Trotzdem ...«

»Trumpf.«

»Verdammt. 'tschuldigung.«

»So gut kannte ich sie nun auch wieder nicht.«

»Niemand hat sie gut gekannt, genau genommen. Ich hab' nie mehr als zwei Worte mit ihr gewechselt. Vielleicht mal ›schöner Tag heute‹ oder so, wenn sie im Postamt vorbeikam. Und sie hat kaum geantwortet.«

»Mrs. Swann, die hat nie viele Worte gemacht, das ist mal sicher.«

»Sie hat immer die Puppen für den Herbstjahrmarkt gemacht, wißt ihr noch?«

»Nur einmal, glaub' ich.«

»Komisch war sie schon«, sagt Floyd Sears. »Das hat Bea immer gesagt.«

»Also komisch würd' ich nicht gerade sagen.«

»Seltsam?« Rose sieht sich um. Sie kennt Homer, seit sie sechs war, Belle Waterman seit sie fünf war, Floyd Sears seit – sie kann sich nicht erinnern; Floyd Sears hat sie immer gekannt.

»Na und, du lieber Himmel, wer Gedichte macht, ist nun mal seltsam, oder?«

»Ich fand sie gar nicht so seltsam. Bloß 'n bißchen scheu und ängstlich. Und sie hat sich ihres Aussehens geschämt, so wie sie angezogen war.«

»Erinnert ihr euch an ihr Gedicht über den großen Schneesturm? Wann war der noch mal?«

»Menschenskind, ja, an den erinnere ich mich noch.«

»Neunundfünfzig, im November. Fünfzig Zentimeter. Junge Junge, so ein Haufen Schnee. Das werd' ich nie vergessen.«

»Wie die Zeit vergeht.«

»Je älter ich werde, desto schneller ...«

»Das war ein schönes Gedicht. Wirklich hübsch. Du weißt, welches ich meine, Rose? Es stand in der Zeitung. Mit lauter Weiß ...«

»Begraben unter Hochzeitsweiß«, sagt Rose. »So fängt es an.«

»Hochzeitsweiß?«

»Wie ein Brautkleid. Sie verglich es mit ...«

»Oh.«

»Möchte jemand Kaffee?« Homer erhebt sich schwerfällig. »Oder lieber Tee?«

»Komm, laß mich dir helfen.«

»Sie war schüchtern, glaub' ich. Mary Swann war eine scheue Frau. Eben bäurisch, wenn ihr wißt, was ich meine. Für Plaudereien war sie nicht zu haben.«

»Tja, und jetzt ist sie richtig berühmt. Was sagst du, Rose?«

»Nun ja ...«

»Sie muß berühmt sein, du lieber Himmel, wenn so viele Leute sich in Toronto versammeln zu einem – wie hieß das doch gleich?«

»Symposium.«

»Platons Symposium, ich erinnere mich ...«

»Arme Mrs. Swann. Sie sah immer so verängstigt aus, fand ich, ein richtiger Angsthase. Hatte nie 'nen Pfennig Geld. Ihre Briefmarken hat sie einzeln gekauft. Das kam allerdings damals öfter vor.«

»Das waren verflixt schwere Zeiten.«

»Einzeln. Das muß man sich mal vorstellen!«

»Tut mir leid, Leute«, sagt Homer. »Wir haben bloß Schokoladenplätzchen aus der Dose.«

»Die sind doch lecker.«

»Danke, Homer, ich eß gern ein paar.«

»Tja, sie hat diese Stadt bekannt gemacht. Mary Swann. Kaum zu fassen.«

»Nadeau, Ontario, wo Mary Swann zu Hause war.«

»Die weltberühmte Dichterin.«

»Wißt ihr noch, der schwarze Mantel, den sie immer anhatte?«

»Ich erinnere mich an die Laufschuhe. Die Ärmste. Sie ist mit den verflixten alten Laufschuhen ins *Red and White* gegangen.«

»Arme alte Seele.«

»Sie war nicht richtig alt. Fünfzig würd' ich nicht gerade alt nennen.«

»Heutzutage nicht.«

»Damals auch nicht.«

»Wer weiß, sie hätte vielleicht noch viel mehr Gedichtbücher geschrieben, wenn sie noch zehn, zwanzig Jahre gelebt hätte. Junge, die Frau konnte wirklich Gedichte schreiben. Eins ist mir richtig nahegegangen. Über ein ertrinkendes Kalb. Erinnert sich jemand von euch daran?«

»Das hat in der Elginer Zeitung gestanden, wenn ich mich nicht irre.«

»Richtig traurig. Irgendwie rührend.«

»Sie war begabt. Gedichte schreiben ist eine wahre Gabe.«

»Man weiß ja nie, wenn man die Leute so ansieht, nicht? Was für Talente sie unter den Scheffel stellen.«

»Wie war sie denn so, Rose? Bei dir ist sie doch sicher ein bißchen aufgetaut, wenn sie sich Bücher leihen kam.«

»Nicht viel. Damals war die Bücherei noch im Kirchenkeller. Nachdem sie aus dem Postamt ausgezogen war ...«

»Nun sag schon, wie *war* sie? Wie würdest du sie mit wenigen Worten beschreiben?«

»Ach, wir haben über dies und das geplaudert. Übers Wetter. Ich kannte ihre Tochter Frances ein bißchen von der Schule. Ich habe sie gefragt, wie es Frances in Kalifornien geht und so.«

»War 'n hübsches Mädchen, die Frances.«

»Ist sie vermutlich immer noch. Keine strahlende Schönheit, aber 'n gut aussehendes Mädchen, als sie jung war.«

»Und sie hat ein Stipendium fürs Queen College gekriegt. Nicht schlecht, wenn man bedenkt ...«

»Ihr Mann soll ein großes Tier sein. Reist durch die Gegend und erzählt den Leuten, wie sie ihr Geld anlegen sollen. Hat ein Buch geschrieben …«

»Tatsächlich?«

»Muß 'ne schwere Zeit gewesen sein für Mrs. Swann, ohne einen Pfennig Geld ein Kind aufzuziehen.«

»Frances war immer sauber und ordentlich. Und höflich. Das muß man ihr lassen.«

»Arme Mrs. Swann. Was war das für ein Leben, für eine Frau mit ihrem Talent? Da saß sie auf dem unnützen Hof mit dem unnützen Ehemann …«

»Sie hat ihn geheiratet. Sie muß was an ihm gefunden haben. Jedenfalls am Anfang.«

»Sie wurde eines andern belehrt, oder?«

»Allerdings. Auf grausame Weise.«

»Natürlich werden wir die ganze Geschichte nie erfahren.«

»Wie wahr, wie wahr. Es gehören zwei dazu. Das hat Bea damals gesagt.«

»Ja, zum Streiten.«

»Arme Mary Swann.«

»Komisch, wie 's manchmal so kommt. Man weiß einfach nicht, was in diesem Leben passieren wird. Von einem Tag zum andern.«

Rose Hindmarch läßt ihre Gedanken schweifen

Das Leben der Heiligen kümmert uns nicht mehr, dennoch ersehnen wir uns Heiligkeit für uns selbst.

Solche oder ähnliche Gedanken hegt Rose Hindmarch, als sie während der stillen sonntagmorgendlichen Andacht den Kopf gesenkt hält. Und wie lange die stille Andacht dauert! Der neue Pfarrer, Bob Holly, der sonntags morgens von Kingston herübergefahren kommt, um in Nadeau den Gottesdienst abzuhalten (seine junge Frau bleibt draußen in ihrem Pontiac sitzen und löst Kreuzworträtsel, ein Picknick fürs Mittagessen neben sich auf dem Sitz), verordnet aus nur ihm bekannten Gründen unangenehm lange Spannen mit stillem Gebet, manchmal fünf Minuten lang. Heute morgen weist er die Gemeinde an, für den Kampf in Südafrika zu beten. Alles gut und schön, aber Rose ist außerstande, ihre Gedanken zu sammeln. Schwarzentownships, Stacheldraht; etwas treibt in die fromme Stille der Kirche hinein, eine ölige Substanz von grüner Farbe, gleitet dann fort. »Vater unser«, beginnt Rose und ist von Unruhe erfüllt.

Sie hätte nicht kommen sollen, nicht heute morgen, nicht in diesem Zustand, geplagt vom Verrat ihres leckenden Körpers. Sie liebt es, mit der Leichtigkeit und Trockenheit eines gepreßten Eichenblattes in diese Kirche zu rauschen. Doch als sie heute früh aufwachte, fand sie eine Blutlache zwischen den Beinen. Nach elf Monaten – und nun das! Der Geruch und die Klebrigkeit trieben ihr die Tränen in die Augen, und während sie die Bettlaken in der Badewanne auswusch, erlaubte sie sich einen einzigen spitzen Aufschrei der Qual. So was! »Was ist, Rose?« rief Jean Elton die Treppe hinauf.

»Nichts«, rief Rose fröhlich hinunter, »mir geht's prima.«

Sie würde zu Hause bleiben und nicht zur Kirche gehen, beschloß sie. Überlegte es sich dann anders.

Trotz ihres Atheismus', oder vielleicht gerade deswegen, versäumt sie fast nie den Gottesdienst. An den wenigen Sonntagmorgen, wenn sie zu Hause geblieben ist, saß sie steif, wie festgewachsen, auf ihrem Brokatsofa im Wohnzimmer und spürte, wie Einsamkeit ihren Körper durchwehte. Die längste Stunde der Woche ist diejenige, die dem Räderwerk der Gewohnheit entwunden wird.

Heilig, heilig, heilig, allmächtiger Gott,
frühmorgens erheben wir unser Lied zu Dir.

Es war trotz allem besser, viel besser, hier in dem strengen, wächsernen Licht zu sitzen, den Kopf geneigt, und zu beten: »Vater unser ...«

Wie immer läßt Rose die Augen halb offen und schickt ihre Gebete zu der Balustrade, die die Kanzel umschließt, einer Balustrade aus vier Fichtenpaneelen, die von einer hübschen Volute aus geschnitzten Blättern gekrönt ist. Die Schönheit der Schnitzerei, die von Rechts wegen neutral sein müßte, fordert die wenigen moralischen Entscheidungen, die Rose Hindmarch in ihrem Leben getroffen hat, ernsthaft heraus. Von ihrem Platz aus, sechste Reihe heute morgen, kann sie Licht zwischen den Blättern scheinen sehen, und an diese erleuchteten Zwischenräume richtet sie ihre Gebete oder vielmehr ihre Fragen. *Warum?* fragt sie gewöhnlich, und die *Warums* kommen wie Elektronengeschosse – warum, zum Beispiel, denkt sie heute morgen an Mary Swann statt an Bischof Tutu und Nelson Mandela?

Es ist erstaunlich, daß Mary Swann nie, jedenfalls soweit bekannt ist, zur Kirche ging. Erstaunlich, weil es in jedem ihrer Gedichte wenigstens eine Zeile gibt, die als geistlich interpretiert werden kann. Morton Jimroy hat Rose hierauf aufmerksam gemacht, als er vor einem Jahr in Nadeau war. Nein, vielmehr vor anderthalb Jahren. Wie die Zeit verfliegt, denkt Rose. Er war außerordentlich liebenswürdig, verweilte im Museum, sichtlich entzückt von den Exponaten, insbesondere den zwei Fotografien von Mrs. Swann, stellte Fragen, nickte, machte sich Notizen. Er lud Rose zum Essen in dem alten Hotel in Elgin ein. »Das ist doch nicht nötig«, protestierte sie. »Aber ich möchte es gerne«, sagte er. »Wirklich.«

Er brachte sein Exemplar von *Swann's Songs* mit ins Restaurant, ein ziemlich zerfleddertes Exemplar und nicht sehr sauber, und nachdem sie die Platte für zwei Personen bestellt hatten, Schweinekotelett mit Kartoffelpüree, weißen Rüben und einem Klecks Apfelmus, zeigte er Rose die Zeilen von Mary Swann, die seinem Gefühl nach von ihrem tiefen religiösen Impuls zeugten. »Hier«, sagte er und deutete geduldig mit dem Finger, »und hier. Und hier.«

»Ich sehe, was Sie meinen«, sagte Rose nach einer Minute verwirrt.

»Schauen Sie sich diese Zeile an«, sagte Morton Jimroy. »Dieser Bezug auf Wasser – eine umwerfende Zeile, nicht wahr? – drückt eindeutig die Sehnsucht nach Taufe aus, nach irgendeiner Form der Anerkennung. Oder gar Vergebung.«

»Sie denken doch nicht ...« begann Rose. »Ich meine, Sie wissen vielleicht, daß es auf dem Grund der Swanns keinen Brunnen gibt.«

»Natürlich, natürlich, aber ...« – er wechselte zu seiner belehrenden Stimme – »ernsthafte Dichtung bewegt sich auf mehreren Ebenen. Und in Swanns Werken scheint der geistliche Impuls wie ein Licht auf jedes Detail, ob es sich nun um das Wetter, eine Gewohnheit oder ein Naturereignis handelt. Die Suche nach Geistigkeit. Das leidenschaftliche Verlangen nach Geistigkeit.«

Geistigkeit bei Mary Swann? Dieser grobgesichtigen Frau, die nie zur Kirche ging? (Dennoch hatte sie, erzählte Rose Morton Jimroy, immer einige ihrer handgefertigten Häkelarbeiten für den Herbstbasar gestiftet.)

»Aber wieso nicht?« bedrängte er sie. Er saß ihr an dem kleinen

Tisch gegenüber, rollte mit einer Hand eine Ecke des papiernen Platzdeckchens auf, langte mit der anderen in seine Brusttasche nach einem Bleistift. »Warum glauben Sie, daß es ihr frommte, der Kirche fernzubleiben – wenn Sie mir meinen kleinen Scherz verzeihen wollen?«

»Vermutlich wegen der Kleider«, brachte Rose tapfer vor. Sie sprudelte schier über vor Glück. Sie war bislang erst ein einziges Mal von einem Mann zum Essen ausgeführt worden, von Homer Hart, vor Jahren, bevor er Daisy geheiratet hatte.

»Kleider?« Sein Bleistift bewegte sich flink.

»Ja, sie hatte vermutlich nichts Richtiges zum Anziehen für die Kirche, wissen Sie.«

»Glauben Sie? Wirklich?«

Sie sah, daß er enttäuscht war. »Ja«, sagte sie. »Ich denke, das muß der Grund gewesen sein.«

»Sie nehmen nicht an«, sagte Jimroy, »Swann habe das Gefühl gehabt, daß ihre Geistigkeit weniger, nun ja, weniger eindeutig war als bei den regelmäßigen Kirchgängern der Gemeinde? Daß sie sich außerhalb der Grenzen der kirchlichen Doktrin bewegte?« Er sah Rose eindringlich an. »Falls Sie verstehen, was ich meine.«

»Ich verstehe, was Sie meinen, Mr. Jimroy. Morton. Aber ich glaube wirklich, nun ja, es hing vermutlich damit zusammen, daß sie nichts Richtiges zum Anziehen hatte.«

»Hat sie Ihnen das gesagt?«

»Himmel, nein. Es ist nur so ein Gefühl.«

»Oh?«

»Ich weiß, es hört sich dumm an, aber vor ein paar Jahren war das noch anders. Man konnte nicht ohne Hut in die Kirche gehen, nicht in Nadeau, in der Einigkeitskirche. Und Handschuhe. Mrs. Swann hatte weder Hut noch Handschuhe. Bloß Arbeitshandschuhe, und sie hatte kein anständiges Sonntagskleid, keine Strümpfe und so.«

Er legte die Fingerspitzen aneinander. »Ich denke, ich sehe sie«, er hielt inne, »als eine Person, deren Glauben äußerst ursprünglich und mystisch war. Haben Sie sie so gesehen, Miss Hindmarch?«

»Rose«, erinnerte sie ihn.

»Rose, natürlich. Haben Sie sie so ...?«

»Ich, hm, ich glaube, ja.« Sie nickte, um Toleranz und Großmut zu bekunden.

»Wie in dieser Strophe?« Er schlug das Buch wieder auf und las laut. (Rose war froh, daß sonst niemand im Restaurant war.)

Meinen Namen spricht das Blut
sengt den Tag mit Schamesglut
verzehrt das bißchen, was ich hab
raubt Stunden, schabt den Knochen ab.

Rose wartete respektvoll, die Hand an ihrer Brosche.

»So«, sagte Jimroy ziemlich laut. »Dies scheint mir – Sie mögen mir vielleicht nicht zustimmen, aber für mich ist es ein direkter Bezug auf das Sakrament des heiligen Abendmahls. Oder vielleicht, und darauf kommt es mir an, vielleicht auf ein elementareres Blutsbündnis, das Verzehren Gottes oder dergleichen.«

Rose sagte nichts, sie wollte ihn nicht ein zweites Mal enttäuschen. Sie war unfähig, das Wort Menstruation auszusprechen. Eher wäre sie gestorben. Es war ein Wort, das ihr stets Unbehagen bereitete. Sie nickte, zuerst zögernd, dann heftig. Und verspeiste ihr Fleisch. Sie hatte den Fettrand abgeschnitten, da sie das Gefühl hatte, es sei unschicklich, ihn zu essen – aber es war ein Opfer, sie aß das Fett so gern!

Zum Nachtisch konnten sie zwischen Reispudding und Rhabarberkuchen wählen. Rose hatte den Eindruck, daß Morton Jimroy leicht schauderte, als man ihm diese Auswahl anbot, aber nach kurzer Unschlüssigkeit nahm er den Pudding, und als der kam, eine unförmige Wolke, gespickt mit Korinthen, schob er ihn mit dem Löffelrücken auf dem Teller hin und her, noch immer mit dem Gehalt von Mary Swanns Blutgedicht befaßt.

»Ein Dichter oder eine Dichterin«, erklärte er Rose, »ist befähigt, von Bewußtseinszuständen zu sprechen, die er oder sie persönlich nicht erfahren hat.«

»Aber wie …?« Sie fuchtelte ein wenig zu munter mit dem Arm.

Jimroys Augen schossen an die Preßblechdecke, als ob die gemusterten Quadrate den Schlüssel zu seiner Theorie enthielten. »Hierüber habe ich viel nachgedacht«, sagte er. »Was Dichter von uns übrigen absondert – und ich spreche von den seltenen Dichtern, die die affektierten kleinen Illustriertenschreiberlinge um Hauptеslänge überragen. Wahre Dichter tragen einen größeren Anteil des kollektiven Gedächtnisses in sich als wir geringeren Menschen.«

Rose lächelte; es mißfiel ihr keineswegs, zur Kategorie geringerer Mensch gezählt zu werden, in welche Mr. Jimroy, Morton, sich eindeutig selbst einordnete.

Er fuhr fort. »Ihre tatsächliche *Erfahrung,* das, was ihnen im Leben widerfährt, ist wirklich nicht von Belang. Ihre genetische Veranlagung, eine Mutation, das ist es, was sie vorwärts drängt und sie Filter eines größeren Wissens werden läßt.«

»Ich fürchte, da komme ich nicht ganz mit«, sagte Rose.

Das stimmte nicht ganz. Sie konnte ihm folgen, spürte jedoch, daß Bescheidenheit angezeigt war.

Jimroy fuhr fort, redete mit Mund und Händen. »Das ist das zentrale Geheimnis der Dichter, Miss Hindmarch. Wir untersuchen die Wurzeln unserer Dichter, ihre Quellen, die Erfahrungen, aus denen sie schöpfen, und nie fügt es sich zu einem Bild. Niemals. Da ist etwas, das Sie …« – endlich sah er Rose direkt in die Augen – »das Sie und ich uns nicht erklären können. Nennen Sie es eine eigene Dimension, wenn Sie wollen. Ein drittes Auge.«

Aus irgendeinem Grunde befand Rose sich dieser Erkenntnis nicht für würdig. Ein Schwall echter Bescheidenheit erfaßte sie, und sie wünschte, Jimroy würde den Blick von ihr abwenden. »Ich verstehe«, sagte sie benommen.

»Nehmen Sie Swanns tiefes Empfinden von Angst«, sagte Jimroy. Er verwendete den deutschen Ausdruck.

»Angst?« Rose senkte den Blick, schnitt dann ein Stück von ihrem Kuchen ab. Sie bemerkte Mrs. Ryan, die in ihrer großen

Schürze in der Küchentür stand. Normalerweise wurde das Hotelrestaurant werktags um 20 Uhr geschlossen.

»Verzweiflung ist vielleicht ein besseres Wort«, sagte Jimroy freundlich. »Ich nehme nicht an, daß unsere Swann die Existenzialisten gelesen hat, zumindest gibt es keinen konkreten Beweis dafür, aber sie war ganz sicher von der allgemeinen Verzweiflung unseres Jahrhunderts beeinflußt.«

»Das sind wir wohl alle, denke ich«, sagte Rose. »Alle miteinander. Ich habe oft Momente, wo ich deprimiert bin ...«

Jimroy schob seinen unangerührten Pudding beiseite. Er beugte sich vor. »Aber sehen Sie, Swann hatte die seltene Gabe, ihre Verzweiflung zu *übertragen.* Sie schrieb keine Gedichte über Hausfrauen-Melancholie. Sie sprach von dem universalen Empfinden von Verlust und Entfremdung, nicht von defekten Waschmaschinen oder ...«

»Oh«, sagte Rose, »die Swanns hatten keine Waschmaschine.«

»Wie bitte?«

»Eine Waschmaschine. Sie hatten keine.« Sie fühlte sich verpflichtet, es zu erklären. »Natürlich gab es schon damals Leute auf dem Land, die eine Waschmaschine hatten, aber die Wasserversorgung da draußen bei den Swanns ...«

Jimroy wirkte abgespannt. »Ich habe die Waschmaschine als Beispiel genommen«, sagte er. »Es war nur eine Metapher für, nun ja, für alles Nichtgeistige im Leben, wenn Sie so wollen.« Trotzdem zog er seinen Bleistift hervor und machte sich eine kurze Notiz. »Ich wollte damit sagen, daß große Dichter aus umfassender universaler Sicht schreiben, und Mary Swanns Blutgedicht scheint mir ihre zentrale geistige Aussage zu sein.« Er hielt inne, um sich zu vergewissern, daß Rose seinen Erörterungen folgte. »Sehen Sie, das Blut ist ein Symbol. Es verkörpert den Fortbestand des Glaubens, ein metaphysisches Bündnis mit einem unerklärbaren Universum.«

»Ja«, sagte Rose und klappte den Mund zu. *Courage, Courage,* sagte sie sich. Sie hat gelernt, dieses Wort in ihrem Kopf zu entfalten, wann immer ihre schreckliche Schüchternheit aufkommt.

Ihre Stimme wurde augenblicklich lauter – nicht schrill, hoffte sie –, und ihre Schultern sammelten Kraft. »Aber sehen Sie«, hob sie an, Mrs. Swann war eine Frau, und ...«

»Ja?«

»Es ist nicht wichtig.«

»Alles ist wichtig.«

»Ich weiß nicht mehr, was ich sagen wollte.« Sie blickte auf ihren Rhabarberkuchen hinunter und gelobte sich, den Rest des Abends nicht zu gefährden.

»Vater unser«, spricht sie am Sonntagmorgen zu den geschnitzten Blättern an der Kanzelbalustrade. »Nimm es weg, nimm es weg. Mach, daß es fort ist, wenn ich heute aus der Kirche komme.«

Mr. Jimroy schrieb einen reizenden Brief und dankte ihr für ihre Hilfe. Sie schrieb zurück: »Aber ich habe Ihnen zu danken. Es war mir eine große Freude ...«

Eine große Freude. Eine große Ehre. Morton Jimroy – er war ein berühmter Schriftsteller. Erst später war ihr aufgegangen, wie berühmt er war. Er stand im *Who's Who.* Sie hatte nachgeschlagen. Er war eine weltbekannte Autorität. Er wußte alles, was es über Dichtung zu wissen gab und was das alles bedeutete. Ausgenommen das eine Gedicht von Mary Swann – er schien den Sinn nicht zu erfassen. Freilich war er ein Mann, ein unverheirateter noch dazu oder zumindest geschieden – er hatte eine frühere Ehefrau erwähnt –, und Männer sind vielleicht geneigt zu übersehen, was für Frauen vollkommen einsichtig ist. Oder er fand es vielleicht peinlich oder widerwärtig; sie würde es ihm kein bißchen verübeln, wenn es so wäre. Es war Rose so eindeutig erschienen, aber sie war natürlich keine Kapazität, und Dichtung konnte so ... so nebelhaft sein. Trotzdem war sie sich sicher, hundertprozentig sicher, wovon Mary Swann sprach. Rose vermutete, daß sie sich mit alten Lumpen hatte begnügen müssen, wie es Landfrauen gelegentlich noch immer taten. Hatte nie einen Pfennig in der Tasche, die Ärmste. Und keine passenden Kleider für den sonntäglichen Kirchgang, auch etwas, das Mr. Jimroy nicht ganz kapiert hatte, am Schluß vielleicht aber doch. Zumindest hatte er sich eine Reihe Notizen gemacht, während sie redete und redete.

Es war wirklich wunderbar, wie er ihr zuhörte, auf jede Kleinigkeit achtete, die sie über Mary Swann zu sagen wußte, und sei sie noch so unbedeutend. Wie sie so saß und redete, wurde ihr klar, daß sie ihn eigentlich nicht mochte. Aber sie wollte, daß er *sie* mochte. Er war zu eifrig, irgendwie zu begierig. Doch hinter dem Eifer und der Gier war noch etwas, ein grüner Schößling, der ihrer eigenen, unentfalteten grünen Unerfahrenheit entsprach. *Courage,* sagte sie sich und setzte zu einer anderen Anekdote an. »Eines Tages sind Mary Swann und ich …«

Er wollte alles hören. Erzählen Sie mir, wie sie aussah, bat dieser berühmte Schriftsteller und Gelehrte sie, Rose Hindmarch, die Gemeindebibliothekarin. Welche Frisur trug Mary Swann? Wie war ihr Gang? Ihre Stimme? Haben Sie sich über Dichtung unterhalten? Worüber haben Sie gewöhnlich gesprochen? Und worüber noch?

Er wartete geduldig, bis sie die Worte fand und ihre Erinnerungen ordnete. Seine Augen hatten geglüht. »Bemerkenswert«, sagte er und machte sich eine Notiz. »Unbezahlbar. Fahren Sie fort.«

Er schrieb ein Notizbuch voll und fing ein neues an. »Sagen Sie, Miss Hindmarch, Rose, gab es je eine Diskussion über …«

Er schien absolut glücklich, wie er da im Hotelrestaurant in Elgin saß, eifrig vornübergebeugt, der Reispudding vergessen. Und sie? Sie hatte das glückliche, durchlässige Gefühl, nützlich zu sein, als sei sie ausnahmsweise mit etwas verknüpft, auf das es ankam. *Die schmalschultrige Rose Hindmarch, ortsansässige Kennerin Mary Swanns, eine Frau mit einem außerordentlichen Gedächtnis und einer Gabe für Details, befähigt, sich Wort für Wort an ganze Gespräche zu erinnern, befähigt, genaue Daten zu nennen von … Episoden, die Jahre zurücklagen … und …*

Er gab ihr zum Abschied die Hand. Sie hätte gewünscht, daß er noch blieb, aber sein Händedruck war hastig, als könne er es kaum erwarten, an seine Schreibmaschine zu kommen, bevor das, was sie gesagt hatte, verblaßte. Etwas enttäuscht, ja betrübt, hatte sie gewünscht, seine Hand festzuhalten und noch mehr herauszustoßen.

Irgendwas. »Ich vergaß Ihnen zu erzählen, wie Mary und ich einmal …«

Später, nachdem Morton Jimroy nach Winnipeg zurückgekehrt war, erbat sie sich in der Kirche Vergebung von der Kanzelbalustrade aus Fichtenholz. Sie hatte nie unaufrichtig sein wollen. Sie hatte nicht beabsichtigt, ihre Freundschaft mit Mary Swann zu übertreiben. Freundschaft! In Wahrheit hatte sie Mary Swann kaum mehr als guten Tag gesagt. Guten Morgen, Mrs. Swann. Schönes Wetter heute, Mrs. Swann. Nicht mehr lange, und es fängt an zu schneien.

Sie hatten *keine* langen Spaziergänge zu zweit unternommen. Sie hatten *nicht* – nicht ein einziges Mal – über die Bücher gesprochen, die sich Mary Swann aus der Bücherei entlieh. Mary Swann hatte Rose Hindmarch *keine* Abschriften ihrer Gedichte gegeben, um sie zu lesen und zu kommentieren. Sie hatten sich *nicht* – niemals – über ihre gemeinsame Neigung zur Literatur oder über ihre Familien oder die Natur unterhalten. Nichts davon hatte stattgefunden. Es ist ein Mythos, daß Menschen in Landgemeinden sich alle kennen und alles voneinander wissen. Mary Swann war für Rose Hindmarch praktisch eine Fremde gewesen, wie sie es für alle anderen in Nadeau, Ontario, war. Eine Frau, die mit niemandem Umgang pflegte, das war Mary Swann.

Vergib mir, vergib mir. Vergib mir die Sünde der Unwahrheit.

Unsere unmöglichsten Gebete werden erhört. Nach wenigen Wochen fühlte Rose sich absolviert. Mit erstaunlicher Geschwindigkeit schwand ihr Schuldgefühl während der Tage nach Jimroys Besuch, und nach kurzer Zeit fühlte sie den Balsam vollkommener Vergebung. Dies ergab sich nicht auf die übliche Weise durch einen Zyklus aus Beichte und Kasteiung, Buße und Verzeihung, sondern durch die grob gewichtete Balance gegenseitiger Vergehen. Die Menschen sind nicht ohne Makel, das steht fest. Rose ist weit entfernt vom Besitz moralischer Vollkommenheit. Dasselbe gilt für Morton Jimroy. Ihre Unvollkommenheiten, die am blauen

Himmel irgendwo zwischen Ontario und Manitoba zusammenstießen, vermischten sich und hoben sich gegenseitig auf.

Denn Morton Jimroy nahm – nein stahl, sinnlos, es zu bemänteln – die Fotografie von Mary Swann aus dem Museum in Nadeau. Hieran bestand kein Zweifel. Vermutlich hat er sie, glaubt Rose, unter seine Jacke geschoben, als sie woanders hinsah. Ja, sie ist sicher, daß es so war. Es waren zwei Fotografien: eine ziemlich verschwommene, auf der Mary in der Sonne stand; die andere, viel deutlichere, zeigte das ernste Gesicht: weit offene Augen, ein ungeheuer verschwiegener Mund; diese zweite Fotografie ist verschwunden. An jenem Tag waren keine anderen Besucher im Museum gewesen, nicht ein einziger.

Ihr erster Gedanke war, Jimroy einen Brief zu schreiben und ihn direkt zu beschuldigen. »Lieber Mr. Jimroy, ich muß Sie leider um Rückgabe …«

Doch der Impuls erstarb sogleich. Wochen vergingen. Monate verstrichen. Wenn sie heute überhaupt noch an die Fotografie denkt, dann mit dem Gefühl, daß sie in den Händen ihres rechtmäßigen Besitzers ist. (Genau wie es richtig ist, daß Mary Swanns Notizbuch sich bei Dr. Maloney, Sarah, befindet.) Dieses Wissen verschafft ihr eine stille Flut der Erleichterung. Ein Akt der Entschädigung hat stattgefunden, ein undefinierbares Unrecht wurde wiedergutgemacht, und ihre Zuneigung zu Jimroy ist seither stetig gewachsen. Seine Freundschaft, seine *Zuversicht* ist die Salbung, nach der sie sich gesehnt hat, und der Abend im Hotel in Elgin leuchtet wie einer dieser Buntglasvögel, die manche Leute sich ins Fenster hängen, sie beide zusammen, keusch, freudvoll, das Buch mit Mary Swanns Gedichten zwischen sich auf dem Tisch. Einmal hat seine Hand, als er nach der Rechnung griff, die ihre gestreift. Sie schämt sich, daß sie sich diesen Moment bewahrt, weiß sie doch, daß es ein Zufall war, wie ihn andere als wertlos verwerfen. Trotzdem, er gehört ihr, und nichts wird sie bewegen, ihn aufzugeben.

Rose Hindmarch wird von Novembermelancholie heimgesucht

Der Wasserturm am Stadtrand trägt eine weiße Schneehaube, dabei ist erst Mitte November. Es schneit seit zwei Tagen ununterbrochen. Der See ist zugeschneit. Die Nebenstraßen sind voll Schnee, ebenso die kleinen Straßen in Nadeau und der weißwehende Spätnachmittagshimmel, der über dem Ort hängt. Wer die Szenerie in einem Aquarell einfangen wollte, würde nur eine schmale Farbpalette benötigen: Blau, Weiß, einen Klacks Violett. Das Violett besitzt die Macht der Melancholie, besonders am späten Nachmittag.

Durch den Schnee kommt eine Gestalt, die kaum zu erkennen ist. Ja, sie ist weiblich; ja, es ist eine, die nicht mehr jung ist, eine gegen den Schnee vermummte Gestalt mit einem unbeholfenen, sichtlich mühsamen Gang. Es ist nur Rose Hindmarch, eine Einkaufstüte mit Lebensmitteln auf dem Arm. Würden Sie nicht annehmen, daß ein netter Mensch ihr anbietet, sie nach Hause zu fahren?

Jetzt biegt ein blauer VW-Bus um die Ecke; die Scheibenwischer flitzen hektisch hin und her. Homer Hart sitzt am Steuer, ein freundlicher, feister Herr, in einen altmodischen Überzieher gezwängt. Er bringt den Wagen rutschend zum Stehen, kurbelt das Fenster herunter und sagt mit seiner zittrigen, hellen Stimme: »Rose? Bist du das? Steig ein, ich fahr' dich nach Hause.«

Vor seinem Nervenzusammenbruch war Homer Schulrektor in Nadeau gewesen. Dann löschte die Schocktherapie seine Latein- und Französischkenntnisse aus und ließ ihm nur sein hellstimmiges Englisch, gestammelt, stockend. »Das ist kein Wetter zum

Draußensein, Rose«, schimpft er. »An so einem Tag sollte man nicht im Freien rumlaufen.«

»Tausend Dank, Homer«, sagt Rose und steigt neben ihm ein. »Ich hab' ein paar Sachen aus dem Laden gebraucht, deshalb dachte ich, ich …« Dann bricht sie ab und sagt: »Gibt's was Neues von Daisy?«

Er fährt langsam um die Ecke. »Nicht ein Wort, seit zwei Wochen schon. Du weißt, wie Daisy ist, wenn sie in Florida in der Sonne ist.«

»Hat sie nicht gesagt, wann sie zurückkommt? Ich meine, hat sie's nicht in ihrem letzten Brief geschrieben?«

»Ende nächster Woche, meinte sie, aber du kennst ja Daisy.« Er schenkt Rose ein wissendes, resigniertes Lächeln. »Es wird jedes Jahr ein bißchen länger.«

»Jetzt wird es nicht mehr lange dauern«, sagt Rose. Dann setzt sie seufzend hinzu: »Guck dir nur den vielen Schnee an, den sie verpaßt hat! Hast du schon mal so viel Schnee gesehen?«

Homer erbietet sich, ihr die Tüte mit den Lebensmitteln nach oben zu tragen, aber Rose sagt Nein, sie schaffe das schon. »Trotzdem vielen Dank, Homer.« Dann: »Sag mir Bescheid, wenn ich irgendwas für dich tun kann.«

Das sagen viele Leute zu Homer. Es ist eine natürliche Geste, einem älteren Herrn Hilfe anzubieten, der seinen Haushalt zeitweise alleine führt und der einsam und verwirrt ist. Freilich, Homer ist chronisch wirr und daher Empfänger zahlreicher kleiner Nettigkeiten, und er hat gelernt, sie demütig anzunehmen. Das geschieht besonders dann, wenn Daisy ihre jährliche Reise in den Süden unternimmt.

Rose wartet, daß Daisy aus Florida nach Hause kommt und sie mit ein bißchen Leben füttert. Daisy mit ihrer ledrigen Bräune wird einen neuen Vorrat an Geschichten mitbringen: von den Leuten, die sie auf dem Wohnwagenplatz ihrer Schwester kennengelernt hat, den Bridgepartien, die sie gespielt hat, den neuen Restaurants, die sie und ihre Schwester in der Gegend um Sarasota entdeckt haben. Sie wird für sich selbst zwei, drei neue Sachen zum Anziehen mitbringen und für Rose einen regenbogenfarbenen Schal oder eine Muschelkette von St. Armand's Key. Rose hofft, Daisy zu überreden, mit ihr auf einen vorweihnachtlichen Einkaufsbummel nach Kingston zu fahren. Allerdings braucht sie Daisy nie lange zu überreden; sie liebt es, mit ihren Freundinnen einkaufen zu gehen, sie am Arm zu nehmen und zu Eaton zu locken, ihnen mit ihrem Rat und ihrer geschätzten Sachkenntnis zur Seite zu stehen. Dies trägt sich gut, sagt sie, aber das hier nicht. Dies schmeichelt dir, dies bringt deinen Teint zur Geltung, bedeckt deinen Hals, verdeckt deine Oberarme, kaschiert den Busen. Daisy hat ein Auge für so was. Ein tückisches Auge, behaupten manche.

Vor sechs Monaten, gleich nach Ostern, bekam Rose ein Briefchen mit der Post. Der Umschlag war am Ort abgestempelt. Eine Einladung zu einem Fest, dachte Rose glücklich; sie war eine Ewigkeit nicht auf einem Fest gewesen. Drinnen war ein hübsches kleines Kärtchen mit einer blauen Blume in einer Ecke. Die Karte war mit Druckschrift geschrieben. »Liebe Rose, ich bin eine Freundin und weiß keinen anderen Weg, es Dir zu sagen, aber Dir wächst ein Härchen am Kinn. Es ist schon eine Weile da, und ich dachte, Du würdest es vielleicht wissen wollen.«

Natürlich war die Karte nicht unterschrieben. Natürlich wußte Rose, daß nur Daisy Hart sie geschickt haben konnte.

Ihr war übel. Sie würde Daisy nie wieder ins Gesicht sehen können. Sie besah sich im Badezimmerspiegel, beugte den Kopf zurück so weit sie konnte. Da war es, ein dünnes graues Haar, etwa zweieinhalb Zentimeter lang, ein drahtiges Haar, geringelt wie ein Schweineschwänzchen. Sie entfernte es mit einer Nagelschere. Augenblicklich fühlte sie sich besser und war auch Daisy wieder freundlich gesonnen, und jetzt sieht sie jeden Abend nach, ob es nachgewachsen ist. Sie hat die Glühbirne im Badezimmer durch eine doppelt so helle ersetzt und sich auch einen kleinen Vergrößerungsspiegel gekauft, doch kann sie sich kaum aufraffen, hineinzusehen, so plötzlich sind die Porenkolonien auf der Nase und das runzlige Fleisch unter den Augen gegenwärtig. Wenn

Daisy aus Florida nach Hause kommt, will Rose sie wegen des Kaufs eines neuen Make-up um Rat fragen. Auf dem Swann-Symposium – es sind nur noch zwei Monate bis dahin – möchte sie so vorteilhaft aussehen, wie sie nur kann. Nicht mehr müde und blaß, sondern lebhaft und kenntnisreich möchte sie erscheinen, nicht gerade modisch gestylt, das wäre lächerlich, sondern als eine Frau, der die muntere Frische des Lebens auf dem Lande eigen ist. *»Sie haben sich überhaupt nicht verändert, Rose«, rufen Sarah Maloney, Morton Jimroy und auch Professor Lang.*

Immerhin hat sie es geschafft, abzunehmen. Zwölf Pfund bislang, und ohne die Qual, eine besondere Diät einzuhalten oder Joghurt zu essen. Ihr scheint auf mysteriöse Weise der Appetit auf Schokoladeneis abhanden gekommen zu sein, und sie verzichtet auch auf ihre abendlichen Omelettes. Toast und Tee sind alles, was sie zur Zeit zu sich nimmt. Ihr blauer Rock schlottert an ihr, und beim bloßen Gedanken, ihn an den Seitennähten enger zu machen, ist sie erschöpft. Wenn sie in den Spiegel schaut, sieht sie nur einen Schemen, nimmt es jedoch als gegeben hin, daß Älterwerden Entfremdung vom eigenen Gesicht bedeutet. Sie ist neuerdings die meiste Zeit müde, kein Wunder bei der langen Arbeitszeit, den abendlichen Versammlungen und so weiter. Sicher, die Menschen erschlaffen in dieser Jahreszeit – Homer sagte vor kurzem etwas von Eisenmangel. Und zu alledem kommt die Sorge wegen ihrer wieder einsetzenden Periode.

Es ist ermattend, wie sie kommt und geht, geht und kommt. Erst heute, am Samstagnachmittag, mußte sie zu *Red and White,* um eine neue Packung Binden zu kaufen. Natürlich war Stan Fortas an der Kasse. Mit seinen großen Händen schnappte er die Packung und ließ sie in die Einkaufstüte fallen, während er wie ein Wasserfall plapperte, daß er diesen Winter zum Eisfischen wolle, ganz so, als würde sie Rice Krispies kaufen und nicht Monatsbinden, die sie benötigte, um diesen neuen, dicklichen, dunkelroten Erguß zu stillen.

Sie sollte einen Arzt aufsuchen. Frauen in ihrem Alter wurde stets geraten, sich jährlich untersuchen zu lassen. Daisy Hart geht zweimal im Jahr in eine Frauenklinik in Kingston. Rose will Daisy fragen, wenn sie nach Hause kommt, wo die Klinik ist und sich vielleicht einen Termin geben lassen. Sie beabsichtigt keinesfalls, wieder zu Dr. Thoms in Elgin zu gehen, und wenn sie verblutet.

»Ziehen Sie einfach den Schlüpfer aus«, sagte er mit seiner schnarrenden Jungmännerstimme, »und versuchen Sie, ganz locker zu sein.« Als ob eine Frau locker sein könnte, wenn der Gummihandschuh sich in ihr vortastet. Sie wimmerte ein bißchen vor Schmerzen, aber der Gummihandschuh stieß noch weiter vor, befingerte und untersuchte die wehrlose innere Masse ihres Körpers. Hinterher hieß der Doktor sie in dem kleinen Sprechzimmer Platz nehmen und fragte ohne jede Einleitung: »Würden Sie sagen, daß Ihr Sexualleben zufriedenstellend ist?« Sie war versucht, wieder zu wimmern. Eine Art Nesselfieber befiel ihren Kehlkopf. Der Stift wackelte ungeduldig in der Luft. Sie brachte ein Nicken zustande. »Keine Schmerzen beim Verkehr?« setzte er nach. Sie schüttelte den Kopf, und er hakte wieder eine Frage ab. »Läßt der Geschlechtstrieb nach?« Er kannte kein Erbarmen – auf diese letzte Frage konnte sie weder nicken noch den Kopf schütteln, deswegen zog sie eine blöde Grimasse, hob die Schultern ein ganz klein wenig und wurde mit einem weiteren Häkchen auf ihrem Karteiblatt belohnt. Gleich darauf maß er ihren Blutdruck und erkundigte sich nach ihrer Ernährungsweise, und sie erteilte ihm knappe, eisige Antworten, was ihm nicht aufzufallen schien.

Den ganzen nächsten Tag rebellierte ihr Magen wegen der Demütigung. Sie beschloß, nie wieder hinzugehen. Daß er neu im Bezirk war, machte es nur noch schlimmer, denn früher oder später mußte er erfahren, wer sie war, die jungfräuliche Gemeindesekretärin, die altjüngferliche Bibliothekarin. Sie fragte sich, ob er ahnen könnte, wie sie sich manchmal nachts mit dem eifrigen Finger in den Schlaf brachte.

Er bezeichnete sie als ein Musterexemplar an Gesundheit, aber das war vor fünf Jahren. Was sollte sie jetzt wegen dieses Blutstroms tun?

Sie muß sich zusammenreißen, sagt sie sich kopfschüttelnd. Sich wieder für Dinge interessieren wie früher. Reiß dich zusammen, Rose, Mädchen. Geist siegt über Materie. Der neue John le Carré auf dem Nachttisch ist erst halb gelesen, aber dieser fesselt sie nicht so wie die anderen. Alles in der Geschichte geschieht so weit weg, daß es ihr schwerfällt, es sich vorzustellen. Es wirkt wahrhaftig ein bißchen albern, ein Durcheinander, obwohl es sich am Ende vermutlich zusammenfügt. Aber das Ende liegt im Moment irgendwo jenseits ihrer Kraft. Es ist so ein dickes Buch, so viele Seiten. Waren seine anderen Bücher auch so dick? Es fällt ihr seltsam schwer, es zu halten. Das ist natürlich das Dumme bei einem gebundenen Buch. Ein Taschenbuch würde ihr nicht dermaßen die Kraft aus den Armen ziehen, daß ihre Schultern schmerzen und die Finger taub werden.

Sie beschließt, den le Carré für heute abend sein zu lassen und in ihrem Exemplar von *Swann's Songs* zu schmökern. Sie kennt die meisten Gedichte natürlich, auch wenn sie sie nicht versteht, aber es ist eine Weile her, seit sie das Buch von vorne bis hinten gelesen hat. Sie hat sich vorgenommen, es gründlich durchzuarbeiten, bevor das Symposium herannaht. Sie will nicht unwissend wirken. Die Leute dort werden auf sie schauen – sie! –, die Expertin.

Aber das Büchlein ist nicht an seinem Platz unter ihrem Illustriertenständer. Vermutlich ist es auf den Boden dahinter gerutscht. Sie wird morgen nachsehen. Jetzt ist sie zu müde, sich zu bücken.

Vor allem ihre Augen sind schwer und müde; manchmal denkt Rose, sie sitzen dort wie zwei harte Steine in einem Gesicht, das halb tot ist.

Rose und Homer machen einen Sonntagsausflug

»Hast du Lust, nach Westport zu fahren?« fragt Homer Rose zwei Wochen später. An einem kalten, windstillen Sonntagnachmittag ruft er an. In diesem Augenblick haben Jean und Howie Elton unten einen lauten Krach. Ein schwerer Gegenstand wurde auf die Erde geworfen, eine Unachtsamkeit von Jean, scheint es, und Rose kann Howie schreien und Schranktüren knallen hören und Jeans schrille Widerworte, wenn sie sich verteidigt. (Das geht schon seit über einer Stunde so; zuerst hat Rose es fasziniert und begierig mitangehört. Dann folgte wieder ein lauter Knall, dann Weinen; das war natürlich Jean.) Rose bringt die Lippen ganz nahe ans Telefon und flüstert Homer zu, ja, sie würde gerne nach Westport fahren, er sei vom Himmel gesandt – was ihn ungemein zu freuen scheint.

Die Straße nach Westport ist eisfrei, und das flirrende Gleißen auf den schneebedeckten Feldern ist so hell, daß es Rose richtig munter macht.

»Oh, wie schön«, sagt sie. »Ein herrlicher Tag für einen Ausflug. So was Schönes.«

Die Leute von Nadeau, zumindest die älteren Leute, die noch an der Vorstellung eines Sonntagsausflugs festhalten, fahren öfter die zwanzig Kilometer nach Westport. Westport ist eine kleinere Gemeinde als Nadeau, eine hübschere Ortschaft. Die weißen Häuser mit den blanken Fensterscheiben und gestrichenen Haustüren sind nicht in Reihen angeordnet wie in Nadeau, sondern reizend willkürlich am Seeufer gruppiert. In Westport können Sie sich neben dem alten Fährschuppen an den See stellen und den hübschen Blick auf die Eisfischerei draußen in der Bucht genießen. Wenn Sie wollen, können Sie anschließend in *Lous Antiquitätenscheune* hereinschauen, wo Isolatoren aus blauem und Kompottschälchen aus rosa Glas auf rustikalen Regalen arrangiert sind, und dann können Sie sich in der Imbißstube mit einem Kaffee und einem Milchbrötchen aufwärmen.

Homer Hart, der gerade sein zweites Brötchen mit Butter bestreicht, ist guter Dinge. Er fühlt es in den Knochen, sagt er zu Rose, daß Daisy Ende der Woche zu Hause sein wird. Er ist sich neunzigprozentig sicher, daß Montagmorgen ein Brief von ihr kommt, der ihm die Zeit ihrer Ankunft mitteilt.

Die Vorfreude macht ihn waghalsig, und er schlägt Rose vor, auf der Nebenstraße nach Nadeau zurückzufahren. Er ist überzeugt, daß der Schneepflug inzwischen durch ist. Es ist noch früh, erst halb vier, und die Strecke ist schöner.

»Hm«, meint Rose, »ich weiß nicht.« Doch gleich darauf stimmt sie zu. Ihr ist jetzt mulmig zumute wegen Jean, und sie fragt sich, ob es richtig war, aus dem Haus zu gehen. Andererseits, die Nebenstraße ist schöner, wie Homer richtig sagt, auch wenn es etwas länger dauert.

Die ersten paar Kilometer verläuft die Straße am See entlang, dann biegt sie nach Norden und schlängelt sich zwischen niedrigen, runden Hügeln hindurch. Rose denkt sich oft, wie erfreulich es ist, die flitzende Landschaft durch ein Autofenster zu sehen; sie steckt sie mit ihrer uralten Unschuld an und schafft einen Abstand zu den schwierigeren täglichen Pflichten und Verrichtungen. Eine Plane wird über ihre Gedanken geworfen. Um eine am Auge vorbeigleitende Landschaft muß man sich nicht sorgen. Sie vergeht einfach, geschwind wie ein Blinzeln, und verlangt nichts von einem.

Einer nach dem anderen kommen die alten Bauernhöfe entlang der Nebenstraße in Sicht, und dank ihres Postens als Gemeindesekretärin kennt Rose jeden einzelnen mit Namen und weiß sowohl über die Flächengröße als auch die Höhe der zu zahlenden Steuern oder Schulden eine Bemerkung zu machen. Da ist der alte Hanna-Hof. Und dort haben die Enrights gewohnt. Es sind dies überwiegend arme Höfe, aber der tiefe Schnee verleiht ihnen einen falschen Anschein von Wohlstand. Der Boden darunter ist dünn und steinig, er taugt zu nichts als Weideland für Vieh oder zum Anbau von ein paar Morgen Futtergetreide oder Mais. Es ist ein Wunder, bemerkt Rose, daß die Leute auf diesen Höfen bleiben und irgendwie ihr Leben fristen.

Der Hof, wo Mary Swann mit ihrem Mann und ihrer Tochter lebte, ist einer der kleinsten und ärmsten in der Gegend. Doch es ist ermutigend zu sehen, daß der neue Besitzer, ein junger Mann aus den Staaten, der das Anwesen zur Wochenenderholung gekauft hat, wenigstens die Zäune repariert und ein neues Dach auf das Wohnhaus gesetzt hat. Der Anblick des stumpfsilbrigen Silos, der neben der Scheune aufragt, bewegt Rose jedesmal. Sie hat das Gefühl, als ob ein namenloses inneres Organ in ihrer Brust flattert und ihr die Luft abdrückt.

»Arme Mrs. Swann«, sagt Homer, als würde er Roses Gedanken lesen. Er fährt ein kleines bißchen langsamer.

»Es wundert mich«, sagt Rose beim Gedanken an den neuen Besitzer, »daß er es fertiggebracht hat, ein Anwesen zu kaufen, wo etwas so Schreckliches passiert ist.«

»Er denkt vermutlich nie dran«, sagt Homer. »Das ist lange her.«

»So lange nun auch wieder nicht.«

»Die Leute vergessen. Und er ist nicht von hier. Er kannte die Familie nicht.«

»Trotzdem.« Rose hebt hilflos ihre behandschuhten Hände, läßt sie dann seufzend in den Schoß fallen.

»Ich glaube übrigens nicht«, fährt Homer bedachtsam fort, »daß der junge Spund sich was aus dem Hof macht. Vermutlich bloß eine Investition zur Abschreibung. Läßt scheint's die Felder verwildern.«

»Ein Hobby-Hof«, sagt Rose. »Das hat Mr. Browning gesagt, als er ins Gemeindebüro kam. Bloß fürs Wochenende. Dabei kommt er anscheinend nie.«

Die Landschaft um Nadeau ist heutzutage voll von Wochenendbauern. Rose, die die Steuerblätter kennt, ist mit dem Phänomen vertraut, trotzdem findet sie es eigenartig. Sie erinnert sich, daß es als Kind ein seltenes Vergnügen für sie war, nach Kingston mitgenommen zu werden. Heute finden die Leute nichts dabei, nur für ein Wochenende den ganzen Weg von Montreal oder Toronto oder aus den Staaten zu fahren.

»Na ja«, sagt Rose zu Homer, »seinen Lebensunterhalt könnte er hier bestimmt nicht bestreiten. Und der Silo. Was würde er da rein tun?«

Rose Hindmarch und Homer Hart erinnern sich an das Jahr, als Angus Swann seine Nachbarn durch die Errichtung eines Silos auf seinem Hof in Erstaunen setzte. Es gab Gerede. Die Neuigkeit sprach sich rasch herum und traf auf breite Mißbilligung. Die Leute hatten das Gefühl, daß eine Ungerechtigkeit geschehen sei. Mary Swann hatte keine Waschmaschine und keinen Eisschrank. Die Mahlzeiten für die Familie kochte sie bis zu dem Tag, an dem sie ermordet wurde, auf einem geschwärzten Holzofen – obwohl sie angeblich einen Parker 51 Füllfederhalter besaß, mit dem sie ihre Gedichte schrieb. Doch von dem Füllhalter abgesehen fehlte es ihr an den Annehmlichkeiten, die selbst auf den weniger einträglichen Höfen selbstverständlich geworden waren, jenen Annehmlichkeiten, von denen es hieß, daß sie »das Los der Hausfrau erleichtern«.

Wie war der tägliche Mangel an Haushaltsgegenständen, Waschmaschine, Eisschrank, mit Angus Swanns neuem, silberverkleideten Silo in Einklang zu bringen? Denn es war selbst für das gleichgültigste Auge offensichtlich, daß der Hof der Swanns ein solch würdevolles Emblem nicht verdiente. Silos gehörten auf einträgliche, auf Milchwirtschaft spezialisierte Bauernhöfe, wo sie geräumigen Scheunen mit breiten Dachsparren und anmutigen Ulmenalleen Gesellschaft leisteten. Aber nicht auf den alten Swann-Hof, oder vielmehr die alte Swann-Klitsche, denn es war eine Übertreibung, dieses heruntergekommene Anwesen als Hof zu bezeichnen. Die klapprigen Lattenzäune, der baufällige Schuppen, die kaputten Maschinen, die in dem unkrautüberwucherten, hühnerverdreckten Hofraum verrosteten, die nassen Kleidungsstücke, die ständig an einer durchhängenden Leine tropften, der Pappdeckel an einem zerbrochenen Schlafzimmerfenster – und dies alles überragt von einem neuen Stahlbetonsilo, der angeblich bar bezahlt worden war.

Man darf nicht denken, daß das Anwesen der Swanns irgendeine Ähnlichkeit mit den Gemälden von heruntergekommenen Bauernhöfen aufweist, die Ende der fünfziger und Anfang der sechziger Jahre in Vorstadtwohnzimmern so beliebt waren, eine Modeerscheinung, die rasch in sich zusammenbrach, denn wohin kann Verfall sinken, wenn nicht in noch tieferen Verfall? Die silbrig schimmernden heruntergekommenen Bauernhöfe der Volkskunst vermitteln kaum eine Ahnung von der Erbärmlichkeit der alten Schuppen, dem Gestank der Aborte oder dem patschenden Schlamm zwischen Wohnhaus und Scheune. Selbst wenn Sie die Tür aufstemmen und in die Küche eines dieser Häuser treten könnten, würden Sie wahrscheinlich nichts von jenem billigen gemusterten Linoleum zu sehen bekommen, das schon nach kurzer Zeit abblätterte und nie ausgebessert wurde. Eines von Mary Swanns Gedichten, eines von denen, die Frederic Cruzzi nach ihrem Tod veröffentlichte und das der Forschung Rätsel aufgibt, lautet:

Füße auf des Winters Flur
treten Blumen in die Schwärze
bilden einen Korridor
dessen Name Hilflos ist.

Rose Hindmarch hat das Bauernhaus der Swanns zweimal besucht. Das erste Mal mit Sarah Maloney und Homer und Daisy Hart, aber damals sind sie nicht hineingegangen, sondern nur im Hof herumspaziert und ein paar Minuten auf der Veranda gestanden. Das zweite Mal vor zwei Jahren, als sie den Mary Swann Gedächtnisraum in der alten Schule in Nadeau einrichtete. Russell Donegal, der gutmütige Halbalkoholiker und Grundstücksmakler, der in Nadeau und in Westport tätig ist, hatte sie in seinem Oldsmobile hingefahren (an einem kalten Sonntagnachmittag, ähnlich wie heute) und sie nach Belieben durchs Haus streifen lassen.

Das war freilich in der Zeit, als das Haus zum Verkauf stand, bevor der neue Besitzer aus den Staaten kam und das Anwesen kaufte. (»Verdammt, wer will schon ein Haus kaufen, wo ein Mord geschehen ist?« meinte Russell Donegal.) Rose wanderte still von Zimmer zu Zimmer, zögernd und auf Zehenspitzen: die Veranda (wo Mrs. Swann einst in einen Fotoapparat gelächelt hatte), die Küche mit der kalten Atmosphäre und dem schadhaften Linoleum, unter dem Professor Lang eine Anzahl versteckter Gedichte gefunden hatte. Das Wohnzimmer hatte Plastikgardinen an den Fenstern. Eine klobige Treppe ohne Geländer führte hinauf zu den zwei Schlafkammern. Russell folgte dicht hinter Rose, und sie war nervös und zugleich froh, daß er da war.

»Na«, sagte er schließlich mit seiner vollen Verkäuferstimme, »was meinen Sie, Rose?«

Sie hob schlaff einen Arm, dann fragte sie tapfer: »Wo sind die ganzen Sachen?« Zu sich selbst sagte sie: Was hast du erwartet? Das Wort, das ihr auf die Lippen geschwebt kam wie ein Kinderballon, der unbeholfen an die Decke hopst, war nicht *Verwahrlosung* und nicht *Dreck*. Das sind Mittelklassewörter, beladen mit Verurteilung. (Und Sie werden unterdessen gemerkt haben, daß es Rose Hindmarch am Stoff, am Hämoglobin zur Verurteilung fehlt. Sie leidet an sozialer Blutarmut – dafür besitzt sie etwas anderes, das man als *Scharfsinn* bezeichnen könnte.) *Ärmlich* ist das Wort, das ihr in den Sinn kam, *ärmlich*. Ein knapper, beschreibender, verzeihender Ausdruck, dünn wie eine Messerklinge und ein bißchen aus der Mode. *Ärmlich.*

In Mary Swanns Haus gab es ein paar schlichte Stühle, einen gestrichenen Küchentisch, einen weiteren Tisch im Wohnzimmer, auf dem ein altes Westinghouse Radio stand, einen einzigen billigen Sessel, dem eine Armlehne fehlte, Eisenbettgestelle in den Schlafkammern und alte billige Kommoden von der Art, wie sie *nicht* aufgearbeitet und in der *Scheune* in Westport als Antiquitäten verkauft werden.

»Wo sind die ganzen Sachen?« hat sie Russell Donegal gefragt, und er erwiderte mit einem Grunzen, wobei er das breite, vom Whisky gerötete Gesicht wiegte: »Das wär's. Es ist, wie's ist.« Dann sagte er: »In unserer Branche heißt es, daß ein Haus sich schneller verkauft, wenn es möbliert ist. Das hier ist eine Ausnahme. Am liebsten würd' ich den verdammten Kasten total leerräumen.«

»Ich nehme an, ein paar Sachen, die Familienandenken und so weiter, hat Mrs. Swanns Tochter in Kalifornien bekommen.« Rose wagte diese Vermutung nur mit halbem Herzen. Mit Ausnahme der zwei Fotografien und einer Schublade voll Häkeldeckchen waren anscheinend keinerlei Familienandenken vorhanden. Es sei denn, Professor Lang hatte, als Russell ihn durchs Haus führte, mehr mitgehen lassen als einen Packen zerknüllte Gedichte.

»Nee«, sagte Russell. Er zündete sich mit einem direkt an der Küchenwand angerissenen Streichholz eine Zigarette an. »Er hat nur mitgenommen, was er unter dem Linoleum gefunden hat. Hier ist alles, wie es war. Bis auf ...«er stieß sein einfältiges Lachen aus, »bis auf das Blut. Das haben wir wegmachen lassen, bevor das Grundstück angeboten wurde. Ist doch klar.«

»Natürlich«, sagte Rose. Dann fügte sie mit einem Anflug von Scham hinzu: »Ich nehme an, es war schrecklich viel Blut.«

»Der alte Knabe war so gut wie leergelaufen, als man ihn fand. Bis auf den letzten Tropfen. Kopfwunden bluten am schlimmsten, wissen Sie, und die Kugel ist direkt durch seinen Kopf gegangen. Da können Sie sich die Sauerei vorstellen. Natürlich ließ sich nicht sagen, wie lange *sie* schon tot war.«

Eine Woche, hatte der Untersuchungsrichter berichtet.

Und so war Rose genötigt, bei der Einrichtung des Mary Swann Gedächtnisraumes ihre Phantasie walten zu lassen. Es war ein Glück, daß die Verwaltung von Nadeau ihr 300 Dollar für Anschaffungen bewilligt hatte (sie machte sich das Wunderwort *Anschaffungen* zu eigen) und daß ein Zuschuß aus Ottawa die Summe auf 500 Dollar aufstockte. Russell Donegal ermunterte sie, über alles im Haus zu verfügen, seinetwegen könne sie gerne alles haben. Er würde ihr dankbar sein, sagte er, wenn sie abschleppte, was sie nur könnte. Rose nahm den Küchentisch, zwei von den besseren Küchenstühlen (Preßspanlehnen, klärte Daisy Hart sie auf) und ein paar Küchengeräte, klägliche, stark gebraucht aussehende Sachen mit abgenutzten Griffen. Das rostige Tranchiermesser und die vernickelten Gabeln und Löffel ließ sie da.

Die anderen Gegenstände im Gedächtnisraum kaufte sie in der *Antiquitätenscheune* und in *Selmas Antiquitätengeschäft* in Kingston: einen hübschen hölzernen Rübenstampfer, ein Waschbrett aus Holz und Glas, ein Butterfaß aus Kirschbaumholz, ein kurioses, feminines Eisenbett sowie ein Bücherregal aus Nußbaumholz mitsamt den dazugehörigen ramponierten, dunkel gebundenen Bänden (Dickens, Sir Walter Scott). Auf einer Versteigerung in Lyndhurst hatte sie drei alte Steppdecken, ein blau-weißes Porzellanservice und das gerahmte Bild eines Cockerspaniels erstanden. Sie war maßlos stolz auf ihre nicht ganz geheimen Erwerbungen und beobachtete mit Freuden und Staunen, wie der Raum Gestalt und ein authentisches Aussehen annahm und gar etwas von dem dürftigen, nützlichen Leben vermittelte, das er einst beherbergt hatte. Ja, Rose konnte sich Mary Swann vorstellen, wie sie sich über den gestrichenen Tisch beugte und beim Schein der Petroleumlampe ihre Gedichte kritzelte. (Der Tisch war neu gestrichen worden, und die Petroleumlampe hatte sie auf einem Wohltätigkeitsbasar in Westport gefunden.)

Von Kälte rot, aus Licht das Rund
erwärmt das Herz zu später Stund.

Wenn Sie Rose gegenüber erwähnen, daß der Raum durch Fälschung, durch zahllose kleine Täuschungen, ins Leben gezwungen wurde, wird sie mit Sicherheit ein beleidigtes Gesicht machen und entschieden widersprechen. Diese Gegenstände sind immerhin aus der *Zeit* und der *Gegend,* zu der Mary Swann gehörte, und deswegen ist nichts verfälscht, die Steppdecken nicht, das Porzellan nicht, auch nicht das Bild mit dem Cockerspaniel. Sie mag jedoch zugeben, daß sie die Idee erwogen und dann verworfen hat, ein Kärtchen am Türrahmen anzubringen, um die Besucher zu informieren, daß die Gegenstände *ähnlich* seien wie jene, die in Mary Swanns Heim auf dem Land gefunden wurden. Aber sie kam zu dem richtigen Schluß, daß eine solche Information nur ablenken und womöglich eine Andeutung von Entschuldigung, von Unzulänglichkeit enthalten würde. (Der Reiz der Fälschung liegt nicht darin, daß sie die Realität verzerrt, sondern darin, daß sie die Realität neu erschafft.) Von ganzem Herzen wünscht sich Rose, die Blätter auszustellen, die Professor Lang unter dem Linoleum gefunden hat – und den Parker 51 Füllfederhalter, den Mary Swann besessen haben soll; doch dieser Gegenstand war (Russell Donegal zufolge, der es von Cecil Deacon hörte, dem Treuhänder, der das Grundstück verwaltete) als Andenken an Frances Swann Moore in Kalifornien geschickt worden.

Das Fehlen des Füllhalters nagt an Rose. Einige Male schon war sie drauf und dran, Frances in Kalifornien zu schreiben und sie zu fragen, ob sie dem Museum den Füller ihrer Mutter wohl stiften oder wenigstens als Leihgabe überlassen würde. In der Zwischenzeit sieht Rose sich auf Flohmärkten nach einem ähnlich altmodischen Füller um.

Es ist unerklärlich, warum Angus Swann seine Frau Mary im Dezember 1965 totgeschlagen hat. Als Homer Hart und Rose Hindmarch an dem alten Swann-Hof vorbeifahren, erörtern sie die verschiedenen Theorien. Angus Swann war ein gewalttätiger Mensch. Das hat nie jemand bestritten. Es war bekannt, daß er sein Geflügel brutal mit der Axt schlachtete und sich damit brüstete. Auch daß er einmal im *Red and White* über den Preis eines Hammers in Rage geraten ist. Ein andermal wurde Mary Swann mit einer Prellung über einem Auge und einem Arm in der Schlinge gesehen. Manche Leute sagen, daß er eifersüchtig war auf ihre Gedichte, auf das bißchen Lokalberühmtheit, das sie erlangt hatte, und ihr das Porto mißgönnte, wenn sie ihre Gedichte an die Lokalblätter schickte. Aber für all dies gibt es keine Beweise, und andere Leute sagen, im Gegenteil, er sei auf seine Art stolz auf sie gewesen und habe ihr den Füllfederhalter zum Geburtstag geschenkt.

Der letzte, der sie lebend gesehen hat – abgesehen von ihrem Mann und womöglich dem Busfahrer – war der Verleger Frederic Cruzzi aus Kingston. Der Zeugenaussage zufolge, die Mr. Cruzzi nach der Entdeckung von Mrs. Swanns Leiche vor dem Untersuchungsrichter machte, saß er an einem Winternachmittag still zu Hause, als sie plötzlich in seiner Tür erschien. Sie drückte ihm eine ausgebeulte Papiertüte in die Hand, und da er ein netter Mensch ist, bat er sie herein und las die losen Blätter durch, die ein anuskript bildeten, das später den Band *Swann's Songs* ergeben sollte.

Es hieß, er habe augenblicklich erkannt, daß die Gedichte bemerkenswert waren. »Ich möchte sie veröffentlichen«, sagte er zu ihr, aber sie schien sich unwohl zu fühlen, sie wirkte verwirrt, ängstlich bedacht, ihren Bus nach Hause zu erwischen. Der Busfahrer, nicht der, der sonst immer fuhr, sondern eine Urlaubsvertretung, erinnert sich verschwommen, sie auf ihrer Straßenseite beim Swann-Hof abgesetzt zu haben, und dann ging sie vermutlich ins Haus und wurde von ihrem Mann zu Tode gemetzelt.

Rose ist drauf und dran, Homer während der Fahrt auf der Nebenstraße zu erzählen, daß sie manchmal von dieser Horrorszene träumt – verworrene Träume von spritzendem Blut und dünnwandigen Blutgefäßen, zerhackt und auf dem Küchenlinoleum verstreut.

Homer sagt in die Stille: »Es muß schon etwas Schlimmes gewesen sein, daß er so ausgerastet ist. Wir werden es nie erfahren.«

»Nein«, sagt Rose und blickt auf die gleißenden Hügel.

Sie erzählt Homer nicht – sie hat es nie jemandem erzählt –, daß sie es war, die Mrs. Swann in ihrem einzigen längeren Gespräch vorgeschlagen hatte, Frederic Cruzzi ihre Gedichte zu zeigen. Rose hatte in den *Library News* von Frederic Cruzzi und seiner Frau und ihrem Verlag Peregrine Press gelesen. Peregrine Press interessierte sich für Dichterinnen und Dichter in der Region, deren Werke nicht genügend Anerkennung fanden. Als Mary Swann an einem Dezembertag 1965 in die Bücherei kam, um ein Buch zurückzubringen, fiebernd, in ihren Laufschuhen und ihrem gräßlichen Mantel, die Haare ungekämmt und verfilzt, da verspürte Rose den Wunsch, ihr etwas Gutes zu tun. Sie zog den Artikel über Frederic Cruzzi aus ihrem Ordner und zeigte ihn Mrs. Swann. »Sie sollten ihm ein paar von Ihren Gedichten schicken«, redete sie ihr zu. »Oder noch besser, gehen Sie zu ihm.«

Mrs. Swann machte ein zweifelndes Gesicht, doch Rose bemerkte, daß sich ein schüchternes Interesse rührte, und da schnitt sie den Artikel – nicht ohne einen Stich des Bedauerns – schnurstracks aus und legte ihn in das Buch. Es war das letzte Buch, das sich Mary Swann in der Bücherei von Nadeau auslieh, *Der weiße Palast* von Edna Ferber.

Es ließe sich denken, daß Rose Hindmarch unter dieser Episode und unter der Rolle leidet, die sie unabsichtlich bei der Ermordung von Mary Swann gespielt haben mag. Aber seltsamerweise tut sie das nicht. Sie denkt von Zeit zu Zeit verwundert daran, fühlt sich aber nicht verantwortlich.

Was sie vor Schuldgefühlen bewahrt, ist der schlichte Balsam der Bescheidenheit, der Selbstauslöschung. Sie kann unmöglich diejenige gewesen sein, die die Kette der Ereignisse in Gang gebracht hat, die zu Mary Swanns Tod führten, da sie nie fähig gewesen war, irgend etwas in Gang zu bringen. Ungeachtet ihrer Arbeit bei der Gemeinde, in der Bücherei und im Museum hat sie immer gewußt, nicht gespürt, sondern *gewußt,* daß es ihr an Kraft mangelt. So viele Menschen haben ihr beharrlich Mängel vorgehalten, angefangen bei dem kaum erinnerten Soldaten, der den Fehler beging, nicht nach Hause, nach Nadeau zurückzukommen, um seinen Platz als ihr Vater einzunehmen, und ihrer Großmutter, die durch das ledrige, speichelüberzogene Zahnfleisch nuschelte, sie habe die schlechteste Haltung, die man je bei einem jungen Mädchen gesehen habe, und ihrer Mutter, die sagte, das Äußere sei nicht alles, und einer Lehrerin im ersten Schuljahr, die sagte, sie sei eine dumme Gans. Und dann Daisy Hart, die das Haar an ihrem Kinn bemerkte, und Dr. Thoms, der sich hinterhältig nach ihrem Geschlechtstrieb erkundigte, und der Gott der Einigkeitskirche, der seine Schalttafel im Stich ließ, und Morton Jimroy, der, ein kleines Briefchen ausgenommen, nie auf ihre munteren Briefe oder Karten geantwortet hat, und Jean Elton, die nie wieder zu ihr ins Bett gekommen ist, und sogar Homer Hart, der schon seit geraumer Zeit nicht mehr die Gefälligkeit besaß, sich nach dem Swann-Symposium zu erkundigen, und das aufsässige Blut, das sich Tag um Tag um Tag aus ihr ergießt und sie immer mehr schwächt, so daß sie kaum denken kann – all dies hat störend in ihr Leben eingegriffen und sie in ihren eigenen Augen mangelhaft gemacht, und dies ist es, was sie barmherzig vor Selbstvorwürfen bewahrt, vor dem Glauben, daß sie möglicherweise beim Tod der Dichterin Mary Swann eine Rolle gespielt haben könnte. Rose ist ein Mensch ohne die Macht, Liebe zu erwecken, folglich kann sie auch nicht die Macht haben, zu verletzen oder zu zerstören.

Rose erhält und schreibt einen Brief

Rose erhält viele Postkarten von Bekannten und Nachbarn aus dem Urlaub. Die Karten kommen von weit her, aus White Rock, B.C., aus New York und natürlich von Daisy Hart in Florida. Sie bekommt auch eine erkleckliche Anzahl kleine, zierliche, pastellfarbene Couverts mit Einladungen zu Festen oder Dankesbriefchen oder dergleichen. Dazu kommt ihre Geschäftspost: von der Bibliothekenvereinigung, vom Kultusministerium, von der OATC (Ontario Association of Township Clerks – Gesellschaft der Gemeindeangestellten von Ontario) oder vom CCUC (Committee of Concern for the United Church – Komitee für die Interessen der Einigkeitskirche).

Selten jedoch bekommt sie einen richtigen Brief. Der, der heute für sie eintrifft, von Professor Willard Lang in Toronto, beschert ihr gemischte Gefühle, eine Aufwallung aus Stolz und Ängstlichkeit. »Hab 'nen Brief für dich, Rose«, ruft Johnny Sears im Postamt, als Rose nach der Arbeit hereinschaut. »Junge, Junge, du kriegst aber 'ne Menge Post.«

Ihre Hand zittert; Willard Lang, sein Name steht auf dem Umschlag. Er schreibt ihr, daß das Symposium abgesagt ist. Oder daß ihre Anwesenheit am Ende doch nicht erforderlich ist. Oder daß ein Versehen vorliegt; sie habe von vornherein keine Einladung erhalten sollen. Ein Schnitzer der Verwaltung. Sie wird es verstehen, hofft er.

Rose öffnet den Brief, wobei sie die ganze Zeit munter mit Johnny plaudert, was macht seine Mutter, wie war das Hockeyspiel am Freitagabend, diese Rowdys aus Elgin, das Wetter.

»Liebe Miss Hindmarch«, schreibt Professor Lang. »Es freut

uns sehr, daß Sie auf dem Symposium bei uns sein werden. Bitte gestatten Sie mir, Sie um zwei Gefallen zu bitten.«

Die erste Bitte lautet, sie möge die Fotografie von Mary Swann mitbringen, für eine Sonderausstellung, die das Komitee zusammenstellt. »Wie Sie wissen, ist es die einzige Fotografie, die wir von unserer Dichterin haben.«

Die zweite Bitte ist komplizierter. Professor Lang schreibt: Der sehr betagte Frederic Cruzzi aus Kingston hat sich nach eingehendem Überreden bereit erklärt, an dem Symposium teilzunehmen und vielleicht ein paar Worte zu seiner Rolle als Mrs. Swanns Verleger zu sagen. Ich weiß nicht, auf welche Weise er zu reisen gedenkt, aber in seinem Alter könnte es da Schwierigkeiten geben, und mir kam der Gedanke, da Sie nur einen Steinwurf voneinander entfernt wohnen und sich zweifellos kennen, würde es Ihnen vielleicht nichts ausmachen, dem alten Knaben anzubieten, ihn im Wagen mit nach Toronto zu nehmen. Er ist weit über achtzig, glaube ich, und seit dem Tod seiner Frau nicht in bester Verfassung (sie war eine reizende Dame, sehr intelligent). Hier ist auf alle Fälle seine Telefonnummer, falls Sie ihn wegen der Reisepläne mal kurz anrufen wollen.

Eher würde sich Rose einen Sack über den Kopf stülpen und durch ein Loch im Eis in den Whitefish Lake springen, als Frederic Cruzzi »mal kurz anzurufen«. Mr. Cruzzi ist der frühere Herausgeber vom *Kingston Banner;* einmal hat sie ihn auf der Jahresversammlung der Bibliothekenvereinigung eine Rede halten hören. Er ist groß, kantig, hat einen ausländischen Akzent, zitiert Shakespeare und würde sich einen Anruf von Rose Hindmarch aus Nadeau, Ontario, nicht erklären können.

Statt dessen schreibt sie ihm einen Brief, einen langen Brief, und sie benötigt einen ganzen Abend, um ihn richtig zu formulieren. Sie stellt sich vor: Rose Hindmarch, Bibliothekarin und einstige Freundin von Mary Swann. Sie wird mit dem Zug nach Toronto zu dem Symposium fahren, erklärt sie, und sie meint, vielleicht könnten sie sich gegenseitig Gesellschaft leisten. (Sie entschuldigt sich zweimal, ihm keine Fahrt im Wagen anbieten zu können, aus dem guten Grund, daß sie nie Autofahren gelernt hat.) Sie gibt den Brief in einer Stimmung aus Heiterkeit, Unbehagen und Ungläubigkeit auf, Heiterkeit, weil es ein schönes Gefühl ist, ihre Hemmungen überwunden zu haben, Unbehagen, weil sie fest mit einer Abfuhr von Mr. Cruzzi rechnet, und Ungläubigkeit, weil sie jetzt außerstande ist, sich das Bild von sich selbst vor Augen zu halten, wie sie im Zug nach Toronto sitzt.

Es soll nicht sein. Sie kann es sich noch so sehr vormachen, ihren Koffer packen, ihre Bahnfahrkarte kaufen und so weiter, aber das Blut, das heimlich aus ihrem Körper sickert, gewährt ihr nur noch eine Zukunft, die nach Tagen bemessen ist, nicht nach Wochen. Jeden Morgen, wenn sie aufwacht, wiederholt sich der Zyklus: Verzagtheit, ein kurzer Aufschwung und wieder Verzagtheit. Es ist lächerlich. Bis zur ersten Januarwoche wird von Rose Hindmarch nichts übrig sein als die Kleider in ihrem Schrank, die Reihe Taschenbücher auf dem Fernsehapparat, eine halbe Schachtel Hüttenkäse im Kühlschrank und ihr Bett mit den karierten Laken und dem Chenilleüberwurf. Sie könnte einen Abschiedsbrief hinterlassen. Aber für wen? Und aus welchem Grund?

Rose Hindmarch veranstaltet ein Fest

Rose Hindmarchs Eierflipparty am ersten Weihnachtstag hat Tradition. Schon damals, als sie und ihre Mutter in dem Haus an der Second Street wohnten, luden sie stets am ersten Weihnachtstag zwischen 17 und 19 Uhr Leute zu einem Glas Eierflip und einem Stück Weihnachtskuchen ein. (Das Mittagessen wird in Nadeau an Weihnachten gegen 14 oder 15 Uhr eingenommen, daher treffen Roses Gäste schon mit Truthahn vollgestopft und dösig von übermäßigem Essen ein.)

Rose macht einen besseren Eierflip als ihre Mutter. Zum einen geht sie großzügiger mit dem Rum um, zum anderen bietet sie als Alternative Roggenwhisky mit Gingerale an, was die meisten vorziehen. Ihr Weihnachtskuchen ist fertiggekauft, aber sie hat auch junge eingemachte Garnelen in einer Glasschale und einen Teller Ritz Cracker auf dem Tisch, und sie kredenzt ihre berühmte Velveta Weihnachtskäsekugel, gespickt mit glitzernden grünen Paprikastückchen und gefüllten Olivenscheibchen.

Obwohl sie sich *mies* fühlt – ihr Wort –, hat sie beschlossen, das Fest zu veranstalten, und ihr Wohnzimmer sieht an diesem trüben, verschneiten Weihnachtstag erstaunlich fröhlich aus. Sie hat ihre Weihnachtskarten, darunter eine von Sarah Maloney aus Chicago, an einer Schnur über dem Fenster aufgereiht und ihr künstliches Bäumchen am Fenster zwischen dem Heizkörper und dem Fernsehapparat aufgestellt. Ihr Christbaumschmuck bereitet ihr jedesmal Freude: der kleine verschmierte Wattenikolaus mit seinen Perlenaugen, das Stroheselchen, das Daisy ihr einmal aus Florida mitgebracht hat, und das rote Glasrentier, das sie auf der Markham Street in einem Laden namens *Sächelchen* gekauft hat.

Sie hat dieses Jahr sogar die Lichterkette aufgehängt, was sie seit dem Tod ihrer Mutter nicht mehr getan hatte.

Der erste, der eintrifft, ist Homer Hart. Er keucht die Treppe herauf, bulliger denn je, und bringt eine Schachtel Laura Secord Schokomandeln mit, Roses Lieblingspralinen. Er kommt allein; Daisy hat endlich aus Sarasota geschrieben und ihm mitgeteilt, daß sie mit einer geschiedenen Frau namens Audrey Beamish, die sie auf dem Wohnwagenplatz ihrer Schwester kennengelernt hat, eine Autotour in die Südstaaten unternehmen und frühestens im Februar wieder in Nadeau sein wird.

Als nächste kommen Jean und Howie von unten. Jean hat den Jogginganzug aus sandrosa Velour an, den Howie ihr zu Weihnachten geschenkt hat, und Howie den marineblauen Jogginganzug, den Jean ihm geschenkt hat. Sie machen Rose einen elektrischen Joghurtbereiter nebst einem Heftchen mit Anleitungen und Rezepten zum Geschenk. Früher sind sie Weihnachten nach Cornwall gefahren, aber da Jean dieses Jahr im dritten Monat schwanger ist, wollten sie die vereisten Straßen nicht riskieren. Howie scheint sich ungeheuer auf das Baby zu freuen. Mitten im Gespräch über das Regime in Libyen bricht er ab, tätschelt Jeans Bauch und sagt: »Ha! Nicht lange, und wir haben selbst einen kleinen Diktator.« Worauf Jean verträumt lächelt. Sie hofft, daß es ein Junge wird, vertraut sie Rose an, Howie zuliebe.

Mit von der Partie sind auch Floyd und Bea Sears. Floyd ist gut gelaunt, er hat soeben seine zweite Amtszeit als Gemeindevorsteher von Nadeau abgeschlossen. Seine Frau Bea, die mangels eines zutreffenderen Titels oft als »perfekte Hausfrau« beschrieben wird, hat Rose ein aus Bändern selbstgehäkeltes Kissen als Geschenk mitgebracht. Belle Waterman, die schon seit Jahren verwitwet ist, ist mit Floyd und Bea gekommen und hat Rose ein Arrangement aus getrockneten Blumen und Treibholz mitgebracht, das sie sich auf den Fernseher stellen soll. Percy »Perce« Flemming und seine Frau Peg sind mit ihrem dreihundert Pfund schweren Sohn Bobby gekommen, der zwei Selbstmordversuche unternommen hat und nicht allein gelassen werden kann, nicht mal für eine

Stunde. Joe und Marnie Fletcher verspäten sich ein bißchen, weil Marnie heute morgen den Truthahn zu spät in den Ofen geschoben hat, wofür sie eine gutmütige Hänselei von ihrem Mann und von Floyd Sears einsteckt. »Wir sind eben erst vom Tisch aufgestanden«, sagt Marnie und lehnt ein Stück Velvetakugel ab. Vic Brower, ein lebenslanger Junggeselle, hockt sich zu Homer auf die Couch. Jemand hat Rose gegenüber einmal angedeutet, daß Vic in Kingston in einem Bordell verkehrt, aber wenn Rose Vic ansieht, seine scheuen Augen und den kleinen Mund, kann sie es sich nicht vorstellen. Hank Cleary, seine Frau Agnes und seine Schwester Elfreda, die in Sarnia wohnt und bei ihnen zu Besuch ist, werden alle drei ganz fröhlich vom Eierflip, und Hank erzählt einen langen libyschen Witz, verpatzt die Pointe und wird von seiner Frau überschrien, die sodann in einen Lachanfall ausbricht.

Fröhlichkeit, Fröhlichkeit, Festtagsfreude, die Zeit vergeht. Rose denkt, wie froh sie ist, daß sie trotz allem beschlossen hat, ihr Fest zu veranstalten. In einer kleinen Gemeinde bauen die Leute auf bestimmte Traditionen, und dies könnte sehr gut ein Abschied von ihren Freundinnen und Freunden, ein Abschied vom Leben sein.

Glück überkommt sie, obwohl sie so erschöpft ist von dem Blutverlust und den Festvorbereitungen. In den letzten Wochen hatte sie das Gefühl, daß ein giftiger Kummer in ihr Leben gesickert ist, und nun ist heute nachmittag plötzlich aus dem Nichts ein Freudenschimmer aufgetaucht.

Was sagt Homer gerade zu ihr? Er flüstert ihr ins Ohr, wie schrecklich er im letzten Monat unter Einsamkeit gelitten habe, und daß er starke Zweifel hege, ob Daisy vor dem Frühjahr nach Hause kommt. Vic Brower ist eingeschlafen, sein Kopf ruht friedlich auf dem neuen Häkelkissen. Joe und Marnie sehen ihn an, blinzeln sich zu und grinsen wie verrückt, und Marnie lacht ihr wässriges Lachen und sagt Joe ganz leise ins Ohr: »Laß uns heute abend früh ins Bett gehen und tolle Sachen machen.« Bobby Flemming erzählt Floyd Sears von einer neuen Diät, auf die ihn der Arzt gesetzt hat. Am ersten Januar geht's los, nur dreihundert Kalorien am Tag, hauptsächlich Zitronensaft, Sodawasser und Erdbeeren. Bea Sears erklärt Howie, daß man die Vaterschaft ernst nehmen sollte. Ihr eigener Vater, vertraut sie zum ersten Mal in ihrem Leben jemandem an, habe sie nie gefragt, was sie macht und wie's ihr geht, nicht ein einziges Mal. Jean kaut eine Garnele und beobachtet Howie und versucht sich das kleine garnelenförmige Leben in ihr vorzustellen, wie sie ihm den Sinn von Nächstenliebe und Güte beibringen wird, und daß sie nicht enttäuscht sein will, wenn es ein Mädchen wird.

Elfreda erzählt ihrer Schwägerin, der wahre Grund, weshalb sie den Dienst im Postamt von Sarnia vorzeitig aufgebe, sei der, daß ihr Vorgesetzter eine Andeutung gemacht habe, ihr Atem sei nicht gerade frisch, und daß es ihr unmöglich sei, diesen schrecklichen Vorwurf zu schlucken. »Perce« Flemming erzählt seiner Frau Peg von seinem wiederkehrenden Alptraum von einem Löwen, der ihn jage und an seinen Fersen knabbere, und Peg tätschelt seinen sehnigen Arm und sagt: »Nächstes Mal weckst du mich, und er kriegt von mir eins über den Schädel.« Rose reicht Homer ein Glas Gingerale und erzählt ihm von dem Blut, das seit genau zwei Monaten aus ihr herausströmt, und daß sie sich weigere, zu dem Doktor in Elgin zu gehen, weil seine forsche aufdringliche Art sie daran erinnere, wie einsam sie ist und daß sie zu denen gehöre, die keiner haben will, und Homer nimmt darauf ihre Hand auf seinen Schoß und verspricht, sie Montagmorgen nach Kingston und geradewegs in die Klinik zu fahren, wo Daisy hingeht, um feststellen zu lassen, was die Beschwerden verursacht.

Rose sieht sich im Zimmer um, betrachtet ihre Freundinnen und Freunde, die Tafel mit dem Essen, das Bäumchen und den Fernsehapparat in der Ecke; der Ton ist abgestellt, aber auf dem Bildschirm flimmert das finstere, rauhe, harte Gesicht von Muammar Ghaddafi, und plötzlich, aus heiterem Himmel, fällt ihr ein Vers aus einem Gedicht von Mary Swann ein. Er kommt einfach in ihren Kopf geschwommen wie ein kleiner Fisch.

Ein Freudenpfund wiegt mehr
wenn Kummer schwand vorher.

Frederic Cruzzi

Eine umständliche Einführung

Die Welt applaudiert den intellektuellen Nomaden: dem isländischen Gelehrten in Trinidad, der geduldig seine Sagas ins Spanische übersetzt, der lesbischen trampenden Quakerin in Peru mit ihrem Rucksack, ihrer Flöte und dem Notizbuch voll leidenschaftlicher Gedichte, der jungen Bardame in Dubrovnik mit Physikexamen, die Rum-Cocktails mit einem Monolog serviert, in welchem sie die sieben Sprachen, die sie spricht, auflöst und neu zusammensetzt, oder dem französischen Existenzialisten in seiner irischen Hütte, der vor Ort Flora und Volkssagen studiert und ihnen eine Botschaft entnimmt, die alsbald Hunderte oder zumindest eine Handvoll Menschen zu einer vereinfachten, nahrhaften Sicht vom Einssein der Dinge bekehren wird. Wir lieben diese Wandernden wegen ihrer Brillanz, ihrer Anpassungsfähigkeit, ihrer Sprachkenntnisse und ihrer charakteristischen Courage; hauptsächlich aber lieben wir sie wegen der Unschuld und Freude, mit der sie sich in eben jene Welt verkriechen, die viele von uns aufgegeben haben.

Der Chefredakteur im Ruhestand, Frederic Cruzzi aus Grenoble, Casablanca, Manchester und Kingston, Ontario, achtzig Jahre alt, ist ein solcher – gleichermaßen bewandert im Veredeln eines Apfelbaums, Pochieren eines Lachses, Lesen eines Blattes Urdu-Poesie oder Schreiben einer seiner Zeitungskolumnen über das Teuflische der modernen Technik. Neuerdings wettert er gegen das Telefon. Übles Gerät für Verleumdung und Geschwätz. Brutaler Störer gemütlicher Abende. Schnurrender Schmeichler, hinterhältiger Schwindler, schmeichelnder Liebhaber, listiger Bettler, unwillkommener Vermittler schlechter Nachrichten, Schuldenmahner, Überbringer von Abendeinladungen. »Wir wählen den direkten Weg zum frühen Tod«, sagt der Achtzigjährige, der kein Blatt vor den Mund nimmt und eine Schwäche für Alliterationen hat. Angewählt, erreicht, an der Strippe gehalten. Mit Kupferdraht verschweißt, an rutschiges Plastik gebunden. Verzeichnet, besetzt, beleidigt, verführt und schließlich, als letzte Kränkung, bekommst du eine Rechnung präsentiert, so lang wie dein Oberschenkel.

In einem Schlafzimmer im oberen Stockwerk eines hundert Jahre alten Hauses (Kalkstein, efeuberankt) in Kingston, Ontario, tippt F. Cruzzi, der um halb acht aufgestanden ist, auf einer 1950er Underwood, einer großen, stattlichen Büromaschine, solide und unmelodisch, seine wöchentliche Kolumne. Er beugt sich über die Tasten, hat sich in heiße Raserei gesteigert. Obwohl er felsenfest daran glaubt, daß die Menschen mit der Geschichte, in die sie hineingeboren wurden, einen Kompromiß schließen müssen, hat ihn das Crescendo seiner eigenen Rhetorik unterdessen überzeugt, daß das Telefon abgeschafft werden muß. Er ist ein umwerfender Anblick, umgeben von Hunderten und Aberhunderten von Büchern, mit dem weißen Haarschopf, dem Truthahnhals, den ruckenden Schultern, dem Bleistiftstummel zwischen den kräftigen alten Zähnen. Er hat ein humoriges Gesicht und knorrige Hände. Unter seinem weinroten Morgenrock schauen seine spirrigen Altmännerbeine hervor, und seine langen, schmalen, gelblichen Füße tappen auf dem staubigen Fußboden. Sonnenlicht klettert an seinem Ärmel hoch, erreicht das Dreieck der lebhaften Augenhöhlen. Womm, macht der Wagen, plinkplank, machen die Tasten. Es ist ein Wunder, daß kein Dampf aus seinen alten Körperöffnungen strömt, ein Wunder, daß sein Herz nicht versagt. Verzeihung, falsch verbunden ... O verfluchter Telefonmast, vermaledeiter Draht und ordinärer Münzfernsprecher. Die Wunde, die die Welt sich selbst zufügt, ist von automatischen Anrufbeantwortern umkreist. Der barbarische, entkörperlichte Zusammenschluß von menschlichen Stimmen, das Plappern, das Zerschmettern, Zerschlagen der reinen Luft. Entweihung. Schande. Geschwätz in den Baumwipfeln, Krach in der Nacht.

Noch ein Absatz, und er hat seine fünfhundert Worte für diese Woche zusammen.

Sein Morgenrock klafft auf, enthüllt schrumpelige Hoden und einen ebenso schrumpeligen Penis. Sein Fuß schlägt im Takt. Vor Entzücken verzieht er die linke Mundseite, ein feines Netz bildet sich. Er ist beim letzten Satz, beim letzten Wort.

Er wählt es mit Bedacht. Wie immer.

Frederic Cruzzi: Einige seiner Freunde

Frederic Cruzzi aus Kingston, Ontario, ehemals Zeitungsherausgeber, Journalist, Reisender, Atheist, Liebhaber von Frauen und Dichtung, zärtlicher Sohn liebevoller Eltern, Student, Immigrant, Gärtner, Sozialist, Ehemann und Vater – er ist auch ein Mann, von dem sich sagen läßt, er hat Glück mit Freundschaften gehabt. Seine Freundschaften, denkt er manchmal, sind alles, was er hat, um dem fortschreitenden Chaos des Greisenalters entgegenzuwirken. Sie schenken ihm Perioden der Ruhe ebenso wie Augenblicke der Heiterkeit und Verehrung. Dann und wann besinnt er sich auf die etwas überladenen Worte eines indischen Gedichts aus dem 19. Jahrhundert, das Freunde beschreibt:

Edelsteine von unklarer Farbe
Blumen von vergehendem Duft
Sterne von wechselnder Ferne
und Hände die niemals zögern.

Die durchscheinende Ironie des Dichters gefällt Cruzzi, da sie die Beständigkeit der Freundschaft betont und die übliche fade Vorstellung von Seelenentblößung und Selbstaufgabe verwirft. Er glaubt, daß der Wunsch, jemanden »durch und durch« zu kennen, etwas verheerend Egoistisches hat.

Freilich sind ihm unterdessen viele Freunde durch den Tod genommen worden: sein Bruder Hilaire, mit zwanzig bei einem Kletterunfall gestorben; Herve Villeneuve, sein Freund in den Studienjahren in Grenoble, Selbstmord mit sechsundvierzig; Professor Nicholas Guincourt, ein Kollege seines Vaters, der ihm die englische Sprache schenkte; Sami Salah, sein marokkanischer Cousin, der mit ihm ein Jahr den Fernen Osten bereiste und später bei einem Hotelbrand in Cleveland, Ohio, ums Leben kam; Tante Maleka, seine kichernde, nachsichtige Tante aus Casablanca, eine starke Zigarettenraucherin, die sich vor Bronchitis fürchtete, jedoch an Masern starb; Max Robinson, in den Dreißigerjahren Literaturredakteur beim Manchester Guardian, ein Mann mit viel Phantasie, dem leicht die Tränen kamen, und Max' Frau May, nachdenklich, geistreich, verführerisch; Estelle Berger, Jungsche Therapeutin, deren getragene Stimme Cruzzi noch im Traum erscheint; Glen Forrestal aus Ottawa, genußsüchtiger Arzt, Essayist und Dichter mit mönchischem Haarkranz, der frischfröhlich Whisky Sodas kippte; Monkey La Rue aus Kingston, Naturwissenschaftler, Angler, Skiläufer, Komponist; Barney Ouilette, ebenfalls aus Kingston, Amateurmaler und glänzender Mathematiker (trotz der Unmengen Wodka, die er sich hinter die Binde schüttete), und viele, viele mehr, doch am meisten von all diesen toten Freunden vermißt Cruzzi seine Freu Hildë, die ihn in fünfzig Jahren manchmal zur Verzweiflung brachte, aber nicht einen Moment langweilte.

Es ist wahr, Cruzzi ist in einem Alter, wo er mehr Freunde unter den Toten als unter den Lebenden zählen kann, aber er ist immer noch ein Mensch, der inmitten von Freundschaft lebt. Mehr und mehr sucht er zwar das Alleinsein, ist er nicht auf der Höhe, wird er ungeduldig und mißtrauisch, fühlt er sich ausgenutzt, fühlt er sich matt und seltsam rastlos; aber er kann sich kein Leben vorstellen, in dem Freundschaft nicht die größte Rolle spielt.

Er bewundert diejenigen, die ihr Leben ohne Freunde in den Griff bekommen, und fragt sich, woher diese Unglücklichen ihre Kraft nehmen. In sämtlichen Gedichten von Mary Swann zum Beispiel kommt das Wort Freundin nur einmal vor, und dann auch nur reflexiv und in einer Metapher versteckt, die, wie er glaubt, auf ein erschreckendes Ausgeschlossensein hinweist.

Wie ein Becher im Schrank
den es nicht mehr gibt
wie die Freundin meines Ich
die im Spiegel ertrank
ward die Stunde gemordet, ist vorbei der Moment,
und alles zählte, nur den Preis keiner kennt.

Die Dinge, die Mrs. Swann freundlos sein ließen – Furcht, lähmende Schüchternheit, Einsamkeit, Plackerei –, sind Cruzzi so fremd wie die körperlichen Gebrechen Eiterflechte oder Beriberi. Sein Leben ist immer organisiert gewesen und ist es noch, so daß er sich inmitten von Menschen befindet, mit »Händen, die niemals zögern«.

Bridget Riordan ist eine solche Freundin, obwohl er sie in den letzten vierzig Jahren selten gesehen hat. Verführerisch, geschmeidig, unternehmenslustig, beherrscht sie alle Künste der Liebe und alle Arten des Liebens. Erst vor Kurzem hat sie sich vom Theater zurückgezogen, sie wohnt in einer Londoner Wohnung, eingerichtet mit graziösen Möbeln und großen Gemälden, und schreibt endlose Briefe an Freunde, einschließlich Cruzzi, Briefe voll Witz, Skepsis, Erinnerungen, Klatsch, Takt und munterer Obszönitäten.

Zu seinen Freunden zählt Cruzzi auch einen Mann namens Bud McWilliam, ehemals Setzer beim Kingston Banner, ein Mann, der Waffen, Jagdhunde, Maschinen, herzhaftes Essen und nachdenkliche Gespräche liebt. (Ein körperlicher Überfluß oder Mangel – Cruzzi weiß nicht, was – hat Bud McWilliam von der Begehrlichkeit nach Frauen getrennt, dennoch ist er imstande, sich über die Paradoxien, die sein Leben bereithielt, kaputtzulachen.) Heute ist er mehr oder weniger ans Bett gefesselt und freut sich über Cruzzis wöchentliche Besuche. Von einer Reihe Operationen hat er einen schwieligen Kehlkopf und einen völlig vernarbten Hals zurückbehalten, aber er weigert sich standhaft, sich dem zitternden Tremulo der alten Leute anheimzugeben. Sein Kampf, seine körperlichen Gebrechen zu überwinden, mutet Cruzzi heroisch an, und er ist oft versucht gewesen, sich darüber zu äußern. Letzte Woche drehte sich ihr Gespräch um das Auftauchen von gewissen unbekümmerten Wortneuschöpfungen in der Populärpresse, die Woche davor um die Lichtbrechung.

Er liebt Pauline Ouilette, hat sie immer geliebt. Ihre Leidenschaft für Parfüm, Pediküre und teure Unterwäsche vermittelt den falschen Eindruck von Frivolität. Wenn sie zusammensitzen und sich unterhalten, gewöhnlich auf Paulines in Rosa und Grau gehaltener Sonnenterrasse, schließt Cruzzi zuweilen einen Moment die Augen und atmet zusammen mit ihrem Duft die Ausgelassenheit ihrer tragenden Stimme ein, die Art, wie ihre Vokale herauspurzeln, ein gefälliger musikalischer Schwall, kleine Hügel formend, die den Beginn eines Lachens ankündigen. Sollte Pauline ihn die Augen schließen sehen, würde sie nie beleidigt sein oder Langeweile vermuten. Sie ist sich ihrer Ausstrahlung voll bewußt, weiß die Bedeutung guten Essens zu schätzen, weiß, daß Bücher, insbesondere Romane, einen wertvollen Schatz an Erfahrung darstellen und glaubt absolut darauf vertrauen zu können, daß Cruzzi ihren komplizierten Ausführungen folgt und sie versteht.

Er fragt sich manchmal, wie er ohne Dennis und Caroline Cooper-Beckman zurechtkommen würde, die mit ihren drei Kindern gegenüber auf der anderen Straßenseite wohnen. Dennis, vierzig Jahre alt, bringt ihm Ausschnitte aus obskuren Zeitschriften, frische Himbeeren und ketzerische Ansichten über Universitäten und Regierungen. Caroline, fünfunddreißig, bringt den schrecklichen Ernst ihres sozialen Engagements und eine etwas schräge sexuelle Ambivalenz, die vage, kokette Möglichkeiten andeutet und in Cruzzi Erinnerungen an begrabene Leidenschaften aufrührt. Er würde für Dennis und Caroline alles tun, sie würden für ihn alles tun.

Mimi Russell, anderen als Schwester Mary Francis bekannt, hat Cruzzis Herz erobert. Noch nicht fünfzig, noch nicht einer lange währenden Kindheit entwachsen, ist sie unbeschwert, sie weiß sich gut auszudrücken und liebt englische Literatur. Sie kann fast den ganzen Keats auswendig (ausgenommen den »Endymion«, den sie für Kitsch hält). In der Literatur erschnuppert sie eine Art göttlichen Sauerstoff, der einen Menschen an den nächsten bindet und die Distanz verkürzt, die wir zurücklegen müssen, um zu entdecken, daß unsere meisten persönlichen Beobachtungen weltweit empfunden werden. Hierin, glaubt Cruzzi, hat sie recht. (Sie essen einmal in der Woche zusammen zu Mittag und unterhalten sich oft am Telefon, das heißt, sie taten es, bis Cruzzis Telefon abgemeldet wurde.) Mimi Russells Biographie von Laura Jane Oldfield, der Ontario-Pionierin des 19. Jahrhunderts, ist tadellos, auch lebendig und von einer seltenen Liebenswürdigkeit durchdrungen. Als Mary Swanns Biograph Morton Jimroy vor ungefähr einem Jahr in Kingston war, arrangierte Cruzzi ein Essen, damit die zwei sich kennenlernen und fachsimpeln konnten. Nie war solche Anmut solchem Unmut begegnet. (Cruzzi vermutet, daß der grämliche, grollende, giftige Jimroy am Swann-Symposium teilnehmen wird, und er wappnet sich seelisch.)

Simone Cruzzi ist Frederic Cruzzis Schwiegertochter, nur wendet er diese schwerfällige Bezeichnung nicht auf eine so schlanke, so blonde, so lebhafte Frau an. Sie wohnt in Montreal, hat ein adrettes Gesicht und kleidet sich flott. Oft kommt sie übers Wochenende nach Kingston, und dazwischen schreibt sie Cruzzi liebe kurze Briefe auf Geschäftspapier. Sie arbeitet seit einigen Jahren als Reiseveranstalterin und -leiterin, und sie ist dauernd unterwegs nach Salzburg oder Peking oder Oslo, mit ihren »Küken« im Schlepptau. Von diesen fernen Punkten auf dem Globus schickt sie Cruzzi Postkarten, vollgeklebt mit Briefmarken (die er zu sammeln vorgibt). Die auf die Rückseite gekritzelten Mitteilungen stehen stets in lebhaftem Gegensatz zu den Szenerien auf der Vorderseite: Sonnenuntergänge, Brunnen. Sie erwähnt fast nie ihren Mann Armand (einziger Sohn von Hildë und Frederic Cruzzi), der im Alter von sechsunddreißig Jahren an einem Gehirntumor starb.

Dann ist da noch Frank Hurley, dem das Bestattungsunternehmen Hurley und Söhne in Kingston gehört. In seiner Unterwelt balsamiert Frank Leichen ein und verkauft mit Bronze verkleidete und mit Satin ausgeschlagene Särge. Ansonsten durchstöbert er die Gegend zu Fuß (zehn Kilometer sind gar nichts) nach Wildblumen und Gräsern. Sein Bedürfnis, zu beobachten und einzuordnen, arbeitet wie eine emsige kleine Kreissäge in seinem Hirn, und Cruzzi liebt ihn unter anderem wegen dieser ständigen Geschäftigkeit. Er hat keinen Humor, ist aber ungeheuer liebenswürdig und eine Art Metaphysiker. Die menschliche Gesellschaft, sagt er mit seiner weichen Brummstimme zu Cruzzi, ist durch vier Manifestationen gekennzeichnet: die Existenz von Werkzeugen, die Präsenz der Kunst, Achtung vor den Toten und den Drang, Naturerscheinungen Namen zu geben. Mit vierundachtzig ist er Cruzzis Altersgenosse.

Und noch einer: Tom Halpenny, der jetzt das Banner herausgibt. Er ist von Geburt und Erziehung Amerikaner, vierundvierzig Jahre alt, spricht mit lauter Stimme, manchmal über Dinge, von denen er nichts versteht. Er hat eine quakende Lache, gähnt in der Öffentlichkeit, trägt ein schwarzes T-Shirt und ein Goldkettchen um den Hals und ist berühmt für seine explosiven Fürze, was erst jüngst wieder zum Ausdruck kam, als er auf dem alljährlichen Herbstbankett der Ontario Bay Jaycees eine Rede hielt. Zwei Ehefrauen haben ihn verlassen. Von seinen vier Kindern hält nur eins mit ihm Verbindung. Was von seinen Haaren übrig ist, hängt ihm zottelig über die Ohren. Von Trägheit oder vielleicht Liebesentzug hat er hängende Schultern bekommen.

Seine Wurzeln sind in der alten Neuen Linken, was heißt, daß sie nirgendwo sind. Der Puritanismus Neuenglands durchläuft ihn wie ein Kohleflöz. Er verehrt Cruzzi, hat Hildë angebetet, findet, Kingston sei der Himmel und das Banner das Banner des Himmels.

Wenigstens einmal im Monat versucht Tom Halpenny Cruzzi anzustacheln, seine Lebensgeschichte aufzuschreiben. »Bevor es zu spät ist«, stichelt er boshaft.

Heute, an einem Dienstag Anfang November, sitzen die zwei in Kingstons Old Firehall Restaurant beim Mittagessen. Cruzzi hat ein schlichtes Omelett halb geschafft, trinkt sein Perrier, wünscht, es wäre Wein. Tom Halpenny, der gerade einen Hummersalat für neun Dollar vertilgt hat, stürzt kalte Milch herunter. Aus den tiefsten Tiefen der Verschlagenheit zieht er das seiner Ansicht nach schlagende Argument hervor, nämlich daß ein nicht aufgezeichnetes Leben ein selbstsüchtiges Leben sei.

Cruzzi schüttelt über diese Dummheit den Kopf, sagt aber nichts. (Schlimm genug, in seinem Alter wabbelig und schiefseitig zu sein, aber jetzt auch noch mit Geschwätzigkeit belastet zu werden!) Die Wahrheit ist, daß, von Orwell und Pritchert abgesehen, die Literaturform Autobiographie ihn verletzt. Das behagliche Umhegen des eigenen Ich ist nur ein Teil des Problems. Es fehlt unvermeidlicherweise an Perspektive, ganz zu schweigen von scheußlichen Ausflüchten, Zurechtrückungen, schrecklicher Affektiertheit und dem abstoßenden geschmolzenen Fett des Nachgrübelns und Wiederkäuens, ganze Fässer, ganze Schiffsladungen voll. Die meisten Menschen auf der Welt, sagt er zu Halpenny, könnten ihre Autobiographie in einer Zeile schreiben.

»Ha!« ruft Tom und verspritzt Milch dabei. »Unmöglich.«

»Dann in einem Satz«, lenkt Cruzzi ein.

»Jesses, Gott«, flüstert Tom. »Dieser Zynismus, dieser billige Zynismus. Ausgerechnet du. Ich glaube es nicht. Und du als Humanist.«

»Ex-Humanist.«

»Seit wann das?«

»Seit …« Cruzzi blickt ausweichend zur Decke.

»Du kannst doch nicht allen Ernstes da sitzen und mir erzählen, daß sich ein ganzes Menschenleben zu einem einzigen mistigen kurzen Scheißsatz verkürzen läßt?«

»Wie wär's dann mit einem langen Satz?« schlägt Cruzzi verschmitzt vor.

Frederic Cruzzi: Seine (ungeschriebene) Autobiographie in einem Satz

Frederic Cruzzi wurde in der französischen Stadt Grenoble als zweiter Sohn eines nicht zusammenpassenden, dennoch glücklichen Elternpaares (Mohammed Cruzzi, ursprünglich aus Casablanca, Professor für mittelöstliche Sprachen, und Monique Roche Cruzzi, eine scheue, hübsche, musikalisch begabte Frau) geboren, und in dieser wunderschönen, von Bergen umgebenen, heute schändlich von der Chlorindustrie vergifteten Stadt wurde der junge Cruzzi offiziell und inoffiziell erzogen, indem er mit Sprachen und den Künsten – aber nicht Naturwissenschaften – sowie mit größtenteils liebenswürdigen Menschen zusammengebracht wurde, wonach er einige Jahre mit Reisen und der Erprobung der erschütternden Wirkung des Fremdseins in Ländern wie Marokko (seine zweite Heimat), Türkei, Indien, Japan und den Vereinigten Staaten (die Welt war dazumal ohne die Erfindung von Arbeitsvisa und Inflation zugänglicher, empfänglicher) verbrachte, unterwegs seine Liebe zu Frauen und zur Literatur entdeckte und sich ernährte, indem er Journalist wurde, ein Beruf, der ihn ständig an unwahrscheinliche Orte führte, deren einer ironischerweise die französische Stadt Gap nicht weit von seiner Heimatstadt Grenoble war, wo er bei einem Abendessen in kleinem Kreise eine Studentin namens Hildë Joubert kennenlernte, ein recht grobknochiges Mädchen mit glatten, in der Mitte gescheitelten blonden Haaren, die in dem Dörfchen La Motte-en-Champsaur (wo ihr Vater Ziegen hielt) aufgewachsen war und ein strahlendes Gesicht hatte, in welchem Cruzzi die Verheißung zukünftigen

Glücks erblickte, obgleich er eine Woche brauchte, ehe er den Mut fand, ihr seine Liebe zu erklären – es geschah im Museum von Gap vor einem scheußlichen, sich schon damals aus dem Rahmen lösenden Ölgemälde, das den von einem Dutzend feisten Maiden umschmeichelten Prometheus darstellte –, wonach beide für ein paar Jahre nach England zogen, wo Hildë ihre Dissertation über Rilke fertigstellte und Cruzzi in einer Zeitungsredaktion in Manchester arbeitete, wo sie in der Vorstadt (Disbury) eine Doppelhaushälfte mit Garten und Obstbäumen kauften, einen Sohn, Armand, bekamen und in einer Sommernacht, als der englische Himmel im Westen lavendelfarben glühte und zu winken schien, nach Kanada auszuwandern beschlossen (wo sie, wie sie naiverweise glaubten, in Übung mit der französischen Sprache bleiben könnten), ein ausgezeichneter Entschluß, wie sich zeigte, da eine Zeitung in der kleinen (50 000 Einwohner), am Seeufer gelegenen Stadt Kingston (King's town, Königstadt; der Name verhieß Geschichte) damals einen neuen Chefredakteur suchte, ein Posten, der die äußerst seltene Verbindung von Unabhängigkeit und Sicherheit bot und dessen sich Cruzzi – obwohl Sozialist – mehr als drei Jahrzehnte erfreuen sollte, wenngleich Armands Tod ihm beinahe das Herz brach und es wohl auch getan hätte, hätte seine Arbeit bei der Zeitung ihn nicht beschäftigt, zusammen mit einem kleinen Literaturverlag, Peregrine Press, den er und Hildë gründeten, um die Werke einer Reihe neuer kanadischer Dichterinnen und Dichter zu drucken, auf die sie aufmerksam geworden waren, von denen Mary Swann aus der Gemeinde Nadeau vielleicht die einzigartigste war, eine Dichterin, die Hildë für liebenswert »rauh« in ihrer Technik, aber als Dichterin in ihrer Art für ebenso hervorragend hielt wie den großen Rilke – ein ziemlich ausgefallener Vergleich, dem Cruzzi jedoch teils beipflichtete, wenngleich er und Hildë ihre jeweilige Einschätzung für sich behielten, aus Gründen, die sie sogar voreinander zu erwähnen vermieden und die Cruzzi, nun achtzig Jahre alt, für sich behalten muß.

Frederic Cruzzi: Jüngste Einladungen und Erwiderungen

5. September
Lieber Redakteur Cruzzi!
Wieder einmal ist es Herbst geworden, und wir Ontario Bay Jaycees versammeln uns zu unserem jährlichen Abschlußbankett. Der 30. September ist der große Tag, und wie immer soll es ein großer Abend werden. Es ist mir eine besondere Freude, Sie bitten zu dürfen, in diesem Jahr die Festrede zu halten, und wir hoffen, daß Sie uns die Ehre erweisen werden. Wir schätzen dabei etwas Kurzes, Schwungvolles, Launiges. Fünfzehn Minuten sind das absolute Maximum. Wir haben festgestellt, daß nach Truthahn nebst Beilagen keiner in der Stimmung für tiefe Gedanken ist. Dem Hörensagen nach sollen Ihre Bankettreden massenweise Gelächter hervorrufen und von allen geschätzt sein. Das Essen ist für Sie selbstverständlich gratis. Ich hoffe auf Ihre baldige Antwort, da wir unser Programm schnellstens in Druck geben müssen.
Mit freundlichen Grüßen
J. Wade Hollinghead
(Hollinghead Eisenwaren)
Bath, Ontario

8. September
Lieber Mr. Hollinghead!
Vielen Dank für Ihre freundliche Einladung, aber leider sind Sie und ich vom Hörensagen schlecht bedient worden. Ich bin nicht mehr Redakteur Cruzzi, da ich mich vor mehr als zehn Jahren aus der Banner-Redaktion zurückgezogen habe. Massenweise

Gelächter war nie mein Fall. Ich bin strenger Vegetarier, vermeide Geflügel wie alle anderen tierischen Proteine. Ich bin weitschweifig und übellaunig und nach einem leichten Schlaganfall von unansehnlichem Äußeren. Kurzum, ich fürchte, ich komme für die Ontario Bay Jaycees nicht in Frage.
Ihr sehr ergebener
F. Cruzzi

7. September
Mein lieber Freddy,
komm und heitere mich auf. Ich verspreche Dir Lammbraten und eine gute Flasche Wein. Möglicherweise Artischocken. Bestimmt meine Senfsauce. Jeder beliebige Abend paßt mir, aber komm bald. Verzeih mir, Freddy, aber Du warst zu viel allein, seit Hildë tot ist. (Ich vermisse sie auch, und egoistischerweise vermisse ich Deine Gesellschaft.)
Deine Pauline

8. September
Meine liebe Pauline,
soeben habe ich einen schändlichen, pompösen Brief an einen Mr. Hollinghead von Hollinghead Eisenwaren in Bath geschrieben, worin ich eine unerwünschte Einladung ausschlug und behauptete, Vegetarier und ein Brummbär zu sein. Ich hoffe, in Deiner Gegenwart ein besserer Gesellschafter sein zu können. Paßt es Dir nächsten Freitag?
Dein unhöflicher alter Freund
F. C.

15. September
Lieber F,
ich falle gleich mit der Tür ins Haus. Ich finde, es ist Zeit, daß Du Dich aufraffst und nach Montreal kommst. Zu Thanksgiving, um genau zu sein. Komm! Ich kann es nicht ertragen, an Dich zu denken, allein in dem großen Haus, wo Du doch jede Menge Zeit hast.

Und ich kann mir nicht vorstellen, warum um Himmels willen Du das Telefon abgemeldet hast. Was, wenn ein Notfall eintritt? Wenn Du einen Arzt brauchst? Und wie soll ich Dich erreichen? Überleg mal. Und überleg Dir, zu Thanksgiving zu kommen. Du kannst mit dem Zug fahren. Früher bist Du gerne Zug gefahren.
Paß auf Dich auf
Simone

3. Oktober
Liebste Simone,
vielen Dank für Deine Karte. Zu Thanksgiving ist es unmöglich, leider, so sehr mich der Gedanke an ein Familientreffen lockt. Ich verabscheue es neuerdings, längere Zeit von zu Hause weg zu sein. Ich brauche bestimmte Dinge um mich, vor allem meine Bücher. Und ich schaue immer noch ab und zu beim Banner herein und schreibe natürlich die Freitagskolumne. Die Kolumne wird rasch zu einer Last, weil es (um die Wahrheit zu sagen) zunehmend schwieriger wird, gleichzeitig genial und nörgelig zu sein oder sich Themen auszudenken, die es wert sind, bebabbelt und besabbelt zu werden. Letzten Monat habe ich heuchlerische Vornehmtuerei, entwürdigende Technik, die Vergehen von Lokalpolitikern und Versündigungen gegen die Sprache abgehandelt – und jetzt muß ich nach einer neuen Abscheulichkeit stöbern. Ich lege meinen Artikel über die Tyrannei des Telefons bei, der meinen augenblicklichen Zustand der Unerreichbarkeit teilweise erklärt. (Das wahre Problem, wenn Du es unbedingt wissen willst, sind die dringlichen Einladungen von langlebigen Witwen, hauptsächlich Hildës liebe alte Freundinnen, die mir täglich zusetzen, zum Abendessen, Mittagessen, Bridgespielen, zu Konzerten, Picknicks und so weiter zu kommen. Sie halten mich für trostbedürftig, und wie Du weißt, stand Trost immer im Brennpunkt meiner tiefsten Skepsis.) Und dann die Antiquare, les bouquinistes (besonders einer), die mich am Telefon wegen des Verkaufs meiner Bücher und anderer Sachen nerven – als ob ich die je verkaufen würde.
Dein Dich liebender
F.

8. Oktober
Lieber Frederic Cruzzi!
Ich versuche seit geraumer Zeit, Sie telefonisch zu erreichen, aber vergebens. Als Vorsitzender des Vorbereitungsausschusses für das Swann-Symposium, das im Januar im Hotel Harbourview in Toronto (vorläufiges Programm liegt bei) veranstaltet wird, möchte ich Sie ersuchen, die Einführungsrede zu halten. Wir Komiteemitglieder sind alle über Ihre Rolle als Mary Swanns erster (und einziger) Verleger und als derjenige im Bilde, der ihr (meines Erachtens) außerordentliches Genie früh erkannte. Es scheint daher den Komiteemitgliedern (übrigens einstimmig) überaus angemessen, Ihnen bei dieser ersten – aber nicht letzten, hoffen wir – ihr zu Ehren stattfindenden Versammlung von Gelehrten eine führende Rolle zuzuweisen.
Wie ich höre, waren Sie in letzter Zeit nicht bei bester Gesundheit, dennoch hoffen wir, daß Sie uns die Ehre erweisen werden. Würden Sie so freundlich sein, sich baldmöglichst mit mir in Verbindung zu setzen?
Ihr sehr ergebener
Willard W. Lang
Vorsitzender, Fachbereich Englisch
Universität Toronto
PS.: Sie erinnern sich vielleicht nicht mehr, daß wir uns vor vier Jahren begegnet sind, als ich die Kühnheit besaß, auf der Durchreise in Kingston an Ihre Tür zu klopfen. Wir hatten ein (für mich) hochinteressantes Gespräch über moderne Poesie und über Mrs. Swann. Bitte grüßen Sie Ihre Gattin, die so freundlich war, mir eine Tasse Tee und ein Stück köstlichen Nußkuchen anzubieten.

15. Oktober
Lieber Herr Professor Lang!
Leider muß ich Ihnen mitteilen, daß ich aus gesundheitlichen und persönlichen Gründen außerstande bin, an Ihrem »Symposium« teilzunehmen. Ich war immer der Meinung, daß die Größe von

Mary Swanns Werken in ihrer Unschuld liegt, darin, daß sie nicht zu gelehrten Einmischungen oder wunderlichen Interpretationen auffordern. Als aufmerksamer Leser ihrer »Texte« werden Sie sich an die Zeilen erinnern, die ihr zweites Wassergedicht beschließen:

Verstecke mich hier
laß die drückende Pein
die mein
warten in mir.

Freilich wäre es lächerlich, diese Zeilen als flehende Bitte zu interpretieren, daß wir ihre Werke nicht lesen. Dichter schreiben schließlich, um anderen zu zeigen, wie einzigartig ihr Herz und ihr Verstand sind. Aber ich glaube, Mrs. Swann würde sich mit all ihrer »drückenden Pein« jeglichem Versuch widersetzen, das zu analysieren und systematisieren, was ihr so natürlich entströmte wie ihr Atem. Ich denke oft an den Weisen, der bemerkte: »Kritiker sind für die Kunst was Ornithologen für die Vögel.« Ich bin dankbar für die Worte und Rhythmen, die Mrs. Swann uns hinterließ, und habe nicht den Wunsch, mit ihrer Bedeutung herumzuexperimentieren. Und es würde mich grämen, anderen dabei zuzuhören.
Ihr sehr ergebener
F. Cruzzi
P.S.: Meine verstorbene Frau hätte sich gefreut, daß Sie sich an sie und ihren Nußkuchen erinnern. Ich selbst erinnere mich gut an Ihren Besuch und habe mich oft gefragt, was aus den Gedichten wurde, die Sie unter Mrs. Swanns Küchenfußboden entdeckt haben.

20. Oktober
Lieber Freddy,
die Blumen sind herrlich, es war so lieb von Dir, sie mir zu schicken. Ihr Anblick wird meine Genesung beschleunigen und mir Heiterkeit bringen. Aber ich muß mich unwillkürlich fragen,

ob nicht Du es bist, der Aufheiterung braucht. Als Du neulich abends hier warst, kamst du mir stiller vor als sonst, ein wenig in Gedanken. Grübelst Du immer noch über Südafrika nach? Ich hoffe nicht, denn was können wir schon tun? Wir zwei sollten uns nächsten Freitag bei einem Drink aufheitern, irgendwann nach fünf. Leider muß ich Dich jedoch bitten, den Gin mitzubringen, denn ich darf die nächsten zehn Tage mit diesen dämlichen Krücken das Haus nicht verlassen.
Deine Pauline

23. Oktober
Meine liebe Pauline,
teile Dir nur rasch mit, daß ich Freitag mit einer Flasche Beefeater erscheine. Wir können uns gegenseitig trösten. Ich werde mich nach Deinem Bruch und Deiner Schlaflosigkeit erkundigen, und Du darfst mich, wenn Du willst, nach meinen augenblicklichen Verdrießlichkeiten ausfragen, die ich größtenteils selbst herbeigeführt habe. Zum einen vermisse ich mein Telefon, doch der Hochmut verbietet mir, mich mit der Telefongesellschaft in Verbindung zu setzen. Und kürzlich habe ich, boshaft, spöttisch, überheblich und mit breit gestreuten höhnischen Anführungszeichen, eine Einladung zu einem Symposium über Mary Swann ausgeschlagen, das mir, wie ich jetzt glaube, viel Spaß machen würde. (Was für eine Gemeinheit läßt mich so begierig sein, die Welt der Akademiker vor den Kopf zu stoßen? Etwas von dem geistigen Gift ist in meine Kolumne eingeflossen – sag nicht, es ist Dir nicht aufgefallen –, und mein letzter Artikel über streunende Hunde hat bestimmt böses Blut gemacht. Weißt Du, es war Hildë, die meine Boshaftigkeit gezügelt hat, mit ihrer täglichen gutmütigen Unschuld, ihrer ausgeglichenen Feinfühligkeit. Ach ja …
Bis Freitag
F.

1. November
Lieber F.C.,
bravo, und mach um Himmels willen weiter so. Es regnet unaufhörlich Post seit dem sagenhaften Hundeartikel (pro, contra, neutral, was Du willst). Und der Artikel über die Aufhebung des Senats hat auch kräftig Wellen geschlagen. Neulich haben Judy, Fran und ich den Postsack durchgesehen, und da fragten wir uns, ob Du uns vielleicht zwei Kolumnen pro Woche schreiben könntest statt der einen. Sagen wir, dienstags und samstags oder so. Ich weiß, es wäre ein Bruch mit der Tradition, aber es ist Spitze für die Auflage und gibt den Leuten was anderes zum Nachdenken neben dem Mittleren Osten. Gib mir Bescheid, was Du davon hältst. Ich nehme an, es besteht keine Chance, daß Du Dein Telefon wieder anmeldest, oder? Du könntest ebensogut auf dem Mond sein statt auf der anderen Seite der Stadt.
Ein Vorschlag für eine zukünftige Kolumne!! Wie wär's, beizeiten ein bißchen Vitriol über rosa Plastikflamingos auszugießen? Judy schickt Dir Grüße. Fran auch. Und ich.
TSH

6. November
Mein lieber Tom,
Dein Brief ist eben angekommen; das heißt, ein paar Gramm Papier waren für einen Kilometer sechs Tage unterwegs. Auf dem Mond, wahrhaftig!
Leider muß ich Deinen Vorschlag für zwei wöchentliche Kolumnen dankend ablehnen. Es ist schon schwierig genug, Wut für eine zu sammeln. Meine Fähigkeit, mich zu erzürnen, verfällt zusammen mit meinen diversen anderen Körperteilen, und ich stelle fest, daß es mir Schwierigkeiten macht, mich auch nur einmal die Woche in Rage zu versetzen. Tatsache ist, ich mag Hunde. Ich glaube bis zu einem gewissen Grade an den Senat. Ich bewundere Höflichkeit, falsch oder echt. Die Mehrzahl der Politiker ist wohlmeinend, so seltsam es scheint. Die englische Sprache muß flexibel und offen bleiben und vor dem Einfluß von Pedanten wie mir

bewahrt werden. Und das Telefon gehört zu den größten Annehmlichkeiten der Welt. (Ich beabsichtige, meins im neuen Jahr wieder anschließen zu lassen, sobald sich die Aufregung gelegt hat.) Wie Du siehst, beraubt mich die Verbreitung meiner schlechten Laune, nachdem sie nun zur kunstvollen Äußerung wurde, jener Überzeugungen und Vergnügungen, die mein Leben in Gang hielten. Trotzdem werde ich die Freitagskolumne noch mindestens ein Jahr fortsetzen, ist doch quiekende Beharrlichkeit die Hauptkrankheit des hohen Alters. Aber ich denke ernsthaft daran, mich nächste Woche zugunsten von etwas zu äußern, bloß um zu sehen, ob ich noch imstande bin, einen Artikel zu schreiben, der nicht »Anstoß nimmt«.

Wenn ich einen Vorschlag machen darf, Tom, eine in mehreren Blättern erscheinende Kolumne mit Ratschlägen für Liebeskranke ist meiner Meinung nach genug. Und Du solltest Dir vielleicht überlegen, dem Kerl von der Kolumne »Ratschläge für reife Jahrgänge« zu kündigen. Wir gehen sowieso alle den Bach runter, und die kleinen Sonnenstrahlen von diesem Idioten sind eine Beleidigung.

F.C.

P.S.: Leider kann ich mich nicht dazu durchringen, Flamingos zu verurteilen, auch nicht lässig gegen Gartenzwerge zu wettern, nicht mal gegen den schwarzen Sambo am Torpfosten. Ich bin der festen Überzeugung, daß diese Kinkerlitzchen in dem unschuldigen Bemühen gekauft und aufgestellt werden, eine trostlose Welt zu verzieren, und wie kann man gegen einen so schlichten menschlichen Impuls zu Felde ziehen?

7. November

Lieber Mr. Cruzzi!

Entschuldigen Sie, daß ich Sie nochmals belästige. Es mag auf den ersten Blick wie eine kommerzielle Anfrage aussehen. Vielleicht erinnern Sie sich, daß wir im Frühherbst mehrmals miteinander telefoniert haben, und Sie haben deutlich gemacht, daß Sie nicht interessiert sind, einen Teil Ihrer persönlichen Bibliothek zu ver-

kaufen, noch sich des Inventur- und Schätzdienstes zu bedienen, auf den unsere Firma spezialisiert ist.
Ich schreibe diesen Brief offen gesagt in der Hoffnung, daß Sie es sich anders überlegt haben und jetzt Ihren Besitz auflösen und sich des Vorzugs gestreuter Anlagen oder eines für Reisen, Wohltätigkeiten und so weiter verfügbaren Einkommens erfreuen möchten. Wir haben die Erfahrung gemacht, daß viele Menschen mit der Veräußerung ihrer Werte zu lange warten, so daß bei der Klärung von Vermögensfragen die Gegenstände, die ein Leben lang hochgeschätzt und geliebt wurden, von den Erben vernachlässigt und übersehen werden. Statt in die Hände derjenigen zu gelangen, die sie am besten zu schätzen wissen, werden gehütete Sammlungen (insbesondere Bücher) aufgelöst und zerstreut oder manchmal sogar durch sorglose Behandlung vernichtet.
Die Spezialität unserer Firma ist die Beschaffung von Büchern für anspruchsvolle Sammler. Vorzugsweise kommen komplette Bestände für uns in Betracht, wir handeln aber auch mit Teilsammlungen und sogar mit Einzelexemplaren. Momentan haben wir zum Beispiel einen Kunden, der dringend eine Hemingway-Erstausgabe sucht. Ein anderer Sammler, den wir vertreten, interessiert sich besonders für die Dichterin lary Swann, deren Werke Sie selbst in nicht allzu ferner Vergangenheit veröffentlicht haben.
Ich darf Ihnen versichern, daß unsere Firma für solche Ausgaben Höchstpreise ansetzt und zahlt. In gewissen Fällen, wie etwa bei Mary Swanns recht eigenartigem Bändchen, sind wir sogar bereit, weit mehr als den gängigen Preis zu bieten, natürlich je nach Zustand.
Wir möchten Sie bitten, unsere Dienste in Erwägung zu ziehen und sich über unsere New Yorker Postanschrift oder die in unserem Briefkopf genannte gebührenfreie Telefonnummer mit uns in Verbindung zu setzen.
Mit vorzüglicher Hochachtung
Bücher Browsers AG

11. November
Lieber Bücher Browser!
Ich rede Sie so an, da Sie keinen anderen Namen nennen. Bitte machen Sie sich keine weiteren Gedanken darüber, was nach meinem Tod aus meinem »Vermögen« wird. Ich habe eine äußerst rege Schwiegertochter, die den Wert der Bibliothek, die meine verstorbene Frau und ich in fünfzig Jahren zusammengetragen haben, voll zu würdigen weiß. Was sie mit der Sammlung machen wird, wenn sie sie erbt, ist ihre Sache, doch solange ich lebe, und ich erwarte noch eine Weile am Leben zu bleiben, beabsichtige ich dafür zu sorgen, daß die Bibliothek ungeteilt bleibt. Meine Bücher, lieber Bücher Browser, sind ein Trost, etwas Lebendiges, ein Tagebuch meines Lebens. Was kann ich sonst noch sagen?
Wenn es Sie erleichtert und weitere Korrespondenz verhindert, will ich Ihnen versichern, daß sich nichts aus der Hemingway-Schule in meinen Regalen befindet. Was die vier verbliebenen Exemplare von Swann's Songs betrifft (alles, was von den ursprünglich 250 Exemplaren übrig ist, die meine Frau und ich bei Peregrine herausgegeben haben), habe ich in meinem Testament bestimmt, daß sie an die Queens Universitätsbibliothek hier in Kingston gehen.
Leider, Bücher Browser, kann ich Ihnen nicht behilflich sein, und Sie können mir auch nicht helfen.
Hochachtungsvoll
Frederic Cruzzi

16. November
Lieber Mr. Cruzzi!
Mein Name ist Sarah Maloney, und ich bin ebenfalls Swannianerin. Kürzlich erhielt ich einen Anruf von Willard Lang, dem Vorsitzenden des Vorbereitungsausschusses für das Swann-Symposium. Er sagte mir, daß Sie die Einladung des Komitees, die Einführungsrede zu halten, ausgeschlagen haben. Ich kann Ihnen versichern, daß wir über diese Nachricht alle betrübt sind.
Ich schreibe Ihnen, um zu sehen, ob ich Sie möglicherweise über-

reden kann, statt dessen an einer informellen Fragestunde zur Herausgabe von Swann's Songs in Ihrem Verlag Peregrine Press teilzunehmen. Dieses hypothetische Ereignis könnte am zweiten oder dritten Tag der Veranstaltung stattfinden, nachdem die akademische Steifheit aus unseren Knochen gespült wurde. Wir von der Swann-Branche können endlose Vermutungen anstellen, aber Sie sind derjenige, der den Originaltexten Geburtshilfe geleistet hat und der einzige, der das Manuskript vor Augen (und in Händen) hatte, das, wie ich höre, bedauerlicherweise vor einigen Jahren verloren ging. Welch eine Tragödie.
Ich persönlich möchte Sie sehr gerne kennenlernen und von Ihnen hören, welchen Eindruck Sie von Mary Swann hatten. Mir bleibt sie zum Verrücktwerden rätselhaft, nicht nur ihre Werke, auch sie selbst. Wie gelangten all die Worte in ihren unschuldigen Kopf? Vielleicht wissen Sie es. Ich glaube, Sie könnten es wissen. Ich hoffe, Sie werden es mir sagen. Bitte überlegen Sie es sich und kommen Sie zum Symposium. Wir können reden und reden.
Mit aufrichtigen guten Wünschen
Sarah Maloney (Ms.)

26. November
Meine liebe Ms. Maloney!
Ihren reizenden Brief habe ich heute erhalten. (Verzeihen Sie die Mutmaßung, daß reizende Briefe eine Spezialität von Ihnen sind. Sie schmeicheln mir natürlich mit Ihrer Annahme, daß ich das Geheimnis von Mary Swanns Kraft verstehe; tatsächlich bin ich wie alle anderen verblüfft über ihre außergewöhnliche Fähigkeit, zwei gewöhnliche Worte nebeneinander zu stellen und ein Kilowatt und manchmal mehr, viel mehr, aus ihnen herauszuholen.)
Ihre Einladung hat mich verlockt und überredet, und an diesem frischen Herbstmorgen bin ich voll froher Erwartung – wenngleich ich meinen Entschluß vermutlich nächste Woche bereuen werde.
Was meinen eventuellen Beitrag betrifft, wäre es für die Teilnehmer des Symposiums vielleicht nützlich, wenn ich ein paar Minuten allgemein »geburtshelferisch« darlegen würde, wie ich

Mrs. Swann kennenlernte, obwohl die Geschichte, wie sie mir an jenem weit zurückliegenden Schneetag ihre Gedichte brachte, hinreichend bekannt sein dürfte. Ich könnte auch, falls es von Interesse ist, kurz das Sammelsurium von Papier, das Sie »Manuskript« nennen, beschreiben, auf dem die Gedichte geschrieben waren. Ich bin mir selbst nicht ganz sicher, ob ich so einen Haufen Papierfetzen als Manuskript bezeichnen würde, und stimme nicht mit Ihnen überein, daß der Verlust »tragisch« ist. (Tatsache ist, daß meine verstorbene Frau es benutzte, um nach einem besonders leckeren Weißfischessen Fischgräten einzuwickeln, aber auch diese Geschichte dürfte hinlänglich bekannt sein.)

Darüber hinaus empfinde ich als alter Zeitungshase, der kaum etwas von einem professionellen Gelehrten an sich hat, wohl weniger Ehrfurcht vor der Heiligkeit von Arbeitspapieren als Sie. Wenn Sie mit der Urdu-Dichtung oder insgesamt mit der mündlichen Überlieferung des größten Teils der Weltliteratur vertraut sind, werden Sie wissen, daß diese Wertschätzung für Originalmanuskripte eine relativ neue Erscheinung ist, und diese ist mir unverständlich. Ein Manuskript ist schließlich nur eine grobe Verkörperung des Schrittes zwischen kreativem Denken und Kunstwerk und kann ebensogut zum Feueranzünden oder zum Einwickeln von Fischgräten verwendet werden.

Offen gesagt, das endlose Vergleichen von Texten, diese Tyrannei der Genauigkeit, die die Welt der Akademiker beherrscht, ist ziemlich ermüdend. Ich habe festgestellt, daß es manchmal besser ist, das Universum mit einem Blinzeln zu betrachten, sich einer absichtlichen Verzerrung anheimzugeben und zu hoffen, daß aus der durcheinandergeratenen Sicht, oder den durcheinandergeratenen Aufzeichnungen, wenn Sie wollen, der Zufall herausfällt, der die Wahrheit ist. Darum bitte ich Sie, Ms. Maloney, »bedauern« Sie nicht den Verlust von ein paar Papierfetzen. Wie Sie sicher wissen, gibt es andere Dinge, denen Sie Ihr Bedauern widmen können.

Ihr sehr ergebener
F. Cruzzi

P.S.: Darf ich Sie zu Ihrer Handschrift beglückwünschen – vor allem zu Ihrem wie gestochenen großen C, und zu der wunderlichen, altmodischen Art, wie Sie Ihre Absätze einrücken – wirklich sehr hübsch.

7. Dezember
Mein lieber Freddy,
laß mich Dir vorab sagen, daß Du Dir nichts, nichts, nichts vorzuwerfen hast. Ich bin nicht beleidigt, wie Du in Deinem Brief vermutest, und ich bin sicher, Hildë und auch mein lieber Barnie hätten es für die natürlichste Sache der Welt gehalten. Du bist noch nicht bereit für abgeklärte Onkelhaftigkeit, und warum solltest Du? Ich war nur ein wenig erschrocken, weiter nichts – es ist zu lange her. Meine Güte, es fällt mir schwer, dies zu Papier zu bringen. Ich weiß ja, daß Worte zuweilen ziemlich rührselig sind, und was wir vor allem anderen brauchen, ist, an ihnen vorbeizugreifen und uns gegenseitig zu berühren. Das ist alles, was passiert ist, so eine Kleinigkeit, aber es hat mir ein solches Glück gebracht, auch wenn Du anders zu denken scheinst.
Bitte komm am 17. Ich mache Rebhühner mit der Sauternesauce, über die Du dauernd sprichst, und mit etwas Glück bekomme ich Erdbeeren auf dem Markt.
Deine Pauline

10. Dezember
Meine süße Pauline,
ich komme mit einem Nußkuchen, der gerade frisch aus dem Ofen kommt und bereit für sein Kognakbad ist.
Bis dann
F.

11. Dezember
Lieber Mr. Cruzzi!
Sie werden sich vermutlich nicht mehr an unsere Begegnung anläßlich der Versammlung der Bibliothekenvereinigung vor

ein paar Jahren erinnern, als Sie der Gastredner waren. Wir haben anschließend ein wenig geplaudert. Vielleicht hilft es Ihrem Gedächtnis auf die Sprünge, wenn ich Ihnen sage, daß ich (halbtags) die Bibliothekarin von Nadeau bin und eng mit Mary Swann befreundet war, bevor sie dahinschied. Würde sie nicht staunen, wie berühmt sie nun wird? Ich hoffe, sie kann es auf irgendeine Art erfahren.

Vor Kurzem erhielt ich eine Einladung für ihr Symposium in Toronto, und letzte Woche schrieb mir Professor Lang in einem netten Brief, daß Sie auch dort sein und eine Rede halten werden. Um zur Sache zu kommen, Professor Lang schlug vor, wenn ich nach Toronto fahre, könnte ich Sie vielleicht mitnehmen, aber das Problem ist, so verrückt es scheint, daß ich nie Autofahren gelernt habe. Deshalb fahre ich Montagmorgen (3. Januar) mit dem Bus nach Kingston und nehme dann den 10-Uhr-Zug. Immer, wenn ich nach Toronto fahre, was nicht halb so oft vorkommt, wie ich es mir wünsche, nehme ich die Eisenbahn. Einmal bin ich den ganzen Weg mit dem Bus gefahren, und das war nicht halb so schön wie mit der Bahn, und um alles noch schlimmer zu machen, wurde mir unterwegs obendrein schlecht.

Vielleicht halten Sie mich für schrecklich aufdringlich, aber ich dachte, wir könnten denselben Zug nehmen und uns unterwegs Gesellschaft leisten. Wir könnten uns gegen 9 Uhr 30 in Kingston am Bahnhof treffen, rechtzeitig, um die Fahrkarten zu kaufen, es sei denn, wir besorgen sie schon vorher, was ich immer tue. Damit Sie mich erkennen, ich bin einsdreiundsechzig groß, und derzeit bin ich wohl eher schlank zu nennen, weil ich in letzter Zeit etwas unpäßlich war, aber über kurz oder lang nehme ich bestimmt wieder zu. Ich trage eine Brille mit blaugrauer Fassung und werde einen braunen Wildledermantel anhaben, wenn es nicht schneit, aber wenn es schneit, was anzunehmen ist, ziehe ich meinen alten daunengefütterten blauen Mantel mit grauem Fellkragen (bloß Kunstpelz) an.

Vermutlich haben Sie unterdessen längst Vorkehrungen für Ihre Reise getroffen; denken Sie bitte nicht, daß ich gekränkt bin, wenn

ich hinkomme (zum Bahnhof) und Sie nicht da sind. Es ist bloß, weil Professor Lang gefragt hat, ob ich Sie mitnehmen könnte, aber wie gesagt, ich fahre nicht Auto. Was lächerlich ist, wenn man auf dem Land lebt wie ich. Aber wie dem auch sei, ich liebe die Bahnfahrt, jeden einzelnen Augenblick, besonders die Strecke am See entlang.
Mit freundlichen Grüßen
Rose Hindmarch
P.S.: Frohe Weihnachten

18. Dezember
Liebe Ms. Hindmarch!
Ich vermute, Lang schrieb Ihnen, daß ich alt und gebrechlich und verwirrt bin und Betreuung brauche, was alles stimmt oder teilweise stimmt, und deshalb nehme ich Ihre freundliche Einladung, Ihr Reisegefährte zu sein, gerne an.
Auch ich liebe die Bahnfahrt, vor allem in dieser Jahreszeit. Wir können aus dem Fenster schauen, und Sie können mir alles über Ihre Freundin Mary Swann erzählen, der ich leider nur einmal kurz begegnet bin. Es ist einige Jahre her, seit ich durch Nadeau kam, aber man sagte mir, daß das Heimatmuseum eine eigene Mary Swann Ausstellung hat.
Meine besten Wünsche für Ihre Gesundheit und ein fröhliches Weihnachtsfest.
Ihr F. Cruzzi
P.S.: Da wir uns schon einmal begegnet sind, werden Sie mich leicht erkennen, obwohl ich etwas tattriger bin als damals bei unserer Plauderei auf der Versammlung der Bibliothekenvereinigung.

Frederic Cruzzi: Seine Träume

Fast jeder kennt den persischen Dichter Raschid und weiß, was er über die Macht der Träume geschrieben hat: Würden alle Träume, die in einer einzigen beliebigen Nacht von Menschen geträumt werden, in einem Bündel zusammengefaßt und in den frühmorgendlichen Himmel geschleudert, so würde die daraus entstehende lodernde Flamme

... die verkümmerten Feuer
der Sonne beschämen.

Als Frederic Cruzzis Frau Hildë noch lebte, machten die zwei sich gelegentlich ihre Träume zum Geschenk, während sie in ihrer großen altmodischen Küche das Frühstück zubereiteten. Hildë, die mit rhythmischen Bewegungen Toast mit Butter bestrich, beschrieb wilde Tiere, bunte Nahrungsmittel, plötzliches Nacktsein und verlegte Gegenstände, Gegenstände, die beharrlich undefinierbar blieben.

Cruzzi, stets der Redakteur, hatte manchmal ein schlechtes Gewissen, weil er seine unzusammenhängenden Träume Hildë zuliebe verschönerte, ihnen Form gab und kleine, elegante, dekorative Noten hinzufügte. (Es gibt viele Spielarten der Entfremdung, hat der Dichter Raschid beobachtet, und Eleganz ist eine davon.) Cruzzis Träume, wie er sie Hildë mitteilte, waren angefüllt mit Blumen, mit langen, heilsamen Gesprächen, mit der wundersamen oder heroischen Überwindung der Schwerkraft. Ein Mangel an Geradlinigkeit verlieh ihnen Charme und tut es noch. In seinen Träumen knallt er dauernd mit der Stirn gegen eine unvermutete Struktur oder Witterung, oder er beobachtet selbst noch mit achtzig Jahren, wie seine Hände, die die Symbole, die Boten seines ganzen Ich sind, eine Landschaft aus unentdeckten weiblichen Körpern bereisen, Brüste, Spalten, Schenkel, Fesseln – und all diese Berge und Täler werden von den geduldigen kobaltblauen Augen seiner Frau Hildë bezwungen.

Seit ihrem Tod vor einem Jahr – infolge des Platzens der Kranialarterie – behält Cruzzi seine Träume für sich. Lieber würde er seine Hand in kochendes Wasser tauchen, als seine guten Freunde mit seinen Träumen langweilen. (Wohingegen dieselben Freunde das Thema ihrer Träume ziemlich häufig anschneiden, und dann weiß Cruzzi jedesmal, daß es fade für ihn wird.)

Wie dem auch sei, seine Träume bleiben und sind eher noch vielfältiger, lebhafter, dadaistischer in ihrer Erzählweise und greifen beharrlicher nach seltsamen, verworfenen Geschichtsbrocken. Daß sie ihn bis ins hohe Alter verfolgen, erstaunt ihn, und er ist jedesmal verblüfft über ihre absolute Nutzlosigkeit; zuweilen vergleicht er ihre Substanz mit der wunderbar weichen, immer wiederkehrenden Fusselschicht, die er von dem Stahlsieb in der Tür des elektrischen Wäschetrockners klaubt. (Es liegt eine gewisse Lust in dieser Klauberei, findet er; aber welchem Nutzen kann die Handvoll saubere gesammelte Fusseln zugeführt werden?)

Die Vorstellung, daß Träume die unfreiwillige Poesie des Gemüts sind, gefällt ihm, aber er verwirft sie. Er ist auch von Natur aus skeptisch gegenüber der Theorie, daß Träume sich sammeln und Teil des Auf- und Abbaus des Universums werden; ebenso mißtraut er der Vorstellung, daß Träume Schuld oder Angst bannen oder die Phantasie heilen. Er weiß nicht, was er glaubt, und ist so verblüfft wie Mary Swann (kosmische Cousine des großen Raschid), die davon gequält wurde:

Was scheinbar
zerstörtes Gedenken, das
an wittrigen Nerven zerrt
wie nutzlose Träume,

bewacht die Nacht
in Gläsern, versiegelt,
ungeträumt.

Anfang September, oder vielleicht Ende August, schlief Cruzzi nach einem kurzen Nachmittagsspaziergang im Wald, der gleich hinter seinem Haus anfängt, in einem Sessel am offenen Fenster ein, und mit dem ersten Atemzug bot sich ihm ein flüchtiger Blick auf die weiße Hand seiner Mutter, die eine Flasche Mineralwasser zu öffnen versuchte und sie nach einigem Mühen ihrem Mann reichte. Im Vordergrund ist ein rotes Tuch auf dem Gras ausgebreitet, ein Picknick ist im Gange, und der schlafende Cruzzi fängt mit seinem zweiten Atemzug das runde Muslimgesicht seines Vaters ein – weich, etwas überreif, glatt und unbehaart wie eine Birne, das durch eine wunderbare, überflutende Aufrichtigkeit gar noch runder wirkt. Wie sie lächeln, die zwei! Ihr strahlendes Lächeln bildet die Melodie, die seinen Traum in der Schwebe hält, selbst als eine Fliege Cruzzi ins Ohr summt und die Picknickdecke außer Sicht zu wischen und die Mineralwasserflasche umzuwerfen droht. Das Lächeln der zwei picknickenden Menschen richtet sich in die Blätter eines staubigen Bäumchens, aufeinander, auf das sprudelnde Wasser, das aus der Flasche gegossen wird, und auf Cruzzi, der irgendwie dort und doch nicht dort ist.

Durch Cruzzis Traum, durch alle seine Träume, wandern die stämmigen, sonnengebräunten Beine seiner Frau Hildë. Mahagoni nennt er diese Beine im stillen, solide, polierte Hartholzschäfte zwischen Wandershorts und Schnürstiefeln, Beine, kräftig geworden auf ihren jährlichen Wandertouren in den Appalachen oder entlang dem Bruce Trail. Die Rundheit von Hildës braunen Schenkeln auf der Picknickdecke erdrückt die Vielfalt anderer Formen und Gesten und ruft ein Wimmern in Cruzzis Leistengegend hervor, das die fragile Anordnung von belegten Broten und Obst durchbricht und ihn langsam und schmerzhaft ins Bewußtsein zerrt.

In jener Samstagnacht im Oktober, wenn die Uhren offiziell eine Stunde zurückgestellt werden, schläft Cruzzi fest, dank eines gewärmten Whiskys, den er als Schlummertrunk zu sich nahm. Es ist fast, als seien die Fasern, die noch stark sind unter seiner alten, sich pellenden Haut, mit den anderen Fasern verschmolzen, aus denen die glatten Baumwollaken seines Bettes bestehen.

Gegen Morgen jedoch, vielleicht infolge der Verschiebung der einen, nicht unterzubringenden Stunde, dringt Gewalt in seinen Schlaf ein. Die Gewalt kommt in Gestalt einer Stimme, die eine in Träumen seltene Lautstärke erreicht. Sie dröhnt gegen das stramme Gewebe der Bettlaken, und der schlafende Cruzzi, die Hände zu Fäusten geballt, strengt sich an, um zu verstehen, was die Stimme sagt, aber er kann nur ein Gebrüll hören, das Zorn und Verletzung ausdrückt. Es ist natürlich seine eigene Stimme, und das macht sein Unvermögen, Worte zu erkennen, um so frustrierender. Eine altmodische Uhr schlägt die Stunde und verkündet, daß der Bodendenn plötzlich ist ein gemusterter Fußboden in der Leere erschienen – sich gefährlich neigt. Hildë rennt erschrocken, ihre kräftigen langen Beine suchen ihr Gleichgewicht zu halten, aber die Stimme, laut genug, um einen Muskel in Cruzzis Schulter zu spannen und ihm zu gebieten, sich auf die Seite zu drehen, droht, den Fußboden herabzuziehen, mitsamt den glitschigen gekachelten Wänden und der schönen Zimmerdecke, die durchzogen ist mit blauschwarzen Hieroglyphen, die wegen ihrer zusammenfließenden Farben und Konfiguration zu seinem großen Leidwesen unlesbar bleiben.

Cruzzi wälzt sich im Schlaf ganz herum und schiebt seinen knochigen Daumen in die Mundhöhle.

Landschaften, Erdbeben und steile Klippen weichen plötzlich einer alpinen Bergwiese und warmem Sonnenschein. (Es ist eine kalte Nacht in Kingston, die Temperatur sinkt unter Null, tief für diese Jahreszeit, und Cruzzi greift im Schlaf nach der mit Wolle gefüllten Steppdecke, die er am Fußende des Bettes liegen hat.)

Hildë lacht, entzieht sich ihm, zeigt ein flüchtiges Lächeln.

Dann arrangiert sie Obst in einer Schale, ordnet die Pflaumen sorgfältig so an, daß die zartblaue Spalte jeder einzelnen einen Streifen Sonnenglanz einfängt. Aber nein – es ist nicht die Sonne, sondern der Mond. Hildë tänzelt leichtfüßig in seine Arme, gewährt ihm eine Umarmung, die nichts verspricht, dreht sich dann fort auf Beinen, die dünner, weißer sind und von der Wade bis zum Oberschenkel seltsam milchig schimmern. (Cruzzi wacht kurz auf, kratzt sich am Geschlechtsteil, stellt Schmerzen in den Gelenken fest und wird mit dem nächsten Ausatmen durch die Tür einer Hütte getragen, wo er eine Treppe, Flure, eine hell erleuchtete Diele, eine für zwölf Personen gedeckte Tafel und getragene Musik wahrnimmt.)

Das Gesicht auf dem Fernsehschirm redet schon ein paar Minuten. Das Thema ist Libyen: eine Flugzeugentführung, der Telefonanruf eines Terroristen, unmögliche Forderungen. Ghaddafi erscheint kurz, blickt mit fanatischen Augen in die Kamera, dann wankt und zuckt er. Nach einer Minute scheint sein weichendes Bild zu schweben. Cruzzi fühlt, wie sein eigenes Gesicht verblaßt und sich in einem Gekröse von Punkten auflöst, dann seine braungefleckte Hand an der Kaffeetasse, dann sein Arm. Er wird von Licht aufgefressen. Er ist ein junger Mann, der im Gang eines Zuges steht, und hat eine Postkarte in der Hand. Wieder Hieroglyphen, aber diesmal gibt er sich mehr Mühe, sie zu entziffern. Die Worte sind in Französisch, sehr groß geschrieben, und sie verheißen Torheit, Ausgelassenheit, Leidenschaft, Liebe … besonders Liebe.

Schnee ist überall, der Wald hinter Cruzzis Haus ist vollgeschneit, Schnee füllt die Risse zwischen seinen Atemwehen. Aus dem Nirgendwo kommt eine rettende Hand, warm, von bleicher Farbe, reich gepudert, ein goldener Ring schimmert, ein paar gedämpfte Worte weisen auf einen Traum in seinem Traum, eine hausartige Höhle, in einen Berghang hineingebaut.

Aber die Tür ist durch Druck versiegelt, es ist wieder seine Blase, dann ein Hustenanfall und Taubheit in den Füßen und seine laute

Stimme, die die Küche füllt. Hildë weint, die braunen Arme über den Augen, und er schlägt mit seiner Stimme, mit seiner Hand, sogar seiner Faust auf sie ein, so daß sie unter den Schnee fällt, der jetzt tiefer ist denn je und so schwer, daß er sich abrackern muß wie ein Verrückter in seinem Bemühen, sie zu retten.

Frederic Cruzzi: Seine kurze, nicht aufgezeichnete Geschichte von Peregrine Press (1956–1976)

Schon bevor Frederic Cruzzi aus England kam, um Chefredakteur des Kingston Banner zu werden, war das Blatt notgedrungen als Regionalzeitung eine Anomalie. Der Leserkreis war eine schwierige Mischung aus Stadt und Land, Bauern, Beamten und Kleinbürgertum. Die Anzeigenkunden waren Besitzer kleiner, konservativer Familienbetriebe wie der Princess Teesalon und das Diamond Bros. Möbelhaus, doch die stimmgewaltigsten Leser waren revolutionäre und progressive Leute aus Akademikerkreisen. Die redaktionelle Politik des Banner neigte infolgedessen zu Unstetigkeit; sie glitt zwischen pragmatischem Walzen und scheinbarer Leisetreterei hin und her, und aus diesem Grunde wurde und wird das Blatt immer mit einem wissenden Augenzwinkern gelesen. Dies wird allseits hingenommen. Es wird auch hingenommen, daß die wirklichen Kämpfe auf der Leserbriefseite stattfinden, die gelegentlich auf eine zweite Seite überfließt und sich einmal – 1970, als es um den War Measures Act ging – über eine dritte ergoß. Hier nimmt der Kampf trotz kurioser vorübergehender Bündnisse und einmütiger Rückzüge die klassischen Gegensätzlichkeiten an zwischen jenen, die stillstehen, und jenen, die voranschreiten wollen.

Die stürmische, fortlaufende Kriegführung auf der Leserbriefseite war für Cruzzi meistens gleichbedeutend mit einer gesunden Partie Gesellschaftstennis: amüsant und lebenspendend. Manchmal verhilft sie auch zu einem Hauch von Erleuchtung. Aber auf der Unterhaltungsseite macht die Kriegführung abrupt halt. Selbst unter den Lesern, die nicht im Traum daran denken würden, sich im Kingstoner Regionaltheater oder im aufstrebenden Symphonieorchester Ost-Ontarios zu abonnieren, und die lieber nackt in ein Sommerdistelfeld springen als sich dabei erwischen lassen würden, ein im Banner empfohlenes Buch zu lesen, besteht eine stillschweigende Übereinstimmung, daß Kunst privilegiert ist und Protektion verdient. Ein in einer Schulbibliothek entdecktes schmutziges Buch erzeugt vielleicht eine kurze Aufregung, aber der allgemeine Kunstbegriff ist in der Region Kingston heilig, und der Kunst wird zumindest mit Lippenbekenntnissen gehuldigt.

Als Cruzzi das Banner übernahm, waren er und Hildë amüsiert über eine ständige Rubrik auf der Unterhaltungsseite, die sogenannte »Dichterecke«. Eine Anzahl Lokalpoeten, meistens im fortgeschrittenen Alter, immer vornehm, wetteiferten um diesen kleinen wöchentlichen Platz; sie lieferten stapelweise Sonette im Büro des Banner an der Second Street ab, ebenso Vierzeiler, Sestinen, Limericks, Haiku, Knittelverse und verkürzte Daktylen, sämtlich ungeniert mit Überschriften versehen wie »Möwenserenade«, »Frühlingsträumerei«, »Ode an Fort Henry«, »Birken zur Abendzeit«, »Die treue Flagge«, »Sadie«, »Das erste Rotkehlchen«, »Matrosen Ahoi«, »Amor in Aktion«, »Die Wachslilie«, »Die alte Dreschmannschaft«, »Das Auge der Tugend« und so weiter. Die Bezahlung betrug ungeachtet der Länge oder Versform fünf Dollar, aber dieser recht kleine Betrag schmälerte die Anzahl der Eingänge in keiner Weise. Cruzzi achtete während seines ersten Monats in Kingston sorgsam auf Quantität wie Qualität und ließ sogleich Pläne laut werden, die »Dichterecke« zu schließen.

Welch ein Dummkopf er damals war, er mit seinen schweren Tweedanzügen und den komischen unfrisierten Haaren, seiner seltsamen Redeweise, seinen Manieren und Sprüchen. Der öffentliche Aufschrei über das Ende der »Dichterecke« war beispiellos und schien aus allen Ecken der Gemeinde zu kommen. Er wurde als Banause und brutaler Journalist der modernen Schule etikettiert. Das Wort Ausländer machte die Runde: Franzmann, Tommy, Kaffer – hier herrschte eine verständliche Verwirrung. Die Leser waren vielleicht bereit, das neue Schriftbild zu tolerieren, das ihnen aufgezwungen wurde, und niemand schien den alten Beitrag »Kuchen der Woche« zu vermissen, als er von der Frauenseite verschwand, aber sie weigerten sich, auf Li'l Abner und die »Dichterecke« zu verzichten. Kultur war Kultur. Selbst die Anzeigenkunden wurden unruhig, und im Interesse des Einvernehmens, und weil er unter der Peinlichkeit litt, als Ketzer zu gelten, kapitulierte Cruzzi, gab jedoch bekannt, daß eine zweijährige Sperre für Möwengedichte gelte.

Weil die literarisch interessierte Gemeinde in Kingston klein war, schlossen er und Hildë mit der Zeit innige Freundschaft mit den Lokalpoeten. Cruzzi fand sogar Spaß an ihren entsetzlichen Elaboraten. Herb Farlinghams Gedicht »Frühlingsträumerei« zum Beispiel (»Frau Robin mit Flügelstiefeln an/spritzt in Pfützen und zirpt ›O Mann!‹«) schenkte ihm Augenblicke köstlicher Erheiterung, die ihm besonders lieb waren nach einem Tag, den er mit der Erstellung sorgfältiger, pointierter, ausgewogener und zum Ignoriertsein verdammter Leitartikel über den Rüstungswettlauf oder die Bedrohung durch den McCarthyismus verbracht hatte.

1955, am Ende eines langen, goldenen Sommers, öffnete Cruzzi einen an die »Dichterecke« adressierten Umschlag, und ein einziges Gedicht fiel heraus, ausnahmsweise getippt, betitelt »Anatomie eines flüchtigen Gedankens«, verfaßt von einem Kurt Wiesmann von der William Avenue, nur zwei Straßen von der Byron Road entfernt, wo Cruzzi und Hildë wohnten. Das sechzehnzeilige Gedicht besaß Anmut und Kraft. Es schien von Licht durchdrungen. Cruzzi las es rasch, erstaunt. Eine Zeile kurz vor Schluß erschreckte ihn, da sie sich zur Sentimentalität hinwendete, doch die nächste Zeile widersprach spöttisch, witzig und enthielt die notwendige, weiträumige Brücke, die in der besten Dichtung beidäugige Klarheit mit universaler Vision verbindet. Außergewöhnlich.

Es war nachmittags um halb sechs. Er holte tief Atem und fuhr sich mit der Hand durch sein dichtes, nach wie vor unfrisiertes Haar. Hildë erwartete ihn daheim zu einem Abendessen im Freien mit Freunden. Sie würde den Tisch schon unter den Bäumen gedeckt haben, rote Tischdecke, die Weingläser auf den Kopf gestellt, Papierservietten gefaltet und vom Besteck an Ort und Stelle gehalten. Trotzdem setzte er sich an seinen Schreibtisch und schrieb Mr. Wiesmann, warum sein Gedicht sich nicht für das Banner eigne. Es sei ungereimt. Es habe keine regelmäßige Metrik. Es rühme nicht die Natur, spiele nicht auf Gott an, ja nicht einmal auf Kingston und seine Umgebung. Es zerre nicht an den Herzfasern, rühre nicht an die Tränendrüsen und sei in keiner Weise dazu angetan, ein barsches, anerkennendes Kichern hervorzurufen; kurzum, es sei zu gut für die »Dichterecke«. Er unterschrieb den Brief mit »Ihr resignierter F. Cruzzi«, was ihn selbst erstaunte; er hatte bis zu diesem Augenblick nichts von seiner Resignation gewußt. (Vernunft wird diese Szene nicht retten, wie, sagen wir, eine Fußnote einen verworrenen Absatz retten kann, aber es ließe sich anführen, daß Cruzzi inzwischen Verständnis und sogar Respekt für die Empfindlichkeiten seiner Leserschaft entwickelt hatte.)

Kurt Wiesmann, Chemiker in einer Speiseölfabrik, war von diesem ablehnenden Brief entzückt und sandte dem Banner weiterhin nicht druckbare Gedichte. Im Laufe eines Jahres hatten Cruzzi und Hildë an die fünfzig davon gelesen, und beide bedrängten sie Wiesmann, unterdessen ein Freund und häufiger Gast ihres Hauses, sich an einen Buchverlag zu wenden. Was er schrieb, erstaunte, bewegte und unterhielt sie, und sie waren der Meinung, daß er ein größeres Publikum haben müßte als nur sie beide.

Aber es zeigte sich, daß die Verleger in Kanada Wiesmanns Gedichte »zu europäisch« fanden; den amerikanischen Verlegern waren sie »zu kanadisch«, und ein englischer Verleger spürte »einen amerikanischen Einfluß«, den seine Leser als »störend empfinden« könnten. Aufgebracht schlug Hildë eines Abends vor – sie saßen zu dritt bei Filterkaffee und Käsekuchen in der Küche –, daß sie die Gedichte selbst veröffentlichten.

Einen Monat später waren sie in der Produktion. Kurt Wiesmann war es, der den Namen Peregrine Press vorschlug. Er war ein rastloser Mensch, durch Familie und Arbeitsplatz gebunden, aber ein geborener Wanderer. Sein Buch bekam den Titel Eingriffe (Hildës Idee) und wurde gern als »couragierte Stimme, die mit der ganzen Kraft des Entfremdeten spricht« rezensiert. Eine Zeitung in Toronto schrieb: »Man muß dem neugegründeten Verlag Peregrine Press zu seiner Entdeckung einer frischen kanadischen Stimme gratulieren.«

Ihr zweiter Dichter war der elegante Glen Forrestal aus Ottawa, der später den Governor General's Award gewann. Er schrieb an Peregrine Press und stellte sich als Mitglied des Kurt Wiesmann-Fanclubs sowie als Veteran mehrerer eigener ernster Wanderschaften vor. Als drittes verlegten sie die hellseherische, zarte Dichterin Rhoda MacKenzie, danach kamen Cassie Sinclair, Hugh Walkley Donaldson, Mary Swann, Mavis Stockard, W. W. Wooley, Burnt Umber, Serge Tawowski und noch einige, die sich bald einen Namen machten.

Gedruckt wurde außerhalb der Geschäftszeit beim Banner und bezahlt aus Cruzzis Tasche. Hildë, die sich oben im Schlafzimmer ein Büro eingerichtet hatte, las die Manuskripte, die bald hereingeströmt kamen. Sie hatte einen scharfen Blick und, mit einigen bemerkenswerten Ausnahmen, ein ausgezeichnetes Urteilsvermögen. »Was wir zu veröffentlichen beschließen, muß einen neuen Klang haben.« Ihre Stimme nahm immer mehr die volltönende kanadische Modulation an. Zu einem Geschäftsmann, den sie zum Gönner zu bekehren versuchte, sagte sie: »Als kleiner Verlag haben wir die Verantwortung, an der Grenze zu arbeiten.«

Entlang der Grenze wurden unvermeidlich einige Fehler gemacht. Sogar Hildë gab zu, sie sei von Rhoda MacKenzies Werken eingenommen gewesen, dabei enthalte das zierliche Flechtwerk wenig Substanz. Und sie und Cruzzi bedauerten beide, für Mary Swanns Buch den Titel Swann's Songs gewählt zu haben. Ein unerklärlicher Mangel an Sensibilität. Ein Mißgriff, eine Peinlichkeit.

Zwanzig Jahre lang wurde der Verlag im Haus der Cruzzis an der Byron Road betrieben. Methodisch arbeitete Hildë frühmorgens nach ihrem täglichen Spaziergang am Seeufer; sie las Eingaben, redigierte Manuskripte, bearbeitete die Korrespondenz und kümmerte sich, wenn nötig, um finanzielle Dinge – allerdings erforderte die Buchführung wenig Zeit, da Peregrine Press nie einen Gewinn erzielte und die Auflagen klein waren, gewöhnlich zweibis dreihundert Stück. Im letzten Stadium vor Erscheinen eines neuen Buches versammelte sich jedesmal eine Gruppe von befreundeten Frauen und Männern, das Konsortium, wie sie sich nannten, im Speisezimmer der Cruzzis zu einem langen Abend mit Zwetschgenwasser und harter Arbeit: Seiten sortieren, heften, Einbände kleben; die besten Einbände entwarf Barney Ouilette, bemerkenswert hübsch, mit einem schwachen Anklang an Modernismus und einer Andeutung dessen, was Hildë gerne als »Feuer entlang der Grenze« bezeichnete.

Das einzige, das sie quälte, war das Problem, wie sie mit nicht angenommenen Manuskripten verfahren sollte. Weichherzig wie sie war, gab sie sich Mühe mit ihren Ablehnungsschreiben; sie erstrebte eine Mischung aus Aufrichtigkeit und Güte, versagte sich jedoch falsche Ermutigung, und erklärte ausführlich, was der Verlag suchte. Diese Erklärungen bereiteten ihr Freude, als rezitiere sie ein geliebtes Gebet. »Neue Klänge«, erklärte sie, »und innovative Techniken, aber Arbeiten, die einen soliden Sprachkern erkennen lassen.«

Trotz ihres taktvollen Vorgehens löste sie manchmal Verbitterung aus, einmal einen obszönen Telefonanruf, mehrmals Schmähbriefe, in denen ihr Geschmack angezweifelt wurde. Herb Farlingham, der die Publikation seiner »Jahreszeitensonette« selbst finanzieren wollte, wenn Hildë ihn gelassen hätte, weinte hemmungslos. »Es tut mir so schrecklich leid«, sagte Hildë, während sie ihn mit Tee und einem Papiertuch für seine Tränen versorgte. »Es ist nichts Persönliches, das kann ich Ihnen versichern.« Peregrine Press, erklärte sie, dankbar, eine Ausrede parat zu haben, habe sich sehr früh gegen Eigenpublikationen gewandt und sei bestrebt, auch nur den Anschein zu vermeiden, ein Verlag der Eitelkeiten zu sein.

Diese Beschränkung wurde Jahre später auf die Probe gestellt, als Hildë selbst Gedichte zu schreiben begann. Sie war nun fünfzig Jahre alt, ihre Taille war in die Breite gegangen, und ihre Haare, die sie kurz und glatt und mit einem Pony trug, waren fast ganz weiß. Sie hatte ein Dutzend Interessen, doch ihre fürsorgliche Leidenschaft konzentrierte sich auf Cruzzi. Sie beschäftigte sich mit Lesen, Musik, versuchte sich in Ölmalerei, spielte Tennis und wanderte, arbeitete mit den Blinden. Sie war robust, heiter, ungeduldig, liebenswert, immer beschäftigt, stets zielstrebig und passioniert in allem, was sie unternahm; sie freute sich wie ein Kind über ihre Erfolge und lächelte mit ihrem runden Gesicht über ihre Fehlschläge. Dieses runde Gesicht, sagten die Freundinnen und Freunde, sei von einmaliger Offenheit, und doch dauerte es ein Jahr, bevor sie ihrem Mann zeigte, was sie geschrieben hatte. »Hier«, sagte sie eines späten Abends zu ihm und hielt ihm eine Mappe hin. »Ich möchte, daß du vollkommen ehrlich zu mir bist.«

»Gedichte?« Seine Augenbrauen fuhren in die Höhe.

Sie zuckte die Achseln. »Un essai. Ein Versuch.« Sie hatten seit Jahren zu Hause nicht mehr Französisch gesprochen.

Ihre Gedichte, befand er betrübt, hatten keine Kanten, keine Härte. Die Worte an sich waren durchaus erfreulich, melodisch und nahezu träumerisch, aber in einigen Zeilen lag auch etwas, das er als kokett erkannte – und das überraschte ihn. Er erinnerte sich an das Jahr, als Hildë sich auf Ölmalerei verlegt hatte, und wie ihre eigenartigen, wilden Abstraktionen ohne Rücksicht auf Linienführung oder Komposition umherwirbelten; diese Leinwände, Überbleibsel eines erloschenen Enthusiasmus, waren jetzt im Keller gestapelt, wo sie den Sonnenschirmen und Gartenwerkzeugen Gesellschaft leisteten. Er fragte sich, ob eine gewisse natürliche Liebenswürdigkeit seiner Frau die imaginative Vision blockierte. (Er kannte die Poeten, ihr sich stets entfaltendes Ego, ihre Rechtschaffenheit.)

»Nun, was meinst du?« fragte Hildë ihn. Sie saß gespannt auf einem Schemel, wenige Zentimeter von seinem Sessel. »Ich möchte, daß du sehr, sehr streng bist.«

»Sie sind sehr bewegend«, sagte er. »Einige.«

Er konnte sie nicht täuschen. »Meinst du, Peregrine könnte ...« Sie ließ die Andeutung verklingen. Mit einer Hand glättete sie den Rock über ihrem runden Knie.

Er sah sie an, erstaunt, mitleidig. Eine Mischung aus Zärtlichkeit und Vorsicht diktierte ihm seine Antwort. »Du weißt«, sagte er langsam, »wir haben von Anfang an beschlossen, keine ...«

»Sie sind nicht besonders gut«, sagte Hildë eher verblüfft als untröstlich. Sie stieß ihr jähes, explosives Lachen aus. »Ich versuchte nur auszudrücken – ich weiß nicht genau, was. Vielleicht ist das das Problem.« Sie stand mit einem unbeholfenen kleinen Ruck auf, um Kaffee zu machen, eine Geste, so selbstschützerisch, daß sie Cruzzi länger im Gedächtnis haftete als ihre Worte. »Du hast recht«, sagte sie fest. »Wir haben den Beschluß gefaßt und müssen uns daran halten.«

1977 engagierte sich Hildë in der Anti-Atom-Bewegung. Und Peregrine Press siechte langsam dahin. Dann starb Hildë.

Zwanzig Jahre, hat Cruzzi seitdem erfahren, beträgt gewöhnlich die Lebensdauer eines kleinen Literaturverlages. Die Lebenssäfte verbrauchen sich, die Energie oder die Bereitschaft, Risiken einzugehen, schwindet. Die Manuskripte – von Zeit zu Zeit treffen immer noch welche ein – bekommen ein knittriges und nicht sehr sauberes Aussehen. Die Ecken biegen sich. Manche haben Kaffeeringe.

Es ist eine ganze Weile her, seit Cruzzi etwas zu sehen bekam, das auf »Feuer entlang der Grenze« schließen ließ. Hin und wieder gewinnt sein Gewissen die Oberhand, und dann nimmt er sich die angesammelten Manuskripte vor, heftet an jedes eine kleine bedruckte Karte mit der Erklärung, daß Peregrine Press nicht mehr existiert, und schickt sie den Eigentümern zurück. »Viel Glück anderswo«, setzt er stets hinzu, genau wie Hildë es zu tun pflegte, als sie noch lebte.

Frederic Cruzzi: Ein ungeschriebener Bericht über den 15. Dezember 1965

Frederic Cruzzi hatte zwei Lieben in seinem Leben: das geschriebene Wort und seine Frau Hildë. Die zwei Lieben sind vereinbar, aber verschieden eingeordnet; sie belegen getrennte Schubladen in seinem Gehirn und widersetzen sich jeder Erklärung oder Beschreibung, was ihn nicht im mindesten stört.

Sein Vater hatte einmal zu ihm gesagt – und dieses Gespräch ruft er sich jetzt bei einem Spaziergang im Wald hinter seinem Haus liebevoll in Erinnerung; die Bäume sind kahl, der niedrige Wacholder knackt vor Kälte unter seinen Füßen –, daß die Liebe nicht existierte, wenn das Wort Liebe aus der Sprache getilgt würde. Damals hatte er zustimmend genickt, froh, in die ernsten Abstraktionen seines Vaters einbezogen zu sein; doch es war ihm bestimmt, ihnen zu entwachsen.

Hin und wieder, wenn er gegen drei Uhr an einem Winternachmittag so durch den schattigen Wald wanderte oder vielleicht einen bestimmten Musiksatz hörte oder sich einer Welle sexueller Ekstase näherte, hat Cruzzi eine Kraft gespürt, die der Macht der Syntax, Beschreibung oder Definition dermaßen widerstand und sich so wild und primitiv gebärdete, daß er versucht war, die Sprache seiner langen Jahre abzuschütteln und einsilbige Worte der Freude und Empörung herauszubrüllen.

Empörung deswegen, weil dies Augenblicke der Demütigung, der Schmähung, der Zurechtweisung sind für Menschen wie Cruzzi, die die Realität durch bedrucktes Papier wahrnehmen, diese Augenblicke, wenn diejenigen, die sich stolz auszudrücken wissen, sich ihre Sprachlosigkeit eingestehen. Es ist, als ob ein enormer lärmender Motor, der ihnen nie bewußt gewesen war, plötzlich abgeschaltet würde. Diese Augenblicke und ihre Fähigkeit, am Rande der Sprache Lecks zu schlagen, geraten stets außerordentlich kurz, und Cruzzi hat auch bemerkt, daß sie bei dem geringsten Bemühen, sie zu analysieren oder zu verlängern, gesprengt werden. Erst heute morgen stand er nackt vor dem Spiegel und betrachtete seinen Körper, der ihn zugleich erfreute und anwiderte. »Eier«, sagte er, nahm seine Hoden in seine schuppige Hand und hörte das Wort aus seiner Bedeutungshülle schlüpfen und absurd in die Luft fliegen.

Komm auf die Liebe zurück, befiehlt er sich, während er sich steif bückt, um die Narben an einer jungen Birke zu untersuchen. Nagetiere.

Er und Hildë hatten sich von Anfang an – jenem geselligen Abend in Gap, als sie an einer von einer Gaslampe erhellten Tafel saßen – durch einen schmalen Bogen des Privilegs von den anderen getrennt gefühlt. Sie hatten, schien es, sogleich die gegenseitigen Bedürfnisse ermessen, obwohl beide ernst, korrekt waren und sich respektvoll mit vous anredeten. Beim Abschied schüttelten sie sich kräftig die Hand. Aber Cruzzi hatte es nicht versäumt, ihre Adresse in ein kleines Notizbuch zu schreiben, das er bei sich trug, und in Druckbuchstaben die Verheißung zu besiegeln, die er nicht hätte beschreiben können. Er fragte, ob er sie am folgenden Tag sehen könne; er schlug einen langen Spaziergang vor, anschließend Tee in einem Café. Er beschloß, sich so viel wie möglich von ihrem Tag zu nehmen. Die groberen Strategien des célibataire waren ihm lästig, aber er sollte sich sein Leben lang an dem Miniaturtheater des Werbens ergötzen, den Geschenken und Verzückungen und in Bedeutungslosigkeit erstarrten Phrasen – dies alles schien Hildë zu begreifen. Als sie in der trübe erleuchteten Diele standen, war ihre Reaktion von Instinkt geprägt. Auf jeden Fall ein langer Spaziergang, sagte sie ihm ohne Umschweife, auf jeden Fall Tee in einem Café.

Schon war eine energische Angleichung erfolgt, eine Verständigung erreicht.

Der Halt, den die meisten Eheleute aneinander haben, pflegt ziemlich rasch zu bröckeln, doch gelegentlich wird er durch Zufall und Temperament, die sich so seltsam mischen, bewahrt. Im Fall der Ehe der Cruzzis darf angenommen werden, daß ein eigentümliches, möglicherweise schamhaftes Bedürfnis, ihr Fremdsein in ein besseres Licht zu rücken, zuerst in England und später in Kanada, ein zusätzliches Band knüpfte. Oder daß der Tod ihres Sohnes die Wirkung hatte, sie in ihrer Zusammenhanglosigkeit zu isolieren. Oder daß das Wohl des Verlags Peregrine Press, zumal in seinen guten Jahren, sie mit einem Geist durchtränkte, den sogar enge Freunde als eine Wiedergeburt der Liebe beurteilten. Doch keine dieser Mutmaßungen enthielt viel Wahres.

Ihre Unkompliziertheit, ihre kleinen Gewohnheiten entgingen anderen, insbesondere jenen, die Leidenschaft in Begriffe wie Begierde und tiefe, traurige Seufzer der Ungeduld kleideten. Daß Hildës Gesicht sogar in der Lebensmitte und auch später oft einfältig vor Zuneigung war, daß Cruzzis Hand bei Konzert- und Theaterveranstaltungen in Kingston häufig auf ihrer Stuhllehne lag – dies signalisierte den anderen fälschlicherweise eine gewohnheitsmäßige Hingabe, die sich einstellt, nachdem sich die Liebe endgültig verabschiedet hat.

Cruzzi hätte all diese mutmaßlichen Abwandlungen und Abstufungen der Liebe geleugnet, wenn er danach gefragt worden wäre (was nie geschah), und dargelegt, daß die Achtung, die er und Hildë füreinander empfanden, ein schlichtes, unkompliziertes Element sei wie die Luft, die er in seinen Körper aufnahm, oder das Gedruckte, das ihm in den Kopf schwebte. Über Schwung, Schwankungen und Geschmack dieses Elements wurde nie nachgedacht, geschweige denn geredet. Sie nehmen sich für selbstverständlich – dieser Fluch, der auf diejenigen geschleudert wird, die ihr Glück wortlos annehmen, war Cruzzi stets als ungerechte Herausforderung des Schicksals erschienen. Darüber hinaus hätte er es als Arroganz angesehen zu glauben, daß ihm und Hildë etwas Schöneres, Stärkeres und Haltbareres beschieden sei als die Liebe, die er zwischen anderen Eheleuten bobachtet hatte.

(Ein Rest von Unschuld überzeugt ihn, daß selbst diejenigen, die sich in der Öffentlichkeit gegenseitig Gemeinheiten zufügen, in intimen Momenten zärtlich miteinander sind.)

Er liebte Hildë nicht wegen ihres Sorbets aus schwarzen Johannisbeeren oder ihrer großzügigen Gastfreundschaft oder ihrer frühmorgendlichen Fröhlichkeit oder der Art, wie das Licht auf ihre rundlichen Züge fiel, oder wegen der anmutigen Energie, mit der sie sich über ein Bett beugte und Luft in ein Kissen klopfte, als tue sie ihm damit einen Gefallen und dies von ganzem Herzen. Eine derartige Rangliste existierte nicht für ihn. Es lag ihm nicht, sich über eine so schlichte, natürliche Bindung in sachlichen Erklärungen auszulassen. Eine solche Analyse, eine solche Zustandsbeschreibung war leichtfertig und schändlich. Manche mochten denken, daß er fast leichtfertig mit seinem Glück umging.

Aber genau wie alltägliche Gegenstände – Einmachgläser, Teelöffel, Brotlaibe – das Aussehen von Heiligtümern annehmen, wenn sie in außergewöhnlichem Licht betrachtet werden, so betrachtete er manchmal seine Frau und sah sie neu und mit voller visionärer Kraft. Eine solche »Herzergreifung«, wie Cruzzi es hätte beschreiben können (was er aber nie tat), vollzog sich frühnachmittags am 15. Dezember 1965.

Er erwachte an diesem Morgen mit Halsschmerzen. Er und Hildë hatten ihre Muttersprache längst aufgegeben, aber körperliche Krankheiten meldeten sich immer noch mit ihren französischen Namen bei ihnen. Mal à gorge. Le rheum. Er war kerngesund ins Bett gegangen und in diesem Zustand aufgewacht!

Er beschloß, wenigstens den Vormittag im Bett zu verbringen. Es waren noch einige Jahre hin, bis er sich zur Ruhe setzen würde, er hatte aber nichts dagegen, das Banner gelegentlich sich selbst zu überlassen.

Hildë brachte ihm dampfenden Thymiantee. Sie schwor darauf, vor allem für den Hals. Er trank ihn, döste dann ein. Er hörte sie in verschiedenen Räumen des Hauses hantieren, telefonieren, Klavier spielen, etwas in der Küche zubereiten – er wußte, bevor er es sah, daß es dicke Suppe aus Blumenkohl, Milch und Butter war. Immer, wenn er krank war, kochte sie ihm diese Suppe. Er aß einen Tellervoll zum Mittagessen, unterdessen angezogen und am Küchentisch, und fühlte sich allmählich etwas besser. Er angelte einen Bleistift aus seiner Tasche und schrieb den ersten Absatz eines Leitartikels, der eine Verteidigung einer neuen öffentlich aufgestellten Skulptur werden sollte. Es war ein außergewöhnlich kalter Tag. Der Wind blies gegen die alten Fensterrahmen, und als er das hörte, beschloß er, auch den Nachmittag zu Hause zu verbringen, heißen Tee zu trinken und an seiner Kolumne zu arbeiten, die erstaunlich gut vorankam.

Er blickte langsam auf und sah Hildë neben sich stehen. Sie hatte ihre wärmsten Sachen angezogen – Schafsfellstiefel, wollene Skihose, dicker Parka, ihre pelzgefütterten Fäustlinge, Strickschal und eine Mütze, der widerspenstige weiße Haarsträhnen entwichen. »Ich gehe eisfischen«, sagte sie ihm, übers ganze Gesicht lächelnd.

Sie liebte angeln zu jeder Jahreszeit, aber eisfischen war ihr ganz besonderes Vergnügen, mit seiner schwerfälligen Ausrüstung und immanenten Paradoxie – die klirrende bittere Kälte und das Warten in einer geheizten Hütte. Manchmal ging sie mit Freunden und manchmal allein. Meistens hatte sie Glück und kam mit frischem Weißfisch nach Hause, den sie geschickt entgrätete und zum Abendessen grillte; kein Fisch kam ihr so frisch vor wie der, den sie wunderbarerweise aus einem Loch im dicken Eis gezogen hatte.

Wie hatte er sie in diesem Augenblick geliebt! Mehr, so schien es, als zu irgendeiner anderen Zeit in ihrem gemeinsamen Leben; ihre Stärke und Vorstellungskraft und unter der unmöglich derben Kleidung ihren Körper, poliertes Holz und erforschte Spalten. Sie hatte einen Fäustling ausgezogen und zwischen die Zähne geklemmt, während sie sich vorbeugte und den Inhalt ihrer Gerätedose prüfte, wobei sie vor sich hin murmelte – bestimmt, liebenswert, geschäftig –, und eine Minute später war sie fort, hatte die schwere Sturmtür hinter sich geschlossen und ihn allein im Haus zurückgelassen.

Vor allem wegen dieses Verlassens liebte er sie, wegen des unerwarteten Geschenks eines freien Nachmittags.

Das Wohnzimmer roch nach kalter Kaminasche und (ganz schwach) nach gekochtem Blumenkohl. Draußen war es dunkel, dabei war es noch früh am Nachmittag; ein Sturm zog auf, der erste starke Sturm der Saison, aber die großen, vielfach unterteilten Fenster ließen genügend Licht herein, um zu lesen. Cruzzi nahm sein ramponiertes Exemplar von Raschids Persischen Gesängen aus einem Bücherregal und ließ seine Augen über eine vertraute Seite gleiten.

Von deiner Schulter steigt ein Vogel auf
und singt, singt ein Lied ohne Worte,
ein Lied ohne Sinn ohne Weisheit und Worte,
ein Lied ohne Fordern und Geben und Worte,
ohne Güte und Urteil und schmeichelnde Worte.
Von deiner Schulter steigt ein Vogel auf
und singt gegen dein lautes Schweigen an.

Er dachte bei sich, wie er schon viele Male gedacht hatte, welch geringe Ansprüche er an östliche Poesie stellte. Den Dichtern des Ostens fehlte die westliche Strenge, die Fähigkeit, mit einer Federspitze ein Universum zu errichten. Soviel gestand er zu. Die Ironie war zu lasch, die Musikalität zu aufdringlich rhythmisch. Aber beim Lesen fühlte er sich mit uralten Rhythmen verbunden, die einen weniger geordneten Bereich seines Gehirns ansprachen. Das meiste, was er von der Liebe wußte, fand er verstärkt in östlicher Poesie, nicht ihre Einflußnahme, sondern ihre kurzen Sinnestaumel. Er wußte, Nachhall war ein Aspekt der Liebe, weswegen er, wenn er einen Band des großen Raschid zur Hand nahm, nur die Bestätigung eines einzigen Augenblicks verlangte und nicht mehr. Der Augenblick dehnte sich, Cruzzi blätterte eine Seite um, gähnte, sah aus dem Fenster auf die vom Sturm gerüttelten Bäume und fragte sich, ob Hildë bald nach Hause kommen würde; er hoffte es. Danach mußte er wohl in seinem Sessel eingeschlafen sein, denn als er wieder auf die Uhr sah, war es nach drei.

Das Zimmer kam ihm zugiger vor als sonst, und er stand auf, um den Kamin mit Anmachholz und trockenen Scheiten zu beschicken. Er hatte gerade eine Flamme zum Lodern gebracht, als er die Türglocke hörte. Ein schwaches Klingeln, dann das Bumpern des Türklopfers, das etwas Dringliches hatte, so daß er ins kalte Vestibül eilte.

Auf der steinernen Veranda stand Mary Swann, freilich fragte er sie nicht nach ihrem Namen oder Anliegen. Es war viel zu kalt für derartig; Einleitungen; später entdeckte er, daß die Temperatur seit Mittag um sechs Grad gefallen war. Er nahm ihren Arm, murmelte einen Schwall von tröstlichen Worten, zog sie in die Diele, dann ins Wohnzimmer und bugsierte sie in Richtung Kamin.

In diesen ersten Augenblicken ließ die Verwirrung sie wie eine Schwachsinnige aussehen. Sie trug einen unförmigen schwarzen Mantel, gräßliche dicke rehbraune Strümpfe und Gummiüberschuhe mit Schnallen. Handschuhe hatte sie keine. Ums Gesicht hatte sie einen karierten Männerschal gebunden. Das Gesicht war schmal, purpurrot, der Mund in Bewegung, die Augen zugekniffen, als sei das Zimmer unerträglich hell.

Was sprach der Mund, was sagten diese Lippen, die so verrunzelt waren, daß sie wie eine Reihe Stiche anmuteten? Groteske Entschuldigungen. Sie bitte vielmals um Verzeihung. Es sei unverzeihlich, ihn zu belästigen. Einfach so hereinzuschneien. Herzukommen, ohne, ohne …

Er bot ihr einen Sessel an, den er ans Feuer rückte, und bestand darauf, daß sie die Gummiüberschuhe auszog. Sie sträubte sich und wich zurück, er beugte sich vor, um ihr zu helfen. Wie ein Schauspieler in einem alten Theaterstück kam er sich vor; er löste die Schnallen, zog ihr die Schuhe aus, ungeachtet ihres schwachen schamvollen Gemaunzes. »Eiskalt«, sagte er zu den Füßen, die sich jetzt in dicken grauen Arbeitssocken zeigten. Ein unterwürfiges Wimmern kam aus dem Mund der Frau, und Cruzzi, der sich noch an seiner Schauspielerrolle ergötzte, rieb ihre Füße zwischen seinen Händen, wobei er sich ihrer unendlichen Verlegenheit und auch seiner seltsamen Glückseligkeit bewußt war. Ihre Zehen in den Socken verkrampften sich; er massierte sie, wobei er Albernheiten murmelte, wie man es bei Kindern macht – ist ja gut, ist ja gut. Schon ließ er seine Gedanken schweifen, überlegte sich die Geschichte, die er hieraus für Hildë machen würde – eine Fremde stand vor der Tür und …

»Geht's schon besser?« fragte er sie.

Sie nickte stumm.

Er bot ihr Sherry an, den sie kopfschüttelnd, den Blick zu Boden gerichtet, ablehnte.

»Tee?«

Der Schwall ihrer gemurmelten, kaum verständlichen Entschuldigungen setzte wieder ein. Verzeihung. Keine Umstände. Sie vermied es, ihm in die Augen zu sehen. Sie wiegte und schüttelte den Kopf. Sie beanspruche seine kostbare Zeit, sagte sie. Sie hätte eine Brief schreiben sollen, statt einfach aus heiterem Himmel zu kommen. Es schicke sich nicht. Es sei nicht recht.

Tee, fragte er wieder, und sie nickte. Ihr Gesicht wurde schamrot. Sie setzte zum Sprechen an, kam aber nicht weit. Es tue ihr so leid. Sie habe nie beabsichtigt…

Er floh in die Küche, setzte Wasser auf, nahm Tassen aus dem Schrank, ließ ihr Zeit, sich zu fassen, veranstaltete einen beängstigenden Lärm mit der Teedose, zwang sich, eine kesse kleine Melodie zu pfeifen, während er ihre eiskalten Füße noch in seinen Händen fühlte. Zucker – sie würde bestimmt Zucker wollen. Er fand Früchtekuchen in einer Blechdose und legte eine große Scheibe auf einen Teller, goß Milch in ein Kännchen. Sich selbst schenkte er einen starken Schnaps ein, den er trank, während das Wasser langsam zum Kochen kam.

Er schätzte die Frau zuerst auf über sechzig, sogar über siebzig; es lag wohl an den gekrümmten Schultern und der weißen Kopfhaut unter den spärlichen Haaren. Als sie die Teetasse an den Mund hob, sah er, daß das Bündchen ihrer grünen Strickjacke mit grauer Wolle gestopft war. Sie trank den Tee gierig, gab Milch und Zucker hinein, rührte mit erschreckender Gründlichkeit um, während sie ihm kurze Blicke zuwarf. Jetzt befand er, sie könnte über fünfzig sein, vielleicht sogar Anfang Fünfzig.

Könnte man ihr Benehmen als gestört bezeichnen? wurde er später gefragt. Redete sie unzusammenhängend? Hat sie von bestimmten Ängsten oder Bedrohungen gesprochen? Anzeichen von Paranoia geäußert? Hat sie irgendwann ihren Mann erwähnt?

Einige dieser Fragen wurden von der Polizei gestellt, einige von einem Reporter bei Cruzzis eigener Zeitung, Freddy Waggoner, der später zum Fernsehen abwanderte. Weitere Fragen ergaben sich bei der gerichtlichen Untersuchung, die Mitte Januar 1966 stattfand, und wieder andere kamen von einem Professor Willard Lang von der Universität Toronto – das war mehr als fünfzehn Jahre später, und noch später von dem unsäglichen Morton Jimroy, der sich kürzlich zum offiziellen Biographen Mary Swanns ernannt hatte.

Die meisten Fragen verneinte Cruzzi. Anzeichen von Labilität? Nein. Nicht mal, was man als exzentrisch bezeichnen könnte? Nein. Ihr sei allerdings sehr, sehr kalt gewesen, nachdem sie bei gräßlichem Wetter fast zwei Kilometer von der Bushaltestelle gelaufen sei. Sie habe vielleicht übertriebene Besorgnis gezeigt, den Bus zu verpassen, und habe sich mehrmals nach der Uhrzeit erkundigt. Und als schüchterne Frau sei sie natürlich ängstlich gespannt gewesen, wie man sie und ihre Tüte mit Gedichten aufnehmen würde.

Aber Sie sagen, nach und nach wurde sie ruhiger?

Ja, als sie sich aufgewärmt und zwei, drei Tassen Tee getrunken hatte, entspannte sie sich.

Und da, sagte Cruzzi, sei ihm klar geworden, daß sie jünger war, als er zuerst dachte. (Sie war tatsächlich neunundvierzig. Im Februar wäre sie fünfzig geworden.)

Können Sie ihre äußere Erscheinung beschreiben, ihr Gesicht, ihre Frisur? Diese Fragen stellte der unermüdliche Jimroy.

Ihre Haare seien leicht zu beschreiben, oder vielmehr unbeschreiblich, da sie ohne jede Form und Farbe waren. Straff nach hinten gekämmt, die Kopfhaut kaum bedeckt. Er könne sich tatsächlich kaum an Mrs. Swanns Haare erinnern. Mittelbraun, sagte er zu Jimroy. Leicht gewellt über den Ohren.

Würden Sie sagen, sie war groß oder klein? Dick oder dünn?

Schwer zu erinnern. Sie habe die meiste Zeit gesessen, müsse er bedenken. Nicht groß, ganz bestimmt nicht groß. Dick auch nicht, nein. Sie wirkte verbraucht. Dünn, aber ohne die Schlaksigkeit, die mit Wohlbefinden und Gesundheit einhergeht.

Verbraucht, sagen Sie? Jimroy in seiner beharrlichsten Art, in nervöser Aufdringlichkeit.

Hätte die Ärmste einen Führerschein gehabt, wären ihre Größe und ihr Gewicht registriert gewesen. Aber leider, sie hatte keinen. Und es gab keine Arztkartei, es war einfach keine aufzufinden. Anscheinend war es nicht ihre Art, zum Arzt zu gehen, allerdings war sie einmal bei einem Zahnarzt – in Elgin –, wo ihr mehrere Zähne gezogen wurden. Aber keine Röntgenaufnahmen.

Aber es kann doch nicht möglich sein, daß ein Mensch in diesem Jahrhundert durchs Leben geht, ohne gemessen, gewogen oder geröntgt zu werden?

Anscheinend ist es möglich. Ihr einziges Kind wurde zu Hause geboren …

Unglaublich! Sie meinen …?

Ein Arzt, ja, aber es wurde kein Patientenblatt angelegt. Und nach ihrem Tod konnte man ihre Größe und ihr Gewicht wohl kaum schätzen.

Nein, sicher nicht. Aber die Farbe ihrer Augen …?

Auch die hätte im Führerschein gestanden, wenn sie nur einen gehabt …

Aber vielleicht haben Sie sie bemerkt?

Leider nein. Normalerweise pflege ich dergleichen durchaus zu bemerken, zumal die Augen von Frauen, aber …

Aber?

Das Zimmer war an jenem Tag ziemlich dunkel. Ein Sturm zog auf. Und ich wollte kein Licht machen, aus Furcht …

Aus Furcht vor was?

Sie zu erschrecken. Ihr Gesicht …

Sie war wohl sehr unruhig?

Nur am Anfang. Sie war es nicht gewöhnt, Tee serviert zu bekommen. Das sah man ihr an. Sie war es nicht gewöhnt, bedient zu werden.

Ihr Gesicht. Sie wollten vorhin sagen, ihr Gesicht …

(Kaninchenhaft. Nagetiermäßig. Aber das spreche ich Ihnen nicht auf Ihr Tonbandgerät.) Ein gewöhnliches Gesicht, würde ich sagen. Kein Make-up natürlich. Nichts dergleichen.

Irgendwelche besonderen Eigenarten?

Eigentlich nicht.

Nichts?

Hm, zwei-, dreimal hat sie die Fingerspitzen an die Ohrläppchen gelegt.

Warum?

Ich habe keine Ahnung. Vielleicht die Nerven.

Eine nervöse Angewohnheit also?

Vielleicht. (Und irgendwie sinnlich, dieses Berühren der Ohren. Man hoffte ständig, sie würde es wieder tun.) Aber wie gesagt, nachdem sie Tee getrunken hatte, wurde sie gelöster.

Sagten Sie zwei Tassen oder drei? Tut mir leid, daß ich so banal bin, aber als Biograph …

Drei Tassen. Orange Pekoe. Mit Milch und Zucker.

Und bis dahin hatte sie nicht erwähnt, weshalb sie gekommen war?

Richtig.

Und wie kam sie dann auf das Thema …?

Ich glaube, ich habe sie schließlich gefragt, ob sie mich aus einem bestimmten Grund aufgesucht habe.

Tatsächlich war Cruzzi, der sich einen Sessel an ihrer Seite herangezogen hatte, erst allmählich auf die Papiertüte aufmerksam geworden, die sie auf dem Schoß umklammert hielt. Eine weiße Tüte, das jedenfalls sprach er auf Jimroys Tonbandgerät. Eine gewöhnliche Tüte, oft gefaltet und zerknittert. Anfangs hatte er nur einen formlosen Gegenstand auf ihren Knien wahrgenommen, den sie auch nicht beiseite stellte, als sie ihren Tee trank. Was immer es war, Cruzzi spürte, daß es mit dem Grund ihres Kommens zusammenhing.

»Ich bin wegen meiner Gedichte gekommen«, sagte sie ihm, als er endlich fragte. Ihre Augen wanderten sogleich zu der Papiertüte auf ihrem Schoß und verweilten dort.

»Ah«, sagte er und hätte beinahe vor Erleichterung gelacht. Sie war keine Wahnsinnige. »So! Sie sind eine Dichterin.«

Sie schien im Begriff, es zu leugnen, dann bekannte sie schüchtern: »Ein paar Gedichte von mir sind gedruckt worden. In der Zeitung. Die Zeitung von Elgin hat erst vorigen Monat eins genommen.«

»Ich verstehe«, sagte er freundlich.

»Über den ersten Schnee. So habe ich es genannt. ›Der erste Schneefall‹.«

»Da haben Sie sich sicher sehr gefreut«, sagte er.

»Und man hat einen Scheck geschickt …« Sie brach ab. Ihre Hände fuhren in die Höhe, flatterten zu den Ohren und dann zurück in ihren Schoß.

Er wartete ein paar Sekunden und sagte dann, um sie zu ermutigen: »Vielleicht schicken Sie ein paar Sachen ans Banner. Wir haben einmal in der Woche eine Dichterecke …«

Sie öffnete den Mund, ihre Miene war wirr, konfus, flehend. »Ich habe sie hier«, sagte sie und hielt die Einkaufstüte in die Höhe. »Jemand hat gesagt, jemand hat mir erzählt, Sie suchen … und da dachte ich, ich steige in den Bus und bringe alles hin, was ich habe. Das heißt, fast alles. Hier.« Und sie reichte ihm ihre Tüte.

Er blickte hinein. Sie war halb voll mit kleinen Zetteln unterschiedlicher Größe. Sie schienen nicht geordnet. Es war eine Tüte Gedichte und weiter nichts.

»Möchten Sie sie bei mir lassen?« schlug er vor. »Ich kann sie lesen und Sie dann anrufen. Falls etwas dabei ist, das wir gebrauchen können.«

»Wir haben kein Telefon«, sagte sie.

»In dem Fall kann ich Ihnen ein paar Zeilen schreiben.«

»Ich hatte gehofft …«

»Ja?«

»... gehofft, daß Sie sie sich jetzt ansehen können. Ich muß den Bus um halb sechs kriegen, Sie sehen, ich habe nicht viel Zeit, aber wenn Sie vielleicht ...«

Er sagte bei sich: Das ist absurd. Sein Hals fühlte sich rauh an, und das Fieber vom Morgen war wieder da. Eine Vorstellung von gewärmtem Schnaps glitt vor seinen Augen vorüber. Er sehnte Hildës Rückkehr herbei. Ihm bangte vor dem, was er in Mrs. Swanns Papiertüte wußte und was er ihr vermutlich würde sagen müssen.

»Wenn Sie bitte ein paar lesen möchten.« Sie sagte dies in einem Ton, den er vertraulich und würdevoll fand.

Er schüttelte die Tüte leicht. »Haben sie eine bestimmte Ordnung?«

»Ordnung?«

»Ich meine, wo möchten Sie, daß ich anfange?«

Sie hob wieder die Hände, die kaum die Ohrläppchen streiften. »Das ist egal«, sagte sie. »Es sind alles Gedichte.«

Er griff in die Tüte und zog ein Blatt liniertes Papier heraus. Es war aus einem Spiralheft gerissen und hatte eine zerfranste Ecke. Obenan stand geschrieben: »Rettich lichten«. Es war mit Tinte geschrieben, aber kaum lesbar. Sein Herz verkrampfte sich vor Mitleid, aber er las das Gedicht sorgfältig, legte es dann beiseite und griff wieder in die Tüte. »Flieder« hieß das zweite Gedicht. Danach las er »Birnen«. Dann »Der Silo«.

Sie beobachtete ihn beim Lesen, ihre Augen auf seinem Gesicht. Er bot ihr eine Zeitung oder Zeitschrift an, um sie zu beschäftigen, aber sie schüttelte den Kopf.

Nachdem er die ersten Gedichte gelesen hatte, gewöhnte er sich an ihre ungleichmäßigen Buchstaben und die eigenartige Mischung aus Druck- und Schreibschrift. Er staunte über die korrekte Rechtschreibung, aber die Worte standen so dicht gedrängt auf den kleinen Zetteln, als sei Sparsamkeit oberstes Gebot gewesen. Die gelesenen Gedichte legte er auf einen kleinen Haufen auf dem Kaminvorleger. Es dauerte anderthalb Stunden, bis er alle gelesen hatte. Dann sammelte er sie auf – wie gefallene Blätter waren sie, dachte er – und steckte sie wieder in die Tüte.

»Haben Sie sofort erkannt, daß Sie auf die Werke einer bedeutenden Dichterin gestoßen waren?« Professor Lang führte kein Tonbandgerät mit sich, nicht einmal ein Notizbuch, aber er hatte das gierige Gesicht eines Mannes, dem nichts entging.

»Ich erkannte, daß die Arbeiten höchst originell waren. Kraftvoll. Man könnte sagen, die Zeilen waren von einer betörenden Reinheit, wie man sie selten findet.«

»Haben Sie ihr das gesagt?«

»Ja.«

»Was hat sie gemacht?«

»Sie hat gelächelt.«

»Aber was hat sie gesagt?«

»Nichts. Nur gelächelt. Ein sanftes, reizendes Lächeln.«

Zwei obere Schneidezähne hatten ihr gefehlt – Cruzzi fand den Anblick schmerzhaft traurig –, und die schlaffen Wangen ließen auf fehlende Backenzähne schließen. »Sie haben allen Grund, stolz auf Ihre Arbeit zu sein«, erinnert er sich ihr gesagt zu haben.

»Meine Arbeit?«

»Ihre Schriftstellerei. Ihre Gedichte.«

Sie behielt ihr Lächeln. Er lächelte zurück, und ein paar Minuten saßen sie schweigend.

»Ich nehme an, dies war für sie ein Augenblick der Offenbarung«, hatte Morton Jimroy bemerkt. »Als sie ihr Genie auf diese Weise bestätigt hörte.«

»Ich habe keine Ahnung, was sie dachte«, sagte Cruzzi.

»Haben Sie dann davon gesprochen, die Arbeiten zu veröffentlichen?«

»Ja.«

»Wie haben Sie das genau formuliert, wenn ich fragen darf?«

»Ich habe ihr gesagt, ich möchte, daß meine Frau sich die Arbeiten ansieht. Und daß ich ihre Gedichte gerne als Buch herausbringen würde, wenn sie einverstanden sei.«

»Und was hat sie erwidert?«

»Sie war einverstanden, mir die Gedichte zur Veröffentlichung zu überlassen.«

»Aber was waren ihre genauen Worte?«

»Mr. Jimroy, dieses Gespräch fand 1965 statt. Leider kann ich unsere Unterhaltung unmöglich vollständig wiedergeben.«

»Aber sie muß doch so etwas wie ... Jubel geäußert haben?«

»Wenn ich mich recht erinnere, war sie etwas durcheinander.«

»Vielleicht war sie überwältigt. Weil es so plötzlich kam. Die Idee, aus ihren Gedichten ein Buch zu machen, meine ich.«

»Vielleicht.«

»Können Sie sich erinnern – ich weiß, es ist schwierig nach so langer Zeit, aber können Sie sich erinnern, was sie als nächstes sagte?«

»Sie fragte mich, wie spät es sei.«

»Und?«

»Ich sagte, es sei ein paar Minuten nach fünf, und dann bestand ich darauf, sie zur Bushaltestelle zu fahren.«

»Und hat sie dieses Angebot abgelehnt?«

»Ich war sehr bestimmt.«

»Hat sie irgendwann erwähnt, von ihrem Ehemann bedroht worden zu sein?« Diese Frage wurde während der gerichtlichen Untersuchung mehrmals gestellt.

»Sie hat ihren Mann überhaupt nicht erwähnt«, erklärte Cruzzi dem Gericht, »aber sie drängte darauf, den Bus um halb sechs zu bekommen.«

»Würden Sie sagen, sie war verängstigt?«

»Ich würde sagen, sie zeigte Besorgnis. Ich versicherte ihr, daß ich sie rechtzeitig zur Haltestelle bringen würde.«

»Sind Sie der Meinung, Mr. Cruzzi, daß ihre Besorgnis von der Witterung herrührte oder von einer unbestimmten Furcht?«

»Das kann ich leider nicht sagen.«

»Als Sie im Auto zur Haltestelle fuhren, hat sie da irgendeinen Hinweis auf ihre häusliche Situation gegeben?«

»Sie war sehr schweigsam. Und ich ebenfalls. Der Schnee wehte direkt in die Scheinwerfer, und die Sicht war sehr schlecht.«

»Welches waren die letzten Worte, die sie zu Ihnen sprach?« fragte Morton Jimroy, während er die Aufnahmetaste seines Tonbandgerätes drückte. »Bevor sie in den Bus stieg?«

»Sie sagte Auf Wiedersehen.«

»Und was haben Sie gesagt? Verzeihen Sie, wenn ich frage.«

»Ich sagte, ich würde mich in ein paar Tagen melden.«

»Und das war das letzte Mal, daß Sie sie lebend gesehen haben.«

»Ja.«

»Waren Sie tief erschüttert, als Sie die Nachricht von ihrem Tod hörten?«

»Ja.«

»Das ist eine Tat«, sagte Jimroy in sein Gerät, »die jenseits des Begriffsvermögens gewöhnlicher Menschen liegt.«

Worauf Cruzzi nichts erwiderte.

Als Cruzzi, nachdem er Mrs. Swann zur Bushaltestelle gefahren hatte, nach Hause kam, war Hildë zurück. Das Gesicht noch von der Kälte gerötet und höchst zufrieden mit sich, stand sie mitten in der großen Küche und hielt mit einer Hand eine Reihe Weißfische in die Höhe. »Oh, heute habe ich Glück gehabt«, rief sie, als er durch die Tür kam. »Sie sind zu mir hochgesprungen, es war himmlisch. Schau! Der hier lächelt dich an, sieh dir nur dieses Lächeln an, er träumt schon von zerlassener Butter.«

Cruzzi, dessen Glück sich den ganzen Tag aufgestaut hatte, hatte ein Gefühl, als würde seine Haut jeden Moment platzen, und wenn seine Frau nicht in diesem Moment nach ihrem Filetiermesser gegriffen hätte, das mörderisch geschärft war, hätte er sie in die Arme genommen und wäre mit ihr durchs Haus getanzt. »Es ist etwas geschehen«, sagte er. Dann ruhiger: »Es ist etwas wahrhaft Bemerkenswertes geschehen, als du nicht da warst.«

Er erinnert sich, daß er vor Vergnügen zitterte, als er daran dachte, wie er ihr von Mary Swann erzählen würde. »Ich hatte Besuch«, begann er, »von einer schönen zahnlosen Hexe. Einer sagenhaft begabten Alten. Sie erschien aus dem Sturm ...«

Sie bemerkte die Aufregung in seiner Stimme und wandte ihm

ihr Gesicht zu; wie immer erfaßte sie sofort seine Stimmung. »Ich will alles hören«, sagte sie und hielt ihr Messer in die Höhe. »Aber von Anfang an. Laß mich nur eben diese herrlichen Fische fertigmachen, dann kann ich mich hinsetzen und mit beiden Ohren zuhören.«

Bei Tisch erzählte er ihr, wie Mary Swann ausgesehen, was sie gesagt hatte. Er aß mit großer Freude. Hildë besaß eine seltene Fertigkeit mit einem Filetiermesser und eine noch größere Fertigkeit bei der Zubereitung von Fischen aus dem See. Sie kamen nach Butter duftend aus dem Grill, außen dünne Haut, salzig golden, innen zartes, zergehendes Weiß.

Zum Fisch tranken sie mehrere Gläser sehr kalten Weißwein, und er erzählte seine Geschichte, wie Hildë gewünscht hatte, von Anfang an. »Es war gegen drei Uhr. Ich war im Sessel eingenickt, aber ich hörte die Haustürklingel und ...«

Sie Hörte zu, wie ein Kind zuhört, rührend erwartungsvoll, ohne eine einzige Unterbrechung, mit verzückten Augen. »Wäre ich doch hier gewesen«, sagte sie, als er fertig war. »Hätte ich doch auch mit ihr sprechen und ihr Fragen stellen können.«

»Aber das kannst du doch.« Er nahm ihre Hand. Er habe versprochen, sagte er, sich nächste Woche bei Mrs. Swann zu melden. Mittlerweile wolle er ihr die Gedichte zeigen.

»Sie hat sie alle hiergelassen?«

»Den ganzen Packen.«

Er erinnerte sie in leicht spöttischem Ton, wie sie einst versucht hatte, den Besitzer einer Kiesgrube zu überreden, Mäzen von Peregrine Press zu werden, indem sie ihm erzählte, sie würden nur Werke veröffentlichen, die mysteriös und zugänglich zugleich seien. »Etwas wie diese Gedichte hast du noch nie gesehen«, sagte er ihr jetzt.

»Warte, ich mache zuerst Kaffee«, sagte Hildë. Sie liebte Überraschungen und liebte es noch mehr, sie hinauszuschieben, ihre Spannung sich steigern und verschärfen zu lassen. Es war ein altes Spiel von ihr, auch ein sexuelles Spiel, dieses gierige Ausdehnen des Vergnügens.

Cruzzi war in Hochstimmung und fühlte sich um Jahre jünger, als er tatsächlich war. Er trug das Kaffeetablett ins Wohnzimmer. Das glatte Holztablett, die weißen Tassen, die kleinen Ovale der Löffel – all diese Gegenstände wirkten an diesem Abend wie von Licht umringt. Was er so sorgsam, doch mühelos auf den Armen balancierte, schien mit einemmal die versammelte Wesenheit seines Lebens zu sein. Draußen blies der Sturm, trieb ein Schneesturm eisharte Körner vor sich her, aber hier war Hildë, seine Hildë, die am Kamin kniete, das Feuer stochernd wieder zum Leben erweckte; jetzt griff sie nach dem kleinen Blasebalg, der an einem Haken neben dem Kamin hing. Ihr Geschick mit Fisch, ihr Geschick mit Kaminfeuern, die Zauberkraft ihrer schimmernden Arme – wie leer wäre sein Leben ohne Hildë gewesen. Er konnte es sich nicht einmal vorstellen. Er müßte ihr danken, sie mit Geschenken überhäufen – als ob irgend etwas genügen würde.

Er wollte ihr die neuen Gedichte zum Geschenk machen. Die gute Gabe des Nachmittagssturms. Mary Swanns Tüte mit Gedichten. Fügung von einem zufälligen Universum – vom Bezirk Nadeau, keine fünfzig Kilometer entfernt.

Dieser blendend erfreuliche Gedanke verschwamm plötzlich mit einem anderen: Er starrte auf Hildës runden Rücken und dachte leicht panisch, sie müsse auf der Papiertüte knien. Dann stand sie auf, und er sah, daß die Tüte nicht da war.

Das Zimmer schien sich zu verdunkeln, und zuerst meinte er, er würde ohnmächtig, was ihm noch nie im Leben passiert war. Er schloß die Augen und sah sich plötzlich in bodenlose Schwärze stürzen, schwer wie Brechreiz. Hildë erzählte ihm später, er habe laut »Nein!« geschrien.

In diesem Moment wußte er, war er sicher, daß Hildë die Tüte ins Feuer geworfen hatte. Es war diese Gewißheit, die sich über seinem Kopf zusammenschloß, die ihn in die Finsternis trudeln ließ.

Für Hildë bedeutete dieses schreckliche, unfreiwillige »Nein!« nur einen ungläubig erhobenen Arm.

Für Cruzzi war es, auch wenn er es nie eingestand, nicht einmal sich selbst, ein abwehrendes Heulen. Denn das Dunkel, oder was immer es war, was ihn verschlang, hatte sich einen ganz kurzen Moment aufgelöst, und er erblickte sein ganzes Glück in einem grotesken Negativbild. Er war ein vom Alter geschwächter Mann, der in einem fernen Winkel der Welt stand, ein Mann mit Halsschmerzen, ein bißchen betrunken, und vor ihm, mit dem Gesicht zu ihm, war eine dickliche, unschöne Person. Wer war sie, diese plumpe Frau mit dem Clownsgesicht, so unachtsam, voll Schuld und Ignoranz? Er richtete kalt das Wort an sie, als sei sie eine Fremde. »Da war eine Tüte«, sagte er. »Eine Papiertüte.«

Sie öffnete den Mund; Verwirrung breitete sich auf ihrem verständnislosen Gesicht aus. Dann Erkennen. Seine schöne Hildë, sie lächelte und trat zu ihm. »Ach die«, sagte sie. »Die hab' ich in die Küche gebracht.«

Luft und Heiterkeit kehrten wieder. Heiterkeit, vermischt mit Liebe. Er wankte auf unsicheren Beinen in die Küche. Etwas Bitteres in der Kehle verursachte einen entsetzlichen Schwindel. Ihm war, als schleife sein Körper hinter ihm her, ein betrogener Altmännerkörper, erschüttert und atemlos.

Er fand die weit aufklaffende Tüte auf dem Küchentisch, darin die Fischgräten vom Abendessen, die schlickerigen Innereien, die nassen, glitzernden Schuppen der Fischhaut, schartig abgeschnittene Fischköpfe, Fischschwänze, den ganzen Ausschuß der Gelüste, vor einer Stunde fangfrisch und schon in eine verrottende Masse verwandelt.

Unter den Fischabfällen, unter dem nassen, schweren fischigen Schleim waren die durchweichten Reste von Mary Swanns Gedichten.

»O Gott, o Gott, o Gott.« Stöhnend holte er die stinkige Masse aus der Tüte und warf das Zeug händeweise auf den Fußboden. Gräten fielen hin und splitterten. Fischaugen glitzerten auf den Bodenfliesen. Er würgte die Tränen zurück. »O Gott.«

Hildë, die ihm in die Küche gefolgt war, beobachtete diese Wahnsinnsszene. Sie sah eine zierlich geformte Fischgräte durch die Luft fliegen und auf die Wand treffen. Dann sah sie ihren

Mann durchweichte Papierblätter ganz unten aus der Tüte holen, auseinanderziehen und voll Kummer betrachten.

Sie ging zu ihm und legte ihre tröstenden Arme um ihn.

Das war ein Fehler, aber keiner, den sie hätte vorhersehen können. Er schüttelte sie mit der ganzen Kraft seines Körpers ab, ein Arm holte aus, sein Arm, schlug sie seitlich auf den Hals. Sie wußten beide, daß es ein rückhaltlos geführter Hieb war. Sie stürzte, glitt auf den Fischgedärmen aus, konnte sich nicht halten, schlug im Fallen mit dem Kinn gegen die Tischkante.

Ihr Anblick auf dem Boden brachte Cruzzi wieder zur Besinnung. Augenblicklich war er unten neben ihr, wiegte ihren Kopf an seiner Brust. Blut sickerte aus ihrem Kinn, und er barg es in seinen Händen. »Verzeih mir«, sagte er wieder und wieder, dann streichelte er ihre Haare. Der Gestank nach verrottendem Fisch verstärkte seinen Schmerz ins Unermeßliche. Hildë zitterte in seinen Armen und rang nach Atem.

Sein erster Gedanke war ein egoistischer: Er würde ohne ihre Vergebung nicht leben können.

Er bekannte ihr seinen blinden Wahn. Er habe nicht, sagte er, jetzt wieder im vollen Besitz seines Verstandes, nach ihr geschlagen. Er habe nach einer beängstigenden Schlußfolgerung geschlagen. Zuviel sei an einem Tag geschehen, zu viele Gefühlsumschwünge seien zu bewältigen gewesen.

Während er dies sprach, wurde ihm klar, daß es stimmte. Krankheit und Fieber, ein zweites Fieber vor Glück, dann Mary Swanns erstaunlicher, unwahrscheinlicher Besuch, die wundersame Überreichung ihrer Papiertüte. Dann Schrecken, zu schnell gefolgt von Erleichterung, dann der Anblick der ruinierten Gedichte. Er war kein junger Mann. Etwas war aus den Fugen geraten. Etwas war zerrissen.

Er kannte diese Phrase – etwas ist zerrissen. Er hörte sie jeden Tag; er verachtete sie. Sie wurde in einem billigen, gewöhnlichen Sinn benutzt, sogar von seiner eigenen Zeitung, wenn sie über Verbrechen und Leidenschaft berichtete. Etwas ist zerrissen. Ein Mensch ist ausgerastet. Vorübergehender Wahnsinn.

Er hatte nie ganz verstanden, was ein Verbrechen aus Leidenschaft ausmachte.

Die Blutung an Hildës Kinn kam zum Stillstand. Es war nur eine kleine Verletzung, aber er wusch sie sorgfältig mit einem sauberen Tuch und bestand darauf, sie zu desinfizieren. Sie hob ihre Hand und versuchte mit den Fingerspitzen, seine Hand zu beruhigen. Er konnte nicht aufhören, sie um Verzeihung zu bitten.

Hildë war keine Frau, die leicht weinte – ihre Tränen seien Sammlerstücke, hatte Cruzzi einmal gesagt –, aber an diesem Abend schien ihr Schluchzen unhaltbar. Sie war blind von Tränen. Er war überzeugt, dies bedeutete, daß sie ihm nie verzeihen würde.

Aber natürlich verzieh sie ihm. Sie verzieh ihm augenblicklich. Es sei nur der Schrecken gewesen, sagte sie, der die Tränen hervorrief. Eine Stunde später saßen sie beim Kognak im Wohnzimmer, ihre Schultern berührten sich. Sie hatte zu weinen aufgehört, aber sie zitterte noch.

Mary Swann schrieb ihre Gedichte mit einem Parker 51, einem Geschenk, hieß es, von ihrem Mann »in glücklicheren Tagen«. Und sie benutzte eine damals sehr beliebte Tinte, die sich »Waschblau« nannte. Wenn ein Tropfen Wasser mit einem mit Waschblau geschriebenen Wort in Berührung kam, ergab das einen blassen verschwommenen Fleck, wie ein Miniaturteich in einem weißen Feld. Zwei oder drei solche Flecke, und ein beschriebenes Blatt war verwischt und verschwommen wie ein japanisches Aquarell.

Mit großer Umsicht, liebevoll, entfernten Cruzzi und seine Frau Hildë Mary Swanns aufgeweichte Gedichte aus der Papiertüte. Den Kognak hatten sie inzwischen durch Kaffee ersetzt, sie nahmen sich vor, notfalls die ganze Nacht aufzubleiben.

Zuerst benutzten sie in Streifen gerissene Papiertücher, um so viel Wasser wie möglich aufzusaugen. Ein paar Blätter waren so naß, daß sie sie an den Ecken halten mußten, damit sie nicht zerrissen. Einige trennte Hildë mithilfe einer Pinzette und eines Spatels. Dann legten sie und Cruzzi die Gedichte auf dem Eßtisch aus, den sie zuvor mit Badetüchern bedeckten. Als der Tisch voll war, stellten sie einen Kartentisch daneben für den Rest. Um das Trocknen zu beschleunigen, holte Cruzzi einen elektrischen Heizofen aus der Garage.

Wenigstens die Hälfte der Gedichte war ohne schweren Schaden davongekommen, und diese bearbeiteten sie zuerst. Cruzzi las sie laut, und Hildë schrieb sie mit ihrer runden, gewandten Handschrift auf. Einmal hob sie den Kopf und sagte: »Es besteht wohl keine Chance, daß sie Kopien zu Hause hat.« Es war mehr eine Feststellung als eine Frage. Keiner von ihnen glaubte, daß eine Frau wie Mary Swann Abschriften gemacht hatte. Ihre Unschuld und Unerfahrenheit sprachen dagegen.

Eine erstaunliche Anzahl Gedichte wurde leserlich, als sie trockneten. Aus den blauen Tintenpfützen wurden Wörter flüchtig sichtbar, ließen sich dann erraten. Wenn ein, zwei Buchstaben erfaßbar wurden, folgte der Rest. Hildë hatte Mary Swanns eigenartige Syntax rasch begriffen, und wenn sie Vermutungen äußerte, schienen sie in Cruzzis Ohr vollkommen logisch.

Bis Mitternacht hatten sie mehr als fünfzig Gedichte abgeschrieben. Anfangs vorsichtig, wurden sie bald kühner, und während sie arbeiteten, fühlten sie sich von dem Wissen gestützt, daß sie das Manuskript mit Mrs. Swann würden überprüfen können, die sich gewiß erinnerte, wie die meisten unkenntlichen Worte gelautet hatten. Schon bezeichneten sie Hildës Übertragungen und nicht die trocknenden, sich wellenden Gedichte auf dem Tisch als »das Manuskript«.

Die schwerbeschädigten Gedichte machten ihnen mehr Mühe. Blaue Tintenseen waren zwischen den Zeilen zerflossen und hatten ganze Sätze gelöscht, und sie fragten sich, ob Mary Swann imstande sei, sich an vollständige Passagen zu erinnern. Würde sie sie Zeile um Zeile rekonstruieren können? Sie rätselten und beratschlagten über jedem Klecks, dann rieten, dann erfanden sie. Die späte Stunde, der Strom schwarzen Kaffees und die ungeheuer trockene Hitze im Zimmer verliehen ihnen eine verwegene Eigenmächtigkeit. An einer Stelle sagte Hildë, als sie fehlende Zeilen und sogar den Großteil einer fehlenden Strophe ergänzte, sie könne fühlen, wie es in Mary Swanns Kopf aussehen müsse. Sie scheine, sagte sie, im Körper einer anderen Frau zu wohnen.

Das Manuskript wuchs langsam. Hilfreich war, daß Mary Swann in Reimen dichtete – das Raten war weniger zufallsbestimmt. Hilfreich war zudem die Erkenntnis, daß sie sich in den meisten Gedichten des wiegenden, respondierenden Rhythmus' der Hymnen der Low Church bediente. Ihr Wortschatz war häuslich, daher erkennbar, und wenn sie ihn auch wagemutig benutzte, so war er doch begrenzt.

Das letzte und am schwersten beschädigte Gedicht begann: »Meinen Namen spricht das Blut«. Oder hieß es »bricht das Blut«? Die zweite Zeile ließ sich auf zweierlei Weise lesen: »Hellt den Tag mit Schamesglut« oder »Sengt den Tag mit Schamesglut«. Sie entschieden sich für »Sengt«. Die dritte Zeile, »Verzehrt das bißchen, was ich hab«, ließ sich ebenso mühelos mit »Verzerrt das bißchen, was ich hab« übertragen, aber sie schrieben »Verzehrt«, weil es – was sie zwar nicht sagten – ihnen besser gefiel.

Unterdessen – es war schon Morgen – hatte sie eine seltsame Verschworenheit ergriffen. Ein Schuldgefühl oder vielleicht der Wunsch, Wiedergutmachung zu leisten, weckte in ihnen die Überzeugung, daß sie Mrs. Swann eine Interpretation schuldeten, die ihre Stärken als Dichterin untermauerte. Sie wollten ihr Beistand und Schutz anbieten, was ihr anscheinend nie beschieden gewesen war. Alle beide, Cruzzi aus seinem Wanderinstinkt und Hildë aus einem verkümmerten, nie beanspruchten Talent heraus, nahmen, wie es ihnen schien, ihre Änderungen mit einer einzigen Hand vor.

Es war halb neun. Die schwache Wintersonne zeigte sich an den Fenstern.

Mary Swann war, was sie allerdings erst in einigen Tagen erfahren sollten, schon tot. Ihr Mann hatte sie aus nächster Nähe in den Kopf geschossen, vermutlich am frühen Abend, kurz nachdem sie nach Hause gekommen war. Er zerschlug ihr Gesicht mit einem Hammer, zerstückelte ihre Leiche brutal mit einer Axt und versteckte die blutigen Teile in einem Silo. Es war einer der brutalsten Morde, von denen man je in der Gegend gehört hatte, ein Mord von der Art, die die Leute antreibt, Zeitungen zu kaufen, gierig zu lesen und sich gegenseitig zu fragen, was für ein Ungeheuer so etwas tun würde. Es war ein Mord von der Art, die andere Leute veranlaßt, die Achseln zu zucken, die Augenbrauen hochzuziehen, zu sagen, daß wir alle Beute der Grausamkeit und oft im Leben versucht sind, anderen Gewalt anzutun. Warum dies geschieht, ist ein Rätsel. »Etwas zerreißt«, sagen die Leute gewöhnlich als Erklärung.

Frederic Cruzzi: Das Haus, in dem er den größten Teil seines Lebens gewohnt hat

Wenn Sie durch nordamerikanische Kleinstädte fahren, sehen Sie zuweilen diese großen symmetrischen Steinhäuser, die vor Jahren errichtet wurden. Die Dächer sind immer in gutem Zustand, mit gebieterischen Schornsteinen; die Blumenkästen sind schwarz oder weiß gestrichen und im Sommer mit leuchtend bunten Blumen gefüllt; alles kündet von Familie, Frieden und Geborgenheit; und oh, denken Sie, damals in den herrlichen Zeiten verstanden die Leute Häuser zu bauen! Ein solches Haus ist das von Frederic Cruzzi an der Byron Road in Kingston, Ontario. Die exaltierten Jahrzehnte hindurch, die vierziger, die fünfziger, die sechziger, die Siebzigerjahre, jedes für sich reich an Wechselfällen, wirtschaftlichen Zielen, Musik- und Kleidermoden – all die Jahre hindurch haben Cruzzi und seine Frau die Räume dieses Hauses bewohnt und darin ihr Leben geführt.

Wir betreten es am besten durch den breiten Haupteingang, denn auf diesem Weg kommen Cruzzis zahlreiche Freunde hinein, und auf diesem Weg drang auch am Heiligen Abend der Einbrecher ein, als Cruzzi in fröhlicher Ahnungslosigkeit auf der gegenüberliegenden Straßenseite mit seinen guten Freunden Dennis und Caroline Cooper-Beckman und ihren drei Kindern zu Abend aß. Was für ein angenehmer Abend! Und was für eine kuriose Gesellschaft sie waren; sie, eine moderne Agnostikerfamilie, und er, alt und verwitwet, saßen in lärmerfüllter, wohlduftender Luft an einer Tafel voll strahlender Weihnachtssterne und verschütteter Milch, inmitten von Platten mit aufgeschnittenem Truthahn und Gemüsen und einem festen, kegelförmigen Plumpudding, dann

Obst, dann Schokolade, dann knusprige Weihnachtsplätzchen, dann ein letzter Kognak, ein Stückchen Pfefferminz, in seinen alten Zähnen zerlutscht, dann nach Hause, ein bißchen tatterig, aber entschlossen, noch einmal etwas zu riskieren. Er trat ins Haus, stieg die Treppe hinauf, ging sofort zu Bett (immer noch in fröhlicher Ahnungslosigkeit) und träumte von Pauline Ouilette, ihrem duftenden Fleisch, ihrem Hals und ihren Armen, pudrig wie Mehl.

Draußen hatte es den ganzen Abend stetig geschneit, in feinen, schwebenden Flocken, und die hübsche Veranda war ganz zugedeckt; sogar die veschlungenen Vertiefungen der steinernen Balustrade, die die Veranda umfriedete, waren zugeschneit. (Portikus lautet der architektonische Fachausdruck für eine solche Konstruktion mit den gefälligen Proportionen und ihrem einladenden Flair.) Die Haupteingangstür ist solide und gediegen, und der Klopfer ist so gestaltet, daß er gut in der Hand liegt und Hoffnung schürt. Oberhalb des Messinggehäuses des Türschlosses sind mehrere Kratzer und eine tiefe Rille; die hat der Heiligabendeinbrecher hinterlassen.

Ein plumpes Eindringen, so jedenfalls urteilte später ein Kingstoner Polizeiwachtmeister. Eindeutig das Werk eines Stümpers, doch er hatte Erfolg. Die Kutscherlaterne neben der Tür dürfte ihm bei seiner Arbeit geholfen haben, der Typ Lampe, den einige Bewohner der Nachbarschaft als Willkommenslicht und andere, anders veranlagte, als Sicherheitslicht bezeichneten. Es war Cruzzis und Hildës Gewohnheit gewesen, die Lampe während der langen Abende brennen zu lassen, um Freunde und Fremde zu grüßen und Unfälle auf den glatten Steinstufen zu verhüten.

Gleich hinter der Eingangstür ist ein Vestibül, diese praktische viktorianische Erfindung, mittels dessen das »Wetter« im Haus von dem wahren Wetter draußen getrennt wird. An das Vestibül schließt sich die große, hohe Diele an, schimmernd von dunklem Holz und ausgestattet mit einer Bank, auf die man sich setzen kann, um Überschuhe anzuziehen, einem ulkig geformten Garderobenständer und einer sehr schönen Kommode aus Ahornholz, deren Schubladen der Einbrecher offen ließ – ein Umstand, der Cruzzi allerdings an jenem Abend auf dem Weg ins Bett entgangen ist.

Die Gestaltung des Hauses an der Byron Road ist wie bei vielen Häusern in dieser Gegend großzügig, aber von strenger Symmetrie diktiert, und deswegen entspricht das Wohnzimmer, das links von der Diele abgeht, in seinen Proportionen exakt dem Eßzimmer, das rechts abgeht. Tagsüber sind diese zwei Räume voller Licht, dem kostbarsten Element in einem kalten Klima. Die breiten, vorhanglosen Fenster reichen bis zur Decke. Die Fensterbänke sind aus Stein, akkurat abgeschrägt, und derselbe Stein wurde für die Sohle und das Sims des erlesenen klassischen Wohnzimmerkamins verwendet. Hier, vor diesem Kamin, hatte Cruzzi die zahnlückige Mary Swann beobachtet, wie sie die Hände an die Ohrläppchen hob, und bei sich gedacht, daß er nie eine verführerischere Geste gesehen habe. Hier, in diesem Zimmer, hatten Frederic Cruzzi und seine Frau Hildë ungezählte Stunden verbracht, Stunden, die, zergliedert, Billionen separater Bilder enthalten würden, so viele, daß es nicht überraschte, wenn das eine oder andere pervers oder abwegig wäre. Der Raum ist mit bescheidenen Schätzen angefüllt: ein Paar merkwürdige Kaminböcke auf ulkigen, häßlichen Füßen, vier ausgezeichnete Aquarelle, ein großartiges Ölbild von dem primitiven Maler Marcus Hovingstadt, zwei sehr alte Messingkerzenständer, eine Uhr aus dem achtzehnten Jahrhundert mit hölzernem Räderwerk und eine wertvolle Sammlung früher Jazzplatten – all diese Dinge ließ der Heiligabendeinbrecher glücklicherweise unberührt.

Die Wände des Eßzimmers sind weiß. Der Fußboden ist aus poliertem Hartholz. Eine Deckenlampe aus Buntglas, von einer hiesigen Handwerkerin angefertigt, wirft einen sanften Lichtkreis auf den breiten, ovalen Tisch. So viele, viele Mahlzeiten wurden hier eingenommen. So viele Gespräche, ein solches Sprachendurcheinander. Erhobene Hände haben die Leerräume zwischen Worten überbrückt und Schatten an die Wände geworfen. Es gab laute Debatten und zärtliche Blicke, das zeremonielle Anschneiden von Käse und Kuchen, Festlichkeiten und Rituale, Zufriedenheit und Sattheit. An diesem Tisch wurden mehr als fünfzig bei Peregrine Press erschienene Bücher montiert, hier haben in jenem weit zurückliegenden Dezember 1965 Cruzzi und seine Frau Hildë die Nacht durchgearbeitet und versucht, Mary Swanns ruinierte Gedichte zu retten, und hier nahm Hildë mit seltener, zielstrebiger Kreativität ihre kleinen Korrekturen vor. Das Eßzimmer enthält Silber aus Frankreich, Porzellan aus Deutschland und eine Garnitur seltene alte Stühle aus Quebec, aber nichts von diesen Dingen erregte das Interesse des Heiligabendeinbrechers.

Im hinteren Teil des Hauses bricht die Symmetrie abrupt ab. Hier befindet sich ein eigenartig proportionierter Wintergarten mit Pflanzen, bequemen Sesseln und einem Klavier. Die Küche ist ein Mischmasch, die unterschiedlichen Gegenstände sind abgenutzt und zusammengewürfelt, und doch ist die Gesamtwirkung harmonisch. Über unebene Küchenfliesen und zerstreute Fischgräten hinweg hatte Cruzzi Hildë angesehen und beobachtet, wie der bessere Teil seines Ich zerriß. Hier waren die Atome des Gesichts seiner Frau kleiner und kleiner geworden und hatten sich in maßloser Konfusion von ihm zurückgezogen. Die Küche enthält die üblichen elektrischen Geräte, Mixer, Toaster und so weiter, aber offensichtlich nichts, was den ungebetenen Besucher am Heiligabend verlockte.

Er – der ungeladene Gast – stieg jedoch die breite Treppe hinauf, glitt zweifellos mit den Fingern das seidenglatte Geländer entlang und blieb in der trübe erleuchteten oberen Diele stehen. In dieser Diele zwischen Badezimmer und Schlafzimmer erlitt Hildë den Schlaganfall, der sie getötet hatte, ein Donnerschlag, tausendmal so stark wie die kleine Hämorrhagie, die Cruzzi letzten Sommer für ein paar Minuten aus dem Gleichgewicht warf und die er zuerst nur für einen leichten Sonnenstich hielt.

Vier Türen gehen von der oberen Diele ab. Eine führt natürlich in ein Badezimmer, aber in einem Badezimmer, auch nicht in einem hundert Jahre alten, gibt es nicht viel, was das Interesse eines Eindringlings weckt. Eine zweite Tür führt in das Schlafzimmer, das so viele Jahre Cruzzis und Hildë war. Was würde in so einem Schlafzimmer einen diebischen Blick auf sich ziehen? Nicht die vorzügliche neue Leselampe aus rostfreiem Stahl, erst zwei Jahre alt, nicht die mit Wolle gefüllte Steppdecke aus Österreich, nicht die Kommode mit der Marmorplatte oder die Pflanzen am Fenster oder der kippbare Spiegel mit Fichtenholzrahmen oder der bequeme Korbsessel in der Ecke. Die Szenen, die sich in diesem Schlafzimmer ereignet haben, lassen sich nicht erraten. Die Erinnerung, dieses zugeklappte Buch, verändert und verzerrt unsere intimsten Schauplätze, so daß Leidenschaft, Vergebung und die Geläufigkeit kleiner Alltäglichkeiten uns größtenteils geraubt werden, was aber nicht weiter schlimm ist.

In dem sehr großen Zimmer im vorderen Teil des Hauses haben Hildë und Cruzzi ihre Bücher untergebracht. (Weil dieser Raum vor vierzig Jahren leuchtend gelb gestrichen wurde, hieß er immer »Goldenes Zimmer«.) Hier stehen mehrere Stühle und ein Schreibtisch mit einer alten Schreibmaschine, aber hauptsächlich ist dies ein Aufbewahrungsraum für Bücher. Sie säumen die vier Wände und reichen vom Fußboden bis an die Decke. Andere Zimmer im Haus enthalten hier und da Bücherregale, aber Cruzzis meistgeliebte Bücher befinden sich hier. Es sind Tausende an der Zahl, und sie sind in den Regalen nach Sprachen, sodann nach Themen oder Autoren geordnet. Jede einigermaßen intelligente erwachsene Person, die dieses Zimmer betritt, könnte innerhalb von Minuten finden, was sie sucht. Würde zum Beispiel jemand eine der von Peregrine Press zwischen 1957 und 1977 erschienenen Publikationen suchen, so wäre diese leicht am Verlagslogo – einem blauen Flügelpaar – auf dem schmalen grauen Buchrücken auszumachen. Die vier Exemplare von Mary Swanns Buch Swann's Songs, erschienen 1966, standen in der Mitte des Peregrine-Regals, da ihre Veröffentlichung ungefähr in der Mitte des Verlagslebens erfolgte. Alle vier wurden von dem Heiligabendeinbrecher entwendet und die Bücher rechts und links zusammengeschoben, vermutlich, um die Lücke weniger auffällig zu machen.

Im normalen Verlauf der Ereignisse hätten Wochen oder

Monate vergehen können, bevor Cruzzi das Fehlen der Bücher auffiel, aber tatsächlich wurde er am Weihnachtstag auf den Diebstahl aufmerksam. Er wachte nach der Schwelgerei am Vorabend spät auf, kochte sich Kaffee, den er auf einem Küchenstuhl sitzend trank, während er auf die Murmel- und Knarzgeräusche des Hauses lauschte. Nach einer Weile ging er nach oben und wollte gerade nach einem Band seines geliebten Raschid greifen, als ihm einfiel, daß er seinen kurzen Vortrag noch nicht vorbereitet hatte, den er auf dem Swann-Symposium zu halten versprochen hatte; es waren nur noch zehn Tage bis dahin.

Er hatte sich allerdings einiges überlegt. Er beabsichtigte, seine Bemerkungen schlicht zu halten und auf eine tolerante Orthodoxie abzustimmen, zu schildern, wie er Mary Swann kennengelernt hatte und die nicht leichte Entscheidung von Peregrine Press darzulegen, nach ihrem Tod die Veröffentlichung voranzubringen. Er gedachte auch mit genüßlicher Ironie zu bemerken, wie wenig Aufsehen das Buch ursprünglich erregt hatte. Der Swann-Mord hatte eine kurze und auf die unmittelbare Umgebung beschränkte Berühmtheit erlangt. Die Gedichte in Swann's Songs waren von den meisten Kritikern als schlichte, handwerkliche Kuriositäten abgetan worden, und die 250 Exemplare, die der Verlag gedruckt hatte, verkauften sich schlecht, selbst in der Gemeinde Nadeau. Am Ende hatten er und Hildë die meisten verschenkt und nur vier Exemplare für sich behalten. Und diese vier Exemplare fehlten.

Während er auf das Regal blickte, fühlte sich Cruzzi von seinem hohen Alter durchdrungen, seiner Hilflosigkeit und dem Wissen, daß ein lange aufgeschobener Akt der Vergeltung vollzogen worden war. Es war unerträglich; eine bedrohliche Umkehrung hatte stattgefunden und ihm nichts gelassen als diese alte betrügerische Haut, die lose über seinen Knochen hing. Es wurde ihm verschwommen vor Augen, als er in das kleine Hinterzimmer ging, das Hildë einst als Peregrine-Büro benutzt hatte. Er öffnete die Tür. Das Zimmer enthielt nichts als einen Tisch, zwei Stühle und einen recht großen Aktenschrank. Die Schubladen des Schrankes waren offen, der Inhalt im ganzen Zimmer verstreut.

Er brauchte den Rest des Tages, um Ordnung zu schaffen. Während er Manuskripte und Korrespondenz von zwanzig Jahren sortierte, hörte er Händels Messias im Radio und spürte, wie sich ein schwaches Gleichgewicht wieder einstellte.

Gelegentlich summte er zur Musik, und der Klang seiner Stimme, krächzend und unmelodiös, hielt die Verwirrung in Schach. Die Musik schwang sich empor und stürzte herab und schien das kleine Zimmer mit leuchtenden, gleichlaufenden Farbwellen zu überziehen. Am Spätnachmittag war er fertig. Alles war an Ort und Stelle, nur der Ordner über Mary Swann fehlte. Er vermutete, er müßte dankbar sein, statt dessen war sein Gesicht entstellt von Tränen.

Das Swann-Symposium

Anmerkung der Regie: Das Swann-Symposium ist ein Film von ca. 120 Minuten Länge. Die Hauptcharaktere Sarah Maloney, Morton Jimroy, Rose Hindmarch und Frederic Cruzzi sind erfundene Personen, desgleichen die tragische Mary Swann, poète naïve, aus einer ländlichen Gegend in Ontario. Der Film kann (für Verleihzwecke) als Thriller bezeichnet werden. Unterschwellig kommen die subtileren Diebstähle und Akte von Kannibalismus zum Ausdruck, die die Hauptcharaktere verleiten und mystifizieren. Die Regie hofft, durchweg zurückhaltend zu bleiben, so daß die Erzählung von den Dialogen und visuellen Effekten (und nicht von privaten Leidenschaften) getragen wird.

Aufblende: Leinwandfüllende Fotografie, schwarz-weiß, körnig, verschwommen, von Mary Swann, einer Bäuerin, die auf der ramponierten Veranda ihres Bauernhauses steht. Sie trägt ein Hauskleid und eine Latzschürze, ihr hageres Gesicht weist deutliche Spuren vorzeitigen Alterns auf, ihre Augen sind wegen der Sonne geschlossen. Rolltitel über der Fotografie. Ton: Eine muntere (leicht schottisch klingende) Orgelmelodie, die allmählich getragener wird, als die Kamera auf Marys Gesicht fährt.

Überblendung: Außenaufnahme, Hauptstraße von Nadeau, Ontario. Frühmorgens, Winter, noch dunkel.

Die Dunkelheit weicht nach und nach mattem Licht. Es schneit. Die Hauptstraße von Nadeau wird schwach sichtbar. Ein, zwei Autos fahren vorbei, dann ein Lieferwagen; die Scheinwerfer leuchten gelb durch den wirbelnden Schnee. Ein Greyhound-Bus kommt in Sicht, hält am Straßenrand an. Die KAMERA erfaßt ein Schild, NADEAU.

Eine Frau tritt aus dem Schatten und steigt in den Bus. Sie ist klein, mittelaltrig, etwas linkisch und hat die zögernden Bewegungen einer Person, die unlängst krank war. Es ist Rose Hindmarch. Sie trägt einen zu großen wattierten blauen Mantel mit Kunstpelzkragen und einen Wollschal, den sie lose über ihr Plastikkopftuch gezogen hat.

GROSSAUFNAHME vom Gesicht des Fahrers. Er ist um die Dreißig, hat ein frisches, waches Gesicht. Als er Rose sieht, macht er große Augen.

FAHRER: Hey, Rose. Früh auf den Beinen, wie? Willste nach Kingston?

Er steht auf, nimmt ihren Koffer und klemmt ihn hinter seinen Sitz. Rose öffnet ihre Handtasche und entnimmt ihr eine Fünfdollarnote. Der Bus ist fast leer; hinten dösen drei, vier schattenhafte Gestalten.

ROSE (fröhlich, geschwätzig): Ich nehm' den Zehn-Uhr-Zug. Und zwar nach Toronto.

FAHRER (während er Wechselgeld herausgibt): Da haste ja jede Menge Zeit. Sitzt auf 'm Bahnhof rum und wartest. Paar Stunden auf alle Fälle.

Rose setzt sich auf einen Vordersitz, nimmt vorsichtig den Schal und das Plastikkopftuch ab und betastet ihre Frisur. Der Bus setzt sich langsam in Bewegung.

ROSE: Ich wollte nicht … weißt schon, nichts riskieren. In dieser Jahreszeit kann man nie wissen …

FAHRER: Hast ganz recht, Rose. Kann's dir nicht verdenken.

Rose (immer noch mit ihren Haaren befaßt): War doch klar, daß wir heute Schnee haben würden, oder? Ich hab' gestern abend den Wetterbericht gesehen.

Fahrer: Und?

Rose: Schnee, hat er gesagt. Ausgerechnet heute, wo ...

Fahrer (schaltet, um eine Steigung zu nehmen): Es soll fünfzehn Zentimeter schneien.

Rose: ... und hab' ich mir gesagt, so'n Pech, die Straßen gesperrt, ausgerechnet, wo ich den Zug nach Toronto kriegen muß, um ...

Die Kamera schwenkt über die freie Schnellstraße und Felder. Schnee weht über die Straße, aber Häuser und Scheunen sind als Umrisse erkennbar. Die Musik, eine Altklarinette, bildet einen beschwingten Kontrapunkt zu dem ziemlich lakonischen Gespräch.

Fahrer: Jesses, ja, mit der Eisenbahn fährt sich's in dieser Jahreszeit am besten. Ich mein', die sagen fünfzehn Zentimeter, aber für mich sieht das aus wie ...

Rose (redselig): Ich hätte ja meinen guten Mantel angezogen, aber bei dem Schnee, also bei diesem Wetter kann man keinen Wildledermantel anziehen. Warm genug wär' er schon, das ist es nicht, aber Wildleder verträgt keine Nässe.

Roses natürliche Geschwätzigkeit wird durch die Aufregung der Reise nach Toronto noch gesteigert, und sie sitzt angespannt auf dem Sitz, zieht hektisch ihre Handschuhe aus und begutachtet ihre Fingernägel.

Fahrer: Soso! Nach Toronto soll's gehen, was, Rose?

Rose (noch hektisch): Bloß vier Tage, mehr Zeit kann ich nicht erübrigen, ich mußte ja die Bücherei schließen, und ...

Fahrer: Scheiße! (Er reißt das Lenkrad herum, bremst, wäre um ein Haar mit einem Wagen zusammengestoßen.) Wo zum ... ist der bloß hergekommen? (Ruhiger): 'tschuldigung, Rose, aber der Mistkerl kam aus der Nebenstraße ohne zu ...

Rose (sieht verträumt aus dem Fenster, hört nicht zu): Guck mal, ich glaub', er läßt nach. Der Schnee. Vielleicht hätte ich doch … (Sie befühlt ihren Mantel, zweifelnd, bedauernd.)

Der Bus hält, eine Frau mit einem Baby steigt ein. Sie grüßt Rose und den Fahrer und geht nach hinten.

Fahrer (startet wieder, stellt den Spiegel ein): Soso, schätze, du stürzt dich in 'n Winterschlußverkauf, was, Rose? Großeinkauf, wie? (Sein Tonfall ist neckisch; Rose ist von Natur aus eine Frau, die zu gutmütigen Späßen herausfordert.)

Rose (verträumt): Wie bitte? Verzeihung, Roy, was hast du gesagt?

Fahrer (lauter, als spreche er zu einer Schwerhörigen): Großeinkauf, hab' ich gesagt. Gehste Geld ausgeben?

Rose (erfreut über diese Anteilnahme): Ich muß auf ein Symposium. (Sie liebt dieses Wort.) In Toronto.

Fahrer (selbstspöttisch): Ein was?

Rose: Ein Symposium. (Entschuldigend): Das ist eine Art Versammlung.

Fahrer (auf die Straße konzentriert): Ja?

Rose: Weißt schon, die Leute reden und diskutieren und so. Es geht um …

Fahrer: Mal was anderes, schätz' ich.

Rose: Es geht um Mary Swann. Sie kam aus Nadeau. Eine Dichterin. Du hast wohl nie von ihr gehört, aber sie ist …

Fahrer (kratzt sich am Ohr): Is' das die, wo ihr Alter erschossen hat, und dann hat er sie in 'n Silo geschmissen? Ziemlich lange her?

Rose (beinahe stolz): Genau die.

Fahrer: Was du nicht sagst!

Rose: Sie ist jetzt richtig berühmt. Nicht wegen … dem, sondern wegen ihrer Gedichte, ihrem Buch mit Gedichten, das veröffentlicht wurde. Oh, die Leute kommen von überall, aus den Staaten, von überall. Die halten große Stücke auf sie, schreiben Bücher über sie und …

Fahrer: Warum hat er's getan, ihr Mann, meine ich. Warum hat er sie kaltgemacht?

Rose (übergeht die Frage): Es findet im Harbourview statt. Im Hotel Harbourview, da sind die Versammlungen und …

Fahrer: Im Harbourview, hm? (Er nimmt eine Kurve.) War da 'n anderer Kerl oder was? Ich hab' mal gehört, wie mein Dad gesagt hat … So genau weiß ich das nicht mehr, aber …

Rose: Wie geht's deinem Dad, Roy? Besser? (Rose kennt alle Leute.)

Die Kamera schwenkt über die in Schnee versunkene Landschaft. Mehrere Reklametafeln lassen erkennen, daß der Bus sich Kingston nähert. Ton: Klarinettenklang, jetzt kühler.

Fahrer: Geht schon viel besser. Läßt sich nicht unterkriegen, der Alte.

Rose: Und deine Mom? Kriegt sie 's einigermaßen auf die Reihe?

Fahrer: Na klar, du kennst sie doch.

Rose (betrachtet den Schnee): Guck dir das an. Läßt wahrhaftig nach. Hätt' ich bloß … (Sie blickt betrübt auf ihren Mantel hinunter.)

Fahrer: Was sagste bloß zu dem ganzen Blödsinn mit den Entführungen, Rose? So 'n Schlamassel, verprügeln die Leute …

Rose: Schrecklich. (Lange Pause.) Schrecklich. (Sie sieht verträumt aus dem Fenster, während der Bus in die Stadt hineinfährt.) Schrecklich. Abblende.

Aufblende: Innen, Bahnhof. Tag.

Es handelt sich eindeutig um einen Kleinstadtbahnhof. Er hat ein ziemlich altmodisches Flair: braune Holzbänke, triste Plakate; durch die Fenster sind die Schienen zu sehen, die Zwischenräume sind heute morgen mit Schnee gefüllt. Rose, den Schal jetzt ordentlich in den Mantelausschnitt gesteckt, ohne Plastikkopftuch, steht nervös am Fenster und sieht hinaus auf den Bahnsteig.

Sie sieht auf die Bahnhofsuhr, die 9.50 Uhr zeigt, dann auf ihre Armbanduhr. Sie blickt sich um. Leute mit Gepäck kommen und gehen. Sie öffnet ihre Handtasche, nimmt eine Puderdose heraus und betrachtet sich, betastet ihre Haare; sie wartet offensichtlich auf jemanden. Sie sieht noch einmal auf ihre Uhr, dann wird sie von einer Stimme überrascht.

Cruzzi: Miss Hindmarch? (Frederic Cruzzi ist ein großer, dünner älterer Herr mit einem langen dunklen Mantel und einer Pelzmütze; er trägt einen Stock, den er eindeutig braucht.)

Rose (erschrocken): Sie sind ... sind Sie ...?

Cruzzi (mit einer ganz leichten Verbeugung): Frederic Cruzzi. Guten Morgen.

Rose (nervös): Guten Morgen. (Ihre Handtasche fällt auf die Erde; beide bücken sich, um sie aufzuheben.) Danke, aber... ach du liebe Güte, ich bin so bepackt. Und das ist alles, was Sie dabeihaben? (Sie zeigt auf Cruzzis Köfferchen.)

Cruzzi (lächelnd): Ich reise stets mit leichem Gepäck.

Rose (perplex): Ich ... ich dachte schon, Sie hätten sich 's vielleicht anders überlegt; als ich sah, daß es auf der Bahnhofsuhr zehn vor zehn war, da dachte ich, Sie haben sich vielleicht entschlossen, sich nicht ... mit mir zu treffen, so wie wir 's verabredet hatten. (Ihre Worte gehen in dem Lärm des einfahrenden Zuges unter.)

Cruzzi: Wollen wir? (Er bietet ihr seinen Arm an, aber Rose, die ihre Handtasche, ihren Koffer und ihre Einkaufstasche jongliert, hat keinen Arm frei. Sie versucht, ihre Sachen umzuschichten. Cruzzi ergreift ihren Koffer.)

Rose (bestürzt): Nein! Nicht, der ist sehr, sehr schwer. Ich kann mich noch so bemühen, am Ende hab' ich immer zuviel dabei. Und Schuhe wiegen soviel, und dann mein Föhn und, also was ich brauchte, hab' ich zu einer Freundin von mir gesagt, was ich brauchte, wär' so ein Rucksack (lacht), wie ihn die jungen Leute heutzutage tragen.

Cruzzi (geduldig zuhörend, amüsiert und höflich): Können wir?

Sie gehen Arm in Arm hinaus. MUSIK schwellt auf, eine schottische Weise, und die KAMERA folgt ihnen durch das Bahnhofsfenster, als sie langsam, fast hochzeitsmarschmäßig, zum wartenden Zug schreiten. ABBLENDE.

AUFBLENDE: Innen, Sarah Maloneys Schlafzimmer, Chicago. Früher Morgen.

Ein sehr kleines Schlafzimmer ist im Halbdunkel zu erkennen, ein Zimmer, das von einem riesigen Wasserbett fast erdrückt wird. Wände und Möbel sind weiß. Bücherregale, Pflanzen, eine weiße Skulptur. Unter einer dicken weißen Decke hervor kommen Laute der sinnlichen Lust: Gemurmel, Grunzen und Seufzer. Sie werden plötzlich von einem melodisch klingenden Wecker unterbrochen.

SARAH (langt hin und stellt den Wecker ab): Morgen!

Sie küßt Stephens nackte Schulter, gähnt, gleitet aus dem Bett, streckt sich und geht auf Zehenspitzen ins angrenzende Badezimmer. Als sie zurückkommt, ist sie frisch geduscht; sie hat sich in ein Handtuch gehüllt, ihre langen Haare sind naß. Im Halblicht zieht sie sich an: Unterwäsche, ein Kostüm in einem raffinierten pudrigen Rosa, eine weichfließende Bluse in einem helleren Ton. Schuhe. Beim Anziehen wirft sie lächelnd mehrmals einen Blick auf die Uhr und auf Stephen, der ihr vom Bett her zusieht. Ihre Bewegungen sind behende, hastig, geistesabwesend, gleichwohl berührt sie ihre Kleidungsstücke mit liebevoller Zuwendung, besonders die Seidenbluse. Sie fährt mit einer Bürste durch die nassen Haare, ohne in den Spiegel zu schauen. Sie schminkt sich nicht. Sie öffnet eine Aktenmappe, überprüft den Inhalt und klappt sie zu. Einen Moment steht sie da, die Hand am Schloß, und geht im Geiste eine Liste durch, dann stellt sie die Aktenmappe an die Schlafzimmertür, zieht einen dicken weißen Flauschmantel an, hängt sich ihre Schultertasche um und geht zum Bett. Sie setzt sich zu Stephen und breitet die Arme aus.

Sarah: Na?

Stephen (setzt sich auf; er ist ein großer, gut aussehender, zottiger Mann; er hat nichts an): Möchtest du Kaffee? Ich kann …

Sarah: Ich trink' einen am Flughafen. (Sie will aufstehen, aber er zieht sie zu sich hinunter und umarmt sie, mehr kameradschaftlich als sinnlich; einen Moment wiegen sie sich hin und her; noch in der Umarmung sieht sie auf die Uhr, worüber Stephen lächeln muß.)

Stephen: Ist es Zeit?

Sarah: Ja.

Stephen: Viel Glück. Mit deiner Rede.

Sarah (träge): Keine Rede, ein Vortrag.

Stephen: Trotzdem, viel Glück.

Sarah (macht sich los): Ich muß gehen. Das Taxi müßte schon da sein. Du kannst faul sein und weiterschlafen.

Stephen: Ist ja noch Nacht! (Er wälzt sich aus dem Bett, greift sich die weiße Wolldecke, die er auf indische Art um sich drapiert; er legt einen Arm um Sarah, und zusammen gehen sie eine winzige Treppe hinunter, die so schmal ist, daß sie beim Gehen an die Wände stoßen.) Eine verrückte Tageszeit. Du führst ein verrücktes Leben.

Stephen öffnet die Tür auf eine Stadtstraße; ein Vorgarten ist nicht vorhanden, und es sind nur ein paar Schritte zum Bordstein, wo ein Taxi wartet, dessen Lampen in der Dunkelheit leuchten.

Stephen: Bis dann. (Er umarmt sie.)

Sarah (beäugt ihn kritisch): Einen Moment dachte ich, du würdest sagen, »paß auf dich auf«. Oder »mach's gut«. (Sie verachtet solche Phrasen.)

Stephen: Wie wär's mit … (mimt)… ciao?

Sarah (macht sich los, als sie das Taxi hupen hört): Auf einmal widerstrebt es mir, wegzufahren.

Stephen: Toronto im Januar. (Er sagt das so, daß es sich zugleich wie eine Frage und eine Feststellung anhört.)

SARAH: Nicht nur das. Mir ist irgendwie unheimlich.

STEPHEN: Vier Tage. (Er zuckt auf clowneske Weise mit den Schultern.)

SARAH (geht über den verschneiten Bürgersteig und steigt in das Taxi): Zum O'Hare-Flughafen. (Sie kurbelt das Fenster herunter und sieht Stephen an, der, in seine Decke gehüllt, zitternd in der Tür steht. Sie winkt gemächlich, er winkt zurück. Das Taxi fährt los.)

TAXIFAHRER: Herrje, ist das kalt. (Gutmütig): Warum hamse Ihrem Freund nicht drinnen auf Wiedersehn gesagt?

SARAH (rhythmisch, komödienhaft): Das ist nicht mein Freund, das ist mein Mann.

Beide lachen. Das Taxi fährt langsam die Straße entlang, Sarah kurbelt, immer noch winkend, das Fenster hoch. TON: ein heiteres, pfeifendes Holzblasinstrument.

SARAH (KAMERA nah auf ihrem Gesicht): Herrgott! ABBLENDE.

AUFBLENDE: Innen, Flughafen San Francisco. Frühmorgens.

Morton Jimroy, ein Mann mittleren Alters in einem billigen, hellen Baumwollanzug, wartet in der Einwandererschlange. TON: das übliche Durcheinander eines betriebsamen Flughafens, unterlegt mit MUSIK: etwas Symphonisches, Gefühlvolles.

LAUTSPRECHER: Flug Nr. 492 nach Toronto ist jetzt zum Einsteigen bereit. Flug Nr. 492 Ausgang 77.

EINWANDERUNGSBEAMTER (gelangweilt): Wie lange wollen Sie in Kanada bleiben, Mr. Jimroy?

JIMROY (gereizt): Vier Tage. Und ich bin zufällig kanadischer Staatsbürger, ich bin nicht verpflichtet, mich anzustellen und …

EINWANDERUNGSBEAMTER (mechanisch): Geschäftlich oder zum Vergnügen, Mr. Jimroy?

JIMROY (verärgert; er ist ein Mensch, der alle Fragen ernst nimmt): Geschäftlich. Zum Vergnügen. Beides. (Er hält inne; der Einwanderungsbeamte sieht ihn scharf an.) Eine Versammlung. Ein Symposium, genauer gesagt. Ich bin Teilnehmer eines …

Einwanderungsbeamter: Art der Versammlung? (Er hält einen Gummistempel in der Hand.)

Jimroy: Ich verbitte mir dieses Verhör. Als kanadischer Staatsbürger bin ich nicht verpflichtet ...

Einwanderungsbeamter: Versammlung, sagen Sie? Welcher Art? (Er fuchtelt mit dem Stempel in der Luft.)

Jimroy (achselzuckend): Wissenschaftlich. Literarisch. (Als spräche er zu einem Schwachsinnigen): Dichtung, wenn Sie es genau wissen müssen. Verstehen Sie, wie »Riese und Zwerg geh'n auf den Berg...«

Einwanderungsbeamter: Okay, okay. (Er stempelt das Papier ab und reicht es Jimroy.) Der nächste.

Jimroy (verbittert): Danke. (Die Kamera folgt ihm, als er in der Menge verschwindet.) Abblende.

Aufblende: Innen. Eisenbahn. Tag.

Die Kamera fährt scharf auf Cruzzi und Rose, die sich im Zug gegenüber sitzen. Sie trinken Kaffee aus Plastikbechern, rühren mit Plastiklöffeln um, und hinter ihnen glitzern die verschneiten runden Berge von Ost-Ontario. Der Himmel ist grau und winterlich, aber die Sonne kämpft sich durch, so daß die Gipfel der Szenerie in rosigem Licht liegen. Das unentwegte Rattern des Zuges vermischt sich nach und nach mit Roses Stimme.

Rose: ... also Sie müssen ja gedacht haben, ich bin übergeschnappt, wie ich Ihnen einen Brief schreibe und vorschlage, daß wir zusammen nach Toronto fahren, aber es ist nun mal was anderes, ob man alleine verreist oder, wie ich zu einer Freundin von mir sagte, ob man jemand hat, mit dem man unterwegs ein bißchen plaudern kann, und eigentlich war es ja Professor Lang ... ich nehme an, Sie kennen Professor Lang ...

Cruzzi (brummt und nickt.)

Rose: Professor Lang war nämlich in Nadeau, muß so drei, vier Jahre her sein, man merkt gar nicht, wie die Zeit vergeht, ein Jahr geht in das andere über, nicht? Jedenfalls, er kam eines Tages an, ich glaube, es war mitten in der Woche ... ja, ich erinnere mich, ich saß in der Bücherei beim Katalogisieren. Auch in einer kleinen Bücherei wie in unserer Stadt gibt's dauernd was zu katalogisieren. Es ist erstaunlich, wieviel Arbeit es jedesmal macht, wenn ein neues Buch reinkommt. Sicher, in den größeren Städten ist das anders, mit Computern und so, aber ich sage, da muß schon ein größeres Wunder geschehen (lacht), wenn Nadeau jemals einen Computer bekommt, ich hab' sowieso nicht viel für diesen technischen Kram übrig, aber so oder so, es ist nicht sehr wahrscheinlich, knappe Finanzen und was weiß ich.

Grossaufnahme von Cruzzis Gesicht; er nickt, müht sich, wachzubleiben, aber ein friedlicher Zug in seinem Gesicht zeigt, daß er die geschwätzige Rose eher tröstlich als ärgerlich findet. Rose ihrerseits in ihrer Unbekümmertheit nimmt seine Unaufmerksamkeit gar nicht wahr.

Rose: ... jedenfalls, Professor Lang kam daher, ist einfach so reingeschneit, und sagte, er wollte einen ... Eindruck davon bekommen, wo Mary Swann gelebt hat, ihre Wurzeln und so. Wissen Sie, was er gesagt hat? Er sagte, wir sollten ein Schild am Ortseingang aufstellen, »Nadeau, Ontario, Heimatort von Mary Swann, der berühmten Dichterin«, und ich sagte, Himmel, ich wußte gar nicht, daß sie so berühmt ist, und er sagte, die Leute fingen an, sie zu beachten, und in ein paar Jahren ... und ich sagte, eine Menge Leute im Ort erinnern sich vielleicht an Mary Swann, jedenfalls die älteren, aber kaum einer hat ihr Buch gelesen. Natürlich gibt's ein Exemplar in der Bücherei, gab's zumindest bis vor Kurzem, dauernd kommen uns Bücher abhanden, die Leute hauen einfach damit ab, die Jugend! Ein echtes Problem für Bibliothekare, überall dasselbe, schätze ich ... Also Professor Lang hat sich sehr interessiert, er hat alle möglichen Fragen gestellt und wollte sich gründlich in der Gemeinde umsehen, er ist sogar zu dem alten Haus rausgefahren, wo Mrs. Swann gewohnt hat, bevor... Sie wissen schon… vorher eben! Er ist sogar auf den Friedhof gegangen, wo sie begraben ist, stellen Sie sich vor, bloß ein schäbiger kleiner Stein, und wie gesagt, das liegt ein paar Jahre zurück, jetzt ist sie viel bekannter, vielmehr berühmter, und Professor Lang, ich glaube, es war seine Idee, ein Symposium über sie abzuhalten, und mich hat's fast umgehauen, als ich eine Einladung bekam. Ich meine (lacht), also das klingt verrückt, aber ich bin nie auf einem Symposium gewesen, ich bin bloß eine Bibliothekarin, halbtags. Und Gemeindesekretärin, und ich bin nie … finden Sie, daß sich das verrückt anhört? Daß ich nie auf einem Symposium war?

Cruzzi (ruckelt hin und her, blinzelt ein-, zweimal, sieht Rose freundlich an und spricht sanft): Nein, Miss Hindmarch, kein bißchen verrückt.

Rose (erfreut und erleichtert): Wirklich?

Cruzzi: Nicht im mindesten.

Rose: Puh! Freut mich zu hören. Jedenfalls, ich bekam diesen Brief von Professor Lang, Anfang Dezember, nein, es war wohl in der letzten Novemberwoche, ich weiß noch, es war ein Montag, blauer Montag, haha, das heitert mich immer auf, wenn ich an einem Montag Post bekomme, schätze, daß es allen so geht, und er schrieb, daß Mr. Frederic Cruzzi, Sie, auch zu dem Symposium wolle, und Sie würden eine Rede halten und so, schließlich waren Sie es, der Mary Swanns Buch herausgegeben hat, versteht sich doch von selbst, daß Sie hingehen, und er meinte, ich könnte Sie vielleicht im Wagen mitnehmen, aber wie ich Ihnen in meinem Brief erklärte, ich kann nicht Autofahren, hab's einfach nie gelernt, dabei sagt eine Freundin von mir, Daisy Hart heißt sie, fünf Fahrstunden, und ich besteh' die Prüfung mit links, aber ich habe nie … jedenfalls, ich dachte, es kam mir einfach so in den Sinn (lacht), wir könnten, Sie verstehen, mit dem Zug, wir könnten … (Sie gerät ins Stocken.)

Cruzzi (wacht auf): … uns gegenseitig Gesellschaft leisten.

Rose (einstimmend): Genau, genau. Und dann hat er mich in seinem Brief noch gefragt, ob es mir etwas ausmachen würde, die Fotografie von Mrs. Swann mitzubringen, die, ja wissen Sie, es ist nämlich die einzige, die es noch gibt. (Sie verzieht das Gesicht.) Und er wollte …

CRUZZI (hellwach und interessiert): Ah, Sie haben eine Fotografie von Mrs. Swann?

ROSE: Die einzige! Heißt es jedenfalls. Wir verwahren sie in dem kleinen Museum, das wir in der alten Schule untergebracht haben, bloß Heimatgeschichte und so, aber … möchten Sie es sehen, Mr. Cruzzi? Das Bild? CRUZZI: Sehr gerne.

ROSE: Ich muß bloß … (Sie steht auf und langt nach ihrem Koffer über ihr.) Ich hab's hier, ich muß bloß … (Sie müht sich ab, zieht dann ihre Schuhe aus und stellt sich auf den Sitz; Cruzzi macht Anstalten, ihr zu helfen, aber sie hebt abwehrend die Hand.) O nein, Mr. Cruzzi, Sie dürfen sich nicht anstrengen … ich muß bloß …

CRUZZI: Wenn es zuviel Mühe macht, lassen Sie …

Rose stellt sich in Strümpfen auf die Zehenspitzen, um ihren Koffer aufzumachen. Sie angelt blindlings nach dem Foto.

ROSE: Ich hab's in letzter Minute eingepackt, einfach dazwischengeschoben, damit das Glas nicht kaputtgeht. (Sie müht sich immer noch ab, gerät leicht ins Schwitzen.) Die Ähnlichkeit ist nicht besonders, verschwommen, wissen Sie, bloß ein alter Schnappschuß, den irgend jemand in einen Rahmen gesteckt hat. Ich bin sicher … (sie zieht unter Mühen den Koffer herunter; er geht auf, Kleider fallen heraus, ein Kulturbeutel, ein Nachthemd und zu ihrer Verlegenheit ein Berg Unterwäsche.) Oh! (Peinlich berührt sammelt sie die Sachen ein und stopft sie wieder in den Koffer.) Oh, so ein Schlamassel, es geht aber auch alles …

CRUZZI: Kann ich Ihnen helfen? (Er sagt es zweifelnd.)

ROSE (während sie hektisch die Sachen wegsteckt): Nein! (Sie wirft verstohlene Blicke auf Cruzzi und die Reisenden am anderen Ende des Wagens.) Hier! Hier ist es. (Sie klappt ihren Koffer zu, wickelt das Foto aus dem Handtuch, in das es eingeschlagen ist, und setzt sich wieder, diesmal neben Cruzzi auf den Zweiersitz;

sie atmet schwer. Durch das Fenster ist die Sonne zu sehen, die auf die Felder, Seen und Wälder scheint.) Hier! Das ist sie. Mary Swann.

Cruzzi (nimmt die Fotografie und betrachtet sie zweiflerisch, dann kritisch, als wäre es ein Kunstwerk. Er zieht eine Brille aus seiner Brusttasche, um sie noch näher in Augenschein nehmen zu können, und sagt dann mit entschiedener Miene): Mrs. Swann.

Rose (rasselt in vollem Tempo los): Wie gesagt, die Ähnlichkeit ist nicht besonders. Die Sonne scheint ihr in die Augen, aber immerhin, das ist sie! (Sie lacht nervös, immer noch ein wenig keuchend.) Cruzzi: Freilich bin ich ihr nur einmal begegnet. Mein Eindruck war … (er fuchtelt mit einer Hand) … bruchstückhaft.

Grossaufnahme von dem Foto.

Rose (schaut ungezwungen hin, wirkt jetzt entspannt): Ich würde sagen, es wurde Mitte der Fünfzigerjahre aufgenommen, vielleicht auch früher. Sie schien nie älter zu werden. Ich meine, so hat sie immer ausgesehen, irgendwie ausgelaugt. Und alt. Traurig und bekümmert irgendwie. Aber wissen Sie, sie hatte was in sich, ich schätze, das kam in ihren Gedichten zum Vorschein, als wäre sie innen drin … wie eine junge Frau … nicht so bedrückt, nicht so erschöpft. Man kann am Äußeren nicht erkennen, wie ein Mensch wirklich ist, auch wenn jemand eine Person wirklich gut kennt.

Die Kamera erfaßt von der Seite die beiden Profile nebeneinander; Cruzzi fallen die Augen wieder zu; Rose redet ekstatisch weiter, die Augen geradeaus gerichtet.

Rose: Komisch, die Leute sagen immer, ich war die einzige, die Mrs. Swann persönlich kannte, dabei kannte ich sie gar nicht gut. Nun ja, eigentlich kennt niemand andere Menschen richtig gut, man weiß nicht, was ihnen Kummer oder Todesangst macht oder was sie wirklich denken, sie halten alles in sich verschlossen, als wären sie zu schüchtern oder so. Ich weiß nicht, warum das so ist, wissen Sie's?

Von dem schlafenden Cruzzi kommt keine Antwort; Rose dreht die Augen zur Seite, stellt fest, daß er schläft, und redet weiter.

ROSE: Den ganzen Herbst über. (Sie sieht zu Cruzzi hin.) Seit September hatte ich nämlich diese ... gesundheitlichen ... Probleme, und ich hab's dauernd rausgeschoben, zum Arzt zu gehen. Nächste Woche, hab' ich mir immer gesagt, und mittlerweile wurde ich immer schwächer, ging's immer mehr bergab mit mir. »Du bist nicht auf der Höhe, Rose«, sagten die Leute, aber ich sagte bloß, »Wer, ich? Mir geht's gut, ich nehm' bloß ein bißchen ab, das ist alles«, dabei wurde es schlimmer und schlimmer. (Rose wirft Cruzzi wieder einen verstohlenen Blick zu.) Sie wissen, wie das ist, wenn man sein alltägliches Leben lebt, wie man sich immer für irgendwas bereit macht. Wenn zum Beispiel ein Urlaub bevorsteht oder Weihnachten oder eine Hochzeitsfeier oder so was? Also, gegen Ende November ... (Sie hält inne, sieht wieder zu Cruzzi; kann sie ihm trauen?) da war ich wohl ein bißchen ... erledigt, wo ich mich so mies fühlte und alles, und eines Morgens bin ich aufgewacht, nach einer wirklich schlimmen Nacht, wo ich mich hin- und hergewälzt habe, und ich sagte zu mir ... ich lebe allein ... ich sagte, »Rose, Kindchen, du machst es nicht mehr lange, wenn du nicht...« – also ich bin kein morbider Typ, zu meinem Glück, aber ich dachte wirklich, ich würde vielleicht ... und da hat mich ein guter alter Freund an die Hand genommen und darauf bestanden, daß ich zum Arzt ging, da gab's keine Widerrrede.

Und ich bin hingegangen, und sie, es war eine Ärztin, die sagte, es waren bloß Fibrosen!, und es ist bloß eine kleine Operation nötig, Routinesache, sagte sie, ist 'ne Art Frauensache, nächsten Monat werde ich operiert... ich will Sie nicht mit den Einzelheiten belästigen, aber die Sache ist die, gerade, als ich dachte, alles, alles hätte aufgehört, da, urplötzlich ... fing es wieder an. (Sie lacht.) Oh, es war wunderbar. Ich dachte, so muß Fliegen sein, als wir im

Wagen von meinem Freund von der Ärztin nach Hause fuhren, meine Knochen fühlten sich so ... so leicht an wie die Knochen von einem kleinen Kind. Ich weiß, es klingt verrückt, Mr. Cruzzi, aber ... (Rose wendet den Kopf, um ihn anzusehen.) Mr. Cruzzi! (Erschrocken): Mr. Cruzzi!

Einen Augenblick lang ist Rose überzeugt, daß er tot ist; sie erhebt sich halb, betrachtet ihn, bewegt die Hand vor seinen Augen hin und her, wird aber von einem leisen, melodischen Schnarchen beruhigt. Sie setzt sich wieder neben ihn, lehnt den Kopf zurück, schließt die Augen. Die Kamera fährt nahe auf ihr Gesicht, auf ihre Lippen, die sich zu einem Lächeln öffnen, und auf ihre geschlossenen Augen. Sie umklammert noch Mary Swanns Foto auf ihrem Schoß. Man sieht Felder und kleine Städte vorübersausen.

Ton: Das Rattern des Zuges verklingt in munterer Orgelmusik. Abblende.

Aufblende: Innen. Jet der Air Canada. Tag. Ton: Die Musik vermischt sich mit dem Brummen eines Flugzeugmotors. Am Ende des Ganges demonstriert eine Stewardeß die Sicherheitsvorkehrungen; sie ist hübsch, blond und hat ein ausdrucksloses, hölzernes Gesicht. Ihr Monolog ist undeutlich; der Rhythmus ist erkennbar, aber die Worte vermischen sich mit den Worten eines Passagiers, der neben Jimroy auf einem Gangplatz sitzt. Dieser Mann (um die Sechzig) ist hager wie Lincoln, mit einem dichten weißen Haarschopf. Er trägt eine Hornbrille, Jeans, ein schickes seidenes Cowboyhemd mit Kordelschlips und eine lässige Freizeitjacke. Seine Gattin, eine füllige Frau in einem marineblauen Hosenanzug mit einer Brille an einer Kette und riesigen Diamantohrringen, sitzt auf dem Fensterplatz, und Jimroy, der zwischen ihnen eingeklemmt ist und seine Aktentasche auf dem Schoß aufklappt, wirkt wie ein eingesperrtes ältliches Kind.

Mann (laut, zu Jimroy): So! Sie machen sich wohl gleich an die Arbeit, wie?

Frau (trägt Kopfhörer, schlägt auf den Knien den Takt und lächelt Jimroy und ihren Mann einfältig an): Da, da, da, di da.

Jimroy: Hmmm. (Ein bestätigendes Grunzen; er schiebt seine Papiere hin und her und nickt unbestimmt.)

Mann (sichtlich erpicht, ein Gespräch anzufangen): Ich nehme an, Sie sind im Handel tätig, stimmt's?

Jimroy (überlegt einen Moment:) Ja. (Er sieht geradeaus, als würde er sich wappnen, nimmt sich dann wieder seine Papiere vor, einen Bleistift in der Hand.)

Mann: Ich habe mich zur Ruhe gesetzt, und meine Frau mit mir. (Er deutet auf die Frau, die unentwegt den Takt schlägt und lächelt.) Nur, meine Frau sagt, ich werde mich nie richtig zur Ruhe setzen. (Er kichert.)

Jimroy: Hmmmm. (Er schreibt geschwind eine Randbemerkung und sieht nicht auf.)

Mann (nach einer langen Pause): In welcher Branche sind Sie tätig?

Jimroy (überlegt wieder): Bücher.

Mann: Bücher, wie? Sie meinen, zum Lesen?

Jimroy nickt steif und blättert eine Seite um.

Mann: Interessant. (Pause.) Bücher. (Längere Pause.) Im Verkauf? Sie sind im Verkauf? Sie sind im Bücherverkauf tätig?

Jimroy (verwundert): Verkauf?

Mann: Ihr Büchergeschäft, wo Sie tätig sind. Sie verkaufen sie?

Jimroy: Nein. (Er macht sich wieder an die Arbeit, bringt an einer Ecke des Blattes eine ausführliche Korrektur an.)

Der Mann macht eine Pause, verschränkt resolut die Arme, entschlossen, still zu bleiben. Aber am Ende siegt die Neugierde.

Mann: Aber … was machen Sie dann mit ihnen?

Jimroy sieht verblüfft hoch. Die Frau wirft den Kopf zur Musik vor und zurück, ihr ganzer Körper wackelt, und das Licht fängt sich in ihren Ohrringen.

Mann (etwas pikiert): Ihr Buchgeschäft, wo Sie tätig sind, wie Sie sagen. Was machen Sie mit ihnen? (Laut): Ihren Büchern?

Jimroy (während er ruhig eine Zeile im Text unterstreicht): Ich schreibe sie.

Mann (wie elektrisiert): Bücher? Sie schreiben Bücher?

Jimroy (befestigt einen Zettel mit einer Büroklammer, läßt sich Zeit): Ja.

Mann (grinsend): Was Sie nicht sagen. (Er langt an Jimroy vorbei zu seiner Frau hinüber und klopft ihr auf das Knie.) Schätzchen, neben dir sitzt ein Bücherschreiber.

Frau (laut): Hah?

Mann (zu Jimroy): Meine Frau ist die Leserin in der Familie. Was sie für Bücher verschlingt! (Zu seiner Frau, die die Kopfhörer jetzt abgesetzt hat): Schätzchen, hier sitzt ein richtiger Schriftsteller. Junge, Junge!

Frau: Ja, ja, man kann nie wissen, neben wem man zu sitzen kommt. (Sie läßt sich fröhlich über Nebensächlichkeiten aus.) Sie denken sicher, das ist ja ulkig, wie wir hier sitzen, ich am Fenster und mein Männe da am Gang. Aber ehrlich, die Wahrheit ist, ich hab's nicht so mit dem Fliegen. Ron verkraftet das spielend, grade so wie ein Greyhound-Bus, sagt er, ein Greyhound-Bus, der …

Mann (emphatisch, ein alter Scherz): Ein Greyhound-Bus, dem Flügel aus den Seiten wachsen, sag' ich ihr immer.

Frau (kichernd): Aber ich, mir wird übel. Ich hab' keine Angst vorm Absturz, kein bißchen, aber der blöde Magen überschlägt sich, so fühlt es sich an, wissen Sie, hier am Fenster ist es sicherer, vermutlich bloß psychisch, aber Ron mit seinen langen Beinen, er ist über einsneunzig, er braucht Platz …

Mann: Ist auch näher zum Klo. (Er zwinkert Jimroy zu, als ob Urinieren eine Verschwörung unter Männern sei.)

Frau (vertraulich): Aber wir fliegen dauernd hin und her,

wegen Rons Investitionen, er findet, er muß Interesse zeigen, auch wenn er sich offiziell zur Ruhe gesetzt hat, und die Filialen sind richtig froh, wenn …

MANN (langt hinüber und greift in die Tasche seiner Frau): Haste 'n Kaugummi, Schatz? Es knackt wieder in meinen Ohren.

Jimroy sieht geradeaus. Er ist außerstande, sich in die Szene zu fügen; sein Körper ist starr, sein Gesicht wird eine steife Maske.

FRAU (während sie in einer großen Handtasche kramt, gluckst sie über die Schwäche der Männer; sie spricht mit weiblicher Autorität): Hab's gleich, (zu Jimroy): Sie auch eins? Nehmen Sie nur, ich hab' jede Menge. Geh' nie ohne Kaugummi von zu Hause weg. Wenn's in Rons Ohren knackt und sich mein Magen überschlägt …

STEWARDESS (in ihrem langweiligen monotonen Singsang): Wünschen Sie eine Sonnenaufgangsüberraschung vor dem Frühstück? Champagner mit Orangen …

MANN: Ich nehm' eine Cola.

JIMROY: Milch, wenn Sie haben.

FRAU: Ein Glas Saft, bitte.

STEWARDESS (zur Frau): Orangen, Tomaten, Grapefruit, Apfel?

FRAU (aufreizend zögernd): Oh, Tomaten, denk' ich.

MANN: Junge, Schätzchen, du und dein Tomatensaft! (Hierauf lacht er schallend, und Jimroy, das Milchglas an den Lippen, sitzt verdattert, einsam, verloren da. Jimroy sieht auf diese Leute nicht »von oben herab«; sie machen ihn verwirrt und auf eigenartige Weise äußerst neidisch.)

FRAU (hat einen Tomatensaftschnurrbart): Soso! Sie sind tatsächlich ein Bücherscheiber?

MANN: Ein echter! Wer hätte das gedacht.

FRAU: Das ist das Schöne am Reisen, man trifft Leute aus allen Schichten. Einmal haben wir …

MANN (unterbricht seine Frau): Bringt das 'ne hübsche Stange Geld? Ich hab' Schriftsteller in Johnny Carsons Talkshow gesehen, meine Frau und ich …

FRAU: Satinanzüge, über und über mit Glitzer, plaudern mit Johnny drauflos, vollkommen ungezwungen …

MANN: Ich nehm' an, Sie benutzen 'ne Schreibmaschine? Wann schreiben Sie an Ihren Büchern?

JIMROY (blickt hektisch von einem zum andern): Eigentlich …

FRAU: Schätze, da gewöhnt man sich dran, daß man ins Fernsehen kommt und drauflos redet, über …

MANN (wie aus einer plötzlichen Eingebung heraus): Sagen Sie, ich nehm' an, das ist prima Reklame, prima Marktaspekt … Bedürfnisse schaffen, das haben uns die Japaner beigebracht …

FRAU: Das hat doch dieser Wie-heißt-er-doch-gleich gesagt, nicht, Schatz? Der nette kleine Mensch, den wir in Jokohama kennengelernt haben …

MANN: Das hat der Mann gesagt. Klein, aber oho; beobachten Sie Ihre Märkte, hat er gesagt, behalten Sie Ihre Märkte im Auge.

FRAU: Das ist plausibel. (Sie lacht. Zu Jimroy): Verwenden Sie Ihren eigenen Namen?

MANN: Bei Ihren Büchern, meint sie. Oder ein …?

FRAU: Ein Pseudonym? Erfunden?

MANN: Wissen Sie was? Als ich Sie heute morgen in die Maschine steigen sah, vorher, im Warteraum, mit Ihrer Zeitung und so, da hab' ich mir gedacht: Der Bursche sieht aus, also den Burschen hab' ich doch schon mal gesehen …

FRAU: Ron bleibt immer auf für Johnnys Show. Ich, ich brauche meinen Schönheitsschlaf. Haha!

MANN: Aber sie ist die Leserin in der Familie, immer liest sie dies oder das.

FRAU (wirft die Hände in die Höhe, wird rot, weist das Kompliment flatternd, bescheiden zurück): Ach, wissen Sie, Ron hat verflixt viel zu tun, die Firma, die Zweigstellen besuchen, seine Wohltätigkeitsarbeit, er arbeitet mit den …

MANN: Was sagten Sie, was für Bücher Sie schreiben?

JIMROY (entschlossen): Meine Bücher sind eigentlich …

MANN: Ich hab' mal daran gedacht, ein Buch zu schreiben, aber wissen Sie, ich hab' nie Maschineschreiben gelernt, und …

Jimroy (unnachgiebig): Mein Gebiet sind Biographien. Ich schreibe Biographien.

Mann: Ihre Lebensgeschichte, wie?

Jimroy: Nicht meine Lebensgeschichte. Ich beschreibe das Leben einer Dichterin. Ihr Name ist Mary Swann.

Stewardess: Frühstück! (Sie teilt flink die Tabletts aus.)

Mann: Frühstück, meine Lieblingsmahlzeit.

Jimroy (beharrlich, mit lebhaften Gesten): Tatsächlich geht es in meinen Büchern um ...

Mann: Schatz? (Er langt hinüber, um die Hand seiner Frau zu fassen; ihre Hände treffen sich auf Jimroys Schoß; sie senken die Köpfe.)

Frau (dringlich): Du.

Mann. Nein, Schatz, du.

Frau (nachgebend): Für alles, was wir empfangen, für die Segnungen von Wärme, Liebe, Kameradschaft und himmlischer Führung sagen wir voll Demut Dank, und wir bitten, daß ... (Ihre Stimme verliert sich.)

Die Kamera fährt nah auf Jimroy, der zwischen dem betenden Ehepaar eingeklemmt ist; er hat den Mund offen, als wolle er etwas sagen. Seine Augen blicken verwirrt auf die vereinten Hände auf seinem Schoß. Abblende.

Aufblende: Außen, Flughafen Toronto. Tag.

Die Kamera folgt Sarah Maloney, als sie aus dem Flughafengebäude tritt, ihren Koffer im Schlepptau. Es ist windig, und es liegt Schnee; sie zieht ihren Mantel enger um sich; dann bleibt sie stehen und wendet sich an einen Gepäckträger.

Sarah: Der Bus in die Stadt? Da drüben?

Sie deutet; der Gepäckträger nickt und deutet. Sarah geht zu dem wartenden Bus, und die Kamera folgt ihr, als sie einsteigt, bezahlt, ihren Koffer verstaut und sich auf einen Fensterplatz setzt. Andere Reisende steigen ein, und der Bus ist mit Gepäck überfüllt. Neben Sarah sitzt eine Frau um die Vierzig, in einen Pelzmantel gekuschelt. Der Bus fährt ab, die KAMERA folgt ihm einen Moment, als er das Flughafengelände verläßt.

PELZMANTEL (wirft Sarah Blicke zu, die aus dem Fenster sieht und dabei ihre Handtasche und ihren Mantel umschichtet): Verzeihung, haben Sie genug Platz?

SARAH: Ja, danke. (Sie greift nach einem Taschenbuch.)

PELZMANTEL (wirft Sarah weiterhin verstohlene Blicke zu): Verzeihen Sie. Ich … ich halte es nicht mehr aus, Sie sehen aus wie … sind Sie vielleicht zufällig Sarah Maloney?

SARAH (lächelnd): Ja.

PELZMANTEL: Ich hab's gewußt. Ich hab's gewußt. Ich habe Ihr Buch zu Hause, und natürlich ist Ihr Bild hinten drauf … und ich habe Sie im Fernsehen gesehen, wie Sie interviewt wurden. Zweimal, glaube ich. Das ist unfaßbar. Sarah Maloney. Aber in meiner Vorstellung waren Sie …

SARAH: Älter. (Das hat sie schon öfter gehört.) Das geht allen so. (Sie zuckt die Achseln.)

PELZMANTEL: Im Buch haben Sie sich so, ich meine … (sie sucht nach dem richtigen Wort) … so positiv zu allem geäußert.

SARAH: Meine weise Zeit. (Sie lächelt.) Heute bin ich nicht mehr ganz so positiv. Zu allem. Ein bißchen flexibler, hat man mir gesagt.

PELZMANTEL: Vertreten Sie noch dieselbe Ansicht über Frauenpower? Eine militante Haltung bietet unsere beste …

SARAH: Ja. Unbedingt. Aber mit gewissen Ausnahmen …

PELZMANTEL: Was ist mit Männern?

SARAH: Männern?

PELZMANTEL: Ich meine, haben Sie immer noch dieselbe Einstellung zu ihnen? In Ihrem Buch, im mittleren Teil, bezeichnen Sie die Männer als maskierten Feind und …

SARAH (lächelnd, achselzuckend, macht sich über ihr jüngeres Ich lustig): Ich habe gerade geheiratet. Vorige Woche.

PELZMANTEL: Ah! Sie glauben also an die Liebe.

SARAH: Liebe?

Pelzmantel: Liebe und Ehe. Daß sie sich nicht unbedingt ausschließen, wie Sie in Ihrem …

Sarah (konfus): Das ist knifflig.

Pelzmantel: Und wie sieht es mit Ihrer anderen Idee aus, daß die Ehe eine Reihe von Kompromissen ist, die notwendigerweise …

Sarah: Tatsächlich ist dies meine zweite Ehe. Aber diesmal fühlt es sich besser an. (Sie sagt es versonnen, ihr Strahlen wirkt umwölkt von einer Senkung des Tonfalls, die auf ein flüchtiges Gefühl von Angst oder Unsicherheit hindeutet.)

Pelzmantel: Wie steht es mit Mutterschaft? Wie haben Sie es ausgedrückt? »Mutterschaft ist die einzig verfügbare Kraftquelle für …«

Sarah (wieder achselzuckend, vertraulich): Ich bin schwanger.

Pelzmantel: Schwanger!

Sarah: Erst ein paar Wochen.

Pelzmantel: Guter Gott, Sie sollten nicht in dem vielen Qualm hier sitzen. (Sie wedelt Zigarettenrauch fort.) Schon kleine Mengen sind gefährlich bei …

Sarah: Ach du meine Güte! (Sie versucht ein Fenster zu öffnen, aber es klemmt.)

Pelzmantel: Ich sage allen meinen Patientinnen – ich bin Ärztin –, daß Passivrauchen genauso schädlich ist wie …

Sarah (versucht es noch einmal mit dem Fenster und schafft es): Was noch? Ist Fliegen okay?

Pelzmantel: Soweit wir wissen.

Sarah: Ich habe hier in Toronto eine Konferenz. Vier Tage. Aber danach setze ich mich auf meinen Hintern und esse rohes Gemüse und (legt ihre Hand auf ihren Bauch) fühle es wachsen. Wissen Sie was? Das habe ich mir immer gewünscht, ich hab's nur nicht gewußt.

Pelzmantel: Aber haben Sie in Ihrem Buch nicht gesagt, Kinderkriegen ist das … Abblende.

Aufblende: Das Innere des Busses, der sich jetzt im Stadtzentrum befindet. Sarah und Pelzmantel unterhalten sich konzentriert und lebhaft, mit der Vertraulichkeit alter Freundinnen.

Sarah: Nehmen Sie zum Beispiel Mary Swann. Sie ist der Anlaß, weswegen ich hier bin, diejenige, um die es in dem Symposium geht. Okay, sie hatte null Power. Diese Frau war ein totales Opfer...

Pelzmantel: Ich weiß nicht recht, was Sie unter einem totalen Opfer verstehen, aber müssen Sie nicht ...

Sarah: Ja, ich glaube, wir vereinfachen die ganze Sache zu sehr. Opfer werden in Ecken gequetscht, und entweder sterben sie, oder sie erfinden eine neue Strategie. Ich glaube, deswegen ...

Pelzmantel: Und diese Frau? Mary ...?

Sarah: Mary Swann. Ein klassischer Fall. Sie hatte ein hundsmiserables Leben, ausweglos, lebte auf einem unbedeutenden Bauernhof mit einem Ehemann, der nicht mal unbedeutend war – der war eine Null, ein Tyrann, ein Schwein. Sie kennen den Typ, teilte jede Woche ein paar Kröten für Lebensmittel aus ...

Pelzmantel: Und sie hat überlebt?

Sarah: Sie schrieb Gedichte. Nicht viele, kaum mehr als hundert, aber sie sind ... so etwas gibt es nicht noch einmal.

Pelzmantel: Schreibt sie noch?

Busfahrer (ruft): Harbourview.

Sarah: Oh, ich steige hier aus. Sie ist tot. Seit 1965. Ihr Mann hat sie schließlich ...

Pelzmantel: Ihr Mann hat sie schließlich was?

Sarah sammelt hastig ihre Sachen ein. Die zwei Frauen wollen sich die Hand geben, dann umarmen sie sich rasch. Sarah steigt aus dem Bus, dreht sich um und winkt.

Pelzmantel (ruft durchs geöffnete Fenster): Ihr Mann hat sie schließlich was?

Sarah (ruft vom Bürgersteig vor der Drehtür): Zum Schweigen gebracht.

Pelzmantel: Was hat er gemacht?

Sarah (winkt und ruft, als der Bus abfährt): Er hat sie zum Schweigen gebracht. Für immer. Er …

Sie merkt, daß ihre Worte nicht gehört werden können, dreht sich um und tritt durch die Drehtür ins Hotel. Grossaufnahme von der Anschlagtafel. Zwischen »IODE Jahresversammlung« und »Dominion Lederwaren Verkaufsveranstaltung« ist zu lesen: »Swann-Symposium.« Die Kamera bleibt einen Moment auf der Tafel. Musik: Querflöte und Trommeln. Abblende.

Regieanweisung: Diese Szene bezeichnet das Ende des Set up. Alle Hauptcharaktere sind eingeführt und an ihr Ziel gebracht, zum Swann-Symposium im Hotel Harbourview. Gelegentlich werden den Darstellern Motivationsanregungen gegeben, aber es ist zu hoffen, daß keine spezifischen Regieerläuterungen erfolgen.

Aufblende: Innen, Veranstaltungsraum im Hotel. Abend.

Die Kamera erfaßt von oben etwa fünfzig Köpfe, die sich im Veranstaltungsraum des Hotels bewegen. Der Raum ist hübsch proportioniert, für mittelgroße Versammlungen angelegt. Die Gestaltung ist üppig, neuzeitlich-traditionell, aber ziemlich überladen mit Samtschabracken und verzierten Möbeln. Man sieht Kellner von oben, die mit Getränke- und Canapétabletts zwischen den in Gruppen stehenden Leuten herumgehen. Lebhafte Hintergrund-Musik vermischt sich mit Gesprächsgeräuschen und Gläserklingen. Die Kamera bleibt ein paar Augenblicke auf der Versammlung. Die Szenerie ist der allseits bekannte Cocktailempfang, der den meisten Konferenzen und Symposien vorausgeht. Ganz allmählich fährt die Kamera hinunter und immer näher auf die Menge, und das Stimmengemurmel wird schließlich verständlich. Willkürliche Sätze steigen empor und versinken in der festlichen Atmosphäre.

… ich persönlich sehe Swann als von Unschuld geblendet, und damit meine ich …

… sinnlos, vorzugeben, die Frau sei Feministin, wenn sie vollkommen deutlich macht, daß sie Werte akzeptiert wie …

… wenn man bedenkt, daß Nadeau, Ontario, nicht gerade der Mittelpunkt der Welt ist …

… bemerkenswert, ja, bemerkenswert. Ich gebe zu, ja, bemerkenswert!

… Emily Dickinson hat nie …

Ich warte auf die Liebesgedichte.

… das ist zwar nur eine Vermutung, aber wenn Sie sich ansehen, was Swann mit den Strophen macht, und sich das als Mikrokosmos vorstellen …

… Zeit für eine Neuauflage. Höchste Zeit, wenn Sie mich fragen.

… stimmt es, daß der alte Cruzzi hier ist? Mein Gott, der Mann muß hundert Jahre alt sein.

…es ist eine Freude, eine Ehre, wie ich zu Mick sagte …

Und das, ehem, ist Frederic Cruzzi.

… habe Ihren Artikel über Swann in der Oktoberausgabe gelesen, oder war es im September …?

… die vielen Gesichter. Würde unsere Muse nicht staunen, wenn sie sähe, wer alles …

… hält die Einführungsrede, dabei wäre es angemessener gewesen, wenn …

… wenn und falls Lang die Liebesgedichte freigibt. Himmel, was macht er …

… ganz so hat Sarah Maloney das nicht gesagt …

… niedlich wie das Jesuskind in Samthosen!

… Er ist elektronisiert, sie ist elektronisiert, und sogar der Präsident ist …

Ein guter Spruch, aber kein großer Ausspruch.

Nett.

… Zischlaut, finden Sie nicht?

Die Gesprächsfetzen verstärken sich, werden lauter, ein Dröhnen, werden dann wieder undeutlich; Gläserklingen und schrilles

Lachen vergehen allmählich, werden abgelöst von dem eindringlichen Geräusch eines Löffels, der gegen ein Glas geschlagen wird. GROSSAUFNAHME von einer Hand, die mit dem Löffel ans Glas schlägt, dann von dem Gesicht von Willard Lang, einem großen, weichen Gesicht, das sich mit einer Maske äußerster Naivität tarnt. Als Stille eintritt, hebt Lang sein Glas. Er hat die Miene eines Menschen, der es insgeheim darauf anlegt, anderen zu gefallen.

LANG: Meine Damen und Herren. (Er hält inne, um Eindruck zu machen.) Mein Name ist Willard Lang. Es ist mir ein Vergnügen, Sie (wieder eine dramatische Pause) zum Swann-Symposium zu begrüßen.

BETRUNKENE STIMME: Hört, hört.

NÜCHTERNE STIMME: Pssst.

LANG: Besonders begrüßen möchte ich den Vorbereitungsausschuß, der lange und hart gearbeitet hat, um dieses Symposium zu ermöglichen, und ich möchte Sie daran erinnern, daß wir uns morgen vormittag Punkt neun Uhr versammeln, und zwar in …

Er wird plötzlich unterbrochen. Der Raum ist in Dunkelheit getaucht. Es herrscht offensichtlich große Verwirrung, man hört sich überschneidende Stimmen.

… das Licht …

… Stromausfall oder, ehem, was weiß ich …

… such doch mal jemand den Schalter, verflixt …

Meine Damen und Herren …

Du lieber Himmel!

Mein Gott, wenn man vom Chaos spricht …

… wenn wir ruhig bleiben, der Strom ist bestimmt gleich wieder da.

Herrje!

… haben Sie bitte Geduld, meine Damen und Herren.

Autsch, das ist mein Fuß!

Verzeihung, war nicht meine Absicht …

Wenn Sie denken, dies ist ein Alptraum, dann erinnern Sie sich …

Jemand in der Menge zündet ein Streichholz an, jemand anders ein Feuerzeug. Nach und nach gehen ringsum im Raum die Streichhölzer und Feuerzeuge an, lassen die Gesichter der Versammelten sichtbar werden, eben noch lebhaft, jetzt geisterhaft schattig und erstaunlich lahm aussehend, als seien sie bei einer Torheit erwischt worden. Ganz langsam setzt das Stimmengewirr wieder ein; sogar Lachen ist zu hören, allerdings ein nervöses Lachen, vielleicht durch Trinken ausgelöst. Gleich darauf geht die Deckenbeleuchtung an, blendend, heller als vorher, so daß die Leute überrumpelt werden und blinzeln.

… na endlich. Ich wollte gerade …

Wurde aber auch Zeit …

… apropos Zeit, ich meine, er hat einfach …

… absurdes Miniaturtheater …

… allgemeiner Stromausfall, würde mich nicht wundern …

… Mary Swann als Erscheinung auftreten …

Ha!

Wie ich schon sagte, ehem, Swann ist so etwas wie eine symbolische Waise und bringt zum Ausdruck, was …

… man sollte doch annehmen, ein Hotel wie dieses hätte ein Notstromaggregat, sonst …

Erinnern Sie sich, wie damals in St. Thomas in New York …

Meine Aktentasche! Sie war eben noch hier.

… ödipale Dunkelheit als Symbol für, aber nur ein Symbol, sagen wir …

… wird die Liebesgedichte veröffentlichen. Sie wissen doch, die er unter dem Küchenfußboden gefunden hat – dem Linoleum, um genau zu sein.

Es war eine lederne Aktentasche, von normaler Form und Größe …

… Hoffen wir, daß es morgen …

Sie stand direkt hier am Tischbein, bevor das Licht ausging, und …

Grossaufnahme: Jimroy spricht erregt mit zwei oder drei Kellnern. Als eine Menge sich um ihn zu versammeln beginnt, fährt die Kamera langsam zurück, bis sie wieder die Einstellung von oben erreicht. Wir sehen die Menschentraube um Jimroy wachsen, und über der murmelnden Menge tönt seine Stimme mit äußerster Klarheit.

Jimroy: Meine Aktentasche! Alle meine Notizen für das Symposium, meine Rede, das Programm, alles! Ich hatte sie in meiner Aktentasche. Und einen Füllhalter, einen sehr wertvollen Füllhalter. Sie war eben noch hier! Jemand muß sie genommen haben – ja natürlich weiß ich das genau. Ich muß schließlich wissen, wo meine Aktentasche war, oder? Sie war direkt hier neben mir, Sie Idiot, genau hier.

Jimroy hat angefangen zu schreien; sein zuvor so glattes, liebenswürdiges Gesicht ist rot angelaufen und hat einen wutkochenden Ausdruck; er ist tödlich beleidigt, verlegen und verärgert; den Stromausfall und den Verlust seiner Aktentasche betrachtet er eindeutig als Angriff auf seine Würde. Die Kamera zeigt scharf sein wütendes Gesicht, und das Bild friert ein.

Aufblende: Innen. Versammlungsraum. Am nächsten Morgen.

Das starre Bild von Jimroys Gesicht geht langsam in Willard Langs Gesicht über, das freundlich lächelt, vielleicht ein wenig schmeichlerisch. Er ist ungeachtet der Katastrophe vom Vorabend eifrig darauf bedacht, das Symposium in die richtigen Bahnen zu lenken. Die Teilnehmenden sitzen in Reihen auf Klappstühlen. Manche haben Stifte in der Hand, bereit, sich Notizen zu machen, andere haben Bücher oder Papiere auf dem Schoß, viele unterhalten sich miteinander. Lang steht vorne an einem kleinen, mit einem Mikrophon ausgestatteten Lesepult. Er räuspert sich, aber das Gemurmel im Raum hält an.

LANG: Meine Damen und Herren, versammelte Gelehrte. (Die Stimmen ersterben.) Guten Morgen. Noch einmal begrüße ich Sie zu dem ersten, aber hoffentlich nicht letzten Mary Swann-Symposium. Und wir wollen auch hoffen – (das Mikrophon gibt ein elektronisches Fiepen von sich) –, daß der Strom uns nicht im Stich läßt wie gestern abend. (Erneutes Fiepen.)

MANN MIT ÜBERDIMENSIONALER AFROFRISUR: Hört, hört.

LANG (leicht verärgert): Nur noch zwei Punkte, bevor ich unseren Redner vorstelle. Ich möchte Sie auf eine kleine Ausstellung im Korridor aufmerksam machen. Sie enthält einige Sonderdrucke von kürzlich erschienenen Artikeln und, was Sie freuen wird, eine Fotografie von Mary Swann, die Miss Rose Hindmarch aus Nadeau mitgebracht hat. Ah, ist Miss Hindmarch heute morgen bei uns? (Es entsteht kurzzeitig Bewegung: Die Leute drehen die Köpfe nach Rose um, die in der letzten Reihe sitzt.) Ah! Vielleicht ist Miss Rose Hindmarch so gut, aufzustehen und sich zu erkennen zu geben.

Rose steht ungeheuer verlegen langsam auf; ihr schüchternes Lächeln zeigt Freude, Unbeholfenheit, Verwirrung. Sie bringt ein linkisches Lächeln zustande, ein leichtes Nicken ihres frisch dauergewellten Kopfes, dann setzt sie sich wieder hin; vereinzelter, eher unbeteiligter Beifall.

LANG: Danke schön, danke schön. Und nun zu Punkt zwei. Eine persönliche Bitte, wenn es gestattet ist, die unser Mini-Desaster (lacht wegwerfend) gestern abend betrifft. Sollte jemand sich im Besitz einer überzähligen Aktentasche befinden, schwarzes Leder, Monogramm M. J. auf dem Schloß, wäre Mr. Jimroy für schnellste Rückgabe dankbar. Und nun, meine Damen und Herren, Mitswannianer, wenn ich Sie so ansprechen darf, ist es mir eine große Freude, unseren Redner vorzustellen. Obwohl Morton Jimroy, Träger zweier Ehrendoktorwürden, wohl keiner Vor… ja?

Die KAMERA erfaßt Jimroy, der etwas abseits von den anderen auf einem Stuhl sitzt. Er ist nervös, etwas abgespannt. Beinahe verschämt, entschuldigend, hebt er die Arme, zuckt die Achseln; er hält drei Finger in die Höhe.

LANG (versteht): Ah, entschuldigen Sie, Morton. Drei Ehrendoktorwürden, natürlich! Die jüngste von der Universität Princeton, glaube ich. Alle Anwesenden kennen bestimmt Morton Jimroys hochgeschätzte Biographie von Ezra Pound, Perverse Pilgerreise, und seine ebenso ausgezeichnete Biographie des amerikanischen Dichters John Starman, mit dem Titel Vers, Volumen und Vision … (Er kommt durcheinander.) Ja? (Er fängt abermals Jimroys Blick auf.) Ja, Mr. Jimroy?

JIMROY (ruhig, schüchtern, springt halb von seinem Stuhl auf): Volumen, Vision und Vers. Nur eine kleine Korrektur.

LANG (in schwülstig gekränktem Tonfall): Ich korrigiere mich. Volumen, Vision und Vers. Wie ich schon sagte, Ezra Pound! John Starman! Giganten unserer Literatur. Und nun könnte man sich die Frage stellen – was an der unbekannten kanadischen Dichterin, denn wir müssen der Tatsache ins Auge sehen, meine Damen und Herren, daß das schöpferische Werk von Mary Swann nicht so bekannt ist, wie es das verdient – was an dieser Frau, an dieser Schriftstellerin hat die Aufmerksamkeit des weltberühmten Biographen von Ezra Starman und John – (Gemurmel aus dem Publikum sagt ihm, daß er wieder einen Fehler gemacht hat, und er verbessert sich rasch.) Ezra Pound und John Starman. Bißchen früh am Morgen, tut mir leid. Was hat die Aufmerksamkeit – aber das lasse ich unseren Ehrengast Ihnen am besten selbst erzählen. (Er macht eine weitschweifige Geste.) Mr. Morton Jimroy!

Jimroy steht auf und läßt den Beifall verebben, während er an das Pult tritt. Er rückt seine Papiere zurecht, lockert seine Krawatte, stellt das Mikrophon tiefer. Er liebt es zu tändeln, weil er glaubt, daß es die Aufmerksamkeit des Auditoriums erhöht. Aber er bringt es zustande, eher flatterig als beherrscht zu wirken, und das Publikum reagiert mit Unruhe. Schließlich spricht er.

Jimroy: Meine Damen und Herren, ich muß Sie zunächst um Nachsicht bitten. Wegen des Mißgeschicks gestern abend … der Entwendung meiner Aktentasche … bin ich heute gezwungen, mit Hilfe äußerst spärlicher Unterlagen zu sprechen und vielleicht noch zerstreuter, als es sonst meine Art ist. (Er holt tief Luft und stürzt sich in seine Rede.) Warum, fragt unser Ehrenvorsitzender, habe ich meine Aufmerksamkeit in den vergangenen zwei Jahren den Werken und der Persönlichkeit von Mary Swann gewidmet, einer Dichterin, die manche mit Emily Dickinson verglichen haben, mit Stevie Smith und auch, wenn dies nicht ein zu extremer Vergleich ist für diese frühe Morgenstunde (ein säuerlicher Blick zu Lang), mit der großen romantischen Stimme der …

Seine Stimme verklingt zu einem Murmeln, sie steigt und fällt in einem etwas monotonen Rhythmus, doch die Worte selbst sind verwischt. Während er spricht, schwenkt die Kamera auf verschiedene Gesichter im Publikum, bleibt einen Moment bei Sarah Maloney, die ausnehmend aufmerksam und von einem erwartungsvollen Leuchten ergriffen ist. Sie trägt Stiefel, lange Hose und eine schöne Seidenbluse und sitzt leger, ein Bein hochgezogen, auf jedes Wort achtend. Ihre Miene zeigt kritische Würdigung. Die Kamera erfaßt auch Rose Hindmarch, die neben Sarah sitzt. Rose faßt sich wiederholt an die Frisur, kratzt sich am Hals, bemüht sich, aufmerksam zu bleiben, ist aber von der Aufregung der Zusammenkunft abgelenkt. Sie blickt nach rechts und links, über die Schulter usw. Jimroys Stimme blendet sich wieder ein.

Jimroy: … immer als »kanadische Dichterin« bezeichnet, aber ich meine, die Zeit ist gekommen, diese Modifikation aufzugeben und sie von den einengenden Grenzen des Regionalismus zu befreien. Sie hat eine internationale Stimme, die …

Jimroys Stimme verschwimmt wieder. Die Kamera erfaßt das lebhafte, skeptische Gesicht des achtzigjährigen Frederic Cruzzi, der heute morgen einen grauen Anzug mit einem roten Pullover darunter trägt. Er streicht sich übers Kinn, ein wenig gelangweilt, etwas verstimmt über den Kurs, den Jimroy einschlägt. Gleich darauf fallen ihm die Augen zu; in den letzten Tagen hat er sich mehr und mehr in seine Erinnerungen zurückgezogen, ein Gebiet, das er mit einer niedrigen, mit Dachsparren versehenen Mansarde mit unzureichender Belüftung vergleicht.

JIMROY (seine Stimme blendet sich wieder ein): … die Mrs. Swanns Vergangenheit unbekümmert zu Asche verwehen und sie zu einer stattlichen Landmatrone machen wollen, die unbekümmert heimlich ein bißchen Eiergeld beiseite legt, ebenso wie diejenigen, die ihr einen Mythos aufzwingen wollen, den zu stützen sie zu schwach ist. Sie war eine Seherin und Zelebrantin, und in ihren 125 Gedichten, 129, wenn Professor Lang einwilligt, die Liebesgedichte zu veröffentlichen …

MANN MIT ÜBERDIMENSIONALER AFROFRISUR: Hört, hört.

BLAUGEPUNKTETER SCHLIPS: Aber wann, wann?

JIMROY (ZU Lang): Sie sehen, Professor Lang, wie ungeduldig wir die Veröffentlichung erwarten. Ich fahre fort: Wer war Mary Swann?

Sein Gesicht wird wieder überblendet. Die KAMERA fährt über die Gesichter des Publikums; manche machen sich Notizen, manche hören aufmerksam zu, Cruzzi döst, Rose zappelt.

JIMROY (wird wieder hörbar): Ich darf ferner darlegen, der wahre Grund, weswegen wir hierhergekommen sind, ist der Wunsch, die kurze (Pause), aber schwierige Entfernung (Pause) zwischen Erscheinung und Realität zurückzulegen. Wer war, nach dem, was wir wissen, Mary Swann? Eine Frau. Eine Ehefrau. Eine Mutter. Vielleicht eine Geliebte. (Er sieht zu Lang, der wegschaut.) Sie war arm. Sie hatte eine schlechte Schulbildung. Eine Frau, die nur wenige Kilometer weit von ihrem Heimatort gereist ist. Sie hatte keine Sozialversicherungskarte, keine Krankenblätter. Ihr einziges offizielles Papier war tatsächlich (dramatische Pause) ein Benutzerausweis der Gemeindebücherei Nadeau.

Die KAMERA fährt auf Rose Hindmarch, die geziemend errötet und nickt. Die KAMERA folgt den Gesichtern des Publikums; das Interesse belebt sich, und sogar Cruzzi wacht ruckartig auf.

JIMROY: Es ist ein Geheimnis, ebenso wie unser aller Leben ein Geheimnis ist. Genau wie wir die Person, die zu unserer Rechten oder Linken sitzt, nie wirklich kennen. (Rose und Sarah lächeln sich hierbei kurz an.) Erscheinung und Realität.

Jimroy beendet seine Rede mit einem forschen Nicken zum Publikum. Er verbeugt sich steif und geht an seinen Platz zurück.

REGIEANWEISUNG: Die Wiederholung der Formulierung »Erscheinung und Realität« muß von Schweigen und intensiver Atmosphäre umrahmt sein, da sie sich als die unterschwellige Zwiespältigkeit des Films definieren läßt. Der Beifall muß etwas verzögert einsetzen, so daß die Worte (und Andeutungen) Zeit haben, zur Kenntnis genommen zu werden.

Lang tritt ans Mikrophon und führt fröhlich den Applaus an; kurz darauf winkt er Jimroy ans Pult zurück.

LANG: Unser Gast hat sich freundlicherweise bereit erklärt, einige Fragen zu beantworten. Ich glaube, wir haben noch zehn Minuten bis zur Kaffeepause. Haben Sie Fragen? (Sogleich heben sich mehrere Hände. Tänzelnd wie eine Marionette, erfreut, daß alles glatt läuft, deutet Lang auf Dr. Buswell fast ganz hinten im Raum): Syd? Haben Sie eine Frage an Mr. Jimroy?

Syd Buswell ist ein Mann um die Vierzig, er trägt Bluejeans und ein Tweedjackett. Er spricht mit einem nasalen, betrübten Quengelton und verwendet abgehackte Sätze, die den Eindruck von Selbstüberhebung entstehen lassen.

Buswell: Die Frage der Einflüsse! Sehr wichtig, wie wir alle wissen. Sie erwähnen, Professor Jimroy, daß Mrs. Swann eine begeisterte Leserin war. Eifrige Benutzerin der Gemeindebücherei. Nun, ich war in der Gemeindebücherei in Nadeau, Ontario. Es war mir ein Anliegen, hinzugehen. Ich bin überzeugt, Sie waren auch dort. Und Sie werden mir ganz bestimmt beipflichten, daß die Gemeindebücherei von Nadeau nicht viel zu bieten hat. Ganz nett vielleicht, aber …

Anmerkung der Regie: Andere Regisseure oder Regisseusen, die ihrem Publikum mißtrauen, würden an dieser Stelle vielleicht mit einer Rückblende arbeiten. Buswell, bekleidet mit einer schäbigen Lederjacke, der durch die harmlosen Regale der Bücherei von Nadeau schleicht, oder etwas in dieser Art.

Jimroy: Ah, ja, aber …

Buswell: Zum Beispiel. Es gibt keinen T. S. Eliot in der Bücherei von Nadeau. Nur ein Beispiel. Genug gesagt? (Er setzt sich, in dem Glauben, mit diesem Punkt einen großartigen Treffer erzielt zu haben.)

Jimroy (räuspert sich): Vielleicht ist Ihnen bewußt, Professor Buswell, daß die Bibliothekarin der Gemeindebücherei von Nadeau, Rose Hindmarch, heute in unserer Mitte ist? (Grossaufnahme von Rose, die furchtbar erschrocken dreinsieht.)

Buswell: Es ist mir durchaus bewußt, daß Miss Hindmarch anwesend ist. Und sie würde durchaus übereinstimmen. Mit mir. Daß besagte Bücherei nichts Besonderes zu bieten hatte. Nicht viel. Viel an Substanz. Für jemand wie Mary Swann. Schön und gut …

Rose ist aufgestanden; sie hat Tränen in den Augen, und ihr Gesichtsausdruck zeigt eine Mischung aus Selbstzensur und Verwirrung; das hatte sie nicht erwartet.

Rose (bebend): Wir haben ein Budget. Die Leute wissen nicht immer zu schätzen … ein sehr kleines Budget. Letztes Jahr wurde es zweimal gekürzt, der Hockeyverein bekam eine Erhöhung, aber wir …

Buswell (träge): Sie tun sicher Ihr Bestes, Miss Hindmarch. Mit einem begrenzten Budget. Ich habe nicht unterstellt (hier blinzelt Rose), daß Sie eine Einrichtung leiten, die weniger ist … weniger als …

Jimroy (eisig): Genau das haben Sie gesagt, Professor Buswell, und…

Buswell (unbeirrt): Es ist kaum ein Vorwurf, festzustellen, daß eine bestimmte Landbücherei den Standard nicht erfüllt. Kein Eliot. Keine Lowell. Ich bitte Sie. (Er setzt sich triumphierend.)

Rose (steht wieder auf): Jedes Jahr erzähle ich dem Gemeinderat dasselbe, wir brauchen Geld, die Bücherpreise …

Jimroy: Miss Hindmarch, es besteht keine Notwendigkeit zur Verteidigung Ihrer …

Buswell (steht wieder auf): Niemand hat etwas von einer Notwendigkeit zur Verteidigung gesagt. Ich sage bloß, was wir alle wissen. Daß die Gemeindebücherei für eine Dichterin wie Mary Swann keine geeignete Lektüre …

Rose (ist aufgesprungen; ihre Geschwätzigkeit nimmt einen defensiven Ton an): Oh, Mrs. Swann kam alle zwei Wochen in die Bücherei. Ich glaube nicht, daß sie es je versäumt hat, keinmal in vielen Jahren, alle zwei Wochen, pünktlich wie die Feuerwehr …

Buswell: Miss Hindmarch. Mir geht es darum, die Frage der Einflüsse anzuschneiden. Ich versichere Ihnen, ich will Sie nicht persönlich angreifen. Mr. Jimroy behauptet, daß Mrs. Swann vertraut war mit bestimmten Werken in der modernen Trad…

Jimroy: Ich vermute lediglich. Ich behaupte gar nichts.

Rose (versteht den Kernpunkt der Diskussion nicht): Wir haben eine Abteilung mit Gedichten. Wir verwenden das Numerierungssystem der Kongreßbibliothek und Sie finden …

Buswell (zu Jimroy, ohne Rose zu beachten): Sie weisen auf Parallelen zwischen Swann und Emily Dickinson hin, und Sie behaupten …

Rose (noch unbeholfen stehend): Mrs. Swann liebte schöne Geschichten. Pearl S. Buck zum Beispiel. Ich erinnere mich, Pearl S. Buck mochte sie richtig gern. Und Edna Ferber …

Regieanweisung: Die übrigen Zuhörenden beobachten die Vorgänge mit Verdruß, Humor, Verärgerung, Faszination. Es muß spürbar werden, daß eine Ordnung zusammenbricht und eine unerwünschte Enthüllung droht.

Frau in grünem Tweedkostüm: Gehört das wirklich hierher?

Mann mit gefurchter Stirn: Natürlich gehört es hierher. Alles, was ein Licht auf …

Bärtiger Herr: Lassen wir Mr. Jimroy doch antworten. Er ist schließlich derjenige, der …

Lustige Augen: Ruhe!

Sarah (steht auf, dreht beim Sprechen an ihrem Ehering): Warum können wir nicht einfach sagen, daß Mary Swann Autodidaktin war, und damit gut? Erinnern Sie sich, was Pound über Eliot gesagt hat, daß er seinen eigenen Modernismus geprägt …

Rotblonder Pferdeschwanz: Und ist es nicht möglich, daß ihre Einflüsse eher allgemein als spezifisch …

Zaghaftes Grinsen: Die Frage der Beeinflussung wird in den meisten Fällen stark vereinfacht. Zum Beispiel…

Jimroy (zu allen drei Bemerkungen): Ja. Und überdies …

Buswell: Ich wollte nur sagen, und ich verspreche, daß ich danach still bin, ich will nur sagen, daß die Quellen der Gemeindebücherei in Nadeau nicht ernsthaft als Einfluß in Betracht kommen können.

Jimroy (verfällt instinktiv in Schmeichelei, da er weiß, wie wirkungsvoll dies in so einer öffentlichen Situation sein kann): Professor Buswell, aus früheren Diskussionen, die Sie und ich geführt haben, kenne ich Sie als sehr belesenen und empfindsamen Mann. Natürlich verstehe ich, daß Ihnen daran gelegen ist, eine Verbindung herzustellen zwischen Mrs. Swanns Schriftstellerei und ihrem Verständnis moderner Dichtung …

BUSWELL: Ich frage nur …

JIMROY: … und ich kann Ihnen sagen, Mrs. Swanns Tochter, die ich in den letzten Monaten ausführlich befragt habe, hat mir eröffnet, daß ihre Mutter mit jener Art Versen vertraut war, die allgemein als Mother Goose bekannt sind …

BUSWELL (mit entsetztem Lachen): Kinderreime! Sie meinen doch wohl nicht im Ernst …

JIMROY: Ich sehe keinen Grund, sich abfällig über …

MANN MIT ÜBERDIMENSIONALER AFROFRISUR: Ungehobelter Scheißkerl, dieser …

JUNGE DAME: … snobistische Auffassung von …

JIMROY (lehnt sich flehentlich an das Pult; er hat sichtlich die Beherrschung verloren, will es aber nicht zugeben): Wenn Sie mir gestatten, ausführlicher …

LANG (tritt behende vor): Meine Damen und Herren, vielleicht ist es angebrachter, diese äußerst interessante Diskussion beim Kaffee fortzusetzen; ich glaube, er ist jetzt… (er späht über die Köpfe des Publikums hinweg) … ja, ich sehe, der Kaffee steht bereit, und …

Längs Stimme verliert sich; rings um ihn stehen die Leute auf und streben den Kaffeemaschinen zu. Man sieht sie plaudern, sich strecken, umhergehen.

Rose steht hastig auf und steuert auf die Tür zum Flur zu. Sie hat Tränen in den Augen, ihre Nase ist rot. Sie kann nicht zusammenhängend sprechen, wenn ihre Gefühle in Aufruhr sind, und aus diesem Grund will sie unbedingt entkommen.

SARAH (versucht, Rose einzuholen): Rose, warten Sie. Verzeihung, ich möchte … Rose! (Sie folgt Rose in den Flur, sieht nach rechts und nach links, es ist aber niemand zu sehen.) Rose! (Sie entdeckt eine Tür mit der Aufschrift »Damen«, vermutet Rose dort und geht hinein. Die KAMERA folgt ihr, fährt auf drei Toilettenkabinen zu, eine der drei Türen ist geschlossen.) Rose, sind Sie da drin? (Sarah lehnt sich an ein Waschbecken und verschränkt die Arme, gewillt, geduldig zu sein.) Okay, Rose, ich weiß, daß Sie da drin sind. Jetzt hören Sie mir zu. Sie vertrauen mir doch, oder? Buswell ist ein Dreckskerl. Alle da drin im Saal wissen, daß er ein Arschloch ist.

Unsicher. Das macht unser akademisches Anstellungssystem aus unsicheren Menschen. Der Mann ist paranoid, Rose. Können Sie mich hören? Sie können nicht den ganzen Tag da drin bleiben.

Sie redet weiter, während sie sich umdreht und in den Spiegel schaut; ihr Gesicht hat diesen Ernst, der Energie versprüht. Sie nimmt eine Haarbürste aus ihrer großen Tasche und fängt an, ihre langen Haare zu bürsten, eine Handlung, die sie mit zerstreuter Sinnlichkeit ausführt.

SARAH: Ich kann Ihnen sagen, Rose ... ich war im Vorbereitungsausschuß ... Buswell, dieser Trottel, ist hundertprozentig in der Defensive. Der hat die Hosen gestrichen voll. Das muß unter uns bleiben, Rose, aber soviel kann ich Ihnen sagen ... er sollte selber einen Vortrag halten, irgendwas schrecklich Idiotisches über Vokale in Swann's Songs, und er hat zwei Jahre daran gearbeitet (zieht ruckartig an ihren Haaren), und dann schreibt er dem Ausschuß plötzlich, das war im Oktober, daß ihm seine Aufzeichnungen gestohlen wurden. Gestohlen! Alle Welt weiß, daß er ein zerstreuter Trottel ist. (Sie steckt die Bürste weg, dreht sich seitwärts, betrachtet die Wölbung ihres Bauches und fährt mit der Hand darüber.) Er ist so ein blöder Widerling, der die Schuld gerne auf ... aber so sind sie alle, die ganze Bande, ich frage mich, ob ich mein ganzes Leben mit solchen ... Rose? (Sie sieht, daß der Kragen ihrer rosa Bluse hübsch vom Hals absteht, auf zugleich lässige und adrette Weise, was sie glücklich macht.) Rose? Rose! (Sie stößt die Tür auf, die nach innen schwingt und nichts als eine einsame Toilette enthüllt.) Rose. (Sanft, die Hände auf den Hüften): Rose?

Überblendung: Innen, Versammlungsraum. Später Vormittag. Die Teilnehmenden des Symposiums genießen eine Kaffeepause. Leute gehen entspannt umher, stehen in Gruppen zu dritt oder zu viert, es herrscht eine angenehme, angeregte Atmosphäre. In einer Ecke führen Jimroy, Buswell und Cruzzi ein munteres, dennoch beherrschtes Gespräch.

Grossaufnahme von Lang, der gesellig von Gruppe zu Gruppe huscht, sich dann zu Jimroy und den anderen stellt; sein Gesichtsausdruck ist liebenswürdig, versöhnlich. Eine weitere Gruppe ganz in der Nähe besteht aus Bärtiger Mann, Zaghaftes Grinsen, Rotblonder Pferdeschwanz und Sarah, die verspätet zu ihnen stößt und von Silberne Manschettenknöpfe eine Tasse Kaffee gereicht bekommt.

Silberne Manschettenknöpfe: Also ich finde, Jimroy ist es gelungen, die Aufmerksamkeit von …

Rotblonder Pferdeschwanz (ernst): … ein Licht auf die frühen Gedichte geworfen, Sie müssen zugeben, sie sind… aber wir warten alle auf die Liebesgedichte …

Zaghaftes Grinsen (zu Sarah): Ich nehme an, Sie kennen Morton Jimroy schon …

Sarah (abwesend, sieht sich über die Schulter nach Rose um): Kennen, wen?

Zaghaftes Grinsen: Morton Jimroy … Sie müssen ihn kennengelernt …

Sarah (sieht hin, aber immer noch abwesend): Nein. Ich bin gestern abend nicht auf dem Empfang gewesen. Der viele Qualm …

Rotblonder Pferdeschwanz: Dann kennen Sie ihn gar nicht?

Sarah: Wir haben uns geschrieben. Ungefähr ein Jahr lang, aber begegnet bin ich ihm noch …

Lang (tritt heran und nimmt Sarah am Arm): Sarah, darf ich stören? Ich möchte Sie gerne Mr. Jimroy vorstellen … Sarah (löst sich von der Gruppe und folgt Lang durch den gedrängt vollen, lärmerfüllten Raum): Willard, haben Sie Rose Hindmarch gesehen? Sie ist anscheinend verschwunden. Ich habe sie gesucht, in der …

LANG: Ach, sie taucht schon wieder auf. Sie wird auf dem Klo sein. Bedauerlich. Taktloser Mistkerl, dieser Buswell. Hochgradig paranoid, behauptet nach wie vor, seine Aufzeichnungen wären ihm gestohlen …

SARAH: Ist Morton Jimroys Aktentasche wieder da?

LANG (macht ein langes Gesicht): Noch nicht. Es ist mir unbegreiflich, wer … (Er lenkt Sarah dorthin, wo Jimroy hof hält.) Morton, entschuldigen Sie die Störung, aber Sie haben vorhin ausdrücklich gebeten, Sarah vorgestellt zu werden, und es ist mir gelungen, sie loszureißen … Sarah Maloney, Morton Jimroy.

JIMROY (reicht ihr die Hand und wirkt mit einemmal schüchtern): Guten Tag.

SARAH (lächelt übers ganze Gesicht, auf solche Förmlichkeit nicht gefaßt): Endlich! (Sie umarmt ihn herzlich und drückt ihm einen Kuß auf die Wange; sie ist eine von Natur aus gefühlsoffene Frau.) Endlich!

Jimroy, den diese spontane Umarmung freut, aber auch verwirrt, windet sich, weicht augenblicklich zurück. GROSSAUFNAHME von seinem Gesicht, das verzerrt und finster ist und eine Mischung aus Qual und Begierde zeigt.

JIMROY (kalt vor sich hinmurmelnd): Freut mich sehr.

Sarah, die Jimroys kühles Verhalten als Zurückweisung versteht, tritt zurück und versucht, ihm, den anderen und sich selbst etwas zu erklären.

SARAH: Nach den vielen Briefen, die wir … ich hatte einfach das Gefühl, wir wären …

JIMROY (reserviert): Ich nehme an, Sie kennen Professor Buswell?

Buswell (unbekümmert): Alte Freunde. Wir kennen uns eine Ewigkeit.

Jimroy: Verstehe.

Sarah (noch immer verwundert über Jimroys Brüskierung): Ich habe mich drauf gefreut, Sie …

Lang (erkennt eine peinliche Situation und will sie abbiegen): Und kennen Sie Frederic Cruzzi schon? Mr. Cruzzi, Sarah Maloney.

Cruzzi (ebenfalls bemüht, die Spannung zu mildern): Wir sind uns schon begegnet. Brieflich. Ein reizender Brief, wenn ich das sagen darf.

Jimroy (erbleicht; diese Information versetzt ihm einen Stich ins Herz): Sie müssen sehr beschäftigt sein, Ms. Maloney, mit ihrer vielen Korrespondenz.

Lang (rasselt überschwenglich drauflos): Sarah ist es gelungen, Mr. Cruzzi für die Teilnahme an unserer Zusammenkunft zu gewinnen.

Cruzzi: Ein sehr gewinnender Brief. Wie hätte ich da absagen können?

Lang: Es ist wahrlich ein großes Glück für uns, Sarah bei uns zu haben. Vielleicht wissen Sie schon von ihrer frohen Neuigkeit?

Jimroy (eisig): Leider nein.

Lang: Jungverheiratet. Heiligabend, nicht wahr, Sarah?

Buswell (oberflächlich, gelangweilt): Gratuliere.

Jimroy: Verheiratet! (Er stößt es eher als Ausruf denn als Frage hervor.)

Sarah: Mit einem … (zuckt nervös die Achseln)… einem, den ich schon lange kenne.

Jimroy: Meinen Glückwunsch. Würden Sie mich entschuldigen? Da ist jemand, den ich sprechen muß. (Er will gehen.)

Sarah (perplex): Wir werden doch später noch Gelegenheit haben, uns zu unterhalten, Morton?

Jimroy (fährt beim Klang seines Namens zusammen): Ich nehme an, es könnte möglich sein …

Sarah: Es gibt ein Dutzend Dinge, die ich Sie fragen möchte.

Jimroy (wegwerfend, während er geht): Das müssen wir irgendwann einmal machen.

Sarah (zu den anderen): Habe ich womöglich etwas Falsches gesagt? Bin ich ins Fettnäpfchen getreten oder was? Lang (besänftigend): Ich bin überzeugt, Mr. Jimroy ist nur müde, die lange Reise, und dann die Rede … und ohne Unterlagen …

Sarah: Nein, nicht nur das, Willard. Er hat mich (sie hält inne) brüskiert.

Lang (sieht auf seine Uhr): Großer Gott, wir sind spät dran. Hab' die Zeit ganz aus den Augen verloren. Sind Sie soweit, Sarah? (Zu Cruzzi und Buswell): Sarah ist als nächste dran.

Sarah (auf Jimroys Rücken starrend): Ich versteh' das nicht. In seinen Briefen war er so … vielleicht grübelt er über seine Aktentasche nach, oder …

Lang: Tut mir leid … wir können uns keine Verzögerung leisten. (Er nimmt ihr entschlossen die Kaffeetasse weg und bugsiert sie in den vorderen Teil des Raumes.)

Sarah (grübelt noch über die Brüskierung nach): Ich muß irgendwas getan haben. Oder gesagt. Oder …

Frau mit Turban (Langs Hand ergreifend): Wollte Ihnen bloß sagen, Willard, ich bin gespannt auf die Liebesgedichte. In meiner Arbeit habe ich …

Lang: Fünf Minuten überzogen! Ich weiß nicht, wie wir …

Sarah: Vielleicht war ich zu überschwenglich. Das passiert mir manchmal.

Frau mit Turban (sich anklammernd): Ich denke, wir alle sind …

Lang (am Lesepult): Meine Damen und Herren. (Die Leute streben mit erwartungsvollen Blicken zu ihren Plätzen.) Meine Damen und Herren. Es ist mir eine besondere Freude, Ihnen unsere nächste Rednerin vorzustellen, Sarah Maloney, der – ich glaube, das darf ich ohne Übertreibung sagen – die Wiederentdekkung von Mary Swann in erster Linie zu verdanken ist. Vor fünf Jahren hat sie in einem Artikel auf Swanns einzigartiges Genie hingewiesen und auf – aber vielleicht sollte ich jetzt Ms. Maloney das Mikrophon überlassen. (Applaus.)

Sarah strafft die Schultern; sie weiß, was immer sie sagt, sie muß es mit Autorität vortragen. Ihre Augen forschen im Publikum. Sie sieht Morton Jimroy, schenkt ihm ein zögerndes Lächeln, dann beginnt sie.

SARAH: Mr. Jimroy hat heute vormittag in seiner Einführungsrede eine Anzahl interessante Punkte angesprochen, vor allem unsere Idee, in Swann eine Art Kulturschluckauf, abgesondert von jeglicher kulturellen Tradition, zu sehen. Es ist eine zwingende, meiner Meinung nach jedoch zweifelhafte Vorstellung, sich Mary Swanns Werke als miniaturisierte, spontane, jungfräuliche Geburt zu denken, aber …

Ihre Stimme verklingt, wird unverständlich. Die KAMERA schwenkt zum Publikum. Bärtiger Herr kritzelt übereifrig Notizen; Rose, mit geröteter Nase, hört in der letzten Reihe benommen zu; Jimroy sitzt mit zugekniffenen Augen da, er wirkt eingezwängt und enttäuscht, genau so wie er im Flugzeug dreinsah. Sarah redet weiter, ihre Stimme wird ganz allmählich wieder hörbar.

SARAH: Lassen Sie mich mit der Feststellung schließen, daß Mary Swann wie andere autodidaktische Kunstschaffende die Fähigkeit besaß, ihre Wahrheiten mit einer Schärfe und einer Tendenz aufzustellen, die erhellen, was durch traditionellen Gebrauch schal geworden war. Mehr als alles andere ist es dies, was ihren Arbeiten ihre Kraft verleiht. Meine Damen und Herren, ich danke Ihnen. (Erfreulich starker Beifall, eine Anzahl Hände geht sofort in die Höhe.)

LANG (tritt ans Mikrophon und hält eine Hand hoch): Nur ein paar Fragen, tut mir leid. Das Mittagessen ist um Punkt halb eins angesetzt. (Er blickt ins Publikum, erspäht Frau mit Turban, deutet auf sie.)

Frau mit Turban: Dr. Maloney, ich fand Ihre Ausführungen über die Resonanz der primitiven Phantasie interessant …

Sarah: Ich habe das Wort nicht verwendet … ich habe das Wort primitiv absichtlich vermieden.

Frau mit Turban (tut diesen Einwand mit einer Handbewegung ab): Dann eben ungebildet. Autodidaktisch. Egal. Wenn ich Sie richtig verstanden habe, sind Sie der Meinung, daß es für einen Menschen des 20. Jahrhunderts unmöglich ist, sich der – wie hieß das Wort genau?

Sarah: Matrix.

Frau mit Turban: Richtig, Matrix. Daß es für einen Menschen des 20. Jahrhunderts unmöglich ist, sich der Matrix zu entziehen. Daß selbst am Rande der gesellschaftlichen Matrix bestimmte kulturelle Vorstellungen aufgenommen werden. Selbst die von der Gesellschaft Ausgestoßenen …

Sarah: Mit Verlaub, ausgestoßen ist ebenfalls ein Ausdruck, den ich ganz entschieden …

Frau mit Turban (geduldig): Daß selbst diejenigen, die am Rande der, sagen wir, herrschenden Gesellschaftsstrukturen stehen, für bestimmte kulturelle Denkmuster offen sind – habe ich Sie korrekt zitiert?

Sarah (etwas von ihrer kämpferischen Brillanz kehrt wieder, aber sie ist besorgt, wohin diese Fragen führen): Ja und nein. Es ist natürlich sehr schwierig zu veranschaulichen, was Swann bezüglich der Richtung und … (sucht nach dem richtigen Wort) Kontur der modernen Dichtung wahrgenommen hat …

Frau mit Turban: Aber ist dies denn nicht genau das, was wir tun müssen? Hinter den Werken auf eine andere Form der Dokumentation achten, die bestärkt …

Sarah: Im Idealfall ja, aber wir wissen alle, wie selten die ideale Situation ist. Im Fall Mary Swann …

Jimroy (steht plötzlich auf und unterbricht; sein Ton ist besonders aggressiv): Wenn ich unsere Fragestellerin unterbrechen darf – deren Namen ich leider nicht weiß …

Frau mit Turban: Professor Croft. Aus Tulane.

Jimroy: Danke, Ms. Croft. Wenn ich einwerfen darf … ein spezieller Einwand meinerseits, tut mir leid … will sagen, wir sind alle darauf aus, irgend etwas zu entdecken, das zur Erhellung des … Charakters von Mary Swanns ureigener Muse beitragen könnte. Und ich bin sicher, wir alle beklagen, daß es so wenig einleuchtende Erkenntnisse gibt. Mrs. Swann hat uns leider kein aufgezeichnetes Manifest hinterlassen. Sie hat keine gelehrten Artikel oder Essays geschrieben, die ihre Theorien zur Poetik aufhellen. Sie erfreute sich keiner ausgiebigen Korrespondenz. Aber sie hat, und dies ist es vielleicht, worauf meine verehrte Kollegin, Ms. … Verzeihung, ich habe leider …

Frau mit Turban (mürrisch): Croft. Aus Tulane.

Jimroy: … worauf Ms. Croft (Pause) aus Tulane … angespielt hat. Tatsache ist, Mary Swann hat ein Tagebuch geführt. Ob Sie, Dr. Maloney, als einzige, die mit dem Inhalt dieses Tagebuchs vertraut ist, sich wohl überreden lassen, heute ein paar Worte darüber zu sagen? (Er setzt sich.)

Sarah: Nun ja, ich …

Jimroy (steht wieder auf): Es interessiert mich besonders, und ich bin überzeugt, meine Kolleginnen und Kollegen auf diesem Symposium interessiert es ebenso, wann Sie beabsichtigen, Mrs. Swanns Tagebuch der Öffentlichkeit zugänglich zu machen. (Er setzt sich.)

Mann mit überdimensionaler Afrofrisur: Hört, hört.

Frau mit Turban (steht ebenfalls auf): Und da wir gerade beim Thema sind, sollten wir vielleicht Professor Lang fragen, wann er Swanns Liebesgedichte zu veröffentlichen gedenkt. Wir warten seit …

Sarah: Ich bedaure …

Lang (erhebt sich halbwegs): Mir scheint, wir schweifen von der ursprünglichen Frage ab …

Jimroy (steht auf): Die Frage ist wirklich ganz einfach und läßt sich mit einem Wort beantworten: Wann, Dr. Maloney, gedenken Sie Mary Swanns Tagebuch zu veröffentlichen?

Frau mit Turban: Ich finde, der Öffentlichkeit, zumindest

denjenigen, die ein akademisches Interesse haben, sollte das Tagebuch auf alle Fälle zugänglich gemacht werden.

Mann mit überdimensionaler Afrofrisur: Hört, hört.

Sarah (fährt sich nervös durchs Haar und holt tief Luft): Das Tagebuch, wie Sie es nennen, das Rose Hindmarch mir gegeben hat … (Grossaufnahme von Rose, die auf unbestimmte, freundliche Weise lächelt; sie hat sich offenbar von der vorangegangenen Sitzung erholt)… das sie mir gab … eben weil so wenig Bedeutendes drinstand …

Bärtiger Herr (steht auf): Aber es muß etwas da sein. Ich meine, das Tagebuch enthält bestimmt Wörter, und Wörter enthalten Bedeutung, also muß selbst das … oberflächlichste Dokument zwangsläufig von, sagen wir, einigem Wert sein. (Er setzt sich. Eine unangenehme Unruhe breitet sich im Raum aus; die Leute rutschen auf ihren Stühlen, murmeln, verlangen nach einer Erklärung.)

Sarah (verlegen): Das Tagebuch … wie Sie es nennen – und vielleicht hätte ich diesen Ausdruck in meinem allerersten Artikel nicht verwenden sollen –, umfaßt einen Zeitraum von nur drei Monaten, den Sommer 1950. Das war, wie Sie alle wissen, bevor Mrs. Swann ihre Gedichte zu schreiben begann …

Jimroy (ist aufgestanden, fuchtelt in der Luft): Um so mehr Anlaß zu der Vermutung, wenn ich so sagen darf, Ms. Maloney, daß das Tagebuch von Interesse ist für …

Sarah (sieht ihn unmittelbar an; von hier an läuft die Debatte zwischen ihnen beiden, die Frau mit Turban und der bärtige Herr werden weggeblendet): Aber es ist nicht von Interesse, Mr. Jimroy. Als ich es zum ersten Mal las, hoffte ich inständig, daß es aufschlußreich sein würde. Aber es ist nichts da …

Jimroy: Aber gewiß, Dr. Maloney, ist da irgend etwas.

Sarah (den Tränen nahe): Es ist nichts da. Absolut nichts von Interesse für …

Jimroy: Warum dann nicht das Dokument dem Dunkel entreißen, indem anderen gestattet wird, es zu …

Sarah (aufgebracht): Einkaufslisten, Mr. Jimroy. Die enthält das Tagebuch. Bemerkungen übers Wetter. Einmal, ein einziges Mal erwähnt sie ein defektes Türschloß. Auch kein symbolisches Türschloß. Ein echtes Türschloß. Was auf diesen Blättern steht, hätte jede beliebige Person schreiben können. Das ist die Tragödie von …

Jimroy (grimmig, aber um Beherrschung bemüht): Trotzdem, dieses Material, so nebensächlich es sein mag, und ich nehme an, daß ich Ihnen das glauben muß, Dr. Maloney, diese Nebensächlichkeiten bieten einen Blick auf die Privatperson hinter …

Sarah: Aber das tun sie leider nicht. Sie bieten keinen Blick, Mr. Jimroy. Sonst hätte ich …

Jimroy (um eine würdige Haltung bemüht): Ich kann natürlich nicht für meine gelehrten Kollegen sprechen (er macht eine weitschweifende Geste), doch für den Biographen (er schlägt sich mit der Hand aufs Herz), für den Biographen ist das, was trivial scheint…

Sarah: Dieses Tagebuch, Mr. Jimroy, ist nicht einmal besonders gut lesbar …

Jimroy: Ah, mag sein, aber sehen Sie, selbst das Unlesbare bietet Aufschluß über …

Sarah (erregt): Es ist wirklich nur … ich kann Ihnen versichern … es hat absolut keine bedeutungsvollen …

Jimroy: Dr. Maloney, ich bin sozusagen ein alter Hase im, sagen wir, Aufdecken des Persönlichkeitskerns. Ich weiß sehr gut, wie die meisten Tagebücher sind. Es sind meistenteils zaghafte Dokumente. Unbeholfen. Unzusammenhängend. Ohne jede Struktur. Ich bin kein solcher Neuling, auslegefähige Texte zu vermuten. Aber die Schwäche, die Sie Mrs. Swanns Tagebuch bescheinigen, wird gewiß ausgeglichen dadurch, daß es sich trotz allem um eine aussagekräftige Übermittlung handelt und …

Sarah: Ich würde Ihnen in den meisten Fällen zustimmen, Mr. Jimroy. (Sie unterlegt seinen Namen mit Bitterkeit.) Aber dies ist ein besonderer Fall …

Lang (tritt forsch nach vorn, setzt alles daran, ein freundliches

Klima zu bewahren): Tut mir schrecklich leid, meine Damen und Herren, aber die Zeit …

JIMROY: Eine Frage, nur eine einzige Frage. Ein schlichtes Ja oder Nein genügt. Beabsichtigen Sie, Dr. Maloney, beabsichtigen Sie, in Zukunft irgendwann Mary Swanns privates Tagebuch zu veröffentlichen?

SARAH: Nun, ich …

LANG: Es tut mir wirklich schrecklich leid, aber die Zeit…

JIMROY: Ja oder nein?

SARAH (zögernd, matt abwinkend; ihre Stimme ist schwankend, fast ein Flüstern): Nein.

Die Ankündigung löst ärgerliches Gemurmel aus; die Leute drehen sich auf ihren Plätzen um und sprechen mit ihren Nachbarinnen und Nachbarn. Sogleich ist der Raum von einem entrüsteten Tumult erfüllt. Jimroys Stimme dröhnt aus dem hinteren Teil des Raumes.

JIMROY: Und darf ich fragen (er hebt die Stimme, um sich verständlich zu machen) – darf ich unsere Rednerin fragen, warum sie beschlossen hat, Mary Swanns privates Tagebuch nicht zu veröffentlichen?

LANG: Das Mittagessen ist bereit, meine Damen und Herren. Wollen Sie bitte nach nebenan in den Speisesaal gehen. Ich erkläre die Sitzung für geschlossen …

JIMROY (über den Tumult hinweg): … wissen, warum Dr. Maloney es für richtig hält, uns vorzuenthalten, was …

SARAH (flüstert ins Mikrophon, es ist ein Flüstern, das sofortige Stille bewirkt): Weil es nicht geht. (Sie macht eine Pause.) Weil … ich außerstande bin. Das Tagebuch ist… ich bedaure, dies sagen zu müssen … das Tagebuch ist … verloren gegangen.

Sie streckt in einer hilflosen Geste die Hände aus und schüttelt den Kopf. Das Publikum gerät in Bewegung; in allen Ecken des Raumes fangen die Leute zu reden an. Der TON wird durch Echoeffekte des schadhaften Mikrophons verstärkt, so daß ein betäubender Lärm herrscht. Man sieht Sarah lautlos die Worte wiederholen: »Das Tagebuch ist verloren gegangen.«

Aufblende: Innen, Speisesaal mit für jeweils acht Personen gedeckten Tischen. Mittag.

Die Kamera fährt auf das Buffet: ein großer, feucht aussehender Lachs auf einer Platte, mehrere Schüsseln Salat, ein riesiger Korb mit Brötchen, Platten mit Käse und Obst, Weingläser, schon eingeschenkt. Die Teilnehmenden des Symposiums beladen munter ihre Teller, begeben sich dann an die diversen Tische. Lautes, geselliges Geplauder erfüllt den Raum.

Gefurchte Stirn: … kommt mir verdammt unwahrscheinlich vor heutzutage in unserer Zeit mit ihren Datensystemen …

Zaghaftes Grinsen: … wenn man bedenkt, daß Willard Lang den Schatzfund hortet …

Silberne Manschettenknöpfe: … frischer Lachs. Mir wird so schlecht beim Anblick von Lachs, man sollte meinen …

Grünes Tweedkostüm: … denke, Jimroy war ein bißchen mitgenommen von der ganzen Angelegenheit, zuerst verliert er seine Aktentasche, und dann …

Rose: … war mir so peinlich, ich weiß nicht, wann mir jemals etwas so …

Rotblonder Pferdeschwanz: Offen gesagt, der Mann ist ein Tyrann, ganz egal, was Sie sagen, er ist …

Silberne Manschettenknöpfe: Wie geht die Zeile noch mal? Aus »Flieder«, es fängt an mit …

Lustige Augen: Eine furchtbare Enttäuschung, und ich hatte damit gerechnet, daß …

Junge Dame: Ob ich wohl ein Glas Wasser haben könnte?

Zaghaftes Grinsen: … brauch ’nen Schluck Alkohol, um den Kater loszuwerden …

Grünes Tweedkostüm: … wie sie einfach da stand und …

Bärtiger Herr: Darf ich Ihnen Herbert Block vorstellen.

Blaugepunktete Krawatte: … köstlich …

Zaghaftes Grinsen: … haben Peregrine Press alle viel zu verdanken, und man muß es Mr. Cruzzi lassen …

Mann mit überdimensionaler Afrofrisur: … meistens subventioniert natürlich, aber ohne Regionalpresse …

Silberne Manschettenknöpfe: … ein Stück Fischgräte im Hals…

Rotblonder Pferdeschwanz: … mit diesem ranzigen Olivenöl durchtränkt und dann absolut …

Jimroy: Wir sind immerhin eine Gemeinschaft von Forschern, und…

Gefurchte Stirn: Zum Kuckuck, was hat sie nur gegen das Wort primitiv?

Bärtiger Herr: … hat sie noch nicht gefunden, seine Aktentasche, meine ich, aber er hofft offenbar …

Junge Dame: … diese alberne Schule der Kritik …

Lustige Augen: … Spontaneität, ich sag' immer, Spontaneität ist bloß eine andere Bezeichnung für Schund …

Junge Dame: … war zweimal in Nadeau, glaube ich, aber da war kein …

Silberne Manschettenknöpfe: … wie er sie festgenagelt hat, wie einen Schmetterling …

Mann mit überdimensionaler Afrofrisur: … Scheißkerl…

Gefurchte Stirn: Darf ich Ihnen Gesellschaft leisten?

Frau mit Turban (an Zaghaftes Grinsen auf dem Platz neben ihr gewendet): Natürlich bin ich enttäuscht. Seit zwei Jahren warte ich auf die Liebesgedichte, und jetzt …

Zaghaftes Grinsen: Ich bin mehr als enttäuscht. Ich denke an …

Frau mit Turban: Ich war so sicher, das Tagebuch würde als eine Art Erläuterung dienen, will sagen, besonders die Bedeutung der Wassergedichte hervorheben.

Zaghaftes Grinsen: Ja, die Wassergedichte. Die vor allem. Obwohl sie nichts Verborgenes haben.

Frau mit Turban: Um Verborgenheit geht es nicht. Überhaupt nicht. Ich spreche von Verweisstellen. Das Tagebuch würde die Zahl der Verweisstellen erhöhen, und die Liebesgedichte werden …

Zaghaftes Grinsen: Aber sie hat wenigstens …

Frau mit Turban: Und das glauben Sie! Glauben Sie das ernsthaft? Vielleicht war sie wirklich unfähig, Zusammenhänge zu sehen, aber …

Zaghaftes Grinsen: Hmmmmmmm.

Die Kamera fährt zu einem anderen Tisch, Rose Hindmarch kommt ins Bild, im Gespräch mit Syd Buswell.

Rose (stochert geziert in ihrem Essen herum): Also ich, ich war ziemlich enttäuscht. Sehen Sie, ich hatte daran gedacht, sie zu fragen, ob sie das Tagebuch unserem kleinen Museum stiften würde, und vielleicht auch das Reimlexikon, aber ich möchte kein Geschenk zurückverlangen …

Buswell (kauend und mit der Gabel gestikulierend): Lexikon?

Rose (plappert drauflos): Seit Sie in Nadeau waren, haben wir einen neuen Raum im Museum eingerichtet, eine wirklich hübsche Ausstellung, aber Sie müssen selber kommen und sie sich ansehen. Sie ist über der Bücherei …

Buswell: Ich bin sicher, Sie haben Verständnis für meine Bemerkungen heute morgen. Ich wollte nur darauf hinaus …

Rose: O ja, ich bin sehr stolz auf unsere Bücherei. Schauen Sie, früher, als sie noch im Postamt war, hatten wir nicht einmal …

Buswell: … wollte nur auf die Idiotie von Einflüssen hinweisen. Jimroy hat in seinem Buch über Starman dasselbe getan, er sagte, Starmans Werke seien von Moby Dick beeinflußt. Er übertreibt. Fabuliert. Der Bursche sollte Romanautor sein, nicht so ein verfluchter Biograph …

Rose (während sie Sauce auf den Lachs gibt): Ich hab's nicht gelesen …

Buswell (stopft sich ein Brötchen in den Mund): Er ist ein Schwätzer. Er redet nüchtern, lebt aber im Märchenland …

ROSE: Oh, er ist sehr berühmt. Ich habe ihn im Who's Who nachgeschlagen ...

BUSWELL: Aufgeblasene Reputation. Passiert zu oft. Mutmaßung! Ha! Wie steht's mit Beweisen? Das einzig Wahre.

ROSE: Natürlich haben wir, Mrs. Swann und ich ... wir sprachen über ... wir waren Freundinnen, wissen Sie ... Wir haben über dies und das geredet und manchmal ...

BUSWELL (gelangweilt): Ja?

Die KAMERA fährt zu einem anderen Paar an einem anderen Tisch: Lustige Augen und Blaugepunktete Krawatte.

LUSTIGE AUGEN: ... schwer zu verstehen, wie so etwas passieren kann ...

BLAUGEPUNKTETE KRAWATTE: ... derart wertvolle Unterlagen hätten selbstverständlich archiviert gehört. Ich sorge immer dafür, daß wichtiges Material kopiert und archiviert wird ...

LUSTIGE AUGEN: Sehr vernünftig.

BLAUGEPUNKTETE KRAWATTE: Vor allem, wenn man wie ich der Ansicht ist, Dokumente wie diese gehören der ganzen gelehrten ...

LUSTIGE AUGEN: ... und nicht einem einzelnen. Das ist auch meine Ansicht. Und daß Professor Lang auf den Liebesgedichten sitzt und ...

BLAUGEPUNKTETE KRAWATTE: ... wirklich keine Entschuldigung ...

LUSTIGE AUGEN: Sogar meine Arbeitsunterlagen verwahre ich in einem kleinen feuerfesten Tresor, den wir ...

BLAUGEPUNKTETE KRAWATTE: Verantwortungsgefühl.

LUSTIGE AUGEN: Genau!

AUFBLENDE: Innen, Vortragssaal. Dieselbe Zeit wie oben.

Die KAMERA erfaßt den leeren Vortragssaal. MUSIK: Klarinette, ein paar wiederholte Sätze. GROSSAUFNAHME von Sarah, die auf dem Podium ihre Vortragsnotizen zusammensammelt. Traurig, fast in Trance, befestigt sie eine Büroklammer und steckt die Papiere in ihre Aktentasche. Ihre Miene ist niedergeschlagen. In dem leeren Raum wirkt sie mit einemmal klein und verletzlich. Sie hört das Stimmengemurmel im Raum nebenan, und das verstärkt ihr Gefühl des Verlassenseins. Sie hält inne, blickt über die leeren Stuhlreihen. »Das war's dann wohl«, sagt ihr Blick. Dann erfassen ihre Augen (und die KAMERA) Frederic Cruzzi, der am anderen Ende des Raumes sitzen geblieben ist, fast ganz im Schatten.

CRUZZI (erhebt sich langsam mit der Steifheit eines alten Mannes; seine Stimme krächzt): Ms. Maloney?

SARAH: Mr. Cruzzi! Ich … ich habe Sie gar nicht gesehen da hinten. Ich dachte, Sie … Sie sind mit den anderen zum Essen gegangen.

CRUZZI (richtet sich gerade auf): Ich hatte gehofft, mit Ihnen allein zu sprechen. Wenn Sie ein bißchen Zeit …

SARAH: Natürlich. (Sie steigt vom Podium und geht ein wenig zögernd zu ihm.)

CRUZZI: Darf ich Ihnen einen Vorschlag machen? Statt zu den anderen zu gehen, lassen Sie uns auf eine Stunde entfliehen. Ich möchte etwas mit Ihnen besprechen, und … unten ist ein recht gutes Restaurant. Oder vielleicht geht es in der Cafeteria schneller.

SARAH (zögernd, lächelnd): Ja, ich möchte gern für eine Stunde hier weg. Besonders nach … (Sie zeigt aufs Podium.)

CRUZZI: Also dann. (Er bietet ihr auf altmodische Weise seinen Arm.) Leider gehe ich nicht sehr schnell.

SARAH: In diesem Fall (nimmt seinen Arm) lassen wir uns Zeit.

Die KAMERA folgt ihnen aus dem Raum und in den Flur. Sie bleiben einen Moment stehen und betrachten die Ausstellungsvitrine, in der ein paar Sonderdrucke zu sehen sind und in der Mitte die Fotografie von Mary Swann.

Cruzzi (klopft sachte an das Glas): Unsere geheimnisvolle Frau.

Sarah: Ja. (Sie lächelt Cruzzi an, dann gehen die zwei langsam über den Flur zum Fahrstuhl.

Musik: Orgel, obere Tonlagen; Überblendung)

Cruzzi und Sarah sitzen an einem Ecktisch. Ein Kellner hat Sarah soeben eine große Portion Blattsalat und Cruzzi ein goldgelbes Omelette hingestellt.

Cruzzi (gelöst und gesprächig, ein Mann, der in Gesellschaft von Frauen auflebt): Wirklich sehr angenehm – zu entfliehen. Ich weiß nicht, warum das so ist, aber ich finde, ein Raum voll »Gelehrte« löst einen Fall von geistiger Verdauungsstörung aus. Diese orakelhaften Töne, die sie so gerne anschlagen. Und sie haben auch so etwas Kaltes, Ungefälliges an sich. Ich spreche natürlich ganz allgemein.

Sarah (lächelnd; auch sie wird langsam gelöster): Ich verstehe nicht, warum Jimroy sich so benimmt. Mir gegenüber, meine ich. Diese Feindseligkeit.

Cruzzi (sieht sie scharf an): Das verstehen Sie nicht?

Sarah: Ich bin ihm bis heute vormittag nie begegnet. (Sie kaut nachdenklich ein Stück Sellerie.) Nicht von Angesicht zu Angesicht. Aber wir haben korrespondiert, uns geschrieben ... nunmehr seit über einem Jahr.

Cruzzi: Verstehe.

Sarah: Und (weiterkauend) ehrlich gesagt, er ist ein guter Briefeschreiber. Sehr amüsant, wenn man ironische Spitzen schätzt – und das tue ich. Und zeitweise erstaunlich vertraulich. Offen. Er hat mir bestimmt ein halbes Dutzend Mal geschrieben, wie sehr er sich auf unsere Begegnung freut. (Sie legt ihren Selleriestrunk hin.) Aber heute ... ich kann daraus nicht schlau werden. Er hat mich ... gepiesackt. Er war ... er war heute ... (Sie bricht ab, beißt sich auf die Lippen.)

Cruzzi (geduldig nachhelfend): Heute?

Sarah: Heute ... Sie waren ja dabei, als Willard Lang uns vorgestellt hat. Zuerst schien Jimroy Todesängste auszustehen. Er wurde kalt wie ein Eisberg. Und während der Fragestunde nach meinem Vortrag hatte ich das Gefühl, daß er … es ist vielleicht etwas übertrieben, aber ich hatte das unbestimmte Gefühl, daß er mich tatsächlich … haßte.

Cruzzi (ruhig): Hmmmm.

Sarah: Und … ich weiß nicht, warum. Das ist das Beängstigende. In dem Moment, als Willard Lang erwähnte, daß ich geheiratet habe … haben Sie Jimroys Gesicht gesehen? Als hätte ich ihm einen Schlag in die Magengrube versetzt. Ich nehme an, vielleicht hätte ich in meinem letzten Brief erwähnen sollen, daß ich heiraten würde, aber … ich hatte es nicht vor … die Heirat war ein plötzlicher Entschluß. Ich war mit einem anderen Mann zusammen, und das hat nicht funktioniert, und… warum quatsche ich bloß so viel?

Cruzzi: Wegen Jimroy würde ich mir keine Sorgen machen. Wissen Sie, manche Männer – verzeihen Sie, wenn ich mich wie ein verhutzelter Weiser anhöre –, manche Männer stehen nur im … Abstrakten zu Frauen in Beziehung. Und nicht in der Realität. Ein Brief, auch ein vertraulicher Brief, ist gewissermaßen eine Abstraktion.

Sarah: Ich hasse es, gehaßt zu werden. Das ist ein Fehler von mir. Vor allem, wenn ich nicht weiß, womit ich es verdient habe.

Cruzzi: Es ist nur so ein Gedanke, aber … (er gießt umsichtig Mineralwasser in ein Glas)… könnte es sein, daß Sie etwas besitzen, das er haben will?

Sarah (sieht abrupt von ihrem Salat hoch): Und was?

Cruzzi: Vielleicht … (ein elegantes Schulterzucken) … vielleicht etwas, von dem er annimmt, daß es in Mrs. Swanns Notizbuch ist. In ihrem Tagebuch.

Sarah: Aber ich habe ihm gesagt … Sie haben es gehört … ich habe allen Anwesenden gesagt, und es ist die Wahrheit, daß in dem Notizbuch nichts ist. Ich weiß, es hört sich wie eine Ausrede an. Ich habe es verloren. Okay. Ich werde nie dahinterkommen, wie es passiert ist, aber dafür muß ich die Verantwortung übernehmen. An einem Tag hatte ich es noch, am nächsten nicht mehr. Mea culpa. So! Ich verberge nichts. Es ist nichts in dem Tagebuch.

CRUZZI: Nicht das, was Sie sich erhofften.

SARAH: Ich dachte, ich würde direkt in den Kopf der Frau sehen können. Daß sie das Unsagbare sagen würde, eine ganz neue Ebene der Offenbarung, Sie wissen, was ich meine. Statt dessen fand ich »Reifen vom Lieferwagen geplatzt«, »Dienstag Regen«, »Mit Grippe im Bett«. Nichts.

CRUZZI: Ja aber …

SARAH: Aber?

CRUZZI (läßt sich Zeit): Soviel ich weiß, hatten Sie das Notizbuch eine Zeit lang. Drei, vier Jahre? Und Sie haben sich standhaft der Idee widersetzt, es zu veröffentlichen.

SARAH (achselzuckend, bedauernd, aber grinsend): Ich weiß, ich weiß. Ich habe es wieder und wieder gelesen. Und dauernd gedacht, etwas muß doch da sein. Vielleicht hat sie sich an ein Symbolsystem gehalten. Oder es ist vielleicht in einer ausgeklügelten Geheimschrift geschrieben, die … aber (sie zuckt wieder die Achseln) am Ende mußte ich einsehen, daß da einfach nichts war! Es hat mir schrecklich widerstrebt, zuzugeben, daß sie so …

CRUZZI: Gewöhnlich war? (Er schwenkt sein Glas, sieht nach oben.)

SARAH (wirft ihm einen durchtriebenen Blick zu): Wissen Sie, Mr. Cruzzi, Sie sehen mir ein ganz klein wenig zweifelnd aus. Als ob … Sie denken, ich halte vielleicht mit etwas hinterm Berg, wenn ich sage, daß da nichts war.

CRUZZI: Nein. Ich glaube Ihnen. Meines Erachtens war Mrs. Swann eine gewöhnliche Frau. Was immer das Wort bedeutet. Natürlich waren Sie enttäuscht.

SARAH: Und vielleicht, das muß ich zugeben, ein bißchen beschützerisch. Hinsichtlich ihrer… Gewöhnlichkeit. Manchmal habe ich mich gefragt, ob das der Grund ist, weshalb Willard Lang die Liebesgedichte nicht veröffentlicht hat. Er hat sie lange genug gehabt.

CRUZZI: Sie vermuten, sie sind von zweifelhafter Qualität?

Sarah (achselzuckend): Sentimental vielleicht. Gefühlvoll. Poesiealbum-Reime. Sie wissen vermutlich, wo er sie gefunden hat? Er hat den Grundstücksmakler im Haus der Swanns bestochen, und dann fand er diese Zettel unter einem Stück losen Linoleum.

Cruzzi: Sie könnten recht haben. Natürlich haben wir nur sein Wort, daß das, was er fand, Liebesgedichte waren.

Sarah: Und Sie könnten auch recht haben, daß Jimroy etwas will.

Cruzzi (nachdenklich): Egal, was ich persönlich von Morton Jimroy halte, ich muß zugeben, er ist ein äußerst sorgfältiger Biograph. Sie haben seine Bücher gelesen. Ich denke, er will einfach alles.

Sarah: Was alles?

Cruzzi: Er will Mrs. Swanns Leben. Jede einzelne Minute, wenn er sie haben könnte. Jede Tasse Tee, die die arme Frau sich einverleibt hat. Jeden Gedanken in ihrem gemarterten Kopf. Und mehr noch, er will ihren Tod. Oder einen Anhaltspunkt dafür.

Sarah (blickt verständnislos): Das Notizbuch wurde 1950 geschrieben. Und Mary Swann wurde 1965 ermordet. Glaubt er wirklich, er findet …

Cruzzi: … einen Hinweis? Ein Vorzeichen? Einen Prophezeiungsschnipsel? Ja, das glaubt er wohl. Ich traf den Mann …

Sarah: Jimroy?

Cruzzi: Ja. Ich bin ihm nur einmal begegnet. Er stattete mir vor einem Jahr in Kingston einen kurzen Besuch ab, und wir unterhielten uns eine Weile. Ich fand ihn sterbenslangweilig, aber ich erinnere mich noch an unser Gespräch. Er hat mich über Mrs. Swanns Tod ausgequetscht. Ob ich irgendwelche »Theorien« hätte? (Sarkastisch): Er war regelrecht besessen, was die Ursache von Mrs. Swanns Tod betraf.

Sarah: Die Ursache?

Cruzzi: Er hat das Gefühl … er gab mir deutlich zu verstehen, daß er Mrs. Swanns Leben nie begreifen können wird, solange er nicht ihren Tod begreift.

Sarah: Das hat er tatsächlich gesagt?

Cruzzi: Eine sonderbare Bemerkung, fand ich.

Sarah: Romantisch.

Cruzzi: Aber er hat ja auch eine etwas romantische Auffassung vom Leben. Er sieht es irgendwie … ästhetisch gestaltet. Eine Ganzheit. Wohingegen – wohingegen das Leben der meisten Menschen eine recht bruchstückhafte Angelegenheit ist. Und voller Geheimnisse und Verschwiegenem. Ich bin mir ziemlich sicher, daß Sie mir zustimmen werden.

Regieanweisung: Das sehr lange Schweigen, das auf Cruzzis Äußerung folgt, signalisiert dem Publikum einen abrupten Stimmungsumschwung. Auch die Beleuchtung wechselt, und das Bild wird leicht unscharf. Ein paar Takte Musik (eine einzelne Oboe) füllen die Leere. Die Blicke der zwei Charaktere Sarah und Cruzzi scheinen mehr nach innen als aufeinander gerichtet.

Sarah (unvermutet): Ich bin schwanger.

Cruzzi (lächelnd): Wunderbar.

Sarah: Ich wollte, daß Sie es wissen. Was ich verschwiegen habe. (Sie hebt ein Glas Milch, wie um ihm zuzuprosten.)

Cruzzi (hebt ebenfalls sein Glas): Und ich bin verliebt.

Sarah (erfreut): Aah.

Cruzzi: In eine fünfundsiebzigjährige Witwe. Verliebt, aber mir ist auch ein bißchen bange davor.

Sarah: Ich war verliebt.

Cruzzi: Und jetzt?

Sarah: Es hat nicht funktioniert.

Cruzzi: Geht es Ihnen sehr nahe?

Sarah: Schrecklich. Ich glaube, er hat mich auch geliebt. Aber er hat eine Menge Dinge mehr geliebt.

Cruzzi: Dinge?

Sarah: Geld hauptsächlich. Er schien nie genug zu bekommen. Er wollte nicht enden wie sein Vater, ein gewöhnlicher Arbeiter.

Cruzzi: Sie verstehen es also – warum, meine ich?

Sarah (zögernd): Ja. Und (klopft sich auf den Bauch) das hier scheint mir wichtiger.

Cruzzi: Ist es vermutlich auch. Auf lange Sicht.

Sarah: Und was werden Sie tun? Mit Ihrer Liebe? Ihrer Witwe?

Cruzzi: Ein bißchen drüber nachdenken. Versuchen, mich daran zu gewöhnen. Und ruhig zu bleiben.

Sarah: Haben Sie deswegen beschlossen, zum Symposium zu kommen? Um sich Zeit zu nehmen?

Cruzzi (nickt nachdenklich): Mrs. Swann ist ein Rätsel, und Rätsel ... (zuckt die Achseln) lenken ab.

Sarah: Ihr Tod ist ein Rätsel? Meinen Sie das?

Regieanweisung: Der Moment der Vertraulichkeit ist zu Ende.

Musik, Beleuchtung und Bild werden deutlicher, schärfer.

Cruzzi: Ihr Leben ist ein Rätsel. Ihr Tod ist, soweit es mich betrifft, nur ein ... beliebiger Zufall.

Sarah: Ein Zufall! Mr. Cruzzi, Sie setzen mich in Erstaunen. (Ihre Stimme wird hitzig.) Das Ungeheuer, ihr Ehemann, hat sie erschossen. Mir nichts dir nichts. Er hat ihr Gesicht zu Brei zerschlagen – ich habe sämtliche Zeitungsberichte gelesen. Und sie zerstückelt und in einen Sack gesteckt. Das hört sich für mich sehr nach Vorsatz an. Und Sie nennen es einen Zufall? Ohne jegliches Motiv?

Cruzzi (bestreicht ein Brötchen mit Butter): Und was würde ein »Motiv« darstellen? Ihr »Ungeheuer« von Ehemann hatte vermutlich Hunger, und sein Essen war noch nicht fertig. (Cruzzi ist ein Mensch, der beim Sprechen seine Worte oft in Anführungszeichen setzt, ein Ausdruck seiner zunehmenden Schroffheit.)

Sarah (ungläubig): Glauben Sie im Ernst, daß einer seine Frau deswegen totschlagen würde?

Cruzzi: Er war ein Mann von heftigem Temperament. Soviel ist bei der Untersuchung herausgekommen.

Sarah (wild gestikulierend): Also, das Essen verspätet sich ein bißchen, und er beschließt, seine lebenslange Gefährtin zu erschießen und zu zerstückeln. Ihr zu zeigen, wer der Boß ist.

CRUZZI: Oder vielleicht hat sie ihm einen schiefen Blick zugeworfen. Oder widersprochen. Oder die Kartoffeln sind ihr angebrannt. Oder das Salz ausgegangen. Oder sie hat drei Dollar Fahrgeld für den Bus nach Kingston verschwendet. Wir werden es vermutlich nie erfahren.

SARAH (mit leuchtendem Gesicht, einen Finger erhoben): Aber was, wenn… wenn sie wirklich einen Geliebten hatte … ein Geheimnis … es ist nicht unmöglich … und er ist irgendwie dahintergekommen?

CRUZZI: Können Sie das glauben? Diese ausgelaugte Frau? Wie Ihnen bekannt sein dürfte, sah ich sie an demselben Tag, an dem sie ermordet wurde. Sie brachte mir die Gedichte nach Hause.

SARAH: Aber es gab die Liebesgedichte. Unter dem Linoleum. Vielleicht …

CRUZZI: Ich muß zugeben, in Liebesdingen … (sein Gesicht zeigt ein selbstspöttisches Lächeln) … ist alles möglich. Sie haben mir eben von Ihrer eigenen Situation erzählt.

SARAH: Das hätte ich nicht tun sollen.

CRUZZI: Bitte, seien Sie unbesorgt. Ich werde es nicht wieder erwähnen. Aber Mary Swann und ein Geliebter? Sicher wollen viele so etwas finden. Eine befreiende Leidenschaft…

SARAH: … in einer Welt, die hauptsächlich aus Kompromissen besteht.

CRUZZI: Ich könnte mir denken, daß sogar Jimroy sich sehnlichst wünscht, es zu entdecken – Mary Swann und eine Liebesaffäre. Das würde ein starkes Motiv für den Mord liefern, und vielleicht hatte er gehofft, daß Sie ihm dazu verhelfen würden.

SARAH (quittiert dies mit einem Nicken): Falls ich das Notizbuch wiederfinde – und ich habe die Hoffnung noch nicht aufgegeben –, falls ich es finde, werde ich Jimroy als erstes eine Fotokopie schicken, damit er selbst sehen kann, daß da nichts ist, nichts, was auf eine Liebesaffäre hindeutet …

Cruzzi: Ich glaube nicht, Sarah, daß Sie das Tagebuch wiederfinden werden.

Sarah (erschrocken, vor allem über Cruzzis ominösen Ton): Und wieso sind Sie so sicher?

Cruzzi: Weil… hören Sie, ein Grund, weswegen ich Sie unbedingt sprechen wollte, ist – aber lassen Sie mich zuerst etwas fragen. Wie hat sich der Verlust des Notizbuches genau zugetragen?

Sarah (fuchtelt bestürzt mit den Händen): Genau wie ich gesagt habe – einen Tag hatte ich es noch, am nächsten war es w eg.

Cruzzi: Wo haben Sie es normalerweise aufbewahrt?

Sarah: Ich habe ein kleines Bord über meinem Bett. Was war ich für ein Dummkopf, daß ich so vertrauensvoll …

Cruzzi: Und eines Tages sahen Sie auf dieses Bord, und das Tagebuch war verschwunden?

Sarah: Ich muß es versehentlich weggeworfen haben. Es war nicht sehr groß, und …

Cruzzi: Oder vielleicht hat es jemand genommen …

Sarah (einen Moment sprachlos): Nein. Niemand würde das getan haben. (Sie schüttelt heftig den Kopf.) Nein!

Cruzzi: Warum nicht?

Sarah: Weil… wer sollte so etwas tun wollen?

Cruzzi (grüblerisch; es liegt in seiner Natur, grüblerisch zu sein): Dafür gibt es eine Anzahl Gründe … gewisse Leute wünschen sich vielleicht Zugang zu Mary Swanns Tagebuch. Forscherdrang. Oder der reine Geldwert von …

Sarah: Mr. Cruzzi, ich weiß nicht, ob ich Sie richtig verstehe. Sie wollen doch nicht etwa sagen, jemand könnte das Tagebuch gestohlen haben?

Cruzzi: Doch, das will ich sagen.

Sarah: Das ist … (sie mustert ihn eindringlich, dann lacht sie)… das ist ein bißchen irre, entschuldigen Sie, wenn ich das so sage.

Cruzzi: Mache ich auf Sie den Eindruck, daß ich verrückt bin?

Sarah (verlegen): Nein, nein, natürlich nicht, ich …

Cruzzi: »Senil« vielleicht? Ist bei mir »eine Schraube locker«? Habe ich »einen Vogel«? Paranoide Wahnideen?

Sarah: Mr. Cruzzi, ich schließe meine Türen ab. Wissen Sie, wo ich lebe? Im Süden von Chicago. Ich habe Dreifachschlösser an meinen Türen, am Vorder- und Hintereingang. An den Fenstern im Erdgeschoß habe ich Eisengitter, und ich denke an den Einbau von …

Cruzzi: Vielleicht … vielleicht jemand, den Sie kennen. Jemand, der zufällig bei Ihnen zu Hause war und sah, was …

Sarah (lachend, aber nur ein bißchen): Langfingrige Freunde habe ich nicht. Den Leuten, die ich kenne, ist Mary Swann schnurzpiepegal. Es hängt ihnen schon zum Hals heraus, mich von Mary Swann reden zu hören – sie halten sich tatsächlich die Ohren zu, wenn ich anfange, über …

Cruzzi (unterbricht, er spricht ruhig, bedächtig; dies hatte er ihr die ganze Zeit sagen wollen): Heiligabend – hören Sie zu, Sarah Maloney? – Heiligabend wurde bei mir zu Hause in Kingston eingebrochen. Ich war ein paar Stunden fort, und als ich zurückkam, stellte ich fest, daß ein paar Sachen fehlten. Können Sie erraten, was das für Sachen waren?

Sarah (erschrocken über seinen ernsten Ton; ruhig legt sie Messer und Gabel hin): Was?

Cruzzi: Erstens ein Ordner mit Unterlagen über die Veröffentlichung von Mrs. Swanns Buch, und …

Sarah: Und?

Cruzzi: Und vier Exemplare von Swann's Songs. Übrigens die einzigen Exemplare, die ich besitze. Wir – meine verstorbene Frau und ich – haben Mrs. Swanns Buch nur in einer Auflage von 250 Stück herausgebracht. Das war damals die übliche Auflagenhöhe für einen kleinen Verlag – und wie ich höre, existieren nur noch zwanzig davon.

Sarah: Das stimmt. Ein Freund von mir, nun ja, mehr als ein Freund … der Mann, von dem ich vorhin sprach …

Cruzzi: Der Mann, den Sie geliebt haben?

SARAH (nach einer Pause): Ja. Er handelt mit seltenen Büchern, und er sagt, es ist die Regel, daß Bücher, vor allem broschierte Bücher, einfach … (gestikuliert himmelwärts) … verschwinden.

CRUZZI: Sie können sich meinen Kummer vorstellen, als ich entdeckte, daß die Bücher gestohlen waren.

SARAH: Wollen Sie sagen, daß …?

CRUZZI: Sonst war im Haus nichts angerührt worden.

SARAH (schüttelt ungläubig den Kopf, außerstande, sich vorzustellen, was das bedeutet): Aber das muß ein Scherz sein – vielleicht hat Ihnen jemand einen Streich gespielt.

CRUZZI (kopfschüttelnd): Und bei dem Gedanken an das nahende Symposium wollte ich mir natürlich Swann's Songs besorgen, einfach um mein Gedächtnis aufzufrischen. Nachdem meine Exemplare verschwunden waren, versuchte ich es in der Stadtbibliothek von Kingston. Und dann in der Universitätsbibliothek. In beiden waren die Bücher anscheinend, sagen wir, »weggezaubert«.

SARAH (zuerst erschrocken, dann ernst, dann zweifelnd): Aber schauen Sie, Bibliotheken sind bekannt dafür, ihre Bestände zu verlegen. Oder sie haben miserable Sicherheitssysteme, und bei den vielen kleinen Vandalen – es passiert andauernd. Sogar an der Uni, wo ich unterrichte … (sie macht eine Pause) … im Universitätsarchiv …

CRUZZI (sitzt geduldig mit verschränkten Fingern; er hat im Gefühl, was sie gleich sagen wird): Weiter.

SARAH: … sogar dort … also es ist bekannt, daß ihnen … sehr wertvolle Papiere verloren gingen, sogar ganze Sammlungen …

CRUZZI: Wie etwa die Sammlung Mary Swann?

SARAH: Woher wissen Sie das?

CRUZZI: Ich habe angerufen. Als mir der Verdacht kam, daß irgendwas im Gange ist.

SARAH: Bestimmt …

CRUZZI: Ich habe auch die Nationalbibliothek in Ottawa angerufen, die Universitätsbibliothek in Toronto, die Universität von Manitoba …

Sarah (schüttelt den Kopf; das Ganze ist einfach absurd): Und Sie vermuten eine weltweite Verschwörung?

Cruzzi: Ich sehe ... ich erkenne es an Ihrem Gesicht ... daß Sie mich für vollkommen plemplem halten.

Sarah: Ich habe bloß ...

Cruzzi: Sie haben leider so ein transparentes Gesicht, das Sie verrät. Sie betrachten diesen alten Herrn hier vor Ihnen. Ein Auge scheel, Opfer eines jüngst erlittenen Schlaganfalls. Stimme zittrig. Er hat über Liebe gequasselt, ausgerechnet. Liebe! Und jetzt sind es paranoide Beschuldigungen. Akademische Piraterie.

Sarah: Aber bestimmt ...

Cruzzi: Ich mache Ihnen keinen Vorwurf, wenn Sie mich für übergeschnappt halten. Ich war derselben Meinung. Was wirst du nur für ein alter geiler Bock? habe ich mich gefragt. Und dann sprach ich mit Bus well ...

Sarah: Buswell! Dieser selbstmitleidige Frauenfeind ...

Cruzzi: Ja. Genau. Ganz meiner Meinung. Aber er hat eine ähnliche Geschichte zu erzählen. Seine Ünterlagen für einen Artikel über Swann und sein Exemplar von Swann's Songs, sagt er, wurden von seinem Schreibtisch entwendet. Er habe das Büro nur für eine Minute verlassen, behauptet er, und als er zurückkam ...

Sarah: Es scheint mir trotzdem ein bißchen ...

Cruzzi: Wunderlich? Da gebe ich Ihnen recht. Tatsächlich gelangte ich erst heute morgen, als Sie den Verlust von Mary Swanns Notizbuch bekanntgaben, zu der Uberzeugung, daß dies alles in einem auffälligen, um nicht zu sagen erschreckenden Zusammenhang steht. Wenn Sie etwas von Wahrscheinlichkeitsgesetzen verstehen, werden Sie rasch erkennen ...

Sarah: Es ist ein bißchen schwierig zu erkennen, wer ... und aus welchem Grund? (Der Kellner legt die Rechnung auf den Tisch, Sarah und Cruzzi greifen beide danach.) Bitte, Mr. Cruzzi, lassen Sie mich das machen. Bitte. Es war mir ein Vergnügen. (Sie legt Geldscheine auf den Teller und steht auf.)

Cruzzi (erhebt sich steif; auch seine Redeweise ist steif, geprägt von der Unbeholfenheit übersetzter Wörter): Ich glaube eher, ich habe Ihnen kein Vergnügen bereitet. Ich habe Ihnen meine besorgniserregenden Bedenken mitgeteilt, und das bedaure ich. Aber ich finde, es reicht jetzt. Jemand muß … (Seine Stimme verklingt und vermischt sich mit den allgemeinen Geräuschen.)

Sarah verläßt die Cafeteria; sie geht langsam an Cruzzis Seite. Die KAMERA folgt ihnen ins Hotelfoyer; man kann sie sprechen sehen, aber was sie sagen, wird übertönt vom allgemeinen Geräusch der Vorübergehenden und von der MUSIK: eine wirbelnde Orgelmelodie, die Unruhe vermittelt. Sie bleiben stehen und warten vor einer Reihe Fahrstühle; sie gestikulieren, beratschlagen, stellen Fragen, schütteln die Köpfe; eine Fahrstuhltür geht auf, sie steigen ein.

SCHNITT auf das Innere eines identischen Fahrstuhls. Dieselbe Zeit wie oben.

Jimroy ist allein im Fahrstuhl. Die Türen zischen auf, und er bekommt Gesellschaft von Rose Hindmarch, die munter eintritt.

JIMROY: Ah, Miss Hindmarch. Gefällt Ihnen das Symposium?

ROSE (lachend): Bitte sagen Sie Rose. Sie erinnern sich doch – Rose!

JIMROY: Rose. Natürlich.

ROSE: Oh, ich finde es himmlisch. Alle sind so nett und freundlich, na ja, fast alle. (Beim Gedanken an Buswell zieht sie ein Gesicht.)

JIMROY: Sie werden den Nachmittag interessant finden, denke ich. Eine Reihe Vorträge über verschiedene …

ROSE (nervös): Sie glauben doch nicht, daß wir zu spät kommen? Ich bin nach dem Mittagessen in mein Zimmer gegangen und habe ein Schläfchen gemacht. In letzter Zeit ging es mir nicht besonders gut, und dann die vielen neuen Gesichter, das ist schon anstrengend. Und die Fahrt von Kingston hierher, und die Fahrstühle – in Fahrstühlen habe ich immer ein komisches Gefühl im

Magen. Ich hätte ja die Treppe genommen, aber ich wollte nicht zu spät kommen.

JIMROY: Solche Versammlungen können wirklich anstrengend sein. (Die Fahrstuhltür geht auf. Höflich läßt er Rose den Vortritt, dann folgt er ihr hinaus; als sie an der Glasvitrine mit Mary Swanns Fotografie vorbeigehen, packt Rose Jimroy plötzlich am Arm.)

REGIEANWEISUNG: Jimroy muß bei Roses Berührung zurückschrecken. Der Darsteller, der diese Rolle spielt, muß durch Gesichtsausdruck und Zusammenzucken des Körpers erkennen lassen, daß er Roses Berührung abstoßend und die Fotografie von Mary Swann auf unerklärliche Weise bedrohlich findet.

ROSE (mädchenhaft, geschwätzig): Da ist sie! Was sie wohl von diesem ganzen Theater halten würde? Ich meine, es würde sie glatt umhauen, zu denken … (Die KAMERA fährt nahe auf Mary Swanns Foto.)

JIMROY (wieder gefaßt, spricht förmlich): Nett von Ihnen, die Fotografie mitzubringen, Miss Hindmarch. Rose. Manche Leute benötigen ein Bild zur Veranschaulichung … (Sein Tonfall deutet darauf hin, daß er nicht zu diesen Leuten gehört.)

ROSE: Oh, aber sie ist natürlich furchtbar schlecht zu erkennen. Verschwommen, und zuviel Sonne, das war das Problem mit diesen alten Box-Kameras, man konnte keine Blende einstellen …

JIMROY (will sie um jeden Preis zum Schweigen bringen): Wie gesagt, es ist ein großes Glück, daß man überhaupt etwas erkennen kann, auch wenn keine große Ähnlichkeit vorhanden ist. Ich denke, wir können nicht erwarten …

ROSE (ergreift plötzlich mutig die Gelegenheit): Mr. Jimroy. Morton. Ich möchte Sie – wenn es Ihnen nichts ausmacht –, ich möchte Sie etwas fragen.

JIMROY (deutet auf die offene Tür des Versammlungsraumes, wo die Leute sich nach und nach zur Nachmittagssitzung einfinden): Vielleicht können wir uns später ein bißchen unterhalten. Ich glaube (er sieht auf seine Uhr), es ist Zeit für die nächste …

Rose (nicht gewillt, ihn entkommen zu lassen): Es geht um, also ich möchte ja nicht unhöflich erscheinen, aber wissen Sie, ich wollte etwas mit Ihnen besprechen. Schon seit Sie in Nadeau waren. Einmal hätte ich Ihnen beinahe einen Brief geschrieben …

Jimroy (sein Gesichtsausdruck ist gequält): Ich glaube, wir kommen wirklich zu spät, wenn wir nicht …

Rose (beharrlich): Erinnern Sie sich, als Sie nach Nadeau kamen, wie Sie alles sehen wollten, alles, wie Sie sich für die kleinste Kleinigkeit interessiert haben?

Jimroy: Ein sehr erfreulicher Besuch, wie ich mich erinnere. Hochinteressant. Aber wir müssen jetzt wirklich …

Rose: Oh, wir haben geredet und geredet, ich erinnere mich, wie Sie sich erkundigt haben nach …

Jimroy: Ich glaube, ja, wir führten ein sehr interessantes …

Rose: Sie sind mit mir essen gegangen. Ins Hotel Elgin, erinnern Sie sich? Wir haben die Platte mit Schweinekotelett für zwei Personen bestellt. Mit Apfelkompott. Diesen Abend werde ich nie vergessen. Aber Sie erinnern sich doch bestimmt an den nächsten Tag, da haben Sie das Museum besucht, den Mary Swann Gedächtnisraum, und deswegen wollte ich Sie fragen … Morton.

Jimroy (versucht sich abermals herauszuwinden): Äußerst fesselnde Ausstellung. Ein Verdienst Ihrer Gemeinde, ja. Vielleicht können wir später plaudern, aber jetzt …

Rose (hartnäckig): Ich habe Ihnen die zwei Fotografien von Mary Swann gezeigt, die man in einer Kommodenschublade fand, nachdem sie … Erinnern Sie sich? Es waren …

Man hört Willard Längs Stimme aus dem Versammlungsraum.

Lang: Meine Damen und Herren, die Nachmittagssitzung ist eröffnet, und …

Jimroy: Es tut mir wirklich schrecklich leid – ich möchte nicht versäumen, was … (Er macht eine hilflose Geste zur Tür hin.)

Rose: Da war diese Fotografie hier (zeigt auf die Ausstellungsvitrine) und dann noch die andere. Auf der war sie viel besser zu erkennen. Nicht so unscharf. Ihre Augen, Mrs. Swanns Augen, waren weit offen, erinnern Sie sich? Sie haben das Foto in die Hand genommen und gesagt, die Augen zeigten Gefühl. Erinnern Sie sich, Mr. Jimroy, wie Sie es in die Hand nahmen …

Jimroy: Bedaure, nein. Ich erinnere mich wirklich nicht, daß da noch ein anderes … und ich habe bestimmt nichts in die Hand …

Rose: Aber es ist wahr, solche Dinge vergesse ich nicht. Die Leute sagen immer, was ich für ein Gedächtnis habe. Wie ein Fotoapparat! Sie haben das Bild in die Hand genommen und …

Jimroy (versucht erfolglos, um sie herumzugehen): Wenn Sie mich jetzt bitte … das hier ist wirklich …

Rose: … und dann, als ich tags darauf in das Zimmer kam … ich führte eine Gruppe Schulkinder herum und …

Jimroy (schwerfällig, verzweifelt): Bitte!

Rose: … und wollte ihnen gerade die zwei Fotografien zeigen, und da fehlte eine. Die gute, wo sie die Augen offen hat. Sie war weg, Mr. Jimroy. Und jetzt … ich sage es ungern, aber Tatsachen sind Tatsachen, und Sie waren der letzte, der … (ringt nach Atem), und ich finde, es ist nur fair, wenn Sie …

Jimroy: Das ist unerhört! (Er spricht laut, nicht nur zu Rose, sondern zu Lustige Augen und Zaghaftes Grinsen, die verspätet eintreffen, Arm in Arm aus einem Fahrstuhl tretend, eine Sekunde später gefolgt von Sarah und Cruzzi.) Ich bin nicht den weiten Weg von Kalifornien hierhergekommen, Miss Hindmarch, um mir so ein dämliches irres Geschwätz anzuhören.

Rose: Oh! (Sie schlägt die Hände vors Gesicht.) Oh! (Bei den Worten irres Geschwätz eilt sie in Tränen aufgelöst zur Treppe mit der Bezeichnung Ausgang, stößt blindlings die Tür auf und verschwindet.)

Jimroy (achselzuckend zu Lustige Augen, Zaghaftes Grinsen,

Sarah und Cruzzi, die verblüfft vor ihm stehen): Die Ärmste. Sie ist augenscheinlich krank gewesen. Sehr krank. Die Nerven. Ich bin nicht sicher, ob sie … (zuckt zusammen) … ich fürchte, sie ist nicht ganz … (Er tippt sich bedeutungsvoll an die Stirn.)

Sarahs Mund klappt auf. Grossaufnahme. Sie erfaßt Jimroys Verhalten, das an Hysterie grenzt. Sie sieht zur Seite und begegnet Cruzzis Blick.

Wieder ist Längs Stimme aus dem Versammlungsraum zu hören.

Lang: Und wenn Sie nun bitte Ihre Plätze einnehmen wollen; wir beginnen mit …

Regieanweisung: Die nächsten Einstellungen sind bruchstückhaft; ihr Zweck ist nicht, das Thema des Films zu erhellen oder die Handlung voranzubringen, sondern auf das Vergehen der Zeit hinzudeuten. Das Symposium ist in sein zweites Stadium getreten; die Atmosphäre ist ruhig, arbeitsam, ernsthaft, auch etwas schwerfällig, und die Gesichter der Darstellenden müssen diesen Wechsel reflektieren.

Aufblende: Innen, Versammlungsraum. Nachmittag.

Blaugepunktete Krawatte steht am Lesepult, beschließt einen Vortrag mit dem Titel »Regionale Hinweise in der Dichtung von Mary Swann«.

Blaugepunktete Krawatte: Und nun, um meine Hauptpunkte des Fortgangs zusammenzufassen: Die unspezifische Natur der geo-soziologischen Bezüge in Mary Swanns Universum, und die mythischen und biblischen Implikationen von Ortsnamen und Hinweisen …

Schnitt auf das Innere eines kleinen Seminarraums. Nachmittag. Ein Workshop ist im Gange. Acht Männer und Frauen sitzen an einem Tisch. Diskussionsleiterin ist Frau mit Turban.

Frau mit Turban: … möchte ich Ihnen allen aufrichtig für Ihre Teilnahme danken, insbesondere Professor Herbert Block, der so liebenswürdig war, uns seine Ideen bezüglich einer postmodernen Interpretation von Swanns Wassergedichten darzulegen. (Höflicher Beifall.)

Schnitt auf das Innere des Versammlungsraums. Spätnachmittag.

Bärtiger Herr (am Pult): … und ich entschuldige mich für die Überschreitung der Zeit, aber ich möchte Ihnen allen meinen Dank ausdrücken für Ihre begeisterte Aufnahme von – aber ich sehe, man macht mir ein Zeichen. Danke schön. (Beifall.)

Schnitt auf das Innere des Speisesaals. Früher Abend.

Die Teilnehmenden des Symposiums sind in Cocktail-Atmosphäre vereint. Man hört Gläser klingen, Eis klirren und Gesprächsfetzen.

Bekümmerte Miene: … kein schlechter Tag, alles in allem …

Frau mit Turban: … aber eigentlich sind wir wegen der Liebesgedichte gekommen …

Mann mit überdimensionaler Afrofrisur: Liebesgedichte, ha! Ich fress 'nen Besen, wenn Lang …

Rotblonder Pferdeschwanz: … rasende Kopfschmerzen …

Gefurchte Stirn: … war ein bißchen erschrocken über seine Bemerkungen zu …

Junge Dame: … ausgesprochen sexistisch …

Grünes Tweedkostüm: Peng, peng …

Rotblonder Pferdeschwanz: Herrgott, der Qualm hier drin ist so dick, daß …

Frau mit hellen Wildlederstiefeln: … und der Krach …

Silberne Manschettenknöpfe: … Verzeihung, ich habe nicht ganz verstanden, was …

Die Geräusche eskalieren, laut, unverständlich, erdrückend.

Schnitt auf das Innere des Bankettsaals. Abend.

Das Essen ist vorüber; Kaffeetassen stehen durcheinander auf den langen weißen Tischdecken. Die Symposiumsmitglieder sitzen gelöst auf ihren Plätzen, einige rauchen, räkeln sich auf ihren Stühlen, hören dem Redner nur halb zu. Rose Hindmarch sitzt in einem grellroten Spitzenkleid zwischen Cruzzi (im dunklen Anzug) und Sarah (in dunkelgrüner Seide mit Spitzenkragen.)

Lang (am Kopftisch): … war ein sehr ersprießlicher erster Tag, meine Damen und Herren. Nur noch eine Erinnerung, bevor wir uns vertagen – wir treffen uns morgen pünktlich um neun Uhr dreißig zu unserer Sitzung über Swanns Liebesgedichte. Danke schön.

Die Leute stehen von den Tischen auf. Man hört Stühlerücken, spontan einsetzende Gespräche. Die Menge ergießt sich in den Flur und beginnt sich zu zerstreuen. Musik: getragen, lyrisch.

Schnitt auf den Hotelflur zwischen der Ausstellungsvitrine und der Reihe Fahrstühle. Abend.

Die Menge verläuft sich; unter ständigem Geplapper betreten die Leute Fahrstühle, rufen sich Gute Nacht zu und verschwinden. Eine kleine Gruppe steht vor der Ausstellungsvitrine.

Rose: Ich habe genug für heute. Ich weiß nicht, wann ich je so hundemüde war.

Frau mit Turban: Jesses, morgen geht's früh los.

Lustige Augen: Hat jemand Lust auf einen Schlaftrunk? Ich habe Gin in meinem Zimmer und ein bißchen …

Blaugepunktete Krawatte: Gerne. Wie steht's mit Ihnen, Mr. Cruzzi?

Cruzzi: Ah, gut, vielleicht ein …

Bekümmerte Miene: Warum nicht?

Gefurchte Stirn: Vorwärts!

Sarah (zu Lustige Augen, Blaugepunktete Krawatte usw.): Gute Nacht.

Cruzzi (klopft an die Ausstellungsvitrine): Gute Nacht, Mrs. Swann.

Sarah (gibt Cruzzi die Hand): Gute Nacht. Ich bin froh … sehr froh, daß ich Gelegenheit hatte, mich mit Ihnen zu unterhalten. Und mit Ihnen auch, Rose. (Ihr Tonfall ist bedeutungsschwer.)

Regieanweisung: Ringsum werden Hände geschüttelt, man ahnt, daß die Leute in ihre verschiedenen Richtungen davongehen, und ebenfalls zu ahnen ist ein Stimmungswechsel, eine aufkommende Spannung. Musik: setzt langsam ein, ein Zusammenspiel von Streichinstrumenten und Orgel. Frederic Cruzzi, Rose und die anderen treten in die Fahrstühle und verschwinden, Sarah bleibt allein im Flur. Ihre Hand nähert sich dem Fahrstuhlknopf, verharrt dann unsicher in der Luft. Ihr Gesicht zeigt einen Ausdruck intensiver Konzentration, ihre Hand gerät in Bewegung, fährt zuerst zu ihrem Mund, vollführt dann einen Salut in Richtung der Ausstellungsvitrine.

Sarah (leise, flüsternd): Gute Nacht, Mary Swann. Schlafe … fest.

Aufblende: Innen. Derselbe Flur. Es geht auf Mitternacht zu, der Flur ist stockfinster.

Musik: Altklarinette, sehr leise. Die Finsternis weicht einem Halbdunkel. Das Licht im Flur kommt von dem roten AusGANG-Schild über der Treppe und der beleuchteten Anzeige über der Reihe Fahrstühle. Ein Teil dieses trüben Lichtes dringt bis zur Ausstellungsvitrine und erfaßt ihre ziselierten Kanten. Ton: Die Klarinette wird immer leiser, bis es vollkommen still ist; so bleibt es ein paar Takte, dann wird die Stille von einem leisen Zischgeräusch gebrochen. Die Tür zur AusGANG-Treppe geht auf, die Gestalt eines Mannes schlüpft geschwind hindurch. Er ist nur schwach sichtbar, aber die Kamera erfaßt seine Silhouette, als er sich schnell und leise der Ausstellungsvitrine nähert, wobei er katzenhaft über die Schulter blickt. Er nimmt zwei, drei kleine Schlüssel aus seiner Tasche und macht sich an dem Schloß der

Vitrine zu schaffen. Seine ersten Versuche scheitern; darauf holt er ein kleines Messer hervor und schiebt es ins Schloß. Der Schließmechanismus knackt mit einem scharfen Laut, und der Deckel der Vitrine geht auf. In diesem Moment, als er im Begriff ist, nach der Fotografie zu greifen, fällt plötzlich ein Lichtstrahl auf ihn, der ihn überrascht zusammenfahren läßt.

Sarah (tritt mit einer Taschenlampe in der Hand hinter dem Kaffeeautomaten hervor. Der Lichtstrahl erfaßt den Arm des Mannes, den er rasch hebt, um sein Gesicht zu bedecken. Sarahs Stimme ist zittrig, aber bestimmt): Hallo, Mr. Jimroy. Ich dachte mir, daß ich Sie hier finden würde.

Der Eindringling springt auf, läßt den Deckel der Vitrine krachend fallen, so daß er zerspringt. Der Mann rennt zum Treppenausgang, verfolgt von Sarah, die Mühe hat, den Lichtstrahl auf ihn gerichtet zu halten.

Sarah folgt ihm, als sie aber an der Treppe ankommt, sieht sie nur noch seinen fliehenden Rücken in einer Monteurmontur auf der Treppe nach unten veschwinden. Sie wendet sich wieder der Ausstellungsvitrine zu, und dabei erfaßt ihre Lampe Morton Jimroy, der sich mit dem Rücken an die Wand neben der Tür zum Versammlungsraum drückt. Die Beleuchtung wird ein bißchen heller, aber nur soviel, daß man Augen erahnen kann, die sich langsam an die Dunkelheit gewöhnen. Als Sarah Jimroy sieht, keucht sie.

Jimroy (sarkastisch, die Arme über der Brust verschränkt): So, so, Dr. Maloney. Sie schleichen in den Fluren herum. Und mit einer Taschenlampe, sehe ich. Eine Pfadfinderin auf Patrouille.

Sarah (blickt zur Tür zurück): Und was tun Sie hier, Mr. Jimroy, wenn ich fragen darf?

Jimroy: Dasselbe wie Sie, nehme ich an. Ich bewahre (weist auf die Ausstellungsvitrine) unsere Hohepriesterin vor Dieben und Gaunern.

Sarah: Wer …? (Sie ist erschüttert und durcheinander): Wer war das? (Sie deutet zum Ausgang.)

Jimroy: Leider habe ich sein Gesicht nicht gesehen. Auch bin ich nicht mit einer praktischen Taschenlampe ausgerüstet.

Sarah (hält die Taschenlampe in die Höhe): Ich habe sie mir am Empfang geliehen. (Sie lacht nervös.) Ich habe gesagt, ich … fürchte mich im Dunkeln. Wer war das?

Jimroy: Sah aus wie ein Monteur. Zumindest war er so angezogen. Ich entnehme ihrem … Ausbruch … daß Sie dachten, ich sei es, der mit dem Einbruchswerkzeug hantierte.

Sarah: Wie wäre es, Mr. Jimroy, wenn Sie ausnahmsweise mal in normalem Ton mit mir sprechen würden. Nicht ganz so gehässig.

Jimroy (weiterhin in sarkastischem Ton): Ich war fast sicher, ich hörte in der Dunkelheit meinen Namen hallen. Ich brauche Sie nicht zu fragen, wer die häßliche Saat des Mißtrauens in Ihren Kopf gesät hat. Ich nehme an, unsere gute Miss Hindmarch hat ihre verleumderischen Geschichtchen verbreitet. Die jeder Grundlage entbehren, das darf ich Ihnen versichern.

Sarah: Sie waren in Nadeau. Sie hat ihnen das Foto gezeigt – das hat sie mir erzählt. Und es ist am selben Tag verschwunden. Ich behaupte nicht zu verstehen, was Sie vorhaben, Mr. Jimroy, aber – eine ganze Zahl von Dingen scheint zu verschwinden … und ich glaube, das wissen Sie.

Jimroy: Einschließlich, wenn ich Sie daran erinnern darf, meiner Aktentasche. Während des kurzen Stromausfalls gestern abend.

Sarah: Jemand hat vermutlich … in dem Durcheinander …

Jimroy (unterbricht sie entschlossen): Wissen Sie, was in der Aktentasche war? Ich will es Ihnen sagen. Meine Unterlagen für meinen Vortrag. Gut, die Unterlagen sind nicht so wichtig. Ich bin es gewöhnt, ohne Notizen zu reden. Aber ich hatte auch mein Exemplar von Swann's Songs bei mir. Und muß ich Ihnen sagen, daß es mein einziges Exemplar war? Sie können sich meinen … Kummer vorstellen.

SARAH (sanfter): Das tut mir leid. Ehrlich. Aber was die Fotografie betrifft, die andere Fotografie …

JIMROY: Würden Sie es bitte unterlassen, mir mit der Lampe in die Augen zu leuchten? Ihr Miss Marple-Gebaren ist weniger geschliffen, wenn ich das sagen darf, als Ihre Briefe.

SARAH: Und würden Sie es bitte unterlassen, in diesem vorwurfsvollen Ton mit mir zu reden. Hat Ihnen schon mal jemand gesagt, daß ständiger Sarkasmus beleidigend sein kann?

JIMROY (stets ein Mann, der eine Frage ernst nimmt): Meine Frau.

SARAH: Ihre Frau?

JIMROY: Meine Ex-Frau sollte ich wohl sagen. Ihre tägliche Klage. Sarkasmus.

SCHNITT auf das Treppenhaus. Innen. Dieselbe Zeit wie oben.

Die Treppe ist trübe erleuchtet und so still, daß man eine Stecknadel fallen hören könnte. Ganz allmählich ist das Geräusch von langsamen, schleppend steigenden Schritten zu hören. Die KAMERA fährt nah auf Rose Hindmarch, die, noch in ihrem roten Cocktailkleid, die Treppe hinaufsteigt. Sie atmet mühsam, klammert sich ans Geländer, verschnauft hin und wieder. Plötzlich wird sie vom Geräusch hinuntersteigender Schritte aufgeschreckt, die sich rasch nähern. Ihr Gesichtsausdruck wechselt von Erschöpfung zu Angst, und sie bleibt stehen, lauscht, drückt sich dann flach im Schatten an die Wand. Die Schritte kommen näher.

EINDRINGLING (kommt in Sicht, erschrickt, als er Rose an die Wand gedrückt sieht): Was …?

ROSE (etwas erleichtert beim Anblick der Monteurmontur): Ich wollte gerade …

EINDRINGLING (während er versucht, sich an ihr vorbeizudrücken): Entschuldigen Sie.

ROSE: Gütiger Himmel. Na so was, sind Sie nicht …?

EINDRINGLING (versucht wieder, an Rose vorbeizukommen): Verzeihung, ich hab's eilig.

Rose: Aber kennen Sie mich denn nicht? Sie sehen so – ich bin Rose. Von der Gemeindeverwaltung. In Nadeau. Haben Sie nicht …?

Eindringling: Tut mir leid, ich kenne Sie nicht.

Rose (zurückweichend): Es sei denn … vielleicht habe ich mich geirrt.

Eindringling: Muß wohl. Ich bin nie …

Rose: Sie könnten sein Zwillingsbruder sein, wissen Sie das? Er hat kürzlich in unserer Gegend einen Bauernhof gekauft … Einen Hobby-Hof, wie er das nennt. Er ist Ihnen wie aus dem Gesicht geschnitten …

Eindringling: Verzeihung, ich hab' zu arbeiten.

Rose: Ich komme mir so dämlich vor. Gewöhnlich kann ich mir Gesichter gut merken. Mit Namen dagegen hapert's bei mir …

Eindringling: Ich muß leider … (Es gelingt ihm, an Rose vorbeizukommen, und er setzt seinen Weg treppab fort, er rennt, nimmt zwei Stufen auf einmal.)

Rose zuckt verwundert die Achseln, dann setzt sie keuchend ihren Weg die Treppe hinauf fort. Im achtzehnten Stockwerk stößt sie die Tür zu einem dunklen Flur auf und sieht zwei schemenhafte Gestalten; eine hat eine Taschenlampe in der Hand. Sie reibt sich verblüfft die Augen, noch keuchend von der Anstrengung des Aufstiegs. Sie ruft mit zitternder Stimme.

Rose: Wer ist da? Ist da jemand?

Sarah: Ich bin's, Rose. Und Morton Jimroy.

Rose: Um Himmels willen. Was tun Sie …?

Sarah: Ist schon gut, Rose.

Rose (sieht die zerbrochene Ausstellungsvitrine): Ich hab's gewußt! Ich hab's gewußt! Ich kam in mein Zimmer und wollte gerade ins Bett gehen, und dabei dachte ich – (sie wirft Jimroy einen haßerfüllten Blick zu) – ich hab' kein Vertrauen zu …

Jimroy: Großer Gott, jetzt fängt sie schon wieder an!

Rose: … und da sagte ich mir, ich geh mal nachsehen, ob alles in Ordnung ist. Ich hätte ja den Fahrstuhl genommen, aber mein Bauch macht immer … und drum bin ich den ganzen Weg raufgelaufen … und er ist hier. Ich wußte, ich hätte ihn mir gleich vornehmen sollen, als die andere Fotografie …

Sarah: Hören Sie, Rose …

Jimroy: Es gibt so etwas wie eine Berufsethik, wissen Sie. (Zu Sarah): Wenn Sie Miss Hindmarch bitte erklären könnten, daß …

Rose: … gleich an dem Tag, als das Bild verschwand, hätte ich etwas tun sollen, vielleicht die Polizei rufen, aber ich …

Sarah: Rose, er sagt, er hat es nicht…

Rose: … und dann zu behaupten, ich rede irre. Irre, wo ich doch bloß das Bild wiederhaben wollte. Fürs Museum. Das Museum bedeutet mir nämlich sehr viel, müssen Sie wissen.

Jimroy: Großer Gott, mir reicht's für heute.

Sarah: Rose, wir haben uns unterhalten, wir zwei, und …

Rose (schnappt sich die Fotografie aus der zerbrochenen Vitrine und klemmt sie sich unter den Arm): Die verwahre ich heute nacht in meinem Zimmer.

Sarah: Rose, wollen Sie mal zuhören?

Jimroy: … irr und wirr reden …

Sarah: Rose, jemand anders hat die Vitrine eingeschlagen. Mor… Mr. Jimroy und ich waren zufällig hier, als …

Rose: Ich muß an das Museum denken. (Sie umklammert die Fotografie.) Ich bin verantwortlich für …

Sarah: Jemand anders ist hier gewesen. Vielleicht haben Sie ihn gesehen … vorhin auf der Treppe. Haben Sie jemanden gesehen? Einen Mann?

Rose (beruhigt sich): Einen Monteur. Aber es war so dunkel, daß … ich konnte ihn nicht richtig gut sehen. Ich dachte …

Sarah: Wir haben gesehen, wie er die Vitrine einschlug. Eine Minute später, und …

Rose: Ein Monteur im Hotel Harbourview? Was wollte der mit …? Ich glaube nach wie vor … (Sie funkelt Jimroy böse an.)

JIMROY: Es ist nicht meine Art, zu …

SARAH: Es war jemand anders, Rose. Allen kommen plötzlich Gegenstände abhanden. Ich habe mit Frederic Cruzzi gesprochen, und wie es scheint, vermissen alle möglichen Leute etwas …

JIMROY: Einschließlich, wenn ich unterbrechen darf, meiner Wenigkeit. Sie werden sich erinnern, daß mir hier im Hotel meine Aktentasche gestohlen wurde. Und es gab noch ein paar Vorfälle.

ROSE: Ich dachte … (verwirrt) … ich dachte natürlich …

SARAH: Frederic Cruzzi meint – ich habe mich lange mit ihm darüber unterhalten – er meint, zwischen all diesen verschwundenen Gegenständen besteht eine Verbindung. Es klingt weither geholt, aber …

JIMROY: Das ist mir alles zuviel, bedaure. Ich sage Gute Nacht. Dieser Tag war insgesamt zu lang. (Er funkelt Rose böse an, drückt dann auf den Fahrstuhlknopf.)

SARAH: Vielleicht sollten wir uns alle morgen weiter unterhalten. Und vielleicht beschließen …

ROSE: Ich kann immer noch nicht verstehen, warum …

SARAH: Das kann niemand von uns, Rose.

JIMROY (als der Fahrstuhl kommt): Bis morgen.

Sarah sieht achselzuckend zu Rose, die das Achselzucken erwidert.

AUFBLENDE: Innen. Sarahs Hotelzimmer. Mitternacht.

Sarah sitzt im Bett und liest in einem Taschenbuch. Sie hält einen Bleistift in der Hand und macht sich gelegentlich Randnotizen. Die kleine Nachttischlampe ist ihr einziges Licht. Ein Klopfen an der Tür unterbricht sie bei ihrer Lektüre.

SARAH (steigt aus dem Bett und geht etwas zögernd zur Tür): Wer ist da?

ROSE: Ich. Rose. Rose Hindmarch.

SARAH: Rose? (Sie entsichert sogleich das Dreifachschloß und öffnet die Kette.)

Rose: Kann ich hereinkommen? Nur ganz kurz? (Sie trägt einen gegürteten Morgenrock über Schlafanzug und Pantoffeln und hält die Fotografie in den Händen.)

Sarah: Kommen Sie herein, Rose. Setzen Sie sich.

Rose (tritt herein und setzt sich schwungvoll auf das freie Bett): Ich bin nur … ich weiß nicht, wo ich anfangen soll … ich bin in mein Zimmer gegangen, und mir war so … ich hatte so ein Gefühl … ich hatte auf einmal eine Todesangst. Ich fing einfach an zu zittern. Ich weiß gar nicht, wovor ich mich fürchte. (Sie hält die Fotografie von Mary Swann auf Armeslänge von sich.) Ich habe sie angesehen, und plötzlich bekam ich Todesangst. Wegen ihr. (Tränen treten in Roses Augen.) Und ich bin so erledigt, und ich weiß nicht, was ich tun soll.

Sarah (greift nach dem Foto): Möchten Sie, daß ich es hier aufbewahre, Rose? Uber Nacht?

Rose: Würden Sie das tun?

Sarah: Ich werde gut darauf aufpassen. (Sie geht mit der Fotografie zur Kommode und lehnt sie dort an die Wand.) Hören Sie, Rose, wollen Sie heute nacht nicht hierbleiben? Ein zweites Bett ist da, Platz genug, und in zwei Minuten sind Sie eingeschlafen. (Sie schlägt kurzerhand die Bettdecke für Rose zurück.) Kommen Sie schon. Hier werden Sie besser schlafen. Okay? Warum nicht?

Rose: Ich könnte nicht … (Sie faßt nach dem Gürtel ihres Morgenrocks.) Ist das Ihr Ernst? Es macht Ihnen nichts aus? Ich bin mit den Nerven völlig am Ende und …

Sarah: Rein mit Ihnen. (Sie zieht die Bettdecke hoch.) So. Warm genug?

Rose (gelöster): Schön. Geht schon besser.

Sarah: Morgen sieht alles anders aus. (Sie steigt in ihr eigenes Bett und knipst das Licht aus.)

Rose: Das hat meine Mutter immer gesagt. Das ist wohl eine Redensart von Müttern, schätze ich.

Sarah (gähnend): Und es stimmt meistens.

Rose: Ich nehme an, das ist so, weil …

Sarah (schon fast eingeschlafen): Weil, Rose?

Rose: Weil wir nachts … (Sie gähnt.) Da fühlen wir uns am … einsamsten. Ich jedenfalls.

Sarah: Ich habe mich vorhin einsam gefühlt. Gerade bevor Sie anklopften. (Sie atmet tief, fast schlafend.)

Rose: Ich fühle mich … fast immer einsam. (Ihre Stimme wird undeutlich, der Schlaf kommt.)

Aufblende: Innen. Sarahs Zimmer. Eine Stunde später.

Die zwei Frauen schlafen. Roses Gesicht zeigt einen überaus glücklichen Ausdruck. Sarahs Gesicht ist unruhiger, sie hat sich ganz klein zusammengerollt. Ein Klopfen an der Tür bewirkt nach und nach, daß sie sich rührt und aufwacht, während Rose weiterschläft. Sarah steht auf, zieht einen Morgenrock an und geht zur Tür.

Sarah (spricht durch die Tür): Ja? Wer ist da? (Ihre Stimme ist schlaftrunken.)

Cruzzi (leise): Frederic Cruzzi.

Sarah (Schlösser und Kette entsichernd): Hallo. (Sie sieht ihn fragend an.)

Cruzzi: Ich hoffe, Sie haben noch nicht geschlafen. (Er sieht, daß sie geschlafen hat und wirft einen Blick auf das zweite, besetzte Bett.) Entschuldigen Sie. Ich wollte die Gelegenheit ergreifen …

Sarah: Schon gut. Kommen Sie herein. Wie spät ist es überhaupt?

Cruzzi (sieht auf seine Uhr): Ein Uhr. Kaum die richtige Stunde für einen Besuch, aber … (Er hält inne und sieht beunruhigt auf das zweite Bett.)

Sarah: Das ist Rose. Sie … leistet mir Gesellschaft.

Rose (hört ihren Namen und macht die Augen auf): Na so was, Mr. Cruzzi!

Cruzzi: Ich wollte Ihnen mitteilen …

Sarah (bietet ihm einen Sessel an): Setzen Sie sich. (Sie steigt wieder ins Bett und sitzt dort, die Decke über den Schoß gezogen.)

Cruzzi: Ich nehme an, es hätte bis morgen Zeit gehabt, aber … ich war in der Halle und habe mit ein paar von den anderen geredet. Professor Croft und diesem Kramer und dem mit dem blaugepunkteten Schlips, wie heißt er doch gleich?

Sarah (jetzt hellwach): Ja?

Cruzzi: Sie hatten eine Diskussion – sie waren alle ganz schön betrunken – über Blocks Interpretation der Wassergedichte. Ich weiß nicht, ob Sie dabei waren …

Sarah: Ich habe davon gehört …

Rose (stützt sich auf einen Ellenbogen und langt nach ihrer Brille): Er denkt …

Cruzzi: Ich war mir über seine Theorie nicht ganz im klaren. Er meint, die Gedichte sind eher rein reaktiv als symbolisch, oder so ähnlich … (bekundet Unwillen)… und dann hat jemand, der Herr mit diesen Haaren (hält die Hände in die Höhe, um die Afrofrisur zu beschreiben), vorgeschlagen, wir sollten die Diskussion beilegen, indem wir die Texte selbst befragen.

Sarah: Und?

Cruzzi: Kurzum, es stellte sich heraus, daß niemand einen Text hatte. Wir waren zehn, zwölf Leute, und keiner hatte ein Exemplar von Swann's Songs. Professor Croft – aus Tulane, Sie erinnern sich – ging in ihr Zimmer, um ihr Exemplar zu holen, aber ein paar Minuten später kam sie zurück und sagte, sie könne es nicht finden. Sie war ziemlich … ziemlich fassungslos, das muß ich schon sagen. Hysterisch. Kramer und der Herr mit dem blaugepunkteten Schlips und der andere, der mit den Haaren, sie haben alle zugegeben, daß sie in letzter Zeit ihre Exemplare verloren haben.

Rose (jetzt hellwach): Dasselbe ist mir passiert. Ich hatte mein Exemplar, es fiel schon fast auseinander, ich hatte es in einem Zeitschriftenständer in meiner Wohnung, und als ich es zur Hand nehmen wollte …

Sarah (zu Cruzzi): Und dann?

Cruzzi: Die emotionale Temperatur im Raum stieg an. Natürlich, sie hatten, wie gesagt, ganz schön gepichelt, und da dachte ich, ich könnte sehen, ob Sie noch wach sind, und hören, was Sie von der ganzen Sache halten.

SARAH: Es sieht wahrhaftig nicht so aus, als ob... (Sie hält inne, weil sie ein Klopfen an der Tür hört.) Wer kann das ...?

ROSE (fröhlich): Hauptbahnhof!

SARAH (entsichert wieder die Schlösser, läßt aber die Kette vor. Sie öffnet die Tür einen Spalt und späht hinaus): Mr. Jimroy! Morton.

JIMROY: Ich fürchtete schon, Sie wären zu Bett gegangen. (Er trägt einen zerknitterten Schlafanzug, darüber ein Anzugsakko.)

SARAH: Offen gesagt ...

JIMROY: Darf ich hereinkommen? Nur für zwei Minuten.

SARAH (fordert ihn mit einer ausladenden Geste auf, einzutreten): Möchten Sie uns nicht bei unserer spätnächtlichen Party Gesellschaft leisten?

CRUZZI (kühl): Guten Abend, Jimroy.

ROSE (mit einem linkischen Achselzucken): Hallo.

JIMROY (gequält): Mir scheint, ich störe ...

SARAH: Überhaupt nicht. Setzen Sie sich. (Sie nimmt Roses Morgenrock vom Schreibtischstuhl, um Platz zu machen.)

REGIEANWEISUNG: Diese Szene, in der die vier Hauptcharaktere ihre einzelnen Hinweise zusammenbringen, kann mit einem ganz leichten parodistischen Einschlag gespielt werden.

JIMROY: Mir ist ein Gedanke gekommen, der Sie vielleicht interessieren dürfte. Es war, nachdem wir uns Gute Nacht gesagt hatten. Übrigens (er blickt um sich), das ist ganz im Vertrauen.

CRUZZI: Natürlich.

SARAH (drängend): Nachdem wir uns gute Nacht gesagt hatten?

JIMROY: Ich ging in mein Zimmer und machte mich bettfertig, wie Sie sehen. Aber aus irgendeinem Grund konnte ich nicht schlafen.

ROSE: Mir ging es ganz genau so! Ich hatte einen Heidenbammel.

Cruzzi: Es war für uns alle ein langer Tag.

Jimroy (verärgert über die Unterbrechungen): Jedenfalls, ich ließ mir die Ereignisse des Tages durch den Kopf gehen, und da sind mir einige Dinge klar geworden.

Cruzzi: Sie haben ein »Bild« ergeben, mehr oder weniger.

Jimroy: Mehr oder weniger. Und da fragte ich mich, ob ... das dürfte Sie überraschen, Sarah (er spricht ihren Namen mit einem Knacks in der Stimme, als prüfe er ihn auf Substanz), also ich fragte mich (Pause), ob das Notizbuch, ich meine Mary Swanns Notizbuch, von dem Sie sagen, Sie hätten es verloren ...

Sarah: Ja?

Jimroy: Auch auf die Gefahr hin, daß es sich ... lächerlich anhört, ich frage mich, ob Ihnen je der Gedanke gekommen ist, daß das Notizbuch eventuell...

Rose (platzt heraus): Gestohlen wurde!

Jimroy: Das war mein Gedanke.

Sarah (lächelnd zu Cruzzi): So ein Zufall! Mr. Cruzzi hatte dieselbe Idee.

Jimroy (sinkt in sich zusammen): Oh.

Cruzzi: Es paßt anscheinend ins ...

Rose: Ins Bild!

Jimroy: Mary Swann befindet sich in einer höchst sonderbaren Lage. Als Literatin, meine ich. Sie wurde erst kürzlich entdeckt, und ihr Stern ist, wie man so sagt, sehr schnell aufgegangen. Zu schnell zum Beispiel für eine Neuauflage ihres Buches. Zu schnell für die Bewunderer ihrer Werke, um sich schützend vor diese Kunstwerke zu stellen, die verhaftet sind mit ...

Cruzzi: Sie wollen sagen, die Situation könnte einen skrupellosen ...

Rose: Wissen Sie, was ich glaube? (Sie ist schrecklich aufgeregt). Ich glaube, es war jemand, der eingeweiht ist. (Sie sieht die anderen gespannt an.)

Cruzzi: Ganz meine Meinung.

Sarah: Jemand, der hier ist? Am Symposium teilnimmt?

Jimroy: Ja. Höchstwahrscheinlich.

SARAH: Aber warum sollte jemand …?

JIMROY: Jemand, der das verfügbare Material aufkaufen will. Um uns anderen Swann-Forschern das Wasser abzugraben.

CRUZZI (nachdenklich): Ich bin nicht sicher, daß Forscherdrang zu solchen Extremen greift. Ich halte es eher für wahrscheinlich, daß …

ROSE (fuchtelt mit einem Arm in der Luft): Geld!

JIMROY: Geld?

CRUZZI: Ja, ich stimme Ihnen zu, Geld.

JIMROY: Ich sehe nicht, wieso …

SARAH: Ich auch nicht. Wer immer die Bestände aufkauft, er hat keinen Markt, der sie ihm abkaufen würde, ich meine, es gibt keine Swann-Industrie, wenn es keine Swann-Texte gibt.

JIMROY: Das hätte ich nicht besser ausdrücken können.

ROSE: Erpressung! (Sie spricht wunderbar überlegt.)

CRUZZI: Wie bitte?

ROSE: Keine richtige Erpressung. Wie heißt das Wort! (Sie versucht mit den Fingern zu schnippen, was ihr mißlingt.) Wenn einer was hat, was jemand anders will – wie Geiselnahme!

SARAH: Sie meinen Lösegeld? Freikauf?

JIMROY: Wir wollen uns doch nicht zu sehr in Phantasien versteigen.

CRUZZI (grübelnd): Und Sie meinen, daß …

ROSE: Es passiert immerzu. In Büchern. Ich lese eine Menge Bücher – Kriminalromane, Spionagegeschichten und so. Wissen Sie, Nadeau ist nicht groß, und da ist nicht viel los …

SARAH: Und was glauben Sie, was geschehen wird, Rose?

ROSE: Ich glaube, wer immer es ist, wird versuchen, Verbindung mit uns aufzunehmen. Um uns zu verkaufen, was … einmal uns gehört hat.

CRUZZI: Zu einem überhöhten Preis natürlich.

SARAH: Natürlich.

JIMROY (wendet sich jetzt voll Hochachtung an Rose): Und Sie glauben, es ist jemand von uns? In diesem Hotel?

SARAH: Wir könnten die Teilnehmerliste durchgehen …

Jimroy: Genau meine Idee. Und ich habe auch die Anmeldeliste mitgebracht, und wenn es Ihnen nicht zu spät ist...

Sarah: Wir sind jetzt sowieso alle wach.

Rose: Ich bin putzmunter.

Cruzzi: Wie viele haben wir – sechzig Namen?

Sarah: Siebenundsechzig. Ziehen wir uns vier ab, und ich glaube, das können wir gefahrlos tun, bleiben dreiundsechzig.

Jimroy: Wollen wir anfangen? (Er schwenkt die Blätter.)

Rose (begeistert): Ja. Fangen wir an.

Cruzzi: Warum nicht.

Jimroy (liest in alphabetischer Reihenfolge): Aldington, Michael J.

Cruzzi: Bedaure, ich weiß nicht, wo ich den hintun ...

Rose (ohne eine Sekunde zu zögern): Der mit dem rosa Hemd. Wunderschöne silberne Manschettenknöpfe und ...

Sarah: Aus Alberta. Michael ist grundanständig, er kann es nicht gewesen sein.

Jimroy: Streichen wir Aldington. (Er will nach einem Bleistift greifen, dann fällt ihm ein, daß er im Schlafanzug ist.)

Sarah: Hier. (Sie reicht ihm einen Bleistift.)

Jimroy: Danke.

Regieanweisung: Die Übergabe des Bleistifts muß auf eine Weise erfolgen, die dem Publikum klarmacht, daß Sarah und Jimroy zu einer Verständigung gefunden haben. Der feindselige Ton ist aus Jimroys Stimme verschwunden; er hat seine geheimen Phantasievorstellungen von Sarah aufgegeben, ebenso seine perverse Wut über den Verlust dieser Phantasien. Seine Hand, die den Bleistift nimmt, zittert; Sarahs Lächeln, andeutungsweise zunächst, läßt zumindest einen Anflug dieser Umwandlung erkennen.

Sarah (bedeutsam): Gern geschehen.

Rose: Wer ist der nächste?

Jimroy: Anders, Peter. Das ist der mit den Hängebacken. Kleiner Intrigant.

Cruzzi: Anders. Ich glaube, der war heute abend bei der Diskussion dabei. Er wirkte äußerst entrüstet, und das könnte andeuten …

Sarah: Ich nehme an, dann können wir ihn durchstreichen.

Rose: Natürlich kann man nicht absolut sicher sein, bloß weil er ein bißchen …

Cruzzi: Was wissen wir über ihn?

Sarah: Nicht viel.

Jimroy: Ich setze ein Fragezeichen hinter Anders. Barcross? Susan Barcross.

Rose: Das ist die mit den Wildlederstiefeln.

Jimroy: Lebhaft.

Cruzzi: Nette Frau.

Sarah: Intelligent.

Jimroy: Durchstreichen?

Sarah: Ich denke schon.

Jimroy: Herb Block. Ich schätze, er ist harmlos. Er arbeitet erst seit vorigen Sommer an Swann.

Sarah: Sie können ihn durchstreichen.

Jimroy: Sidney Buswell?

Sarah: Buswell! Dieser paranoide …

Cruzzi: Trotzdem wäre es lächerlich …

Rose: Richtig.

Jimroy: Durchstreichen?

Sarah: Ja.

Jimroy: Scheidet aus. Butler? Jane Butler?

Sarah: Jane Butler. Ist das nicht die …

Rose: Grünes Tweedkostüm. Kleines orangegelbes Tuch. Wird dauernd rot.

Cruzzi: Die nach Semikolons gefragt hat?

Jimroy: Richtig. Aus Montreal.

Sarah: Die würde nie …

Jimroy: Durchstreichen?

Rose: Vielleicht ein Fragezeichen. Manchmal sind die Allerunschuldigsten …

Jimroy: Fragezeichen? Gut, Fragezeichen. Byford.

Sarah: Tony Byford. Mit den Haaren. (Sie hält ihre Hände in die Höhe, um eine überdimensionale Afrofrisur anzudeuten.)

Cruzzi: Reizender Mensch. Gar nicht von der Art …

Rose: Schrecklich höflich. Er machte mir ein Kompliment zu …

Sarah: Streichen Sie Tony durch. Wer ist der nächste?

Jimroy: Carrington, Richard. Ist er nicht aus …?

Sarah: Ich erinnere mich vage. In meinem Workshop …

Cruzzi: Schnauzbart? Ich weiß nicht recht, wo ich ihn hintun …

Jimroy: Fragezeichen? Wir können es jederzeit ändern …

Regieanweisung: Die Stimmen werden ununterscheidbar, aber die Szene bleibt noch ein paar Sekunden im Bild. Die späte Stunde und der seltsame improvisierte Charakter dieses Mini-Symposiums erfordern einen Anklang ans Surreale. Musik legt sich über die Stimmen, übertönt sie beinahe. Gelächter dringt hindurch, deutet auf die geladene Atmosphäre hin. Man sieht Jimroy Namen durchstreichen, sein Mund ist zu einem Lächeln gekräuselt. Rose sitzt im Schneidersitz auf ihrem Bett, ihre Miene ist zurückhaltend. Sarah gestikuliert, stellt etwas fest, lacht. Cruzzi, die Beine elegant übereinandergeschlagen, zuckt die Achseln, spricht, lächelt wehmütig, macht Jimroy ein Zeichen, er möge fortfahren. Die Stimmen werden immer unklarer, verklingen dann ganz. Abblende.

Aufblende: Innen. Sarahs Zimmer. Frühmorgens. Ein paar Lichtstrahlen dringen in das Zimmer. Man sieht Sarah schlafend auf der Seite liegen. Rose liegt auf dem Rücken, sie schläft, den Mund weit offen. Cruzzi schläft im Sessel, den Kragen aufgeknöpft, die Krawatte gelockert, einen Fuß auf dem Fußende eines Bettes. Jimroy liegt zusammengerollt auf dem Fußboden, mit Roses Morgenrock zugedeckt. Die Anmeldungsliste, bedeckt mit Bleistiftmarkierungen, liegt ausgebreitet neben ihm auf dem Boden. Ton: das Klingeln eines Telefons.

Sarah (wird ruckartig wach, greift blindlings nach dem Telefon und krächzt in den Hörer): Hallo. Hallo. Ja, hier spricht … Stephen! … Ja. … Nein … Gut, ehrlich … Ja. (Sie rutscht sehnsuchtsvoll unter die Decke, den Hörer ans Gesicht geschmiegt.) Natürlich! … Nein, ihr geht's gut, prächtig. (Sie klopft sich lächelnd auf den Bauch.) Beklagt sich kein bißchen. Sie liebt Reisen. Nein … nein … ja, es ist … hier auch einsam. Ich weiß. (Sie sieht sich im Zimmer um, erfaßt Cruzzi, Rose, Jimroy.) Nein, wirklich … Ja … ich auch, das weißt du doch. (Sie lacht.) Was soll ich sagen? Ich weiß … ich auch … ich verspreche es, ja … Tschüß. (Sie legt auf. Gegenüber sieht man Cruzzi mit geschlossenen Augen lächeln; Rose ist aufmerksam, wachsam, stellt sich aber schlafend; Jimroy schließt grimmig die Augen.)

Cruzzi (steht von seinem Sessel auf, fast gelähmt von Steifheit, und steigt auf dem Weg zum Bad über Jimroy hinweg): Guten Morgen, Genossen.

Rose (singend): Guten Morgen.

Jimroy: Es ist Morgen. (Er betrachtet erfreut die Sonne, die durchs Fenster scheint.)

Sarah: Will jemand Frühstück? (Sie greift nach dem Telefon.)

Rose: Ich hab' einen Bärenhunger.

Sarah (ins Telefon): Dreimal Frühstück komplett. Großes Frühstück, Orangensaft, Speck, Eier, Toast, Kaffee. Einmal Weizenflocken mit einer doppelten Portion Milch, auch einen doppelten Orangensaft. (Sie setzt sich auf und streckt sich.)

Schnitt auf das Innere von Sarahs Zimmer. Frühstückszeit.

Sarah und Rose sitzen auf der Bettkante, vor sich den Frühstückstisch. Ihnen gegenüber auf dem anderen Bett sitzen Jimroy und Cruzzi. Jimroy, einen Eifleck am Kinn, geht die Liste wieder durch.

Jimroy (geschäftsmäßig): Eine schnelle Übersicht. Mit einfachem Fragezeichen haben wir Anders, Carrington, Gorham, Loftus, Norchuk, Oldfield, Skelton und Tolliver.

Rose: Urbanski? Wo ist Urbanski geblieben?

Jimroy: Wer?

Sarah: Der aus Los Angeles. Mit den kurzen Socken. Ich glaube, wir haben entschieden, daß er harmlos ist.

Cruzzi: An dem Punkt muß ich eingeschlafen sein.

Jimroy: Und mit doppeltem Fragezeichen haben wir Crozier, Hall und Webborn.

Sarah: Und?

Jimroy: Dreifaches Fragezeichen – Lang.

Cruzzi: Willard Lang. Ich bin wirklich eingeschlafen.

Jimroy: Ich habe dem Mann nie getraut. Jemand von uns sollte ihn heute fragen, ob er sein Exemplar von Swann's Songs noch hat.

Sarah: Ich melde mich freiwillig.

Rose: Wäre es nicht komisch, wenn …

Sarah: Wenn was, Rose?

Rose: Wenn wir alle hier wären, alle siebenundsechzig hier, um über Mary Swanns Gedichte zu reden, und was, wenn – wenn niemand von uns ein Exemplar von ihrem Buch hätte?

Sarah: Das wäre allerdings merkwürdig.

Jimroy: Statistisch gesprochen …

Cruzzi: Ist es möglich, nehme ich an.

Jimroy (bitter): Natürlich sind einige von uns mit dem Buch gekommen, und …

Cruzzi: Meine vier Exemplare sind jedenfalls weg. Alle vier.

Rose: Und meins. Ich weiß nicht, wie es möglich war, daß ich …

Sarah (während sie Frühstücksflocken löffelt): Zum Glück habe ich meins.

Cruzzi (erfreut): Ist das wahr! Ich hatte nicht bemerkt, daß Sie …

Sarah: Nicht hier bei mir. Ich habe es nicht mitgebracht. Ich habe es einem Freund geliehen, und er hat es mir noch nicht zurückgegeben.

Regieanweisung: Sarahs Gesicht und ihre Stimme müssen innige Zuneigung ausdrücken. Sie streckt sich, lächelt, beißt sich bei dem Wort Freund auf die Unterlippe.

Cruzzi: Glauben Sie, er wird es zurückgeben – Ihr Freund?

Sarah: Oh, Brownie verliert niemals ein Buch. Er handelt damit. Seltene Bücher. Bücher … (sie hält inne, um zu überlegen) … Bücher sind Brownie heilig. Mit anderen Sachen geht er sorglos um, aber Bücher, mit Büchern ist er …

Jimroy: Wo ist es? Das Exemplar, das er sich geliehen hat? (Er fragt es in abruptem, fast rüdem Ton.)

Sarah: Wo?

Jimroy: Ich meine, können Sie es beschaffen? Heute?

Sarah (zweifelnd): Mein Freund arbeitet außerhalb von Chicago. Hm, eigentlich ist er mehr als nur ein Freund …

Jimroy: Ich frage mich, ob Sie ihn nicht warnen sollten. Sich vergewissern, daß es bei ihm in Sicherheit ist. Es ist womöglich das letzte Exemplar, das wir haben.

Cruzzi: Gute Idee.

Sarah: Ich denke, ich könnte ihn anrufen. (Sie lächelt bei dem Gedanken.) Bloß um sicherzugehen. Ich könnte ihn im Geschäft anrufen. (Sie sieht auf die Uhr.) Er ist immer gegen acht Uhr dort, ein richtiger Arbeitssüchtiger, das war zum Teil der Grund … er hat unentwegt gearbeitet.

Rose (reicht Sarah das Telefon): Hier.

Sarah (sieht in die Runde): Vielleicht … vielleicht sollte ich … ich sollte besser allein sein, wenn ich ihn anrufe. Er ist irgendwie …

Rose: Ich gehe sowieso in mein Zimmer, mich anziehen. Es wird spät.

Cruzzi (taktvoll): Ich gehe besser auch. (Er reibt sein Kinn.) Rasieren wäre nicht schlecht.

Jimroy (sammelt die Papiere auf): Ich muß geduckt zurückschleichen. (Er deutet auf seinen Schlafanzug.)

Rose: Ich auch. (Sie lacht, Jimroy zuckt zusammen, dann folgt er ihr hinaus.)

Sobald sie fort sind, greift Sarah zum Telefon. Sie gibt sich Mühe, sich zu sammeln, streicht ihre Haare zurück, atmet tief durch, dann wählt sie mit nahezu kindlicher Bedachtsamkeit.

SARAH: Hallo. Hallo, Sarah Maloney am Apparat. Kann ich bitte Brownie sprechen. Mr. Brown. Ja ... Oh ... (enttäuscht): Um wieviel Uhr wird er da sein?... Wissen Sie das genau?... Wissen Sie, wann er zurückerwartet wird? Ich muß ihn unbedingt heute erreichen. Es hat sich etwas ergeben, ein Geschäft ... Nein, ich glaube nicht, ich muß ihn persönlich sprechen, weil ... Sie wissen nicht zufällig, wo er jetzt gerade ist? ... Nein, ich bleibe gerne dran ... (Sie summt, während sie wartet, klopft mit den Fingern auf den Tisch, lächelt.) ... Ja, aber jemand bei Ihnen muß doch wissen, wo er ist. Ich meine, hat er nichts hinterlassen, das ... Verstehe. Ja. Aber er muß doch etwas in seinem Terminkalender notiert haben ... Ja, ich warte ... (Sie streicht nervös über ihre Haare, wickelt eine Strähne um ihren Finger.) ... Ja. Ist das alles? ... Nur das eine Wort ... Verstehe. Symposium. (Sie legt auf und bleibt einen Moment auf der Bettkante sitzen, außerstande, sich zu rühren.) Symposium.

AUFBLENDE: Innen. Versammlungsraum. Morgen.

Die Teilnehmenden des Symposiums nehmen ihre Plätze ein. Die Stimmung ist kollegial und locker, mit einem Hauch von Spannung.

SCHMEICHELMUND: ... heute morgen ein bißchen verspätet ...

LUSTIGE AUGEN: ... sieht Lang gar nicht ähnlich, sich zu ...

HAARDUTT: War das eine Nacht! Ich hab' einen fürchterlichen Kater ...

SILBERNE MANSCHETTENKNÖPFE: Eigentlich habe ich nur darauf gewartet ...

KLEMMTAFEL: ... und deswegen bin ich hergekommen, wenn Sie die Wahrheit wissen wollen ...

CRUZZI (ZU Jimroy, der neben ihm sitzt): Glauben Sie, daß wir es wirklich erleben werden?

JIMROY (äußerst skeptisch): Er hat versprochen, über die Liebesgedichte zu reden, aber wenn es darum geht, die Gedichte tatsächlich aus der Hand zu geben …

ROSE (die neben ihnen sitzt): Da kommt Sarah. (Ruft): Hier drüben. Ich habe Ihnen einen Platz freigehalten.

SARAH (benommen): Es ist viertel vor zehn. Ich dachte, ich würde zu spät kommen.

ROSE (verschwörerisch): Haben Sie ihn erreicht? Ihren … Freund?

SARAH: Nein. (Ihr Gesicht ist starr von Unverständnis, und sie spricht wie in Trance.) Er ist … nicht in der Stadt.

ROSE: Sie können es ja später noch mal versuchen.

SARAH: Nein. (Sie hält inne, schüttelt heftig den Kopf.) Ich glaube nicht.

SILBERNE MANSCHETTENKNÖPFE (laut): He, was ist los? Ich dachte, Willard sollte um halb zehn anfangen.

GEFURCHTE STIRN (am Redepult): Meine Damen und Herren, liebe Kolleginnen und Kollegen. Professor Lang ist anscheinend aufgehalten worden. Wenn Sie sich noch ein bißchen gedulden wollen, er wird sicher in ein paar Minuten hier sein.

BÄRTIGER HERR: … der Kerl hat verschlafen …

ROTBLONDER PFERDESCHWANZ: Lang doch nicht, er ist immer pünktlich auf die Minute …

GRÜNES TWEEDKOSTÜM: Ich persönlich kann nicht lange auf diesen Stühlen sitzen …

BEKÜMMERTE MIENE: Was für den einen wie ein Liebesgedicht klingt, ist für den anderen bloß …

ZAGHAFTES GRINSEN: … Vogelgesang und Paarungstänze …

KLEMMTAFEL: … ein kleiner Elitedenker, aber er hat es geschafft, die meist geschätzten Elemente zu demontieren …

GRÜNES TWEEDKOSTÜM: Schon bald Zeit für die Kaffeepause …

GEFURCHTE STIRN (tritt wieder ans Pult): Wir haben eben nach Professor Langs Zimmer hinauftelefoniert, und da niemand antwortet, dürfte er wohl auf dem Weg sein. Bitte haben Sie noch ein paar Minuten Geduld.

Als sei ein Signal gegeben worden, verstummt die Versammlung. Aller Augen sind auf das leere Pult und auf die Uhr dahinter gerichtet. Die einzigen Geräusche sind Räuspern, Husten, Stöhnen und Füßescharren. Es ist jetzt zehn Uhr. Papiere rascheln, es herrscht eine erwartungsvolle Atmosphäre. Die Uhr tickt nicht wirklich, doch man hat eine entfernte Ahnung vom Ticken einer Uhr. Die Sekunden vergehen, dann die Minuten. Es ist jetzt 10.02 Uhr. Gefurchte Stirn tritt wieder ans Pult.

GEFURCHTE STIRN: Er wird bestimmt jetzt jede Minute …

FRAU MIT TURBAN: Hat jemand in der Cafeteria nachgesehen?

GEFURCHTE STIRN: Da ist er nicht. Wir haben nachgesehen.

SARAH (steht auf): Vielleicht sollte jemand nachsehen gehen, ob …

JIMROY (ist aufgesprungen): Das mache ich gerne. Ich finde, wir haben lange genug herumgesessen. (Er begibt sich zur Tür.)

ROSE: Ich komme mit Ihnen, Mr. Jimroy. Ich leiste Ihnen Gesellschaft.

SARAH: Vielleicht sollte ich auch mitgehen.

CRUZZI: Ich könnte ja …

GEFURCHTE STIRN: Dann schließe ich mich an.

FRAU MIT TURBAN: Ich bin mit dabei.

BLAUGEPUNKTETE KRAWATTE: Wie wär's, wenn ich auch mitgehe?

GEFURCHTE STIRN: Vielleicht ist er krank.

Rasch versammelt sich eine Gruppe von zehn, zwölf Leuten und marschiert geschlossen zu den Fahrstühlen. MUSIK: eine schottische Melodie, hauptsächlich Streichinstrumente mit ein paar Dudelsäcken. Der kleine, stille Haufen zwängt sich durch den Flur. Ein Fahrstuhl kommt, und die Gruppe, die fast wie ein einziges Wesen agiert, strömt hinein. Die KAMERA erfaßt sodann die Gruppe im Fahrstuhl, wo vollkommene Stille herrscht, mit Ausnahme von:

JIMROY (mit Vizeadmiralstimme): Vierundzwanzigster Stock, glaube ich. Gleich gegenüber von meinem Zimmer.

CRUZZI: Na dann. (Er drückt auf den Knopf, und der Fahrstuhl fährt rasch aufwärts.)

ROSE (keuchend): Wir sind da.

Die Gruppe steigt aus, mit Sarah an der Spitze. TOTALE vom Schweigemarsch durch den Flur.

SARAH (bleibt vor der Tür stehen): Hier ist es. (Sie klopft an. Es kommt keine Antwort.)

FRAU MIT TURBAN: Versuchen Sie es noch einmal.

SARAH (klopft wieder): Nichts. (Sie legt das Ohr an die Tür, horcht und klopft noch einmal. Sie winkt Cruzzi heran, bedeutet ihm, er möge ebenfalls horchen.)

Cruzzi drückt sein Ohr an die Tür, horcht und nickt, dann macht er Gefurchte Stirn Platz, der die Prozedur wiederholt.

ROSE (schiebt sich vor, legt das Ohr an die Tür): Ich höre etwas. (Sie hält Schweigen gebietend einen Finger in die Höhe.)

REGIEANWEISUNG: Von Ferne ist das erstickte Geräusch von Lang zu hören, der an die Wand schlägt und ruft. Seine Rufe werden allmählich lauter und heftiger, aber sie sind auch leicht theatralisch und ein bißchen übertrieben.

LANG: Hilfe! Hilfe!

ROSE (ZU den anderen): Haben Sie das gehört? Jemand hat Hilfe gerufen. (Sie probiert die Tür.)

LANG: Hilfe! Holt mich hier raus!

ROSE: Das ist Professor Lang.

SCHNITT auf das Innere von Langs Hotelzimmer. Dieselbe Zeit wie oben. GROSSAUFNAHME von der Badezimmertür, die mit einer Gardinenschnur zugebunden ist; eine Schlinge ist um den Türknauf gelegt, und dieser ist mit dem Knauf des Kleiderschranks daneben verbunden.

Lang (aus dem Badezimmer): Holt mich hier raus!

Regieanweisung: Weil die Verwendung der Gardinenschnur, eine Standardrequisite in Kriminalfilmen, hier als ironischer Verweis auf das Genre beabsichtigt ist, verweilt die Kamera einige Sekunden auf dem Gegenstand, bevor sie ins Zimmer fährt und den Eindringling in seiner Monteurmontur erfaßt. Er ist ein kleiner Mann, lebhaft, mit krausen Haaren, der eifrig Papiere in einen Kissenbezug stopft, derselbe Mann, dem Rose Hindmarch am Vorabend auf der Treppe begegnet ist.

Schnitt auf den Flur. Dieselbe Zeit wie oben.

Rose: Ich denke, wir sollten die Tür aufbrechen.

Cruzzi (in vernünftigem Ton): Wir können uns doch sicher beim Empfang einen Schlüssel besorgen.

Gefurchte Stirn: Jemand soll hinuntertelefonieren. Ich will nur …

Frau mit Turban: Was sagt er da drin?

Jimroy (der Fragen immer respektiert): Er ruft immer noch »Hilfe«, glaube ich.

Rose: Uns bleibt nichts anderes übrig, als die Tür aufzubrechen.

Sarah: Rose hat recht …

Blaugepunktete Krawatte: Wenn wir uns alle zusammen dagegen stemmen …

Jimroy (vizeadmiralsmäßig): Eins, zwei, drei, Stoß. (Obwohl alle auf einmal stoßen, ist es eine kläglich ausgeführte Bewegung, fast komisch unbeholfen, und die Tür gibt nicht nach.)

Lang (erstickt): Hilfe! Hilfe!

Rose: Noch ein Versuch. Eins und zwei und drei …

Gefurchte Stirn kommt mit drei Hotelpagen zurück, einer von ihnen hat einen Schlüssel. MUSIK: ein laut schmetterndes Orchester, die Art Musik, die in Western-Filmen traditionsgemäß die Ankunft des Sheriff-Aufgebots ankündigt.

SCHNITT auf das Innere von Langs Zimmer. Dieselbe Zeit wie oben.

GROSSAUFNAHME des Eindringlings, der sich mit den Papieren beeilt, als er den Tumult im Flur vernimmt. Er sieht nach rechts und links, geht zum Fenster und schiebt es auf. Einen Augenblick betrachtet er die Straße vierundzwanzig Stockwerke tiefer. Er schiebt den Sack durchs Fenster und läßt ihn zögernd fallen, gerade als Jimroy, Cruzzi, Sarah und die anderen ins Zimmer drängen. Der Eindringling duckt sich geschickt hinter die Gardine, es ist dieselbe, von der die Schnur entfernt wurde.

LANG: Hilfe! Ich bin im Badezimmer!

ROSE: Er ist im Badezimmer. Sehen Sie, eine Gardinenschnur!

LANG: Holt mich hier raus!

REGIEANWEISUNG: Es herrscht ungeheure Aufregung, wenn sich die Teilnehmenden des Symposiums um die Badezimmertür scharen, und niemandem fällt der leicht bühnenhafte Klang von Langs Stimme auf. Alle reden auf einmal, und Jimroy zieht an der Gardinenschnur.

SCHNITT auf das Gebäude von außen. Die KAMERA erfaßt den Kissenbezug, der durch die Luft schwebt; beim Herabfallen fliegt ein wenig vom Inhalt heraus und wird, vermischt mit den Schneeflocken, vom Wind auf die Straße geweht.

SCHNITT auf das Innere von Langs Zimmer. Dieselbe Zeit wie oben.

LANG (taumelt aus dem Badezimmer; er hat eine Unterhose an und ein Handtuch um, er wirkt aufgewühlt): Ich habe gerade gebadet und …

CRUZZI (sieht sich um): Sieht nach Einbruch aus.

ROSE: Sehen Sie in den Schränken nach. Unter dem Bett …

LANG (wird hysterisch): Um Gottes willen, kümmern Sie sich nicht darum! Meine Papiere …

SARAH: Was ist gestohlen worden?

LANG (wild theatralisch): Meine Papiere! Meine Arbeit von Jahren!

JIMROY: … hat alles mitgenommen, nehme ich an.

ROSE: Der Kissenbezug … ein Kissenbezug fehlt!

CRUZZI: … ist gründlich vorgegangen …

LANG: Die Liebesgedichte. Sagen Sie bloß nicht, die Liebesgedichte … (Er fuchtelt übertrieben mit den Armen und jammert, aber sein Gesicht ist wachsam.) Ich hatte die Liebesgedichte da drüben, auf der Kommode. Die Originale!

ROTBLONDER PFERDESCHWANZ: Regen Sie sich nicht auf, mein Freund, nicht aufregen.

BLAUGEPUNKTETE KRAWATTE: Lassen Sie den Mann doch erst mal zu Atem kommen.

MANN MIT ÜBERDIMENSIONALER AFROFRISUR: Herrje, er hat einen Schock, wir sollten lieber einen Arzt holen.

ROSE: Und den Hoteldetektiv.

GEFURCHTE STIRN: Wasser! Gebt ihm Wasser.

FRAU MIT TURBAN (ZU Lang): Hier. Nehmen Sie meinen Regenmantel. Ich bestehe darauf.

REGIEANWEISUNG: Es ist wichtig, daß die Konfusion in dieser Szene (die keine Minute dauert) deutlich wird; sie muß gleichzeitig vernebeln und beleben, den Raum erfüllen wie ein Wirbelsturm und die Wahrnehmungen derjenigen betäuben, die agieren und reagieren. Die Swannianer haben sich um Lang geschart und reden alle auf einmal. Keiner von ihnen bemerkt den Eindringling, der hinter der Gardine hervorschlüpft, nonchalant an ihnen vorbei in den Flur geht und kurz, bevor er verschwindet, über die Schulter zurückblickt. Nur Willard Lang, der mit Mühe den Regenmantel überzieht und unzusammenhängend brabbelt, fängt für den Bruchteil einer Sekunde den Blick des Eindringlings auf und erwidert ihn. Ihr Blickwechsel ist gewieft und schuldbeladen – und vieldeutig genug, um nachdenkliche Kinogänger zu verwirren, die auf dem Nachhauseweg vom Kino unterwegs gerne bei einer Tasse Kaffee die variablen Aspekte einer Geschichte zerlegen.

Schnitt auf den Flur. Dieselbe Zeit. Totale vom Eindringling, der zur Treppe rennt. Grossaufnahme von Sarah, die in den Flur tritt und die rennende Gestalt beobachtet.

Sarah: Brownie? (Sie flüstert seinen Namen, wiederholt ihn dann lauter, ja wagemutig.) Brownie.

Regieanweisung: Der Eindringling – es ist nicht zu erkennen, ob er seinen Namen hört oder nicht – hechtet durch die Ausgangstür, während die Kamera auf Sarahs Gesicht bleibt. Sie blickt zuerst verwirrt, dann versonnen, dann wissend. Sie öffnet ein letztes Mal den Mund, formt unhörbar das Wort »Brownie«, klappt den Mund dann abrupt zu. Sie schließt die Augen, schwankt leicht, macht dann die Augen weit auf. Eine Hand fährt an ihren Mund, bleibt dort.

Aufblende: Innen. Versammlungsraum. Später am Tag. Eine Sitzung ist im Gange, aber niemand steht am Lesepult, und niemand hat anscheinend die Leitung. Die Leute sitzen mehr oder weniger im Kreis, melden sich zu Wort, sagen aus dem Gedächtnis Gedichtzeilen auf, rekonstruieren mühsam ein Gedicht von Mary Swann. Sarah schreibt, eine Klemmtafel auf dem Knie.

Letzte Regieanweisung: Die Gesichter der Darsteller sind auf subtile Weise verwandelt. Man sieht sie in einem feierlichen Akt des Rekonstruierens vereint, vielleicht sogar einem Schöpfungsakt. Es besteht kein Anlaß zu der Annahme, daß irgend jemand von ihnen in Zukunft weniger egoistisch, weniger verschroben sein wird, weniger von Gedanken an Ämter und Würden und akademischen Ruhm verzehrt, aber jede einzelne Person hat zumindest für den Augenblick persönliche Belange hintangestellt.

Buswell: Dann sind wir uns über die erste Zeile einig.

Bärtiger Herr (zitiert): »Manchmal wenn man etwas sucht«.

Lustige Augen: Ja, das ist es. Haben Sie das?

Sarah (schreibend): »Manchmal wenn man etwas sucht«. Sind Sie sicher?

Mann mit überdimensionaler Afrofrisur: Zweite Zeile?

Bekümmerte Miene: Es ist eine fortlaufende Zeile, da bin ich fast sicher. »Manchmal wenn man etwas sucht/Verlorne Sachen, ein Bild oder Buch«.

Gefurchte Stirn: Das ist es, ganz bestimmt.

Sarah: Jedenfalls nahe dran. Was kommt als nächstes?

Frau mit Turban: »Ein Bild oder Buch/ein Geldstück oder Löffel«.

Grünes Tweedkostüm: Halt! Heißt es »Löffel oder Geldstück« oder »Geldstück oder Löffel«?

Schmeichelmund: »Geldstück oder Löffel«, glaube ich. Ja.

Jimroy (zitiert): »Geschieht es, daß etwas über den Verstand sich legt …«

Cruzzi: »Nicht ganz ein Schatten, doch was Schatten wäre«.

Sarah (blickt auf): »An einer Stelle ohne Licht«.

Musik: eine Orgel, mächtig, schwer. Die Worte des Gedichtes werden verschwommen; nur der Rhythmus bleibt deutlich.

Buswell: »Als hätten die verlornen Sachen sich/in sich gekehrt…«

Helle Wildlederstiefel: »Als seien Bücher wieder …«

Jimroy: »Papier, Holz oder Gedanken geworden …«

Gefurchte Stirn: »Geldstück und Löffel schlichtes Erz …«

Frau mit Turban: »Glanzlos und ohne Geschichte …«

Blaugepunktete Krawatte: »Warten sie ungesehen …«

Die Musik spielt weiter; Grossaufnahme von Mary Swanns Fotografie; der Nachspann rollt über das Foto, während die Stimmen fortfahren.

Sarah: »Und werden Teil eines größren Verlusts …«
Cruzzi: »Ohne Namen …«
Frau mit Turban: »Bestimmung oder Form …«
Jimroy: »Ganz ähnlich dem, was uns berührt …«
Cruzzi: »In Momenten der Scham«.

Verlorene Sachen

Von Mary Swann

Manchmal wenn man etwas sucht
Verlorne Sachen, ein Bild oder Buch,
ein Geldstück oder Löffel,
geschieht es, daß etwas über den Verstand sich legt –
nicht ganz ein Schatten, doch was Schatten wäre an
einer Stelle ohne Licht.

Als hätten die verlornen Sachen sich
in sich gekehrt, als seien Bücher wieder
Papier, Holz oder Gedanken geworden,
Geldstück und Löffel schlichtes Erz,
glanzlos und ohne Geschichte,
warten sie ungesehen

Und werden Teil eines größren Verlusts
ohne Namen
Bestimmung oder Form
ganz ähnlich dem, was uns berührt
in Momenten der Scham.